KONSALIK

Sibirisches Roulette

BASTEI LÜBBE

BASTEI LÜBBE TASCHENBUCH
Band 14251

1. Auflage: November 1999
2. Auflage: Dezember 1999
3. Auflage: April 2001
4. Auflage: Oktober 2003

Vollständige Taschenbuchausgabe

Bastei Lübbe Taschenbücher ist ein Imprint
der Verlagsgruppe Lübbe

Lizenzausgabe: Verlagsgruppe Lübbe GmbH & Co. KG,
Bergisch Gladbach
Einbandgestaltung: QuadroGrafik, Bensberg
Satz: hanseatenSatz-bremen, Bremen
Druck und Verarbeitung: GGP Media, Pößneck
Printed in Germany
ISBN 3-404-14251-9

Sitze am Fluß und lausche.
Er erzählt, was ich denke ...

Sibirisches Sprichwort

Die beschleunigte Entwicklung
der Produktivität Sibiriens
und des Fernen Ostens
ist der wichtigste Bestandteil
der Wirtschaftsstrategie der Partei.

Michail Gorbatschow

Die Hauptpersonen

Igor Michailowitsch Jugorow	der »Spezialist«
Boris Igorowitsch Schemjakin	Oberingenieur in Nowo Gorodjina
Walja Borisowna	seine Tochter
Olga Walerinowna	seine Frau
Grigori Valentinowitsch Korolew	Dorfvorsteher
Lew Andrejewitsch Masuk	Schmied in Lebedewka
Svetlana Victorowna	seine Frau
Andrej Nikolajewitsch Beljakow	eine Geisel
Großväterchen Beljakow	ein Veteran
Gennadi Alexandrowitsch Pychtin	General der Garnison Tobolsk
Boris Jakowlowitsch Rudenko	Untergrundkämpfer
Samson Lukanowitsch Goldanski	Untergrundkämpfer
Vadim Viktorowitsch Filaret	Wissenschaftler
Jossif Wladimirowitsch Niktin	Propagandist in Tobolsk
Maja Petrowna	seine Frau
Leonid Antonowitsch Nasarow	Major der Einsatztruppe
Victor Ifanowitsch Krasnikow	Offizier der GRU
Babrak Awdejewitsch Meteljew	Offizier der GRU
Foma Pjotrowitsch Noskow	Vorarbeiter der Baubrigade
Mamjelew	Leutnant der Einsatztruppe
Gamsat Wladimowitsch Trofimow	Bauer und Fischer
Soja Gamsatowna	seine Tochter
Kyrill Vadimowitsch Schagin	Pope in Lebedewka
Valentin Valentinowitsch Kulpakow	KGB-General in Moskau
Anatoli Borisowitsch Tjunin	GRU-General in Moskau

ORTE: Tobolsk, Lebedewka am Tobol, Nowo Gorodjina (Baulager) und Moskau

ZEIT: Von 1984/85 bis Ende März 1986

ERSTER TEIL

Genau um sieben Uhr morgens explodierte die Sprengladung und riß einen großen Teil des Dammes in die taufeuchte Luft. Noch lag die Dämmerung gräulich-blau über dem Land, durchsetzt mit einem gelblichen Schimmer der Sonne, die aus den Sümpfen des Irtysch aufzutauchen schien. Ein Septembertag, der schon das Sterben der Natur ankündigte.

Zufrieden sah Boris Jakowlowitsch Rudenko auf seine dikke, runde Taschenuhr mit dem zerbeulten Aluminiumgehäuse. Ein komischer Mensch, ein Pedant, wie man so sagt, war er in dieser Beziehung. An besonderen Tagen und bei besonders auserwählten Aktionen gab es bei ihm keine Minuten, nur die runde Zeit: Sieben Uhr ... und kein Quentchen mehr. Und so ein besonderer Tag war heute: Der gesprengte Damm hing als geballte, schwarze Wolke unter dem faden Himmel, zerteilte sich jetzt und regnete im weiten Umkreis als Erdbröckchen oder Staub zurück auf das Land.

»Das war's, ihr Lieben!« sagte Rudenko und drehte sich auf den Rücken. Die beiden Männer neben ihm, Samson Lukanowitsch Goldanski und Lew Andrejewitsch Masuk, taten es ihm nach. Sie lagen in einer flachen Senke hinter Weidenbüschen, trugen Mäntel aus dunkelblauem Plastik und kniehohe Gummistiefel und hatten schwarze Strickmützen tief in die Gesichter gezogen. »Ein Mückenstich nach dem anderen ... auch das zermürbt. Ganz recht hat Vadim Viktorowitsch: Zeigen muß man, daß man da ist. Hier und dort und überall.«

Er blickte wieder auf seine zerbeulte Uhr, küßte sie und steckte sie weg in die Rocktasche. So küßt ein gläubiger Christ sonst nur seine Handikone, und wer Rudenko beim Uhrküssen zusah, verwunderte sich natürlich. Wer wußte schon, daß diese Uhr mehr war als eine Ikone, mehr als ein mit einem Heiligen bemaltes Stück Holz, auch wenn es der Pope gesegnet hatte?

1942 war's gewesen, als Rudenkos Vater nach einem kurzen Urlaub bei seinen Lieben in Lebedewka, nahe dem Ufer des Tobol, mit vielen Umarmungen und Küssen wieder Abschied nahm, um das Vaterland gegen die vorwärtsstürmenden Deutschen zu schützen. Damals war Boris Jakowlowitsch sechs Jahre alt, sah bewundernd zu seinem Vater empor, wie er in erdbrauner Uniform kräftig und stolz vor ihm stand, die Mutter immer wieder küßte – wohl weil er ahnte, daß dieser Urlaub ein neues Kind hervorbringen würde – und dann ihm, dem Sohn mit den großen blauen Augen, die feste Hand auf die Schulter legte und sagte: »Boris, mein Bürschchen, der einzige Mann bist du jetzt wieder im Haus. Paß auf Mütterchen gut auf!« Und er hatte ganz stolz geantwortet: »Geh und schlag die Deutschen tot, Väterchen. Hab keine Angst.«

Nein, Angst hatte Jakow Akifowitsch nicht gehabt, fröhlich war er mit einem Lastwagen nach Tjumen gefahren und dort in den Zug gestiegen, der ihn zur Front brachte, aber zurückgekommen war er nicht. Was allein von ihm zurückkam nach Lebedewka, waren seine Taschenuhr und ein Brief seines Kompaniekommandeurs, in dem er der Witwe Warwara Tigranowna schrieb:

»Jakow Akifowitsch Rudenko, unser aller Freund, ein ungewöhnlich tapferer Mann und Held des Großen Vaterländischen Krieges, ist gestorben als ein großer Kämpfer. Bei einem siegreichen Sturm auf eine faschistische Stellung traf ihn eine Kugel mitten in die Brust. Beim Niederstürzen fiel er auf einen Stein, der seine Uhr verbeulte. Die Uhr schicke ich Ihnen, tapfere Genossin, hier zu. Wir werden Jakow Akifowitsch nie vergessen.«

Kann man jetzt verstehen, warum für Boris Jakowlowitsch diese Uhr heiliger war als eine Ikone? Und mit der Uhr hatte er auch die präzise Pünktlichkeit seines Vaters geerbt, die sogar die Geburt seiner Schwester beeinflußte. Sie kam zehn Tage nach der Todesnachricht zur Welt, und Boris, das siebenjährige, lang aufgeschossene Bürschchen, war dabei, stand neben der stöhnenden, schreienden, schwitzenden, blutenden Mutter, hielt ihren Kopf fest, streichelte über ihre schweißnassen Augen, sah, wie seine Schwester Dusja aus dem aufgebrochenen Leib geholt wurde, und hörte Malika, die Hebamme und Schneiderin in einem war, stolz sagen: »Da hat ja Jakow was Gutes hingekriegt. Neun Pfund und zwanzig Gramm schwer. Jaja, so ein Soldatenleben! Gott hab ihn selig.«

Da, als alles vorbei war und Dusja ihren ersten hellen Schrei ausstieß, hatte Boris auf die zerbeulte Uhr seines Vaters geblickt.

Genau drei Uhr nachmittags. Keine Minute zu früh oder darüber. Auf den Punkt. Väterchen wäre darüber sehr froh gewesen. Und so blieb es unausweichlich, daß alle großen Dinge seines Lebens für Boris Jakowlowitsch eine runde Uhrzeit haben mußten. Er glaubte daran, ein Mysterium wurde es für ihn; erst recht, als er viel später, nach dem Krieg, von Kameraden hörte, daß der Sturm auf die faschistischen Stellungen kurz vor zwei Uhr nachts angelaufen war und sein Vater Jakow Akifowitsch Minuten später seinen tödlichen Schuß erhielt. Es konnte also sein, daß es genau um zwei Uhr nachts geschehen war.

Nun lagen sie zu dritt in einer Senke hinter den Weidenbüschen, hatten einen Damm in die nasse Morgenluft gesprengt und gönnten sich, auf dem Rücken liegend und in die bläulich matte Dämmerung blickend, ein paar Minuten tiefen Atemholens.

Jetzt lief der Alarm im vier Werst entfernten Baulager Nowo Gorodjina an, einem Barackendorf, das diesen neuen Namen bekommen hatte, weil der leitende Ingenieur Schemjakin zufällig in Gorodjina, in der Ukraine, geboren war. Ein ziemlich sinnloser Alarm, denn was konnte man in Nowo Gorodjina schon tun? Wie immer, so würde es auch jetzt kommen: Ein paar Wagen fuhren zur Unglücksstelle, man stand herum, stellte den Schaden fest und diskutierte darüber, schrieb später dann einen Bericht an die Zentralbaustellenleitung in Tobolsk, erwartete von dort den Hubschrauber mit dem Objektleiter, dem fetten Koskajan, sowie drei weitere Militärhubschrauber mit dreißig Rotarmisten, die völlig sinnlos das Gebiet des Attentats absperrten, als hielten sich die unsichtbaren Bombenleger gemütlich plaudernd an der Sprengstelle auf.

»Wir sollten nun doch gehen«, sagte Masuk und rutschte etwas tiefer in die Senkung, setzte sich und rieb sich die erdverschmutzten Hände. Er war ein kräftiger Kerl Anfang der Fünfzig. Sein Gesicht ließ er von einem schwarzen Bart überwuchern, in dem kein einziges graues Haar war, wie er immer stolz betonte – und woher kommt das? Von den Weibern! Weiberchen halten frisch und gesund; vor allem dann, wenn man es mit den jungen treibt. Da bleibt man selbst noch jung. Mithalten muß man ja, Genossen, und das ist so um die Fünfzig rum kein leichter Dienst mehr. Also: Masuk war ein Bursche wie aus Granit gehauen und wurde als der Führer der örtlichen Kampfgruppe anerkannt.

Von Beruf war er Schmied. Kein aussterbender Beruf, o nein. Freunde, da irrt man sich! Wenn es auch kein modernes Rußland gäbe ohne die Millionen Traktoren – auf ein Pferdchen und ihre großrädrigen Wägelchen, auf Schlitten und gute, feste Zugpflüge kann man trotz aller Technik nicht verzichten in diesem unendlich weiten Land, wo es oft im Sommer fünfunddreißig Grad Hitze und im Winter vierzig Grad Frost gibt. Wo nur im europäischen Teil der Boden auftaut, aber jenseits des Urals, im sibirischen Land, fast siebzig Prozent aus Dauerfrostboden bestehen; auch im Sommer, wenn Tundra und Taiga blühen und Sibirien so schön ist, daß man beten könnte: Herr da oben, wir danken dir. Gesegnet hast du uns.

Wie wichtig ist da ein Pferdchen. Überall kommt man mit ihm hin, ist schnell und wendig mit ihm. Gras, Klee und Disteln frißt es, säuft aus den vielen schmalen Bächen und den Tausenden kleinen Seen, und im Winter ist es zufrieden mit billigem Heu und altem Stroh, aber die Schlitten zieht es durch jeden Schnee, daß es eine Freude ist, juchhe!

Masuk hatte gut zu tun in Lebedewka, ein geachteter Mann war er; seine Bandeisen um die Räder hielten länger als anderswo; seine Hufeisen waren wahre Kunstwerke, fast zu schade, um sie unter die Hornklötze der Gäule zu schlagen – aber alles übertraf er mit seiner selbstgebastelten Bombe, einem wirklichen Höllending von immer wechselnder Gestalt. Natürlich hatte er seine Erfindung nicht nach Moskau gemeldet, um damit die Stärke der Roten Armee zu erhöhen, denn – wie wir gleich begreifen werden – eignete sich Masuks geniale Bombe nur für Terrorzwecke.

Ein schlichter Kasten war's, gefüllt mit höllisch spitzen Eisensplittern. Mal sah er aus wie ein verlorenes Köfferchen, täuschend ähnlich in Form und Farbe und mit richtigen Schlössern, mal glich er einem Benzinkanister oder einem Werkzeugkasten oder einem Farbeimer oder – ein Glanzstück von Lew Andrejewitsch – einem alten Radio. Alles verlockende Dinge, wenn man sie findet, sie so herrenlos daliegen sieht und sich denkt: Das könnte man gebrauchen. Es ist im Sinne des Aufbauplanes, nichts herumliegen und verderben zu lassen.

Erstaunt, allerdings meist nur einen Sekundenbruchteil lang, war man aber, wenn man den verlockenden Fund öffnete. Dann zeigte Masuks Erfindung eine schreckliche Wirkung: Ein Kontakt wurde geschlossen, entzündete eine Sprengladung, und der fröhliche Finder wurde mit Hunderten von Eisensplittern gespickt, was noch niemand überlebt hatte.

Bis nach Moskau reichte der Ruhm von Masuks Bombe, nur betrachtete man dort die Erfindung anders als am Ufer des Tobol und Irtysch. Nachdem dreiundzwanzig Menschen getötet worden waren, darunter neunzehn Rotarmisten, befahl Gennadi Alexandrowitsch Pychtin, der Befehlshaber der Truppen im Bezirk Tobolsk, alles Kastenähnliche, was man fand, von Feuerwerkern der Pioniere untersuchen und öffnen zu lassen.

Dieser Befehl führte zu bemerkenswerten Aktionen. Da verlor tatsächlich eines Tages ein Lastwagen auf den holprigen Wegen eine Kiste mit einer Waschmaschine. Genossen, eine richtige Waschmaschine, die selbst die dreckigste Wäsche sauber wäscht ohne Rubbeln auf dem Brett und ohne daß man sie auf den Flußsteinen ausschlagen müßte. Verliert die Maschine einfach, der Kerl im Wagen, und merkt es noch nicht einmal! Ja, und da kommt eine Patrouille der 3. Kompanie aus Sawodorowsk, sieht den Kasten mitten auf der Straße liegen und gibt Alarm. Aus Tjumen fliegt ein Kommando ein, umkreist die fürchterliche Kiste, beschließt, keinen Menschen für die Entschärfung zu opfern und sprengt die gute Waschmaschine mit einer Panzerrakete in die Luft. General Pychtin gratulierte später der 3. Kompanie für diesen mutigen Einsatz.

Nicht besser erging es einem Pappkarton, den man auf einer Wiese entdeckte. Zwanzig Rotarmisten warfen sich auf den Boden, schossen mit ihren Kalaschnikow-Maschinenpistolen und mit Leuchtspurmunition so lange auf den Pappkarton, bis er in Flammen autging, aber nicht explodierte Unmöglich war das ja auch, denn es handelte sich nur um einen weggeworfenen, leeren Karton.

Dafür explodierte eine große Fuchsfalle, eine Röhre mit einer Klapptür, als vier Soldaten neugierig nachsehen wollten, ob ein Fuchs in der Falle saß. Es gab drei Tote und einen Schwerverletzten, und General Pychtin in Tobolsk sagte mit starrem Gesicht:

»Wer dieses Schwein entdeckt, das solche Sache erfindet, bekommt einen Orden und wird in den nächsthöheren Rang befördert.«

Lew Andrejewitsch erfuhr auf Umwegen von diesem Ausruf. Am meisten ärgerte er sich, daß man ihn Schwein nannte; von da an grübelte er darüber nach, wie man General Pychtin ein Päckchen schicken könnte, das vorher niemand aufmachte, nur Pychtin selbst. Ein Kuchen könnte es sein, ein schöner, hoher runder Topfkuchen, gebacken und geschickt von der fernen Generalin. So ein Päckchen würde Pychtin selbst aufschnüren ... Aber wo lebte die Pychtina? Sagen wir, in Gomel. Wie kam man an einen Poststempel von Gomel?

»Gehen wir jetzt, liebe Brüder«, sage Masuk nun und erhob sich. Er schüttelte den nassen Plastikmantel aus, streifte den

Erddreck mit der Hand herunter und schabte dann an dicken Grasbüscheln den Schmutz von den Händen. Rudenko und Goldanski säuberten sich auch, so gut es hier möglich war, und gingen dann hintereinander Masuk nach in den Sumpf, der alle ihre Spuren aufsaugte und glättete. Einen weiten Bogen schlugen sie, bis sie den Rand der Wälder von Lesnoi erreichten. Dort warteten, angebunden an den Bäumen, drei halbhohe, struppige Gäulchen auf sie, wieherten fröhlich, als sie die Männer sahen, und stampften den weichen Boden. Vorbei war jetzt längst die Dämmerung, der neue Tag war mit einer trüben Sonne gekommen, die jedem sagte: Nun wird es schnell Herbst. Die Taiga, die »goldene Taiga«, wird in tausend Farben schimmern und noch einmal in sprachlos machender Schönheit vom Wunder dieses Landes erzählen, bis der große Regen fällt und die Straßen und Wege im Schlamm versinken. Und dann werden über Nacht die dicken Schneeflocken fallen und wird der Frost sich ankündigen mit den ersten eisigen Stürmen. Dann würde man im Dorf Lebedewka nach Urväter Sitte die Fensterritzen mit Papierstreifen verkleben, den großen gemauerten Ofen heizen und sich einrichten, auf seiner Plattform zu schlafen. Die ganze Familie nebeneinander aufgereiht, wie jedes Jahr ... der Teufel hole die modernen Öfen, wie man sie schon in der nächst größeren Siedlung Sawodorosk eingeführt hatte. Diese Öfen stanken nur, fraßen gute Rubel auf und neigten dazu, zu platzen. Das hatte man aus Sawodorosk erfahren; ob's stimmte, prüfte keiner nach. Aber ist schon jemals ein aus Flußsteinen gemauerter Ofen geplatzt? Das hatte man noch nicht gehört. Dafür aber gab es Öfen, die schon über hundert Jahre treu ihren Dienst erfüllten.

Masuk, Rudenko und der immer stille, wortkarge Goldanski streiften ihre Plastikmäntel ab, steckten die Strickmützen unter die Sättel und banden die Gäulchen von den Bäumen los. Als sie aufsaßen und die Pferde unter ihnen tatendurstig trippelten, sahen sie aus wie brave Bauern, die gerade von ihren Feldern kamen – und nicht wie verschworene Genossen, die eben einen Damm für einen neuen Kanal gesprengt hatten.

Wieder sah Rudenko auf seine verbeulte Aluminiumuhr.

»Neun Uhr und achtundvierzig Minuten«, sagte er und steckte die Uhr wieder weg. Er an zog an den Zügeln und stellte sein Pferd ruhig. »Laßt uns bis zehn Uhr warten!«

»Verrückt macht er mich mit seiner Uhr!«, schrie Masuk, aber er verzog dabei sein Gesicht zu einem Lächeln. »Wie ist das, Boris Jakowlowitsch, wenn's bei dir in den Därmen brummt? Auch nur zur vollen Uhrzeit die Hosen runter? Oder geht's in die Hosen hinein?«

»Was versteht ihr schon davon?!« Rudenko winkte ab. »Nur große Dinge hängen an der Uhr. Heute ist für uns alle ein besonderer Tag.«

Mit einem Achselzucken wendete Masuk sein Pferd, ritt im Kreise um seine beiden Kameraden herum und wartete so, bis Rudenko seine Uhr wieder hervorholte und sagte:

»Noch drei Minuten, Brüder ...«

»Verstehen kann man jetzt, warum Boris Jakowlowitsch nie eine Frau bekommen hat!« rief der stille Goldanski aus. »Welch ein Weibchen macht das schon mit? Steht mit der Uhr in der Hand vorm Bett und sagt: ›Noch zwei Minuten, Liebchen, dann wird's gemacht!‹ Da trollt sich doch jede davon.«

Erschöpft von soviel Redefluß beugte sich Goldanski über den Nacken seines Gäulchens und tätschelte es. Gut reden hatte er; sechs Kinder hatte ihm seine Frau Antonia geboren, zwei Mädchen und vier Jungen. Groß waren sie jetzt schon und bis auf den jüngsten Sohn in alle Welt verstreut. Die Jugend wollte weiterkommen; in Lebedewka indessen gab es keine andere Möglichkeit, als so zu leben wie die Vorväter: das Land bebauen, Fische fangen, am Bau von neuen Straßen mithelfen, die Wälder ausroden oder in einer der umliegenden Sowchosen mitarbeiten ... ist das ein Lebensziel für junge kräftige Menschen? So war es jedenfalls bisher gewesen. Nun allerdings hätte es Arbeit genug gegeben, gut bezahlte Arbeit sogar: Der seit Jahrzehnten geplante große Kanal von Belogorje am Zusammenfluß der sibirischen Ströme Ob und Irtysch bis hinunter in den tiefen Süden am Araisee und noch weiter bis in die

Wüsten nach Kasachstan, Usbekistan und Turkmenistan, bis zu den Flüssen Syrdaja und Amudarja sollte endlich Wirklichkeit werden. Ein gewaltiges, auf dieser Welt einmaliges Werk: Ein Teil der unermeßlichen Wasserfluten von Ob und Irtysch sollte rückwärts fließen, nicht mehr ins Nördliche Eismeer, sondern nach Süden, in die Kalmückensteppe, in das trockene Land zwischen Aralsee und Kaspischem Meer. Ein Kanal, zweihundert Meter breit, fünfzehn Meter tief, mit einer Länge von zweitausendfünfhundertfünfzig Kilometern, vom Anfang bis zum Ende mit Schiffen befahrbar ... der größte Wasserweg der Welt.

Hier hielt man die Zukunft Sibiriens in der Hand. Hier entstand von Menschenhand schier Unglaubliches. Hier wurde das Gesicht der Erde verändert. Hier griff der Mensch massiv in Gottes Schöpfung ein. Aber hier gab es auch Arbeit für Hunderttausende.

Nur den Goldanski-Kindern nutzte diese ungeheure Zukunft wenig. Sie suchten sich ihre Zukunft in der Ferne, denn was soll man mit einem Vater anfangen, der gemeinsam mit Freunden und mit anderen Gruppen Gleichgesinnter zwischen Tobolsk und Tjumen alles in die Luft sprengte, was mit dem Kanalbau zu tun hatte.

»Ihr verhindert es ja doch nicht!« hatte der älteste Sohn Ilja beim Abschied gesagt und an seine Stirn getippt. »Ihr gegen Moskau ... Idioten seid ihr alle. Denkt an mich, wenn der Kanal am Tobol vorbeifließt. Wie kann eine Mücke einen Ochsen aufregen?«

»Aber wenn eine Bremse ihm in die Nüstern sticht, tanzt er!« hatte Goldanski entgegnet. »Und wir werden stechen, mein Söhnchen. Noch viel hören wirst du von uns ...«

»Jetzt!« sagte Rudenko laut und steckte die Uhr wieder ein. »Zehn Uhr.«

Er gab seinem Pferd leicht die Hacken und ritt als erster in den Wald hinein. Bis Lebedewka waren es noch gut zwanzig Werst, immer zwischen den Bäumen hindurch, ohne Pfad, bis man die schmale Straße erreichte, die von Sawodorosk bis

Lesnoj reichte und dort in die breitere Straße nach Tobolsk mündete.

Sie ritten langsam, ließen sich von den Gäulchen mehr tragen, als daß sie den Weg bestimmten, und stießen fünf Werst vor Lebedewka auf ihre holprige Straße. Mittag war es nun, die Sonne hatte Lücken im Himmel gefunden und strahlte noch einmal Wärme über das Land. Das Laub der für dieses Jahr sterbenden Bäume leuchtete vom hellen Gelb bis zum tiefen Rot, die Bäche waren wie mit Silber gefüllt, und über den Boden krochen die Büsche der Kronsbeeren, Schellbeeren und Moosbeeren – für den Winter, mit Zucker kandiert, ein Segen Gottes.

Mit einem Ruck hielt Masuk sein Pferd an.

»Das alles soll später nicht mehr sein«, sagte er dumpf. »Schiffe sollen hier fahren, und an den Ufern siedeln sich Industrien an. Städte werden an den Ufern des Kanals gebaut werden, vertreiben wird man uns von unserem Land, und wir sollen dastehen, in die Hände klatschen und ein Lied vom Fortschritt singen. Brüder, sie wollen uns umbringen, und wir sollen auch noch stolz darauf sein. Das sag ich euch: Zerhakken laß ich mich in meinem Haus, aber ich gebe es nicht her, solange ich lebe.«

Sie ritten stumm weiter und erreichten die ersten aus Holz gezimmerten kleinen Speicher, die an den Rändern der Wege zu den einzelnen Feldern standen. Hier bewahrte man die Geräte auf und schichtete das Grünfutter für die Ziegen und Kaninchen in den Ställen hinter den Häusern.

Unter einer Gruppe von zehn Birken, die man im Dorf die »Zehn Sänger« nannte, weil der Wind, wenn er sich in ihnen fing, richtige Töne von sich gab, sahen sie eine Frauengestalt sitzen. Ihr Kopftuch hatte sie tief ins Gesicht gezogen, ein Rock aus bunt bedruckter Baumwolle – kleine rot-weiß-blaue Punkte bildeten ein Muster – reichte ihr gerade bis an die Knie, und die hellrote Bluse, die sie trug, war zwar weit genug, ließ aber deutlich ihre hohen, großen Brüste ahnen. Das Geklapper der Hufe auf der Straße schien für sie ein Signal zu sein: Sie straffte sich, lehnte sich gegen einen Birkenstamm und sah den drei Reitern entgegen.

»Nun sieh mal an, wer sitzt denn da?« sagte Goldanski spöttisch. »Wartet wohl auf dich, Lew Andrejewitsch?«

»Halt's Maul, Samson Lukanowitsch!« Masuks Gesicht verfinsterte sich. Er zog die Zügel an seine breite Brust und stemmte die Beine in die Steigbügel. »Nichts hast du gesehen, verstehst du?«

»Das Land ist leer. Wo soll denn jemand sein?« sagte Goldanski mit einem Glucksen in der Stimme.

Sie hatten die »Zehn Sänger« erreicht, und Goldanski wollte sein Pferd anhalten, aber Rudenko gab ihm einen Stoß in die Seite.

»Das ist nicht unsere Sache«, warf er Goldanski in gedämpftem Tonfall zu. »Halt dich nicht auf. Du hast eine Frau und eine Tochter – die warten auf dich und zittern seit Stunden um dich.«

Masuk blieb stumm, drehte sein Pferd zur Seite und ritt langsam auf die Birkengruppe zu. Selbst als er vor der Wartenden stand, blieb er im Sattel sitzen und starrte mit bösem Blick auf sie herunter. Sie hatte den Kopf in den Nacken geworfen, das Tuch abgerissen und ließ ihr blondes Haar in der Sonne leuchten. Jetzt sah man, wie verteufelt schön sie war; ein junges Weibchen, nicht älter als dreiundzwanzig Jahre, die langen Beine in einem engen, kurzen, erst weit über dem Knie endenden Rock darbietend; und wenn sie vor der Sonne stand, war sie wie durchleuchtet, und kein Geheimnis war's mehr, daß sie ihre Bluse auf dem nackten Körper trug.

»Soja, was willst du hier?« fragte Masuk unwirsch. »Was soll das?«

»Gewartet hab ich auf dich.« Sie trat an das Pferd heran, legte die Hand auf den Sattelknopf. Dabei berührte sie Masuks Schenkel, ganz leicht nur, wie ein Windhauch, aber Masuk spürte es bis in die Fußspitze und die Enden seiner Kopfhaare. »Seit Stunden warte ich.«

»Warum? Zum Satan, warum?« Er ließ das Pferd zurücktänzeln, um aus der Reichweite ihres Armes zu kommen. Ein Höllenweib, dachte er. Wahrhaftig, wer sie ansieht, verliert seinen eigenen Willen, und wenn sie einen berührt, zerfällt die Welt zu glühender Asche. Nichts gibt es mehr als ihren glatten Leib, ihren zischenden Atem, die Nägel ihrer Finger, die sich ins Fleisch eingraben, und dann den seligen Tod des Zerberstens.

Soja Trofimowa gehörte zu den armen Familien im Dorf. Am Rande der Siedlung, ziemlich weitab vom Dorf in den Sümpfen, stand in der Nähe eines Sees und dem dazugehörigen Bach das »Haus« der Trofimows; ein armseliges Hüttlein, das sich in den letzten hundert Jahren kaum verändert hatte. Nur ab und zu wurde es – vielleicht alle zwanzig Jahre – mit einem Gemisch aus Holzfarbe und Teer gestrichen. So war es ganz schwarz geworden, und man nannte es auch in Lebedewka das »Schwarze Haus«, was kein Ehrenname war, vielmehr ein Schimpfwort, ein Wort der Verachtung. Den Kindern, die etwas angestellt hatten, drohte man: »Ich sperre dich in das Schwarze Haus!« Und wenn man in fröhlicher Runde des Wodkas oder des Birkenweins genug hatte, sang man im Chor: »Im Schwarzen Haus, im Schwarzen Haus, da lebt die Rat', da lebt die Laus ...« Ein Flecken also, von dem die Lebedewkaner wünschten, es gäbe ihn gar nicht.

Die Trofimows kümmerte das wenig. Seit Generationen – so lange ging das nun schon – waren sie Außenseiter in der durch die harte Natur auf Gedeih und Verderb zusammengeschweißten Dorfgemeinschaft und lebten doch weiter. Das Kreuz, das sie über all die Jahrzehnte zu tragen hatten, war der Alkohol. Der erste bekannte Trofimow baute sich 1853 in der Wildnis der verfilzten Wälder am Tobol sein Blockhaus, eben das Schwarze Haus, eine Art kleine Festung, ein Kreml aus dicken Stämmen. Und dazu einen Zaun aus zugespitzten Palisaden. So mußten die ersten Festungen der Stroganoffs in Sibirien ausgesehen haben; jene Stützpunkte, die der wilde Jermak bei seinem Eroberungszug durch das »Jungfräuliche Land« überall hinterlassen hatte; trutzige Holzburgen, die verkündeten: Hier gehen die Jahrhunderte vorbei, aber wir bleiben.

Woher der erste Trofimow kam, wußte keiner mehr. Er war plötzlich da, tauchte aus der Taiga auf, sah sich im Kreise um und soll gesagt haben: »Hier bleibe ich. Hier ist Anfang und Ende.« Überlieferungen, aber das waren auch nur bessere Märchen, berichteten davon, daß Trofimow ein entlassener Sibirienverbannter gewesen sein soll, vielleicht sogar ein geflüchteter, einer, den die zaristischen Schergen suchten, aber in den weglosen Wäldern natürlich nie fanden. Und so armselig er auch damals gewesen war, gesucht, gehetzt, dem sagenhaften grauen Wolf gleich, gegen den sogar die Popen in den Kirchen predigten und das Kreuz schlugen wie vor dem Satan –, eines hatte Trofimow bei sich: Wodka. Und das erste, was er in der Landwirtschaft anpackte, war das Ausgraben von wildwachsenden Kartoffeln und hartem Wildweizen, was er zermahlte und gären ließ, um daraus einen widerlichen Fusel zu brennen, in einem Eisentopf über dem Holzfeuer, mit einem zu Windungen gebogenen Bleirohr als Kühlschlange. Topf, Deckel und Rohr hatte er vorher in der kleinen Siedlung Sawodorowsk gestohlen, einem Flecken Menschheit aus neunzehn Häusern; heute ist das eine kleine Stadt. Wie wertvoll war damals in der Wildnis ein Eisentopf. Jetzt ist es ein Schimpfwort. Sagt man zu einem Sibirier: »Du verrosteter Eisentopf!«, so kann man sicher sein, daß er beleidigt ist.

Ein Wunder bleibt's, daß dieser Trofimow sein Gebräu überlebte. Nicht nur das: Er behielt genügend Kraft, um das Land und seinen Kreml zu roden, trockenzulegen, Felder anzulegen und aus Weidenästen Reusen zu flechten und in dem kleinen See oder im Tobol reichlich Fische zu fangen. An Fleisch mangelte es damals nicht; es kam ihm bis vor die Tür gelaufen, und er schoß es sich mit Pfeil und Bogen, also lautlos, was die Tiere nicht erschreckte und verscheuchte. Nicht zum Feind wurde er, sondern zum Teil der mächtigen Natur, ihr gehorchend und sie doch für sich nutzbar machend.

Irgendwie war dann eine Frau im Haus. Logisch. Woher

hätte es sonst Nachkommen geben können? Woher sie kam, blieb ebenfalls im dunkeln. Gehässige Menschen im heutigen Lebedewka behaupteten, er habe sie gestohlen, einfach mitgenommen, entführt – so wie früher die Tataren ausritten auf Frauenfang zu den benachbarten Völkern, die Männer und die Kinder niedermetzelten und nur die Frauen mitnahmen. Auch das war eine böse Sage, aber es hörte sich schön und schaurig an. Mag sein, daß der erste bekannte Trofimow sich seine Frau irgendwo raubte – etwas mußte an ihm gewesen sein, das liebenswert war, denn die Frau blieb bei ihm, versuchte keine Flucht und gebar ihm offensichtlich freiwillig einige Kinder. Als sie starb, baute ihr Trofimow aus dicken Balken ein Denkmal und begrub sie darunter. Es steht noch heute an seinem Platz, nach über hundert Jahren, und der jetzige Trofimow pflegt das mächtige Grabmal seiner Stammutter.

Geerbt aber hatten – Gott sei's geklagt – alle Trofimows die Sucht zum Alkohol. Soja Gamsatownas Vater, der stiernackige Gamsat Wladimowitsch Trofimow, brannte seinen Fusel nicht mehr selbst, sondern kaufte ihn. Daß er dies im benachbarten Lesnoj tat, statt im heimatlichen Lebedewka, das nahm man ihm auch wieder übel. Wieviel Gramm Wodka er am Tage soff, war unbekannt, es war auch nicht so wichtig. Die alle beschäftigende Frage war vielmehr: Woher nimmt er die Rubel für den Schnaps?

Nun gut – er fischte, wie sein Urahne, noch immer in dem kleinen See, doch der Fischreichtum ließ von Jahr zu Jahr nach. Von den Feldern erntete er das tägliche Mahl, aber der Brauch, auch das Fleisch selbst zu schießen, war längst vorbei, seitdem es Straßen gab, Hochspannungsleitungen, Baumfällerkolonnen und Wasserfachleute aus Swerdlowsk, die begonnen hatten, die kilometerweiten Sümpfe trockenzulegen, um fruchtbares Ackerland daraus zu machen.

»Er kann nur betrügen«, sagte Grigori Valentinowitsch Korolew, der Dorfvorsteher von Lebedewka, immer wieder, wenn man von Trofimow sprach. »Betrügen, das ist es ... Wovon sollte er sonst leben?« Aber wen betrog er? In Lebedewka gab es keine Geschädigten, die gegen ihn aussagen konnten. Verständlich, daß so etwas die Nachbarn nervös macht. Nichts ist verdächtiger als ein Mensch, von dem man nichts weiß.

Einen Aufruhr innerhalb der Häuser von Lebedewka gab es auch, als Gamsat Wladimowitsch plötzlich von einer Fahrt nach unbekannt eine Frau mitbrachte. Ein rothaariges Weib mit munteren grünlichen Augen. Drall und kräftig, ja, sogar hübsch war sie, wie die Männer neidvoll feststellten. Und eine Schande war's, daß so ein Weibchen ausgerechnet zu einem Trofimow in den Kasten kroch. Aber so ist es auf der Welt: Ein Halunke holt sich immer das beste Stück. Ob Strolch oder Politiker – man muß nur richtig zugreifen können.

Ein Jahr später wurde den Trofimows ein Mädchen geboren: Soja Gamsatowna. Das war vor nunmehr dreiundzwanzig Jahren gewesen, und sie blieb das einzige Kind, denn die »rote Tiofimowa« mußte nach der schweren Geburt – zweiunddreißig Stunden lang dauerten die Wehen – in Tobolsk operiert werden und kam als unfruchtbar zurück. Gamsat ertränkte seine Erschütterung in Schnaps, war eine ganze Woche lang wie tot durch Alkohol, aber dann ertrug er sein Schicksal stumm und gottergeben. Und als seine »Rote« starb – an einem rostigen Nagel, an dem sie sich die Haut aufritzte, wodurch sie einen Wundstarrkrampf bekam –, begrub er sie neben dem Holzdenkmal seines Ahnen. Ein so gewaltiges Grabmal hatte auch Platz für zwei.

Soja Gamsatowna, das Töchterchen, wuchs zu einer solchen Schönheit heran, daß die Weiber von Lebedewka ihr die Pest an den Hals wünschten. Nicht nur die Jungen starrten ihr nach, wenn sie – selten genug – über die Dorfstraße ging, langbeinig, mit schmalen Schenkeln, die Hüften schwingend und mit bei jedem Schritt bewegten und frei schwebenden üppigen Brüsten, dazu das weizenhelle Haar und ein halb spöttisches, halb böses Lächeln auf den Lippen, der Teufel hole sie! Nein, auch die älteren Männer und Familienväter schielten zu ihr hin, und so etwas Träumerisches zog dann in ihre Augen.

Sogar Papsikjan, sonst ein biederer Schuhmacher mit fünf

lieben Kinderchen, erschien heimlich bei Väterchen Schagin, dem Popen von Lebedewka, zur Beichte und flüsterte ihm verstört vor: »Vater, ich träume von ihr. Jede Nacht. Sag, ist das eine Sünde?« Und Schagin antwortete mit gedämpfter Stimme: »Nein, Iwan Iljanowitsch, keine Sünde ist's. Auch ein solches Weib ist Gottes Werk. Nur faß sie nicht an, denn dann hätte der Satan gesiegt ...«

Drei Jahre lang war Soja in Tjumen gewesen, hatte dort das Schneiderhandwerk erlernt und kam mit einem guten Prüfungszeugnis wieder nach Hause zurück – und auf das modernste angezogen. Mit Jeans aus Amerika sogar. Mit Röcken so kurz, daß man den halben Schenkel sah. Mit Blusen so durchsichtig wie Spinnennetze und mit hochhackigen Schuhen ... Gott sei's geklagt, und das in Lebedewka!

Der Höhepunkt aber war, daß sie sich aus Tjumen ein Motorrad mitgebracht hatte. Eine leichte Maschine, gewiß, aber robust und schnell; man konnte mit ihr in kurzer Zeit überall hinfahren, wo die Welt anders aussah als in Lebedewka. Wenn Soja auf ihrem Motorrad durch das Dorf ratterte, starrten ihr die Frauen böse nach und verzogen die Münder, weil sie in kurzen Hosen im Sattel saß. So knapp waren die Hosen, daß man nicht nur die ganzen Schenkel sah, sondern auch die Doppelwölbung ihres Hinterns.

»Ein Hürchen!« sagten sie dann. »Jawohl, ein Hürchen! Fährt in die Stadt, holt sich die Männer her und kommt zurück mit einem Beutel voll Rubel. Schneiderin ... lachen muß man da! Unsereiner wartet zehn Jahre auf einen Bezugsschein für ein Motorrad, aber sie bekommt's schon nach drei Jahren. Hat sicherlich mit dem Genossen der Zuteilungsstelle von Tjumen im Bett gelegen ... ich sag es ja: Ein Hürchen ist sie! Möge sie sich überschlagen mit ihrem erhurten Motorrad ...«

Man muß das alles wissen, um verstehen zu können, was noch alles folgt.

Jetzt nun stand Soja unter den »Zehn Sängern«, blickte Masuk mit einem Lächeln an und rührte sich nicht, als er sein Pferd um sie herumtänzeln ließ.

»Warum wartest du hier?« wiederholte Masuk.

»Ich hatte Angst um dich.«

»Um mich braucht keiner Angst zu haben.«

»Man sieht's. Wo ist deine Frau? Wäre ich Svetlana Viktorowna, würde ich jetzt beten und Gott danken, daß ich dich wiederhabe.« Sie machte eine weite Handbewegung. »Aber wo ist sie, deine Frau? Zittert sie um dich? Ich habe gezittert!«

»Du hättest nicht kommen dürfen.« Masuk blieb auch jetzt im Sattel sitzen. Wenn er abstieg, er würde – das wußte er – Soja an sich reißen und küssen und vielleicht noch mehr tun, dort hinten in den Büschen hinter den »Zehn Sängern« ... »Hat dich jemand gesehen?«

»Soll ich herumschleichen wie ein Marder? Jeder kann mich mit dir sehen!«

Masuk riß die Augen auf und zog das bärtige Kinn an. Welche Sprache auf einmal? Auflehnung? Gegen ihn?!

»Red vernünftig, Soja«, sagte er und betrachtete sie. Begehrlich sah sie aus in ihrer dünnen Kleidung und im Licht der Sonne. »Willst du Streit mit Svetlana?«

»Er wird sich nicht vermeiden lassen, Lew Andrejewitsch.«

»Was soll das heißen?«

»Ich bekomme ein Kind ...«

»Von wem?« schrie Masuk so laut, daß sein Pferd vorn hochsteigen wollte. Hart riß er mit den Zügeln den Kopf herunter.

»Von wem?« Sojas Augen glühten plötzlich. Übergroß waren sie in dem sonst schmalen Gesicht. »Von dir. Natürlich von dir ...«

»Natürlich ist nichts!« schrie Masuk noch lauter. Sein Gesicht schwoll rot an, die Augen rollten in den Höhlen, mit beiden Händen hielt er sich am Sattel fest. »Aufgepaßt habe ich. Jedesmal aufgepaßt, das kann ich schwören. Gott sei mein Zeuge.«

»Ich habe ihn nicht gesehen, wenn du bei mir warst. Aber ich kann dir sagen, wo es passiert ist. Am ›Runden See‹, neben dem Bootssteg im Moos. Das Moos war naß und mein ganzer

Rücken grün. Wie du damals gelacht hast ... ich habe es noch im Ohr! Hast du's vergessen, Lew Andrejewitsch?«

»Aus der Stadt hast du's mitgebracht und willst es mir jetzt andrehen, was?! Wer weiß, mit wem du überall zusammengelegen hast. Hah! Wer ahnt das?! Ich bin nicht der Vater der Mißgeburt, ich nicht!«

Masuk war außer sich und achtete nicht mehr auf seine Worte. Der Zorn war überhaupt seine finstere Seite. Wenn Lew Andrejewitsch die Wut packte, konnte man glauben, er könne mit der Faust einen Bullen erschlagen. In unbremsbarem Zorn hatte er einmal einen Lastwagen mit einem einzigen Tritt gegen den Motor fahrunfähig gemacht, nur weil der Fahrer, ein Angestellter des Kombinats »Rote Sonne« für Lederverarbeitung, zu ihm gesagt hatte: »Genosse Schmied, sind Sie in der Lage, ganz schnell eine Rohrkrümmung für den defekten Auspuff herzustellen?«

Es war, als berühre Soja das Geschimpfe Masuks nicht, wie auch sein wilder Blick keine Furcht in ihr auslöste. Ruhig, wie bisher, sagte sie mit ihrer hellen Stimme:

»Sei nicht so einer wie die anderen, von denen man immer hört. Wir bekommen ein Kind, das kann man nicht mehr wegschimpfen. Also ist es gleichgültig, ob man uns jetzt zusammen sieht oder nicht.«

»Und das Dorf? Die Leute? Meine Freunde? Svetlana, meine Frau?« Masuk mußte heftig schlucken. Der Gedanke an die Schande, die über ihn fallen würde, war erdrückend. Der ehrenwerte Masuk bekam ein Kind von einer anderen Frau. Und dann auch noch von Soja Gamsatowna, die niemand auf der Straße grüßte und die man im Magazin bediente, als brächte sie den Aussatz ins Haus. Einen Strick konnte man sich nehmen, einen dicken, und sich hier an den »Zehn Sängern« aufhängen.

Trotz dieser niederschmetternden Erkenntnis blieb Masuk im Sattel sitzen. Hier fühlte er sich erstaunlicherweise sicher; hier auf dem Pferderücken, höher als Soja, konnte er auf sie hinunterblicken. Jeder Mensch, der auf einen anderen herabblicken kann, fühlt sich stärker. Ein großer Selbstbetrug ist das, aber kaum jemand gesteht es ein. Warum sitzen die Politiker immer auf Podien und Tribünen, immer hoch über dem Volk? Nicht, damit sie besser gesehen werden – so genußvoll anzublicken sind sie nicht –, sondern um der gemeinen Masse zu zeigen: Seht, da sind wir, die euer Leben bestimmen. Wer einmal hier oben sitzt, ist der Stärkere.

»Was kümmern mich die anderen Leute?« sagte Soja jetzt. »Sie lieben mich nicht ... aber wir lieben uns. Ist es nicht so, Lew Andrejewitsch?«

»Wer weiß von dem Kind?« fragte Masuk dumpf und kaute an der Unterlippe.

»Niemand. Nur du.«

»Dein Vater?«

»Auch nicht. Aber bald wird sich mein Bauch wölben, und dann wird er fragen.«

So war es! Nicht nur bei Gamsat Wladimowitsch, sondern auch bei Svetlana Victorowna, seiner Frau. Man konnte heimlich tun über eine gewisse Zeit, aber dann ... Die Natur macht immer sichtbar, wenn etwas blüht und wächst, ob auf dem Feld oder im menschlichen Leib.

»Ganz ruhig müssen wir alles überdenken, Soja«, sagte Masuk, aber seine Stimme hatte einen heiseren Klang. »Warum es jetzt schon in alle Welt rufen? Noch bist du schlank wie ein Fohlen.«

»Was wird aus Svetlana werden?« fragte sie und kam einen Schritt näher an das unruhige Pferd heran. Masuk zuckte mit den Augen, als starre er in eine blendende Sonne.

»Welche Frage! Was soll aus ihr werden?«

»Lew, wir werden zusammenbleiben.«

Masuk zog die Luft zischend durch die Zähne und spürte, wie sein Herz zu schmerzen begann. »Soja, überleg einmal ...«, setzte er an, aber sie hob die kleine Hand und wischte seine weiteren Worte weg.

»Ich will nicht überlegen, ich will dich!«

Ganz einfach klang das und war doch der Beginn eines neuen Lebens. Masuk klopfte das Blut in den Schläfen, sein Atem stockte, und wenn er nie in all den Jahren Angst verspürt hatte – jetzt war's ihm, als kröche sie in sein Herz hinein und würge es.

Der Nachmittag am »Runden See« ... ein warmer, heller Tag ... das Polster des Mooses ... Sojas nackter, schimmernder, lockender Körper und ihr Lachen, als sie die Arme ausbreitete; ihr Seufzen, als sie ihm ihre Jugend gab ... für Masuk, den alternden Mann, war es ein Flug in den Himmel gewesen. Er hatte dann später an ihrer Seite gelegen, die rechte Hand auf ihrem Leib, hatte in das unendliche, wolkenlose Blau über sich geblickt und hatte gesagt: »Welch ein Glück! Warum haben wir es? Wir werden einmal dafür büßen müssen ...«

Und jetzt wuchs das Kind in Sojas Leib. Die Zeit der Buße brach an.

Rudenko und Goldanski hatten längst das Dorf erreicht und ritten nun durch Lebedewka wie heimkehrende Kosaken. Auf der Straße rief man ihnen Fragen zu, aus den Vorgärten winkten sie ihnen mit Händen oder Geräten, und Rudenko lachte, schüttelte seine Hand über dem Kopf und rief zurück: »Alles in Ordnung, Genossen! Der Damm hat sich verkrümelt. Ein Jahr wirft sie das zurück ... na, sagen wir, ein halbes Jahr. Ein großer Erfolg, liebe Freunde!«

Man beklatschte seine Worte, als habe er mit schöner Stimme gesungen. Vor seinem Haus lief Goldanskis Frau ihnen entgegen, mit ausgebreiteten Armen, als sei Samson Lukanowitsch jahrelang weg gewesen im Krieg. Und ein Krieg war es ja auch, ein kleiner, winziger Krieg, ein verzweifelter Kampf aus dem Dunkel heraus, ein Feldzug einsamer Männer gegen ein übermächtiges Regime, das im fernen Moskau an einem Schreibtisch beschlossen hatte: Wir werden den Kanal Sibirien – Mittelasien bauen, den Sibir-Aral-Kanal, das größte Bauwerk, das je ein Mensch vollendet hat. Die Große Chinesische Mauer wird dann kein Weltwunder mehr sein; nicht das einzige Menschenwerk, das man vom Mond aus sehen kann ... der zweitausendfünfhundertundfünfzig Kilometer lange, zweihundert Meter breite und fünfzehn Meter tiefe Kanal wird es sein; die neuen blühenden Millionen Hektar Land, fruchtbare Akkerflächen statt sonnenversengter Wüste. Mit zwei Ernten im Jahr, wo früher nur Wetterdisteln wuchsen. Wogende Felder statt harter Grassteppe. Neuer Lebensraum für drei Millionen junger Tadschiken, Usbeken, Kirgisen und Kasachen im Jahre 2000.

Ein Bild, dem Paradies nahe. Daß aber eine Sonne auch Schatten schafft, blieb unerwähnt. Aus fernen Wüsten wollte man Felder zaubern ..., doch die Gebiete an Ob und Irtysch, deren Fluten in großen Mengen – von 60 Kubikkilometer Wasser spricht man – wieder rückwärts fließen sollen in den trokkenen Süden, werden dabei verkümmern. Die Dämme und Schleusen werden die Laichwanderung der Fische verhindern. Industrien werden sich am Sib-Aral-Kanal, der neuen Lebensader, ansiedeln. Die Wälder werden sterben, die Sümpfe austrocknen. Das Jahrtausende alte Gleichgewicht der Natur wird vernichtet, das gesamte Ökosystem umgeworfen werden ... der Mensch dreht an der Ordnung der Schöpfung.

Vor fast einem Jahr hatte es in Lebedewka eine Versammlung in der Stolowaja gegeben, dem Saal, in dem vieles gefeiert wurde: die Oktoberrevolution, Lenins Geburtstag, Väterchen Frost. Ab und zu hielt auch Korolew, der Ortsvorsteher, eine belehrende Rede im Sinne der Parteipropaganda. Meistens aber wurde hier am Sonntag getanzt, wenn alle aus der Kirche kamen und Kyrill Vadimowitsch Schagin, der Pope, ihnen zum hundertsten Male gesagt hatte, welch große Sünder sie seien. Man nahm das gelassen hin; wie Korolew getreu dem Geist des Marxismus-Leninismus den Propagandatext der Partei vorlas, so wetterte der Pope getreu dem Auftrag seines Gottes ebenso heftig gegen die Sünde. Beides hörte man sich an, weil es eine gute Abwechslung war. Andere Leute, die vornehmen Bürger in den Städten, gingen ins Theater; in Lebedewka saß man in der Stolowaja oder stand in der Kirche und war ebenso zufrieden mit den Darbietungen.

Nun also ... damals vor fast einem Jahr hielt ein Professor

Vadim Viktorowitsch Filaret einen Vortrag über die Zukunft – das interessierte jeden – und berichtete von dem Plan des großen Kanals, der sich von dort, wo Ob und Irtysch zusammenfließen, bis hinunter in die mittelasiatischen Wüsten erstrekken sollte. Genaugenommen: Professor Filaret redete weniger vom Kanal als vielmehr von den Folgen für Sibirien, falls er tatsächlich jemals gebaut würde.

Am Ende des Vortrages lag tiefes Schweigen in der Stolowaja, die Lebedewkaner starrten betreten auf die Dielen oder gegen die Decke und begriffen, daß ihre Zukunft zwar fortschrittlich im Sinn der Partei, für ihre persönliche Existenz jedoch vernichtend war. Im Jahr 2000 würde hier alles anders aussehen, also in knapp vierzehn Jahren ... Liebe Brüder, was sind vierzehn Jahre?! Ein Fingerschnalzen, weiter nichts. Man sehe sich nur Marianka an. Ein strammes Mädchen, genau vierzehn Jahre alt – und es ist einem, als sei es erst eine Woche her, daß sie geboren wurde. Vierzehn Jahre ... das ist, wie einmal um das Haus herumgehen. Und in vierzehn Jahren sollen wir unsere Heimat, hier unser Dorf, nicht mehr wiederfinden?

»Das werden wir verhindern«, hatte Masuk damals gebrüllt und damit allen aus der Seele gesprochen. »Ja, verhindern werden wir das!«

Und Professor Filaret hatte geantwortet: »Liebe Brüder und Schwestern, wenn ihr Hilfe braucht, ich bin immer für euch da. Die neuesten Planungen werdet ihr von mir erfahren: wo man anfängt mit den Bauten, wo die Bewachung steht, welche Landstreifen das Militär kontrollieren wird, wo Geräte, Waffen und Sprengmaterial gelagert sind. Ich bin Mitglied des Moskauer Instituts für Wasserprobleme, das den Bau des Kanals übernommen hat. Vertraut mir, meine Lieben; was ich euch erzählt habe, ist nur ein Teil von dem, was wirklich geschieht, sobald das Wasser des Ob rückwärts fließt. Wenn ihr alles wüßtet, wenn ich euch zeigen würde, wie sich die ganze Welt verändern wird, würdet ihr nur noch beten. Aber ihr sollt nicht beten, ihr sollt handeln. Taten sind leiser als Worte.«

So begann es damals. Von diesem Tag an gab es keine Ruhe

mehr im Gebiet zwischen Tobolsk und Tjumen. Probebohrstellen flogen in den Himmel, Arbeitsbaracken brannten ab, Masuks genial konstruierte Satansbomben zerrissen Rotarmisten, Materiallager gingen in Flammen auf, ein Hubschrauber der Baubehörde explodierte in der Luft – und nun war ein Stück Probedamm zerstört. Ein scheußlicher Krieg aus dem dunkel heraus, blutig und grausam, Unschuldige tötend, um die Schuldigen zu treffen also völlig sinnlos, denn bisher haben sich in noch keinem einzigen Krieg die Schuldigen durch den millionenfachen Tod der anderen belehren lassen. Warum sollten sie es jetzt, gerade hier begreifen? Aber überall, wo man darüber sprach, hieß es: es geht um unser Land, unsere Heimat, unsere Zukunft. Rechnet doch mal, Genossen: In vierzehn Jahren fließt ein Teil von Ob und Irtysch rückwärts! Wovon willst du dann, Fischer am großen Strom, leben? Umschulen wollen sie dich – zu was denn? Zum Mechaniker an den Pumpen, zum Schlepper von Holzbalken, zum Reiniger der Schleusen, zum Putzer der Kanalwände? Du bist ein Fischer, dein Vater war einer, dein Großvater ebenso, und auch dein Urgroßvater kniete auf einem Wolfsfell vor den Löchern, die er ins Eis des Ob geschlagen hatte, und zog die Fäden der ausgelegten Angeln.

Wie man's auch sah: Die Welt war aus dem Gleichgewicht gefallen. Der Sib-Aral-Kanal war nur ein kleines, verschobenes Gewicht davon ...

Goldanski also sprang aus seinem Sattel, umarmte seine Frau, drückte sie an sich, küßte sie, als seien sie nicht schon über dreißig Jahre verheiratet, sondern als bereiteten sie sich auf ein erstes gemeinsames Bett vor, und sogar rot wurde die Goldanskaja noch und war froh, als Samson Lukanowitsch endlich im Haus war, weg aus den Blicken der Nachbarn.

Fröhlich pfeifend ritt inzwischen Rudenko weiter, stieg vor seinem Haus vom Gäulchen und betrat das große Wohnzimmer. Niemand wartete auf ihn, keiner hatte einen Wodka kalt gestellt oder brachte ihm köstlich duftende, heiße Piroggen oder marinierte Pilze mit saurer Sahne ... mit einem Fußtritt schlug er die Tür hinter sich zu, setzte sich auf den Rand der Eckbank und stierte die abgetretenen Dielen an.

Immer nach solchen Aktionen, wenn er zurück ins Haus kam, überfiel ihn die Bedrückung seiner Einsamkeit. Wie ist es jetzt bei Goldanski, dachte er etwa. Auf einem Stuhl wird Samson Lukanowitsch sitzen und die Beine von sich strecken, seine Frau zieht ihm die Stiefel aus, dann lehnt er sich zurück, greift zu Pfeife und Machorka und fragt: »Teufelchen, was hast du mir heute gekocht?« Und Teufelchen wird antworten: »Eine Orkoschka mit Huhn. Feine Leibspeise. Bist wirklich ein tapferer Mann, Samsonka ...«

Welch ein Empfang, welche Zärtlichkeit, welch ein schönes Leben! Und er, Rudenko, saß hier einsam in einem menschenleeren Haus, keiner freute sich über seine Rückkehr, keine Liebe schlug ihm entgegen. Die einzige, die ihn stumm begrüßte, war Faiga, seine Katze. Sie lag ihm gegenüber auf der Eckbank, starrte ihn mit.grünen Augen an, und nur ihre leicht schwingende Schwanzspitze verriet ihre Freude über sein Zurückkommen.

»Sie wundern sich alle über uns, Faiga«, sagte Rudenko leise zu der Katze. »Den Kopf zerbrechen sie sich: Warum hat er kein Weib im Haus?! Soll ich es ihnen sagen? Wer kennt denn die Wahrheit? Auch du kennst sie nicht ... es war viele Jahre vorher, lange bevor ich dich von Masuk geschenkt bekam. Aber warum es den anderen erzählen? Es könnte sich doch nichts ändern. Faiga, dir erzähle ich es eines Tages ... vielleicht. Weiß ich, ob ihr Katzen unsere Menschensprache versteht? Könnt ihr es, dann wirst du mir nachher das Gesicht zerkratzen. Du bist ja eine Kätzin ... ein Weib!«

Er ging zum Schrank, holte eine Flasche Wodka heraus, setzte sie an den Mund und soff, als trinke ein verdurstender Stier Wasser.

Unterdessen ritt Masuk in Lebedewka ein, allein, mit mißmutigem Gesicht ... Soja würde eine halbe Stunde später mit ihrem Motorrad folgen, als käme sie zurück aus einem anderen Ort.

Auch Masuk rief man auf der Straße und aus den Vorgärten freudige Worte zu, beglückwünschte ihn zur Sprengung des Dammes und war ein wenig enttäuscht, daß er nur knurrend antwortete, ein verschlossenes Gesicht aufsetzte und, ohne einmal anzuhalten, weiterritt zu seinem Haus. In`der Schmiede saß sein Lehrling, der stämmige Awdej Grigorijewitsch Korolew, Enkel des Dorf Vorstehers, und aß zu Mittag.

Anders als bei Goldanski lief Masuk die Frau nicht entgegen, nachdem er aus dem Sattel gesprungen war und sein Pferd in die Schmiede führte, ihm das Halfter vom Kopf zog und an einen Nagel hängte. Er sah hinüber zu dem schmatzenden Awdej.

»Was gibt's zu Mittag?«

»Weiß ich's?« antwortete Awdej. »Mir hat man geschmorte Gurken gegeben. Sehr wäßrig, Lew Andrejewitsch. Und wenig Fleisch dabei. Dir wird Svetlana Victorowna etwas Besseres gekocht haben.«

Davon war Masuk gar nicht überzeugt, und es zeigte sich, daß er richtig gedacht hatte. Er kam in die Stube und hob schnuppernd die Nase, aber es roch nach keiner Suppe, keinem Fleisch, keinem Gebratenen oder Gesottenen. Dafür kam Svetlana aus der Küche, in Rock und Halbschürze, aber mit bloßem Oberkörper. Nichts hatte sie an, außer einem Kettchen mit einem Kreuz, und das Kreuz war eingeklemmt zwischen ihren Brüsten.

Masuk wackelte bei diesem ungewohnten Anblick mit der Nase wie ein schnüffelnder Hund, setzte sich schwer auf die Ofenbank und streckte die Beine von sich.

»Ich bin zurück«, sagte er.

»Wer könnte das nicht sehen?« Svetlanas Stimme hatte einen hysterischen Klang, der Masuk aufhorchen ließ. Es war wie vor einem Gewitter; man spürte die in der Luft liegende Elektrizität. »Na, kommst du von deinem Hurenweibchen? Erst fliegt der Damm in die Luft und dann die Hose hinunter.«

»Halt das Maul!« sagte Masuk gequält. »Ich habe Hunger.«

»Hunger? Worauf? Auf Weiber? Geh hin, du Hurenkerl, und

schleck sie ab! Glaubst du, ich weiß nicht, was geschieht?! Ein Pferdchen will er beschlagen in der Nachbarschaft. Nimmt auch sein Werkzeug mit. Aber was tut er? Im Wald beschläft er das glotzäugige Luder. Wie der Hund die Hündin ... und das ist sie auch: eine gewissenlose Hündin!«

In Masuks Brust schwoll wieder der gefährliche Druck an, dessen Entladung fürchterlich war. Er drückte seine großen Schmiedhände wie Klammern um seine Knie und starrte die halbnackte Svetlana an. Ihre Brüste schaukelten wie Glocken, nur einen Ton gaben sie nicht ab.

»Das Maul sollst du halten«, knurrte er dunkel und verzog dabei den Mund, als wolle er spucken. »Eine Frau habe ich geheiratet, aber kein Drecksfrauenzimmer.«

»Eine Hündin ist sie, ja, ja, ja!« schrie Svetlana, ballte die Fäuste und schlug mit ihnen gegen die hölzerne Wand. »Und wer sitzt da mit breiten Beinen? Mein Mann? Nein, ein Hurenkerl, eine Sau ...«

Sie verschluckte sich vor Zorn, begann zu husten, warf den nackten Oberkörper hin und her, und nun kam doch ein Laut aus den Glocken; sie klatschten aneinander mit dem Klang kräftiger Ohrfeigen. Angewidert erhob sich Masuk von seiner Ofenbank, trat vor Svetlana hin und gab ihr einen Stoß, daß sie auf die Bank fiel. Sie breitete die Arme aus, japste nach Luft und röchelte:

»Er greift mich an. Er bringt mich noch um. Helft mir! Hilfe! Er erschlägt mich, um mit seiner Hure zu gehen. In den Bauch hat er mich gestoßen. In den Bauch! O du räudiger Hund, du stinkendes Schwein!«

Sie hustete wieder, rang nach Atem, ergriff das goldene Kreuz an der Kette zwischen ihren Brüsten, führte es zum Mund und küßte es inbrünstig. »Mutter Gottes, nimm mich gnädig auf ...«, keuchte sie dabei. »Erschlagen will er mich, dieser elende Schuft ...«

Lew Andrejewitsch, der wirklich im Sinn gehabt hatte, seine Frau zu verprügeln, wandte sich ab, strich die Handflächen aneinander und verzog sich wie ein Hund knurrend auf die weiter entfernte Eckbank. Ein dumpfer Druck lag auf seinem Gehirn. Sie weiß etwas, sagte er zu sich. Kein Wald, kein Sumpf ist so groß, als daß nicht auch dort Augen beobachten könnten. Jemand muß es ihr erzählt haben, und es ist jetzt gleichgültig, wer es war ... sie weiß etwas, das bisherige Leben ist dahin, eine Furie werde ich nun im Hause haben, nicht eine Minute Ruhe gibt es mehr, wir werden uns prügeln und anspucken, die Hölle auf Erden wird's werden, und Soja bekommt ein Kind, mit Fingern werden sie auf mich zeigen und rufen: »Seht, da kommt Lew Andrejewitsch, der das blonde Teufelchen geschwängert hat. Ein so alter Bock, der sogar den Zicklein nachrennt. Lauert hinter den Büschen und wartet, bis sie vorbeispringen. Nicht umsonst heißt es doch: Je älter der Bock, um so härter das Horn ... Hah, seht ihn nur, den starken Masuk ... zu Hause werkelt die brave Svetlana, aber die Hose zieht ihm das Hürchen aus ...« Genauso wird's sein. Lebedewka ist ein Dorf, in dem nichts verborgen bleibt; wo man sich die Mäuler zerreißt über alles und jeden. Anders als in einer Stadt, wo kaum einer den nächsten kennt und jeder sich nur um sich selbst kümmert; wo man einer von vielen ist mit einem eigenen Schicksal, das keinen interessiert. Ja, in einer Stadt müßte man leben.

Das Wort setzte sich in Masuk fest: Stadt!

Stadt. Große Stadt. Frei und allein unter Tausenden. Tjumen ... Tobolsk ... Swerdlowsk ... Wer fragte da nach einem Kind außerhalb der Ehe?

So mache ich's, dachte Masuk, ruhiger werdend und plötzlich wie erlöst. Soja werde ich in die Stadt schicken, nach Tobolsk. Tobolsk ist am besten zu erreichen. Dort wird sie ihr Kind gebären, und die Mäuler hier bleiben stumm. Und in Tobolsk wird sie bleiben ... nicht allein wird sie bleiben, so jung und schön wie sie ist, und so hungrig nach Liebe – wer weiß das besser als ich?

Er war zufrieden mit diesen Gedanken, aber sie verdunkelten sich plötzlich, als er weitergrübelte. Was nun, wenn Soja sich wehrt? Wenn sie nicht nach Tobolsk will? Was hat sie vorhin gesagt? Ich will dich! Wohin soll das führen? Soll ich zerrieben werden zwischen zwei Weibern? Ja, was tun, wenn Soja sich weigert? Töten könnte man sie, irgendwo im Sumpf, wo niemand suchen würde. Verschwunden ist sie, würde es heißen, einfach weg, wer weiß, wohin. Soll sie doch bleiben, wo sie jetzt ist, was kümmert uns? Kommt vielleicht einmal statt auf einem Motorrad mit einem Auto zurück, wenn's der richtige Liebhaber war. Vermißt sie jemand, na? Vorbei ist die Zeit, als man die Männer hätte anbinden müssen. Soll sie doch beim Teufel wohnen ...

Man könnte auch Svetlana töten, so einfach mit einem Fausthieb. Aus Zorn geschah es, könnte man sagen. Ein so dünnes Hirnschälchen besaß sie, daß selbst eine Schöpfkelle, die vom Bord am Küchenherd fällt, sie hätte erschlagen können. Wer sollte das ahnen, liebe Brüder und Schwestern?! Nur einen ganz leichten Schlag habe ich ihr gegeben, zur Warnung, mich nicht weiter zu beschimpfen. Wie kann man mich verantwortlich machen, wenn die Natur so dünne Schädeldecken fabriziert?!

Auch das war möglich, gewiß – aber ein Gerichtsverfahren würde es geben mit viel Rederei. Die Nachbarn müßten Zeugen spielen und erklären: Ja, im Hause Masuk gab es öfter Streit, und dann lief Svetlana keifend herum, und Ausdrücke gebrauchte sie wie ein Fuhrmann, dessen Pferd auf die Deichsel scheißt, schon wütend kann man dabei werden, und Lew Andrejewitsch ist ein Mann, dem schnell das Blut in den Kopf schießt, wir alle kennen ihn ja, ist einer von uns. – Dann kam es auf den Richter an, wie er die Lage sah. Ob er sagte: »Geh nach Hause, Genosse ...« Oder: »Bleib hier. Fünf Jahre Zwangsarbeit am neuen Kanal!« Daran würde ich zugrunde gehen ... nicht an den fünf Jahren, aber an der Tatsache, daß ich mitbauen muß, was wir verhindern wollen. Wer kann das ertragen?

Nein, einfacher ist es, Soja aus der Welt zu schaffen – falls sie sich weigert, nach Tobolsk zu ziehen.

Svetlanas schrille Stimme schreckte ihn hoch. Sie war von

der Ofenbank aufgesprungen, stand vor ihm, die Hände in die Hüfter gestemmt, die nackten Brüste ihm entgegengestreckt, und das goldene Kreuz an dem Kettchen lag über ihrer linken Brustwarze, als habe es sich dort festgeklemmt. Zu jeder anderen Stunde hätte Masuk darüber sehr gelacht. Gesegnet sei die Quelle, hätte er geschrien, und dann wer weiß was getan. Jetzt sah er nur die beiden fahlweißen Klöße und darüber Svetlanas verzerrtes Gesicht.

»Träumst wieder von deiner gewissenlosen Hündin, was?« keifte sie. »Sieh mich an! Hat sie was anderes als ich? Laß sie zehn Jahre älter sein, dann braucht sie Stahlklammern, um ihre Euter hochzustecken! Gut zwanzig Jahre weiter bin ich als sie ... sieh mich an, du Hurenkerl! Hab' ich nicht noch immer einen Körper, über den sich die Sonne freuen kann? Damit du's weißt: Genug Männer gibt es, die mich auf die Seite ziehen wollen. Versucht haben's schon viele, aber immer bin ich dir eine treue Frau geblieben. Nur damit du's weißt, Lew Andrejewitsch ... herumhuren ist die einfachste Sache von der Welt. Und du, ausgerechnet du fällst auf dieses Luder herein, vergiftest meine Seele, zerstampfst unsere Ehe. Wo ist sie schöner als ich?«

»Überall«, gab Masuk zur Antwort. »Bei allem, was man sieht und was man anfaßt! Bist du jetzt zufrieden?«

Er stand auf, schob Svetlana aus dem Weg und tappte mit schweren Beinen zur Tür. Genau in diesem Augenblick knatterte auf der Straße das Motorrad vorbei; Soja saß mit allem Stolz, den sie hatte, im Sattel, ihr Haar wehte im Zugwind wie eine goldene Fahne, die langen Beine glänzten in der Sonne, und die Bluse drückte sich eng gegen ihren Oberkörper, so eng im Wind, als habe sie ihre Brüste hellrot bemalt. Wessen Augen glänzen da nicht bei diesem Anblick?

»Ha! Da fährt sie!« schrie Svetlana am Fenster und riß die Gardine zur Seite. »Lauf ihr nach, räudiger Hund! Lauf ihr nach! Verflucht sei sie, dieses stinkende Aas!«

Masuk verließ sein Haus, atmete draußen in der warmen Septemberluft tief auf, strich mit beiden Händen über das

Haar, pflückte ein paar dicke Himbeeren vom Strauch, stopfte sie in seinen Mund – das einzige Essen an diesem Tag – und ging die Dorfstraße hinunter. Am Dorf platz blieb er stehen, atmete noch einmal tief, wandte sich dann der kleinen hölzernen Kirche zu, stieß die Tür auf und verschwand hinter ihr.

Kyrill Vadimowitsch Schagin, der Pope, saß zwischen der Ikonostase und dem Altar des heiligen Michael und putzte an einem kupfernen Kessel. Als Masuk in die Kirche trat, blickte er verwundert hoch, denn die, die außer am Sonntag die Kirche aufsuchten, waren fast nur alte Weiblein, die demütig niederknieten und tonlos beteten.

»Du hast dich verirrt, Lew Andrejewitsch«, empfing Schagin den seltenen Gast und legte den Kupferkessel beiseite. »Die Kneipe liegt gegenüber.«

»Ich muß dich sprechen, Väterchen«, erwiderte Masuk mit ruhiger Stimme. »Genauer gesagt: Ich will beichten.«

»Jetzt?«

»Es steht geschrieben: Kommet zu mir, jederzeit, wenn ihr voll Sorgen und beladen seid ... So erzählst du es uns immer, Kyrill Vadimowitsch.« Masuk blickte sich nach allen Seiten um. »Sind wir allein?«

»Ganz allein. Nur Gott schaut uns zu.«

»Wo ist Wassja?«

Wassja war in Lebedewka der Mesner und Totengräber in einem. Er wohnte in einem kleinen Anbau hinter der Kirche – ein Pferch, angeklebt an das Haus des Popen. Ein verwachsenes Männchen war er, mit einem viel zu großen Kopf, aber er besaß eine helle, schöne Stimme, machte bei den feierlichen Messen den Vorsänger und hielt als Totengräber den Friedhof lobenswert sauber. Wenn er nicht sang, sprach er wenig, und wenn man ihn fragte, wie es ihm gehe, antwortete er immer nur: »Das Leben ist wie Lehm, es klebt einem an den Füßen ...«

»Wassja putzt gerade das Grab von Babajew, er stört uns nicht.« Väterchen Schagin erhob sich zu voller Größe, fast einen Meter und neunzig war er, sein Bart reichte bis zum Gürtel, ein Wasserfall aus schwarzen, grau durchsetzten Haaren – ihr habt's erfaßt, Genossen: ein Pope wie aus einem Bilderbuch aus ferner, ferner Zeit.

»Kann ich die Kirchentür schließen?« fragte Masuk.

»Warum?«

»Ich muß mit dir allein sein. Die alten Weiber sollen uns nicht stören. Ist das möglich?«

»Schließ sie ab.« Schagin kam die zwei Stufen von der Ikonostase herab und wartete, bis Masuk die Kirchentür verriegelt hatte. »Welch eine Vorsicht! Was ist denn so geheim in deinem Leben, Lew Andrejewitsch?«

Masuk senkte den Kopf, fiel mit einem dumpfen Laut auf die Knie und preßte die Hände gegen das Herz. Durch seinen kräftigen Körper lief ein Zittern.

»Ich will einen Menschen töten«, sagte er, und sein Kopf sank noch tiefer zur Erde. »Ich *muß* einen Menschen töten ...«

Darauf war es so still in der Kirche, daß man nur Masuks stoßweisen Atem vernahm. Selbst das Knarren im hölzernen Kirchendach hörte auf einmal auf. Und in diese Stille hinein erhob sich Schagins Stimme:

»Und damit kommst du zu Gott ...?!«

Die Sprengung des Dammes war die bisher größte Aktion der noch unbekannten Sabotagegruppen zwischen Tjumen und Tobolsk.

Abgesehen von den höllischen Stahlsplitterbomben, die man mit den harmlosesten Umkleidungen tarnte, waren die Aktivitäten der Saboteure nur kleine Nadelstiche gewesen. Sie taten weh, aber sie hinderten kaum den Fortgang der Vorbereitungen für den Bau der Jahrhunderte, den Sibir-Aral-Kanal. Die Vernichtung des Dammes aber war nun ein wirklicher Faustschlag; die Arbeit von Monaten war zu einer Erdwolke am Himmel geworden.

In der Bauleitung im Barackendorf, drei Werst vom Damm entfernt, schrillten die Alarmklingeln genau in dem Augenblick, als Boris Igorowitsch Schemjakin eine Tasse mit heißem Tee an den Mund führte, um damit sein Frühstück zu beginnen.

Olga, seine Frau, und Walja, seine Tochter, saßen ihm gegenüber und zogen erschrocken die Schultern hoch. Der grelle Ton war ihnen nicht unbekannt. Immer, wenn die Klingeln rappelten, bekam Schemjakin eine Falte mehr im Gesicht, alterte er sichtlich und wurden seine Lippen schmaler und blutleerer. Einmal mußte der Tag kommen, an dem er tot vom Stuhl fiel – so wenigstens klagte es Olga Walerinowna allen, mit denen sie sprechen konnte.

Schemjakin setzte die Teetasse hart auf den Tisch zurück und sprang auf. Der Alarm verstummte, dafür klingelte jetzt das Telefon.

Mit weiten Augen verfolgten Olga und Walja, wie er den Hörer abnahm, stumm das Gespräch entgegennahm und dann langsam den Hörer zurück auf die Gabel legte.

»Der Damm«, sagte er mit einer Stimme, als wenn Rost auf ihr läge. »Nun haben sie den Damm gesprengt!«

Boris Igorowitsch Schemjakin war einer der ersten, die mit dem Auftrag in dieses Gebiet gekommen waren, die Bodenverhältnisse zwischen Tobolsk und dem Unterlauf des Tobol zu untersuchen und die beste Lage dieses Kanalstückes in einer genauen Expertise zu bestimmen. Seit über einem Jahr lebte er nun in diesem Gebiet, korrigierte gewissenhaft den Moskauer Generalplan, zog mit seinen Trupps durchs Land und stand in ständiger Verbindung mit dem Direktor des Instituts für Wasserprobleme in Moskau, dem korrespondierenden Mitglied der Akademie der Wissenschaften der UdSSR, Genosse Grigori Woropajew, so hatte er sich einen vorzüglichen Ruf erarbeitet, war oftmals gelobt worden und konnte für die Zukunft damit rechnen, Projektleiter eines großen Abschnittes des Sib-Aral-Kanals zu werden.

Vor einem halben Jahr, als das Barackenlager fertiggestellt war, das er – wie schon gesagt – nach seiner Heimatstadt Nowo Gorodjina nannte, ließ er mit Erlaubnis der oberen Behörden in Moskau seine Familie nachkommen. Olga Walerinowna, seine Frau, und Walja Borisowna, seine Tochter. Eine große Auszeichnung war das und auch ein Beweis, daß Schemjakin am Tobol bleiben würde.

Wer dem Töchterchen Walja gegenüberstand, der erinnerte sich an die Gemälde des feudalen Rußlands, an jene Darstellungen zartgliedriger adeliger Damen, deren Schönheit fast unwirklich schien. Nicht anders wirkte Walja. Ganz gleich, welche Kleidung sie trug: ob in Hosen und Reitstiefeln aus weichem, anschmiegsamem Juchtenleder, ob im bäuerlichen Rock mit Bluse oder in lehmdreckigen Gummistiefeln und einer Regenhaut – immer konnte man sie bewundernd ansehen und sich die Frage stellen: Wie kann ein Mensch so schön sein?!

Ein kluges Mädchen war sie zudem auch noch. In Minsk hatte sie studiert – Medizin mit dem Spezialfach Unfallkunde –, und mit vierundzwanzig Jahren war sie eine der jüngsten Prüflinge. Ihr Examen bestand sie mit Auszeichnung. Ein Diplom hatte sie bekommen, das jetzt in Nowo Gorodjina an der Wand ihres Zimmers hing; es besagte, daß sie eine Ärztin sei und jedermann behandeln könnte. Als Boris Igorowitsch seine Familie in das Barackendorf östlich des Tobol rief, zögerte sie keine Stunde und schloß sich ihrer Mutter an.

»Menschen, denen man helfen kann, gibt es überall«, sagte sie selbstbewußt. »Und gerade dort, in der Wildnis der Sümpfe, Seen und Wälder, wird man eine Ärztin brauchen.«

Das war nicht einfach so dahergeredet. Schon gleich nach ihrem Eintreffen in Nowo Gorodjina, in der nächsten Woche bereits, fuhr sie mit einem Geländewagen zu den umliegenden Dörfern am Rand der Sümpfe und in den Niederungen des Tobol, in die Wälder und das weit auseinandergezogene Seengebiet.

Auch nach Lebedewka war sie gekommen, hatte mit dem Dorfvorsteher Korolew gesprochen. Am Abend waren die Lebedewkaner in die Stolowaja bestellt worden, um einen Vortrag der Genossin Ärztin anzuhören, aber siehe da:

Niemand war gekommen. Nur Korolew, sein Enkelsohn der Schmiedelehrling – und der Pope Schagin saßen wie ausgestoßen herum und suchten nach Worten, die fatale Situation zu erklären.

»Mißtrauisch sind sie, unsere Brüderchen«, sagte Schagin, und die beiden anderen nickten dazu heftig. »Alles, was von draußen kommt ... Mißtrauen. Und wer bist du, Genossin? Die Tochter von Schemjakin, dem Ingenieur, der unser Land zerstückeln will. Jeder wird's verstehen: Nicht einen einzigen Ton wollen wir von ihr hören. Und wenn wir alle krank in unseren Häusern lägen ... unseren Tee trinken wir dann, zermahlen Heilkräuter wie vor hundert Jahren, mahlen Wurzeln und brauen Säfte, schmieren uns mit Kräutersalben ein und beten. Bisher hat's immer geholfen, Genossin Ärztin. In Lebedewka werden die Menschen alt. Geh mal durchs Dorf: Soviel Greise hast du auf einem Haufen noch nicht gesehen. Liegt's an der Luft, am Boden, am Wasser? Wer weiß es! Ja, und einmal im Monat kommt von Tjumen herüber ein Sanitätsauto, so eine fahrbare Klinik, das kennst du ja. Die steht dann vor der Kirche auf dem Platz, ein Arzt ist dabei und drei saubere Schwestern mit weißen Häubchen und weißen Kitteln, und dann werden die Kranken geröntgt, bestrahlt und mit Medikamenten behandelt, Zähne gezogen und Furunkel aufgeschnitten – aber zwei Tage später sind sie wieder weg, die Weißkittel. Grigori Valentinowitsch«, er zeigte auf Korolew, »hat dann seine Schublade wieder voll mit Medikamenten. Wer etwas ganz Besonderes braucht, geht zu ihm.«

»So ist es«, sagte Korolew und nickte wieder. »Und es geht gut. Was willst du hier also noch tun?«

»Ich bin immer da, nicht bloß alle vier Wochen«, sagte Walja. Die Ablehnung, die ihr entgegenschlug, war wie ein körperlicher Schmerz. »Was ist, wenn einer von euch sich das Bein bricht?«

»Dann schienen wir es mit Holz. Anders machst du es auch nicht, Genossin Ärztin.«

»Ein Blinddarm ...«

»Wir legen Eis darauf. Im Sommer hockt man sich in den kalten Fluß, den Bauch gegen die Strömung.«

»Mein Gott!« Walja schlug die Hände zusammen. »Und ein Gallenstein?«

»Bei uns gibt's keine Gallensteine. Noch nie hat in Lebedewka jemand über einen Gallenstein geklagt.« Korolew schüttelte den Kopf und breitete die Arme aus. »Hier ist nichts zu tun für dich, Walja Borisowna.«

»Aber es könnte ja mal etwas geschehen. Bis jemand aus Tjumen kommt, kann es schon zu spät sein. Tag und Nacht könnt ihr mich rufen.«

»Nein!« sagte Korolew hart. »Nein!«

»Warum nicht?«

»Du bist Schemjakins Tochter. Hier wird dich niemand rufen ...«

So war es überall, wo Walja hinkam. Nicht Haß schlug ihr entgegen, sondern fast stumme Ablehnung. Man tat, als gäbe es sie gar nicht. Ein Versuch im Dorf Possetkowo endete kläglich: Durch Zufall hatte Walja erfahren, daß ein Kind eine Nierenentzündung bekommen hatte. Sofort fuhr sie hin mit Antibiotika, einem Nierendurchspülungsgerät und anderen Spezialapparaten. Aber das Kind sah sie nicht. Den Eintritt in das Haus verweigerte man ihr, der Vater drohte mit einem dikken Holzprügel, die Mutter spuckte sie sogar an. Und als sie auch noch sagte – wie dumm von ihr –, daß man die Behandlung erzwingen könne und jede Weigerung ein Totschlag sei, mußte der Milizionär des Dorfes sie abführen, sonst hätte man ihr die Kleider vom Leib gerissen.

»Sie verachten mich, weil ich deine Tochter bin«, sagte sie, wieder in Nowo Gorodjina, zu ihrem Vater. Und Schemjakin antwortete ruhig:

»Nur meine Pflicht tue ich. Nichts weiter. In zwanzig oder dreißig Jahren werden sie begreifen, daß dieser Kanal Rußland frei macht vom westlichen Kapitalismus. Vielleicht ... In zehn Tagen kommen dreihundert neue Arbeiter hierhin, die Plattenbauelemente für die Fertighäuser werden schon in drei Tagen da sein. Eine große Lastwagenkolonne wird in Tobolsk zusammengestellt. Genug wirst du zu tun haben in Nowo Gorodjina. Und warte ab: Einmal werden sie dich rufen! Einer wird den Anfang machen, und dann kommen sie alle hinterher. Zu jung bist du noch, um die Menschen zu kennen ...«

Jetzt nun fuhren sie mit zwei Geländewagen zum gesprengten Damm und standen dann wortlos vor dem riesigen Loch, das Rudenkos Dynamit hinterlassen hatte. Schemjakin stieg gar nicht erst aus dem Wagen, sondern betrachtete vom Sitz aus die Katastrophe. Er wußte: Dies hier bedeutete die offene Kriegserklärung gegen den Kanalbau. Es würden jetzt andere Zeiten kommen, härtere Zeiten. Vernichtungsschläge aus dem Dunkel des Unbekannten. Gefahr für jeden, der am Bau des Kanals arbeitete. Wie Wolfsrudel würde man die Saboteure jagen und es hinnehmen, daß auch Unschuldige leiden mußten, weil sich unter hundert Unschuldigen vielleicht ein Schuldiger verborgen hielt. Ein Partisanenkrieg im eigenen Vaterland, ein gnadenloses Vernichten.

»Verrückte sind es«, sagte Walja leise und lehnte sich an die Schulter Schemjakins. Sie spürte, was der Vater dachte, und genau wie ihm schauderte ihr tief im Innern. »Sie wollen den Fortschritt aufhalten. Was sind das bloß für Menschen?«

»Wir werden sie kennenlernen, Töchterchen. Du hast mit ihnen schon gesprochen.«

»Die Männer in den Dörfern?«

»Man wird sehen ...«

Die ersten Hubschrauber trafen aus Sawodorosk ein; ein Zug Rotarmisten, die das Gelände absperrten. Ein junger Leutnant meldete sich bei Schemjakin, stellte sich sehr zackig an, wohl, um Walja zu imponieren, und sagte forsch:

»Jetzt werden wir aufräumen, Genosse Projektleiter! Eine Funkmeldung aus Tobolsk ist gekommen, sie wird bei Ihnen auf dem Schreibtisch liegen. Eine Kompanie ist unterwegs, diesen verfluchten Schweinestall zu säubern. Auf den Kopf werden wir die Bauern klopfen, bis unten aus ihren Hosen das Geständnis herausfällt.«

Schemjakin schwieg, zündete den Motor und fuhr schnell zurück nach Nowo Gorodjina. Was der junge Leutnant sagte, war Wahrheit; der Funkspruch aus Tobolsk lag auf dem Schreibtisch, und General Pychtin selbst hatte ihn aufgesetzt. Er sprach von zweihundertsiebzig Rotarmisten, die mit Lastwagen, leichten Schützenpanzern, Granatwerfern und vier gepanzerten Amphibien-Mannschaftswagen vom Typ ZIL-485 (BAV) unterwegs seien. Nicht eine Kompanie ... ein halbes Bataillon, ausgerüstet wie zum Kriegseinsatz, würde in der Nacht Nowo Gorodjina erreichen.

Schemjakin ging sofort zum Telefon und rief in Tobolsk beim Militärkommando an. Ohne langwierige Kreuz- und Querverbindungen wurde sein Gespräch sofort zu General Pychtin weitergeleitet, als habe man auf diesen Anruf gewartet.

»Das Maß ist voll!« sagte Pychtin mit erregter Stimme. »Es wird aufgeräumt werden, Genosse Schemjakin. In Zukunft werden Sie unbehelligt weiterarbeiten können.«

»Ein gutes Wort, Genosse General.« Schemjakin blickte hinaus auf seine Barackenstadt. Flache Häuser aus gut isolierten Fertigbauplatten, Straßen mit Kiesauflagen, ein Magazin, eine Wäscherei und als einziges aus Steinen gemauertes Gebäude das Kesselhaus, wo im Winter die Ölbrenner zischten und ganz Nowo Gorodjina heizten, mit zwei Transformatoren zur Sicherheit für den Fall, daß der Strom einmal ausfiel. Und dann die weiten Lagerhallen, Garagen, Werkstätten, Lagerplätze. Wohin aber mit den Rotarmisten und ihrem Gerät? »Wir brauchen jetzt ständigen Schutz. Doch ich habe keine Unterkünfte für die Genossen Soldaten.«

»Die bringen Zelte mit, Boris Igorowitsch.«

»Gut. Jetzt für den Herbst. Aber in sechs Wochen haben wir schon Frost.«

»Sechs Wochen! Schemjakin, mit welchen Zeiten rechnen Sie?« General Pychtin schien zu lachen, Schemjakin konnte es ja am Telefon nicht sehen. »In einer Woche ist der Spuk vorbei. Wie ein Steppenbrand werden wir über sie kommen und sie ausräuchern. Zurückbleiben wird dann ein ständiges Kommando von dreißig Mann ... Bauen Sie eben noch ein Häuschen dazu, mein lieber Boris Igorowitsch. Platz genug haben Sie doch!«

Schemjakin stimmte General Pychtin zu und legte auf. Olga Walerinowna sah forschend aus der Küchentür zu ihm herüber und war unruhig aus Neugier und Sorge.

»Was sagt er?« fragte sie, weil Schemjakin stumm zu seinem Schreibtisch ging und sich setzte.

»Eine richtige Streitmacht kommt, mit Panzern und Amphibienfahrzeugen.« Er legte die Stirn auf die zusammengefalteten Hände und starrte gegen die Wand. »Das gefällt mir gar nicht.«

»Aber es wird dann Ruhe sein, Boris Igorowitsch.«

»Gewehre waren noch nie Friedensstifter. Und wohin, frage ich, sollen sie schießen? Ich kenne nur friedliebende Bauern.«

»Den Kanal verfluchen sie, und dich und mich und Wal ja ... alle hier!« Sie kam aus der Küche, umarmte Schemjakin von hinten und legte ihren Kopf auf seine Schulter. »Ich habe Angst, Borenka«, sagte sie mit schwacher Stimme. »Angst habe ich. Welch ein unheimliches Land ist das ...«

Kurz nach Mitternacht rückte die Militärkolonne in Nowo Gorodjina ein, wirklich ein schwer gerüsteter Haufen, als gelte es, eine Festung zu erobern. Der Kommandant der Truppe, Major Leonid Antonowitsch Nasarow, stellte sich bei den Schemjakins vor. Sie waren nicht ins Bett gegangen und hatten die Rotarmisten erwartet. Auf dem Feld hinter dem Materiallager stemmte man schon die ersten Zelte hoch, schnell ging das vonstatten, hundertmal geübt. Sogar zwei Küchenzelte hatte man mitgebracht und Proviantwagen. Die große Kantinenküche des Baulagers wäre bei diesem neuen Ansturm elend zusammengebrochen.

Nach einer Tasse Tee und einer Zigarette trat Major Nasarow an die Landkarte, die an der Längswand von Schemjakins Zimmer hing, und fuhr mit dem Zeigefinger über das weite Gebiet der Seen, Sümpfe und Wälder.

»Was ist das nächste Dorf, Genosse Schemjakin?« fragte er.

»Lebedewka. Warum, Leonid Antonowitsch?«

»Wir werden es besuchen. Noch in dieser Nacht. Sofort ...«

»Nachts? Was wollen Sie denn da, Genosse Major?«

»Die Dunkelheit erhellen.« Nasarow lachte hart, trat von der Karte zurück und blickte Walja mit begehrlichen Augen an. Wird ein gutes Kommando werden, dachte er zufrieden. Viel Ehre im Kampf, viel Liebe im Bett. Welch einen Blick sie hat! Soll eine Ärztin sein, sagte man in Tobolsk. Man wird sich krank melden, morgen oder übermorgen, sich entblößen und ihre schönen Hände auf seinem Körper spüren. Ein guter Anfang, Leonid Antonowitsch ...

»Haben wir hier einen großen, festen Raum?« fragte er und trank noch eine zweite Tasse Tee. »Sicher und abschließbar?«

»Nur die Garagen. Warum?«

»Ich werde Besuch mitbringen.« Nasarow grinste listig und zwinkerte mit den Augen. »Keinen angenehmen Besuch, aber wir müssen ihn einige Tage ertragen.«

»Gefangene ...?« fragte Walja gedehnt.

»Nicht direkt, Genossin.«

»Was sonst?«

»Die moderne Form der Überredung: Geiseln.«

»Sie können doch nicht Unschuldige wegschleppen ins Gefängnis?!« rief jetzt auch Olga aufgeregt.

»Genossin Schemjakina! General Pychtin hat mir jede Vollmacht erteilt, um Ruhe und Ordnung in diesem Gebiet zu schaffen. Wer spricht von Unschuldigen? Gibt es sie? Jeder ist schuldig, der etwas weiß und es nicht dem Kommissariat meldet. Man braucht nur blind hineinzugreifen in diesen Menschentopf, und was man herausholt, ist ein Schuldiger. Wir werden's sehen.«

Er grüßte, musterte Walja noch einmal mit unverschämten Blicken und verließ darauf das Haus. Draußen, in der Nacht, hörte man ihn Kommandos schreien, und viele Stiefel knirschten durch den Kies.

»Ein widerlicher Mensch!« sagte Schemjakin, ergriff die Tasse, aus der der Major Nasarow getrunken hatte, und warf sie an die Wand, wo sie zu einem Scherbenregen zerbarst. »Spielt sich auf wie ein tatarischer Eroberer.«

Von draußen ertönten Motorenlärm und das Rasseln von Panzerketten. Walja trat ans Fenster und starrte hinaus. Im Schein der wenigen Bogenlampen, die das Lager erhellten, sah sie, wie ein Schützenpanzer und vier Lastwagen voller Rotarmisten hinüberrollten zur Straße, die nach Lebedewka führte.

»Wie Wölfe in der Nacht kommen sie und überfallen den Ort«, sagte sie voller Bitterkeit. »Und wir sehen zu und rühren keinen Finger.«

»Die Saboteure haben den Damm gesprengt, haben die teuflischen Bomben gelegt, die Bohrtrupps überfallen und verprügelt ...«

»Die Leute von Lebedewka?«

»Wahrscheinlich. Möglich.« Schemjakin hob die Schultern.

»Wahrscheinlich ist kein Beweis.« Walja trat vom Fenster zurück und lehnte sich neben der Tür an die Wand. »Reden wir nicht immer von Gerechtigkeit?«

»Warum über etwas streiten, das wir nicht ändern können«, sagte Schemjakin gequält. »Müde bin ich. Seht doch auf die Uhr. Weit über zwei Uhr nachts. Laßt uns schlafen. Morgen wird ein besonderer Tag werden, da sollten wir kräftig sein. Legt euch hin.«

Olga und Walja gingen in ihre Zimmer, Schemjakin aber blieb auf, setzte sich in einen Flechtsessel, knipste die Lampe aus und dämmerte so Stunde um Stunde dahin, um auf die Rückkehr von Major Nasarow und seine Truppe zu warten. Daß er dann doch einschlief, tief in den Sessel gerutscht, merkte er nicht. Von dem fertigen Kanal träumte er, einem Prachtstück. Das schönste Bauwerk der Menschheit. Der Stolz eines großen, beispielhaften Rußlands ... Und plötzlich hob sich das Wasser, aus der Tiefe des Kanals zischte es wie eine Kette von Vulkanen, die Fluten brachen über das Ufer, rasten durch das Land und vernichteten alles zu beiden Seiten des aufgerissenen Kanals.

Schemjakin röchelte im Schlaf, sein Gesicht verzerrte sich

voller Schrecken, seine Beine zuckten ... das war der Augenblick, in dem er vor der Flutwelle weglief und nach Olga und Walja schrie.

Der erste, der die Militärkolonne auf Lebedewka zukommen sah, war Wassja, der Wasserkopf.

Eine Hasenfalle hatte das Kerlchen gelegt, eine ganz gemeine, hinterlistige Schlinge, in der sich das Tierchen erwürgte. Und weil er wußte, daß Väterchen Schagin, der Pope, ihn schelten oder sogar in den Nacken hauen würde, schlich er sich beim ersten Morgendämmern aus seinem Anbau weg, huschte zum Waldrand und murmelte auf dem Weg dorthin: »Jesus, laß mich ein Häslein finden. Man kann nicht immer leben von den Mehlsuppen, die Kyrill Vadimowitsch ständig ißt. Ein Stückchen Fleisch ist auch gut für die Seele.«

Manchmal erhörte Jesus dieses inbrünstige Flehen und opferte einen Hasen für Wassjas Schlingen. Aber nur manchmal und selten genug. Hatte der Wasserkopf dann das Tierchen aus dem Fell geschlagen, ging er zu dem Popen und legte ihm den abgezogenen Körper auf den Küchentisch. Und immer wieder fragte Väterchen Schagin streng:

»Woher, du Kürbis mit Beinen?«

Und jedesmal antwortete Wassja mit treuen Augen, wie sie kein Hund vorzuweisen hatte:

»Er lag entseelt unter meinem Fenster. Ein Hitzschlag, Väterchen.« Und war's im Winter, sagte er: »Erfroren ist er. Dieser Frost! Selbst die Vögel fallen von den Bäumen.«

»Warum immer vor deinem Fenster, he?« wollte Schagin wissen. Aber auch darauf hatte Wassja eine entwaffnende Antwort:

»Die Tiere wissen, ich liebe sie. Auch zum heiligen Antonius kamen sie.«

»Franziskus!« brüllte Schagin dann. »Du lernst es nie! Hol Salz, Pfeffer und Salbei ...« Es wurde stets ein gut gewürzter Braten.

Nur an der Schlinge durfte Wassja nicht erwischt werden!

Die Nacht hatte schon einen Hauch von Morgenlicht bekommen, als Wassja ohne Beute nach Hause tappte. Da hörte er plötzlich von weitem Geräusche, die nicht in die Nacht paßten. Witternd wie ein Wild hob er die Nase und konnte ein Rasseln feststellen, einen merkwürdigen Ton, als wenn jemand immer gegen Eisen schlägt.

Noch nie hatte Wassja einen Panzer gesehen, wo denn auch? Nur aus Büchern kannte er die gepanzerten Kästen mit den Kanonen darauf. Auf Bildern hatte er sie oft bestaunt. Und vor vier Jahren war aus Tobolsk ein Filmwagen gekommen, eine große Leinwand wurde auf dem Dorfplatz aufgespannt, und dann sahen die Lebedewkaner einen langen Film vom Vaterländischen Krieg, in dem die Deutschen reihenweise erschossen wurden und die tapferen Rotarmisten mit Urräh-Geschrei die Nazis vor sich hertrieben. Und Panzer waren in der Schlacht. Hunderte Panzer mit flammenden und zuckenden Kanonen, und wenn sie mit ihren Kettenrädern über das Schlachtfeld fuhren, dann hatte es genauso gerasselt wie jetzt in der Ferne bei Lebedewka.

Ein Panzer! Ein Panzer kam nach Lebedewka. Im Morgengrauen. War denn wieder Krieg? Hatten die Nazis wieder Mütterchen Rußland überfallen? Warum hatte denn Väterchen Schagin nichts von diesem Krieg gesagt? Wußte er es selbst nicht? Und jetzt kamen die Panzer nach Lebedewka ...?

Wassja machte einen Satz in die Luft, warf sich herum und rannte ins Dorf zurück. Am ersten Haus, es gehörte dem Friseur Koskanjan, einem Armenier – Gott wußte, wieso er gerade nach Lebedewka gekommen war und nun allen die Haare und Bärte schnitt-, hämmerte Wassja gegen die Tür, bis die Koskanjana durch die Läden brüllte:

»Besoffne Sau, zieh weiter!«

»Panzer kommen!!« schrie Wassja mit seiner hellen, durchdringenden Tenorstimme. »Panzer ... Ist denn Krieg?«

Die Tür flog auf, Koskanjan stürzte auf die Straße und

brauchte nicht lange zu lauschen, man hörte es jetzt sehr deutlich in der sonst lautlosen Nacht. Kettengeräusche ...

Wie von einer Bremse gestochen raste Koskanjan ins Haus, zog sich an und schob beim Hinauslaufen Wassja zur Seite. »Versteck die Gewehre!« schrie er noch der Koskanjana zu. »Unter den Dielen, du weißt schon!« Dann war er weg, einen Knüppel in der Hand, lief er von Haus zu Haus, schlug dröhnend gegen die Läden und brüllte ohne Unterbrechung:

»Panzer! Panzer! Panzer! Panzer!«

Das halbe Dorf war bereits hellwach, als die Kolonne von Major Nasarow das erste Haus, also Koskanjans Haus, erreichte. Die Soldaten sprangen aus den Lastwagen, die Kalaschnikows feuerbereit in den Händen, rannten hinter dem langsamer fahrenden Panzer die Straße hinunter, immer weniger werdend, denn vor jedem Haus brachen drei Mann aus der Linie aus, stürmten darauf zu und traten ohne Zögern die Türen ein. Wie im Krieg, wie man es im Film gesehen hatte ... Wassja stand mit offenem Mund da, mit rotem Wasserkopf, und begriff in diesen Augenblicken nicht, was er sah. Er begriff nur eins: Das waren keine Nazisoldaten, das waren Rotarmisten, unsere Brüder, und sie traten die Türen der Häuser ein und vor ihm quietschte die Koskanjana wie ein Schwein, das man an den Hinterbeinen hochzieht, um es abzustechen.

Plötzlich schlug ihn jemand auf den Kopf, gab ihm einen Tritt, und als er sich umdrehte, stand ein Soldat vor ihm, mit wütendem Blick und einem eckigen Gesicht, und schrie ihn an:

»Die Arme hoch, du Mißgeburt! An den Zaunpfahl zurück. Rühr dich nicht!«

Wassja gehorchte, aber Tränen schossen ihm in die Augen; er verstand es einfach nicht, warum sie ihn so behandelten, die eigenen Brüder Soldaten. Nichts getan hatte er ihnen, aber sie schlugen ihn und hielten ihre Maschinenpistolen auf seinen Kopf. Genossen, erklärt mir doch mal, was hier los ist ...

In allen Häusern brannten nun die Lichter, trieben die Rotarmisten die Bewohner auf die Straße. Alle mußten sie die Arme hoch über den Kopf heben, mit den Gewehrkolben wurden sie geschlagen, zusammengetrieben wie ausgebrochene Rinder. Die Weiber kreischten, weil die Soldaten ihnen an die Brüste faßten, die Kinder schrien, und die ganz Alten – auch sie trieb man aus den Häusern auf die Straße setzten sich einfach vor die Zäune, und der uralte Jakimenkow sagte furchtlos: »Nun tu's doch schon, mein Jüngelchen. Schieß. Zweiundneunzig bin ich geworden, da hat man lang genug gelebt.«

Aber sie schossen nicht, sie drohten nur mit ihren Kalaschnikows. Mit den stählernen Kolben stießen sie jeden in Rükken oder Hüfte, den Frauen mit breitem Grinsen in die Brüste, und als der Färber Dangolow seiner Frau zu Hilfe eilte und einem Soldaten in den Leib trat, prügelten die Rotarmisten so lange auf ihn ein, bis er besinnungslos zusammenbrach und eine Blutlache sich unter ihm ausbreitete.

Major Nasarow war bis vor die Kirche gefahren und stieg dort aus. Die Kirchentür brauchte man nicht einzuschlagen, sie war Tag und Nacht offen für jeden, der Gott suchte. Aber Schagin saß da, vor der Ikonostase, in seinem langen Priestergewand, ein Mann voll Würde und innerer Ruhe.

Nasarow blieb in der Tür stehen und starrte ihn an. Rund um Schagin flackerten die Kerzen und ließen die goldenen Ikonen aufzucken und die Gesichter der Heiligen lebendig werden.

»Raus!« sagte Nasarow laut. »Hinaus zu den anderen! Die Popen sind die schlimmsten. Sie brüten die giftigen Eier aus! Wo sind die Waffen?!«

»Hier ist eine Kirche, mein Sohn!« antwortete Schagin würdevoll. »Gott der Herr kennt nur eine Waffe: die Liebe.«

Nasarow war kein gläubiger Mensch, wer hätte das auch erwartet? Von Kindesbeinen an hatte er unter staatlicher Schulung gestanden, und alles, was nach Weihrauch roch, verursachte bei ihm Übelkeit. Ein Nihilist war er, nur an eines glaubte er: an die unsterbliche Idee des Kommunismus.

»Ich kann dich holen, Pope!« sagte er drohend.

»Dann tu es, Bruder Major ...«

»Wenn einer weiß, wer die Verbrecher gegen den Staat sind, dann bist du es!« schrie Nasarow. Langsam kam er näher, drohend, die Hand an den Griff der schweren Pistole, der Tokarew, gelegt. Aber vor den Stufen zur Ikonostase blieb er wieder stehen, und so standen sie sich nahe gegenüber, Auge in Auge – der eine bereit, im Zorn zu töten; der andere bereit, in Demut zu sterben.

»Zum letztenmal frage ich dich, du Volksfeind ...«, sagte Nasarow heiser.

»Ich bin kein Volksfeind, Bruder Major; zu mir *kommt* das Volk! Was willst du wissen? Namen, Verstecke von Waffen, Pläne ...?«

»Wie gut du mich verstehst, Pope!«

»Wer könnte dich überhören? Nur, du fragst den Falschen.«

»Glaubst du?«

»Eine ganz falsche Frage; ich glaube an Gott.«

»Dein ganzes Dorf Lebedewka steht auf der Straße, vor den Häusern, die Hände im Nacken. Männer, Frauen, Kinder. Nicht ein einziger hat sich davonmachen können. Alle haben wir. Alle! Und einer von ihnen wird alles hinausschreien, wenn wir ihn fragen. Fragen auf unsere Art ...«

»Aus trockenem Boden kann man kein Wasser schöpfen«, sagte Schagin ruhig.

»Und mit Pfaffensprüchen kann man einen Mann zum Kotzen bringen!« Nasarow betrat die erste Stufe zur Ikonostase. Begann jetzt der wirkliche Angriff? Schagin straffte sich und blickte den Major angstlos und mutig an. Was wird er tun, dachte er. Mich am Bart hinab in die Kirche reißen, seine Faust in mein Gesicht schlagen, mich in den Magen treten ... ›Herr im Himmel, laß mich stark genug sein, wie es deine Märtyrer waren. Laß keinen Laut über meine Lippen kommen. Erlöse mich schnell von den Qualen, die kommen werden ...‹

Aber Nasarow ging nicht weiter, stieg nicht die beiden letzten Stufen hinauf. Sein erstaunlich angenehmes Gesicht, das gar nicht zu seinem Wesen paßte, war überzogen von einem triumphalen Grinsen. So bösartig kann nur ein Mensch lächeln, der den Sieg seiner Infamie in den Händen hält.

»Schließen wir ein Geschäft ab, Pope«, sagte er. »Für jeden

aus deinem Dorf, der ein Geständnis ablegt, bekommst du zehn Schläge mit einem dicken nassen Weidenstock. Man wird dich zu Hackfleisch schlagen, wette ich.«

»Des Herrn Wille ist unergründlich«, antwortete Schagin schlicht.

»*Mein* Wille ist es!« schrie Nasarow.

»Ein einseitiges Geschäft, Bruder Major.« Schagin griff nach seinem Brustkreuz, als gäbe es ihm Stärke und Mut, ging die Stufen zu Nasarow hinunter und stellte sich neben ihn. Fast gleich groß waren sie, aber stämmiger schien Nasarow zu sein. »Ich bekomme die Schläge, wenn unter uns ein Saboteur ist – aber was bekomme ich von dir, wenn es hier keinen Saboteur gibt?«

Verblüfft war Nasarow, das kann man sagen. In die Mitte der Kirche ging er zurück und blieb dort breitbeinig stehen, blickte rundum und machte dabei auch eine allesumfassende Armbewegung.

»Sie wird stehenbleiben, deine Kirche«, sagte er dann. »Ich brenne sie nicht ab.«

»Das dürftest du auch gar nicht.«

»Dürfen!« Nasarow lachte kurz und hart. »Wer kümmert sich hier um das Dürfen, sag mir das! Wen kümmert's, ob in Lebedewka eine Kirche abbrennt? Wer verschwendet auch nur ein Blättchen Papier für einen Bericht darüber? Wer will's lesen? Wer wird's verurteilen? Soviel Mühe wegen einer Bauernkirche! Wo liegt sie denn? In Lebedewka? Genossen, wo ist denn das? In den Sümpfen und Wäldern südöstlich von Tjumen? Am Tobol? Oje, Genossen, laßt uns damit in Ruhe. Genug Holz haben sie ja ... sollen sich eine neue Kirche bauen, wenn es unbedingt eine Kirche sein muß.« Nasarow schlug die flachen Hände gegen seine Schenkel. »Na, ist es nicht so, Pope? Du bekommst die Schläge, ich lasse deine Kirche stehen ... ist das ein ehrliches Geschäft?!«

»Man muß es annehmen.« Schagin hob die Schultern und breitete die Arme aus. »In einer schlechten Zeit frißt der Wolf auch Würmer.«

Nasarow lachte rauh, verließ die Kirche und trat hinaus auf den Marktplatz. Ein eifriger Leutnant wartete bereits auf ihn, stürzte auf ihn zu, grüßte zackig und meldete:

»Sie stehen alle auf der Straße, Genosse Major. Keiner mehr in den Häusern. Waffen wurden nicht gefunden, nur die üblichen Jagdgewehre. Ein alter Mann liegt auf der Straße und will sterben. Zwei Frauen fielen in Ohnmacht. Der Soldat Oleg Nikolajewitsch Kulinitsch wurde dabei überrascht, wie er eine Frau vergewaltigen wollte. Er ist im Wagen zwei eingeschlossen worden.«

»Danke, Ilja«, sagte Nasarow zufrieden. »Bring Kulinitsch hierher auf diesen Platz und außerdem irgendeinen Mann aus dem Dorf, bei dem man ein Gewehr gefunden hat. Alle anderen bleiben bei ihren Häusern stehen und rühren sich nicht.«

»Sofort, Genosse Major.« Ilja, der junge Leutnant, grüßte wieder stramm und lief davon.

Der Tag war nun aufgezogen, ein etwas trüber Tag mit einem milchigen Himmel, in dem die Sonne schwamm. Warm war es trotzdem, eine schwere Hitze, beladen mit dem Dunst aus den Sümpfen, der nicht abziehen konnte in die unendliche Weite. Es wäre ein guter Tag gewesen für den noch herumliegenden Rest des Heues, für Arbeiten an den Häusern und Ställen, denn wenn erst der Herbstregen wie aus Eimern herunterfiel und schnell darauf die Kälte mit dem Schnee, war es zu spät, die Häuser für den langen Winter vorzubereiten. Auch das Holz mußte geschnitten und gespalten werden, die Scheite für das Herz jeder Behausung, den Ofen. Die Frauen mußten Kraut und Gurken einsalzen, Pilze und Beeren marinieren, Marmeladen einkochen und die Beeren- und die Birkenweine ansetzen; geschlachtet und gepökelt sollte werden ... viel war noch zu schaffen, und jeder Tag mit einem ruhigen Himmel war wertvoll, ein Geschenk der Natur – aber was mußte man statt dessen tun? Herumstehen! Die Hände in den Nacken legen und mit verbissenem Gesicht abwarten, was ein Major seinem Trüppchen befahl!

Nasarow zog die Augenbrauen zusammen, als man einen älteren Mann zu ihm führte. Zwei Rotarmisten trieben ihn mit Stößen ihrer Kalaschnikows vor sich her, er schwankte ein wenig, schon vorher mußte man ihn geschlagen haben und so war es auch, denn als er vor Nasarow stand, sah man, daß sein Gesicht geschwollen und aus der Form geraten war.

»Ach nein, wen haben wir denn da?« fragte Nasarow mit dickem Spott. »Ist's einer, der nicht erwarten kann, schnell die Wahrheit zu sagen? Tropft ihm die Angst schon in die Hose?«

»Er wollte Sie unbedingt sprechen, Genosse Major«, sagte einer der Rotarmisten. »Geschimpft hat er die ganze Zeit und war durch nichts zu beruhigen.«

Nasarow betrachtete das verquollene Gesicht. Hören wir ihn uns an, dachte er. Er könnte etwas mitzuteilen haben, was uns weiterbringt.

Er nickte, die zwei Rotarmisten traten drei Schritte zurück und richteten die Läufe ihrer Waffen auf den Rücken des Mannes. Nasarow griff in die Tasche seiner Uniform, holte eine Packung Papirossy hervor, kniff sorgfältig das lange Pappmundstück zusammen, zündete die Zigarette mit einem Feuerzeug an und blies genußvoll die erste Rauchwolke dem Mann ins Gesicht.

»Du wolltest etwas sagen?« fragte er darauf.

»Ich heiße Grigori Valentinowitsch Korolew«, sagte der Mißhandelte mit fester Stimme.

»Wen interessiert das?« Nasarow blies wieder den Rauch in Korolews zerschlagenes Gesicht. Dies ertragen zu müssen, war schrecklich. Es war eine Erniedrigung, eine zutiefst kränkende Demütigung.

»Der Dorfvorsteher von Lebedewka bin ich«, sagte Korolew, die Schmach hinabwürgend. »Wir sollten miteinander sprechen, Genosse Major.«

»Sprechen? Du mit mir? Dreht sich die Welt verkehrt rum? Nur einer spricht jetzt hier, und das bin ich. Der Dorrfvorsteher, sieh an! Was hat er mir zu melden? Wo liegen die verdammten Splitterbomben, wo das Dynamit, wo die Maschinengewehre?! Glotz mich nicht an. Alter ... du wolltest mich sprechen, also tu es!«

»Die Unschuldigen bestrafen Sie, Genosse Major.« Korolew sagte es ohne Scheu. Den Krieg hatte er mit dreimaliger Verwundung überlebt, hatte überall dort den Deutschen gegenübergelegen, wo man sein Leben einsetzen mußte, um die graue Flut aus dem Westen aufzuhalten. Als er vor Moskau im Erdbunker lag, umtost vom Eissturm und vom Hunger gewürgt, weil jeder Transport in dieser Winterhölle zusammenbrach; als er mithalf, die Deutschen aufzuhalten, im Triumph durch Moskaus Straßen zu ziehen – damals vielleicht mußte dieses Majorchen geboren worden sein, der kleine Herr, der jetzt über Lebedewka Gericht halten wollte.

Nasarow kniff die Augen zusammen, griff nach der halb gerauchten Papirossa und warf den glühenden Rest Korolew ins gemarterte Gesicht. Sie richtete keinen Schaden an, fiel sofort zur Erde, aber die Schande der Wehrlosigkeit war's, die Korolew das Herz verkrampfen ließ.

»Nur Unschuldige?« fragte Nasarow spöttisch.

»Brave Bauern, ihre Frauen und Kinder, die Greise ... was sollen sie getan haben?«

»Uns ist bekannt, daß Lebedewka das Nest der Staatsfeinde ist.«

»Wer sagt das?«

»Ich! Genügt das nicht?!«

»Ein Irrtum ist's, Genosse Major. Ein großer Irrtum. Was sucht man eigentlich bei uns?«

»Allein dieser Frage wegen sollte man dich mit Schlägen rund um den Platz treiben!« Nasarow warf einen Blick auf die Soldaten, die ihn begleitet hatten ... sie sahen alle hinüber zur Kirche, als beginne dort eine Prozession. Er drehte sich um und bemerkte Schagin, den Popen. An der Tür seiner Kirche stand er, im festlichen bestickten Ornat, und in den Händen hielt er ein Kreuz aus Silber. Er stand da, als warte er darauf, jemanden segnen zu müssen. »Wirklich, ihr seid gute Schauspieler«, fuhr Nasarow genüßlich fort. »Spielt ein Märchen von dem Blauäugigen, der nur den Himmel sieht und sich wundert, daß Erde um ihn ist!«

Sein Blick ging jetzt hinüber zur Dorfstraße. Dort führten zwei Rotarmisten einen Mann aus dem Ort in ihrer Mitte. Drei andere Soldaten schleppten einen Kameraden heran, ein junges Bürschlein mit hellen braunen Haaren, im Blick Ratlosigkeit und Angst. Er konnte sich nicht denken, was man von ihm wollte. Geschehen war doch nichts. Ein Mädchen war noch in dem Haus geblieben, das er durchsuchen mußte. In einem dünnen, kurzen Hemdchen war sie gerade aus dem Bett gesprungen und stand ängstlich da. Alles war zu sehen, was ein Weibchen ausmacht, die ganze Pracht von den Brüsten bis zwischen die Schenkelchen ... man müßte ein Eisentopf sein, um da vorbeizusehen und schnell hinauszugehen ...

Fünf Schritte vor Nasarow blieben die Soldaten stehen, nahmen eine stramme Haltung an und gaben Kulinitsch einen Stoß in den Rücken. Der junge Soldat begann zu zittern, grüßte und starrte seinen Kommandeur aus flackernden Augen an. Korolew seinerseits warf einen erstaunten Blick auf das zweite herangeschleppte Opfer, den Mann aus seinem Dorf, dem ein dünner Blutfaden aus dem Haar über die linke Wange lief.

»Was wollen sie denn von dir, Andrej Nikolajewitsch?« fragte er.

»Weiß ich es? Aus der Reihe haben sie mich herausgeholt.«

»Du hast dich gewehrt?«

»Wo werd' ich? Hat's einen Sinn?«

»Du blutest.«

»Sie haben mich geschlagen. Ohne ein Wort haben sie mich einfach geschlagen. ›Warum, Brüderchen, schlagt ihr mich?‹ hab' ich sie gefragt. Da haben sie gelacht und mir noch eins versetzt. Dann haben sie mich weggezerrt, und nun bin ich hier.«

Korolew wandte sich um zu Nasarow. Der Major hatte soeben mit etwas zur Seite geneigtem Kopf den Soldaten Kulinitsch gemustert, etwa wie man einen Gaul betrachtet, den man kaufen will.

»Was hat Beljakow getan?« fragte Korolew wie anklagend.

»Nichts.« Nasarow lächelte, aber ein böses Lächeln war's. »Er heißt also auch Nikolajewitsch, genau wie Kulinitsch?« Er zeigte dabei mit dem Lauf seiner Tokarew auf die Brust des jungen Soldaten. »Das trifft sich gut.« Er schwenkte die Pistole zu Beljakow und fragte fast fröhlich: »Du kannst doch schießen?«

»Wir alle können schießen!« antwortete Korolew schnell. »Wer kann einen Hasen, eine Wildente oder einen Wolf mit den Augen töten?«

»Hast du ein Gewehr?« fragte Nasarow weiter, als habe er Korolews Worte nicht gehört.

»Eins zum Jagen ...« Beljakow zögerte mit seiner Antwort. Wer konnte ahnen, was sich aus dieser Frage vielleicht entwikkelte. Zu leugnen war ja nichts; sein Gewehr hatte an der Wand gehangen, als die Soldaten das Haus stürmten, und dort hing es auch jetzt noch, wenn die Rotarmisten es nicht mitgenommen hatten.

»Wo hast du's versteckt?«

»Nicht versteckt, Genosse Major. Warum sollte ich's verbergen? An der Wand im Zimmer hängt es.«

»Nur ehrliche Menschen in Lebedewka, was? Nur unschuldsvolle Lämmchen!« Nasarow zeigte mit seiner Tokarew jetzt auf einen der begleitenden Soldaten. In dessen Augen sah man, wie er bis tief ins Herz hinein erschrak. »Du kennst sein Haus, hol das Gewehr.« Ein Blick zu Beljakow:

»Ist es geladen?«

»Ja, Genosse Major.«

»Immer bereit, nicht wahr? Ob Wölfe oder Menschen, alles ist Wild!«

»Auf einen Menschen habe ich noch nie geschossen ...«

»Das kann man lernen. Los, holt das Gewehr!«

Nasarow wartete, bis der Rotarmist losgetrabt war, und wandte sich dann wieder dem jungen festgenommenen Soldaten zu, der ihn ängstlich und fragend zugleich anstarrte. Er war sich keiner Schuld bewußt, das sah man ihm an. Ihm war es ein großes Rätsel, warum man ihn wie einen Verbrecher hier hergeschleppt hatte. Schon das Einsperren in den Mannschaftswagen hatte er nicht verstanden.

»Oleg Nikolajewitsch ...«, sagte Nasarow in einem ruhigen, fast plaudernden Ton. »Erzähl mir einmal, wie das gewesen ist mit dem Mädchen. Halt! Nein! Erzähl es nicht. Wir wissen's ja alle. Kommst in das Haus, siehst das Weibchen und stürzt dich auf sie wie ein Wolf auf die Gans. War's nicht so? Was hast du gelernt, schon in den ersten Tagen deiner Ausbildung? Ein Soldat der Sowjetarmee ist ein Repräsentant seines Vaterlandes. Ein Vorbild für alle Männer muß er sein. Eine ruhmreiche Uniform trägt er. Die Fahne seines Regimentes wehte bei der Siegesfeier in Moskau, als wir den Faschismus zerschlagen hatten. Für alle Zeiten ist jeder Russe stolz auf seine Soldaten. Aber was macht da der Rotarmist Oleg Nikolajewitsch Kulinitsch? Über ein Mädchen fällt er her! Mißbraucht es mit der Gier eines Hundes!«

»Genosse Major ...«, stammelte Kulinitsch. »Darf ich erklären, Genosse Major ...«

»Erklären willst du? Was denn erklären?! Wie du's gemacht hast? Wir sind nicht neugierig auf deine Techniken.«

»Ein Hemdchen trug sie nur, ein ganz kurzes, dünnes Hemdchen ... Genosse Major, so etwas habe ich noch nie gesehen ... Ich weiß nicht, was über mich gekommen ist, hab' den Verstand verloren, ja, das ist es ... ich weiß nicht mehr, wie das alles geschah ... Ich bedauere es.«

»Er bedauert es, der liebe Oleg Nikolajewitsch!« Nasarow schlug ihm mit dem Lauf der Pistole über den Kopf, der Junge knickte etwas in den Knien ein, die Kopfhaut platzte, und ein Blutstrom ergoß sich über das zitternde Gesicht. Eine Wunde am Kopf blutet immer besonders stark, sieht gefährlicher aus, als sie wirklich ist, und auch Kulinitschs Aussehen veränderte sich unter dem Blut derart, daß es schien, als habe man ihm den Kopf gespalten.

Kulinitsch, von zwei Kameraden festgehalten, begriff noch immer nicht die Lage, in die er geraten war. Sein Major hatte ihn geschlagen, er blutete, aber er nahm es hin in Demut und als Strafe. Dem Gesetz nach hatte sich Nasarow schuldig gemacht. Kein Vorgesetzter, auch kein Offizier, darf einen Untergebenen schlagen. Beschweren konnte man sich, und dann würde Nasarow in Schwierigkeiten kommen, dem General würde er vorgeführt werden, eine Ermahnung konnte er bekommen, eingetragen in seine Militärpapiere, was eine schnellere Beförderung verhindern konnte ..., aber wer wagt es schon, Anzeige zu erstatten gegen seinen Major und für den Rest der Dienstzeit als eine Art Laus am Körper der Kompanie behandelt zu werden. Wie viele Möglichkeiten gab es, gerade beim Militär, einen Menschen zu zerbrechen, ihn niedriger als einen Wurm werden zu lassen. Die Phantasie der Unteroffiziere und Feldwebel im Erfinden von Schikanen scheint grenzenlos zu sein. Das beginnt beim Robben durch ein Schlammfeld und endet beim Putzen des Zimmers mit einer Zahnbürste.

Kulinitsch sah seinen Major gehorsam an. Das Blut lief ihm auch über beide Augen; nur wie durch einen Schleier nahm er Nasarow wahr, aber er wagte es nicht, mit dem Handrücken das Blut aus seinen Augen zu wischen.

»Ich ... ich ... bin neunzehn Jahre, Genosse Major ...«, stammelte Kulinitsch ergeben. »Komme aus Samjogorsk, ein Dorf bei Irkutsk. Ein kleines Dorf, nur zweiundfünfzig Häuser ... will damit sagen, daß ich ... mit Mädchen hab' ich wenig zu tun gehabt ... Genosse Major, ich habe wirklich den Verstand verloren ... sie stand da, nur in einem Hemdchen bis zum Nabel ...«

Von der Straße kam jetzt der Soldat zurück zum Dorfplatz, den Nasarow ausgeschickt hatte, Beljakows Jagdgewehr zu holen. Er schwenkte es in der Hand, schulterte es dann wie ein Militärgewehr, stand vor Nasarow stramm und hielt es ihm hin im Präsentiergriff. Der Major nahm es aus seinen Händen und streckte es Beljakow entgegen.

»Ist dies dein Gewehr?« fragte Nasarow mit einem schiefen Lächeln.

»Ja. Das ist es.« Beljakow blickte hinüber zu Korolew, der ebenso ratlos war wie er.

Aber das Rätselraten sollte nicht lange dauern. Nasarow überzeugte sich, daß das Gewehr geladen war; mit Schrotmunition, wie man sie zur Hasenjagd und zum Entenschießen verwendet. Eine doppelläufige Flinte war es, alt und im Holz verwittert, ein Gewehr aus oder gar vor der Zeit des großen Krieges; immerhin waren Schloß und Läufe gut gepflegt.

»Nimm es!« sagte Nasarow und hielt Beljakow das Gewehr wieder vor die Brust. Andrej Nikolajewitsch ergriff seine Waffe, zog sie an sich und sah den Major ratlos an, dessen böses Lächeln er nicht deuten konnte. »Jetzt wäre es einfach, anzulegen und mich zu erschießen«, fuhr Nasarow fort. »Hindern könnte dich keiner, wenn du schnell genug bist. Aber was hättet ihr alle davon? Euer Lebedewka müßte verbrannt werden zu einem riesigen Scheiterhaufen, auf dem alle Männer verschmoren würden. Versuch es also nicht ...«

»Ich habe nie daran gedacht«, sagte Beljakow und sah wieder hinüber zu Korolew. Was will er von mir, hieß dieser Blick. Warum gibt er mir mein Gewehr?

Nasarow hatte eine Antwort schnell zur Hand. Zu dem noch immer blutenden, steif dastehenden Kulinitsch gewandt, sagte er geradezu höflich:

»Oleg Nikolajewitsch, im Einsatz befinden wir uns; im Krieg, wenn man so will. Und im Krieg hat ein Kommandeur das Recht, sofort an Ort und Stelle Ungehorsam, Feigheit oder das Verbrechen einer Schädigung des Sowjetstaates zu bestrafen und den Täter zu richten. Ein Ausnahmegesetz ist das ... Du hast dem Ansehen der Roten Armee geschadet. Verstehst du das?«

»Nein, Genosse Major ...«, stotterte Kulinitsch verwirrt.

»Du bist ein Schwein!« schrie Nasarow plötzlich mit gewaltiger Stimme. »Ja, ein Schwein bist du! Eine Eiterbeule! Tritt drei Schritte zurück ... die anderen weg von ihm ... dreh dich um, mit dem Rücken zu mir ... Bist du getauft? Bist du ein Kirchgänger?«

»Nein, Genosse Major ...« Kulinitschs Stimme schwamm davon. Er hatte alles getan, was ihm befohlen worden war, er stand nun sechs Schritte von Nasarow entfernt, mit dem Rükken zu ihm, starrte hinauf in den heute graublauen, verhangenen Sommerhimmel, den die Sonne nicht durchdringen konnte, aber doch mit Wärme ausfüllte, und plötzlich weinte er wie ein Kind. Das Blut aus seiner geplatzten Kopfhaut vermischte sich mit den Tränen und lief in Rinnsalen den Hals hinunter in seine Uniform.

»Nicht getauft? Dann brauchst du auch nicht zu beten.« Nasarows Stimme war kalt geworden, als käme sein Atem vereist aus der Kehle. »Hast du noch einen Wunsch? Was soll man deiner Mutter schreiben?«

Da erst, bei diesen Fragen, begriff Kulinitsch sein ungeheuerliches Schicksal. Er wirbelte herum, starrte in die kalten Augen des Majors, sah keine Gnade in ihnen, sondern nur sein Urteil, und fiel auf die Knie, die Arme weit vorgestreckt.

»Was macht ihr mit mir?« schrie er und weinte dabei mit einer Heftigkeit, die seinen ganzen Körper erschütterte. »Genosse Major ... Brüder ... was habe ich denn getan? Habt Mitleid mit mir, ihr könnt mich doch nicht töten! Mord ist das! Warum wollt ihr mich morden? War ich nicht immer ein guter Soldat? Brüderchen, ihr kennt mich doch ... waren immer gute Kameraden ... nur einmal, dieses eine Mal hab' ich mich vergessen ... Ihr Lieben ... Brüder ... Freunde waren wir doch ... und jetzt wollt ihr mich töten ...?!«

Auf den Knien rutschte Kulinitsch Major Nasarow entgegen, die Arme flehend hochgereckt, tränen- und blutüberströmt das verzerrte Gesicht – ein Anblick war's, der einem einen Schauer über den Rücken jagte. Aber Nasarow blieb kalt, unberührt; ja, er verzog seinen Mund, als ekele er sich vor dem zu ihm kriechenden Kulinitsch.

»Zurück mit ihm!« sagte er hart und gab den Soldaten einen herrischen Wink. »Sechs Schritte weg, mit dem Rücken zu mir.«

Die Rotarmisten ergriffen Oleg Nikolajewitsch erneut, schleiften ihn zu der alten Stelle zurück und ließen ihn dort.

»Brüder!« brüllte er wieder. »Um Gottes Erbarmen ... laßt mich leben ... Ich habe doch nichts getan ...«

»Nicht getauft ist er und ruft Gott an«, sagte Nasarow kalt. »Widerlich, kann man da nur sagen. Widerlich!« Er machte eine halbe Drehung, sah Beljakow an und zeigte mit ausgestrecktem Finger auf dessen Gewehr. »Beenden wir das Gejammer. Erschieß ihn!«

Beljakow erstarrte, seine Augen traten plötzlich hervor. »Nein!« sagte er leise. »Nein ...« Dann blickte er zu Korolew und sah, daß auch er wie gelähmt neben dem Major stand.

»Das ist ein Befehl«, sagte Nasarow mit noch kälterer Stimme.

»Ich bin nicht einer Ihrer Soldaten, Genosse Major«, entgegnete Beljakow. »Noch nie habe ich auf einen Menschen gezielt.«

»Erbarmen!« schrie Kulinitsch und schlug die Hände vor das blutverschmierte Gesicht. »Erbarmen, laßt mich leben ...«

»Schieß!« brüllte Nasarow und richtete seine Pistole auf Beljakows Brust.

»Das können Sie nicht verlangen, Genosse Major; nie und nimmer verlangen!« rief Korolew jetzt dazwischen. »Befehlen Sie das Ihren Soldaten, aber nicht Andrej Nikolajewitsch.«

»Wenn er nicht schießt, wird aus Lebedewka eine Fackel werden.«

»Das können Sie nie verantworten, Genosse Major ...«

»Verantworten? Vor wem?« Nasarow schüttelte den Kopf, als habe ihn ein Insekt umschwirrt. »Ein Dorf voller Saboteure; Staatsfeinde, die Bomben legen und Dämme sprengen; verkappte Mörder alle ... Wer muß sich dafür verantworten, wenn er ein Wolfsrudel erlegt? Ein Hornissennest ausbrennt? Was ist Lebedewka? Ändert sich die Welt, wenn es Lebedewka nicht mehr gibt? Kümmert sich die Welt darum? Ein Nichts seid ihr, warum begreift ihr das nicht?!« Er sah wieder den bleichen, starren Beljakow an und zielte erneut auf sein Herz. »Schieß endlich!«

»Nein!« Beljakows Stimme war heiser und brüchig. »Nein! Nein!«

Nasarow hob die Schultern. Er hob die linke Hand und sagte zu den herumstehenden Soldaten: »Holt alle, die zu dieser Hundefamilie gehören, hierher und liquidiert sie. Hier, vor seinen Augen!«

»Halt!« Der alte Korolew sprang mit einem Satz vor. Das Blut klopfte heiß in seinem Kopf, sein Herz war wie abgedrückt. »Halt, sagte ich!« Die Soldaten, die schon ein paar Schritte zur Dorfstraße getan hatten, blieben stehen, obwohl das Kommando nicht von Korolew gekommen war. An ihrem Zögern erkannte man, daß ihnen nicht ganz wohl war in der Uniform. Auch sie, alles junge Männer, erlebten zum erstenmal das Töten eines Menschen. Ihre Großväter hatten das innere Entsetzen verlernt; wenn sie vom Großen Vaterländischen Krieg erzählten, waren sie stolz darauf, wieviel Faschisten sie damals erschossen, und sie zeigten ihre Orden, die sie dafür bekommen hatten, überall herum. Wie alle alten Frontkämpfer bei allen anderen Völkern waren sie: überlebende kleine Helden, die einer großen Sache gedient hatten. Das Bewußtsein, beim millionenfachen Töten mitgeholfen zu haben, belastete sie nicht; das Vaterland oder sonst wer hatte befohlen, und Kriege gehörten von Urbeginn an zu dieser Menschheit und werden weiterhin dazugehören, so entsetzlich, wahnsinnig und unbegreiflich das auch ist. Liegt das Töten in der Natur des Menschen? Kein Tier tötet ein anderes Tier, außer wenn es seinen Hunger stillen muß. Nur der Mensch findet immer neue Gründe, um zu töten. Auch Lebedewka war ein Grund.

Nasarow verzog die Lippen zu einem schrecklichen Lächeln und sah Beljakow an. Der junge Mensch hatte sein Gewehr an die Brust gedrückt und starrte auf den knienden, weinenden, flehenden, wimmernden Kulinitsch.

Sie werden tatsächlich meine Familie holen, dachte er voller Entsetzen; werden sie hierherschleifen: den Vater, der ein verkürztes Bein hat, seitdem ihn ein Pferd getreten hatte. Die

Mutter. Die vier Geschwister. Meine drei Schwestern und meinen Bruder, die jünger sind als ich. Den Großvater, der Unterleutnant im Krieg gewesen war, die Brust voller Orden. Die Großmutter, die an zwei Stöcken geht, von Gicht gekrümmt ... Hierher auf den Dorfplatz wird man sie alle treiben und vor meinen Augen erschießen. Wer kann Nasarow aufhalten? Wer kann auf Erbarmen hoffen bei diesem Menschen aus Stein? Nur in seine Augen braucht man zu sehen ... kälter ist nicht einmal der sibirische Winter, dessen Frost die Baumstämme auseinandersprengt.

Erschießen konnte man den Major selbst. Es wäre möglich gewesen. Er stand vor einem, ungeschützt. Schnell hoch das Gewehr und abgedrückt, keiner könnte es verhindern. Aber dann? Hinterher? Lebedewka in Flammen, alles vernichtet; Männer, Frauen, Kinder und Greise getötet ... Wer konnte das dann noch aufhalten? Und wo und wie würde das jemals bekannt werden? Und wurde es bekannt, was nutzten die lahmen Proteste? Lebedewka und seine Bewohner gab es dann nicht mehr, und alle Reden machten sie nicht wieder lebendig ... So ohnmächtig sind wir, Genossen, so ohnmächtig!

Mit einem wilden Ruck riß Beljakow sein Jagdgewehr an die Wange. Sein ganzer Körper bebte, und er schrie mit nahezu unmenschlicher Stimme: »Oleg Nikolajewitsch ... Gott sei bei dir!« Und dann zog er den Zeigefinger durch, trocken bellte der Schuß auf, der kniende und weinende Kulinitsch wurde nach vorn geschleudert, durchsiebt von der geballten Schrotladung, ein Stöhnen ging durch die herumstehenden Soldaten, einige wandten sich ab und schlugen die Hände vor ihre Augen, und Kulinitsch fiel mit dem Gesicht auf die Erde und war auf der Stelle tot.

Im gleichen Augenblick warf Beljakow sein Gewehr weit von sich, trat vor Nasarow und spuckte ihm mitten ins Gesicht. Dann riß er sein Hemd vor der Brust auf, warf den Kopf in den Nacken und rief: »Jetzt bist du dran!«

Den Blick zum Himmel gehoben, wartete Beljakow auf den Schuß. Aber er wartete vergebens. Nasarow steckte seine Pistole in den Gürtel zurück und winkte. Zwei Soldaten mit bleichen, starren Gesichtern schleiften den toten Kulinitsch weg und legten ihn hinter dem Panzer ab. Korolew trat an Beljakows Seite, legte den Arm um seine Schulter und sagte mit lauter Stimme:

»Hier sind zwei, Genosse Mörder!«

Nasarow wischte sich die Spucke vom Gesicht, als seien es Regentropfen. Die gröbste Beleidigung, die man einem Russen antun konnte, schien ihn nicht zu treffen. Er machte ein paar Schritte, hob Beljakows Gewehr vom Boden auf und kam damit zu Korolew zurück.

»Harte Zeiten werden für Lebedewka kommen«, sagte er wieder im Plauderton. »Ein Bewohner des Dorfes, der Bauer Beljakow, hat mit seinem Gewehr den Rotarmisten Kulinitsch getötet, einen tapferen, mutigen Soldaten. Ein wichtiges Beweisstück, das Gewehr, ist in unseren Händen; jede Untersuchungskommission wird bestätigen, daß aus dieser Waffe der tödliche Schuß abgegeben worden ist. Als Kulinitsch erschossen wurde, gab es keine Zeugen; hinterrücks, feige und gemein wurde er umgebracht.« Nasarow klemmte Beljakows Gewehr unter den Arm. »Lebedewka wird es büßen müssen ...«

»Die Wahrheit werde ich hinausschreien!« brüllte Beljakow auf. Wie Korolew begriff auch er jetzt, in welch teuflisches Spiel er hineingezogen worden war.

»Wer wird dir glauben?« fragte der Major.

»Mindestens zwanzig Soldaten habe ich als Zeugen.«

»Nicht einen einzigen! Niemand hat gesehen, wie du den guten Kulinitsch hinterrücks ermordet hast. Niemand war dabei ...«

Er stockte. Von der Kirche her kam Schagin, der Pope, das silberne Kreuz vor sich hertragend wie bei einer Prozession. Er ging zu dem Panzer, kniete bei dem toten Kulinitsch nieder und segnete ihn, legte ihm dann das Kreuz auf die Brust und betete stumm.

»Das ganze Dorf ist schuldig!« sagte Nasarow gepreßt.

»Von hier gingen die Sabotageakte aus. Geheime Waffenlager gibt es hier, Bombenwerkstätten ... ein Satansnest. In zehn Minuten geht jeder Dorfbewohner in der Stolowaja an mir vorbei!«

Er beachtete Beljakow und Korolew nicht mehr, stampfte zu seinem Geländewagen, befahl, abzufahren, und fuhr an den noch immer vor ihren Häusern stehenden Menschen vorbei die Straße hinunter zur Stolowaja, dem Gemeindesaal. Die Männer, Frauen, Kinder und Greise blickten ihm nach. Noch immer hatten sie die Hände in den Nacken gelegt, bewacht von der vor ihnen stehenden Kette der Soldaten.

In der Stolowaja setzte sich Nasarow hinter einen Tisch, streckte die Beine aus, nahm seine Mütze vom Kopf und klopfte mit der Faust auf die Tischplatte. »Herein mit ihnen!« sagte er. »Hintereinander. Sechs Mann zu mir. Alles bereitmachen zur Abfahrt. Wagen zwei räumen bis auf vier Mann Bewachung.« Der junge Leutnant, den Nasarow Ilja rief, rannte aus dem Saal. Bei der Erschießung von Kulinitsch hatte es ihn im Hals gewürgt; nur unter großer Mühe gelang es ihm, sich nicht zu erbrechen. Was sein Magen hinaufdrückte, schluckte er wieder hinunter. Er war froh, hinauslaufen zu können und nicht mehr in der Nähe des Majors bleiben zu müssen.

Langsam, hintereinander, kamen die Bewohner von Lebedewka in die Stolowaja. Zuerst Korolew, der Dorfvorsteher, so wie es sich gehört; an seiner Seite Grazina Grigorinowna, seine Tochter – ein Nachkömmling, wie man so sagt, eine überraschende Altersfreude.

Ihnen folgten die anderen Bewohner des Dorfes, Bauern, Handwerker, Fischer, alle familienweise, zuerst der Vater, dann die Frau, die Kinder, die Großeltern ... Maxim Feodorowitsch Jelankin, ein Tischler, der auch die Särge herstellte – ein mageres Geschäft, denn ungewöhnlich alt wurde man in Lebedewka –, schob sogar einen Urgroßvater in den Saal, ein vertrocknetes Männlein in einem von Jelankin selbst konstruierten Rollstuhl, aber ein Greis voll geistiger Frische, der beim Anblick von Nasarow laut fragte: »Sieht man an seiner Brust einen Orden, he? Ich habe neun Orden`errungen! Was hat das Rotznäschen mir zu sagen?«

Jelankin war das peinlich, auch erfaßte er die Gefahr, die Urväterchen damit provozierte, aber der Alte war nicht zu bremsen, räsonierte herum und rief: »Sind wir eine Hammelherde, die gezählt werden soll?! Beim Leiter des Veteranenverbandes werde ich mich beschweren. Nach Moskau Dritten schreiben. An den Generalstab. Beim Dritten Kavallerieregiment bin ich gewesen, hab' die Fahne vorangetragen ... Wo ist hier einer, der das auch von sich sagen kann?!«

Zufrieden überblickte Nasarow die Schlange der Menschen, die sich langsam zu seinem Tisch schob. Durch eine Gasse, die von Soldaten mit schußbereiten Kalaschnikows gebildet wurde. Eine Erinnerung tauchte in ihm auf ... vor sieben Jahren, als Oberleutnant, in dem GULAG-Lager 145/1.19 in den Uranbergwerken östlich von Omsk. Die Lagerärztin Anikinskaja, keine Schönheit, zu dicke Beine, zu wenig Brust, aber als Ausgleich ein Gesicht, als habe sie vor dreihundert Jahren einem Ikonenmaler Modell für die Maria gesessen. Auch sie saß an einem Tisch, jeden Morgen um sieben Uhr, und er, Nasarow, hatte hinter ihr gestanden, auf ihr schwarzes Haar blickend, ihren Geruch einatmend und voll Begierde auf sie, und jeden Morgen zogen an ihr die krank gemeldeten Strafgefangenen vorbei, mit hohlen Augen und zitternden Lippen ihr Urteil entgegennehmend: »Arbeitsfähig! Der nächste! Name? Krankheit? Arbeitsfähig ...« Welche Macht lag in diesem einen Wort! Arbeitsfähig. Kaum einer hatte gewagt, Protest dagegen zu erheben; und wer es tat, in wilder Verzweiflung, den griff sich Nasarow heraus, stellte ihn zur Seite, wartete, bis die Kolonnen in das Bergwerk eingerückt waren, und jagte ihn dann im Lager herum, bis er irgendwo zusammenbrach: auf dem Holzplatz, an den Schienen der Transportbahn oder in der Latrine, die er mit den Händen ausschaufeln mußte.

»Du bist ein Schwein, Leonid Antonowitsch«, hatte die Anikinskaja irgendwann einmal zu ihm gesagt, »aber du wirst deinen Weg machen. So etwas wie dich braucht man immer ...«

Nun war er Major, hatte keine Anikinskaja mehr vor sich, und eine Menschenschlange zog an ihm vorbei. Statt »arbeitsfähig« würde er sagen: »Rechts raus!« Ohne zu verraten, was dieses Zurseitetreten bedeutete.

Korolew, der erste, der vor seinen Tisch trat, sah Nasarow furchtlos in die zusammengekniffenen Augen. Der Major zwinkerte etwas mit den Lidern und nickte dann. »Abtreten!« sagte er barsch. Durch eine andere, von Soldaten gebildete Gasse konnte man wieder die Stolowaja verlassen. Aber Korolew blieb vor dem Tisch stehen.

»Abtreten heißt: raus!« sagte Nasarow herrisch.

»Eine Frage habe ich, Genosse Major.«

»Es ist keine Frage zugelassen. Abtreten!«

»Ich bin der Vorsteher von Lebedewka – Sie wissen es, Genosse Major – und möchte für mein Dorf sprechen.«

»Auch Sprechen ist nicht zugelassen. Abtreten!« Das letzte Wort brüllte Nasarow.

Zögernd schob sich Korolew in die andere Soldatengasse und blieb dort stehen. Sein Töchterchen Grazina kam jetzt vor Nasarows Tisch, und man sah, wie der Major überlegte. Nach einem Blick zu Korolew winkte er dann und sagte wieder: »Abtreten!«

So ging es weiter, einer nach dem anderen, und immer wieder hieß es »Abtreten! Abtreten!«, und die es hörten, atmeten auf, auch wenn sie nicht wußten, was der Aufmarsch bedeuten sollte.

Bei der Frau des Schreiners Kabanow zeigte Nasarow plötzlich nach rechts: »Zur Seite!« Kalt klang seine Stimme. Die Kabanowa, ein noch junges Weibchen, blieb wie erstarrt stehen. Wassili Iwanowitsch, ihr Mann, der schon weitergegangen war, drehte sich um. Den Stoß, den ihm ein Soldat mit dem Kolben einer Kalaschnikow gab, beachtete er nicht.

»Was wollen Sie von Marfa Jakowna? Was ist mit ihr, Genosse Major?« fragte er.

»Abtreten!« brüllte Nasarow. »Marfa heißt sie? Marfa bleibt hier.«

»Warum?«

»Wer hier fragt, bekommt die nötige Antwort!« Der Major gab einen Wink, die Soldaten packten Kabanow, drehten ihn um und trieben ihn mit Schlägen und Tritten aus dem Saal. Er wehrte sich verzweifelt, trat ebenfalls um sich, boxte nach allen Seiten, schrie mit sich überschlagender Stimme: »Helft mir, Freunde! Greift ein! Was will er von Marfa? Kommt mir doch zu Hilfe ...!« Aber niemand rührte sich. Die Läufe der Maschinenpistolen waren auf jeden gerichtet, und so sehr sich Kabanow wehrte, er wurde hinausgeschleift und draußen vor der Stolowaja in den Staub geworfen. Dort zog er sich an der Hauswand empor, lehnte sich daran, hob den Kopf zum Himmel und faltete die Hände. »Gott im Himmel, was wollen sie von uns, was tun sie mit uns? Warum halten sie Marfa zurück ...«

In der Stolowaja zogen die Dorfbewohner weiter am Tisch von Nasarow vorbei. Sie blickten stumm hinüber zu Marfa Jakowna, die in der Ecke stand, bewacht von einem Rotarmisten, weinend und einer Ohnmacht nahe, und starrten dann den Major an.

»Abtreten! Abtreten! Abtreten ...«

Ein hingehämmertes Wort, ein eisiger Windstoß.

»Halt!« Nasarow streckte den Zeigefinger vor. Vor ihm stand Beljakow, das Kinn angedrückt, mit rotgeschlagenen Augen, einem Riß in der linken Wange und blutverschmierten Haaren. »Da ist er ja, der Mörder. Zur Seite!«

Ohne Zögern trat Beljakow nach rechts. Hinter ihm, in der langen Schlange, klang ein Stöhnen auf. Sein hinkender Vater und seine Mutter hatten sich untergehakt; vor ihnen standen mit weiten Augen, das Ganze nicht begreifend, aber die Gefahr spürend, seine vier jüngeren Geschwister. Und Großvater Timofej, der Kriegsheld, und Großmütterchen, gichtgekrümmt auf ihren Stöcken gestützt, drängten sich heran und riefen fast gleichzeitig: »Andrej ist kein Mörder!«

»Abtreten! Die ganze Familie Beljakow – abtreten!«

Wie er seine Macht genoß, dieser Nasarow. Bis auf den alten Timofej gingen die Beljakows weiter, aber dann wurden sie von den Soldaten festgehalten, weil Großväterchen mit der Faust auf Nasarows Tisch schlug.

»Du läßt ihn frei!« verlangte der furchtlose Alte. »Ich werde nach Moskau schreiben, was hier geschehen ist! Ich war nur ein Unterleutnant und kein Major, aber ich weiß, was Recht und Unrecht ist.«

»Dein Enkel, Genosse, hat einen meiner Soldaten hinterrücks erschossen. Ist das kein Mord? Wir haben Beweise genug: Es war sein Gewehr, es war seine Schrotmunition, im Lauf fehlt ein Schuß, der Pulverschmauch hängt noch daran – willst du noch mehr?! Für diesen Mord wird euer ganzes Dorf büßen ... Abtreten!«

»Auf Befehl hat er es getan!« brüllte der alte Timofej. »Auf Befehl!«

»Es gibt keinen Zeugen«, sagte Nasarow kalt und lächelte dabei. »Den Leuten von Lebedewka wird niemand glauben.«

»Aber mir, dem Veteranen!«

»Warst du dabei?« Nasarow lehnte sich genußvoll zurück. »Alterchen, putz deine Orden und halt's Maul ... Schreib nach Moskau! Moskau ist weit, aber ich bin hier!«

Ein Soldat ergriff Großvater Timofej, zerrte ihn vom Tisch weg, gab ihm einen Schubs, daß er in die Arme seines Sohnes fiel, und dann drängte man die Familie Beljakow aus der Stolowaja hinaus, so laut auch die gichtige Großmutter mit ihrer schrillen Stimme schrie.

Und weiter zog die Reihe der gepeinigten Menschen an Major Nasarow vorbei.

»Abtreten! Abtreten! Abtreten! Halt ... zur Seite!«

Noch fünfmal erklang das »Zur Seite!«, und jedesmal gab es ein großes Geschrei und Jammern, Protest und sinnlose Gegenwehr. Drei Frauen und drei Männer standen bereits auf der rechten Seite in der Ecke, als Masuk und seine Frau Svetlana vor dem Tisch standen. Mit ruhigem Blick hielt Masuk der

Musterung des Majors stand. Die Durchsuchung seines Hauses und seiner Schmiedewerkstatt hatte nichts ergeben; die gut getarnte Falltür in den Bombenkeller hatte niemand entdeckt. Er hatte, bevor die Soldaten sein Haus besetzten, alle Spuren verwischt. Über dem heimlichen Eingang stand jetzt eine auf Rollen laufende, schwere Hammermaschine.

Nasarow lächelte Masuk an, zeigte auf Svetlana und sagte freundlich: »Zur Seite!«

Es war, als habe Svetlana Victorowna einen Schlag in den Nacken bekommen. Sie krümmte sich, krallte sich an Masuk fest und schrie: »Nein! Nein! Nein!« Und als ein Soldat sie wegriß, schrie sie: »Warum ich? Warum ich? Es gibt andere, die man ergreifen müßte.«

Es war ein entlarvender, ja verräterischer Aufschrei. Nasarow war so klug, nicht darauf zu reagieren, aber an seinen Augen erkannte man, welcher Triumph in ihm hochstieg. Mit einem stumpfen Ausdruck im Gesicht sah Masuk hinüber zu seiner Frau. Ihre Blicke begegneten sich, und wenn's auch nur eine Sekunde war – Svetlana Victorowna senkte sofort den Kopf, griff sich ans Herz und drückte sich in den Haufen der schon sechs Ausgegliederten. Was auch noch alles geschehen mochte: ausgestoßen war sie nun, allein auf der Welt, auch wenn sie das Unbekannte, in das man sie bringen würde, überlebte. Selbst, wenn sie von jetzt an schwieg – ihr Aufschrei war ein Verrat gewesen.

Sie drückte das Gesicht gegen die Wand der Stolowaja, spürte, wie selbst die anderen sechs von ihr abrückten, voll Verachtung und Widerwillen, und Marfa Jakowna, die Frau von Kabanow, unterbrach ihr Weinen, beugte sich vor und flüsterte ihr zu: »Gott strafe dich, du Luder! In den Tod bringst du uns alle! Geh zur Hölle!«

»Abtreten!« Nasarow zeigte auf Masuk. »Scheinst eine kluge Frau zu haben.«

»Etwas wirr im Kopf ist sie«, antwortete Masuk ruhig.

»Aber Augen, die beobachten, hat sie.« Nasarow zeigte zur Tür. »Hinaus mit dir!«

Es wurde später Mittag, bis alle Bewohner am Tisch vorbeigezogen waren und Nasarow noch drei junge Männer zur Seite gestellt hatte. Zehn Geiseln, von denen er hoffte, daß sie großen Nutzen bringen würden: Entweder redeten sie selbst – oder ihre Anverwandten gaben Hinweise, um sie wieder freizubekommen. Zufrieden erhob sich Nasarow von seinem Stuhl, ging zu den zehn Geiseln in der Ecke und sagte: »Eine kleine Fahrt werdet ihr jetzt machen. Aber ob ihr zurückkommt nach Lebedewka, das liegt allein in eurer Hand!« Dann ließ er das Häuflein abführen und auf den bereitgestellten Mannschaftswagen verladen.

Vor der Tür der Stolowaja stand Kyrill Vadimowitsch Schagin, der Pope, das Silberkreuz noch immer in den Händen, und hatte auf Nasarow gewartet. Der Major verhielt vor ihm den Schritt und ließ ihn teilhaben an seiner Freude: Er rieb sich kräftig die Hände.

»In spätestens drei Tagen wirst du unser Geschäft einlösen, Pope!« sagte er dabei. »Bis dahin muß dir ein Lederhintern wachsen.«

»Sie haben bei Ihrer Selektion einen vergessen, Genosse Major: mich!« Schagin drückte das Kreuz an seine Brust. »Auch ich gehöre vor Ihren Tisch – und ›Zur Seite‹.«

»Aber nein!« Nasarow schüttelte den Kopf. »Wie komme ich dazu, in Lebedewka einen Märtyrer zu zeugen? Halte mich nicht für einen Idioten, Pope! Mit frommen Liedern willst du als Heiliger zu deinem Gott zieh'n, und wir werden zu Stiefelpissern!« Er machte eine herrische Handbewegung und wollte den Gang zu seinem Wagen fortsetzen, aber Schagin vertrat ihm den Weg. Verblüfft blieb Nasarow wieder stehen. »Auch dein Kreuz, und sei es hundertmal geweiht, schützt dich nicht davor, daß ich dir einen Tritt gebe, wenn du nicht zur Seite gehst!« sagte er.

»Was ist, Genosse Major, wenn ich dir das Kreuz über den Kopf schlage?«

»Zehn Jahre Sibirien ... das kostet's dich ...«

»Mir genügen ein paar Tage in deinem Lager; so lange wie die Geiseln bei dir sind.«

»Gottes Wort als starker Balken!« Nasarow lachte kurz auf. »Pope, wir kennen uns jetzt nur eine kurze Zeit ... um Leonid Antonowitsch den Weg zu verstellen, sind alle deine Heiligen zu schwach.«

Blitzschnell fuhr seine Faust empor, traf Schagin in den Magen. Der Pope krümmte sich, ohne einen Laut von sich zu geben, das Kreuz umklammerte er und ließ es nicht fallen ... aber er war nicht mehr fähig, Nasarow aufzuhalten. Nach vorn gebeugt, seinen Magen haltend, mit verdrehten Augen und Schleiern vor dem Blick, nahm Schagin wahr, wie der Major den Wagen bestieg, wie die Soldaten in ihre Mannschaftswagen rannten und die Kolonne die Dorfstraße hinabfuhr. Als letzter verließ der Panzer das Dorf, mit seinen breiten Raupenketten die Straße aufreißend. Stumm standen die Menschen links und rechts des Weges, und nur der alte Timofej Beljakow sagte, Tränen in den Augen:

»Und dafür haben wir den Großen Vaterländischen Krieg gewonnen! Brüder und Schwestern, soviel Blut für so etwas ...«

Ein paar Minuten später war Lebedewka wieder ein unbekannter Flecken auf der Landkarte.

Im Baulager Nowo Gorodjina hatte sich an diesem Tag einiges verändert.

Mit einem Hubschrauber war der Genosse Jossif Wladimirowitsch Niktin aus Tobolsk eingetroffen.

Niktin, ein anerkannter Fachmann im Wasserstraßenbau und oberster Leiter des Projektes Tobollinie, also des neuen Wasserwegs entlang des Tobol nach Süden, hatte mit seinem Kommen den Ingenieur Boris Schemjakin überrascht. Kein Anruf hatte ihn angekündigt ... plötzlich surrte der Hubschrauber über die Baumwipfel und landete auf dem großen Materialplatz.

Das verhieß nichts Gutes. Dieser Ansicht war auch Schemjakin. Er sprang vor seiner Baracke in den kleinen wendigen

Jeep und erreichte den Landeplatz, als Niktin gerade den Hubschrauber über eine schmale Trittleiter verließ. Dessen Begleiter, ein schmächtiger, blasser Mensch mit einer dickglasigen Brille, reichte ihm eine lederne Aktentasche hinaus und sprang dann selbst auf die Erde. Der Platzmeister des Materiallagers, der dicke Ilja Pupkow, rannte keuchend aus einem Schuppen heran, mit der festen Absicht, den fremden Piloten anzubrüllen: Hier wird nicht gelandet ohne meine Erlaubnis!

Dazu kam es nicht, denn Schemjakin war schneller mit seinem Jeep und bremste mit aufheulenden Bremsen, als er sah, wie Niktin ein paar Schritte vom Hubschrauber weggelaufen war, um dem Winddruck der Rotorflügel zu entkommen. Mit zerzaustem Haar blieb der Ankömmling stehen, versuchte mit einer Hand sein Haar zu glätten und empfing Schemjakin mit ausgebreiteten Armen. Nach den Begrüßungsküssen auf die Wangen sagten sie sich artige Belanglosigkeiten, stiegen in den Jeep und fuhren zum Barackenlager. Der fade Mensch mit der Brille blieb zurück, mußte sich das Gebrüll des dicken Pupkow anhören und schwieg. Er schien es gewohnt zu sein, alles aufzufangen, was eigentlich seinem Chef Niktin zustand.

»In Tobolsk sieht man die Lage sehr ernst, Boris Igorowitsch«, begann Niktin noch im Jeep das eigentliche Gespräch. »Sogar in Moskau ist man beunruhigt.«

»Ich schlafe auch nicht gern auf versteckten Bomben«, erwiderte Schemjakin. »Aber was soll man tun? Sie wissen es ja so gut wie ich, Jossif Wladimirowitsch: Schon vor sieben Monaten habe ich um besseren Schutz gebeten. Was ist geschehen? Nichts! Geradezu darauf gewartet habe ich, daß größere Aktionen stattfinden. Nun haben wir den Jammer: ein Riesenloch im Damm. Wir können es gleich besichtigen.«

Niktin winkte ab. Es drängte ihn nicht, in ein Gebiet zu fahren, wo Saboteure unsichtbar auf neue Anschläge lauerten. Er war Ingenieur, ein Spezialist für Wasserbau, aber kein Kämpfer gegen Staatsfeinde. Das war die Aufgabe anderer Abteilungen.

»Fahren wir erst zu Ihnen, mein Lieber«, sagte er und

drückte die lederne Aktenmappe gegen seine Brust. »Hat man Anhaltspunkte, woher die Saboteure kommen?«

»Nein.«

»Keine Verdächtigen?«

»Wenn man es recht sieht, sind alle verdächtig. Alle Dörfer und Siedlungen in der weiten Umgebung des Tobol, in den Wäldern und Sümpfen, an den Seen und Feldern. Nicht nur hier gibt es einen Widerstand. Aus allen Gegenden, durch die der Kanal fließen soll, meldet man Zwischenfälle. Im Süden am Aralsee, aus den Steppen von Kasachstan, aus dem Gebiet von Kustanaj, am Oberlauf des Ischim, aus den Steppen links und rechts des Syrdarja und Amudarja ... Sagen wir es klar: überall!«

»Wir wissen es, wir wissen es ...« Niktin wackelte mit dem Kopf und bekam traurige Augen. »Eine Ansammlung von Dummköpfen, wie sie die Welt noch nicht gesehen hat. Wir wollen ihre Steppen und Wüsten fruchtbar machen, eine riesige Kornkammer soll es werden, Gemüsefelder bis zum Horizont. Obstplantagen, Millionen Hektar fruchtbaren Ackerlands, Nahrung im Überfluß für unzählige Menschen – und was tun sie? Sie wehren sich dagegen. Kann man das noch verstehen?! Auch in Moskau fragt man sich: Kann es soviel Blödheit geben?«

»Vielleicht liegt es daran, daß man Völker, die jahrhundertelang über ihre Steppe ritten, nicht zu Ackerbauern werden lassen kann. Für sie heißt es: Wir verlieren unsere Heimat.«

»Unsinn!«

»Heute wie vor tausend Jahren ziehen die Kamelkarawanen durch die Kysyl-Kum-Wüste, von Weideplatz zu Weideplatz. Nomadenvölker sind voller Stolz. Man sagt ihnen zwar, in zwanzig Jahren solle ihre Heimat überquellen vor Fruchtbarkeit, und werstweite Felder und Gärten brächten zwei Ernten im Jahr – aber dafür wird ihr Land eingeteilt sein in Sowchosen, zentral verwaltet, bis ins letzte kontrolliert, eingezwängt in Planungen und Sollzahlen. Der Nomade oder Steppenhirte wird zum angestellten Arbeiter gemacht, bekommt eine Handvoll Rubel, muß den Nacken beugen vor seinem Natschalnik. Damit nimmt man ihnen die Freiheit von Jahrtausenden. Ihr Stolz wird auf den Feldern untergepflügt.«

»Boris Igorowitsch, Sie reden, als möchten Sie am liebsten selbst Bomben legen!« sagte Niktin betroffen.

»Ich will Ihnen nur einen Hinweis geben zur Lösung eines Rätsels, das weder Sie noch die hohen Genossen in Moskau verstehen. Dort wischt man am Planungstisch voller Euphorie alles zur Seite; interessant sind nur die technischen Möglichkeiten, der staunenden Welt ein Jahrhundertwerk vorzuführen. Sibiriens Ströme rückwärts laufen zu lassen – das heißt, die Schöpfung zu korrigieren. Und wir haben die Mittel, es zu schaffen, das wissen wir alle. In zehn Jahren kann das Wasser des Ob nach Kasachstan und Usbekistan fließen, und so etwas kann jeden Ingenieur begeistern ... Nur an die Menschen hier und überall denkt keiner.«

»Schemjakin!« rief Niktin erregt. »*Nur* für die Menschen bauen wir den Sib-Aral-Kanal! Er hat keinerlei technischen Nutzen, er dient nur der Ernährung!«

»Und ist schiffbar über zweitausendfünfhundert Kilometer. Jedem von uns ist bekannt, wieviel noch ungehobene Bodenschätze in den Gebieten rund um den Aralsee liegen. Wenn der Kanal vollendet ist, wird man die Schätze heben; ein großes Industriegebiet wird entstehen.«

»Zum Wohle des sowjetischen Volkes! Von Jahr zu Jahr werden wir stärker werden als der Westen. Ein unbesiegbares Rußland!« Niktin bekam rote Ohren vor Begeisterung. Ein Mensch mit durchschnittlichem Aussehen war er; ein Gesicht, das man sich nicht merkte – aber wenn er sich in Begeisterung redete, strahlte er. Erst dann merkte man, daß er tiefblaue Augen hatte. »Die Propaganda ist es«, sagte er. »Jawohl, die schlechte Information – sie ist miserabel. Sie allein ist schuld. Man hat die Menschen nicht genügend aufgeklärt. Man hat ihnen nicht gesagt: Ihr werdet in einem neuen Paradies leben. Was hat man statt dessen gesagt? Hier kommt ein neuer Kanal hin, zweihundert Meter breit, und alles wird anders. – Schwachköpfe, wohin man sieht. Faulenzer allesamt! Man müßte mit Lautsprecher- und Filmwagen durch das Land fahren und das Volk aufklären. Bis ins kleinste Dorf, sage ich. Wir haben doch Zeit genug. Jahre voll Zeit; und wenn man einem Menschen in der einen Hand einen trockenen Kamelapfel hinhält und in der anderen einen saftigen, rotbäckigen, köstlichen Apfel vom Baum, was wohl, frage ich, wird der Mensch nehmen?«

»Der Nomade den Kamelmist, denn damit heizt er im Winter seine Jurte.«

»Sie sagen es, Boris Igorowitsch! Das hat man versäumt: Die Menschen umerziehen muß man, sie überzeugen, ihnen die Zukunft nahebringen, ein reales Denken lehren. Statt Dämme zu zerbomben, werden sie dann selbst zur Schaufel greifen und mitarbeiten am neuen Rußland.«

Sie hatten Schemjakins Haus erreicht, stiegen aus dem Jeep und wurden an der Tür von Olga Walerinowna empfangen. Niktin begrüßte sie wie ein Schwesterchen mit drei Küssen, obgleich er sie nur zweimal in Tobolsk gesehen hatte, strahlte sie an und sagte blinzelnd: »Etwas mitgebracht habe ich für Boris Igorowitschs schöne Frau, etwas ganz Seltenes: drei Packungen feinster Milchschokolade.«

»Sie sind ein Engel, Genosse Niktin!« rief die Schemjakina und gab die Tür frei. »Kommen Sie herein. Sie sind willkommen.«

Schemjakin verzog etwas das Gesicht ... für ihn war Niktin alles andere als ein Engel. Mit Niktin, ahnte er, waren neue Probleme nach Nowo Gorodjina gekommen.

Die Rückkehr von Nasarows Truppe wurde im Lager kaum beachtet. Die Zeltstadt des Militärs lag außerhalb der Barakkensiedlung, man arbeitete noch daran. Ein Küchenbau aus Fertigbauteilen wuchs empor, eine Heizungszentrale mit einem eigenen Benzingenerator, Garagen und eine Werkstatt, eine Kommandantur völlig aus Holzteilen. Es sah ganz danach aus, als sei dies kein vorübergehender Besuch, sondern als richte sich das Militär hier für längere Zeit ein. Den provisorischen Zelten würden in den nächsten Wochen Unterkünfte aus Fertigteilen folgen; eine richtige Kaserne entstand neben dem Baulager Nowo Gorodjina – schon jetzt, nach ein paar Stunden, von den Arbeitern mit scheelem Blick bedacht.

Soldaten bringen Unruhe ins Leben, das wußte man. Sie waren zwar zum Schutz gekommen, aber es würde dauernd Probleme geben. Schlägereien waren da das mindeste, vor allem, wenn man die abendliche Einsamkeit mit Wodka auffüllte. Ja, und da waren noch die zwölf Frauen in der Küche und in der Wäscherei, die als kameradschaftlicher Gemeinbesitz galten – hier würde es zuallererst die geschwollenen Köpfe geben, wenn die Soldaten begannen, hinter den Röcken herzurennen.

Unbeachtet blieb es auch, als die zehn Geiseln ausgeladen und in das stabile Zelt getrieben wurden, das dem Major gehörte. Hier übernahmen zwei Rotarmisten die Bewachung, während Nasarow nach einigen Händen kalten Wassers, das er sich ins Gesicht schlug, hinüberging zu Schemjakin. Dort traf er auf Walja Borisowna und die Schemjakina. Die eine kochte Kaffee, die andere war dabei, süße Waffeln zu backen. Köstlich roch es nach Vanille und Moosbeerenmarmelade.

Nasarow blieb in der Tür stehen, hob schnüffelnd wie ein Hund die Nase und rief vergnügt: »Welch ein Empfang! Frische Waffeln? Mein Magen hüpft vor Freude.«

»Halten Sie Ihren Magen fest, Genosse; die Waffeln sind nicht für Sie.« Walja legte eine neue duftende Waffel auf einen bunten Keramikteller.

»Nicht für mich?«

»Nein, wir haben Besuch aus Tobolsk.«

»Das bin ich.«

»Der Genosse Niktin ist gekommen.«

»Niktin? Wer ist Niktin?«

»Sie werden ihn kennenlernen, Leonid Antonowitsch«, mischte sich die Schemjakina ein. »Wenn eine Waffel übrigbleibt – selbstverständlich bekommen Sie den Rest.«

Beleidigt ging Nasarow in den Nebenraum, Schemjakins

Büro, und setzte sich an den Arbeitstisch. Den Rest, dachte er, zutiefst betroffen. Man bietet mir, dem Major Nasarow, einen Rest an. Oh, ihr werdet noch viel mit mir erleben, ihr hochnäsigen Zivilisten. Ihr werdet lernen, vor einer Uniform Respekt zu haben.

Er zog die Schreibmaschine zu sich heran, spannte einen Bogen und drei Durchschläge in die Walze und überlegte konzentriert die Sätze, die er schreiben wollte.

Lagebericht.

Leonid Antonowitsch Nasarow, Major der Roten Armee, meldet: Im Morgengrauen des heutigen Tages rückte eine Einheit der 3. Kompanie, II. Bataillon der III. Brigade, Tobolsk, im Sondereinsatz in das Gebiet südlich von Nishni Tawda aus und durchsuchte das verdächtige Dorf Lebedewka nach Waffen, Sprengstoff und Sabotagematerial. Dabei wurden zehn verdächtige Personen verhaftet und ins Lager gebracht. Der Soldat Oleg Nikolajewitsch Kulinitsch wurde bei dieser Aktion hinterrücks von einem Bewohner des Dorfes mit einem Jagdgewehr und Schrotmunition erschossen. Der Mörder, der Bauer Andrej Nikolajewitsch Beljakow, wurde verhaftet, sein Gewehr sichergestellt. Der Mörder leugnet, aber sein Gewehr beweist einwandfrei seine Schuld. Er wird nach Abschluß der Untersuchungen an das Generalkommando weitergegeben.

Ich schlage vor, den tapferen Soldaten 0. N. Kulinitsch nachträglich zum Gefreiten zu ernennen und ihm die Tapferkeitsmedaille zu verleihen.

L. A. Nasarow, Major.

Zufrieden überlas Nasarow noch einmal seine Meldung, faltete sie dann zusammen, steckte sie in ein Kuvert, beleckte die Leimstreifen und klebte den Umschlag zu.

Ein Kurier auf dem Motorrad brachte den Brief noch am gleichen Tag nach Tobolsk zu General Pychtin.

Im Zimmer saß jetzt Niktin mit den Schemjakins zusammen, als Nasarow vom Büro zurückkam. Sie waren im Konstruktionssaal gewesen, dort hatte Schemjakin anhand der Zeichnungen erklärt, wo der Damm gesprengt worden war. Auf einer Übersichtskarte der weiteren Umgebung hatte er auf zahlreiche rote Punkte hingewiesen; wie totgequetschte Wanzen sahen sie aus und verunzierten das Bild.

»Was ist denn das?« hatte Niktin gefragt.

Und Schemjakin hatte geantwortet: »Das sind Bohrstellen, Meßpunkte, geologische Proben, die meine Trupps nach Plan angelegt hatten. Sie wurden zerstört. Jeder rote Punkt bedeutet: ein Überfall. Wir sind nach Monaten harter Arbeit immer wieder an den Ausgangspunkt zurückgeworfen worden. Das habe ich alles nach Tobolsk und Moskau gemeldet. Sie müßten das wissen, Genosse Niktin.«

»So viele Meldungen laufen bei uns ein, Boris Igorowitsch!« Niktin hatte mit dem Kopf geschüttelt. »Dieses Bild ist ja schrecklich.«

»Und was hat man dagegen getan? Wie heute ... man schickt Soldaten! Was sollen die hier? Jeden Spatenstich bewachen?«

»Ohne Schutz kommen wir überhaupt nicht voran. Wir müssen diesen Lumpen zeigen, wer der Stärkere ist! Unglaublich ist das! Und woher – das fragen sich alle – bekommen sie Sprengstoff und moderne Waffen? Die Amerikaner, sage ich! Nur von den Amerikanern! Von diesen Imperialisten! Wenn wir am Aralsee Millionen Hektar fruchtbaren Boden schaffen, können sie ihr Futtergetreide zum Heizen nehmen, denn wir brauchen es dann nicht mehr Auf den Magen drückt ihnen das natürlich, sie sehen ihre Geldbeutel schlaff werden. Mit allen Mitteln müssen sie verhindern, daß Rußland von der übrigen Welt unabhängig wird. Und so liefern sie auf heimlichen Wegen Waffen und Material an die verführten, gutgläubigen, unwissenden Menschen. Aber wir kriegen sie noch, Boris Igorowitsch. Wir kriegen sie! Wir werden die geheimen Wege entdecken und die Drahtzieher nennen. Und aufhalten lassen wir uns schon gar nicht!«

»Sie wissen, Genosse Niktin, wie heftig, ja anklagend die Kritik der ganzen Welt an unserem Sib-Aral-Kanal ist. Klimaverschiebungen, stärkeres Abschmelzen des Nordpols, Erhöhung des Meeresspiegels, Umweltkatastrophen ...«

»Dummes Gerede. Alles dummes Gerede!«

»Am besorgtesten sind die Deutschen mit ihrer Nordseeküste. Sie könnte sich völlig verändern, alle Küstenstädte ständen permanent unter Wasser ... in Hamburg drei Meter hoch. Sämtliche Inseln wären überschwemmt ...«

»Die Deutschen! Sie sagen es, Genosse. Immer diese Deutschen! Immer das Maul auf, mal um zu schreien, mal um andere Völker zu fressen. Was gehen uns die Deutschen an? Haben sie gefragt, als sie damals dreizehn Millionen und sechshunderttausend unserer tapferen Väter und Söhne töteten, sieben Millionen Zivilisten, brave, unschuldige Menschen, vernichteten? Zehn Prozent unserer Bevölkerung haben sie auf dem Gewissen, und nun schreien sie, wenn Sowjetrußland ein Jahrhundertprojekt in Angriff nimmt?! Jetzt erst recht, sollte man ihnen zurückrufen. Ersauft an euren Küsten! Aber da sieht man es wieder: Lenins Aufruf, der Kampf gegen die Imperialisten, wird ewig für einen Russen Verpflichtung sein. Und Rußland ist ewig!«

Schemjakin war versucht gewesen, darauf in die Hände zu klatschen wie bei einer Parteirede zur Oktoberrevolution. Alles klang immer gleich, der Sieg war nahe, Rußland an der Spitze der Welt ... seit über fünfzig Jahren klang das so, und man wartete weiter ...

»Kommen Sie herein, Genosse Major«, sagte Schemjakin jetzt. »Darf ich Ihnen Jossif Wladimirowitsch Niktin vorstellen, den Leiter des Projektes Abschnitt Tobol.«

Niktin und Nasarow gaben sich kurz die Hand und waren sich vom ersten Anblick an unsympathisch. Ein kleiner Affe, dachte Nasarow über Niktin. Nimmt sich wichtig und ist eine Null. Und Niktin dachte: Ein hochnäsiger Dummkopf, ein Kleiderständer für eine Uniform. Wir werden nur mühsam miteinander auskommen.

»Stimmt es, Genosse Major«, fragte aus dem Hintergrund Walja Borisowna, »Sie haben aus Lebedewka zehn Gefangene mitgebracht?«

»Ach, das weiß man schon?« Nasarow lächelte breit. »Sie haben ein vorzügliches Nachrichtensystem, mein lieber Schemjakin.«

»Auch Frauen sollen darunter sein.«

»Auch Frauen.« Nasarow nickte. »Verdächtige sind für mich geschlechtslos. Einen Toten hatten wir, hinterrücks erschossen. Ein junger, tapferer Mensch. Ich glaube, in der nächsten Zeit wird hier Ruhe sein.«

»Ich möchte die Gefangenen sehen«, sagte Walja mit ruhiger, aber energischer Stimme. »Wann ist das möglich, Genosse Major?«

»Überhaupt nicht.«

»Ich bin Ärztin.«

»Das ist bekannt. Aber was hat das mit den zehn Verdächtigen zu tun?«

»Sie wissen, daß nach dem Gesetz jeder Gefangene Anspruch auf ärztliche Hilfe hat.«

»Es ist keiner dabei, der ärztliche Hilfe nötig hätte.«

»Besitzen Sie soviel medizinisches Wissen, um das beurteilen zu können?«

»Sie essen und trinken und gehen aufrecht, also sind sie gesund! Eine einfache, aber zweifelsfreie Diagnose ist das. Da müssen Sie mir zustimmen, Walja Borisowna.«

Nasarow setzte sich zu den anderen an den runden Tisch und sah, daß noch zwei Waffeln übriggeblieben waren, mit Zucker bestreut, mit Moosbeerenmarmelade gefüllt. Aber er war zu stolz, um zuzugreifen, und auch als die Schemjakina sagte: »Genosse Major, wir haben die Waffeln extra für Sie aufgehoben«, hob er dankend die Hand und fühlte sich wie vor die Knie getreten. Er sah Walja an und erkannte ihre wütend blitzenden Augen. »Welchen Auftrag bringen Sie, Genosse Niktin?« fragte er.

»Das Projekt zu beschleunigen und den Menschen zu erklären, wie wichtig es ist für ihre Zukunft.«

»Erklären mit Worten?«

»Nur mit Worten.«

»Verstehen sie die Worte? Ich bezweifle es. Diese Menschen muß man anders packen, nach meiner Methode. Überzeugung durch Stärke, *das* verstehen sie sofort. Eine Tradition setzen wir damit fort.«

»Ein physikalisches Gesetz sagt: Druck erzeugt Gegendruck«, warf Schemjakin ein.

»Immer die Gesetze! Der Mensch lebt mit seinen Empfindungen; wenn man auf sie klopft, wird er weich.« Nasarow lachte kurz. »So einfach sind die großen Geheimnisse.«

Angewidert, man sah es ihr deutlich an, verließ Walja das Zimmer. Daß sie das Haus verließ, bemerkte keiner. Sie ging durch den hinteren Eingang, wo Schemjakins Büros lagen, und winkte einem Lastwagen. Der Fahrer bremste.

»Nehmen Sie mich mit?« rief sie.

»Wohin, Genossin Walja?«

»Zum Militärlager.«

»Schwierig, schwierig. Der Zugang ist vor einer Stunde abgesperrt worden.«

»Versuchen wir es.« Sie kletterte in das Fahrerhaus und setzte sich auf das harte Kunstlederpolster. »Vielleicht lassen sie eine Ärztin hinein.«

Der schwere Wagen ruckte an, fuhr durch das Barackendorf und schwenkte auf die Waldstraße, wo am Rande der hohen Bäume die Zelte der Soldaten aufgeschlagen waren. Aus dem blechernen Schornstein der Küche stieg Rauch auf, es roch nach Kartoffelsuppe und gebratenem Speck. Irgendwo spielte jemand auf einer Knopfharmonika, der Bajan. Wo gibt es einen Russen, der eine Bajan nicht liebt ...

Nach fünfzig Metern trafen sie auf den ersten Posten. Drei Mann waren es. Sie stellten sich mitten auf die Straße, hoben alle drei die Hand und riefen miteinander wie im Chor:

»Stoi! Stoi!«

Ein Zauberwort, dieses »Stehenbleiben!«

Kein anständiger Russe überhört es.

Das Schicksal von Lebedewka war an jemandem vorübergegangen, dem man es am wenigsten gönnte: Das »Schwarze Haus« von Gamsat Wladimirowitsch Trofimow war nicht durchsucht worden. Es lag zu einsam. Bis an den Sumpfsee waren die Soldaten nicht gekommen. Wer nimmt schon an, daß da drinnen in der Wildnis noch ein einzelnes Haus steht? Soja Trofimowa, das von allen verachtete »Hürchen«, hatte sich mit ihrem Vater tief in das Dickicht verkrochen, und dort warteten sie bis zum Abend, ehe sie ihr Versteck verließen. Vorsichtig schob dann Soja ihr Motorrad dem Dorf zu, sah, daß die Soldaten abgerückt waren, schwang sich in den Sattel und fuhr ratternd die Straße hinunter.

Sie wurde nicht begrüßt, man schüttelte ihr nicht die Hand. Mit bösen Blicken verfolgte man sie, und manch einer sagte: »Da waren die Soldaten nicht! Nichts ist ihnen geschehen. Der Teufel wohnt bei ihnen, da sieht man's wieder. Wie sie daherfährt in ihrem kurzen Rock! Zehn von uns haben sie mitgenommen, aber sie hätte es nötig gehabt. Der Satan ist mit ihnen im Bunde.«

Zweimal fuhr Soja durch das kleine Dorf und schielte hinüber zu Masuks Haus. Beim zweitenmal kam er ans Fenster, gab ihr ein schnelles Zeichen – da atmete sie auf und jagte mit großer Geschwindigkeit davon. Lew Andrejewitsch lebte, sie hatten ihn nicht weggeschleppt; das allein war wichtig für sie. Was ihr Wassja, der sie am Dorfende anhielt, erzählte, kümmerte sie nicht. Nur daß Svetlana Victorowna, Masuks Frau, mitgenommen worden war, erfüllte sie mit Freude. Zum »Schwarzen Haus« kehrte sie zurück, berichtete ihrem Vater, was sie gesehen und gehört hatte, und rief fröhlich:

»Welch ein schöner Abend, Väterchen. Zum See gehe ich und bade noch etwas. Wenn ich zurückkomme, backe ich uns Piroggen mit Fisch ...«

Ein schöner Abend war es wirklich. Am Nachmittag hatte sich die Sonne durchgerungen, den grauen Himmel aufgerissen, und nun roch die Erde kräftig und würzig, die Pflanzen strömten ihren Duft aus, und legte man sich ins hohe Gras, war man wie betäubt von dem Geruch.

Am Rande des Sees zog sich Soja aus, dehnte den schönen Körper der schon glutrot werdenden Sonne entgegen, ging drei Schritte in das warme Wasser und schöpfte es mit beiden Händen, um es über ihre Brüste rinnen zu lassen. Das hier war ihre Einsamkeit, allein nur ihr gehörte sie. Kein anderer Mensch kam hierhin. Nur Masuk kannte diesen Platz und natürlich Gamsat, ihr Väterchen ... Ein Stück war es vom Paradies, durch das in zehn Jahren der Kanal fließen sollte, mitten hindurch, alle Gottesnähe zerstörend.

Sie stand noch kniehoch im Wasser und blickte in den flammenden Abendhimmel, als hinter ihr eine Stimme fragte:

»Oh, gibt es hier wirklich noch Nymphen ... oder bist du eine Nixe?«

Soja fuhr herum, bedeckte ihre Scham und suchte den Mann, dem die Stimme gehörte. Irgendwo in den Büschen mußte er sein und sich ducken. Röte und Zorn stiegen in ihr auf, sie stapfte aus dem See und warf sich am Ufer in das Gras, das über ihr zusammenschlug und sie fast ganz verbarg.

»Kommen Sie heraus!« rief sie. »Zeigen Sie sich! Unverschämt ist es, so auf der Lauer zu liegen! Wer sind Sie?«

In den Büschen raschelte es, dann trat ein Mann hervor mit Haaren so blond wie Sojas Haare. Einen schmutzigen erdbraunen Anzug trug er, die Hosenbeine in derbe Stiefel gesteckt, auf dem Kopf eine runde Mütze mit einem langen Schirm. Über die Schulter hatte er einen Rucksack geworfen. Ein Fremder. Drei Schritte kam er näher zu der Stelle, wo Soja im Gras lag, und blieb stehen.

»Als ich Sie im See sah, sagte ich mir: Hier ist ein Ort, wo du dich niederlassen könntest. Mein Name ist Igor Michailowitsch Jugorow. Und wie heißt du?«

»Soja Gamsatowna.«

»Das klingt wie Musik ... als wenn der Wind in den Bäumen rauscht ...«

Sie blieb im hohen Gras liegen, flach hingestreckt, fast unsichtbar. Nur ihr erhobener Kopf ragte über die Halme hinaus und – weiter abwärts – die oberste Rundung ihrer Gesäßbakken. Jugorow mußte lächeln, ging in die Hocke und sah Soja in das erregte Gesicht.

»Gehen Sie weg!« sagte sie hart. »Oder drehen Sie sich wenigstens um wie ein anständiger Mensch. Was machen Sie überhaupt hier?«

»Einen weiten Weg habe ich hinter mir. Ich wollte hier ein Bad nehmen, den Schmutz und den Schweiß abspülen und dann ein gutes Nachtlager suchen. Da kam eine Waldelfe gegenüber aus dem Wald und besetzte den See.«

»Reden Sie immer so dummes Zeug?« Sie stützte sich etwas höher auf die Arme, und Jugorow sah den Ansatz ihrer vollen Brüste. Er blieb in der Hocke und bewunderte ihr ebenmäßiges Gesicht, ihre blonden Haare und das zornige Blitzen in ihren Augen.

»Ich kann auch anders«, sagte er. »Du bist sehr schön. Aber das weißt du ja. Dein Mann muß ein glücklicher Mensch sein.«

»Ich habe keinen Mann ... nicht einen Ehemann.« Mit der rechten Faust hieb sie in den Boden, und ihre Augen sprühten noch mehr Feuer. »Drehen Sie sich endlich um! Anziehen will ich mich.«

»Nun gut. Drehen wir uns um«, sagte Jugorow und erhob sich. »Aber was soll's? Ich habe Sie ja schon in Ihrer ganzen nackten Schönheit gesehen. Ich verabscheue nutzlose Handlungen.«

Er wandte sich ab, hörte hinter sich, wie Soja aufstand und zu ihren Kleidern rannte. Und er wartete, bis sie ihm zurief: »Ich bin fertig, Genosse Jugorow ...«

Angezogen sah sie nicht minder erregend aus. Durch die dünne Bluse schimmerten ihre Brüste, und der kurze Rock unterstrich nur noch ihre langen Beine. Jugorow schüttelte den Kopf.

»Wo bekommt man hier solche Röcke?« fragte er.

»In Tobolsk ... manchmal ...«

»Sie kaufen in Tobolsk ein?«

»Ja. Ich habe ein Motorrad. Damit komme ich überall hin.«

Ein Motorrad hat sie, dachte Jugorow und lächelte Soja wieder an. Welch ein Glücksfall! Ein Motorrad wäre genau das, was ich brauche. Beweglich ist man, kommt schnell von Ort zu Ort und kann sogar noch da durch den Wald fahren, wo kein Auto die Verfolgung aufzunehmen vermag. Ein Motorrad hat mir das Leben gerettet, unten im Süden, bei Turgai. Mit drei Jeeps waren sie hinter mir her, aber im dichten Wald blieben sie stecken, und ich flitzte im Zickzack um die Stämme herum wie ein Fuchs.

»Ein Motorrad?« wiederholte Jugorow. »Kann man es betrachten?«

»Ich bin zu Fuß gekommen.«

»Ah, du wohnst hier in der Nähe?«

»Ja, mit meinem Vater.« Soja schüttelte mit beiden Händen ihr Haar auf und blickte dabei in den Himmel. Das Abendrot übergoß mit ungeheuerlichen Flammen das Land. »Woher kommen Sie, Igor Michailowitsch?« fragte sie.

»Aus dem Wald.«

»Das ist keine Antwort.«

»Was wollen Sie hören, Soja Gamsatowna? Welche Stadt, welche Gegend soll ich Ihnen nennen? Was hätten Sie davon, wenn ich Ihnen irgendeinen Namen nenne? Ich bin da ... das genügt.«

»Was wollen Sie in Lebedewka?«

»Ein paar Aufgaben habe ich zu erledigen«, wich er ihrer direkten Frage aus. Er hob seinen Rucksack aus dem Gras und schulterte ihn. »Wo kann ich einige Tage wohnen? Wie heißt der Dorfälteste?«

»Korolew. Aber im Dorf wird man Ihnen kein Bett geben. Jeder Fremde ist jetzt verdächtig, nachdem die Soldaten Geiseln genommen haben.«

»Man hat Geiseln genommen?« Jugorows Miene veränderte sich schnell. Aus dem freundlichen Lächeln wurde ein harter Zug um den Mund.

»Zehn Männer und Frauen ... Kamen wie ein Heuschrekkenschwarm über Lebedewka, die Soldaten. Trieben alle auf die Straße, verprügelten sie, sogar Kyrill Vadimowitsch, unseren Popen. Ein Major war's, der die Geiseln aussuchte.«

»Und wohin hat man sie gebracht?«

»Nach Nowo Gorodjina, ins Baulager.«

»Nowo Gorodjina ..., da bin ich richtig angekommen.« Zufriedenheit klang aus Jugorows Stimme. »Schöne Elfe, genau dorthin wollte ich wandern.«

»Sie wollen dort arbeiten, Igor?«

»Vielleicht.«

»Mithelfen am Bau des Kanals?«

»Man wird sehen.«

»Gefährlich ist das. Vor zwei Tagen erst hat man den Damm gesprengt. Darum sind die Soldaten hier. Sie suchen die Saboteure. Aus den Geiseln wollen sie die Namen pressen. Igor, ziehen Sie weiter. Arbeiten Sie nicht am Kanal!«

»Sie haben Angst um mich, Soja?«

»Nein. Was geht mich Ihr Leben an! Nur eine Warnung soll's sein.« Und plötzlich fragte sie, als handele es sich um ein Geschäft: »Wollen Sie bei uns wohnen, Genosse?«

»Wenn es möglich ist ... aber ja!«

»Pro Tag fünf Kopeken.«

»Das wären im Monat hundertfünfzig Kopeken, fast ein ganzes Monatsgehalt. Sehe ich so reich aus?«

»Wieso rechnen Sie einen Monat? Nur ein paar Tage sollten's doch sein, sagten Sie.«

»Man weiß nie, wie sich die Dinge entwickeln, Soja Gamsatowna.«

»Wenn Sie Arbeit am Bau gefunden haben, ziehen Sie doch um in das Lager. Zwei oder drei Tage werden Sie wohl bezahlen können.«

»Sicherlich.« Jugorow rückte den Schirm seiner runden Mütze tiefer ins Gesicht und schnallte sich den Rucksack auf den Rücken. Das Abendrot verblaßte jetzt sehr schnell, ein violetter Hauch lag über Wald und See, und in ein paar Minuten würde das Grau der heranschleichenden Nacht alles überdecken. »Können wir gehen?«

Sie nickte, ging ihm voraus, und er folgte genau in ihren Spuren, so daß nur ein Fußabdruck übrigblieb.

Nicht gerade entzückt war der alte Trofimow, als seine Tochter einen Fremden ins »Schwarze Haus« brachte. Zum erstenmal seit dem Tod von Sojas Mutter kam Besuch in die Hütte, und Trofimow fragte sich, welcher Teufel in Soja gefahren sein mochte, daß sie solch einen Blödsinn machte. Er stand deshalb auch nicht von der Ofenbank auf, als Jugorow sich höflich vorstellte und Soja, als sei sie im Hirn verwirrt, sagte:

»Väterchen, Igor Michailowitsch wird ein paar Tage bei uns wohnen, bis man ihn in Nowo Gorodjina eingestellt hat. Er zahlt auch pro Nacht fünf Kopeken.«

»An den Kanalbau will er?« Trofimow musterte Jugorow wie eine Riesenwanze, die man gleich erschlagen mußte. »So etwas bringst du in unser Haus? Brennt dir der Kopf, Töchterchen?«

»Ich weiß noch nicht, was ich tue«, sagte Jugorow und stellte seinen Rucksack an die Holzwand. »Heute bin ich müde und habe Hunger. Über alles andere reden wir morgen. Ich bin Ihnen nicht willkommen, Genosse Trofimow?«

»Etwas Neues sind Sie, Igor Michailowitsch. Hier war noch nie ein Gast im Haus. Daran muß man sich erst gewöhnen.« Er blickte hinüber zu Soja, die sich am Herd zu schaffen machte, aus einer Blechdose Mehl holte, Wasser in eine Schüssel schüttete und zu rühren begann. »Er hat Hunger, Töchterchen. Haben wir genug zu essen da?«

»Es gibt Piroggen mit Fisch.« Sie drehte sich zu Jugorow um und zeigte mit dem Rührlöffel auf ihren Vater. »Gamsat Wladimowitsch hat sie gefangen, die Fische. Er weiß, wo es die besten Fische gibt. Warum stehen Sie noch herum, Igor?«

»Ich bin ein Gast, den Ihr Vater nicht will, Soja.«

»Als wenn's darauf ankäme.« Trofimow zeigte auf die Eckbank, streckte die Beine vor und wölbte die Lippen nach außen. Kein häßlicher Mann war er, wenn er sich rasiert und gekämmt hatte und in einem anständigen Anzug steckte, aber wie selten war das! Meistens lief er mit einem Stoppelbart von mehreren Tagen herum, das angegraute Haar umgab strähnig und zerwühlt seinen dicken Schädel, und immer sah er aus, als habe er bis soeben im Heu geschlafen und sei gerade erst aus ihm herausgekrochen. Eigentlich tat er nur am Sonntag etwas für sich; dann zog er seinen besten Anzug an, badete vorher heiß – auch im glühendsten Sommer –, schabte den Bart aus seinem Gesicht, kämmte und bürstete sein Haar und erschien so mit Soja in der Kirche. Dann war er ein geradezu schöner, ja stattlicher Mann, und man begann ihn zu verstehen, warum er eine so auffallende Tochter hatte. Die Mutter, so erzählte man sich, war ebenfalls eine sehr schöne Frau gewesen. – »Setzen Sie sich hin, Igor Michailowitsch, zum Sitzen ist Platz genug. Nur wo Sie schlafen sollen, das weiß ich nicht.«

»In meinem Bett!« rief Soja vom Herd her. Sie hatte den Backofen angeheizt, rührte die Hefe unter den Teig und stellte ihn zur Seite, damit er aufgehe. Ein guter Piroggenteig muß dreimal aufgehen, so ist es in Sibirien üblich: Beim erstenmal ist's der »Sauerteig«, der aufgeht, das Gemisch aus einem Teil Wasser, einem Teil Mehl und der Hefe. Beim zweitenmal wölbt sich die ganze Masse des verrührten Teiges, dann beginnt das sorgfältige Durchkneten; keine Zugluft darf heran, alles muß von Wärme umgeben sein. Und dann hebt sich der Teig noch einmal und kann erst jetzt zu den Piroggen geformt werden.

Eine gute Pirogge ist ein Meisterwerk. Wie sagt man doch in Sibirien seit Jahrhunderten? »Nicht durch ihre Ecken, sondern durch Piroggen wird eine Hütte schön.«

»In ihrem Bett soll er schlafen, hält man's für möglich?« sagte Trofimow voll Staunen. »Kommt daher, keiner kennt ihn, und schläft bei meiner Tochter.«

»Sie verstehen das, glaube ich, falsch, Gamsat Wladimowitsch. Ich bin bereit, im Stall, im Stroh zu schlafen.«

»Dort mache ich mir ein Lager. So war's gemeint, Väterchen!« rief Soja aus der Küchenecke und stellte den Teig etwas weiter vom Herd weg. Aus einem Eimer nahm sie dann einen großen, silbern glänzenden Fisch und klatschte ihn auf ein großes Brett. »Mögen Sie etwas trinken, Igor?«

»Wenn man mir etwas bringt ... gern.«

»Väterchen hat einen guten Beerenwein. Er macht ihn selbst. Holst du ihm eine Kanne, Papuschka?«

Trofimow rührte sich nicht. Sein Wein und sein Wodka waren sein halbes Leben. Die andere Hälfte hieß Soja. Wenn eine der beiden Hälften nicht mehr um ihn war, lohnte das Leben nicht mehr. Seit dem Tod von Sojas Mutter war sein Dasein auf diese beiden Dinge zusammengeschrumpft. Alles, was er tat, tat er für sie, und wenn er abends auf seinem Lieblingsplatz saß – eben auf der Bank am Kamin –, seinem Töchterchen bei der Arbeit zusehen konnte und den Duft des Wodkas aus dem Glas schnüffelte, das vor ihm stand, dann war seine Welt vollkommen, schön, friedlich und einen Dank an Gott wert.

»Sie haben also Geiseln genommen?« sagte Jugorow unvermittelt. Die innere Abwehr des Alten gegenüber dem Fremden war ihm verständlich.

»Das hat sie Ihnen auch schon erzählt?« fragte Gamsat und warf einen strafenden Blick zu Soja. Sie hatte den Fisch aufgeschlitzt und nahm ihn aus.

Jugorow zog seine derben, staubigen Stiefel aus und stellte sie neben die Eckbank. »Wie kommt's, daß man Ihnen nichts getan hat?« fragte er.

»Wir sind weggelaufen und haben uns verkrochen, sie haben uns nicht gefunden. Unser Haus liegt sehr versteckt im Sumpf. Doch im Dorf haben sie gewütet wie früher die Tataren.« Gamsat Wladimowitsch zog das stoppelige Kinn an und betrachtete Jugorow wieder mit feindlichen Blicken. »Eigentlich müßte ich Sie umbringen ...«, sagte er nachdenklich.

»Väterchen, was redest du da?« rief Soja, kam vom Herd herüber und stellte sich vor Jugorow. Wirklich, sie schützte ihn mit ihrem Körper, als würde Trofimow gleich auf ihn schießen oder ein Messer werfen. Darin war Gamsat ein großer Könner: Er konnte ein Messer aus zehn Meter Entfernung genau ins Ziel schleudern. Keiner machte ihm das nach, es war ein lautloses Töten.

»Er kennt jetzt unser Haus. Er weiß, wo es liegt. Die Einsamkeit im Sumpf ist kein Schutz mehr, Töchterchen, er kann uns verraten. Zum Teufel, er gehört doch zu den anderen. Will am Kanal arbeiten. Hast du das überlegt? Er darf das Haus nicht mehr verlassen ... nur noch mit den Füßen voran.« Er beugte sich zu Jugorow hinüber und sah ihn starr an. »Essen Sie Sojas herrliche Piroggen, auch meinen Wein hole ich ... saufen Sie ihn aus ... es soll Ihnen gutgehen in der kleinen Zeit, die Sie noch leben.«

Mit einer blitzschnellen, kaum wahrnehmbaren Bewegung lag plötzlich ein Messer in Trofimows Hand; eine lange, beidseitig scharfe Klinge mit einem fast kugeligen Knauf; eine selbst konstruierte, tödliche Waffe, genau ausgewogen in der Verteilung der Gewichte, so daß die Klinge tatsächlich immer ins Ziel traf, wenn das Messer geworfen wurde.

»Sie sind jetzt in meinem Haus, Jugorow«, sagte Gamsat hart. »Und was Sie auch denken mögen: An mir kommen Sie nicht mehr vorbei. Falls es Ihnen doch gelingt – wo wollen Sie hin? Sie kennen die Pfade im Sumpf nicht. Im Moor ersticken werden Sie.«

»Ich habe nicht vor, zu flüchten.« Jugorow hatte sich von der Eckbank erhoben, stand hinter der ihn schützenden Soja und legte seine Hände um ihre Hüften. Seine Berührung durchfuhr sie wie ein Blitzschlag, die Schultern zog sie hoch, wie gelähmt stand sie da, nur ihre Mundwinkel zuckten plötzlich; ein inneres Vibrieren spürte sie, das keiner der Männer bemerkte. »Ich möchte das Gegenteil behaupten:

Ich bin froh, in Ihrem Haus zu sein, Gamsat Wladimowitsch. Wer kann nicht verstehen, daß Sie den Kanalbau hassen? Ich nehme an, die Trasse wird durch Ihr Gebiet laufen.«

»Mein Haus wird im Kanal stehen! Genau hier durch soll er

gebaut werden. Und Sie werden dabeisein, wenn man Soja und mich umbringt, das Haus abreißt und alles vernichtet. Einen Bagger werden Sie vielleicht fahren oder eine Planierraupe oder einen Lastwagen, der die Trümmer meines Hauses abfährt ... Sie werden unter unseren Mördern sein! Essen und trinken Sie heute noch bei uns, Jugorow ... morgen, da haben Sie recht, sieht es anders aus ... auch zwischen uns ...«

Was soll man noch sagen? Nach zwei Stunden, in denen der Teig dreimal, wie sich's gehörte, aufging, die geformten Piroggen mit dem gewürzten Fisch gefüllt und dann im Ofen gebacken wurden und heiß und köstlich duftend auf den Tisch kamen, dazu der Beerenwein mit seinem herben Geschmack – ein Essen wie zu einem Feiertag war's –, saß Trofimow noch immer sprungbereit am Tisch, das Wurfmesser neben sich, Klinge auf Jugorow gerichtet.

Draußen lag nun eine warme, vom Mondschein erhellte Nacht über Sumpf und Wald, die Erde atmete die Sonnenwärme aus, es roch im Moor faulig und nach Verwesung, und die Waldränder erhoben sich gegen den Himmel wie hohe, schwarze Mauern.

Nach dem Essen waren sie aus dem Haus getreten und blickten in diese lautlose Nacht. Von nirgendwoher kam ein Ton, die Stille war vollkommen.

»Hier kommen Sie nicht weg, Igor Michailowitsch«, sagte Trofimow zufrieden. »Nicht in der Nacht. Sehen Sie das ein? Ich werde ruhig schlafen können. Sollten Sie morgen früh nicht mehr im Haus sein, weiß ich, daß sie irgendwo«, er machte eine weite Handbewegung, »im Sumpf ersoffen sind. Schlafen Sie gut ...«

Er ging zurück ins Haus und ließ Soja und Jugorow allein vor der Tür. Eine ganze Weile schwiegen die beiden und lehnten an der Hauswand. Plötzlich sagte Jugorow, so unvermittelt, daß Soja zusammenzuckte:

»Sie haben sich schützend vor mich gestellt, als Ihr Vater sein Messer zog. Hatten Sie Angst um mich?«

»Nein!« Ihr Kopf flog trotz der Finsternis zu ihm herum.

Wieder war, davon war er überzeugt, dieser Blick in den Augen so vieldeutig wie das ganze menschliche Wesen. »Ich wollte nur nicht das Blut von den Dielen scheuern; eine harte Arbeit ist das!«

Sie riß die Tür auf, rannte ins Haus und ließ ihn allein draußen stehen. Jugorow war zufrieden mit dem vergangenen Tag. Hier kann wirklich niemand flüchten, der nicht die schmalen Sumpfpfade kennt, dachte er. Umgekehrt aber kann auch niemand zum Haus ... ein sicherer Ort ist das, ein wahres Geschenk für dich, Igor Michailowitsch. Besser konntest du es nicht treffen, das Glück ist mit dir mitgewandert. Dort hinten, jenseits des Waldes, liegt Nowo Gorodjina, nur ein paar Werst entfernt, das bis jetzt letzte Ziel einer großen Reise.

Soldaten hat man also hingebracht. Zehn Geiseln hat man aus Lebedewka mitgenommen. Verhören wird man sie mit Methoden, die jeden Widerstand brechen. Verhören, bis sie alles gestehen, was man von ihnen will – nur um den Qualen zu entgehen.

Du bist zur richtigen Zeit an den richtigen Ort gekommen, Igor Michailowitsch. Glückwunsch, mein Lieber. Der Damm wurde schon gesprengt, das ist ein guter Anfang. Nichts schmerzt stärker, als wenn man in einer frischen Wunde bohrt.

Er stieß sich von der Hauswand ab, ging ins Haus zurück und verschloß hinter sich die Tür. Im großen Wohnraum wartete Soja auf ihn. Das Licht der einzigen Lampe war nicht stark genug, um das ganze Zimmer zu erhellen. Dafür flackerte das ewige Licht vor der Madonna in der »schönen Ecke« und zuckte über die grob geschnitzte und bunt bemalte Figur.

»Natürlich schlafe ich im Stall und Sie in Ihrem Bett«, sagte Jugorow beim Eintreten. »Gute Nacht, Soja Gamsatowna.«

»Sie schlafen im Haus!« Wie ein Befehl klang das. Gleichzeitig stieß sie eine Tür auf und zeigte in das dunkle Zimmer. »Hier ist es. Legen Sie sich hin; auch ich bin müde.«

»Das ist ein Grund, sofort zu gehorchen.« Jugorow kam zu ihr, blickte in das Zimmer, sah im Widerschein der trüben Lampe aus dem Wohnraum ein Bett mit weißem Laken und einer weiß bezogenen Schlafdecke und blieb stehen. »Zum erstenmal werde ich im Bett einer Jungfrau schlafen«, sagte er.

»Sehe ich so aus, als wenn ich die Männer wegschlage wie lästige Fliegen?«

»In diesem Bett hat schon ein Mann geschlafen?«

»Nein.«

»Sag ich es doch! Ich bin der erste.« Er ging ins Zimmer, setzte sich auf die Bettkante und betrachtete Soja im Gegenlicht. Ihr blondes Haar war wie mit einem glitzernden Reifen umgeben. Als er zur Seite blickte, sah er, daß seine Stiefel und sein Rucksack schon an der Wand lehnten. »Wann werden Sie wach sein, Soja? Ich bin leider ein Frühaufsteher.«

»Nicht früher als mein Vater. Er wird schon den Tee gekocht haben, wenn Sie aus dem Zimmer kommen.«

Sie nickte ihm zu, schloß die Tür und ließ ihn allein in der Dunkelheit. Eine dumpfe, schwere Wärme lag im Raum. Jugorow zog sein Hemd aus, entledigte sich der Hose und legte sich, nur mit einer schmalen Unterhose bekleidet, auf die Schlafdecke. Müde war er wirklich, und wenn er auch an den morgigen Tag denken wollte, es gelang ihm nicht. Er glitt in den Schlaf hinein und wachte irgendwann in der Nacht auf, geweckt von seinem geradezu rätselhaft tätigen Instinkt, der ihn noch nie verlassen hatte.

Lang ausgestreckt, unbeweglich lag er da und spannte alle Muskeln an. Jemand ist im Raum, spürte er. Ich bin nicht allein. Noch höre und sehe ich nichts ... aber das Etwas ist da ...

Ein Knacken und Rascheln links von ihm, dann ein verhaltenes, aber deutliches Atmen. Ganz langsam drehte Jugorow seinen Kopf zur Seite, lautlos zog er die Knie an, um sich wegzuschnellen, wenn es nötig war. Während er noch überlegte, ob er sich vorwärts oder zur Seite werfen sollte, blinzelte kurz das Licht einer kleinen Taschenlampe auf, glitt schnell über ihn hinweg und blieb dann auf seinem Rucksack haften. Er konnte, auch wenn er die Lider bis auf einen Schlitz geschlossen hatte, nichts erkennen; für Sekunden war er geblendet, aber er wußte auch ohne Erkennen, wer es war.

Wieder raschelte es, dann erneut der schmale Lichtschein der Taschenlampe ... die Verschnürung seines Rucksackes war bereits gelöst, die Öffnung auseinandergezogen. Eine schmale Hand griff hinein.

»Gott schuf das Weib und mit ihr die Neugier«, sagte Jugorow freundlich. »Soja, ein armer Mensch bin ich. Du wirst nichts finden.«

Sofort, beim ersten Ton, hatte sie die Lampe ausgeknipst. Aber sie war nicht aus dem Zimmer geflüchtet, sondern kniete neben dem Bett, wartete das Ende von Jugorows Rede ab und ließ dann wieder die Taschenlampe aufleuchten. Der Strahl glitt über seinen Körper und blieb auf seiner Brust stehen.

»Warum schläfst du nicht?« fragte sie. Wie er verfiel sie jetzt in das Du, es war wie selbstverständlich.

»Kann es sein, daß ich auf dich gewartet habe, Soja?«

»Nein, daran hast du nie gedacht.«

»Ich habe immer einen leichten Schlaf gehabt. Früher, bei uns zu Hause, als kleiner Junge schon, bin ich aufgewacht, wenn eine Fliege durchs Zimmer flog. So etwas wie ein Warnsystem muß ich im Körper haben.« Er richtete sich auf den Ellenbogen auf, der Schein der Taschenlampe ging mit und heftete sich wieder an seine Schultern. »Was suchst du in meinem Rucksack, Soja?«

»Eine Antwort: Wer bist du?«

»Igor Michailowitsch Jugorow. Geboren in Weißrußland, in Perejaslaw bei Kiew. Mein Vater war ein Stahlarbeiter, meine Mutter arbeitete in einer Spinnerei. Ich lernte Schmied ...«

»O nein!« Der Schein der Taschenlampe irrte im Raum umher. »Nicht noch ein Schmied. Warum mußt auch du ausgerechnet ein Schmied sein!«

»Schmied ist ein ehrlicher, schöner Beruf.«

»Ich kenne nur einen Schmied, und von ihm bekomme ich ein Kind.« Der Strahl der Taschenlampe zuckte auf Jugorows Gesicht. Geblendet schloß er einen Moment die Augen. »Der Satan sollte ihn holen. Wegmachen lassen soll ich das Kind! Ein Kerl wie ein Baumstamm, aber zu feig, es seiner Frau zu sagen.«

»Ein Kind. Du bekommst ein Kind?« Jugorow blinzelte etwas, der Schein der Taschenlampe war wieder zu seiner Brust gewandert.

»Stört es dich?« Ihre Stimme klang brüchig. »Noch weiß es keiner. Der erste bist du. Auch Väterchen ist ahnungslos. Warum sagt man es eigentlich nicht? Ist doch keine Schande, ein Kind zu bekommen, wenn man sich liebt ... Bist du auch einer von denen, die jetzt hinter mir ausspucken und mich scheel ansehen?«

»Wer ist der Vater?« fragte Jugorow und legte sich wieder auf den Rücken.

»Der Schmied Lew Andrejewitsch Masuk.«

»In Lebedewka?«

»Ja.«

»Ich werde mit ihm sprechen.«

»Den Schädel schlägt er dir ein. Mit der bloßen Faust. Du bist groß und stark, Igor, man sieht es – aber gegen Masuk ist noch keiner angekommen.«

»Und warum bin ich der einzige, der es erfährt?«

»Ich weiß es nicht.« Soja erhob sich von den Knien und ging zur Tür. »Wirklich, ich kann's nicht erklären. Ich ... ich habe es plötzlich gesagt. Nur eins noch, Igor, ein Messer wirst du in den Rücken bekommen, wenn du mich verrätst.«

»Warum sollte ich dich verraten? So schön, wie du bist, kann man dir alles verzeihen. Masuk ist zu beneiden.«

»Seine Frau Svetlana ist eine von den zehn Geiseln, die man mitgenommen hat. Das ganze Dorf wird niedergebrannt werden, wenn sie redet ...« Sie ließ den Lichtschein wieder in Jugorows Gesicht stoßen, schwieg einen Moment und schien ihn eindringlich zu mustern. »Du bist einer von denen, die uns vernichten wollen ...«

»Ich schwöre es, Soja: Nein, ich bin keiner von denen.«

»Du willst am Kanal arbeiten, also bist du gegen uns.«

»Man kann auch am Kanal arbeiten, um anderen zu helfen.«

»Den Genossen in Moskau! Den hohen, klugen Herrchen, die Pläne machen, ohne an die Menschen zu denken. Von Feldern und Gärten reden sie, von neuen Seen und Millionen Tonnen Getreide, Mais, Gemüse, von einem neuen Paradies – aber wo, wo? In den Wüsten und Steppen im Süden ... wir aber werden vertrieben! Wer fragt nach uns, wer kümmert sich um uns? Hör dir Korolew an, sprich einmal mit Filaret, laß dir von Masuk erklären, was aus uns werden wird. Die Hand müßte dir abfaulen, wenn du einen Schaufelstiel anfaßt.«

»Masuk?« sagte Jugorow fragend. »Der Vater deines Kindes? Und Korolew, ist der nicht der Dorfälteste? Wer ist Filaret?«

»Frag nicht so viel. Geh hin und such sie dir selbst. Du wirst morgen nach Nowo Gorodjina gehen? Zu Schemjakin?«

»Wer nun wieder ist Schemjakin?«

»Der Genosse Ingenieur. Der Leiter dieses Bauabschnittes. Wohnt da mit Frau und Tochter wie ein Fürst. Ärztin ist die Tochter, war im Dorf und bot ihre Hilfe an. Hilfe wofür? Nur spionieren will sie, das ist es. Aushorchen, was wir denken. Weggejagt haben wir sie ...« Sie knipste die Taschenlampe aus und griff nach der Türklinke. »Ich weiß nicht, warum du lügst, Igor«, sagte sie in die tiefe Dunkelheit hinein. »Du bist kein Bauarbeiter am Kanal, mach mir nichts vor! Mit seinem ganzen Körper muß ein Lügner lügen, und das kannst du nicht. Sieh dir deine Hände an; noch nie haben sie eine Hacke geschwungen. So glatt und fein wie ein Akademikerhändchen. Nicht eine einzige Hornhautstrieme. Zeig nie deine Hände her, Igor, wenn du lügst ... oder lüge etwas anderes ...«

Die Tür fiel ins Schloß, Jugorow schien allein zu sein. Er wartete noch eine kurze Zeit, lauschte angestrengt in die Finsternis, ob er nicht Sojas verhaltenes Atmen hörte oder sonst ein Geräusch, das ihre Gegenwart verriet. Erst, als er sicher war, tatsächlich allein zu sein, schob er die Beine vom Bett, beugte sich vor, zog seinen Rucksack zu sich heran und wühlte sich mit der rechten Hand in die Tiefe. Einen kleinen Handscheinwerfer zog er heraus, drehte ihn auf, richtete das Licht gegen die Wand. Und nachdem er einige Wäschestücke, eine zweite Hose und einen schmalen Blechkasten mit Verbandmaterial und Medikamenten zur Seite aufs Bett gelegt hatte, kam ein rechteckiger schwarzer Kasten zum Vorschein. Jugorow klappte den Deckel auf, dann zog er aus der Seite des Kastens eine biegsame, lange Antenne und aus einem Schlitz neben den Drehknöpfen einen dünnen Draht mit einem Knopfmikrofon und einem ebenso kleinen Kopfhörer.

Ein winziges rotes Kontrollämpchen blinkte auf, als er an einem der Knöpfe drehte, eine Zahl auf der Skala suchte und dann angestrengt lauschte. Mit leiser Stimme sprach er dann in das an die Lippen gehaltene Mikrofon.

»Adler ... hier Adler ... Adler ruft Wolf. Wolf, bitte melden ... Hier Adler ... Wolf, bitte melden ... Melden ... melden ... Hier Adler ...«

Im Kopfhörer schien eine Stimme zu sein. Jugorow nickte, Wolf war zugegen.

»Am Ziel«, sagte Jugorow mit ruhiger Stimme. »Morgen bin ich in Nowo Gorodjina. Der Leiter heißt Schemjakin. Plan M 10/N 10. Was ist mit Q 19?«

Ein Knopfdruck. Wolf schien zu antworten. Jugorow lehnte sich, auf dem Bett sitzend, gegen das Rückenteil, schloß einen Moment die Augen und schüttelte dann den Kopf.

»Nein!« sagte er. »Nein. Keine unschuldigen Menschen, Grigori. Arbeiter sind's, wie alle anderen. Sie wollen leben. Weiter nichts. Tut es nicht! Nur das Material ist wichtig, die Maschinen, die Wagen, das Magazin. Das trifft sie. Ein Mensch, Grigori, hat in Rußland noch nie einen Wert gehabt. Wann sprengt ihr? Morgen? Gut. Seid vorsichtig, Freunde. Einer muß immer am Apparat bleiben. Ich weiß nie, wann ich mich melden kann. Viel Glück, Freunde ...«

Jugorow schaltete ab, verpackte alles wieder in die Tiefe seines Rucksackes, stopfte die Wäsche darüber und legte sich dann zurück ins Bett. Schnell schlief er ein ... ein zufriedener Mensch braucht keinen Schlaf zu suchen.

Am Morgen war es so, wie Soja das vorausgesagt hatte. Gamsat Wladimowitsch war schon auf den Beinen, hatte einen Blechtopf voll Tee gekocht, von dem selbstgebackenen Laib

Brot dicke Scheiben abgeschnitten, einen Strang Butter auf ein Holzbrett getan, Zwiebeln geschält und neben den geräucherten Fisch gelegt; ein Topf mit Multebeerenmarmelade stand auf dem Tisch und ein Stück kalten Bratens ... ein Hase konnte es sein. Eine festliche Morgentafel war's, so kann man es ruhig nennen.

»Die Hälfte seines Lebens verschläft der Mensch«, sagte der alte Trofimow knurrend. »Sie schaffen noch drei Viertel, Igor Michailowitsch.«

»Sieben Uhr ist es erst, Gamsat Wladimowitsch.«

»Um fünf wird es hell. War schon draußen am Flüßchen und habe gefischt. Am Morgen beißen sie besonders gut. Kommen in Schwärmen.« Trofimow setzte sich an den Tisch, goß Tee ein und zerteilte mit einem scharfen Messer das Hasenfleisch. »Warum setzen Sie sich nicht?«

»Kann man hier baden?« fragte Jugorow. Es war eine blödsinnige Frage.

»Baden?« Trofimow starrte Igor entgeistert an. »Baden? So in einer Wanne mit kaltem und heißem Wasser? Vielleicht noch mit Kacheln oder Marmor umkleidet? Wo sind Sie denn hier, Igor? Draußen ist der Bach, da können Sie sich hineinlegen, wenn's Ihnen Spaß macht.«

Igor ging hinaus, ein warmer Tag war's; er dehnte den Körper und lief zu dem Bach, an dem auf einer Schnur zwischen einigen Stangen Wäsche zum Trocknen hing. Nackt stieg er in das kalte, in der Morgensonne glitzernde klare Wasser, legte sich in die milde Strömung und ließ den Bach über sich hinwegfließen. Erfrischt sprang er nach einigen Minuten ans Ufer, schüttelte sich wie ein nasser Hund, nahm ein Handtuch von der Leine, trocknete sich ab und zog seine Kleidung wieder an.

Als er zum Haus zurückkam, stand Soja in der Tür, ein Kopftuch um ihre blonden Haare und eine Schürze vor dem kurzen Rock. Im Garten war sie gewesen, hatte schon Gemüse und Gurken geholt; zwei große Körbe standen neben ihr an der Hauswand.

»Ein Bach ist ein Geschenk Gottes«, sagte Igorow fröhlich. »Ein Häuschen an einem Bach, das habe ich mir immer gewünscht. Werd' es wohl nie haben, wird ein Wunsch bleiben ... Du lebst schön hier, Soja!«

»Ich würde lieber in einer Stadt wohnen.« Sie streckte den Arm aus und zeigte auf den Bach. »Weißt du, daß du genau an der Stelle im Bach gewesen bist, wo auch ich immer bade?«

»Du hast mich beobachtet?«

»Soll ich noch vor einem nackten Mann erschrecken?« Sie lachte hell, ihre Augen blitzten, ihr Körper bog sich ... Wie schön war sie! Verflucht schön und gefährlicher als eine Viper. »Du hast Väterchen erschreckt. ›Er badet im Bach!‹ hat er gerufen, als er in den Garten lief. Sogar sein Frühstück hat er unterbrochen, so groß war sein Schreck; nichts ist ihm sonst wichtiger als das Morgenbrot. ›Fragt mich nach einer Badewanne!‹ hat er weiter gezetert. ›Ist so was möglich? Woher kommt dieser Mensch? Sucht in Sibirien eine Badewanne! In den Sümpfen am Tobol! So blöd sieht er doch nicht aus ...‹«

Sie lachte wieder, hatte den Tonfall des Alten nachgemacht und sah so aus, als solle man sie jetzt einfach an sich reißen und in die Arme nehmen. Jugorow widerstand dieser inneren Aufwallung und fragte dagegen:

»Ich weiß, es ist ungeheuerlich, Soja – aber kannst du mir heute dein Motorrad leihen?«

»Nimm es dir!« Sie rückte das Kopftuch weiter nach hinten, sah ihn mit einem ganz merkwürdigen Blick an und fügte dann hinzu: »Dir geb ich es gern ... Adler ...«

Er erwiderte stumm ihren Blick, warum sollte man noch Worte verschwenden, und ging an ihr vorbei ins Haus. Sie trat nicht aus dem Weg, ihre Körper schabten aneinander, und die Berührung durchfuhr sie wieder wie ein Blitz.

Ein Mann, der sich Jugorow nannte, hatte einen neuen Platz gefunden.

Jeder in Moskau kennt den großen, dunkelgrauen Steinbau der ehemaligen Allrussischen Versicherungsgesellschaft am Dscherschinski-Platz. Und weil ihn jeder kennt, ist es jedes Russen Wunsch, ihn nie betreten zu müssen. Als nach dem Großen Vaterländischen Krieg politische Häftlinge und deutsche Kriegsgefangene noch einen achtstöckigen Trakt anbauten, lief ein Flüstern durch Moskau mit einem bitteren Witz: »Frage an Radio Eriwan: Kann man den Beginn einer neuen Zeit erkennen? – Antwort: – Im Prinzip ja. Das KGB erweitert seine Bauten.«

Dabei ist der erste Eindruck, wenn man das weitläufige Haus betritt, durchaus kein Anlaß, depressiv zu werden. Die langen Korridore und die Wände sind einheitlich in einem freundlichen Hellgrün gestrichen. Man geht über Parkettböden, die immer peinlich sauber wirken. Und betritt man eines der Zimmer, die nicht allzu groß sind, weil man wegen Platzmangel aus einem großen Zimmer zwei kleinere gemacht hat, dann ist es so wie in allen bürgerlichen Büros mit Schreibtisch, Aktenschränken, Regalen, Stühlen und einer Deckenlampe, die aus einer Milchglaskugel mit einem Lampenschirm besteht. An den Wänden hängen die Fotos Lenins und des jeweiligen Generalsekretärs der Partei, der letztere in einem Wechselrahmen. Lenin ist unsterblich, seine Nachfolger aber kommen und gehen.

Nachdenklich stimmt allein der Blick auf die Fenster, jedenfalls soweit sie, im alten Teil des Gebäudes, auf den Innenhof gehen. Es ist kein herzerwärmender Anblick, denn der Trakt an der einen Hofseite bildet das Lubjanka-Gefängnis – ein Wort, bei dessen Nennung jeden ein unwohles Gefühl beschleicht. Denn man weiß: nur wenige, die das Lubjanka-Gefängnis von innen gesehen haben, waren später in der Lage, darüber zu berichten. Die meisten wurden dort hingerichtet, starben in den schalldichten Verhörkellern oder töteten sich selbst, um den unerträglichen Qualen zu entfliehen. Oder sie verfaulten als Verbannte später irgendwo in der Weite Sibiriens in Bergwerken, Kohlengruben, Steinbrüchen oder in

Sümpfen oder Sägewerken der unendlichen Wälder. Selbst drei Chefs des Staatssicherheitsdienstes, einst die obersten Herren in diesem Haus, wurden in der Lubjanka hingerichtet und lernten am eigenen Leibe die Methoden kennen, die sie vorher selbst eingeführt hatten.

Aber nicht nur deshalb sind fast alle Fenster zum Innenhof vergittert oder mit einem starken Drahtgeflecht geschützt. Die panische Angst der Russen vor Spionage ist es, die hier eine wesentliche Rolle spielt. Bei offenem Fenster könnte ein Luftzug geheime Papiere aus dem Fenster wehen. Sonst aber, wie gesagt, ist es so wie in allen Büros und bei allen Behörden. Angestellte, Beamte, Besucher laufen hin und her, überall klingeln Telefone, auf den Gängen steht man herum und unterhält sich, und kaum einer hat das Gefühl, daß er hier mitten in der Zentrale des größten Geheimdienstes der Welt steht, einer Überwachungs- und Spionageorganisation gigantischen Ausmaßes, der über neunzigtausend KGB-Offiziere in aller Welt angehören, nicht gerechnet die über vierhunderttausend Angestellten, Bürokräfte, Wachposten, Grenzwachen und Mitglieder geheimer Sondereinheiten. Hinzu kommen noch Hunderttausende von Spitzeln und V-Männern, Spione in allen Ländern der Erde, Militärberater, Wirtschaftshelfer, Ausbilder und anonyme Helfer. Sie alle, angefangen vom Fahrer eines Fernlastwagens bis zum Offizier eines Handelsschiffes, vom Botschaftsangestellten bis zum angeblichen Flüchtling aus dem Osten – sie alle, ein unüberblickbares Heer von Agenten und deren Helfern, werden befehligt, geleitet, geschützt und versorgt aus diesem Gebäudekomplex am Dscherschinski-Platz aus.

Anders allerdings als bei normalen Behörden strömen die Mitarbeiter des KGB schon am frühen Morgen, kurz nach acht Uhr, durch die sechs Fußgängertore ins Haus nicht aus Arbeitseifer, denn der Dienst beginnt erst um neun Uhr, sondern weil sich im Keller und im siebten Stock des alten Hauptgebäudes je ein Restaurant befindet, in dem man ein vorzügliches und dazu noch billiges Frühstück bekommen kann. Neben Brot gibt es dort Eier, Schinken, Wurst, Obst und frische Milch; Köstlichkeiten, die man woanders kaum bekommen kann, ohne in einer langen Schlange geduldig anstehen zu müssen. Und wenn man gar ein Offizier ist, geht man auf die andere Seite des Dscherschinski-Platzes in den KGB-Klub und hat dann die Auswahl zwischen Kaviar und Räucherlachs, gebeiztem oder gekochtem Stör, bestem Schaschlik und anderen Delikatessen wie grusinischem Käse, Wein von der Krim, Äpfeln aus dem Dongebiet und Orangen aus Mittelasien. Auch eine Flasche Whisky kann man haben, echt aus Schottland, für den Preis von einem Dollar! Rechnet man das um in Rubel ... Eine Auszeichnung ist's immer wieder, ein KGB-Offizier zu sein.

Valentin Valentinowitsch Kulpakow hatte gut gefrühstückt. Das Restaurant im siebten Stock hatte ihm Rühreier mit Speck, schwarzen Kaffee, Leber- und Mettwurst und ein Glas Kognak serviert. Die PRAWDA hatte er beim Essen gelesen und den Kopf geschüttelt darüber, was die Leute da draußen doch alles glaubten. Nun lehnte er sich zurück, steckte sich eine Papirossa an, betrachtete das Muster des Teppichs – nur die Räume der Generäle hatten Teppiche im KGB-Hauptquartier – und sagte, dem Genuß des Frühstücks nachschwingend: »Es hat Ihnen sicherlich geschmeckt, Anatoli Borisowitsch ...«

»Ich wundere mich, daß Sie nicht drei Zentner wiegen, mein Freund.« Kulpakows Gast trank noch ein Schlückchen Kognak und schnalzte mit der Zunge. »Vom Schwarzen Meer, nicht wahr? Um dieses Restaurant im eigenen Haus beneide ich Sie, Valentin Valentinowitsch. Sonst – nicht.«

General Anatoli B. Tjunin, er war der Gast, trug auf seiner Nase einen altmodischen Kneifer, so wie ihn Berija getragen hatte und Molotow ebenso. Zu seiner goldbetreßten Uniform sah dies etwas merkwürdig aus, aber Tjunin hatte sich immer standhaft geweigert, eine modische Brille zu tragen. Als seine Frau Galina ihm zum Neujahrsfest eine echte italienische Brille schenkte, hatte er sie widerwillig ausprobiert und nach einer

Stunde gesagt: »An den Ohren kneift sie, aber ich bin's gewohnt, daß sie an der Nase kneift!« Damit legte er das schöne Modell zur Seite und nahm es nie wieder in die Hand. Dafür trug er teure Maßhemden und elegante Schuhe, die man als Offizier in den für die übrige Bevölkerung unzugänglichen Sonderläden kaufen konnte. Er besaß Schuhe aus Florenz, Hemden aus England, Unterwäsche aus Österreich. Ging er einmal in Zivil aus, bevorzugte er Anzüge aus Frankreich. Er brauchte diese Eleganz, denn körperlich stellte er nichts dar. Ein mittelgroßes Männchen war er, das sein schütteres Haar sorgfältig um den Kopf legte. In einem Arbeiteranzug, unbekannt auf der Straße, hätte man zu ihm gesagt: »Genosse, Sie sehen elend aus. Gehen Sie doch mal ins Krankenhaus Nummer zwei, lassen Sie sich röntgen. Auf der Lunge müssen Sie es haben. Husten Sie viel? Schwitzen Sie nachts?«

Ja, so sah General Tjunin aus, im Gegensatz zu Kulpakow, der massig auf seinem Stuhl saß, über die Teller blickte und sich überlegte, ob er noch eine Scheibe Schinken zwischen die Finger nehmen und nachschieben sollte.

Tjunin, Abteilungsleiter der Glawnoje Raswediwatelnoje Uprawlenije, kurz GRU genannt – der berühmt-berüchtigte militärische Geheimdienst –, war auch verantwortlich für die Abteilung Operation II. Diese Sektion genoß den Ruf, das Geheimste überhaupt zu sein. Man wußte nur, daß die besten Abgänger der GRU-eigenen Ausbildungsstätten, an denen alles gelehrt wird vom Umgang auf diplomatischem Parkett bis zum Bombenterror, fast immer in der Abteilung Operation II landeten und dann meistens allen Blicken entschwanden. Ab und zu tauchten sie als Militärattaché in den sowjetischen Botschaften auf, als Berater in afrikanischen und mittelamerikanischen Staaten, saßen harmlos in den Büros der Aeroflot – der sowjetischen Fluggesellschaft – oder waren, unerkannt, immer in der Nähe, wenn Sabotageakte für Schlagzeilen in den Zeitungen sorgten. Ein unsichtbares Netz spannte die GRU über alles, was militärisch interessant war, und General Tjunin las jeden Morgen mit tiefer Freude die entschlüsselten Funkmeldungen, die aus aller Welt auf seinen Tisch kamen. Verantwortlich war die GRU einzig und allein dem sowjetischen Generalstab. Nicht einmal Kulpakow wußte, was in der Operation II seines Kollegen alles geschah.

»Bleiben wir uns einig«, sagte Kulpakow freundschaftlich, »keiner von uns möchte das Amt des anderen haben. Trotzdem bin ich froh, daß Sie gekommen sind, Anatoli Borisowitsch. Wie lange kennen wir uns? Na? Sind es vierzig Jahre?«

»Einundvierzig, Valentin Valentinowitsch.«

»Die Zeit rast uns davon! Einundvierig Jahre! So schnell vorbei. Erschreckend. Wir waren damals Leutnants, blutjunge Bürschchen. Erinnern Sie sich noch, wie wir in Charkow, im Kasino des deutschen Armeekommandos, acht Flaschen Champagner getrunken haben? Jeder von uns vier?«

»Sie sechs, ich zwei.« Tjunin lächelte schwach. »Man mußte Ihnen danach den Magen auspumpen, ich erinnere mich gut. Die letzte Flasche mischten Sie mit Kognak und bekamen eine Alkoholvergiftung.«

»Sie wissen es noch!« Kulpakow schlug sich auf die Schenkel. »Zum Teufel, waren wir damals Kerle!«

»Haben Sie mich herbestellt, Valentin, um von Charkow zu reden?«

Kulpakow schnitt sein Lachen ab, sah Tjunin plötzlich mit einer dienstlichen Miene an und stützte die Hände auf seine Beine.

»Nein! Reden wir nicht drum herum ... Sie haben gehört, was am Tobol los ist, Anatoli Borisowitsch?«

»Kein Wort.«

»Das kann nicht sein. Enttäuschen Sie mich nicht, mein Freund. Alles, was das Militär betrifft, weiß auch die GRU.«

»Vielleicht eine andere Abteilung.« General Tjunin zögerte, griff aber dann doch zu der geschliffenen Kristallkaraffe und schüttete sich einen neuen Kognak ein. »Ich bin nicht informiert.«

»Man hat Soldaten aus dem Hinterhalt erschossen oder mit gemein getarnten Bomben in die Luft gesprengt. Bomben, die aussahen wie weggeworfene Kartons, Koffer, Taschen, Eimer, in allen Verkleidungen ... sogar als Waschmaschine.«

»Welch ein Luxus! Eine Waschmaschine! So wird wertvolles Volksgut verschleudert«, sagte Tjunin spöttisch. »Aber ich sage Ihnen: Von nichts weiß ich. Das gehört zum innersowjetischen Sektor. Ich habe mit dem Ausland genug.«

»Sie werden anders denken, wenn ich Ihnen die Karte zeige, Anatoli.« Kulpakow erhob sich, wuchtete seinen massigen Körper zum Schreibtisch und kam mit einer großen Landkarte zurück. Auf ihr, vom Aralsee angefangen bis nach Tobolsk, waren rote Kreise eingezeichnet, immer am Rande einer dikken blauen Linie. Wäre Krieg gewesen, hätte man an einen Aufmarschplan denken können? Der Frontverlauf und die einzelnen Armeen.

Kulpakow breitete den Plan auf dem Tisch vor Tjunin aus und überdeckte damit das Frühstücksgeschirr und die Reste auf dem Wurstteller. Tjunin rückte seinen Kneifer zurecht und beugte sich über die Karte.

»Sehr eindrucksvoll gezeichnet«, sagte er. »Aber erklären müssen Sie es mir doch, Valentin Valentinowitsch. Vom Aralsee bis zum Ob ...«

»An was denken Sie, mein Freund?«

»An nichts.«

»Ein Stichwort: Sib-Aral-Kanal ...«

»Aha!« Tjunin blickte auf und Kulpakow ins dicke Gesicht. »Die Sicherheit des Baues hat man Ihnen an den Hals gehängt. Ich begreife. Lassen Sie sich mitleidsvoll die Hand drücken, alter Freund. Immer habe ich's gesagt: Lieber ein Kommando im nördlichen Sibirien als einen hohen Stuhl im KGB!«

»Die blaue dicke Linie ist der Verlauf des geplanten Kanals«, fuhr Kulpakow mit einer dozierenden Stimme fort. »Die roten Kreise sind die Stellen, wo Aktionen von Saboteuren das Projekt behinderten. Sehen Sie genau hin, Anatoli: Neben jedem roten Kreis steht ein Datum. Was fällt Ihnen auf? Die Daten wandern von Süden nach Norden. Angefangen hat es in der Gegend von Taschaus am Amudarja. Dort wurden drei Kolonnen von Geologen und Landvermessern überfallen. Noch keine Toten, aber die Männer lagen sechs Wochen in Krankenhäusern, so zugerichtet hatte man sie. Dann Tamdy, am Rande der Kysyl-Kum-Wüste. Ein Lager der Forschungsgruppe Wasserbau fliegt in die Luft. Zwei Tote. Als drittes Karamaktschi am Syrdaja. Die ganze Zentrale der im Bau befindlichen Pumpstation 8 brennt aus. Beim Löschen explodieren Benzinbehälter: sechs Tote, darunter zwei Soldaten. Und so wandert die Vernichtung stetig von Süden nach Norden. Jetzt hat man Nowo Gorodjina am oberen Tobol erreicht ... Sie stehen vor der Haustür, Anatoli, haben sich vorgearbeitet bis zum Ausgangspunkt des Kanals. Ich erwarte Aktionen, die uns Monate zurückwerfen ...« Kulpakow richtete sich auf, schnaufte erregt und suchte nach seinem Kognakglas. Es lag unter der Karte. Er schob sie weg, riß das Glas an seinen Mund und schüttete den Alkohol in sich hinein, als hänge sein Weiterleben davon ab. »Fällt Ihnen nichts dabei auf?«

»Ja. Anscheinend hat die Überwachung nicht geklappt, Valentin Valentinowitsch. Die Sicherheitsmaßnahmen müssen Löcher gehabt haben.«

»Weiß man, wo sie losschlagen?« rief Kulpakow erregt. »Können Sie zweitausendfünfhundertfünfzig Kilometer überwachen, Meter für Meter? Seit zehn Jahren arbeiten über einhundertfünfzig Forschungsinstitute an diesem gigantischen Plan. Millionen Hektar fruchtbarsten Bodens sollen bewässert werden. Zehn Jahre lang war es still; die Menschen schienen einzusehen, daß wir in der Lage sind, das Gesicht der Erde zu verändern. In Tausenden von Versammlungen haben bestens ausgebildete Informanten die Bevölkerung von dem Plan unterrichtet und alle Vorteile aufgezählt. Zehn Jahre lang sind Forschungsarbeiten vorangetrieben worden, bis es jetzt hieß: Wir fangen an! Und plötzlich kommt es zum Widerstand!!« Kulpakows Zeigefinger hüpfte von einem roten Kreis zum anderen. Tjunin rückte an seinem Kneifer; er sah noch nicht, was Kulpakow so erregte. »Warum wandert die Sabotage von Süden nach Norden? Kontinuierlich, zielstrebig, gewissermaßen von Station zu Station.«

»Jedes Feuer frißt sich vom Anfang an durch. Es ist wie bei einem Steppenbrand.«

»Nein, das nicht, Anatoli. Das hier ist der genau gezeichnete Weg einer, wie es aussieht, organisierten Einheit. Vom Endpunkt bis zum Anfang des Sib-Aral-Kanals zieht sie an der geplanten Trasse entlang und vernichtet, was schon begonnen wurde. Ein wildes Wolfsrudel, so scheint es. Und wo es auftritt, fangen plötzlich auch die Menschen der Umgebung, die Einheimischen, zu rebellieren an und verprügeln und verjagen unsere Instrukteure. Begreifen Sie das? Ein ganzes Milizkommando wurde überfallen, weggeschleppt, nackt ausgezogen und auf stachelige Kakteen gesetzt. Wo ist das jemals vorgekommen? Wer hetzt diese Menschen auf? Wer immer es auch sei: Er steht jetzt vor unserer Tür. Ich wiederhole es: Wir werden um Monate zurückgeworfen, wenn nicht mehr geschieht als bisher. In Nowo Gorodjina ist jetzt ein ganzes Bataillon eingetroffen – es wird gegen Schatten kämpfen.«

»Zu bedauern sind Sie, Valentin Valentinowitsch. Wirklich, ich leide mit Ihnen«, meinte Tjunin ehrlich ergriffen.

»Das ist alles, was Sie sagen?« keuchte Kulpakow. »Bedauern ...?«

»Wenn ich Ihnen helfen könnte, täte ich es. Aber wie?«

»Der KGB verfügt über hervorragende Männer. Aber man muß es leider zugeben – die GRU bildet eine Sondertruppe aus, die uns fehlt.«

»Drücken Sie sich klar aus, Valentin: Ich soll Ihnen einen Kommandotrupp leihen!«

»Anatoli Borisowitsch, ich danke Ihnen!«

»Zu früh, Valentin, zu früh! Das will genau besprochen sein. Sie wissen, das ist nicht mein Ressort. Ihre Abteilung ...«

»Erklären Sie mir nicht, welche Aufgaben meine Abteilung zu bewältigen hat«, sagte Kulpakow etwas gequält. »Das weiß ich seit siebzehn Jahren. Nur ...« – er sah seinen alten Kriegskameraden mit zusammengekniffenen Augen an

– »ganz unter uns, Anatoli: Ich komme nicht weiter. Nur Ihnen kann ich das gestehen. Nur Ihnen, dem Freund. Meine Leute scheinen hirnlos zu sein ... Was kann man dagegen tun? Wo sie alles überwachen, geschieht nichts, und wo man denkt: Hier ist für genügend Sicherheit gesorgt, da gehen die Bomben hoch. Ein Jagdkommando in Regimentsstärke ist hinter den Saboteuren her. Sie laufen ins Leere oder gegen Gummiwände, wenn es sich um Verhöre von Verdächtigen oder Mitwissern handelt. Ich kann Ihnen die Protokolle zeigen ... nichts als heiße Luft! Und wir sind bei den Verhören – das wissen Sie, Anatoli – bestimmt nicht zimperlich. Nur einmal hatten wir einen ganz kleinen Erfolg: Bei Turgai spürten wir einen Mann auf, der fast genau der Beschreibung entsprach, die uns ein Rinderhirte lieferte. Dieser, ein etwas einfältiger Mensch, war in der Nähe, als man die Bohrstation von Turgai sprengte, und beschrieb uns den Täter ziemlich genau. Der Kerl muß es tatsächlich gewesen sein, denn als er unsere Patrouille bemerkte – drei Jeeps mit zwölf KGB-Männern –, da flüchtete er. Mit einem Motorrad! In die Wälder ...« Kulpanow schnaufte wie ein Flußpferd, der Gedanke an diese Niederlage preßte ihm jedesmal das Herz ab. Tjunin nickte verständig.

»Ich ahne, was folgt, Valentin Valentinowitsch«, sagte er voll Mitgefühl.

»Fast logisch war's, mein Freund. Mit einem Motorrad kann man kreuz und quer durch den Wald fahren, um die Bäume herum – mit einem Auto nicht! Soll ich's noch aussprechen, eine Qual ist das: Der Täter entkam! Wir sperrten sofort alle Straßen und Wege ab, im weiten Umkreis, nicht ein Marder wäre da durchgekommen; doch der Kerl blieb unsichtbar. Aber nun, eine Woche später, bei Djerschawinsskoje am Unterlauf des Ischim, brennt das Lager der geologischen Gruppe VI ab. Sehen Sie hin, Anatoli, sehen Sie auf die Karte ... der Weg nach Norden. Der verfluchte Hurensohn zieht unbeirrt seine Straße ...«

General Tjunin hatte sich wieder über die Karte gebeugt,

betrachtete die roten Kreise, las die Daten und nickte mehrmals. »Einen genauen Plan hat er ...« Mit einem Ruck blickte er auf und starrte Kulpakow entgeistert an. »Valentin Valentinowitsch ... ich begreife, was Sie denken! Aber das ist unmöglich ...«

»Warum soll es unmöglich sein, Anatoli?«

»Ein einzelner Mensch zieht die Trasse des Sib-Aral-Kanals entlang und zerstört alle Vorarbeiten? Ein einsamer Mensch kämpft gegen die Sowjetunion?! Ein Mann allein will das Jahrhundertwerk vernichten?! Ein Mann gegen eine ungeheure Maschinerie? Das ist doch Irrsinn!«

»Aber er ist da, Anatoli Borisowitsch! Er sprengt und bombt! Dieser einsame Mensch, wie Sie ihn poetisch nennen, hat dem Staat schon Millionen Rubel Schaden zugefügt, hat die Leute aufgehetzt, zieht eine Spur aus zerstörtem Staatseigentum hinter sich her. Noch schlimmer: Wo er einmal war, hinterläßt er eine bestialische Saat, aus der man Blut erntet. Wenn er weitergezogen ist, beginnt in den Gebieten das Töten. Geologen, Ingenieure, Soldaten, Milizionäre, meine Männer ... keiner ist mehr sicher. Ein Partisanenkampf ist's, als seien wir im Krieg! Und während wir die Hinterhältigen suchen, zieht er unerkannt weiter zum nächsten Objekt.« Kulpakow schnaufte wieder ergriffen, und Tjunin nickte ihm zu voll Verständnis. »Wäre es eine Gruppe, wie wir erst dachten, wir hätten sie längst. Aber einen einzelnen Menschen? Suchen Sie mal einen Einzelgänger aus den zigtausend Werst vom Aralsee bis nach Tobolsk! Lenin aus dem Mausoleum zu stehlen wäre leichter.«

»Und da soll ich Ihnen helfen?«

»Ja. Sie, nur Sie haben die richtigen Männer. Ihre Sondertruppen sind berühmt. Nicht zu schmeicheln braucht man, um zu sagen: Ihre Erfolge in aller Welt sind ohne Beispiel. Denken wir nur an Afghanistan ... an Nicaragua ... Oh, mein lieber Anatoli, erröten Sie nicht wie eine gekitzelte Jungfrau ... Ihre Sonderkommandos sind unerreicht auf der Welt.«

»Er ist also jetzt hier«, sagte Tjunin und legte den Finger

auf den letzten roten Kreis vor Tjumen. »Im Sumpfgebiet am Tobol. Zwischen Tjumen und Tobolsk. Er muß mit seinem Motorrad den Ischim hinuntergefahren sein.«

»So dämlich ist er nicht. Das Motorrad fanden wir zwei Tage später hinter dem Wald, durch den er entkommen ist.«

»Dann ist er mit einem Boot den Ischim hinunter.«

»Ausgeschlossen. Der Fluß wurde natürlich auch sofort überwacht.«

»Zu Fuß ist er weiter?« Tjunin sah Kulpakow zweifelnd an. »Das glauben Sie?«

»Zu Fuß, von anderen mitgenommen, außerhalb des Sperrkreises mit dem Boot – wer weiß es? Jedenfalls ist er jetzt da; der Probedamm bei Lebedewka wurde gesprengt. Vor zwei Tagen! Denken wir logisch, mein Freund: Das nächste Ziel muß Tobolsk sein, die Zentrale der gesamten Bauplanung. Was er`dort anrichten kann ... Mir wird übel bei dem Gedanken. Und keiner kann ihn aufhalten, weil er ein einzelner Mensch ist. Sieht aus wie Sie und ich oder tausend andere Menschen. Welche Möglichkeiten hat er! Schwindelig kann einem werden bei diesem Problem.«

»Es ist wirklich eine große Aufgabe, Valentin«, sagte Tjunin, betrachtete noch einmal die Karte und legte dann die flache Hand darauf. »Keine langen Überlegungen: Ich helfe Ihnen! Morgen schicke ich ein Sonderkommando nach Nowo Gorodjina.«

Kulpakow atmete tief auf. »Anatoli Borisowitsch, Sie sind ein wahrer Freund!« rief er aus. »An meine Brust möchte ich Sie ziehen ...«

»Lassen Sie lieber noch eine Karaffe Kognak kommen.« Tjunin hob wie abwehrend beide Hände, als wolle Kulpakow ihn wirklich an sich reißen und seine Rippen zerquetschen. »Ein herrlicher, weicher Grusinier ist das.« Er faltete die Karte zusammen und wedelte sich damit Luft zu, obgleich es nicht warm im Zimmer war. Ein trüber Spätsommertag in Moskau kann schon kühl sein. »Sehen wir davon ab, daß wir Freunde sind ... mich reizt die Aufgabe, diesen unsichtbaren Einzelgänger in die Hand zu bekommen. Wer befehligt die Truppe in Tobolsk?«

»General Gennadi Alexandrowitsch Pychtin.«

»Sehr gut. Ein vorzüglicher Truppenführer. Ich nehme sofort Verbindung mit Pychtin auf. Morgen früh fliegt das Sonderkommando von Swerdlowsk nach Tjumen und dann weiter in das Sumpfgebiet von Lebedewka. Ein kleines Kommando, Valentin. Nur drei junge Offiziere. Aber zu den Besten gehören sie. Einen Einzelgänger jagt man nicht mit einer Meute, sondern mit seiner eigenen Taktik ... mit Einzelkämpfern.«

»Das kommt mir vor wie ein Glücksspiel, Anatoli, wie ein Roulettespiel.«

»Nennen wir es so.« General Tjunin nickte und klopfte mit dem Knöchel erinnernd an die leere Kognakkaraffe. »Ein sibirisches Roulette ... das wird es werden ...«

»Sie sehen, es geht nicht weiter, Genossin«, sagte der Fahrer des Lastwagens, stellte den Motor ab und stemmte die Beine gegen das Bodenblech der Kabine. »Nicht glauben wollten Sie es. Erklären Sie nun den Rotarmisten, warum wir hier stehen. Genug Ärger wird es geben.«

Die drei Wachposten waren an den Wagen getreten, Maschinenpistolen schußbereit in den Händen. Einer von ihnen riß die Wagentür auf, richtete den Lauf auf den Fahrer und brüllte sofort:

»Umkehren, du gehörntes Vieh! Kann nicht lesen, der Froschäugige, aber Auto fahren. So weit sind wir schon! Was steht da hinten auf dem Schild, he? Steig aus, los, raus aus dem Wagen und lauf hin und lies es laut vor. Heb deinen Hintern hoch, du Karnickelbock!«

Der Fahrer kniff die Lippen zusammen, wackelte erregt mit der Nase und lehnte sich etwas zurück. Erst jetzt sahen die Posten, daß noch ein Mädchen im Wagen saß, eine lederne Tasche auf den Knien; eine Sanitätstasche, wie es deutlich an den aufgeklebten Plaketten zu sehen war.

Von jeher empfindet der Russe eine tiefe Hochachtung vor allem, was mit Medizin zu tun hat. Gesundheit ist das wichtigste im Leben. Wer dafür sorgt, daß man gesund bleibt oder die Gesundheit wiederbekommt, hat ein Recht, besonders ehrend behandelt zu werden. Ob es nun ein Arzt ist oder ein Wunderheiler – nirgendwo gibt es so viele Außenseiter der Medizin wie in Rußland, von den Schamanen angefangen über Rasputin bis zu der wunderschönen, selbst von den Ärzten anerkannten, geheimnisvollen Dschuna in Moskau. Wer Leiden lindert, ist aller Achtung wert.

Der Rotarmist stutzte, trat einen Schritt zurück, rempelte damit seine nachdrängenden Hintermänner an und senkte den Lauf der MP. Seine zwei Kameraden verstanden das falsch, dachten an einen Widerstand des Lastwagenfahrers und hoben ihre Waffen drohend hoch.

»Die Hände hintern Kopf!« brüllte einer von ihnen. »Raus aus dem Wagen, du Stiefelpisser!«

Walja Borisowna öffnete die andere Tür, sprang auf die Erde und kam um den Wagen herum. Ihr Anblick und die Arzttasche ließen auch die beiden anderen Posten sofort milder werden. Ja. verlegen wurden sie wie kleine Jungen, die man bei irgend etwas Verbotenem ertappt hatte.

»Habe ich Stiefel an, in die ich hineinpisse?« fragte Walja laut. »Seht's euch genau an!«

»Nur so eine Redensart ist's, Genossin«, sagte der erste Posten sehr verlegen. »Unter Männern, wissen Sie. Gemeint waren natürlich nicht Sie. Man hat Sie nicht gesehen hinter dem Kerl.« Er räusperte sich, ein junges Bürschchen, dem das kleine Käppi schief auf dem Kopf saß. Etwas zu groß war die erdbraune Feldbluse, die um seinen Oberkörper schlotterte. »Trotzdem. Genossin: Ich muß fragen, was Sie hier wollen.«

Walja hob die Arzttasche vor seine Augen und schwenkte sie. »Genügt das nicht, he?« rief sie aufgebracht. »Gegen dumme Fragen gibt's leider keine Medizin.«

»Sie sind bestellt, Genossin Ärztin?«

»Wäre ich sonst hier?«

»Wer hat Sie bestellt? Keine Order liegt vor, Sie ins Lager zu lassen.«

»Der Genosse Major Nasarow, der in der Zentrale von Nowo Gorodjina gerade zu Abend ißt, hat mich beauftragt, nach den zehn Gefangenen zu sehen. In der Frühe sollen sie verhört werden. Es ist festzustellen, ob alle vernehmungsfähig sind. Genügt Ihnen das?«

Der Posten zögerte. Man wußte nie, was Nasarow gerade im Sinn hatte. Holte man ihn jetzt ans Telefon, konnte es harte Folgen haben. Fragte man ihn nicht, konnte es noch schlimmer kommen. Wie man's auch wendete, es war immer falsch. Der beste Ausweg schien, es zunächst dem wachhabenden Offizier, dem Leutnant Mamjelew, zu melden.

»Ich frage an, Genossin«, sagte der junge Rotarmist verlegen. »Kein Mißtrauen gegen Sie, Genossin Ärztin, doch da gibt es den Befehl, keinen ins Lager zu lassen. Sie verstehen, ich kann das nicht entscheiden.«

Er trat etwas zurück, hängte sich die MP um den Hals, schnallte das Funksprechgerät vom Koppel und führte es nahe an den Mund. Der Fahrer umklammerte das Lenkrad, sah Walja nicht gerade mutig an und verfluchte die Minute, in der gerade er an ihr hatte vorbeifahren müssen.

Das Funkgespräch war kurz. Leutnant Mamjelew schien ebenso überrascht und ratlos zu sein. Er kannte Major Nasarow noch besser als die Soldaten, und wenn da eine Ärztin vor dem Lager stand und sagte, sie hätte einen Auftrag von ihm, dann sollte man nicht zu viel fragen. Eine Ärztin ist schließlich kein Spion und kein Terrorist. In eine böse Lage könnte man da hineinrutschen.

»Passieren!« sagte der Posten, als er wieder zu Walja kam. »Sie können passieren. Aber bei Leutnant Mamjelew müssen Sie sich melden.«

Walja nickte, ging um den Lastwagen herum, kletterte wieder neben den Fahrer auf den hohen Sitz und zog mit einem energischen Ruck auf ihrer Seite die Tür zu.

»Fahr!« sagte sie hart. »Verdammt, mach deine Tür zu und fahr! Du hast gehört: Wir können hinein!«

»Die werden entdecken, daß Sie gelogen haben, Genossin.«

»Dann bin ich längst am Ziel.«

»Und mich prügeln sie bis aufs Blut.«

»Nichts wird man dir tun, ich verspreche es dir. Hock nicht herum wie ein Kaninchen, fahr los!«

Sie fuhren die Straße weiter, dem Waldrand zu, und sahen das Zeltlager der Truppe nach einer scharfen Biegung vor sich liegen. Erstaunlich war, was man in der kurzen Zeit bereits aufgebaut hatte. Aus einem großen Küchenzelt dampfte es aus blechernen Schloten. Der Geruch von Kartoffelsuppe war so stark, daß einem das Wasser im Mund zusammenlief. In zwei Reihen, wie auf einer geraden Schnur ausgerichtet, parkten die Wagen. Davor stand, wie ein Kommandant, ein Panzer. Zwei lange Zelte schienen für Material bestimmt, und an der festen Kommandantur aus Baufertigteilen wurde noch gearbeitet. Man hämmerte gerade das Dach zusammen.

Leutnant Mamjelew empfing Walja auf dem Platz, um den sich die Zelte gruppierten. Höflich grüßte er, als sie aus dem Wagen sprang und ihre Arzttasche vom Sitz zog. Er war ein langer, schlaksiger Mensch, zwei Köpfe größer als Walja; ein ehrgeiziges Bürschchen, das sich ausrechnete, dieser Einsatz hier im Sumpf könnte seiner schnellen Beförderung dienen.

»Wer ist hier krank, daß ein Arzt kommen muß?« fragte er, nachdem er Waljas Gestalt mit einem bewundernden Blick abgetastet hatte. »Genossin, wir haben unsere eigenen Sanitäter mitgebracht. Ernsthaft Kranke fliegen wir zurück nach Tobolsk. Auch von den Gefangenen ist keiner krank.«

»Verletzt ... verletzt sind einige, Genosse Leutnant. Ziehen Sie kein Gesicht; von Major Nasarow weiß ich's!«

Mamjelew kam sichtbar in Schwierigkeiten, genau wie vorhin draußen der Posten. Was wußte man, welche Anordnung Nasarow getroffen hatte? Wer wagte es, ihn in Gorodjina zu stören und dumme Fragen zu stellen? Von selbst kam eine Ärztin nicht ins Lager, bepackt mit einer großen Sanitätstasche. Jedoch, denkt man in Tatsachen, war keine der Geiseln so schwer verletzt, daß nicht auch der Sanitäter helfen konnte. Ein paar Schrammen und Beulen, blaue Striemen oder ein paar Risse am Kopf – wer nimmt das wichtig? Hundekerle sind sie alle, Schufte, hündische Huren ... ha, brauchen die einen Arzt?! Aber wenn Nasarow es doch befohlen hat? Wer weiß es? Möglich ist alles bei ihm. Zuzutrauen ist ihm jede unverständliche Entscheidung. Soll man hinterher dastehen wie ein Tölpel?

»Kommen Sie mit, Genossin«, sagte Mamjelew nach sichtlich angestrengtem Nachdenken. »Allein. Der Fahrer bleibt im Wagen.«

Der Mann hinter dem Steuer atmete auf und nickte mehrmals. »Mich geht's nichts an, Genosse Leutnant!« rief er durch das heruntergekurbelte Fenster. »Hab' sie nur hergebracht, weil sie's wollte. Was befehlen Sie, Genosse Leutnant?«

»Warten!« Waljas Stimme ließ keine Diskussion mehr zu. »Du wartest und fährst mich zurück. Soll ich zu Fuß gehen?«

»Ist's so, Genosse Leutnant?«

»Jaja, warte.«

Mamjelew setzte sich in Bewegung, ging vor Walja her und fragte sich bei jedem Schritt: Ist es richtig, was ich tue? Warum hat Major Nasarow nicht vorher angerufen? Kopf und Kragen kostet es mich, wenn ich hier reinfalle auf einen Trick. Aber andererseits – was sucht eine Ärztin halb in der Nacht bei uns, wenn sie nicht bestellt ist, wenn sie keinen höheren Auftrag hat? Eine verzwickte Situation, in die du da kommst, Mamjelew ...

Vor einem Zelt, das von zwei Soldaten bewacht wurde, blieben sie stehen. Walja Borisowna wartete darauf, daß nun etwas geschah, aber niemand rührte sich.

»Was ist, Genosse Leutnant?« fragte sie streng. »Soll ich durch die Zeltleinwand behandeln?«

»Ich werde die Gefangenen einzeln herausrufen lassen.«

»Und hier im Freien ziehen sie sich aus, untersuche ich sie, verbinde sie ... Leutnant Mamjelew, was sind Sie für ein Mensch?! Nein! Ich gehe hinein, und Sie bleiben draußen!«

»Unmöglich, Genossin Ärztin. Auch Sie dürfen nicht allein zu den Gefangenen.«

»Ich habe Frauen zu untersuchen! Sollen sie sich vor Ihnen entblößen?«

»Es mag unanständig klingen, Genossin ... aber ich habe schon mehr als eine nackte Frau gesehen.« Mamjelew grinste verhalten. »Man kann sich umdrehen. Das müßte genügen.«

Er ging zum Zelteingang, hob den Eingangslappen hoch und nickte. Mit einem etwas ängstlichen Gefühl, sie leugnete es nicht, betrat Walja das Zelt.

Trübes Licht schlug ihr entgegen, ein beißender Gestank von Urin und Kot und Schweiß. Zwei offene Plastikeimer standen an der linken Wand, randvoll mit Exkrementen; sie liefen bereits über, und eine stinkende Brühe umgab sie. Auf der blanken Erde, rund an der Zeltwand, hockten oder lagen die zehn Geiseln; sie sprangen auf, als Walja hereinkam und man Leutnant Mamjelew erkannte, und sofort fing Marfa Jakowna, die junge, hübsche Frau des Schreiners Kabanow, an zu schreien: »Unschuldig bin ich. Glaubt mir es doch, liebe Brüder und Schwestern! Unschuldig! Was wollt ihr von mir? Habe doch nichts verbrochen! Was soll ich euch sagen? Habt Mitleid ... einen Säugling hab' ich zu Hause ... drei Kinderchen im ganzen ... Was habe ich denn getan?«

Zwei junge Burschen rissen sie zurück, drückten ihr die Hände auf den schreienden Mund und schoben sie zur Zeltwand zurück. Dafür begann Svetlana Victorowna, Masuks Frau, zu jammern, fiel auf die Knie, hob flehend die Hände zu Walja und weinte. Was sie stammelte, verstand niemand, aber auch sie wurde von den anderen Geiseln weggezogen und gegen die Wand gedrückt.

»Welch eine Pestbrut!« sagte Leutnant Mamjelew hinter Walja. »Sehen Sie sich das an! Die bescheißen ihr Zelt ... Wo ist da noch Menschenwürde?«

»Wenn man Ihnen die Würde nimmt, Genosse Leutnant, bescheißen auch Sie Ihren Platz. Warum hat man die Eimer nicht ausgeleert?«

»Befehl von Major Nasarow.« Mamjelew hob die Schultern. »Fragen Sie ihn, nicht mich.«

»Sieh an!« sagte eine Stimme aus dem Hintergrund, über den ein dämmriger Schatten lag. Das Licht der kleinen Lampe drang nicht bis in alle Ecken des Zeltes. »Die Ärztin! Die Tochter des großen Schemjakin. Gehört zu denen, die uns vernichten wollen. Haben wir's uns doch gedacht. Kommt ins Dorf und bietet uns Hilfe an. Und was ist sie? Eine von denen, die man anspucken sollte. Komm her ... näher heran ... laß dich in die Augen spucken ... ja, in die schönen Augen ... Leidensgenossen, nicht zögern ... Spuckt sie an ...«

Leutnant Mamjelew schob sich vor Walja und legte die Hand an den Griff seiner Pistole. »Nur zu!« schrie er. »Nur zu. Jedem ins Maul schieße ich, der es wagt ...« Und zu Walja sich umdrehend, fragte er: »Na, reicht es Ihnen jetzt, Genossin? Wollen Sie noch immer behandeln? Sind sie es nicht wert, daß man sie einfach verfaulen läßt?«

»Sie verstehen nichts, Leutnant, gar nichts«, sagte Walja und ging um Mamjelew herum. Mit einer Stimme, die merkwürdig weich und sanft klang, wandte sie sich an die Geiseln. »Wer will mich anspucken? Warum aus der Dunkelheit? Komm vor, hier vor mich hin ... oder bist du nur ein armseliger Lippenheld? Ein kleiner Feigling?«

Aus dem Schatten löste sich eine Männergestalt und kam heran. Mamjelew zog seine Pistole und schob mit dem Daumen den Sicherungsflügel nach oben. Ein leises Aufstöhnen kam von den anderen Gefangenen.

Es war Andrej Nikolajewitsch Beljakow; der Mann, den Major Nasarow gezwungen hatte, den armen Soldaten Kulinitsch zu erschießen. Das Gesicht vom geronnenen Blut verschmiert, voller Striemen und Beulen, mit einem zugeschwollenen Auge, stellte er sich furchtlos vor Walja auf. Aber er spuckte nicht ... sein unverletztes Auge sah sie fragend an, es war ein langer Blick voll Qual und Hoffnung, voll Frage und Erwartung, aber auch ein Blick, den Walja wie eine Berührung empfand. Sie hielt diesem Auge stand, ein paar Sekunden nur dauerte der stumme Blickwechsel, aber es war ihr, als habe man sich in dieser kurzen Zeit viel, viel erzählt.

»Aha, der Mörder!« hörte sie hinter sich Mamjelew sagen. »So ist's gut. Spuck aus, du Hundesohn ... Keine Arbeit haben wir dann mehr mit dir ...«

»Der Mann ist verletzt, Genosse Leutnant«, sagte Walja ruhig, stellte ihre Sanitätstasche auf die Erde und klappte sie auf. »Lassen Sie einen Stuhl holen, auf den er sich setzen kann, wenn ich ihn behandele.«

»Behandeln wollen Sie ihn?« rief Mamjelew entgeistert. »Diesen Schweinehund?! Warum noch kostbares Material verschwenden? In ein paar Tagen wird er erschossen. Ein hinterhältiger Soldatenmörder! Hier gibt es keine Behandlung ...«

»Wer ist hier der Arzt?« schrie Walja plötzlich. Sie fuhr herum, der Zorn überströmte ihr Gesicht, hart und angriffslustig waren ihre Augen, und ihr lauter Ton schlug so unverhofft bei Mamjelew ein, daß dieser zusammenzuckte. »Einen Stuhl! Einen Stuhl her! Zwei Eimer mit Wasser. Einer kalt, der andere warm ... Handtücher ... vier Stück ... und eine stärkere Lampe ...«

»Sofort, Genossin! Auch noch ein weißbezogenes Bett, eine hübsche Schwester, ein Tablett mit Stör, Kaviar und Pilzgemüse? Ein Fläschchen Krimwein gefällig? Und wenn er dann ein sattes Rülpserchen macht, weiß man, daß der gute Beljakow gesund ist ...« Mamjelews Spott troff nur so von seinen Lippen. »Jeder Wunsch wird erfüllt ...«

»Sie lassen einen Stuhl kommen, Genosse Leutnant«, sagte Walja ruhig, aber in dieser Ruhe war eine deutliche Drohung verborgen, »oder der Himmel möge verhüten, daß ein Arzt zu Ihnen kommt, wenn Sie jemals einen brauchen.«

Mamjelew starrte sie an, verzichtete auf weitere Streitereien, ging vor den Zelteingang und brüllte hinaus: »Einen Stuhl. Zwei Eimer Wasser, kalt und heiß. Vier Handtücher. Glotzt keine Löcher in die Nacht! Sofort hierher mit den Dingen!«

Schweigsam stand man herum, umgeben von dem bestialischen Gestank der Fäkalieneimer, nur die Masuka weinte an der Zeltwand, und Marfa Jakowna lag auf den Knien und murmelte Gebete. Beljakow ließ keinen Blick seines einen Auges von Walja, aber sie schaute ihn nicht an, drehte ihm sogar den Rücken zu und wartete auf den Stuhl.

Als er endlich hereingetragen wurde, ein wackeliger, zusammenklappbarer Feldstuhl aus Segeltuch, winkte sie stumm zu Beljakow hin und trat erst an ihn heran, als er saß. Nun kamen auch die zwei Eimer mit heißem und kaltem Wasser und die Handtücher. Ein Unterleutnant und zwei Küchensergeanten brachten sie, neugierig, was da im Zelt geschah, starrten Walja und Mamjelew verwundert an und hatten keine Erklärung für das, was sie sahen.

»Hast du den Soldaten ermordet?« fragte Walja, als sie sich über Beljakows Kopf beugte.

»Nicht ermordet. Gezwungen wurde ich, ihn zu erschießen.«

»Von wem?«

»Major Nasarow.«

»Lüge!« ließ sich hinter Walja Leutnant Mamjelew hören. »Genug Zeugen gibt es, die das Gegenteil erklären. Von hinten wurde Kulinitsch ermordet ... Man kann Ihnen die Leiche zeigen, wenn Sie es wollen. Von hinten in den Kopf, mit einem Schrotgewehr. Auch das Gewehr können Sie sehen.« Mamjelew hob seine Stimme. »Genossin, wollen Sie wirklich noch immer diesen Meuchelmörder behandeln?«

»Das Dorf habe ich damit gerettet ...«, sagte Beljakow, und sein unverletztes Auge zuckte heftig. »Meine alten Eltern, die Geschwister, die Großeltern ... und ich hatte Angst ... Angst bis zum Herzen ... Mein Leben ist wirklich nichts mehr wert ...«

Walja nickte ihm beruhigend zu, tauchte ein Handtuch in den Eimer mit heißem Wasser, wrang es aus und wusch Beljakows Kopf vom geronnenen Blut frei. Eine dicke Schicht hatte auf dem Gesicht gelegen, und er hielt es ihr entgegen, mit geschlossenen Augen, als sei es ein überwältigender Genuß, seine Wunden freizulegen. Erst als sie das Handtuch wieder in den Eimer tunkte, dessen Wasser sofort rot wurde, öffnete er die Augen und sagte leise: »Danke ...«

Sie antwortete nicht, begann seinen Kopf zu untersuchen, sah die klaffende Spalte auf seiner Kopfschwarte und blickte hinüber zu Mamjelew.

»Was hat man mit ihm gemacht?«

»Gekitzelt hat man ihn.« Mamjelew grinste breit. »In ein paar Tagen wird er durchlöchert sein wie ein Käse.«

Walja Borisowna warf noch einen geringschätzigen Blick auf Mamjelew, holte aus ihrer Arzttasche verchromte blitzende Dosen, Verbände, Tupfer, Pinzetten und Flaschen, breitete alles auf einem Handtuch auf dem Boden aus, entnahm den Dosen Klammern, Nahtmaterial und Nadeln und beugte sich dann wieder über Beljakow.

»Ich werde die Wunde nähen«, sagte sie. »Du wirst es kaum spüren, ich betäube dich örtlich.« Und leise fügte sie hinzu, indem sie sich noch tiefer über seinen Kopf beugte: »Ich glaube dir ... Laß den Mut nicht sinken ...«

Beljakow saß auf seinem Stuhl, als habe er nichts gehört. Wie unbeteiligt suchte sein Blick Mamjelew. Der lange Leutnant war ein wenig blaß geworden, als er die chirurgischen Instrumente sah, und zog die Unterlippe durch die Zähne. Ein zukünftiger Held zu sein, ist etwas anderes, als einem Arzt auf die Finger zu sehen. Bei den nötigen Impfungen der Rekruten durch den Militärarzt fielen meist diejenigen um, die einen Ochsen tragen konnten.

Flink waren Waljas Finger, das mußte man zugeben. Mit den Klammern zog sie den breiten Schwartenspalt zusammen, nachdem sie die ganze Umgebung mit einem Lokalanästhetikum eingesprüht hatte, fädelte dann den Faden in die Nadel und setzte den ersten Nahtknoten. Mamjelew hatte sich urngedreht; es war nicht unbedingt notwendig, jeden Handgriff zu beobachten.

»Soll ich eine Nachricht überbringen?« fragte Walja leise, während sie die Naht fortführte.

»Ich ... ich lasse meine Eltern grüßen ...«, flüsterte Beljakow zurück. »Und die Geschwister ... alle im Haus.«

»Ist sonst noch was zu sagen?«

»Wenn Sie zu Masuk gehen ... Er soll wissen, daß Svetiana Victorowna nichts verraten wird. Wir passen auf ... Wenn wir alle sterben müssen ... Schagin soll für uns beten ... Für jeden eine Kerze soll er anzünden ... und keiner soll weinen ...«

»Es wird bestellt werden.«

Die Naht war beendet, und obwohl Mamjelew das Flüstern und Raunen hinter seinem Rücken hörte, drehte er sich nicht um, bis Walja spöttisch sagte:

»Sie können wieder ein starker Mann sein, Genosse Leutnant.«

Einen schönen Verband wickelte sie noch um Beljakows Kopf, schmierte ihm kühlende Salbe auf das zugeschlagene Auge und gab ihm Tabletten gegen die Schmerzen.

»Fertig! Es ist alles getan, was man tun konnte. Die Wunde braucht jetzt etwas Zeit, bis sie verheilt ist.«

»Die wird er kaum haben«, sagte Mamjelew und grinste wieder überheblich. »Welch eine Verschwendung! Sie verbinden auch noch ein Schwein, wenn es geschlachtet ist, was?«

Beljakow erhob sich von dem Stuhl, machte vor Walja eine Verbeugung und trat zur Zeltwand zurück. »Danke, Genossin«, sagte er dabei. »Auch ein kleiner Stern erhellt die Finsternis ...«

Verwundert über diesen Ausspruch blickte sie ihm nach, aber er senkte den Blick, drehte sich um und ging in den Hintergrund des Zeltes zurück.

»Der nächste!« sagte Walja mit veränderter, belegter Stimme. »Nein ... zuerst die Frauen.« Sie klemmte das Stethoskop an ihren Kopf und winkte Svetlana heran. »Zuerst Sie, Genossin.«

»Soll ich mich wieder umdrehen?« fragte Mamjelew spöttisch.

»Wenn Sie ein geiler Schafsbock sind, sehen Sie zu!«

Svetlana Victorowna kam nach vorn, riß sofort ihre Bluse

auf, zeigte ihre noch schönen Brüste und die Striemen, die quer darüber liefen. »Mit dünnen, nassen Lederriemen haben sie uns geschlagen!« rief sie. »›Warum, Genossen‹, habe ich geschrien, ›warum tut ihr das?!‹ Und sie haben zurückgeschrien: ›Sag uns, wo die Bomben liegen, wer die Saboteure sind, dann bekommst du Schokolade auf deine Brüste geschmiert!‹ Genossin Ärztin, wie soll ich etwas sagen, wenn ich nichts weiß? Ein friedliches Dorf sind wir. Nie hat es hier ein Verbrechen gegeben. Was will man von uns? Wenn jemand den Damm gesprengt hat – wer weiß das von uns?«

»Seien Sie still!« sagte Walja hart. »Ich bin nicht Major Nasarow. Er wird entscheiden.« Sie steckte die Stethoskopschläuche in ihre Ohren, setzte die Membrane auf Svetlanas Brust und begann mit der Auskultation. Aber sie lauschte nicht auf die Atemgeräusche und die Herztöne, sondern flüsterte ihr zu:

»Wem soll ich Nachricht geben ...?«

Einen Augenblick war Svetlana wie erstarrt, dann hauchte sie zurück: »Masuk, meinem Mann.«

»In Ordnung.«

»Ist er nicht zu Hause, liegt er bei seiner Hure Soja. Fragen Sie danach, jeder kennt sie.«

Walja blickte Svetlana tief in die Augen, blinzelte ihr zu und sagte bewußt streng:

»Gesund! Die Striemen heilen von allein.«

»Wird etwas zurückbleiben? Narben?«

»Kann sein. Tragen Sie die als Andenken ...« Walja winkte zu den anderen. »Die nächste. Schnell jetzt. Die Männer können ihre Hemden schon ausziehen.«

Auch mit Marfa Jakowna flüsterte sie, versprach, dem Schreiner Kabanow und den Kinderchen Grüße zu überbringen ... Und so war es bei jeder der Geiseln: Sie horchte sie ab und sammelte Botschaften für die Verwandten und machte sie für einen Augenblick glücklich durch ein Lächeln, ein Kopfnicken und die zwei Worte: »In Ordnung.«

»Fertig!« sagte sie, nachdem alle zehn Geiseln untersucht worden waren und wieder an der Zeltwand standen. Sie packte alle Instrumente, Dosen`und Flaschen ein und ließ den Sanitätskoffer zuschnappen. »Alle sind gesund. Kein Hindernis, sie zu verhören.«

»Major Nasarow wird Ihnen die Hände küssen, Genossin Ärztin«, spottete Mamjelew, führte sie aus dem Zelt und atmete tief die frische abendliche Waldluft ein. Die Erde duftete nach Thymian, ein merkwürdiger Geruch im Zusammenklang von Sumpf, Wald und sonnenreifen Gräsern. In den Zelten flackerten die Lichter, vor der Küche standen in langer Schlange die Soldaten und holten ihr Essen ab, Blechgeschirr klapperte. Zurufe flogen hin und her: »He, Aljoscha, nimm eine halbe Portion! Dick ist die Suppe von Kartoffeln ... wir wollen nicht ersticken, wenn du furzt! Bei Kartoffeln furzt er immer, müßt ihr wissen!«, und Aljoscha, irgendwo in der Reihe, schrie zurück: »Ha. Dieses Großmaul. Er hat's nötig! Wer kennt Bairam nicht? Zieht sich die dampfenden Strümpfe aus, und wir alle sinken in Ohnmacht. Vergiftet, Brüderchen, vergiftet sind wir jedesmal ...«

Leutnant Mamjelew begleitete Walja wieder bis zu dem wartenden Lastwagen der Baubrigade. Der Fahrer, der bis jetzt in seinem Fahrerhaus sitzen geblieben war, als sei es ein schützender Bunker, riß die Tür auf, lief Walja entgegen, nahm ihr die Sanitätstasche ab und hätte vor Freude hüpfen können. Vorbei ... nur schnell weg aus diesem Lager. Soldaten sind notwendig, das muß man einsehen, aber nicht notwendig ist es, sich gerade im Lager einer Strafexpedition aufzuhalten.

»Eine große Hilfe waren Sie, Genosse Leutnant«, sagte Walja und gab ihm mit sichtlichem Widerwillen die Hand.

»Wie habe ich Ihnen helfen können, Genossin? Ich stand doch nur dabei.«

»Trotzdem ... ich danke Ihnen, Mamjelew. Unsichtbare Taten sind oft die besten.«

Sie stieg in den Lastwagen, zog die Tür zu und lehnte sich zurück. Mit einem heulenden Start machte der Fahrer, daß er schnell zum Ausgang kam. Mamjelew starrte dem Wagen nach, überlegte Waljas letzte Worte und schüttelte den Kopf.

Dann ging er in das Offizierszelt, wo schon serviert worden war. Eine Ordonnanz stand bereit, ihm aus einem Thermokessel die fertige dicke Kartoffelsuppe auf einen Teller zu löffeln. In einem anderen Warmhaltegefäß schwammen fette, gekochte Mettwürste.

Ein Offizier ist eben doch nicht bloß ein Soldat.

Im Wohnraum von Ingenieur Schemjakins Haus saßen noch immer Schemjakin, seine Frau Olga Walerinowna und Jossif Niktin zusammen, knabberten süßes Gebäck und tranken dazu einen herben Wein aus dem moldawinischen Gebiet.

In langen Gesprächen war man sich einig geworden, daß der Einsatz von Nasarows Truppen das Falscheste war, was man sich in Tobolsk oder Moskau ausdenken konnte. Mit drakonischen Strafen, mit Geiseln und Verhören, Erpressungen oder gar Deportierungen kam man nicht weiter. Im Gegenteil! Man verstärkte dadurch erst recht den Widerstand der Bevölkerung. Auch der Gedanke, Lebedewka einfach zu evakuieren und umzusiedeln, erwies sich als nutzlos. Außerdem war das ein Verfahren, mit dem eine Vielzahl von Behörden beschäftigt werden mußte, und wer eine sowjetische Behörde kennt, der schiebt diesen Gedanken sofort in eine Lade. Vor allem aber würde man überall sagen: Sieh an, sieh an ... was sind das bloß für Funktionäre. Werden nicht fertig mit ein paar aufsässigen Fischern und Bauern. Lassen sich die Hosen runterziehen, na, na. Sind sie denn alle unfähig da unten am Tobol? Wollen ein Jahrhundertwerk bauen, wollen die Schöpfung korrigieren und Sibiriens Flüsse rückwärts laufen lassen und fangen an wie alte Weiber zu flennen, weil ein paar Wirrköpfe sich dagegen auflehnen – wie kann man das verstehen? Ablösen sollte man sie, ja ablösen, versetzen irgendwohin, wo sie Steine anheulen können und niemanden blamieren ...

Wer so etwas überlegt, dem wird es heiß unter den Haaren. Nichts ist in Rußland schlimmer, als ein Versager zu sein. Einem Dummen verzeiht man, einen Blöden bemitleidet man, einen Narren pflegt man, aber einem Nichtskönner gehört die Wüste.

Wer will schon in die Wüste, Genossen?

Niktin hatte zuletzt den Gedanken geäußert, den er schon zu Beginn des langen Gespräches angedeutet hatte: Man muß die Leute überzeugen. Propagandistisch muß man die ganze Sache angehen, muß argumentieren, informieren, durch Bilder und Filme, durch Zahlen und Zukunftsaussichten. Man muß ihnen vor Augen führen, wie diese Welt in zehn oder zwanzig Jahren aussehen wird, wie glücklich die Kinder und die Enkelchen einmal leben werden, wie es zum dauernden Frieden in der Welt kommen kann, wie Rußland unbesiegbar wird, unabhängig von der ganzen anderen Welt ... Wer das versteht, wird keinen Damm mehr in die Luft jagen und keine Geologen- und Ingenieurtrupps mehr überfallen. Es kommt nur auf die Information an und auf die Interpretation. So könnte man das machen: Hier ist ein Häufchen Sand, daneben liegt ein großes, duftendes Brot. Kommt aus Sand Brot? Nein, nie, Genossen! Aber wenn der Sand Wasser bekommt, wird's ein Boden, auf dem Boden wächst Getreide, aus dem Getreide backt man das Brot ... So einfach ist das. Wer sieht das nicht ein? Jedem ist das verständlich. Wir kranken an mangelnder Information; das muß man den Genossen in Moskau einmal deutlich sagen.

Niktin hatte versprochen, zunächst mit der Planungsstelle in Tobolsk zu sprechen, mit dem Parteisekretär und dem Leiter der KGB-Stelle. Direkt nach Moskau einen Ruf loszulassen, erschien ihm zu gewagt. »Ziehen wir den Stier nicht am Nasenring«, sagte er, »wenn ein Bündel Klee genügt, um ihn zu bewegen. Klar sind wir uns jetzt: Die Aufklärung wird aktiviert.«

»Sie wird scheitern an Nasarows Methoden«, warf Schemjakin ein. Schon von der Stunde an, in der Nasarow sich bei ihm vorgestellt hatte, spürte er eine tiefe Abneigung gegen den Major. Man kann sogar sagen, eine Art Haß, obwohl es keinen Anlaß gab, dieses außer der Liebe stärkste der menschlichen

Gefühle – und oft verbinden sich beide – auf Nasarow anzuwenden. Von innen heraus, aus einer unbestimmten Regung, erzeugte der Anblick Nasarows bei ihm eine seltsame Übelkeit. Wenn Schemjakin ihn ansah, begriff er, über sich selbst erschreckend, daß man einen Menschen ohne Reue töten kann. Ein schauriges Empfinden, für das er keine Erklärung hatte.

»Mit Major Nasarow ist zuerst zu sprechen«, stimmte Niktin zu. »Seine Geiselnahme ist Unsinn.«

»Machen Sie ihm das einmal klar, Jossif Wladimirowitsch. Nasarow badet sich in einem Sendungsbewußtsein. Er wird scheitern; ich kenne die Leute von Lebedewka lange genug. Nichts, absolut nichts wird er aus den Geiseln heraushören. Aber sein Scheitern ist auch unser Scheitern ... hier liegt die Gefahr. Das muß man abwenden.«

»Immer das gleiche ist es, Boris Igorowitsch.« Niktin hob klagend beide Hände hoch in die Luft. »Jede Behörde tut, was sie will. Keine Koordination, kein Zusammenfinden, keine gegenseitigen Informationen. Jeder wurschtelt vor sich hin. General Pychtin schickt Nasarow, und ich erfahre das erst, als die Truppe schon unterwegs ist. Ich habe Order, informativ den Bau des Sib-Aral-Kanals vorzubereiten, und was geschieht? Ich sitze herum, keiner sagt mir etwas, werde plötzlich von Sprengungen überrascht und bekomme böse Worte ins Gesicht geschleudert. Und die Planungszentrale? Fragen Sie mich nicht, Genosse! Die sitzen vor dicken Akten, planen und planen und sagen: Nicht unsere Sache. Für Ruhe habt ihr zu sorgen. Ist das ein Leben!«

Doch wie gesagt: Das gegenwärtige Hauptproblem war Major Nasarow. Als er sich von Schemjakin und Niktin verabschiedet hatte mit der giftigen Bemerkung:

»Ein Gruß an das Töchterchen Ärztin; eine kluge Genossin ist sie, aber das tägliche Leben sieht anders aus als in den gelehrten Büchern ...«, da hatte man aufgeatmet, und Niktin meinte, als die Schemjakina von der Haustür zurückkam: »Ein unangenehmer Mensch. Aber so wie er sind viele. Wenn sie eine Uniform tragen, ist alles Zivile nur Unrat für sie.

Man sollte versuchen, ihn wieder nach Tobolsk zurückzuschicken.«

»Sehr gut.« Schemjakin goß wieder Wein nach. »Sprechen Sie mit General Pychtin.«

»Ich? O nein. Das verhüte der Himmel!« Niktin hob abwehrend beide Hände. »Pychtin gehört zur gleichen Kategorie wie Nasarow. Nur ist er, weil er goldene Litzen und Sterne trägt, um das Dreifache schlimmer. Sprechen Sie mit dem Genossen General, Boris Igorowitsch.«

»Das will ich wohl tun.«

»Wenn er Sie überhaupt empfängt! Wir erzählen jedesmal den Leuten, die verantwortlichen Genossen seien für alle da und immer zu sprechen – aber wenn man sie braucht, ist's leichter, eine Wanze unter der Tapete zu suchen.« Niktin zog ein verzweifeltes Gesicht; es wirkte so erheiternd, daß Schemjakin in Lachen ausbrach. »Sie lachen, mein Lieber, aber mir drückt es das Herz ab. Beneiden könnte man Sie um Ihren Posten, weit weg von Moskau. Keiner redet Ihnen drein, friedlich wohnen Sie in der Einsamkeit. Na ja, mal fliegt ein Magazin in die Luft, oder der Damm bekommt ein Loch ... aber sonst müssen Sie ein glücklicher Mensch sein.«

»Ihr Begriff von Glück hat viele Löcher, Jossif Wladimirowitsch«, sagte Schemjakin und lächelte etwas bitter. »Kann mir Schöneres denken, als hier wie eine Schießscheibe herumzusitzen.«

Die Haustür klappte, Walja kam herein und stellte die Arzttasche in die Zimmerecke. Ihre Schuhe waren staubig. Ein Fleck an ihrem Rock sah aus, als sei es Blut.

»Wo warst du, Walja? Wo kommst du her?« fragte Olga Walerinowna sofort. »Hat es einen Unfall gegeben?«

»Im Lager war ich.« Walja kam an den Tisch, setzte sich neben Niktin und trank einen Schluck Wein aus dem Glas ihres Vaters. So hastig trank sie, als sei sie soeben aus der Wüste zurückgekommen.

»In welchem Lager?« fragte Schemjakin.

»Im militärischen.«

»Sie waren bei Nasarow?« Niktin sah sie ungläubig an.

»Er war nicht da, er war ja hier. Auf dem Rückweg bin ich ihm begegnet.«

»Im Militärlager? Mit der Arzttasche?« Schemjakin war ebenso verblüfft. »Hat man dich gerufen?«

»Nein. Ich habe die zehn Geiseln untersucht.«

»*Was* haben Sie?« rief Niktin erregt. »Die Geiseln?! Weiß Nasarow das?«

»Nein. Einer, ein junger Mann, war sehr verletzt. Ich habe ihn genäht und verbunden. Auch zwei Frauen sind dabei. Mit Erschießen droht man ihnen, wenn sie nicht aussagen. Aber was sollen sie aussagen? Sie wissen doch nichts.«

»Kaputt macht er alles, kaputt«, klagte Niktin und rang die Hände. »Erschießt er die Geiseln, haben wir hier die Hölle – auch wenn ein ganzes Armeekorps hier liegt. Auf jedem Baum, hinter jedem Strauch sitzt dann der Tod. Wir müssen nach Moskau schreiben, Boris Igorowitsch, unter Umgehung von General Pychtin. Jetzt sofort, ehe man's uns anlastet. So wird's nämlich laufen: Nasarow erschießt, und wenn der Kleinkrieg entbrennt, zeigt man auf unsere Köpfe. Das Militär ist selbstverständlich nie schuld, nie! Nur immer die anderen ...«

Es zeigte sich sehr bald, daß Niktins Befürchtungen richtig waren: Fäuste hämmerten an die Haustür. Die Schemjakina preßte angstvoll die Fäuste gegen den Mund, und Niktin verfärbte sich. Boris Igorowitsch entriegelte die Tür, und ehe er fragen konnte, stieß Nasarow ihn zur Seite und stürmte ins Haus. Wutverzerrt war sein Gesicht, in allen Muskeln zuckte es, man starrte ihn an. Einen derart vor Wut kochenden Mann hatte bisher noch niemand gesehen.

»Wo ist sie?!« brüllte Nasarow. »Wo ist das verdammte Weib?! Ha, da sitzt sie; sitzt da und säuft Wein.« Sein Arm stieß vor wie ein Degen, sein Zeigefinger war die Spitze. »Glotzen Sie mich nicht an, Sie rehäugiges Luder! Wissen Sie, was ich mit Ihnen machen werde?«

»Nichts!« sagte hinter ihm Schemjakin. »Gar nichts ...«

Nasarow fuhr herum wie von der Tarantel gebissen und sah

Schemjakin dicht hinter sich stehen. »Sie wissen nicht, was sie getan hat! Einen Mörder hat sie gewaschen, genäht und verbunden. Hat meine Leute herumgejagt wie Lakaien, wie eine Bojarin ihre Muschiks. Meinen besten Offizier hat sie zum Helfershelfer degradiert. Mit Lügen ist sie in das Sperrgebiet gekommen; hat gesagt, sie käme von mir ...« Nasarow fuhr wieder herum und brüllte Walja an: »Stehen Sie auf! Das ist ein Befehl. Dienstlich spreche ich mit Ihnen.«

»Wen meint er, Väterchen?« fragte Walja ruhig. »Sind hier Soldaten im Zimmer? Ich sehe keinen.«

»Da soll man doch ...« Nasarow hob den rechten Arm, aber weiter kam er nicht. Schemjakin legte ihm schwer die Hand auf die Schulter und sagte mit einem drohenden Ton in der Stimme:

»Genosse Major, gehen Sie hinaus!«

»Die Hand weg!« schrie Nasarow. »Das ist Bedrohung. Ah, man bedroht einen sowjetischen Offizier!« Seine Hand fuhr zur Pistolentasche, die Schemjakina schrie leise auf, und Niktin verfärbte sich noch mehr.

»Wenn Sie nicht gehen, Nasarow«, sagte Schemjakin im gleichen Ton, »werfe ich Sie hinaus!«

»Sie – mich?!«

»So ist es.«

»Sie werden mich anfassen?!«

»Wenn es nötig ist.«

»Sie wagen es, einen sowjetischen Offizier ...« Nasarow holte tief Luft, seine Wut quetschte ihm den Atem ab. »Verhaften lasse ich Sie alle!«

»Dazu haben Sie kein Recht.«

»Ich erkläre hiermit: Nowo Gorodjina steht ab sofort unter Kriegsrecht und unterliegt der Militärgerichtsbarkeit!«

»Er ist verrückt geworden«, stammelte Niktin. »Sein Verstand fliegt davon.«

»Man wird sich wundern!« schrie Nasarow weiter. »Mit allen Vollmachten bin ich gekommen. Fragen Sie an in Tobolsk, und dann verhafte ich Sie.«

»Ich hab's geahnt«, stöhnte Niktin. »Ich hab's ja gesagt ... die Dummheit ist in unserem Land noch immer stärker als die Vernunft. Genosse Major ...«

»Halten Sie den Mund, Sie Trockenpflaume!«

Viel zu ertragen, das hatte Niktin im Laufe seines Lebens gelernt. Wer langsam, aber unaufhaltsam in der Hierarchie von Partei und Verwaltung aufsteigen will, muß einen starken Nakken haben, verklebte Ohren und ein verstecktes Ehrgefühl. Erst wenn man von einer gewissen Stufenhöhe aus nach unten zurücktreten kann, hat man es geschafft, darf Hände schütteln, Schulterklopfen hinnehmen, Wangen küsse kassieren und in der freieren Luft tiefer atmen. Niktin hatte diese Höhe erreicht, und während er noch vor drei Jahren ergeben auf seinem Stuhl sitzen geblieben wäre, sprang er jetzt wie eine Katze auf und stürzte auf Nasarow zu, bremste kurz vor ihm und streckte den Kopf vor, als wolle er beißen.

»Ein Nachspiel wird das haben!« schrie nun auch Niktin mit heller Stimme. »Wissen Sie, wer vor Ihnen steht, Sie Krautfresser?«

»Beleidigung!« brüllte Nasarow sofort. »Er beleidigt die Uniform!«

»Ich bin Jossif Wladimirowitsch Niktin, der Leiter des Projektes Tobolsk-Tjumen.«

»Ein Erdfloh sind Sie. Machen Sie sich fertig, alle! In einer halben Stunde holt ein Kommando Sie ab. An General Pychtin werde ich berichten, daß man Vertrauen an die falschen Männer verschwendet hat. Aufgeräumt wird jetzt hier, ein Saustall gesäubert ...«

»Gehen Sie hinaus«, sagte Schemjakin noch einmal. »Sofort, Nasarow!«

»O ja!« schrie Niktin, zitternd vor Zorn. Wer läßt sich gern Erdfloh nennen, wenn er eine Position wie Niktin hat? »Gehen Sie ... gehen Sie ... um Himmels willen, verlassen Sie das Haus. Sie stinken fürchterlich, Sie beschissenes Arschloch ...«

Zwei Sekunden lang war es völlig still im Raum. Nasarow stand wie ein Stein, nur seine Augen weiteten sich; daß sie nicht zerplatzten, war ein anatomisches Wunder. Dann aber durchzuckte es ihn wie von elektrischen Schlägen, beide Hände fuhren vor, umkrallten Niktins Schultern, und mit einem wilden Ruck zog er ihn an sich heran. Bevor jedoch noch mehr Unheil geschah, erhob sich Walja von ihrem Stuhl, trat vor Nasarow und sagte mit einem Kopfschütteln:

»Warum redet ihr alle so viel? Sind Worte nötig? Sofort wird der Genosse Major gehen ... nur richtig sagen muß man es ihm.«

Sie lächelte Nasarow an, hob die rechte Hand, und blitzschnell gab sie ihm eine Ohrfeige. Es klatschte laut, die Schemjakina stöhnte auf, und Nasarow ließ Niktins Schultern los, starrte Walja ungläubig an, spürte das Brennen auf seiner Wange und drehte sich um.

Wortlos verließ er das Haus, schlug die Tür zu und sprang draußen in seinen Jeep GAZ-69 B. Mit aufheulendem Motor schoß er die Straße hinunter.

»Ein Fehler war das, Waljuschka«, sagte Schemjakin nach einer ganzen Weile tiefen Schweigens. »Ein großer Fehler. Jetzt haben wir einen gnadenlosen Feind.«

»Moskau!« Niktin raufte sich mit beiden Händen die Haare. »Moskau muß helfen. Schnell muß es helfen, sonst sind wir alle erledigt. Wer wird denn sonst erfahren, was hier in den Sümpfen geschehen ist?«

»Morgen früh rufe ich die Zentrale in Moskau an!« sagte Schemjakin. »Walja und Olga, ihr packt sofort die nötigsten Sachen zusammen. Beim Morgengrauen bringt euch ein Hubschrauber nach Tobolsk in Sicherheit.«

»Wir packen sofort.« Die Schemjakina begann zu weinen. Angst, große Angst hatte sie um Boris Igorowitsch, der allein zurückbleiben mußte. »Wir wollen uns beeilen, Walja.«

»Nein!« Waljas Stimme klang so fest, daß Schemjakin unwillkürlich den Kopf einzog. Niktin starrte sie verwirrt an. »Nein ... ich bleibe! Genug ist jetzt hier zu tun. Eine Ärztin flüchtet doch nicht vor einem Nasarow! Wie könnt ihr so etwas denken?«

Schemjakin antwortete darauf nicht, aber in seinen Augen konnte man es lesen: Stolz war er auf sein Töchterchen.

Eine Sensation war es, das muß man sagen, als Jugorow am Morgen auf Sojas Motorrad durch Lebedewka fuhr.

Nach dem Frühstück mit Räucherfisch, kaltem Braten, Eiern, Zwiebeln, Marmelade und würzigem, selbstgebackenem Brot hatte er sich bei dem alten Trofimow bedankt und erklärt, das sei das bisher üppigste Frühstück seines Lebens gewesen. Der Alte quittierte es mit einem wortlosen Brummen. Dann war Jugorow von Soja zum Stall der drei Ziegen geführt worden, und sie zeigte auf das an die Wand gelehnte Motorrad: »Nimm es dir. Fahr aber erst vor dem Haus ein paarmal hin und her, damit man sieht, ob du's auch kannst.«

Jugorow lachte, stieg auf den Sattel, ließ den Motor an, gab Gas und flitzte von dem Stall weg auf den Vorplatz des Schwarzen Hauses. Hin und her fuhr er, nahm geradezu artistisch die Kurven, fuhr freihändig, lehnte sich weit zurück, hob das Vorderrad vom Boden und raste nur auf dem Hinterrad an Soja vorbei, und als sie aufschrie und die Hände zusammenschlug, winkte er ihr zu und lachte wie ein übermütiger Junge. Aus voller Fahrt bremste er dann vor ihr, ließ sich nach vorn schleudern, drehte einen Salto in der Luft und kam unversehrt auf den Beinen zu stehen, während sie das Motorrad festhielt.

»So ist's bei mir immer, wenn ich morgens schon gut esse!« rief Jugorow und bemerkte, daß der alte Trofimow am Fenster stand und alles gesehen hatte. Soja dagegen zitterte und hielt sich am Motorrad fest. »Ein gutes Rad ist es.«

»Du bekommst es nicht«, sagte sie mit einem wie zugeschnürten Hals. »Nein! Nie!«

»Aber warum nicht? Versprochen hast du's!«

»Sollst du dich totfahren? Nein! Ich will daran nicht schuld sein.«

Es dauerte lange Minuten, bis Jugorow glaubhaft gemacht

hatte, daß er auch vernünftig fahren könne. Er versprach Soja, auf sich aufzupassen. Den Ausschlag hatte Gamsat Wladimowitsch gegeben; er war aus dem Haus gekommen, hatte Soja das Motorrad entrissen und es Jugorow gegeben: »Fahr los, Kerlchen! Brich dir nur schön und schnell den Hals. Ich mag keine Unruhe in meinem Haus ...«

Nun also fuhr Jugorow durch Lebedewka. Die Weiber standen hinter den Zäunen oder am Straßenrand und gafften ihm nach. Ein Großmütterchen, das schlecht sehen, aber gut hören konnte, rief empört: »Was ist denn das?! He, soll man's für möglich halten? Jetzt hat sie Männerkleider an! Nein, welch ein Hürchen!« Der Krämer Bolotajew hingegen glaubte sofort die Situation zu durchschauen, warf die Arme hoch in die Luft und kreischte los: »Aufhalten! Freunde, aufhalten! Er hat Sojas Motorrad gestohlen! Haltet ihn fest ... Ein Dieb ... ein Dieb!«

Völlig ratlos war Masuk, der mit Rudenko und Goldanski vor seiner Schmiede stand und bis jetzt noch zu keinem Ergebnis gekommen war bei der Überlegung, wie man die zehn Geiseln aus dem Militärlager herausholen könnte. Rudenkos Vorschlag, mit selbstgebastelten Spezialbomben und Werfergranaten gegen die Soldaten vorzugehen, war zu risikoreich; man konnte damit auch die treffen, die man befreien wollte. Lautlos mußte alles sein, doch wie sollte man dies realisieren?

»Was bedeutet denn das?!« meinte Rudenko, als Jugorow an ihnen vorbeiratterte. »Ist das nicht Sojas Motorrad?«

»Unmöglich!« Masuk reckte den Kopf vor. »Wieso denn? Ein Mann sitzt drauf, also ist's nicht Sojas Rad.«

»Nur weil ein unbekannter Mann draufsitzt?« fragte Goldanski spöttisch. »So sicher wäre ich da nicht, Lew Andrejewitsch.«

»Ich kenne das Rad. Sojas ist es nicht!« schrie Masuk.

Er stieß Rudenko und Goldanski zur Seite, blickte Jugorow nach und stampfte dann die Straße hinunter, dem Motorrad nach. Er sah es vor Korolews Haus an der Wand stehen, ging nahe heran, musterte es mit zusammengekniffenen Augen, bückte sich, betrachtete am Tank eine Beule und wußte nun genau, daß es doch Sojas Gefährt war. Etwas Schweres legte sich auf sein Herz, denn wer logisch dachte, mußte zu dem Ergebnis kommen, daß Soja ihr geliebtes Rad nur jemandem anvertraute, den sie genau kannte. Der Kerl aber, der im Sattel gesessen hatte, war ein Unbekannter ... und wenn man weiter dachte: Er mußte im Schwarzen Haus wohnen, unbemerkt von allen in Lebedewka. Der Teufel hole das jagende Herzklopfen!

Masuk schnaufte leise, spreizte die Finger, ballte sie dann zur Faust, drückte die Tür von Korolews Haus auf und trat ein.

Grigori Valentinowitsch saß am Tisch und drehte sich gerade eine Zigarette. Der Fremde stand, mit dem Rücken an den gemauerten Ofen gelehnt, vor ihm und schwieg sofort, als Masuk eintrat. Was er vorher gesagt hatte, verstand Masuk nicht; ein Gemurmel war es gewesen.

»Ah, Lew Andrejewitsch, welch ein guter Zufall! Nach dir schicken wollte ich schon.« Korolew zeigte auf den Unbekannten. »Ich stelle dir Igor Michailowitsch Jugorow vor. Der Himmel schickt ihn uns zur richtigen Zeit.« Und zu Igorow sagte er: »Das ist Masuk, der Schmied.«

Jugorow sah Masuk forschend an, ehe er antwortete: »Das also ist Masuk.« Der Unterton in seiner Stimme war nicht zu überhören, auch Masuk nahm ihn wahr.

»Ist das nicht das Motorrad von Soja Gamsatowna?« fragte er.

»Gut gesehen. So ist es.«

»Wo haben Sie es her?«

»Welche Frage! Geliehen.«

»Freiwillig?« fragte Masuk mit plötzlich sehr rauher Stimme.

»Glaubt man, ich hätte Soja vorher erschlagen? Ein Gast bin ich bei den Trofimows.«

»Im Schwarzen Haus?«

»Heißt es so? Wie soll ich das wissen. Jedenfalls habe ich dort ein Bett.« Jugorow stieß sich von dem Ofen ab. »Ein gutes Bett. Sojas Bett. Ist das Verhör beendet?«

Masuk stampfte zur Bank und setzte sich. Bei jedem Schritt schlug ein Hammer gegen sein Herz und zertrümmerte es. Ein Bett ... ihr Bett ... er sagt es auch noch so daher, als sei's das Selbstverständlichste der Welt ... Ein Mensch taucht plötzlich auf und schläft in Sojas Bett ... Allein oder mit ihr?! Unter Trofimows Augen? Wer sagt's denn, ein Gauner war der alte Trofimow schon immer, jetzt kommt noch der Kuppler dazu. Hält die Hand auf, die Rubelchen klingeln zwischen den Fingern, und ein Hergelaufener schläft in Sojas Bett ... Kann man das ertragen, Lew Andrejewitsch? Nein, man kann es nicht ... man erstickt daran!

Masuks Kopf sank auf die Brust, er starrte auf die Dielen, um Jugorow nicht ansehen zu müssen und in den Zwang zu geraten, ihm an die Gurgel zu springen und ihn zu würgen. Und wenn ein Schmied würgt, zerbricht jedes Genick.

»Was ... was will er hier?« fragte Masuk tonlos.

»Der Genosse Jugorow kommt von weither, um uns zu helfen.«

»Helfen? Wo? Bei der Feldarbeit?« Masuk hob nun doch den Kopf. Ein schöner Kerl, durchfuhr es ihn. Blond das Haar, jung noch – na, sagen wir, dreißig ist er doch! –, ein kräftiger Mensch; so einer, bei dem die Weiber den Blick senken und die Wünsche nach innen rufen. Ein Mensch, den man hassen muß; nicht wegschieben kann man das, wenn er Soja gefällt. Und er gefällt ihr, hätte er sonst ihr Motorrad? Was treiben sie da miteinander, unbemerkt von allen? Gott im Himmel, ich werde ihn erschlagen müssen. Ihn, nicht Soja, wie ich Väterchen Schagin gebeichtet habe ... »Wer braucht Sie hier?« sagte er laut. »Niemand braucht Sie! Wer im Schwarzen Haus wohnt, wird nie gebraucht.«

»Ein Irrtum scheint hier vorzuliegen, Genosse Masuk.« Jugorow winkte ab, als Korolew ihm eine der selbstgedrehten Zigaretten hinreichte. »Unterrichtet bin ich, daß viel Brauchbares im Schwarzen Haus vorhanden ist ...«

Jetzt, schrie es in Masuk, jetzt, mein Gott. Laß mich aufspringen und ihm den Schädel zertrümmern. Soja meint er damit. Er weiß, daß sie ein Kind bekommt. Ein Kind von mir. So vertraut sind sie also miteinander. Wen wundert's, wenn er in ihrem Bett schläft? Mit ihr zusammen? Herz, schlage weiter, bleib nicht stehen ...

Masuk flimmerte es vor den Augen, aber er blieb sitzen wie festgewachsen. Auch Korolews Stimme linderte nicht seinen Schmerz, als er sagte:

»Igor Michailowitsch war gerade dabei, mir einiges zu erklären, da kamst du herein, Masuk. Helfen will er uns gegen die Zerstörer unseres Landes.«

»Was haben wir damit zu tun, Grigori Valentinowitsch?« Argwöhnisch schielte Masuk zu Igorow hin. »Was heißt hier Zerstörer? Einen riesigen Kanal wollen sie bauen, Wasser für die Wüsten im Süden, für den Aralsee, für neue künstliche Seen. Eine gute Sache ist das.«

»So gut, daß der Probedamm gesprengt wurde«, sagte Jugorow scheinbar leichthin.

»Diese Unbekannten sind unser Problem«, knurrte Masuk. »Was man Ihnen auch zugeflüstert haben mag ... Lügen sind es. Alles Lügen! Wir alle bedauern den Vorfall, aber niemand glaubt es uns.«

»Ich sehe, es ist nötig, Genaueres zu erklären.« Jugorow lehnte sich wieder gegen den Ofen, von Masuks Haßblicken verfolgt. »Gehört habt ihr, daß im Süden und dann immer weiter nordwärts – überall dort, wo man den Bau des Sib-Aral-Kanals vorbereitet und schon Bau- und Forschungsstationen einrichtet – Attentate stattgefunden haben.«

»Nichts haben wir gehört«, unterbrach ihn Korolew. »Woher sollten wir es hören? So etwas verbreitet man nicht im Rundfunk.«

»Habt ihr keine eigenen Informationswege?«

»Nur wenige. Ab und zu erfährt man etwas.«

»Ein großer Fehler von Filaret ... Ihr seht mich erstaunt, Genossen.«

»Was haben Sie mit Filaret? Woher kennen Sie ihn?« fragte Masuk drohend.

»Ich weiß: Er leitet die Aktionen der nördlichen Patrioten. Genügt das?«

»Nein! Das weiß auch das KGB.« Masuk kniff wieder die Augen zusammen. »Weht daher der Wind? Jugorow, verstekken Sie sich nicht mehr. Sie sind ein Spitzel! Spürte ich es doch vom ersten Blick an! Vergeblich fragen Sie herum: In Lebedewka weiß keiner etwas über die Sprengung. Es krachte über das Land; das ist alles, was wir hörten.«

Auch Korolew war jetzt vorsichtig geworden. Er musterte Jugorow mit ganz anderen Augen. »Geben Sie sich zu erkennen, Igor Michailowitsch«, sagte er streng. »Seit gestern sind wir getretene, geschlagene, entrechtete Menschen. Zehn Geiseln hat man genommen, Blut ist geflossen. Und wenn man Ihnen gesagt hat, Beljakow habe den Soldaten erschossen, dann sage ich Ihnen: Er wurde dazu von Major Nasarow gezwungen. Daneben stand ich, ja, daneben ... er hätte auch mich zwingen können.«

»Alles bekannt, Grigori Valentinowitsch. Trauen Sie mir zu, ein Spitzel des KGB zu sein?«

»Man sieht einem Menschen nur *vor* das Gesicht.«

»Bedauerlich ist es, daß Filaret euch so wenig berichtet. Ich kenne ihn nicht, und er kennt mich nicht – trotzdem wissen wir voneinander genau Bescheid. Zu euch gehöre ich, Brüder sind wir im Kampf gegen den Kanal.«

»Beweise?« fragte Masuk dunkel.

»Ihr habt Verbindung zu Filaret?«

»Nein!« antwortete Korolew sofort.

»Wenn ihr funkt, meldet er sich stets unter dem Namen Wolf ...«

Sie schwiegen, alle drei, sahen sich nur an und tasteten sich mit Blicken ab. Endlich sagte Korolew und bewunderte selbst seinen Mut: »Geben Sie sich zu erkennen, Jugorow.«

»Fragen Sie Wolf, wer der ›Spezialist‹ ist.«

»Spezialist – wofür?« fragte Masuk gehässig. »Für Motorräder und Betten?«

»Auch das. Vielseitig muß man sein, Genosse Masuk. Deine

Erfindung der Koffer- und Pappkartonbomben ist hervorragend, aber gemein.« Er sagte jetzt du, es sprach sich leichter so. Eine Bruderschaft war man wirklich, auch wenn es die anderen noch nicht glauben mochten. »Der Kanal soll zerstört werden, nicht jedoch die Menschen!«

»Nichts habe ich erfunden!« schrie Masuk und fuhr von seinem Sitz hoch. »Nichts, sage ich. Wer behauptet das? Wer wirft hier mit Lügen um sich wie mit Steinen?«

»Warum mißtrauen wir uns so, Brüder?!«

»Zehn Geiseln sind genug!« schrie Masuk erneut.

»Wir holen sie heraus, Lew Andrejewitsch.«

»Ja, mit den Füßen zuerst. So kommen sie zurück! Was willst du gegen Nasarow ausrichten, Großmaul du!«

»Warten wir es ab.«

»Warten heißt Zeit, doch wir haben keine Zeit zu verschenken. Foltern wird man sie, zuerst Svetlana Victorowna, meine Frau. Was man ihr vorredet, wird sie gestehen, nur um der Qual zu entkommen. Und dann wird man das Dorf niederbrennen. Warten, sagt er, der ahnungslose Hammel! Und das Schäfchen sagt: Oh, sie streicheln mich ... und schon ist's geschlachtet!«

»Schwer ist's, zu überzeugen, wenn überall das Mißtrauen blüht.« Jugorow stieß sich wieder vom Ofen ab und ging vor Masuk und Korolew im Zimmer hin und her. »Genau wie ihr wäre ich, wenn plötzlich jemand käme und sagte: Ich helfe euch ... Es gibt nur einen Weg zur Wahrheit: Erkundigt euch nach mir. Ruft Filaret an. Fragt ihn: Wer ist Adler, der Spezialist? Nach seiner Antwort werden wir besser miteinander reden können. Überlegt es euch!«

Er ging zur Tür, aber bevor er den Raum verließ, hielt ihn Masuks laute Stimme fest: »Wohin jetzt? Zum KGB-Telefon?«

»Ins Baulager von Nowo Gorodjina.«

»Das ist der gleiche Weg.« Korolew starrte in Jugorows offenes Gesicht. Keine Tücke sah er darin, keine Hinterlist ... nur klare, blaue, gute Augen.

»Ich will mich umsehen«, fuhr Jugorow fort, »und fragen, ob sie dort einen Traktorfahrer gebrauchen können.«

»Ah! Sieh!« brüllte Masuk und ballte die Fäuste. »Am Bau will der große Helfer helfen! So ist das! Hinaus, Lumpenhund, ehe dich mein Tritt trifft!«

»Erklär dem Esel, Grigori Valentinowitsch, daß man am wirksamsten verhindert, wenn man am Hebel steht. Die Primitiven nur verstecken sich hinter einer Bombe ... Mach ihm das klar, Korolew.«

Jugorow verließ das Zimmer und das Haus, und als Masuk ihm nachsetzen wollte, hielt Korolew ihn am Hemd zurück.

»Sei kein Stier, Lew«, sagte er. »Was bringt es uns?«

»Hat er mich einen Esel genannt?« brüllte Masuk und wurde dunkelrot im Gesicht. »Hat er nicht primitiv gesagt? Zu mir! Wie einen Pfahl ramme ich ihn in den Boden, bis zu den Hüften. Laß mich los, Korolew! Laß mich los!«

»Du kannst es, sollte Filaret ihn nicht kennen. Umarmen werde ich dich dann, wenn du ihn wegschaffst. Jetzt beruhige dich, Lew Andrejewitsch! Zu Schagin gehen wir und fragen ihn um Rat.«

Sie verließen ebenfalls das Haus, aber während Korolew der Kirche zustrebte, schwenkte Masuk ab in Richtung auf die Wälder und Sümpfe. Korolew hielt ihn nicht mehr auf. Niemand in Lebedewka hielt einen auf, der Soja an den Kragen wollte.

Auf der Fahrt nach Nowo Gorodjina begegneten sich Jugorow und Walja Borisowna. In einem Jeep der Baubrigade saß sie und steuerte ihn selbst. Ein bunt bedrucktes Tuch hatte sie um ihren Kopf gebunden, eine dunkle Sonnenbrille schützte die Augen, eine Bluse mit rot-weißen Streifen trug sie und eine lange, moderne, gelbfarbige Hose. Schön sah sie aus; respektlos würde man sagen: appetitanregend.

In der hinter ihr liegenden Nacht hatte sie kaum Schlaf gefunden. Alle im Haus, einschließlich des ununterbrochen die ganze Welt anklagenden Niktin, hatten auf das Kommando von Nasarow gewartet, das sie verhaften und wegbringen sollte. Aber es kamen keine Soldaten, und als es vier Uhr morgens war, legte man sich endlich hin und schlief erschöpft die drei Stunden, bis um sieben Uhr die Wecker klingelten. Arbeitsbeginn. Ein neuer Tag. Was brachte er an weiteren Überraschungen?

Es war nicht nötig, daß Jugorow das Motorrad bremste und die Beine in die Erde stemmte, als ihm der Jeep entgegenkam. Auch, daß Walja ihren Wagen anhielt, hatte keinen Grund. Trotzdem taten sie es, standen nun auf der Straße und sahen sich an.

»Ein rätselhaftes Land«, sagte Jugorow, strich sich die blonden Haare aus dem Gesicht und betrachtete wohlwollend sein Gegenüber. »Faulige Sümpfe, feindliche Wälder, mißtrauische Menschen ..., und plötzlich findet man eine Rose. Was halten Sie davon, Genossin?«

»Blöd. Es klingt ausgesprochen blöd.«

»Wie dankbar bin ich Ihnen. Endlich weiß ich, was ich bin. Niemand vorher hat es mir gesagt.«

»Nie zu spät ist es, sein wahres Ich in einem Spiegel zu finden.« Walja schob die Sonnenbrille auf die Stirn. Ihre Augen beherrschen das ganze Gesicht, dachte Jugorow. O Himmel, welche Augen ... wo hat man jemals solche Augen gesehen. »Sie fahren nach Nowo Gorodjina?«

»Erraten! Wenn ich nach Turgai wollte, hätte ich mich total verfahren.«

Walja überhörte den dummen Witz und rückte die Sonnenbrille wieder auf die Nase.

»Schade«, sagte Jugorow.

»Was ist schade?«

»Daß Sie wieder Ihre Augen verdecken mit der schrecklichen Brille. Ihre Augen verzaubern diese triste Welt – warum sie hinter schwarzen Gläsern verbergen?«

»Die Gläser sind grün ...«

»Noch ärger.«

»Was wollen Sie in Nowo Gorodjina?«

»Ein merkwürdiges Land ist das. Überall, wo man mich sieht, will man wissen, was ich hier tue. Wenn ich nun sage: Nichts, die Welt will ich mir nur ansehen – dann wird's nicht geglaubt.«

»Keiner, auch Sie nicht, kann so dumm sein, aus purem Vergnügen durch die Sümpfe zu wandern. Wer kann das glauben?«

»Sagen wir also die Wahrheit.« Jugorow stützte sich auf den Lenker des Motorrades. »Zur Baubrigade will ich. Ins Lager. Den obersten Natschalnik sprechen.«

»Den Ingenieur Schemjakin?«

»Genau der ist es.«

»Meinen Vater ...«

»Oh, wie ist das Glück heute auf meiner Seite. Sie sind das kluge Töchterchen von Boris Igorowitsch? Die Ärztin?«

»Woher kennen Sie mich, Genosse?«

»Igor Michailowitsch Jugorow. Der beste Traktorfahrer zwischen Leningrad und Odessa. Wo auch immer ich gearbeitet habe, jedesmal hieß es: Aus dem Weg! Jugorow kommt! An allen meinen Traktoren war eine Trompetenhupe ... hui, war die Straße frei, wenn man mich von weitem hörte ...«

»Und solchen Blödsinn wollen Sie meinen Vater erzählen? Fahren Sie weiter, Igor Michailowitsch, nach Tobolsk. Zur Uliza Kaikansska 15.«

»Zur Zentrale?«

»Nein ... zur Nervenheilanstalt ...«

»Doch kein glücklicher Morgen«, sagte Jugorow und verzog sein Gesicht zu einer weinerlichen Grimasse. »Sehr hart sind Sie mit mir, Genossin Ärztin. Das wundert mich; sonst waren immer alle jungen Damen freundlich zu mir. Muß an der Luft liegen, im Moor wird man muffig ...«

Er grüßte, schwang sich wieder auf den Sattel, trat den Motor an und knatterte davon. Mit einem langen Blick sah ihm Walja Borisowna nach, nahm dann ihre Brille ab, betrachtete die grüngefärbten Sonnengläser, schürzte die Lippen und steckte sie sich mit einem Ruck wieder auf die Nase.

»Idiot!« sagte sie laut. »Mein Vater wird dich aus dem Haus werfen, schon nach fünf Worten. Idiot ...«

Das erste Haus an der Dorfstraße von Lebedewka war der Besitz von Kabanow, dem Schreiner. In einem Anbau befand sich die Werkstatt. Dort kreischte eine Säge und fraß sich durch einen dicken Balken, als Walja ihren Jeep zum Stehen brachte. Marfa Jakowna hatte es genau beschrieben: rot-grüngestreifte Läden hatte das Haus. Am Giebel grinste der Skelettschädel eines Elches; ein Prachtexemplar mußte dieses Tier gewesen sein, nur verband sich mit ihm ein Rätsel: Nachdem Kabanow den riesigen Burschen geschossen hatte, verschwanden fast über Nacht die anderen Elche und kamen nie wieder. Das war vor sieben Jahren gewesen; so etwas hatte man noch nicht erlebt oder gehört. Einer der Uralten in Lebedewka, die voll von Sagen und mystischen Sprüchen steckten, erzählte daraufhin, Kabanow habe einen der Taigageister erschossen, die Wiedergeburt eines der wilden Jäger, und nun sei das Dorf bestraft worden. Nie mehr würde es bei Lebedewka Elche geben. Aus! Vorbei! Kabanow allerdings kümmerte das wenig; er hängte den Geisterschädel an sein Haus, nannte den Alten eine trockene Warze und schien sogar noch stolz darauf, einen Taigageist erledigt zu haben.

Kabanow stand an der Kreissäge und schob den dicken Balken vorwärts in die kreischenden Sägezähne. Er hörte nicht, wie Walja in die Werkstatt kam, und zuckte erschrocken zusammen, als sich von hinten eine Hand auf seine Schulter legte.

Jetzt holen sie mich, durchfuhr es ihn. Lassen mich zuschauen, wie sie Marfa quälen. O diese Teufel, diese verfluchten Teufel!

Ohne sich umzudrehen, stellte er die Maschine ab. Die plötzliche Ruhe war erdrückend, und in diese Ruhe hinein sagte er mit schwerer Stimme:

»Was wollt ihr von mir?«

»Einen Gruß bestellen von Marfa Jakowna ...«

Kabanow fuhr beim Klang der weiblichen Stimme wie wild

herum, sofort erkannte er Walja und ließ nun seinerseits seine breiten Hände auf ihre Schultern fallen. Eine Sekunde lang verzog sie schmerzvoll das Gesicht; es war ihr, als seien zwei kleine Baumstämme auf ihre Schultern gestürzt. Doch sofort war diese Schwäche vorbei, und sie stemmte sich gegen Kabanows Hände.

»Sie haben Marfa genannt?« sagte Kabanow mit stoßweisem Atem. »Was ist mit Marfa? Was hat man ihr getan? Warum kommen Sie ... ausgerechnet Sie ...?«

»Gut geht es ihr, Leonid Sidorowitsch. Was man so gut nennt in ihrer Lage.« Sie schüttelte die Hände ab und trat einen Schritt zurück. »Von ihr grüßen soll ich dich. Gestern abend habe ich sie untersucht.«

»Gott im Himmel, ist sie krank, hat man sie verletzt?!« rief Kabanow mit rauher Stimme. Er wischte sich mit dem Unterarm über sein schwitzendes Gesicht und zog dann das über der Brust weit offene Hemd zusammen. Vor einer Ärztin kann man nicht herumlaufen wie ein streunender Hund. »Grüßen läßt sie mich ... durch Sie, Genossin?«

»Ich bringe Grüße für alle mit: für Masuk, für die Beljakows, für Opalin und Safronow, Kaschlew und Dubrowin.«

»Und ... und warum Sie?«

»Wer sollte es sonst tun? Meine Hilfe habt ihr abgelehnt also gut, nun komme ich als Bote wieder. Dickschädel seid ihr alle, gedrechselte Holzköpfe! Starrt nur nach vorn und seht nicht, was um euch herum passiert.« Sie winkte herrisch ab, als Kabanow etwas sagen wollte und holte ein kleines Kuvert aus ihrer Hosentasche. »Das soll ich dir geben.«

Kabanow nahm das Kuvert mit spitzen Fingern an sich und hielt es in die Luft.

»Was ist das?«

»Eine kleine Locke von Marfas Haar. Du sollst sie auch den Kindern zeigen.«

Sie drehte sich um und verließ schnell die Werkstatt.

Kabanow lehnte sich gegen die Säge, öffnete mit zitternden Fingern das Kuvert und zog vorsichtig die kleine Haarlocke heraus. Plötzlich lief ein Zucken durch seinen Körper, zu weinen begann er, ganz jämmerlich zu weinen, die Locke drückte er an seine Lippen, stammelte: »Marfa, Marfa, Marfaschka ...«, lief dann ins Haus, kniete vor den zwei in der Stube spielenden Kinder nieder, hielt auch ihnen die Locke an den Mund, weinte und weinte und schluchzte: »Von Mamuschka ist sie, Kinderchen. Von Mamuschka! Fühlt ihr es, so weich wie Seide ... riecht ihr es ... wie die Erde nach einem Sommerregen ... Betet, betet; Gott im Himmel, laß Mamuschka zurückkommen ... laß sie leben ...«

Er faltete die Hände der Kleinen, ließ sie so auf dem Boden sitzen, taumelte in das Schlafzimmer, beugte sich über die selbstgeschnitzte Wiege und legte dem schlafenden Säugling Marfas Locke auf die winzige Stirn.

»Sie grüßt uns, mein Liebling«, weinte Kabanow und kniete vor der Wiege nieder. »Tapfer ist sie, so tapfer!«

Und dann drückte er die Stirn gegen die Schnitzerei, schloß die Augen und sprach lautlos mit Gott ...

Bei den Beljakows wurde Walja zunächst nicht geöffnet. Zwar sah sie, wie Andrej Nikolajewitschs Mutter hinter der gehäkelten Gardine stand und sie beobachtete, und bemerkte im zweiten Fenster den Großvater, den Veteranen des Großen Vaterländischen Krieges, der immer und überall seine Orden trug, so daß man munkelte, er stecke sie auch an sein Nachthemd – aber trotz Klopfen und Rufen wurde ihr nicht geöffnet.

Erst als sie laut rief: »Ich komme von Andrej!«, knirschte es im Schloß, und ein Riegel ratschte zur Seite. Der Kopf der Beljakowa erschien in einem Türspalt.

»Gehen Sie!« sagte Beljakows Mutter. »Gehen Sie! Wir tragen Leid genug.«

»Ich habe Ihren Sohn behandelt!« rief Walja verzweifelt, als die Tür wieder zuklappte. »Grüße bringe ich von ihm ...«

Wieder ging die Tür auf. Diesmal stand der Großvater mit allen Orden an der Jacke am Spalt und brüllte, als stünde er vor einer Formation: »Wer glaubt's?! Erst wenn Andrej vor mir steht, glaube ich wieder an schöne Worte!«

»Gestern abend war ich im Truppenlager und habe Andrej den Kopf genäht und verbunden. Warum soll das eine Lüge sein?!«

Großvater Beljakow stieß die Tür weit auf, im Flur sah man im Rollstuhl die Großmutter und hinter ihr die Beljakowa. Andrejs Vater war im Wald. Alle Augen starrten Walja an, neugierig und feindlich zugleich.

»Treten Sie ein, Genossin Ärztin«, sagte Großvater Beljakow. »Als Ärztin, nicht als Schemjakins Tochter. Halten wir das gleich fest. Keine falschen Schlüsse soll man ziehen.« Er verriegelte hinter ihr wieder die Tür, als wolle er einen Fluchtweg abschneiden. »Was ist mit Andrej?«

»Warum haßt ihr mich alle so?« Walja Borisowna blickte in jedes Gesicht und empfing nur Mißtrauen. »Weil Schemjakin mein Vater ist? Kann man sich Väter aussuchen? Zudem kennt keiner von euch den wirklichen Schemjakin.«

»Was ist mit Andrej?« fragte der Großvater wieder. Seine Stimme wurde lauter. »Kann er überhaupt noch sprechen? Sieht er noch aus wie ein Mensch? Kann man ihn noch erkennen?«

Die Beljakowa, die Mutter, begann laut zu schluchzen und drehte sich um, die Schürze gegen den Mund drückend. Die Großmutter, im Rollstuhl, ballte die Fäuste. Eine unerschrokkene Familie war's, das muß man sagen.

»Einen großen Riß hatte Andrej Nikolajewitsch auf dem Kopf«, berichtete Walja. »Ein Auge ist zugequollen, aber es ist nicht beschädigt; er wird damit wieder sehen können. Die Wunde habe ich genäht und verbunden. Tabletten gegen die Schmerzen habe ich ihm gegeben. Er ist kein Soldatenmörder, das weiß ich jetzt. Nasarow ist ein Teufel!«

»Vorsichtig, vorsichtig«, meinte der Großvater darauf. Er wedelte mit seinem Stock und grunzte dabei ein paarmal. »Kennt ihr das Märchen vom bösen Geist, der den Menschen Sand in die Augen streute, damit sie die wirkliche Welt nicht mehr sehen? Laßt uns nicht blind werden durch Worte.« Er streckte den Stock Walja entgegen, als wolle er mit ihr fechten. Bis zur Tür wich sie zurück, aber der Alte folgte ihr mit schleifenden krummen Beinen. »Was hat Andrej gesagt?« fragte er. »Grüße soll er bestellt haben? So einfach nur Grüße? Keine Botschaft an seine Lieben?«

»Er konnte nicht viel sagen ...«

»Ah! Ah! Jetzt kommt die Wahrheit heraus. Das Maul haben sie ihm zerschlagen, nicht wahr? Nicht nur das Auge und den Schädel, auch das Maul! Mein armes Enkelchen! Was verschweigen Sie uns alles, Genossin Ärztin?!«

Zum Jammern war's ... die Beljakows waren nicht zu überzeugen, daß Walja mit innerer Anteilnahme gekommen war, um ihnen Trost zu spenden. Sie schlossen die Tür auf, ließen Walja mit einem gemeinsamen Knurren gehen und schlugen hinter ihr die Tür so heftig zu, daß sie glaubte, einen Stoß in den Rücken bekommen zu haben.

Zum Jeep rannte sie zurück, warf sich auf den Sitz und startete, als sei der kleine Wagen eine Rakete. Hinter den Zäunen und in den Gärten standen die Frauen und Kinder und blickten ihr feindselig nach. Sie fuhr bis zu Masuks Haus, aber dort war niemand außer dem Gesellen, der grinsend sagte, Lew Andrejewitsch sei zu Korolew, dem Dorfältesten, gegangen, weil er eine Art Vision gehabt habe. Mehr kam aus ihm nicht heraus, und Walja Borisowna fuhr zu Korolew.

Grigori Valentinowitsch saß noch immer am Tisch und rauchte unentwegt seine selbstgedrehten Zigaretten. Es roch nach verbranntem Heu im Raum; der Rauch war grünlich, Korolew zog sich das Kraut selbst im Garten und fermentierte es in einem Sud, dessen geheime Zusammensetzung nur er allein kannte. Kritisch wurde es immer, wenn er seine höllischen Zigaretten Bekannten anbot. Nicht beleidigen wollte man ihn, rauchte höflich drei Züge und spürte sie sofort im Darm. Den Rest der Zigarette ließ man verglimmen, mehr Höflichkeiten hätten Katastrophen ausgelöst. Korolew indessen schmeckte das Giftzeug; er mußte Lungen und Magen aus Blech haben.

Eine gute Stunde war nun Jugorow aus dem Haus, und noch immer grübelte Korolew darüber nach, welch merkwürdiger Mensch dieser Kerl sein mochte, der sich »Spezialist« nannte. Versucht hatte er auch, mit »Wolf« eine Funkverbindung aufzunehmen, aber im Quartier von Filaret meldete sich niemand. So blieb die bedrückende Ungewißheit zurück: Ist Jugorow wirklich ein Freund, oder gehört er zu jener schleimigen Sorte der KGB-Spitzel, die sich einschmeicheln und dann die angeblich besten Freunde verraten? Jugorow sah zwar nicht danach aus, aber sehen die Mörder immer wie Mörder aus? War nicht auch Nasarow ein stattlicher Mann und dennoch ein Schweinehund, ein Verdammter, ein Teufel, ein Oberteufel?!

Korolew, dessen Tür immer offenstand, damit jedermann zu jeder Zeit zu ihm kommen und um Rat und Hilfe nachsuchen konnte, blickte auf, als er Schritte hörte. Auch bei ihm löste das Erscheinen von Walja Borisowna eine Art steifer Abwehr aus. Er erhob sich zwar von seiner Eckbank und legte die Zigarette aus der Hand, aber mehr tat er nicht. Nicht einmal ein Grußwort richtete er an sie.

»Ich sehe, auch Sie mögen mich nicht«, sagte sie sofort.

»Seit gestern abend noch weniger.« Korolew entgegnete es mit belegter Stimme.

»Deshalb bin ich hier. Grüße der Gefangenen überbringe ich.«

»Grüße? Sie? Wer glaubt das?«

»Das sagen alle. Mit genau den gleichen Worten. Ich habe auf eigene Verantwortung und Gefahr alle Gefangenen untersucht und konnte bei dieser Gelegenheit mit ihnen sprechen. Für jeden Verwandten habe ich eine Nachricht, aber schon die Beljakows wollten mich nicht anhören. Was soll ich tun, damit man mir glaubt?«

»Setzen wir uns erst, Genossin Ärztin«, antwortete Korolew, milder und verträglicher gestimmt. »Ein Glas Limonade gefällig? Selbstgemachter Saft aus neun verschiedenen Beeren. Oder ein saures Gürkchen, das erfrischt? Kommen Sie, nehmen Sie Platz ... *ich* will Sie anhören. Meine Pflicht ist's als Vorstand von Lebedewka.«

Eine Stunde blieb Walja Borisowna bei Korolew und berichtete ihm aus dem Militärlager. Anschließend fuhren sie gemeinsam in Waljas Jeep zur Kirche und holten den Popen Schagin aus dem Garten, wo er gerade seine Dahlien begoß. Staunende Blicke verfolgten sie auf dem Weg zum Gotteshaus, und wie ein Wind verbreitete sich die Nachricht im Dorf: Grigori Valentinowitsch fährt mit der Genossin Ärztin herum ... jawohl, die Tochter Schemjakins, sie ist's ... in einem Jeep der Baubrigade, und Korolew sitzt neben ihr, ohne sich zu schämen. Was soll das? Was ist los mit ihm? Verstopft sich sein Gehirn? Was wollen sie bei Schagin? Oho, wie ein Aufruhr lief's durchs Dorf, man rottete sich zusammen, die Nachbarn trafen sich vor den Häusern, die größeren Kinder wurden losgeschickt, die Väter aus den Wäldern, vom Fluß und aus dem Moor zurückzuholen.

Wiederum fast eine Stunde blieb Walja Borisowna bei Schagin, dem Popen. Und dann geschah so etwas wie ein unverständliches Wunder: Auch Schagin setzte sich in den Jeep, neben Korolew, und alle drei fuhren zum Haus der Beljakows, stiegen dort aus und betraten den Vorgarten. Die Tür sprang auf, Großväterchen erschien, ein uraltes Gewehr im Arm, und richtete es auf Walja.

»Leg dich ins Bett, Benjamin Pjotrowitsch, du Eisentopf, du verrosteter!« schrie Schagin ganz unchristlich den Alten an und stürmte der Tür zu. »Hat seinen Kopf nur noch fürs Mützentragen! Begreift nicht mehr, was er hört und sieht. Geh in die Ofenecke und trockne weiter aus!«

Der Alte stieß einen gotteslästerlichen Fluch aus, den Schagin sofort mit dem Schlagen des Kreuzes entwertete, warf das Gewehr in weitem Bogen ins Haus hinein und gab die Tür zwar frei, aber nicht ohne vorher auf die Schwelle zu spucken. Nur knapp verfehlte der Speichel die Fußspitze des Popen.

»Am Sonntag wirst du nach dem Gottesdienst allein vor der Ikonostase drei Psalmen singen!« zischte Schagin dem wutzitternden Großväterchen ins Gesicht. »Tust du's nicht, werde ich bei deinem Begräbnis kein Weihwasser über deinen Sarg sprengen, sondern ihn bepinkeln.«

Man muß die Leute von Lebedewka kennen und lange unter ihnen leben, um zu verstehen, daß solche wüsten Reden, auch von einem Popen, gute Wirkungen zeugten. Großvater Beljakow senkte den Kopf, seufzte ergeben und antwortete:

»Aber bevor du pinkelst, Kyrill Vadimowitsch, versprich es mir: Trinke einen guten Wein ...«

Und jetzt erst, endlich, konnte Walja Borisowna die Grüße von Andrej Nikolajewitsch anbringen. Hinterher weinte die ganze Familie, und die Beljakowa küßte Walja die Hand.

Ganz plötzlich tauchte Masuk im hinteren Garten des Schwarzen Hauses auf. Dort riß Soja gerade die reifen Bohnen von den Stangen und warf sie in einen großen runden Spankorb. Wic ein Stier brach Masuk in die warme Stille ein, gab dem halbgefüllten Bohnenkorb einen Tritt und holte pfeifend Luft.

»War das dein Motorrad?« brüllte er.

Soja rückte ihr Kopftuch zurecht, blickte den verstreuten Bohnen nach und stemmte dann die Hände in die Hüften.

»Heb sie auf!« sagte sie laut. »Leg sie wieder in den Korb! Vergiß nicht eine einzige, sage ich dir.«

»Das Motorrad!« schrie Masuk außer sich. Sein Gesicht sah aus, als habe man es gleichzeitig von oben und unten zusammengedrückt. Ein häßlicher Mensch ist er eigentlich, dachte Soja. Vergleicht man ihn mit Jugorow – oje, was bleibt da übrig! Ein wüster Mensch ist er. Wie schön sind Jugorows Augen, seine Nase, sein Mund, sein nackter Körper. Wie ein Riesenaffe dagegen ist Masuk. Aber, man überlege das, wer kann schon verglichen werden mit Jugorow?! Ein Adler ist er, wirklich, es paßt zu ihm. Ein Adler, frei und furchtlos über der Erde schwebend ...

»Das Motorrad?« wiederholte sie Masuks Frage. »Verliehen ...«

»An einen Jugorow?«
»Ja.«
»Wo kommt er her?«
»Irgendwo aus der Weite.«
»In deinem Bett schläft er?«
»Ja.«
»Mit dir?«
»Lew Andrejewitsch, heb die Bohnen auf!«
»Wie lange hurt ihr schon miteinander?«
»So lange, wie du das denken kannst ...«

»Der Blitz erschlage dich! Ist das Kind etwa von ihm, und mir willst du's anhängen, was?« Masuk rang nach Atem, sein Herz platzte fast auseinander, so spürte er es innen. »Hurenhündin, ich erschlage dich!«

Aber dazu kam er nicht. Soja nahm eine Latte, die neben der Bohnenstange lehnte, hob sie hoch und schlug zu, Masuk mitten auf den Kopf. »Du Hund!« schrie sie. »Du lahmender, schielender Hund! Traust mir zu, mit anderen Männern zu schlafen?! Willst dich drücken vor deinem Kind?! Jugorow ist ein edler Mensch, du bist wie eine Giftraupe! Heb die Bohnen auf, sag' ich! Heb sie auf, du Schweinehund!« Und wieder hieb sie zu, und Masuk hob beide Arme über seinen Kopf und fing die Schläge mit den Unterarmen ab. Bei jedem Hieb schrie Soja: »Belogen hast du mich. Heiraten werd' ich dich, hast du gebettelt, die Hose auf den Schuhen. Vertrau mir, hast du geseufzt, im Gras neben mir ..., und ich habe dir geglaubt, ich Verrückte, ich Besudelte ... Beim Satan, heb die Bohnen auf. In den Korb ...«

Masuk wich zurück, bückte sich und begann, die Bohnen vom Boden aufzusammeln und in den Korb zu werfen. Mit wogenden Brüsten sah Soja ihm zu, wie er Bohne nach Bohne auflas, zeigte ab und zu mit der Holzlatte auf übersehene Bohnen und kostete den Triumph aus, den starken Masuk vor sich herumkriechen zu sehen. Seine Erniedrigung sog sie ein wie Honigduft, und als keine Bohne mehr auf der Erde lag und Masuk sich aufrichtete, gab sie nun selbst dem wiedergefüllten Korb einen mächtigen Tritt; die Bohnen spritzten in alle Richtungen, und dann lachte sie, bog sich vor Lachen und rannte schnell davon zum Haus.

Masuk sah ihr nach mit hängenden Schultern und geballten Fäusten.

»Teufelin ...«, stammelte er. Sein Atem röchelte hohl. »Satansbraut! Erlöst wird der, der dich umbringt! Und ich bringe dich um, dich und deinen schönen Jugorow! Unmenschlich ist es, dich weiterleben zu lassen.«

Er verließ den Garten, ging zum Dorf zurück und begegnete auf dem Feldweg Goldanski, der zum Fischen an den Fluß wollte.

»He, Lew Andrejewitsch, wo warst du?« rief Goldanski. »Überall sucht man dich! Nachricht ist da von Svetlana Victorowna, deinem geliebten Weibchen.« Goldanski lachte mekkernd, zwischen ihnen lag eine sichere Entfernung. »Die Genossin Ärztin brachte die Meldung mit. Bei Beljakow findest du sie. Gut geht es Svetlana ..., so schnell wirst du sie nicht los!«

Masuk ertrug auch diesen Spott. Er ging weiter, stampfte die Dorfstraße hinunter zu Beljakows Haus.

Svetlana Victorowna, dachte er. Eine gute Frau ist sie immer gewesen, arbeitsam und treu. Und eingetauscht habe ich sie gegen eine Teufelin, gegen einen lockenden Körper, gegen die Glut einer verrückten Leidenschaft. Den Verstand habe ich verloren; ein Mann an der Schwelle des Alters wird schnell zum Idioten in den Armen einer jungen Frau.

Er spuckte kräftig aus – ob vor sich selbst, ob vor Soja oder vor der grausamen Wahrheit, wer kann's beurteilen? –, gab der Vorgartentür von Beljakows Haus einen Tritt und betrat das Grundstück.

General Tjunin nahm das Versprechen, das er seinem Freund Kulpakow gegeben hatte, sehr ernst.

Mit einem Sonderflugzeug, das ihm als Chef der Sonderkommandos jederzeit zur Verfügung stand, ließ er sich nach Gorkij bringen. Die Funkmeldung, daß Tjunin auf dem Wege sei, löste in Gorkij einen Alarm aus, als habe ein neuer Krieg begonnen.

Etwas außerhalb von Gorkij, am Zusammenfluß von Oka und Wolga, befindet sich in einem unübersichtlichen Busch- und Waldgelände gegenüber der Einmündung des Kijasma in die Oka ein durch vier Sperriegel unüberwindbares gesichertes Gebiet, von dem nur eine Handvoll hoher Offiziere in der GRU Kenntnis haben. Ein kleiner Kasernenblock liegt dort im Wald, auch aus der Luft fast unsichtbar, sofern nicht ab und zu eine dünne Rauchwolke durch die Baumkronen in den Himmel züngelt. Sie kommt aus dem Küchenschornstein. Aber da sowieso niemand das Gebiet überfliegen darf – es sei denn, er rechnet damit, von versteckten Flakgeschützen mit selbststeuernden Granaten abgeschossen zu werden –, hatte man sich nicht bemüht, auch den Rauch unsichtbar werden zu lassen.

Eine kleine Truppe lebte hier, abkommandiert zu einem Lehrgang, der jeweils ein halbes Jahr dauert. Nur neunzig Mann sind es pro Kurs, abwechselnd Mannschaftsgrade und junge Offiziere, ausgesucht aus allen Truppenteilen der Roten Armee von der polnischen Grenze bis nach Sachalin im fernen Sibirien – die Besten der Besten, eine Elite Sowjetrußlands.

Das erste, was sie lernen, ist Schweigen. Noch nie hat ein Absolvent dieser Schulung über seine Ausbildung gesprochen. Auf der Einsatzliste der GRU werden sie als »Soldaten zur besonderen Verwendung« (abgekürzt SPEZNAS) geführt. Spezialisten also. Was nach der Schulung bei Gorkij aus ihnen wird, hat noch niemand erfahren.

Das zweite, was sie lernen, ist das lautlose Töten. Ist die Überwindung jeder inneren Moral, jeglicher Reue, allen Schuldgefühls; die Gewöhnung an die Vernichtung, an das bedenkenlose Töten von Menschen. Ein, wie gesagt, lautloses Töten, blitzartig, ein Töten ohne Schreck- oder Verzögerungssekunde unter Ausnutzung aller Möglichkeiten der Vernichtung von Leben.

Nicht nur theoretisch ist diese Schulung, man praktiziert das Töten auch. Nicht an Tieren, nicht an Modellen, nicht an künstlichen Figuren ... an Menschen üben sie, wie man Menschen tötet.

Tjunins Idee war es gewesen, als »Schulungsobjekte« für die Ausbildung seiner SPEZNAS zum Tode verurteilte Personen auszuwählen. Raubmörder, Großbetrüger, Sexualmörder – alle, über die ein Todesurteil gefällt worden war, kamen in die engere Wahl. Dafür hatte Tjunin einen langen Kampf mit den Zivilbehörden aufgenommen, die auf das sowjetische Strafrecht pochten und es als das beste der Welt bezeichneten, während die GRU mit Tjunin als leidenschaftlichem Sprecher es für Verschwendung von Volksvermögen hielt, noch lange Revisionsprozesse bei längst erwiesenen Verbrechen zu führen. Wer etwa ein Kind aus lauter Lust ermordet hat, der sei es nicht wert, human behandelt zu werden. Nur noch zu einem sei er nützlich: als »Ausbildungsobjekt« mitzuhelfen, die beste Kommandotruppe der Welt aufzustellen.

»In einem neuen Krieg«, so hatte Tjunin vorgetragen, »werden diese Sondertrupps zum Einsatz ins gegnerische Hinterland gebracht, wo sie Brücken, Straßen und Industrie zerstören und die wichtigsten Männer des Gegners, die Politiker und Wirtschaftsbosse, Wissenschaftler und andere Führungskräfte liquidieren. Dafür brauchen wir die besten Spezialisten mit der besten Ausbildung. Das kann man nicht lernen an einer leblosen Puppe!«

Tjunin hatte sich gegen teilweise harte Widerstände durchgesetzt. Seit zwei Jahren gab es das vierfach gesicherte Waldgebiet an der Oka, und von den wenigen, die davon wußten, waren es nur Tjunin und die fünf Offiziere der Kommandoschule, die nach Ende eines Lehrganges die Prüfung abnahmen, das zur Selbstverständlichkeit gewordene Töten. Dann saß Tjunin wie ein Jäger auf einem getarnten Hochsitz und beobachtete zufrieden, wie vor ihm die zum Tode Verurteilten, die man im GRU-Jargon trefflich KUKLI (Puppen) nannte, als »Feind« lautlos und schnell getötet wurden.*

Verständlich, daß bei der Meldung, Tjunin sei schon in der Luft Richtung Gorkij, die Alarmsirene über das Ausbildungsgelände heulte und alle Lehrgruppen zurückrief in den Kasernenbereich.

Oberst Tobombajew, klein, etwas gelbgesichtig – seine Herkunft aus dem Volk der Kirgisen ging deutlich aus dem leicht schlitzäugigen Gesicht hervor –, ein freundlicher Mensch, witzig im Gespräch, klug in den Argumentationen und unerbittlich in dem Auftrag, die besten Soldaten der Welt auszubilden – dieser Oberst Tobombajew berief sofort seinen Offiziersstamm zu einer Blitzkonferenz ins Stabsgebäude. In der Kaserne, auf den Stuben, begann ein hektisches großes Putzen – als ob General Tjunin auf einen Stuhl klettern würde, um zu kontrollieren, wie sauber die Oberseiten der Schränke gescheuert waren.

Bei der Landung auf dem in den Wald geschlagenen kleinen Rollfeld fand Tjunin denn auch den gesamten Lehrgang in Paradeuniform angetreten, die Offiziere an der Spitze und Oberst Tobombajew vor der Formation in imponierendem Ordensschmuck. In der Kaserne zurückgeblieben waren nur die Köche und drei Ordonnanzen, die den Tisch im Offizierscasino deckten, sowie der Funker in seinem mit Geräten vollgestopften Raum – das einzige Zimmer, das Tag und Nacht besetzt war. Abgesehen von den Schutzräumen der Wachposten an den elektrisch geladenen, drei Meter hohen Drahtzäunen und deren Durchgängen.

Tjunin stieg aus der Maschine, Oberst Tobombajew marschierte ihm entgegen und meldete die Truppe.

---

* Ein in den Westen übergelaufener Offizier des sowjetischen militärischen Geheimdienstes ¨RU berichtete unter dem Namen Viktor Suworow in dem amerikanischen Informationsdienst FPIR über diese Ausbildung der geheimen sowjetischen Kommandotrupps. Das bedenkenlose Töten von Menschen ist das Ziel dieser Schulung, erklärte Suworow in seinem Bericht.

»Welch ein Aufwand, mein lieber Nikita Romanowitsch«, sagte Tjunin und gab Tobombajew die Hand. »Das ist keine Inspektion. Ich komme, wenn man so sagen kann, ein wenig privat.«

»Vorsicht vor der Unschuld, sie trug eine Jungfrau auf dem Rücken und war sie in fünf Minuten los ...«

Tjunin lachte. Einer der Aussprüche Tobombajews, für die er berühmt war. Keiner nahm sie ihm übel, weil man sie später überall weiterverwenden konnte. Auch jetzt, die Jungfrau würde die Runde durch die GRU machen.

Pflichtgemäß schritt Tjunin die Formation der Kommandotruppe ab, stieg dann in einen bereitstehenden GAZ-69, hinter dessen Steuer ein Unteroffizier mit steifem Kreuz saß, und ließ sich zur Kaserne fahren. In einem anderen Wagen folgten ihm Tobombajew und die Offiziere. Die Formation marschierte ab, und in den Köpfen aller Soldaten blieb die Frage: »Was will er hier? Braut sich da was zusammen? Wo wird's hingehen? Afghanistan? Nicaragua? Angola? Aden? Beirut? Chile? Karibik? Cuba? Haiti? Manila? Die Welt brennt an allen Ecken, und überall braucht man die Spezialisten der GRU.«

»Südafrika wird's sein«, flüsterte einer der Tötungsschüler seinem Nebenmann beim Rückmarsch zu. »Oder Namibia ... Du wirst sehen, ich tippe richtig.«

Zunächst aber erfuhr niemand, was General Tjunin bewogen hatte, die SPEZNA-Schule zu besuchen. Gegessen wurde, einen saftigen Fasan gab es, vorher einen hervorragenden Borschtsch nach ukrainischer Art mit Einlagen von Gans, Entenfleisch und Schinkenstücken, Gemüse aus Rosenkohl und Gurken, und beim Nachtisch schnalzte Tjunin mit der Zunge: kandierte Erdbeeren im Eiskörbchen.

»Ein Zauberer ist euer Koch!« sagte Tjunin sehr zufrieden. »Manchmal hat's Vorteile, wenn mein Sekretariat den Mund nicht halten kann.«

Nach dem Essen saßen die Offiziere um Tjunin herum im Casino, rauchten und warteten auf die große Eröffnung. Wegen eines guten Essens war Tjunin sicherlich nicht nach Gorkij geflogen.

»Wie viele ›Kukli‹ haben Sie zur Verfügung?« fragte Tjunin plötzlich. Oberst Tobombajew blickte seinen General verwundert an. Kukli? Eine merkwürdige Frage.

»Man hat uns neun überwiesen, Genosse General. Weitere sechs sind angekündigt. Immer zuwenig. Ich kann sie nur einsetzen bei den Abschlußprüfungen. Geübt wird weiter an Attrappen und Stoffpuppen. Einigermaßen natürlich konnte der vorherige Lehrgang üben; man hatte uns vierzig Schaufensterpuppen geschickt, die Menschen täuschend ähnlich sahen.«

»Ich brauche nur vier Kukli, Nikita Romanowitsch.« Tjunin nahm eine Zigarre aus dem kunstvollen Kasten mit usbekischer Lackmalerei. Eine Ordonnanz gab ihm sofort Feuer. »Vier Kukli und zwei Ihrer besten Schüler. Schlagen Sie vor!«

Oberst Tobombajew wechselte einige schnelle Blicke mit seinen Ausbildungsoffizieren und schien dann mit allen einig zu sein.

»Noch weiß ich nicht, worum es sich handelt, Genosse General«, sagte er, »aber die besten Lehrgangsteilnehmer sind Leutnant Meteljew und Leutnant Krasnikow.«

»Lassen Sie sie herholen, Nikita Romanowitsch.«

Einer der Offiziere erhob sich und eilte aus dem Zimmer. Genußvoll rauchte Tjunin seine Zigarre, blickte den zerfließenden Rauchringen nach und weidete sich innerlich an der Neugier und Ungeduld seiner Offiziere. Vor allem Tobombajew rutschte auf seinem Sitz hin und her und hatte bereits drei Gläser Kognak getrunken. An seiner Zigarette sog er, als müsse er einen Blasebalg füllen.

»Zwei intelligente Offiziere brauche ich«, sagte Tjunin versonnen. »Nicht Maschinen, die nur liquidieren können. Im Kopf müssen sie etwas haben, nicht nur ein steinernes Herz. Das setze ich voraus.«

»Krasnikow und Meteljew haben den Intelligenztest überdurchschnittlich gut bestanden. Major Tschuba holt gerade die

Akten der beiden. Aus ihnen können Sie alles ersehen, Genosse General.«

»Alter?«

»Meteljew 24, Krasnikow 25 ... Beide Abgänger der Militärakademie Frunse. Beste Zeugnisse ...« Tobombajew nuckelte an seiner Zigarette. »Wären sie sonst hier?«

»Wir werden's prüfen.«

Die Spannung blieb. Nichts über einen Einsatz, keine Information über den plötzlichen Besuch. Nur eines spürten sie deutlich: Eine ungewöhnlich bedeutsame Angelegenheit mußte es sein. Eine ganz geheime Arbeit. Ein Kommando von größter Wichtigkeit.

Major Tschuba kam zurück, unter dem Arm die Akten. Ihm folgten zwei junge Leutnants, bauten sich vor Tjunin auf und standen stramm. Ihre Namen nannten sie, das Geburtsdatum und den Heimatort. Sie sprachen mit starrem Blick gegen die Wand, über Tjunin hinweg, der vor ihnen in einem Sessel saß.

Ein paar Sekunden lang, die sich endlos dehnten in dieser spannungsvollen Stille, musterte Tjunin die beiden Offiziere vom Haaransatz bis zu den Stiefelspitzen: Es war ein Sklavenhändlerblick, der den Wert der Menschenware abtastet.

»Stehen Sie bequem, Genossen«, sagte Tjunin endlich. Die beiden Leutnants rührten sich und blickten erst jetzt ihren General an. Zum erstenmal sahen sie ihn und schienen enttäuscht. Ein unscheinbares Männchen, das nur durch die Uniform wirkte. Was hatten sie sich vorgestellt ... einen sportlichen, athletischen General?

»Sie werden für einen Sondereinsatz gebraucht, Krasnikow und Meteljew. Einen gefährlichen Sondereinsatz. Sagen wir es ganz klar: Es könnte möglicherweise kein Wiederkommen geben. Von der Stunde an, in der Sie Ihre Aufgabe beginnen, ist Ihr Leben keinen Rubel mehr wert. Das nur ganz allgemein. Niemand kann Sie zwingen, dieses Kommando zu übernehmen, auch ich nicht. Ich will es auch nicht. Raten Sie nicht herum; ich sehe an Ihren Augen, daß Sie völlig falsch denken. Es ist nicht Afghanistan oder Südafrika. Es liegt viel näher.

Vor der Tür, wenn man es so sehen will. Im eigenen Vaterland. Es ist ... ein tödliches Kommando ...«

»Auf dieses Risiko hin werden sie ja geschult, Genosse General«, warf Oberst Tobombajew ein. »Der Gegner oder ich – eine andere Alternative gibt es nicht. Wer einen Hund streichelt, weiß, daß er mit dem Schwanz wedelt.«

Tobombajews Sprüche verpufften in dieser Situation; zu ernst war die Entscheidung, die man jetzt treffen mußte. Meteljew und Krasnikow strafften sich wieder.

»Ich nehme den Auftrag an«, sagte Krasnikow laut.

»Ich nehme den Auftrag an«, sagte auch Meteljew.

»Danke.« Tjunin nickte den jungen Offizieren zu. Dann blickte er auf seine Armbanduhr und wandte sich an Tobombajew. »Können wir in einer Stunde sehen, was die Genossen Krasnikow und Meteljew gelernt haben?«

»Zu jeder Zeit, Genosse General.« Tobombajew erhob sich aus seinem Sessel. Major Tschuba legte die beiden Akten vor Tjunin auf den Tisch und schlug die Seite mit den persönlichen Beurteilungen auf. »Sie brauchen vier Kukli?«

»Für jeden zwei ...« Tjunin beugte sich über die Schriftstükke, überlas sie schnell und nickte. Die Zensuren genügten ihm, auf Details legte er keinen Wert. Auf einen Blick erkannte man, daß Krasnikow und Meteljew die besten Männer waren.

Tschuba machte eine leichte Kopfbewegung zur Tür. Die beiden jungen Leutnants verstanden, grüßten und verließen das Casino. Der Major folgte ihnen kurz darauf. Auch Tobombajew meldete sich ab, um selbst die Gewähr zu übernehmen, daß alles zu Tjunins Zufriedenheit ablief.

Die ganze Zeit über, bis die Stunde abgelaufen war, erzählte Tjunin den anderen Offizieren fröhliche Geschichten aus dem weltweiten Einsatz der GRU. Die Genossen lachten kräftig, um Tjunin einen Gefallen zu tun und seine Erzählungen lustig zu finden. Und sie erhoben sich alle wie auf Kommando, als Tjunin sich aus seinem Sessel hochstemmte.

Major Tschuba kehrte von den Vorbereitungen zurück und nahm an der Tür Haltung an:

»Genosse General, alle sind auf ihrem Posten.«

»Dann wollen wir mal sehen, was Meteljew und Krasnikow können.«

Draußen vor dem Casino wartete wieder ein GAZ-69 mit einem Unteroffizier als Fahrer. Tjunin stieg mit Tschuba in den Wagen, die anderen Offiziere blieben zurück. Tobombajew hatte befohlen: Nur der General, ich und Tschuba.

»Wo ist der Genosse Oberst?« fragte Tjunin.

»Auf dem Übungsfeld, Genosse General«, antwortete Tschuba. »Es ist angeordnet, daß alle in der Kaserne bleiben. Auch die Offiziere in ihren Quartieren.«

Tjunin nickte zufrieden, nahm sich vor, in die Personalakte von Tobombajew ein dickes Lob zu schreiben, und fuhr dann schnell davon in das hügelige Buschgelände.

Am Waldrand, nach einer Fahrt querfeldein, die nur ein Fahrzeug mit Vierradantrieb schaffen konnte, empfing Tobombajew die beiden Männer. Ein schweres Fernglas hatte er um den Hals hängen, das er sofort abstreifte und Tjunin entgegenhielt. Hinter ihm, vorzüglich getarnt durch Zweige und mit Blättern gespickte dünne Netze, führte eine feste Holzleiter auf den Sitz eines Hochstandes.

»Wenn ich eine rote Leuchtkugel abschieße, geht es los«, sagte Tobombajew aufgeräumt. »Ich klettere Ihnen voraus auf die Plattform, um Ihnen zu helfen, Genosse General.«

»Sehe ich schon so knöchern aus, daß ich zwischen die Sprossen rutschen könnte?« rief Tjunin und stapfte zur Leiter. Gewandt wie keiner es ihm zugetraut hätte, kletterte er hinauf, stellte sich oben an die Brüstung des Hochsitzes und hob das Fernglas an die Augen. Tobombajew folgte, Tschuba blieb unten am Gerüst stehen.

»Sehen Sie die vier Kukli?« fragte der Oberst.

»Nein, Nikita Romanowitsch.«

»Sehr gut, so soll es sein.«

»Was sind das für Männer?«

»Der Anführer einer Straßenräuberbande aus der Gegend von Buchara, ein Frauenmörder aus Kiew, ein Giftmörder aus

Astrachan und ein Saustück, das rund um Tallin innerhalb von zwei Jahren fünf Mädchen mißbraucht und getötet hat; Kinder zwischen sieben und zehn Jahren.« Tobombajew zeigte in die Weite der einsamen Landschaft. Nichts deutete darauf hin, daß dort zwei Offiziere begonnen hatten, Jagd auf vier zum Tode verurteilte Menschen zu machen. »In amerikanische Uniformen habe ich sie stecken lassen, das reizt besonders«, erklärte der Oberst weiter. »Bewaffnet sind sie auch ...«

»Nikita Romanowitsch!« Tjunin fuhr herum. Entsetzen lag in seinem Blick. »Was fällt Ihnen ein?!«

»Eine Prüfung unter den Bedingungen des Ernstfalls wollten Sie sehen, Genosse General. Im Ernstfall hat auch der Feind Waffen. Krasnikow und Meteljew wissen, daß aus den bisherigen Übungen Ernst geworden ist.«

»Die Kukli könnten also siegen?«

»Möglich ist es.« Tobombajew zuckte mit den Schultern. »Dann waren Krasnikow und Meteljew nicht gut genug für den geplanten Einsatz ...« Von einer Ablage nahm er eine Signalpistole und streckte sie in die Luft. »Befehlen Sie, Genosse General!«

Tjunin nickte stumm, die Leuchtrakete zischte in den Himmel und schwebte dann, strahlend rot, zur Erde zurück. Das Zeichen zum Sterben; unbekannt, wen es traf.

Das starke Fernglas vor den Augen, tastete Tjunin das Gelände ab. Wenig sah er ... einmal etwas Dahinhuschendes, er glaubte eine amerikanische Uniform auszumachen dann bellte irgendwo ein Schuß auf, dem vier andere folgten, aber festumrissene Gestalten erkannte man keine.

»Da!« sagte Tobombajew plötzlich und streckte den Arm aus. »Da ist einer von uns. In der Mulde neben dem krummen Busch ... sehen Sie ihn, Genosse General?«

Tjunin sah nichts, aber er nickte. Tobombajew begann, vor Spannung auf der Stelle hin und her zu treten. »Jetzt schleicht er auf den linken, kleinen Hügel zu ... da muß jemand in Dekkung liegen ... ha, wie ein Wiesel bewegt er sich vorwärts ...«

Tjunin sah im Fernglas noch immer nichts von dem, was

Tobombajew mit dem bloßen Auge entdeckte. Mißmutig senkte er das Fernglas. »Was war denn das, das Schießen?«

»Man wird es hinterher erfahren, Genosse General.«

»Lautlos habe ich gesagt, Nikita Romanowitsch. Völlig lautlos. Schießen können auch andere, was soll da die Spezialausbildung?! Schnell und lautlos, das brauche ich!«

»Das Schießen wird nachher untersucht werden.« Tobombajew beugte sich über die Brüstung des Hochstandes und rief hinunter. »Tschuba, haben Sie das gehört? Die Idioten schießen!«

»Welche Idioten?« rief Major Tschuba hinauf.

»Meteljew und Krasnikow.«

»Unmöglich! Die haben keine Schußwaffen bei sich.«

Zufrieden beugte sich Tobombajew zurück und strahlte den mißmutigen Tjunin an.

»Haben Sie das gehört? Geschossen haben können nur die Kukli.«

»Dann hatten sie ein Ziel, und einer der beiden Offiziere ist tot.«

»Warten wir es ab, Genosse General. Napoleon hat mehr geschossen und wurde doch vor Moskau besiegt ...«

»Ich wünschte. Ihre Sprüche blieben Ihnen im Hals stecken, Nikita Romanowitsch. Sehen Sie noch etwas?«

Tobombajew spähte in die Gegend. Wie unberührt lag sie in der Herbstsonne, ein friedliches Land. Und doch umschlichen sich dort sechs Menschen auf Leben oder Tod.

Neun Zigaretten rauchten Tjunin und Tobombajew auf dem Hochsitz, bis mitten im Gelände eine grüne Leuchtkugel hochzischte. Nikita Romanowitsch nickte zufrieden und sah Tjunin begeistert an.

»Einer ist schon fertig!« rief er triumphierend. »Ob Krasnikow oder Meteljew, das wird sich zeigen.«

»Wie ich schon sagte: Einen der Offiziere hat es erwischt. Gleich zu Anfang.«

»Sie kannten ihr Risiko. Er war eben nicht gut genug. Ein Betriebsunfall ...«

Sie wollten schon den Hochsitz verlassen, als eine zweite grüne Leuchtkugel Tobombajew fast von den Beinen riß. »Ein Bravo für sie!« schrie er begeistert und benahm sich wie bei einem Fußballspiel, wenn ein Tor gefallen war. »Geschafft haben es beide! Und was hab' ich gesagt? Unsichtbar, lautlos, schnell. Hervorragende Männer, Genosse General.«

Sie stiegen die Leiter hinunter, schwangen sich in den Geländewagen und fuhren zu einer Lichtung, die Tobombajew als Treffpunkt angegeben hatte. Leutnant Krasnikow war schon da, sein kleiner Jeep parkte an den Bäumen. Vor ihm lag, wie es Brauch bei den Jägern ist, die »Strecke«: zwei Menschenleiber, mit dem Gesicht nach unten, auf die Erde. Er stand stramm, als Tjunin aus dem Wagen sprang und auf ihn zukam. Von weitem hörte man neuen Motorenlärm ... Meteljew kam mit dem Beweis seiner guten Ausbildung.

Einen kurzen Blick warf Tjunin auf die in amerikanische Uniformen gekleideten Toten und wendete sich dann ab. Der eine, blutüberströmt, hatte einen tödlichen Stich in den Nakken bekommen, der andere trug einen Nylonstrick um den Hals ... erwürgt.

»Zufrieden bin ich, Genosse Oberst«, sagte Tjunin mit rauher Stimme und stapfte zu seinem Wagen zurück. Sich auch noch Meteljews Tote anzusehen, war nicht notwendig. »Nikita Romanowitsch, ich möchte die Offiziere im Casino sprechen. Allein. Fahren wir!«

Meteljew erschien mit seinem kleinen Jeep in dem Augenblick, als Tjunin davonfuhr. Er hielt neben Krasnikow an und sah dem Wagen nach. Hinter ihm lagen, wie erlegte Tiere, seine beiden toten Kukli übereinander. Enttäuscht stieg er aus.

»Er fährt einfach weg!« sagte er zu Krasnikow, suchte nach einer Zigarette und fand keine. »Ist etwas falsch gelaufen?«

»Wer weiß es?« Krasnikow reichte ihm eine Papirossa hinüber und gab ihm auch Feuer. »Vielleicht die Schüsse? Die Kukli haben dich gesehen?«

»Nein, aus Angst haben sie geschossen. Möglich, daß sich irgendwo etwas bewegt hat ... Dummköpfe! Sofort wußte ich dann, wo sie sich versteckt hatten. Auch wenn sie wie die Hasen durch das Gelände liefen – ihre Spur hatte ich immer.«

Sie rauchten die Zigarette zu Ende, Meteljew half, Krasnikows Tote auf dessen Jeep zu laden, und fuhren darauf langsam zum Kasernenbereich zurück, voller Erwartung, was General Tjunin zu ihnen sagen würde.

In einem kleinen Seitenzimmer des Casinos empfing Tjunin die beiden jungen Leutnants. Mit ausdruckslosen Blicken sah er sie an, nickte mehrmals und sagte dann:

»Victor Ifanowitsch Krasnikow, ich befördere Sie zum Oberleutnant. Babrak Awdejewitsch Meteljew, ich befördere Sie zum Oberleutnant. Sie verlassen heute noch das Lager und fliegen nach Moskau. Dort erhalten Sie weitere Weisungen. Ich bin zufrieden mit Ihnen.« Nach einer kleinen Pause verbesserte er sich: »Sehr zufrieden! Packen Sie, in zwei Stunden fliegen wir. Noch eine kleine Frage: Wie fühlen Sie sich?«

»Wir fühlen uns geehrt, Genosse General!« sagte Krasnikow auch im Namen Meteljews.

»Sie haben vier Menschen getötet.«

»Nur einen Befehl haben wir ausgeführt.«

»Packen ...« Tjunin nickte, die beiden Leutnants verließen schnell das kleine Zimmer. Versonnen starrte der General an die Wand und war froh, jetzt allein zu sein.

Das sibirische Roulette konnte beginnen. Zwei Spezialisten der GRU gegen einen Spezialisten im Nebel des Unbekannten.

Wer würde gewinnen? Welche Frage!

Bei einem Roulette weiß man nichts im voraus ...

Schemjakin verabschiedete gerade Niktin am Hubschrauber mit den üblichen Umarmungen und Wangenküssen, als Jugorow auf seinem Motorrad den Außenbezirk von Nowo Gorodjina erreichte. Er hielt und beobachtete die Abschiedszeremonie, oft die verlogenste Handlung, zu der ein Mensch fähig ist.

Bei Schemjakin und Niktin war das anders. Der vergangene Tag, die Nacht aber vor allem, hatte sie zu wirklichen Freunden werden lassen. Einig war man sich geworden, daß erstens eine umfassende Aufklärung der Bevölkerung das Kanalprojekt am besten fördern konnte, und daß zweitens die Anwesenheit von Major Nasarow eine Gefahr für alle sei. Mit General Pychtin in Tobolsk hatte Schemjakin noch vor Niktins Abflug gesprochen. Wie erwartet, war Pychtin am Telefon nicht bereit, über den befohlenen Einsatz zu diskutieren. Daß ein Zivilist einen Militär vom Fehler eines Befehls überzeugt – unmöglich! Unmöglich – seit Jahrhunderten und nicht nur in Rußland, nein, überall, wo es Uniformen gibt. Nur zu einem war Pychtin bereit: Nasarow sollte die Geiseln vorerst schonend behandeln. Mit einer Ausnahme allerdings: Beljakow, der Soldatenmörder, hatte sein Leben verwirkt. Nach einer ordnungsgemäßen Gerichtsverhandlung sollte er hingerichtet werden. Auf dem Marktplatz von Lebedewka, an genau derselben Stelle, wo er den Soldaten Kulinitsch erschossen hatte. Daran war nicht mehr zu rütteln. Pychtins Stimme bebte sogar, als er das am Telefon verkündete. Die Gerichtsverhandlung war nur noch eine Formsache, um sich vor dem Gesetz zu verbeugen.

»Ich rufe gleich in Moskau an!« sagte Schemjakin, als er bei Niktin an der Tür des Hubschraubers stand. »Daß wir Nasarow vom Hals bekommen, daran glaube ich bei allem Optimismus nicht.«

»Man muß versuchen, ihn überflüssig zu machen, Boris Igorowitsch.« Niktin blickte in den Hubschrauber. Sein Assistent saß schon auf dem Hintersitz, die Aktentasche auf den Knien. Warum Niktin ihn mitgenommen hatte, wußte keiner. Nur um die Tasche zu tragen? Den ganzen Tag über war der lange Kerl in Nowo Gorodjina herumgeschlendert, hatte am Abend in der Kantine der Bauarbeiter gesessen und mit ihnen gesoffen, als müßte er eine Wette einlösen, und war in der Nacht, sinnlos betrunken, in sein Quartier getragen worden. »Das KGB muß helfen.«

»Mit diesen Genossen möchte ich so wenig wie nur möglich zu tun haben, Jossif Wladimirowitsch«, sagte Schemjakin schnell.

»Aber wenn sie uns helfen ...«

»Wem hilft schon das KGB?«

»Versuchen muß man's jedenfalls. Es geht doch nicht, daß man in Tobolsk diese kleinen Zaren duldet!«

Niktin stieg ein, klemmte sich auf seinen Sitz neben dem Piloten, schnallte sich an und winkte durch die Glaskanzel zu Schemjakin hinunter. Der Rotorflügel heulte auf, durchwirbelte die warme Mittagsluft ... Ziemlich schnell erhob sich die Riesenlibelle vom Boden, stieg senkrecht hoch, schwenkte dann in einen Bogen ein, noch einmal winkte Niktin mit beiden Händen Schemjakin zu, dann drehte der Hubschrauber ab und entfernte sich ratternd nach Norden.

Langsam, nachdenklich ging Schemjakin zurück auf den Weg, wo Jugorow, auf dem Motorrad sitzend, alles beobachtete und wartete.

»Ein schöner Tag«, sagte er. »Seien Sie gegrüßt, Genosse.«

Schemjakin blieb stehen und musterte den Fremden. So angeredet zu werden, erweckte Interesse. Die meisten Männer, die ihm begegneten, tippten nur wortlos an die Mützen, und wenn man sie nicht ansprach, gingen sie stumm weiter. Was war auch zu sagen bei diesem mistigen Leben in den Sümpfen am Tobol!

»Sie sind fremd hier?« fragte Schemjakin.

»Gerade einen Tag alt. Habe ich die Ehre, mit dem Genossen Schemjakin zu sprechen?«

Auch das war ein neuer Ton am Tobol. Schemjakin begann, sich für diesen jungen, blondhaarigen Burschen zu interessieren. Er kam näher und fand, daß der Mensch einen guten offenen Blick hatte und ein geradezu fröhliches Gesicht, als sei die ganze Welt für ihn ein Rummelplatz.

»Ja, Sie sprechen mit Schemjakin.«

»Igor Michailowitsch Jugorow heiße ich. Welche Freude, gleich auf Sie zu treffen. Zu Ihnen wollte ich, Genosse.«

»Zu mir?«

»Betrachten Sie mich genau.« Jugorow reckte sich, wölbte die Brust und winkelte die Arme an, um seine Muskeln zu zeigen. »Was sehen Sie, Genosse Schemjakin? Na? Nein, erraten werden Sie es nie: Vor Ihnen steht der beste Traktorfahrer der Welt.«

Schemjakin mußte lachen, winkte ab und schüttelte den Kopf. »Wenn Sie so Traktoren fahren, wie Ihr Mundwerk arbeitet ...«

»Besser, Genosse, besser! Überzeugen Sie sich.«

»Sie wollen bei uns arbeiten, Igor Michailowitsch?« fragte Schemjakin verblüfft.

»Nur wenn ein Traktor frei ist. Bei allem anderen bin ich Mittelmaß. Ist's möglich, daß Sie mich gebrauchen können?«

»Kommen Sie mit!« Schemjakin winkte mit dem Kopf, ging zu seinem Jeep, stieg ein und fuhr nach Nowo Gorodjina zurück. Jugorow folgte ihm auf dem Motorrad, schluckte tapfer den aufgewirbelten Staub und war mit sich sehr zufrieden.

Eine Stunde später war er Mitglied der Baubrigade, besichtigte seinen Traktor, ein Modell aus der Traktorenfabrik von Wolgograd, und bezog das Zimmer 21 im Block X des Lagers. Ein Einzelzimmer im neuen Barackenbereich. Jugorow gratulierte sich, warf sich auf die harte Matratze und sagte zu dem Vorarbeiter, der ihn eingewiesen hatte:

»Wie ist's hier mit Weibern, Brüderchen?«

»Frag nicht! Eher regnet es Gold vom Himmel.«

»Wie ist's in Lebedewka?«

»Dort schlagen sie dich tot. Eine Eingabe haben wir schon gemacht bei dem Genossen Schemjakin. Eine ganze Brigade in dieser Einsamkeit. Ein Puff muß her, haben wir gefordert.«

»Die Küchenmädchen, die in der Wäscherei ...?«

»Sind festgenagelt für die Kolonnenleiter. So ist's ja immer, lieber Freund: Hat man ein Pöstchen, heben sich auch die Röckchen. Wer sieht uns arme Arbeitshunde an? Wirst's noch spüren, wenn du länger hier bist. Schikanieren werden sie dich, wenn du einer aus der Küche auch nur zublinzelst. Wärst besser weitergefahren bis Tobolsk.«

»Nun bin ich einmal hier und bleibe auch hier«, sagte Jugorow und spuckte kunstvoll an die Wand. »Gib mir den Schrieb her ... den, daß ein Puff her muß. Ich unterschreibe auch.«

Der Vorarbeiter nickte, verließ das Zimmer und sagte draußen zu einigen Arbeitern, die er traf: »Der Neue ist gut, glaubt es mir. Unterschreibt den Puff-Aufruf. Nehmen wir ihn in unsere Mitte ...«

Nach dem Mittagessen – es gab Sülze mit fettigen, gebratenen, kleinen ganzen Kartoffeln – ging Jugorow zum Magazin und ließ sich Bettwäsche, Decken, Handtücher, Seife, einen Arbeitsanzug und derbe Schuhe geben.

»Und Strümpfe?« fragte er.

»Strick dir welche.«

»Rasierseife?«

»Schmier dir dein Gesicht mit Scheiße ein.«

»Ein guter Vorschlag – wenn du's vormachst!«

Er schleppte seine Ausstattung in sein Zimmer, bezog Matratze und Decke und verstaute alles andere in dem schmalen Schrank aus lackiertem Blech. Was nun, dachte er danach. Am nächsten Morgen beginnt erst die Arbeit. Zeit genug, sich die Umgebung anzusehen. Fahren wir mal hinüber zu den Soldaten. Ja, und da war da noch die Frage: Wie bekommt Soja ihr Motorrad wieder? Hinbringen konnte man es, aber wie war's mit dem Rückweg? Die langen Werst bis Nowo Gorodjina? Zu Fuß? Igor Michailowitsch, du bist in den letzten Wochen genug gewandert. Denk dir etwas aus.

Er wusch sich die Hände in dem kleinen Becken an der Wand, kämmte sich die Haare und war bereit, zum Militärlager zu fahren – da klopfte es energisch an seine Tür.

»Ich bin da!« rief er. Die Tür klappte auf, und Walja Borisowna trat ein.

»Ah! Unsere grüne Sonnenbrille«, sagte Jugorow mit jubelnder Stimme. Bei ihm gab es keine Schreck- oder Erkennungssekunde, er reagierte sofort. »Nicht glauben werden Sie's: Ich betreue ab morgen einen Traktor. Ihr Väterchen selbst hat mir die Hand gedrückt und meine Qualitäten erkannt.«

»Noch sind Sie nicht Mitglied der Brigade!« Walja stieß die

Tür zu und stellte ihren Arztkoffer auf die Dielen. »Keine zu frühe Freude.«

»Wer will das verhindern?«

»Ich!«

»Einen Arbeitsvertrag habe ich unterschrieben ...«

»Aber nicht gelesen, scheint mir. Was steht im Paragraphen achtzehn? Vor der Einstellung hat eine ärztliche Untersuchung stattzufinden und ist das ärztliche Zeugnis vorzulegen. – Das haben Sie übersehen, Jugorow.«

»Sie werden mich untersuchen?«

»Es ist meine Pflicht. Bei Ihnen fällt sie mir besonders schwer.« Walja öffnete ihren Arztkoffer, nahm einen Fragebogen und einen Kugelschreiber heraus, setzte sich an den schmalen Tisch und beugte sich über das Papier. »Wie alt?«

»Fünfunddreißig, wenn ich mich auf die Angaben meiner Mutter verlassen kann.«

»Sie haben doch Papiere.«

»Da steht dasselbe drin.«

»Kinderkrankheiten?«

»Durchfall, als Säugling, sagt mein Mütterchen ...«

Walja überhörte den dicken Spott, aber ihre Backenknochen begannen hervorzustechen.

»Geisteskrankheiten in der Familie?«

»Nein. Ich fange damit an.«

»Geschlechtskrankheiten?«

»Prüfe erst und liebe dann, war der Rat von meinem Väterchen. Ein kluger Mann, Genossin Ärztin. Nein, es hat noch nicht gejuckt und gebrannt.«

»Chronische Krankheiten?« Ihre Stimme hob sich verdächtig. Jugorow kratzte sich den Kopf.

»Was heißt chronisch, Genossin?«

»Eine Krankheit, die bleibt, immer wiederkommt ...«

»Aha! Ja, die habe ich.« Walja hob erstaunt den Kopf und ärgerte sich sofort über ihre Reaktion. Sie blickte in Jugorows unverschämtes Grinsen und wandte sich schnell wieder dem Fragebogen zu.

»Welche Krankheit? Seit wann?«

»Seit wann? Lassen Sie mich nachdenken ... mit fünfzehn Jahren mag's begonnen haben.«

»Was?«

»Die chronische Krankheit. Unheilbar, ich weiß es: Immer, wenn ich ein schönes Mädchen sehe, klopft mir das Herz am Hals. Fühlen Sie mal jetzt, Genossin Ärztin: Wie ein Hammer schlägt es auf mich ein. Wo gibt's ein Mittel dagegen?«

Mit einem wilden Schwung warf Walja Borisowna den Kugelschreiber auf den Fragebogen, sprang auf vom Stuhl und griff nach ihrem Arztkoffer.

»Ziehen Sie sich aus, Jugorow!« sagte sie hart.

»Jetzt? Hier? Vor Ihnen? Allein mit Ihnen ...?«

»Ein Patient sind Sie, weiter nichts. Ein geschlechtsloser Patient.«

»Das wollen Sie feststellen?« Jugorows aufreizendes Lächeln verstärkte sich. »Eine epochale medizinische Leistung wäre das, Genossin Ärztin.«

»Ausziehen!«

»Auf Ihre Gefahr ...«

»Nur Oberkörper!« Walja holte das Stethoskop aus dem Koffer und klemmte sich die Hörknöpfe in die Ohren. Noch immer drehte sie Jugorow den Rücken zu.

»Ach, nur der Oberkörper?« sagte er gedehnt. »Wie anders als beim Militär – da wurde auch nach Hämorrhoiden geforscht.«

War's nun genug oder erstickte Walja der blanke Zorn sie warf sich herum wie eine Furie und schrie Jugorow mit wutblitzenden Augen an: »Das Maul müßte man Ihnen zunähen ... ja, zunähen! Offen steht's immer, Staub kommt hinein. Infektionsgefährdet sind Sie dadurch, ein Risiko für die Brigade ... Sie werden nicht eingestellt!«

Verblüfft blickte Jugorow in Waljas sprühende Augen. Ihre Ohrschläuche des Stethoskops hatte sie heruntergerissen, Triumph stieg in ihr auf. Was sagst du nun, hieß dieser Blick.

Hock dich auf dein Motorrad und fahr weg ... irgendwohin. Hier in Nowo Gorodjina setzt du dich nicht fest.

»So einfach ist das?« sagte Jugorow. Er hatte den Oberkörper entblößt. Gut sah er aus, mit starken Muskeln und in der Sonne gebräunter Haut. An der linken Schulter durchschnitt eine noch frische Narbe rötlich die vollkommene Harmonie seines Körpers.

»So einfach«, nickte Walja.

»Eine solche Macht haben Sie, Walja Borisowna?«

»Sie sehen es.«

»Nicht anders als im GULAG ...«

Einen ganz kurzen Augenblick war es völlig still zwischen ihnen; eine stumme, fast unerträgliche Spannung hatte sich aufgebaut. Sie fiel erst dann zusammen, als Walja fragte, und ihre Stimme klang wie angekratzt: »Was wissen Sie vom GULAG?«

»Ein Jahr lang war ich im Lager V/32 bei Omsk. Nur ein Jahr. Ich konnte flüchten, versteckte mich in Omsk bei Freunden, bekam die Papiere eines Igor Michailowitsch Jugorow – und verschwand in der Weite.«

»Das ... das erzählen Sie alles mir? Ausgerechnet mir ...?«

»Sie hören es, Walja.«

»Wer sind Sie wirklich? Wie heißen Sie? Woher kommen Sie?«

»Was ist ein Name denn wert?! Wichtig nur für die Registratur. Genau dahin, in eine amtliche Akte, will ich nicht. Ich bin Jugorow; genügt das nicht?«

»Mir nicht.« Sie zeigte auf die frische Narbe. »Woher ist sie?«

»Eine schrecklich dünne Haut habe ich, Genossin Ärztin. Wenn ich mich mal kratze, gibt's gleich solche Wunden.«

»Ein widerlicher Mensch sind Sie«, stieß Walja hervor. »Ausliefern werde ich Sie dem örtlichen KGB!«

»Nie werden Sie das tun, Walja Borisowna. Nie.« Er sah sie mit einem ganz merkwürdigen Blick an, warf dann plötzlich die Arme vor, zog sie an sich, mit einem unwiderstehlichen

Ruck, umfaßte sie fest und unnachgiebig mit den Armen und küßte sie auf den Mund.

Nur eine Sekunde dauerte die Überrumpelung, dann begann Walja sich zu winden und trat um sich, hämmerte mit den Fäusten gegen seine Schultern und zielte mit dem Knie nach seinem Unterleib. Aber all das half nichts. Wie in einem Schraubstock stak sie. Seine Lippen preßten sich weiter auf ihren Mund ..., und dann ließ ihr Widerstand nach, sie öffnete die Lippen, und beider Zungenspitzen berührten sich.

Als er sie wieder losließ, sprang sie zwei Schritte zurück, ballte die Fäuste und schüttelte sie drohend zu ihm hin. »Du Lump!« schrie sie. »Du Verbrecher! Du namenloser Teufel ... abtransportiert wirst du ... sofort ... sofort!«

Sie warf sich herum und riß die Tür auf, aber Jugorows ruhige Stimme hielt sie zurück:

»Ihre Tasche, Genossin Ärztin. Vergessen Sie Ihre Sanitätstasche nicht!« Sie machte kehrt, riß die Tasche vom Boden und rannte dann aus dem Zimmer.

Langsam zog Jugorow sein Hemd wieder an, schloß die Tür ab, holte aus seinem Rucksack ein kurzes, aber starkes Stemmeisen und begann, eine der Dielen zu lösen und aus dem Boden herauszuheben. In dem Hohlraum darunter versteckte er das flache Gehäuse seines Funkgerätes und fügte das Brett dann wieder ein. Ein nicht gerade ideales, nur sehr notdürftiges Versteck war das, aber es gab in diesem Raum keine andere Möglichkeit.

Nach dieser Arbeit, bei der er sehr ins Schwitzen geraten war, denn die Luft war heiß in dem Zimmer – und lüften durfte er nicht, weil vor dem Fenster ein reger Betrieb herrschte –, wusch er sich wieder mit kaltem Wasser, setzte sich dann auf sein Bett und wartete. Er war gespannt, ob ihn ein Milizionär abholen würde.

Bis zum Abend kam niemand. Schließlich zog Jugorow seine noch saubere Arbeitskleidung an und machte sich auf den Weg, Nowo Gorodjina kennenzulernen. Verwundert stellte er fest, daß Arbeiterkollegen, die er nie gesehen hatte und die ihn also nicht kannten, höflich grüßten, ihm sogar ein paar freundliche Worte zuriefen. Einer trat sogar auf ihn zu, klopfte ihm auf die Schulter und sagte: »Gut so, Brüderchen. Je größer die Gemeinschaft, um so wirkungsvoller.« Jugorow sah ihm verblüfft nach und wußte nicht, womit er soviel Sympathie verdient hatte.

Er erfuhr es sehr deutlich, als ihm Walja Borisowna wieder begegnete. Aus dem Haus Nummer 9 kam sie, wo sie einen Arbeiter behandelt hatte, der im Nacken einen dicken Furunkel trug. »Nur vom Saufen kommt das!« hatte sie dem schmerzgepeinigten Mann ins Gesicht geschleudert. »Billiger, ungereinigter Wodka ist das! Woher bekommt ihr dieses Teufelszeug? Wer schmuggelt das hier ein?! Morgen früh um acht operiere ich dich. Ab sofort bleibst du nüchtern. Nicht eine einzige Brotkrume wird gegessen!«

Daß ausgerechnet Jugorow an dem Haus vorbeiging, als sie es verließ, kann man mit gutem Gewissen Schicksal nennen. Atemlos vor Zorn aber wurde sie, als Jugorow sagte:

»Was ist los, Waljuschka? Frei laufe ich herum ... müßte längst hinter Gittern sein.«

»Der Teufel hole dich!«

»Eben das tut er nicht. Vielleicht ist er zu satt? Alle sind so freundlich zu mir ...«

»Natürlich winken sie dir alle zu.« Ihre Lippen verengten sich zu einem Strich. »Das erste, was du hier getan hast, war deine Unterschrift unter dem Aufruf. Einen Puff willst du. Scheinst ihn nötig zu haben!«

»Die Genossin Ärztin hätte das bei einer eingehenden Untersuchung feststellen können. Aber sie wurde ja abgebrochen.«

Sie warf den Kopf in den Nacken, ging an Jugorow vorbei und verzichtete auf eine Antwort. Aber ein wenig rot im Gesicht war sie geworden, meinte Jugorow festzustellen, und ihr Gang schien unsicherer als sonst zu sein, weil sie wußte, daß er ihr lange nachblickte und den Schwung ihrer Hüften, ihre schlanken Beine und ihre schmale Taille bewunderte.

Beim Einbruch der Dunkelheit setzte sich Jugorow auf das Motorrad und fuhr nach Lebedewka zurück. Wo die Zufahrtsstraße von Nowo Gorodjina in den Weg zum Dorf mündete, traf er auf einen Jeep, in dem Major Nasarow saß. Sofort bremste der Major und winkte Jugorow zu sich. Gehorsam stieg Jugorow ab.

»Zum Dorf?« schrie ihn Nasarow an.

»Da sind Sie falsch, Genosse Major. Hier geht's nach Nowo Gorodjina.«

»Ob du ins Dorf fährst, du Idiot?«

»Ah, wir kennen uns? Kein gutes Gesichtsgedächtnis habe ich. Wo waren wir zusammen? In welcher Anstalt?«

Noch nie war Nasarow so etwas widerfahren. Tief Atem holte er, für zwei Sekunden blieb ihm die Sprache weg, aber dann brüllte er, daß Jugorow die Zugluft spürte.

»Einsteigen! Verhaftet bist du! Saukerl, verfluchter! Willst du wohl kommen? Soll ich dir nachhelfen?«

Nasarow riß seine Pistole aus der Ledertasche und schob den Sicherungsflügel mit dem Daumen zurück. Jugorow bockte das Motorrad auf dem Rastständer auf und ging ohne ein Zeichen von Angst oder Betroffenheit auf Nasarow zu. Vor dem Wagen, an der Tür, blieb er stehen und zeigte auf die Pistole:

»Verboten ist das, Genosse Major.«

»Hier ist nichts verboten!«

»Dann schießen Sie.« Jugorow stellte sich breit vor Nasarow auf. »Das Ziel können Sie nicht verfehlen.«

»Du Tatarenbastard!« Nasarow ließ die Pistole sinken. Auch dies erlebte er zum erstenmal, daß einer nicht vor ihm zitterte und bebte, sondern sich statt dessen hinstellte, die Brust wölbte und ganz ruhig sagte: »Erschieß mich doch ...« Was für ein Mensch ist so ein Kerl? Ist das nicht unnatürlich, ganz ohne Angst zu sein? »Wie heißt du?«

»Igor Michailowitsch Jugorow, Genosse Major!« Und dann folgte wieder eine Frage, die nie ein anderer gestellt hätte: »Und Sie?«

»Leonid Antonowitsch Nasarow«, antwortete der Major zu seiner eigenen Verwunderung. »Du willst zum Dorf?«

»Ja.«

»Sag den Schuften: Die Geiseln werden übermorgen hingerichtet. Die Frauen erschossen, die Männer aufgehängt.«

»Ohne Gerichtsverfahren?«

»Das Gericht bin ich!« brüllte Nasarow und zeigte mit der Pistole auf das Motorrad. »Fahr weiter, du Hundekerl! Von mir hören wirst du noch, Jugorow ...«

»Das glaube ich auch, Genosse Major.« Jugorow sah ihm starr in die Augen. »Wir werden noch viel voneinander hören.«

Zum Motorrad ging er zurück, trat es an und ratterte nach Lebedewka davon. Nasarow blickte ihm mit zusammengekniffenen Augen nach, steckte die Pistole in die Lederhülle und schürzte dabei die Lippen.

Jugorow ... ein Name, den man sich merken mußte. Wer war Jugorow?

Mißmutig, verärgert, fuhr Nasarow weiter nach Nowo Gorodjina, hielt vor Schemjakins Haus, klopfte an und sagte, als Schemjakin ihm öffnete, ohne Einleitung:

»Gute Beziehungen haben Sie in Moskau ... anerkennen muß man das ... aber Sie verkennen meine Standhaftigkeit, Boris Igorowitsch ...«

Zweimal hieb Masuk an diesem Abend mit beiden Fäusten gegen die Wand seines Hauses. Das erstemal geschah es, als er an diesem warmen Abend auf der Bank im Vorgarten saß, noch einmal überdachte, was Walja Borisowna ihm von seiner Frau Svetlana aus dem Militärlager erzählt hatte, und als er auf einmal plötzlich und unerwartet Jugorow auf Sojas Motorrad an sich vorbeifahren sah. Er sprang auf, um Jugorow heranzuwinken, doch da war er schon vorbei. Das gebrüllte »Bleib stehen!« wurde vom Knattern des Motors aufgesaugt.

Das zweitemal drosch er auf die unschuldige Wand ein, als das Motorrad zurückkam. Jetzt saß Soja im Sattel, und hinter ihr klemmte Jugorow auf dem schmalen Gepäckträger, die Arme um ihren Bauch gelegt, um sich festzuhalten. Sie lachten fröhlich, schienen großen Spaß miteinander zu haben und sahen nicht einmal zur Seite, als sie Masuks Haus passierten.

»Hure!« schrie Lew Andrejewitsch außer sich. »Hurenteufel! Wie lange lebt ihr noch?! Lacht nur, lacht, umklammert euch ... bald ist's vorbei damit! Wer kann das aushallen? Himmel, wer kann das?! Was bleibt mir anderes übrig, als sie zu töten?!«

Wie ein Jäger, der einem nächtlich herumstreifenden Wolf auflauert, blieb er in der Dunkelheit hinter dem Zaun seines Vorgartens sitzen und wartete. Soja mußte zurückkommen, in kurzer Zeit. Oder nach Stunden. Oder erst am Morgen, wenn sie sich aus Jugorows Umarmungen gelöst hatte. Jedenfalls mußte sie auf der Straße an ihm vorbei, es gab keinen anderen Weg zum Schwarzen Haus.

In dem Gefühl, von Minute zu Minute ein kleines Stückchen mehr zu sterben, saß Masuk hinter dem Zaun auf einem Hocker und stellte sich die schreckliche Situation vor, wie Soja sich voller Leidenschaft in den Armen Jugorows vergnügte. Er glaubte sogar die spitzen Schreie ihrer Lust zu hören. Wie vom Blitz getroffen zuckte er hoch, als er von fern das Geknatter des Motors hörte.

Sie kam zurück ... auf der Uhr war eine knappe Stunde verstrichen. Die Nacht über blieb sie also nicht bei ihm, aber die Liebe kann auch kurz sein und um so heftiger.

Mit einem Sprung stürzte sich Masuk auf die Straße, breitete die Arme aus und versperrte den Weg. Der dünne Scheinwerfer des Motorrades erfaßte ihn, raste auf ihn zu ... sie fährt weiter, schrie es in Masuk, sie überfährt mich glatt, Gott im Himmel, sie bremst nicht, es ist um mich geschehen, sie tötet mich, kaltblütig kommt sie auf mich zu, sie mordet mich, um mit Jugorow zu schlafen ..., da knirschte es ganz nahe vor ihm, und das Motorrad hielt.

»Was willst du?« hörte Masuk hinter dem Scheinwerfer Sojas Stimme. »Geh aus dem Weg!«

Masuk atmete auf, trat einen Schritt zur Seite und aus dem Strahl des Scheinwerfers. Undeutlich, mit noch geblendeten Augen, sah er Soja auf dem Sattel, ein Tuch um den Kopf geschlungen.

»So eilig?« knurrte er dumpf und gefährlich. Noch steckte ihm die Todesspannung in den Knochen. »Schnell zur Ruhe, was? Satt vom Huren ...«

»Zurückgebracht habe ich ihn ins Lager. Er braucht das Rad nicht mehr. Er bleibt in Nowo Gorodjina – Gib die Straße frei, Lew Andrejewitsch!«

»Im Lager bleibt er? Sieh an, sieh an! Ein kleiner Holzwurm, der sich in jedes Brett bohrt ..., erkennt man's nun?! Gibt's jetzt einen Pendelverkehr zwischen dem Lager und deinem Bett? Wird er abgeholt für ein zartes Stündchen? O du Luder!«

»Steck den Kopf in einen Eimer Wasser und warte, bis es kocht«, sagte Soja spöttisch. »Aber ersauf nicht, ich`brauche den Vater meines Kindes noch ...«

Mit einem Lachen fuhr sie weiter, um Masuk herum – so plötzlich, daß er sie nicht mehr am Arm zurückreißen konnte. Er griff ins Leere, stieß einen gräßlich gemeinen Fluch aus und ging dann in sein Haus. Aber an der Tür blieb er stehen, kam wieder zurück und stapfte die Straße hinunter zum Anwesen von Korolew.

Grazina Grigorinowna, das jüngste Töchterchen, öffnete auf sein hämmerndes Klopfen. »Was treibst du dich herum?« fragte sie. »Keine neue Nachricht von Svetlana!«

Masuk gab keine Antwort, ging weiter in das Wohnzimmer und sah Korolew wie immer am Tisch sitzen und eine seiner selbstgedrehten Zigaretten rauchen. Einige Notizen hatte er vor sich liegen, auf einem kleinen Blatt Papier, das man bei einer überraschenden Razzia notfalls in den Mund stecken und aufessen konnte.

»Mit Filaret hatte ich Kontakt«, sagte Korolew sofort, als Masuk hereinpolterte. »Gute Verbindung dieses Mal. Klar, als stände er vor mir.« Der Anblick von Masuks Gesicht verriet ihm, was diesen bedrückte, und deshalb fuhr er gleich fort: »Nach Jugorow habe ich gefragt.«

»Ah! Und was sagt Filaret?!«

»Er kennt ihn nicht ...«

»Da haben wir's!« brüllte Masuk auf. »Ein Grund, ihn sofort zu liquidieren.«

»... er kennt ihn nicht persönlich, Lew Andrejewitsch. Aber er kennt seine Taten. Jugorow ist tatsächlich der ›Spezialist‹. Ein Einzelgänger, der mehr ausgerichtet hat als ganze Widerstandsgruppen! Woher er kommt ... Filaret weiß es auch nicht. Aber wo er erschienen ist, stockte das Kanalbau-Projekt. Trümmer hinterließ er, von vorn mußte begonnen werden. Vom Aralsee aufwärts nach Norden jagt man ihn. Filaret nennt ihn den großen, einsamen Adler. Nur eben gesehen hat er ihn noch nicht.«

»Aber *wir* haben ihn jetzt ...«, schrie Masuk.

»Das ist eine dicke Kerze in unserer Kirche wert«, sagte Korolew ernst und fast feierlich. »Lew Andrejewitsch ... hier wird noch Großes geschehen!«

Am Fenster ihres Zimmers hatte Walja Borisowna gestanden, als Soja, mit Jugorow auf dem Gepäckträger, durch Nowo Gorodjina fuhr. Zunächst war sie im Wohnraum gewesen. Dort saß Major Nasarow, enttäuscht und wütend, und machte Schemjakin lautstarke Vorwürfe, weil er durch seinen Anruf in Moskau das harte Verhör der Geiseln verhindert habe. Vom Stab der GRU war über General Pychtin angeordnet worden, daß Major Nasarow ab sofort auf alle Bestrafungen der festgenommenen Einwohner von Lebedewka zu verzichten habe. Sogar überprüfen wolle man die ganze Angelegenheit, hatte es aus Moskau geheißen. Pychtin war daraufhin weich geworden. Bisher hatte sich kaum jemand um das Gebiet zwischen Tobolsk und Tjumen gekümmert, jetzt ruhte jedoch das Auge der GRU darauf – ein triftiger Grund, den Kopf zwischen die Schultern zu ziehen.

»Überall Dummheit und Sabotage!« hatte Nasarow geklagt. »Bereuen werden Sie das alles noch, Genosse Schemjakin.«

Da war Walja Borisowna hinausgegangen, hatte sich in ihr Zimmer eingeschlossen, war vor den Spiegel getreten und hatte sich betrachtet. Ihr war es, als brenne der Mund Jugorows noch immer auf ihren Lippen. Auch seine Zungenspitze spürte sie noch deutlich, und als sie die Zunge vorsichtig durch die Zähne nach vorn schob und im Spiegel musterte, da schien es, als habe sie eine kräftigere Farbe, als glühe sie noch von seinem Kuß. An Jugorows starke Arme dachte Walja, die sie so fest umfaßten, daß Gegenwehr nicht mehr möglich war, und es durchrann sie erneut jenes bisher unbekannte süße Gefühl, das sie gezwungen hatte, den Mund zu öffnen und diesen Mann wiederzuküssen.

Nach der Flucht aus seinem Zimmer war sie noch ein paar Meter weitergelaufen, hatte dann plötzlich eine seltsame Kraftlosigkeit in ihren Beinen verspürt, war an irgendeiner Hauswand stehengeblieben, hatte die Sanitätstasche an sich gedrückt und tief Luft geholt. Eine selige Stimmung war über sie gekommen, minutenlang hatte sie so in der Abendsonne gestanden mit geschlossenen Augen, die kurze Spanne Zeit des Kusses noch einmal nacherlebend – und erst, als ein schwerer Lastwagen brummend an ihr vorbeifuhr, hatte sie die Erinnerung weggewischt und laut zu sich gesagt: Ein Schuft ist er. Ein Schuft! Unterschreibt einen Aufruf für einen Puff ...

Auch jetzt, vor dem Spiegel, in ihrer einsamen Verwirrung, zwang sie sich, an diese Unterschrift zu denken. Ans Fenster setzte sie sich, blickte hinaus in die Nacht, sah die von Bogenlampen erleuchtete Straße, die sich in der Ferne in tiefer Dunkelheit verlor. Noch härter werde ich zu ihm sein, dachte sie. Einen Panzer werde ich tragen. Soll ich ihn untauglich schreiben und seine Anstellung verhindern? Mit welcher Diagnose schalte ich ihn aus? Wenn er darauf besteht, von anderen Ärzten untersucht zu werden – in Tobolsk, wo er sofort hinfahren wird –, macht er mich lächerlich. In Nowo Gorodjina wird es heißen: Die Ärztin Schemjakin stellt falsche Diagnosen. Wer soll mir da noch glauben? Nein ... so wird man Jugorow nicht los!

Aber willst du ihn denn loswerden, Walja Borisowna?

Sie hob den Kopf, als in der Ferne ein Lichtschein aufflammte und immer näher kam, zugleich mit dem Knattern eines Motorrades.

Walja erhob sich, drückte das Gesicht an die Scheibe, und da sie im Dunkeln stand, war sie von der Straße aus nicht zu sehen. Jugorow ... er war weggefahren? Jetzt erst kam er zurück? Wo fährt hier ein Mensch in der Nacht hin?

Das Licht kam näher, das Motorrad fuhr in den Bereich der Bogenlampen, ganz deutlich war es jetzt zu sehen: Jugorow saß auf dem Gepäckträger des Motorrades, hatte die Arme um den Fahrer geschlungen, und dieser Fahrer war ein Mädchen! Ein schönes kräftiges Mädchen mit hellen blonden Haaren, die sich im Fahrtwind blähten.

Erst als die beiden am Haus der Schemjakins vorbeigefahren waren, löste sich Walja vom Fenster und ging in das Zimmer zurück. So ist das also, dachte sie und holte mehrmals tief Atem. Eine Klammer lag um ihr Herz, behinderte das Schlagen und drückte die Luft ab. Wie zum Ersticken war's, unerträglich, quälend, Schwäche über den ganzen Körper verbreitend. Sie setzte sich auf das Bett, starrte gegen die Wand und sagte leise, mit völlig fremder Stimme: »Ich hasse ihn! Walja, du haßt ihn ... Dein Leben lang haßt du ihn!«

Minuten später ratterte das Motorrad schon wieder die Straße hinunter. Walja stürzte ans Fenster, sah im Schein der Bogenlampen, daß das blonde Mädchen allein zurückfuhr nach Lebedewka, sicherlich glücklich und voll Seligkeit nach diesem Abend mit Jugorow. Was konnte sie anders sein als glücklich?

Man fragte Walja Borisowna nicht, was sie dazu trieb, leise das Haus zu verlassen und sich wegzuschleichen. Drinnen im Wohnzimmer saß noch immer Major Nasarow und vertilgte ein Stück nach dem anderen von einem Kuchen, den die Schemjakina gebacken hatte. Ein Apfelkuchen, der Nasarow an seine Mutter erinnerte. Als er das sagte, war seine Stimme weich geworden, und ein paar Minuten lang war er ein anderer Mensch gewesen.

Im Neubaugebiet, wo Jugorow sein Zimmer bezogen hatte, war die Straßenbeleuchtung noch nicht fertiggestellt. Tiefe Dunkelheit lag hier über den niedrigen Häusern. Nur hinter ein paar Fenstern schimmerte noch das Licht aus den schwachen Glühbirnen. Auch Jugorows Fenster war noch erhellt ... mit einem tiefen Aufatmen stellte Walja es fest und war gleichzeitig froh darüber, daß die Dunkelheit aus ihr nur einen Schatten werden ließ.

Jugorow hatte gerade sein Hemd ausgezogen, als sich die Tür öffnete und Walja eintrat.

»Es war nicht abgeschlossen«, sagte sie, als spreche sie einen Tadel aus.

»Nie wird bei mir abgeschlossen, immer offen ist es für einen Besuch. Ich mag Besuche, bin ein kontaktfreudiger Mensch.« Er nickte ihr zu, wölbte ihr seine nackte Brust entgegen und lächelte vorsichtig. »Die Untersuchung haben Sie vorhin abgebrochen, Genossin Ärztin«, sagte er höflich. »Sie sehen, ich bin bereit. Hören und klopfen Sie mich ab und was Sie sonst noch brauchen ...«

»Wer war das blonde Mädchen?« unterbrach sie ihn mit rauher Stimme.

»Das Mädchen? Ja ... aha ... Soja war es. Soja Gamsatowna.«

»Sie hat dein Motorrad genommen?«

»Anders herum: Ich hatte es ihr genommen, und sie hat's zurückgeholt.«

»Mit dir auf dem Gepäckträger?«

»Wie sollte ich zurückkommen nach Nowo Gorodjina? Morgen früh um sechs heißt es aufstehen.«

»Woher kennst du sie?«

»Ich habe bei ihr gewohnt.«

Sie nickte, machte kehrt und wollte das Zimmer wieder verlassen. Jugorow hielt sie hinten an der Bluse fest.

Sie zerrte, warf sich herum und schlug ihm auf die Hand.

»Laß los ...«, zischte sie wie eine giftige Schlange. »Laß mich los!«

»Schön ist sie wie der Morgentau auf den Blumen«, sagte Jugorow.

»Aber die Sonne frißt den Tau auf!«

»Schade ... dich habe ich damit gemeint ...«

Nur einen Augenblick zögerte Walja und wartete darauf, daß er sie jetzt wieder an seine Brust reißen würde, und dann gäbe es kein Treten und Schlagen mehr, dann wäre es nur noch eine Betäubung gewesen, in die sie hineingleiten wollte ..., aber Jugorow rührte sich nicht und ließ sie ungehindert zur Tür gehen und sie öffnen.

»Ein Idiot bist du doch«, sagte sie leise. »Nur kann man's nicht in die Papiere schreiben ...«

Sie warf die Tür zu, und Jugorow hörte, wie sie schnell durch die Nacht davonlief.

Ein Glücksgefühl durchströmte ihn und ließ seine Schläfen heiß werden wie im Fieber. Die Eifersucht treibt sie herum ... Waljuschka, mein Liebes, hier ist der schönste Fleck auf unserer Erde – und ihn, gerade ihn, muß ich zerstören. Aber vorher, mein Herz, hole ich dich raus. Es wird furchtbar sein, wenn Nowo Gorodjina untergeht.

Mitternacht war bereits vorbei, als bei Schemjakin das Telefon klingelte. Major Nasarow hatte sich gerade erhoben, um nach Hause zu fahren; den halben Kuchen hatte er aufgefressen und war ziemlich friedlich gestimmt, denn Moskau und die GRU im Nacken, das macht vorsichtig. Schemjakin winkte ihm, er möge noch einen Augenblick bleiben. Ein Telefongespräch um Mitternacht, hier in den Wäldern und Sümpfen des Tobol, ist nichts Natürliches.

Schemjakin hob den Hörer ab, bedeckte sofort die Sprechmuschel mit der Hand und sah zu Nasarow hinüber.

»Moskau ...«, flüsterte er. »Vielleicht geht das auch Sie an, Leonid Antonowitsch.«

Was da von Moskau herüberkam, schien knapp und kurz zu sein. Nach mehrmaligem stummen Kopfnicken legte Schemjakin wieder auf.

»Nur für mich«, sagte er. »Wir bekommen morgen zwei Spezialisten. Geologen. Werden im Laufe des Tages eingeflogen. Was sie hier sollen ..., ich weiß es nicht. Alles ist vermessen und schon vor Monaten untersucht. Aber wer von uns weiß schon, was in Moskau auf den Konstruktionstischen liegt? Krasnikow und Meteljew heißen die Herren. Also nichts für Sie, Genosse Major.«

»Für Sie um so mehr.« Nasarow lachte unterdrückt. »Das haben Sie nun davon, daß Sie in Moskau die braven Schläfer aufgeschreckt haben. Moskau hat uns im Visier ... So hat alles zwei Seiten, Boris Igorowitsch. Ach ja, was ich die ganze Zeit über noch sagen wollte: Die Genossin Ärztin hat freien Zutritt zum Lager und zu den Geiseln. Nur sie allein! In Moskau will man ja wissen, ob wir sie rund und dick füttern und jedes gekrümmte Härchen wieder glatt gekämmt ist. Schrecklich, wenn die oberen Stellen die Realität nicht verstehen!«

Die Schemjakina räumte Geschirr und Kuchen weg, als Nasarow gegangen war. Schemjakin machte am Schreibtisch noch einige Notizen.

»Wer wird klug aus Leonid Antonowitsch?« fragte sie kopfschüttelnd. »Erst heißt es, er verhaftet uns alle, dann ißt er uns den halben Kuchen weg und weint fast, als er von seiner Mutter spricht ... Wer kann das verstehen?«

»Man muß das anders sehen, Olga Walerinowna.« Schemjakin schloß seine Notizen in die Schublade ein. »Ein Karrieremensch ist er. Ein typischer Karrieremensch. Um hochzusteigen auf der militärischen Leiter, würde er auch sein Mütterchen opfern. Mit Tränen in den Augen, aber opfern würde er sie. So einer ist er. Sage mir keiner mehr, es gäbe keine Teufel auf der Erde.«

Wie hatte sich doch alles gewandelt!

Leutnant Mamjelew holte Walja ohne Zögern am ersten Sperrzaun ab, als die Posten meldeten, sie stünde da und wolle ins Lager. Den ungeheuren Krach, den Nasarow mit ihm angestellt hatte, die Drohung, ihn vor das Militärgericht zu bringen, ihn zu degradieren und zum Latrinenputzen abzukommandieren, hatte er in strammer Haltung und stumm über sich ergehen lassen. Was sollte man sagen? Schuldig fühlte er sich, übertölpelt hatte man ihn; zu gutgläubig, ja geradezu blöd war er gewesen. So etwas mußte bestraft werden, das sah er ein, auch wenn es vielleicht das Ende seiner hoffnungsvollen Offizierslaufbahn bedeutete.

Um so ratloser war er gewesen, als Nasarow ihm später sagte, die Geiseln sollten unberührt bleiben, bekämen bessere Verpflegung und seien vorerst nicht hart zu verhören. Eine Stunde vorher hatte er noch Beljakow den Verband vom Kopf gerissen, ihn mehrmals geohrfeigt und ihm zugeschrien: »Ein Soldatenmörder wird gepflegt, und vom Opfer spricht niemand! Wir hängen dich nicht, du Schurke, sondern erwürgen dich!« Aber plötzlich war das alles anders ... Genossen, wer kennt sich da aus?! Was war in Nasarow gefahren?

»Wie geht's den Geiseln?« fragte Walja, als Mamjelew sie begrüßte.

»Gut, Genossin Ärztin.«

»Viel haben Sie von Ihrem Major gelernt, Mamjelew. Vor allem die Menschenverachtung.«

»Es ist nicht mehr zu sagen als die Wahrheit: Die Festgenommenen sind in guter Verfassung.«

Und so war's tatsächlich. Walja Borisowna hätte sich die Augen gewischt, wenn es nicht zu dumm ausgesehen hätte. Die stinkenden Fäkalieneimer hatte man weggenommen, der Boden war gesäubert, die Geiseln lagen auf einfachen Klappliegen und nicht mehr auf der nackten Erde. Den Frauen war je eine dünne Decke zugeteilt worden, jeder hatte ein Soldatenkochgeschirr bekommen und ein blechernes Besteck, um das Essen zu empfangen, und – man kann das Wunder nicht begreifen – die Frauen wurden täglich zweimal weggeführt, um sich zu waschen, während die Männer sich gleichzeitig gemeinsam an einem breiten Trog säubern durften. Selbst an Beljakow erwies sich der rätselhafte Umschwung: Keiner versetzte ihm mehr einen Tritt in den Hintern, wenn er aufgerufen wurde, und niemand hieb die Faust unter seinen Eßteller, daß er weit in die Luft flog (einen neuen hatte es dann nicht mehr gegeben). Er bekam jetzt sein Essen genauso wie die anderen.

Alle standen sie auf, als Walja ins Zelt kam und sich erstaunt umsah. Mamjelew hinter ihr gluckste vor Stolz. Zwar traute er dem plötzlich befohlenen Frieden nicht, aber ein Soldat soll nicht denken, sondern Befehle ausrühren. Soldaten mit eigenen Gedanken waren von jeher eine Gefahr für die Truppe.

Mit einem Blick hatte Walja erfaßt, daß Beljakows Kopfverband fehlte. Auch sein anderes Auge war nun geschwollen. Wo Nasarow hinschlug, veränderte sich die Natur.

»Komm her, Andrej Nikolajewitsch«, sagte Walja und winkte Beljakow zu. »Wer hat den Verband entfernt?«

»Major Nasarow hat ihn abgerissen.« Beljakow strahlte sie an. Er mußte Schmerzen haben, denn auch die Tabletten hatte man ihm abgenommen, aber Waljas Kommen und ihr Anblick ließen diese Unbill fast vergessen. Er hatte auf die Wiederkehr der Ärztin gehofft und sich schon die ganze Nacht über ausgemalt, wie sich der Zelteingang heben würde und sie hereinkam, wie ihre Stimme klang, wie ihre weichen Hände seinen Kopf abtasteten und der Duft ihres Parfüms ihn betäubte. Komm wieder, hatte er innerlich immer wieder gesagt. Komm wieder, laß es nicht das einzige und letzte Mal gewesen sein. Sieh dir an, was sie mit mir getan haben. Nun ist auch das andere Auge zu. Aber selbst wenn ich blind werden sollte: Ich sehe dich, sehe dich ganz klar. Keine Augen brauche ich, um dich zu erkennen ...

Und nun war sie wirklich gekommen, blickte ihn an, sprach mit ihm, winkte ihm, zu ihr zu kommen. Wie klein war die vergangene Qual gegen diesen Augenblick des Glücks!

»Abgerissen?« fragte Walja und sah Mamjelew strafend an. Der lange Leutnant nickte stumm.

»Und dein anderes Auge?« Sie zeigte dabei auf Beljakows Kopf.

»Auch Major Nasarow«, antwortete Andrej Nikolajewitsch mit klopfendem Herzen. »Aber man kann's ertragen. Welche Freude, daß Sie wiedergekommen sind, Genossin Ärztin!«

Die Augen schloß er, als sie seinen Kopf untersuchte, als ihre weichen Hände über sein Gesicht tasteten und die verquollenen Augen berührten. Bleib, durchrann es ihn, bleib, laß die Hände auf meinen Augen liegen. Gibt's eine bessere Kühlung als dies? Kann etwas besser heilen als deine Finger, deine Wärme, dein Streicheln? Walja Borisowna, niederknien möchte ich vor dir und deine Füße küssen, so wie es früher die Leibeigenen bei ihren Herren taten ... nur bleib, bleib noch hier!

»Wo ist Major Nasarow?« hörte er Walja fragen.

»In der Kommandantur, sicherlich«, antwortete Leutnant Mamjelew.

»Sie führen mich gleich hin, Genosse Leutnant.«

Beljakow öffnete die Augen. Walja war von ihm weggetreten und ging hinüber zu Svetlana Victorowna. Mamjelew drehte sich brav wieder um, als er sah, wie Svetlana ihre Bluse öffnete. Die blutige Strieme auf ihrer Brust brannte nicht mehr, die Salbe hatte gut gewirkt, die Entzündung und die Schmerzen weggenommen.

»Nichts wird zurückbleiben, Svetlana«, sagte Walja zu ihr. »Gutes Heilfleisch hast du. Vielleicht nur ein schmaler weißer Streifen, wenn es kalt ist – aber wen stört's?«

»Mich nicht, aber meinen Mann, den läufigen Hund!« Svetlana Victorowna raffte die Bluse wieder zusammen. »Sie haben ihn gesehen, Genossin Ärztin?«

»Masuk? Ich habe ihm die Grüße von dir bestellt.«

»Und was hat er gesagt?«

»Gott sei gedankt, daß sie lebt. Ein Gebet will ich für sie sprechen.«

»Ein Heuchler. Oh, welch ein schmieriger Heuchler! Ein

Gebet wird er sprechen, wenn sie mich umgebracht haben.« Ihr Kopf sank nach vorn gegen Waljas Brust, und sie begann zu weinen. »Auf meinen Tod wartet er doch.«

»Warum?«

»Weil er hurt ... hurt mit einem Weibsstück, einer Hündin, einer Wolfsbrut ... Zergeht wie Butter in der Sonne, wenn er ihre Brüste sieht, ihr weizenblondes Haar, ihren runden, tanzenden Hintern ...«

»Ah. Sieh einer an. So einer ist er?« Waljas Herz schien auszusetzen, als habe der Blitz eingeschlagen. Sie hatte Mühe, sich zu beherrschen. Das muß sie sein, dachte sie. Nur sie kann man damit meinen: Jugorow teilt ein Weib mit Masuk! Man muß sich ekeln. Oder kann es sein, daß Jugorow nichts davon weiß? Liegt er ahnungslos in dem Bett, das Masuk gerade frei gemacht hat?! »Wie ... wie heißt sie ...«, fragte sie.

»Soja Gamsatowna, die Tochter von Trofimow.«

»In Lebedewka?«

»Nein!« Svetlanas Weinen stockte einen Augenblick. »Niemand will sie haben. Beleidigung ist es, wenn man sie zu Lebedewka rechnet. Allein hausen sie im Sumpf, in einem verfluchten Haus, dem Schwarzen Haus ... Wir sehen die Trofimows nicht, keiner sieht sie an, auch wenn sie in der Kirche neben uns stehen ... Fährt sie an uns vorbei, dieses Hürchen, spucken wir aus ...«

»Sie fährt? Womit?«

»Mit einem Motorrad. Woher hat sie es, fragt man? Eines Tages kam sie damit an, aus Tobolsk. Wird sich's erlegen haben bei einem einflußreichen Genossen. So ist es! Mit ihr betrügt mich Lew Andrejewitsch.«

Wieder weinte sie, drückte den Kopf zwischen Waljas Brüste und zuckte am ganzen Körper.

So eine ist sie also, das Täubchen von Jugorow! Paßt zu ihm, wenn er Aufrufe unterschreibt, daß Huren nach Nowo Gorodjina kommen sollen. Nichts anderes hat er verdient. Und doch war wenig Schadenfreude in Waljas Gedanken; viel eher war es ein zorniges Bedauern darüber, daß Jugorow sich in den Händen einer solchen Verworfenen befand.

»Mit Masuk werde ich noch einmal sprechen, Svetlana«, sagte sie und streichelte der Masuka über das Haar. »Und diese Soja sehe ich mir an.«

»Spuck ihr ins Gesicht!« schrie Svetlana. »Mitten zwischen die Augen ... Oh, Genossin Ärztin, was wird aus uns ...«

Walja befreite sich aus Svetlanas Umklammerung, drückte sie von sich weg aufs Bett zurück und ging zum Zelteingang. »Habt keine Angst«, sagte sie zu allen Geiseln. »Bald seid ihr wieder in Lebedewka. In Moskau weiß man jetzt, was hier geschieht.«

»Moskau ist weit!« rief Beljakow aus dem Hintergrund. »Was sind wir schon wert für die hohen Herren?!«

»Wartet nur ab. Vieles wird sich hier ändern.«

Sie trat ins Freie, wartete, bis Leutnant Mamjelew nachkam, und fragte dann:

»Wo wohnt der Major?«

»Dort. Im festen Haus.« Mamjelew zeigte auf die Baracke aus Fertigteilen. »Die Kommandantur.«

»Danke.«

Sie ging auf das Haus zu, allein, denn Mamjelew hatte wenig Lust, sich noch einmal anschreien zu lassen, betrat den Vorraum und öffnete die Tür des am nächsten liegenden Zimmers. Das richtige war's: Nasarow saß auf einem Stuhl, die Füße nach amerikanischer Art auf den Schreibtisch gelegt – ein zusammenklappbarer Feldtisch war's –, las die »Literaturnaja Gaseta« und rauchte dabei eine Papirossa. Mit dem Rükken zur Tür saß er. Ein schlechter Platz! Mit dem Rücken zur Wand sollte man sitzen, wann immer es möglich ist. Den Rükken frei und die Umgebung vor sich das ist ein Grundgesetz der Gangster. Da Nasarow demnach nicht sehen konnte, wer ins Zimmer gekommen war, brüllte er sofort: »Hinaus! Anklopfen und abwarten!«

»Eine ärztliche Behandlung haben Sie verhindern wollen, Major Nasarow!« sagte Walja laut. Nasarow fuhr sofort herum, seine Stiefel krachten auf den Dielenboden. Aber er sprang nicht auf, sitzen blieb er und ließ den Blick unverschämt abtastend über Waljas Körper streichen.

»Mut haben Sie ...«, sagte er und sog an seiner Papirossa.

»Warum sollte es mutig sein, Ihnen gegenüberzutreten?«

»Geschlagen haben Sie mich.«

»Den Hund schlägt man nur, wenn er den Herrn beißt ... sagt man bei uns.«

»Nicht mich haben Sie beleidigt, sondern die Uniform. Die ruhmreiche Armee. Vor ein Sondergericht könnte ich Sie stellen.«

»Nicht mehr, Genosse Major. Wir genießen jetzt die Aufmerksamkeit Moskaus.«

»Stolz sind Sie darauf, Ihr Vater und Sie, was? Blähen die Brust wie ein Truthahn. Und keiner von Ihnen weiß, daß es sich dort ruhiger leben läßt, wo Moskau nicht hinblickt. In den Winkeln und Ecken liegen die kleinen Paradiese.«

»Aber nicht da, wo man Sie antrifft, Nasarow.«

»Ansichtssache, Genossin Ärztin. Wo Frieden sein soll, muß eine harte Hand dafür sorgen. Der Mensch, dieses merkwürdige Geschöpf, erträgt keine ruhige Friedfertigkeit. Zu langweilig ist's ihm in der friedlichen Stille ... Da muß er demonstrieren, demolieren, boykottieren, mit Bomben werfen, ihm Unbequeme töten, gegen alles sein, was friedlich ist. Nie darf man diese Gattung Mensch allein lassen ohne eine Hand im Nacken. Denken Sie mal darüber nach, Sie kluge Genossin.«

»Gehört das Verbändeabreißen auch dazu?!«

»Wenn's nötig ist als Erziehungsmaßnahme, dann ja.«

»Die Geisel Beljakow wird mir täglich zweimal vorgeführt!« Ein Klang war in Waljas Stimme, der Nasarow aufmerksam hochblicken ließ.

»Vorgeführt?« fragte er gedehnt. »Was soll das heißen?«

»Zu mir in die Krankenstation wird er gebracht.«

»Ins Lager?!«

»Kennen Sie eine andere Station, Genosse Major?«

Nasarow erhob sich jetzt doch von seinem Stuhl und lächelte böse.

»Nein!« sagte er bestimmt. »Nein und nein und nein! Klar ausgedrückt?! Moskau hat befohlen, stillzuhalten; aber wo ist der Befehl, daß eine Frau einen Nasarow kommandieren kann?!«

»Als Ärztin bestimme ich ...«

Eine harte Handbewegung ließ Walja stocken. So ausgesehen hatte es, als hätte er sie schlagen wollen.

»Als Kommandant des Sondereinsatzes bestimme *ich*, daß der Soldatenmörder Beljakow das Lager nicht verläßt! Alle anderen ...« Er lachte höhnisch. »... In Honig können Sie sie einlegen, Genossin.« Er zeigte unmißverständlich zur Tür und straffte sich wie ein großer Sieger. »Sie haben Zeit, Walja Borisowna, ich nicht. Zu arbeiten habe ich. Bitte!«

Wortlos ging Walja davon. Der Hinauswurf ärgerte sie nicht, am allerwenigsten war sie beleidigt deswegen. Im Gegenteil: Fast eine Freude war's, den Kampf gegen Nasarow aufzunehmen und ihn zum Gegner zu haben. Ein Großmaul, dachte sie auch jetzt, ein Sprücheklopfer, ein eitler und deshalb sehr gefährlicher Mensch. Begreift, wie überflüssig er geworden ist, das frißt ihn auf, schon nach einem Tag. Wie sagen die Leute am Ussuri: Ein hungriger Tiger kommt bis ins Haus ... Magst ruhig kommen, Leonid Antonowitsch!

Statt nach Nowo Gorodjina zurückzufahren, lenkte Walja den kleinen Jeep zu den Baustellen am Damm. Man war hier beschäftigt, die Schäden der Sprengung zu beseitigen, schaufelte mit großen Baggern Steine, Sand und zerborstenen Beton in riesige Lastwagen mit mächtigen eisernen Wannen und zog mit den schweren Traktoren die Trümmer aus dem Sprengtrichter.

Auf einem dieser Traktoren saß Jugorow, die Mütze keck in den Nacken geschoben. Gerade schleppte er einen großen Betonklotz weg, den der Baggerlöffel nicht packen konnte. Walja fuhr neben Jugorow her, schrie ihm etwas zu, aber das Tukkern des Traktors war zu laut, um sie verstehen zu können. Jugorow blieb stehen und stellte den Motor ab.

»In Ordnung alles!« rief er und lachte wie ein spielender Junge. »Keine Wunde, keine Quetschung, keine inneren Leiden. Danke für die Fürsorge, Genossin Ärztin ...«

»Weißt du, was Soja für eine ist?« schrie sie mit triumphierender Stimme.

»Ein Sonnenstrahl in dieser grauen Welt.«

»Und wie das strahlt! Eine Hure ist sie.«

»Merkwürdig ... alle sagen das.«

»Mit Masuk liegt sie im Bett!«

»Das weiß ich.«

»Du weißt das?« Tief Atem mußte sie holen, so ungeheuerlich war die Antwort. »Noch viele Schwäger hast du im Bett. Noch viele!«

»Und ein Kind bekommt sie auch.«

»Ein – Kind?! Von dir?«

»Errichte keine Wunder, Walja Borisowna! Von Lew Andrejewitsch natürlich.«

»Und trotzdem ... trotzdem schläfst du bei ihr?«

»Genossin Ärztin!« Jugorow beugte sich zu ihr in den Jeep hinunter. Ernster war er geworden und sah sie fordernd an. »Zum Schweigen bist du verpflichtet, so wenigstens heißt es in eurem Ehrenkodex. Masuks Frau Svetlana Victorowna weiß es noch nicht, und auch von dir soll sie's nicht erfahren – verstehen wir uns? Keine offizielle Information ist's, was ich dir jetzt gesagt habe, sondern ein vertraulicher medizinischer Hinweis.« Er richtete sich wieder auf, legte die Hand an den Zündhebel und nahm ihre wütenden Blicke auf. »Treffen wir uns?«

»Nein!«

»Heute abend?«

»Nie! Nie mehr!« schrie sie zu ihm hinauf.

»Zwischen Lebedewka und Nowo Gorodjina gibt's ein schönes Fleckchen. Die ›Zehn Sänger‹ heißt es; jeder kennt's. Ich warte dort auf dich, um neun Uhr abends.«

»Wurzeln kannst du da schlagen, ehe ich komme!« rief sie, warf den Kopf in den Nacken und setzte sich hinter dem Steuer zurecht. »Schleich zu deiner Soja. Aber sei vorsichtig, Masuk könnte schon im Bett liegen!«

Sie gab Gas, der kleine Jeep machte einen weiten Sprung und schoß davon. Jugorow blickte ihr nach, lachte aus vollem Hals und zog dann weiter den großen Betonbrocken über den Boden zur Sammelstelle.

Sie liebt mich! Freunde, kommt her zu mir, alle, alle ... laßt euch umarmen ... Sie liebt mich!

Für wenige Minuten war Jugorow der glücklichste Mann am Tobol.

Zwei Tage darauf – mit Verspätung, für die keiner eine Erklärung abgab – landeten die »Geologen« Krasnikow und Meteljew mit einem Hubschrauber der zentralen Bauleitung von Tobolsk auf dem freien Feld neben dem Materiallager von Nowo Gorodjina.

Wie bei der Ankunft von Niktin empfing auch diesmal Schemjakin die Neuankömmlinge, die er für so nutzlos hielt wie kaum etwas anderes.

»Willkommen in einem Land, in dem sogar die Füchse vor Einsamkeit weinen«, sagte er und drückte jedem die Hand. Auf einen Begrüßungskuß verzichtete er, Krasnikow und Meteljew hätten ihn auch nicht erwartet. Von General Tjunin hatten sie meisterhaft gefälschte Papiere erhalten. Einen neuen Lebenslauf, den sie auswendig gelernt hatten. Mit allen Namen, Daten, Orten und Ereignissen, die hinter ihnen lagen – von den Urgroßeltern angefangen bis zu den Bräuten, die sehnsüchtig darauf warteten, nächstes Jahr in einem langen Urlaub mit weißem Kleid und Schleier in den Heiratspalast der Heimatstadt ziehen zu dürfen. Tjunin selbst hatte die neue Vita der »Geologen« abgehört und war zufrieden gewesen. Nicht nur töten konnten sie, auch intelligent waren sie. Spezialisten, wie Oberst Tobombajew sie nannte. In ihren metallenen Koffern hatten sie alles bei sich, was für ihren Einsatz nötig war: Zusammenlegbare, selbst dem allgemeinen Militär nicht bekannte Maschinenpistolen. Nachtsicht-Schießfernrohre, Ultraschall-Detektoren, die kleinste Bewegungen im Dunkeln aufzeichneten. Schalldämpfer, die ein fast lautloses Schießen erlaubten. Knopfartige elektronische Sensormikrofone, überall unterzubringen, um jedes Gespräch, jedes Geräusch zu überwachen. Schußapparate für stählerne Giftpfeile, die aussahen wie ein dicker Kugelschreiber. Beidseitig geschliffene Messer, in einen hohlen Holzgriff versenkbar. Dünne Drahtschlingen und Sprengmunition, deren Projektile im Körper explodierten. Kurz und gut: ein Arsenal für das lautlose Töten. Für das vollkommen sichere Töten.

Schemjakin, völlig ahnungslos darüber, was da aus Tobolsk zu ihm kam, fuhr die beiden Geologen zu ihrem Häuschen im Neubaugebiet von Nowo Gorodjina, einem kleinen Fertigbau mit gut isolierten Wänden für den kommenden eisigen Winter. Er lag direkt neben der Baracke, in der Jugorow sein Zimmer hatte. Es war eines jener rätselhaften Spiele des Schicksals: Die Jäger und der Gejagte wohnten Wand an Wand.

Nach dem Sirenengeheul, das den Arbeitstag beendete, stellte Jugorow seinen Traktor vor den Garagenhallen ab, säuberte ihn mit einem Wasserschlauch, spritzte den dicken Erdschmutz weg und war damit der einzige, der sein Gerät sauber ablieferte. Zwei andere Traktoristen sahen ihn scheel an, kamen zu ihm und traten gegen die hohen Räder.

»Verdirb die Sitten nicht, Igor Michailowitsch«, sagte der eine. »Kommst noch mit einem Lappen und polierst ihn, was?«

»Morgen hängt er einen Blumenkranz darum!« rief der zweite. »Mit Schleifchen! Willst einen Aktivistenorden haben, wie? Gehst in die falsche Richtung, Brüderchen. Halte dich gut mit uns, sonst bleibt dein Liebling stehen, und keiner weiß, warum!«

Sie lachten, mit einer Drohung im Ton, und gingen weiter. Noch während er den Schlauch zusammenrollte, kam auch der Vorarbeiter der Traktorenkolonne, Foma Noskow, zu ihm und stieß ihm freundschaftlich, so war's gemeint, die Faust in den Rücken.

»Eine große Familie sind wir hier«, sagte er. »Müssen wir sein in diesem Dreckland. Da geht's nicht an, daß einer das Muttersöhnchen spielt.«

»Wenn man sie pflegt, halten die Geräte länger.«

»Ist's dein Traktor? Na ...? Gibt er seinen Geist auf, kommen neue aus Tobolsk. Bessere. Ganz moderne. Daran mußt du denken, Jugorow. Putzt du dein Großmütterchen, wenn du eine junge Frau haben willst?!«

Jugorow aß an diesem Abend in der großen Kantine, ließ sich von den Küchenmädchen anstarren, gedachte der Warnung, daß alle diese Mädchen schon auf die Natschalnik-Betten »verteilt« waren, holte sein Essen an der Ausgabe ab und saß dann mit fünf anderen an einem der langen Tische, eine Flasche Bier vor sich, das leicht nach Mottenpulver schmeckte. Über zwei Lautsprecher in den Ecken der Kantine plärrte Musik ... Märsche, was sonst? Immer bloß Märsche. Nur sonntags hörte man Operettenmusik oder sogar Opern; allerdings wurde das Essen dadurch nicht besser.

Wird sie kommen, dachte er beim Löffeln der Suppe. Wird sie unter den »Zehn Sängern« stehen? Natürlich wird sie dastehen, nur um ihm zu sagen, daß sie nicht kommen will. Und er würde antworten: »So ist es, du bist nicht da«, und über sie hinwegsehen, was sie erheblich aufregen mußte.

Jugorow lächelte vor sich hin, aß den Teller leer und ging dann zu seinem Haus. Auf dem Vorbau des Nebenhauses, das bis heute mittag noch unbewohnt gewesen war, saßen in bequemen Flechtsesseln zwei fremde Männer und sonnten sich in der Abendsonne. Sie blickten hoch, als Jugorow sich ihnen näherte, und sahen ihn freundlich an.

»Neue Nachbarn?« fragte Jugorow.

»Seit drei Stunden.« Krasnikow zeigte auf das Nebenhaus. »Sie wohnen dort?«

»In nur einem Zimmerchen. Willkommen, Genossen.«

»Schönen Dank.« Meteljew machte eine weite Handbewegung. »Eine vorzügliche Brigade, so scheint's. Wohl fühlen werden wir uns.«

»Man wird sich einleben müssen.« Jugorow grüßte noch einmal, betrat die Baracke und schloß hinter sich die Tür seines Zimmers ab.

Das lose Dielenbrett hob er ab, holte das Funkgerät heraus, drückte auf einige kleine Knöpfe und sagte dann schnell: »Adler an Wolf. Adler an Wolf. Ich bin Traktorist ...«

Mehr nicht. Er versteckte das Gerät wieder unter den Dielen und warf die Arbeitskleidung ab, um sich für Walja zu waschen.

Nebenan fuhr Krasnikow wie elektrisiert aus dem Sessel, als hinter ihm eines der Geräte einen leisen summenden Ton abgab. Er stürzte ins Zimmer, gefolgt von Meteljew, der sofort einen Kopfhörer überstülpte. Aber bevor sie die Peilung einstellen konnten, war das Summen schon wieder vorbei.

»Jemand hat gefunkt«, sagte Krasnikow und drehte an verschiedenen Knöpfen. Aber er fing keinen Ton mehr auf. »Hier aus dem Lager hat jemand gefunkt ...«

»Dann wären wir richtig.« Meteljew stellte seinen Peilapparat aus. »Er ist in der Nähe. Unter uns! Melden wir es General Tjunin.«

Mit einem Spezialkurzwellengerät erreichten sie eine geheime Kontaktstelle, die sofort den Bericht weitergab nach Moskau. Nach sieben Minuten flog ein Spruch zurück:

»Gratulation, meine Lieben! Wer hat schon soviel Glück? Wenn Gegner erkannt, sofort liquidieren. An einem Prozeß ist niemand interessiert. Tjunin.«

Eine halbe Stunde später verließ Jugorow das Haus und ging zu Vorarbeiter Foma Noskow. Noskow besaß ein Fahrrad und war verwundert, als Jugorow hereinkam und sagte: »Foma Piotrowitsch, leihst du mir das Liebste, was du hast?«

Noskow verstand sofort, was gemeint war, und antwortete: »Mein Rad? Wozu?«

»Ein kleines Abenteuer, Brüderchen.« Jugorow blinkerte mit den Augen. »Verstehst du?«

»Ist kaum da und hat schon einen Rock!« rief Noskow erstaunt und anerkennend zugleich. »Nimm's dir, Igor Michailowitsch ..., aber leg dich beiseite, tu's nicht auf dem Sattel; der Sattel ist alt und zerbrechlich.« Er lachte herzhaft über diese Feststellung und winkte Jugorow mit einem Zungenschnalzen zu.

Jugorow bedankte sich, nahm das Fahrrad und schwang sich auf den Sattel. Die beiden neuen Mitarbeiter saßen noch immer in ihren Flechtsesseln und genossen die warme Dämmerung. Von den Mücken werden sie bald ins Haus getrieben, dachte er, trat kräftig in die Pedale und freute sich auf Walja Borisowna.

Aber sie war nicht gekommen. Einsam lagen die »Zehn Sänger« in der Nacht. Das enttäuschte ihn sehr. Er fuhr weiter nach Lebedewka, ging in Korolews Haus und sagte ohne Umschweife zu ihm: »Morgen brauche ich zehn Kilo Dynamit.«

Der Rückweg führte Jugorow wieder an den »Zehn Sängern« vorbei. Eine andere Straße gab es nicht nach Nowo Gorodjina. Er konnte nur langsam fahren, denn das Rad besaß keine Lampe, und die Nacht war verhangen. Eine Wolkendecke trennte Himmel und Erde; eine Finsternis war's, daß man, auch wenn das Auge inzwischen an die Dunkelheit gewöhnt war, sich nur langsam vorwärtstasten konnte.

Plötzlich flammte grelles Licht auf; zwei Autoscheinwerfer blendeten Jugorow so vollständig, daß er stehenblieb, die Arme vor die Augen legte und nun überhaupt nichts mehr sah. Er drehte sich weg von dem Licht, und ein merkwürdiges Gefühl überfiel ihn.

Fast gleichzeitig mit dem Aufflammen der Scheinwerfer, nur Sekunden später, peitschte ein Schuß durch die Stille. Woher er kam, ob aus der Richtung des Lichtes oder von einer anderen Seite, das konnte er nicht sagen. Neben ihm, in das Vorderrad, schlug die Kugel ein, doch geistesgegenwärtig schnellte sich Jugorow weg, hinaus aus dem Licht und zur Seite in das trockenharte Gras. Dort rollte er sich weiter, preßte sich fest an den Boden, wartete. Mehr war nicht zu tun. Noch einmal hatte der unsichtbare Schütze geschossen, als wolle er Jugorow im Sprung noch treffen – dann zerschnitt ein heller Aufschrei die Nacht, die Autoscheinwerfer erloschen, und die Finsternis wurde undurchdringlich.

Jugorow blieb liegen, ein Bein angezogen, mit gespannten Muskeln, um sofort aufzuspringen, falls sich ihm jemand näherte. Und dann war da plötzlich eine Stimme, entsetzt, schrill, verzweifelt:

»Igor! Was ist mit dir? Wo bist du? Hat er dich getroffen? Igor ... gib Antwort ... wo bist du ... O Gott, o Gott, sie haben ihn getötet, keine Antwort gibt er mehr ... Igor! Sag doch ein Wort, nur ein Wort nur ... Oh, ihr verfluchten Hunde! Ihr Mörder! Mörder!!«

Jugorow wartete noch, obwohl es ihm weh ums Herz war, Walja so verzweifelt schreien zu hören. Oder war's nur eine Falle? Sollte er hervorgelockt werden, gutgläubig und verliebt? Eine Zielscheibe, die man nicht verfehlen würde?!

Er blieb liegen, aber dann sagte er deutlich:

»Ich lebe ...«

»Igor!« Ihr Aufschrei mußte die Wolken aufreißen. »Wo bist du?«

»Bleib stehen, wo du bist!« Er rollte sich wieder lautlos weiter, damit der Schütze nicht in die Richtung seiner Stimme zielen konnte. »Sei ganz ruhig ... Wo stehst du?«

»Vor den ›Zehn Sängern‹.«

»Mach die Scheinwerfer an und fahr einen kleinen Kreis.«

»Nein!«

»Tu es!« rief er laut und hart.

Das grelle Licht flammte erneut auf, dann sprang der Motor des kleinen Jeeps an, und Walja fuhr vor den »Zehn Sängern« einen Kreis. Jugorow hatte den Kopf über das hohe Gras gehoben und beobachtete die angeleuchtete Umgebung. Als die beiden Lichtkegel zu ihm kamen, drückte er sich wieder tief auf den Boden. Am Ausgangspunkt angekommen, stellte Walja den Motor ab.

»Licht aus!« rief Jugorow und sprang auf, als die Scheinwerfer erloschen. Mit ein paar weiten Sätzen war er bei Walja, sah nur schattenhaft ihren Körper, riß sie an sich, drückte sie an seine Brust, und ihr Zittern war so heftig, daß ihn Angst überfiel, ihr Herz könnte jeden Augenblick versagen.

»Waljaschka ...«, sagte er innig und küßte ihre flatternden Augen. »Walja, du bist doch gekommen ... Welch ein Glück ... Mein Liebes ... mein Liebstes ... Welche Traurigkeit war in mir, als du nicht hier warst ...«

»Geschossen haben sie«, stammelte sie, und ihre Stimme hatte jeden schönen Klang verloren. »Auf dich geschossen ... Töten wollten sie dich ... Wer bloß ... wer? Wem hast du etwas getan? Oh, Igor, und ich habe ihnen auch noch Licht gemacht!«

»Geschickt hat man das ausgenutzt. Jemand muß dich beobachtet haben, und dann lauerte der Schweinehund im Gebüsch und wartete, um uns zu überraschen. Fast wär's ihm gelungen.« Er küßte wieder Waljas Augen und dann die Lippen, schmeckte das Salz, das ihre Tränen hinterlassen hatten und tastete dann mit seinen Lippen die tränenfeuchten Spuren ab. »Ein schlechter Schütze ist er.«

»Gelobt sei Gott, daß es so ist. Hast du dir weh getan beim Sturz?«

»Nicht der Rede wert. Vielleicht eine Prellung.«

»Steig in den Jeep. Wir fahren sofort zurück. Untersuchen muß ich dich.«

»Warum bist du doch gekommen, Waljaschka?«

»Um dir zu sagen, wie ich dich hasse ... nur darum ...«

»Ich spüre es«, sagte er zärtlich. »Welch ein Haß!«

»Gibst dich mit einer Hure ab!«

»Masuk!« Jugorow löste die Arme von Walja und hob wie ein Wild witternd den Kopf. »Masuk ...«

»Was ist mit ihm?«

»Er könnte es gewesen sein. Der hinterhältige Schütze.« Etwas entfernt von ihnen, aber klar genug, daß man es erkennen konnte, klang jetzt das Getrappel von Pferdehufen auf. Im Galopp ritt der Unsichtbare durch die Nacht. »Da ist er!« schrie

Jugorow. »Hinterher! Zum Wagen, Walja ... Wir sind schneller als sein Pferd! Einholen werden wir ihn.«

Walja klammerte sich an ihn, hielt ihn fest, ließ sich nicht mitzerren zum Wagen.

»Nein!« rief sie voller Verzweiflung. »Nein, Igor! Bleib, bleib bei mir. Ein Gewehr hat er, und du hast nichts. Aus dem Sattel heraus wird er dich töten ... Ich flehe dich an: Laß uns zurück nach Nowo Gorodjina fahren!«

Das Galoppieren verklang in der Ferne, dort, wo Lebedewka lag. Kein Zweifel, aus Lebedewka kam der Tod, und außer Masuk wußte Jugorow im Augenblick keinen, dem er im Weg stand. Es war nötig, sich um ihn zu kümmern.

Jugorow stieg in den Jeep. Walja setzte sich neben ihn, legte den Arm um seine Schultern, und noch immer zitterte ihr Körper.

»Ich liebe dich ...«, sagte sie plötzlich. »Warum sage ich es als Frau zuerst? Weiß ich's?! Mein Herz schlägt nur noch deinen Namen.«

»Du kennst mich kaum.« Er küßte ihre Stirn und starrte in die Finsternis. »Was weißt du schon über mich? Komme von irgendwoher, laß mich anstellen von deinem Vater, fahre einen Traktor ... Was kennst du mehr von mir?«

»Deine Augen, deinen Mund, deine Hände, deine Stimme ... unendlich viel ...«

»Wie groß ist deine Liebe?«

»Wie soll man das beschreiben!«

»Wenn du mich liebst, dann packe morgen deine Koffer und fahr zurück nach Tobolsk. Frag nicht, warum. Verlaß das Lager.«

»Nein!«

»Walja ...«

»Nicht ohne dich. Allein soll ich in Tobolsk sitzen, jetzt noch allein? Überall werde ich sein, wo auch du bist.« Sie löste den Arm von seiner Schulter, griff ihn an den Aufschlägen seiner Jacke und zog ihn zu sich herum. »Oder ist es eine Lüge? Ist das ein Abenteuer mit der Genossin Ärztin? Sag es, sag es nur frei heraus ... ehrlich sag es ... Wer wird's dir übelnehmen ..., ich kann's vertragen, ich werd's hinunterschlukken ..., bin nicht so eine, die sich an Männer wirft ... Wenn's ein Irrtum war, muß man es hinnehmen. Die Wahrheit sagst du jetzt, Igor Michailowitsch!«

»Wenn es eine Liebe gäbe, mit der man noch eine zweite Sonne erschaffen könnte, dann wäre es meine! Waljaschka, oh, lebten wir doch in einem anderen Land ... irgendwo. Jeder Flecken Erde wäre gut, ob am Amur oder am Jenissej, am Eismeer oder auf Kamtschatka; überall wäre es schön mit dir – nur nicht hier, am Tobol, in diesen Sümpfen, in Nowo Gorodjina, an dieser Trasse des geplanten Kanals ...«

»Dann laß uns weggehen, Igor, einfach weggehen. An den Amur, wenn du willst. Auch dort, überall braucht man Ärzte. Warum müssen wir am Tobol bleiben?«

Er sagte nichts dazu, aber er dachte schweren Herzens: Auf diese Frage gibt es keine Antwort, Walja Borisowna. Du liebst Jugorow, aber der echte Igor Michailowitsch liegt längst begraben unter einem verwitterten Holzkreuz auf dem Friedhof von Omsk. Wie könnte man dir das jemals offenbaren? Würdest du es begreifen? Nein, nie könntest du das. Ein Schauder würde dich packen, Entsetzen dein Herz zu Eisen werden lassen, solltest du jemals erkennen, wen du liebst. Wie schwer ist's jetzt in mir ... Eine große Aufgabe habe ich zu erfüllen, und du stehst zwischen meinem Gefühl und meiner Pflicht. Waljaschka, flieh nach Tobolsk! Flieh dahin, wo ich dich wiedertreffen kann ..., als ein befreiter Mensch, der sich Jugorow nennt und Jugorow bleiben wird bis ans Ende seiner Tage. Dann wird man ein Geheimnis mit Erde zudecken, und das ist gut so für uns alle ...

Laut sagte er mit großer Zärtlichkeit: »Laß mich ins Lager fahren. Wir werden morgen darüber sprechen. Freuen sollten wir uns, daß der hinterhältige Kerl ein so schlechter Schütze ist.«

Sie nickte, legte den Kopf an seine Schulter, und so fuhren sie nach Nowo Gorodjina zurück.

Vor seinem Zimmer gab Jugorow ihr wieder einen Kuß, wünschte ihr eine ruhige und schöne Nacht und schloß die Tür auf. Wie selbstverständlich folgte sie ihm in den Raum, verriegelte hinter sich die Tür, zog ihre Bluse aus und ließ den Rock auf ihre Füße fallen.

Auch Jugorow sagte kein Wort, als er sie auf seine Arme hob und durch das Zimmer zum Bett trug ...

Am Morgen fuhr Walja Borisowna den Jeep vor die Tür von Schemjakins Haus, setzte sich nach einem Gruß, den niemand erwiderte, an den Tisch, wo die Eltern die Morgenmahlzeit einnahmen, griff zu Brot und Messer und ließ Honig auf die Schnitte laufen.

Schemjakin sah sie wortlos an, erhob sich kurz darauf und ging hinüber in sein Büro. Nur Olga Walerinowna, die Mutter, sagte, als sie Waljas Tasse mit neuem Tee füllte:

»Alt genug bist du, Töchterchen, um zu wissen, was du tust. Nur wirf dich nicht weg ... Niemand ist doch hier, zu dem du gehören könntest!«

Zur Mittagszeit, als die Arbeitenden draußen an den Baustellen die Maschinen abstellten und in langer Reihe mit tiefen, emaillierten Schüsseln in der Hand am Küchenwagen vorbeizogen und ihre Suppe in Empfang nahmen mit Bemerkungen wie: »Brüderchen Koch, das ist heute wieder eine Jauche!« ... »Frißt er das selbst auch, he, fragt ihn mal; einen Saumagen muß man haben!« ... »Wißt ihr, wie man eine Suppe verlängert? Die halbe Brigade pißt hinein!«, und als Jugorow neben seinem Traktor saß und bereits seine Schtschi löffelte, dicke Brotstücke hineinstreute, nicht ohne zu seinen Nebenmännern ein fröhliches »Prijatnogo appetita!« zu rufen – da erschütterte auf einmal ein gewaltiger Knall die ganze Gegend. Dort, wo das Lager stand, stieg eine riesige Rauch- und Erdwolke in den Himmel, und selbst bis hierhin spürte man einen Ausläufer der Druckwelle.

Alle sprangen auf, liefen zusammen, schrien durcheinander und starrten auf den Staubregen, der schnell vom Himmel verschwand. Zugleich schrillten die Alarmsirenen, die Männer sprangen zu ihren Fahrzeugen, und von allen Seiten schob sich alles, was fahren konnte, nach Nowo Gorodjina zurück. Auch Jugorow saß auf seinem Traktor und fuhr so schnell, wie der brüllende Motor es hergab, in der Masse mit. Jeder bedrängte jeden, entsetzliche Flüche brüllte man sich zu, aber irgendwie erreichte der in sich verkeilte Haufen das Lager und die Stelle der Katastrophe.

Schemjakin hatte die Mittagspause, in der die Innendienstler in der Kantine aßen, wahrgenommen, um die neuen »Geologen« Krasnikow und Meteljew in die Probleme ihrer neuen Wirkungsstätte einzuweihen. Vor einer großen Karte standen sie, und Schemjakin gab gerade mit vorsichtigen Worten zu verstehen – er kannte ihren wahren Auftrag ja nicht –, daß für Geologen kein Neuland mehr vorhanden sei. Alles sei vermessen, kein Geheimnis gebe es mehr bei den Bodenbeschaffenheiten. Da flogen durch die fürchterliche Explosion die Scheiben aus Schemjakins Büro, mitgerissen von dem riesigen Sog. Während Schemjakin sich vor Schreck nur an die Wand lehnte, warfen sich Krasnikow und Meteljew auf den Boden, so wie sie es bei Gorkij gelernt hatten.

Minuten später standen alle drei an der Stelle, wo einmal das Maschinenlager gewesen war. Die Halle gab es nicht mehr. Die wertvollen Maschinen waren zu bizarren stählernen Gebilden zerrissen. Die Balken und Holzfertigwände brannten. Ein tiefes Loch war in die Erde gesprengt ...

Mit versteinertem Gesicht wandte sich Schemjakin ab. Die Feuerwehr, die mit Sirenengeheul heranpreschte und, hundertmal geübt, die Schläuche in wenigen Minuten ausgerollt hatte, bekämpfte völlig sinnlos einen Brand, der nichts mehr bedrohen konnte, weil ohnehin schon alles zerstört war.

Schemjakin hatte sich auf einen weggeschleuderten Schemel gesetzt, kraftlos, als habe die Explosion auch seine Knochen zerstört, und starrte vor sich hin. Erst der Damm, jetzt das Maschinenlager ... Laßt uns nach Hause fahren. Genossen. An diesem Mittag hat man uns die Hände abgehackt ...

Von der Sanitätsstation her raste Walja mit ihrem Jeep heran. Sie bremste kreischend, stürzte auf ihren Vater zu und starrte genau wie er entsetzt auf den brennenden, qualmenden Trümmerhaufen.

»Ist jemand verletzt?« rief sie. »War jemand in der Werkstatt? Warum spritzen sie nur Wasser hinein ..., warum sieht keiner nach?!«

Wegrennen wollte sie, hinüber in das Chaos – aber sie kam an Krasnikow nicht vorbei; er hielt sie fest. Ein schneller Blick zu Meteljew, und sie verstanden sich: das Nachtvögelchen! Hat ein Nestchen nebenan beim Nachbarn. Wer kann ihr's verwehren? Ein kräftiger, schöner Kerl ist er, der Genosse Wand an Wand. Und mutig ist sie, will sich in die noch glühende Ruine stürzen.

»Wenn jemand drin war«, sagte Krasnikow und umklammerte ihren Arm, »hilft selbst ein Pflästerchen nicht mehr. Auch Salben braucht er nicht mehr. Kann sein, daß man ihn später zusammensetzen muß.«

»Loslassen!« schrie Walja, und ihr wilder Blick traf Krasnikow bis ins Herz. »Ärztin bin ich! Lassen Sie los!«

»Dort gibt es niemanden mehr, dem du helfen könntest«, sagte Schemjakin und erhob sich seufzend von dem Schemel. Er legte den Arm um Walja und wandte sich an Krasnikow und Meteljew. »Meine Tochter ..., das ist meine Tochter Walja ... Und das, Töchterchen, sind die neuen Geologen Krasnikow und Meteljew, extra aus Moskau gekommen, um uns zu helfen. Einen Empfang haben sie jetzt erlebt, der ihnen zeigt, was sie hier erwartet. Fühlen Sie sich wohl bei uns!«

Die ganze Bitterkeit eines zutiefst verstörten Menschen lag in diesen Worten; kein Spott, keine Ironie – nur eine grenzenlose Hilflosigkeit und Trauer.

»Ein Spezialist war hier am Werke«, berichtete zwei Stunden später Meteljew und wies auf einige gefundene Splitter, die er in einem Plastikbeutel sichergestellt hatte. Schemjakin saß am Telefon, er hatte an die Zentrale in Tobolsk einen Bericht durchgegeben. Das Feuer war gelöscht, die Trümmer hatte man durchsucht, aber keinen zerfetzten Leib gefunden. Keine einzige Maschine war mehr brauchbar, die Zerstörung vollkommen – eine vorzügliche Arbeit der Saboteure. »Interessantes haben wir gefunden!« Meteljew legte den Plastikbeutel auf den Tisch. »Teile einer Uhr, einer Weckuhr ... Einen Zeitzünder hat der Kerl gebraucht, eingestellt auf die Mittagszeit. Er wußte, daß dann alle weg waren zum Essen, er wollte keine Toten. Nur das Material sollte vernichtet werden.«

»Ein lieber Mensch.« Schemjakin stützte den Kopf in beide Hände. »Muß ich ihn nicht umarmen und küssen, wenn er vor mir steht?«

Es klopfte kurz, die Tür flog auf, und Schemjakins Stellvertreter – der Ingenieur Fjodorow – stürzte in den Raum. Rot wie ein Ziegelstein war er vor Zorn und stotterte vor Erregung: »Abgesperrt hat er alles ..., will jeden verhören ..., befiehlt alle in die Kantine ... Sechs Leute hat er schon geschlagen ...«

»Wer?« fragte Krasnikow, noch nicht informiert über alle Vorkommnisse im Lager.

»Major Nasarow!« schrie Fjodorow. »Benimmt sich wie ein tollwütiger Hund.«

Krasnikow schüttelte den Kopf, winkte Meteljew zu, und beide gingen sie zur Tür. »Einen solchen Mann muß man sich ansehen«, sagte Krasnikow dabei. »Kommen Sie mit, Boris Igorowitsch?«

Schemjakin winkte ab, als wolle er sagen: Geht hin, aber auch euch wird er anbrüllen. Hilflos ist er doch wie wir alle, nur überdeckt er's mit Schreien. Was wird morgen in die Luft gejagt? Die Küche? Die Magazine? Das Heizwerk, die Elektrozentrale, mein Haus, die Wohnbaracken? Wer weiß es? Wo wir auch geh'n und sitzen: Überall kann zwischen uns eine Bombe sein. Vielleicht hat auch Nasarow nur Angst ... Der Gegner aus dem dunkeln ist überall ...

Major Nasarow hatte wirklich die Trümmer abgesperrt. Eine Kette aus seinen Rotarmisten riegelte auch die Zufahrt nach Nowo Gorodjina ab. Mamjelew und zwei andere Offiziere versuchten, Ordnung in den zusammengeballten Haufen der

Arbeiter zu bringen, und schrien immerfort: »Aufstellen! In Viererreihen aufstellen! Wollt ihr wohl, ihr Holzköpfe?! Sollen wir euch Beine machen? In die Kantine, alle ... alle ... Lauft schon, ihr Scheißkerle ... lauft ...«

Auch Meteljew und Krasnikow wurden mit solchen Worten empfangen, kümmerten sich jedoch nicht darum und gingen weiter zu Nasarow, der wie ein Feldherr vor der zerstörten Halle stand. Ein Unteroffizier, der Krasnikow am Ärmel packte und wegreißen wollte, traute seinen Ohren nicht, als dieser Zivilist zu ihm sagte: »Du läßt mich sofort los ... In drei Sekunden kommt ein Tritt zwischen deine Beine.«

»Genosse Major!« brüllte der Unteroffizier, sprang von Krasnikow zurück und zielte mit der Maschinenpistole auf dessen Leib. »Widerstand, Genosse Major! Ein Angriff!«

Nasarow betrachtete die beiden Zivilisten, die sich nicht stören und aufhalten ließen und auf ihn zukamen, mit zusammengekniffenen Augen.

»Aha!« rief er, als Meteljew und Krasnikow vor ihm standen. »Zwei Mutige! Soviel Mutige überall, und man kann ihnen die Ärsche wegsprengen, ohne daß sie's merken.«

»Major Nasarow?« fragte Meteljew höflich. »Sind Sie's?«

»Ihr kennt mich noch nicht? Neu im Lager? Das läßt sich nachholen!«

»Wir gestehen«, sagte Krasnikow ebenso höflich wie Meteljew, »wir sind neu im Lager. Gestern erst angekommen. Aus Moskau. Aus dem Stab des Ministeriums für Bodenverbesserung und Wasserwirtschaft des Genossen Nikolaj Wassiljew. Eine große Aufgabe haben wir hier übernommen. Nun fragen wir: Was tun Sie hier, Genosse Major?«

»Ihr fragt *mich?«* sagte Nasarow, erschüttert über soviel Frechheit.

»Sie hörten es, Genosse.«

»Mamjelew!« brüllte Nasarow. »Mamjelew zu mir!«

Der lange Leutnant ließ von dem wie eine Kuhherde im Gewitter zusammengedrängten Arbeiterhaufen ab und lief zu seinem Kommandeur. Der Unteroffizier hinter Meteljew und

Krasnikow hob die Maschinenpistole. Nicht gut sah es aus. Ein Raunen flog über den Platz. Von allen Seiten, auch von rückwärts aus der Kantine, liefen die Männer zusammen. Es nutzte nichts, daß man sie mit Kolben schlug: Sie drängten die Soldaten weg, überspülten sie wie eine große Welle. Wer hält ein Meer auf, wenn es heranflutet ...

»Noch eines«, sagte Krasnikow mit bewundernswerter Ruhe. »Mein Rat ist's, die Truppe zurückzuziehen.«

»Sein Rat ist's!« brüllte Nasarow auf. »*Mein* Rat ist, euch euer Hemd in den Mund zu stopfen. Gleich geht's los ...«

»Ich warne Sie, Major Nasarow.«

»Er warnt mich!«

Nasarow kam nicht mehr dazu, das auszuführen, was er im Sinne führte. Jugorow brach durch die Menge, rannte über den abgesperrten Platz und rief dabei:

»Telefon! Anruf für Major Nasarow. Anruf in der Bauleitung. General Pychtin für Major Nasarow ...«

Nasarow stutzte, hob die Schultern und ging mit schnellen Schritten davon. Durch eine Gasse von Leibern lief er hinüber zu Schemjakins Haus.

»Kommen Sie!« sagte Jugorow schnell zu Krasnikow und Meteljew. »Gehen wir in unsere Zimmer. Daß man uns aufhält, glaube ich nicht. Gehen wir, bevor Nasarow zurückkommt.«

Sie verließen die Absperrung, und tatsächlich hielten Mamjelew und die anderen Soldaten sie nicht auf. Unangefochten erreichten sie ihr Quartier. Erst dort gestand Jugorow aufatmend und mit einem zufriedenen Grinsen: »Kein Anruf für Major Nasarow. Nur eine plötzliche Eingebung war's von mir. Den muß ich weglocken, dachte ich, das ist die beste Methode.«

»Er wird es Sie büßen lassen«, sagte Krasnikow ernst. »Wenn Sie sich nicht eine Zeitlang verkriechen. Kann die Genossin Ärztin Sie schützen?«

»Was soll die Ärztin hierbei?«

»Wir wohnen Wand an Wand, mein Freund.« Krasnikow

klopfte Jugorow auf die Schulter. »Zwei unangenehme Schläfer sind wir; ein kleines Geräusch, und wir wachen auf ...«

»Sie sprechen nicht darüber ...«

»Trauen Sie uns das zu?«

»Noch eine Frage hätte ich: Was würden Sie getan haben, wenn Nasarow dazu gekommen wäre, Sie zu mißhandeln?«

»Ich weiß es nicht«, antwortete Krasnikow, aber er wußte es genau. »Ich habe gehofft, daß es nur eine leere Drohung blieb.«

»Nicht bei Nasarow! Im Militärlager hält er zehn Geiseln fest. Das Dorf Lebedewka hätte er fast abgebrannt.«

»Warum?«

»Die Saboteure kommen aus dem Dorf, sagt er.«

»Ein Unsinn ist's, weiter nichts. Hier arbeitet ein Spezialist.«

Durch Jugorow fuhr ein Ruck. Scheinbar harmlos fragte er: »Woher wissen Sie das, liebe Freunde?«

»Man weiß noch nichts Bestimmtes, aber alle munkeln so herum. Die Sprengung heute mittag war ein Meisterwerk. Zeitzündung mit einer Weckuhr.«

»Nicht für möglich soll man's halten. So etwas gibt es?«

»Einen Teil der Uhr habe ich zufällig gefunden«, sagte Meteljew. »Wir Geologen finden immer was.« Er lachte über diesen Witz und ging auf den kleinen Vorbau des Hauses. »Dürfen wir Sie einladen, Genosse? Etwas Kostbares haben wir mitgebracht aus Moskau: Grusinischen Kognak. Trinken wir auf Ihren Einfall mit dem Telefon und daß Nasarow Sie so schnell nicht wiedersehen möge!«

Sie gingen in Meteljews Zimmer; ein großer, schöner Raum war's, nur spärlich möbliert, und setzten sich in drei Korbsessel. Nebenan in Krasnikows Zimmer standen die empfindlichen Such- und Meßgeräte und zeichneten alles auf, was im Äther herumschwirrte. Wie konnte das Jugorow ahnen?

Meteljew holte aus seinem Wandschrank die köstliche Flasche, schenkte in Wassergläser ein – man hatte nichts anderes – und prostete Jugorow zu.

»Ich heiße Babrak Awdejewitsch Meteljew.«

»Ich – Victor Ifanowitsch Krasnikow.«

»Ich – Igor Michailowitsch Jugorow ...«

»Auf unser Wohl!« rief Meteljew.

»Auf ein langes Leben trotz Nasarow!« scherzte Krasnikow.

»Auf gute nachbarschaftliche Freundschaft – und einen besseren Schlaf!« sagte Jugorow.

Sie lachten und stießen an. So fröhlich haben Jäger und Gejagter noch nie zusammengesessen ...

In der Nacht löste Jugorow wieder die lose Bodendiele in seinem Zimmer, holte sein Funkgerät hervor und rief: »Adler an Wolf! Adler an Wolf!« Und als Wolf sich meldete, sagte er schnell: »Aktion eins beendet.«

Zur gleichen Zeit, Zufälle haben oft etwas Perverses an sich, saßen auch Krasnikow und Meteljew am Funkgerät und berichteten dem Kontaktmann zu General Tjunin die Ereignisse des verflossenen Tages. Meteljew sprach den Text und wurde plötzlich durch einen harten Griff gestoppt. Krasnikow zeigte auf eines der Meßgeräte. Über der Skala zitterte die Nadel.

»Da funkt er wieder, der Hund ... da ist er ...«, sagte er heiser vor Erregung.

»Dummheit, das sind wir!« Meteljew lächelte Krasnikow an. »Wir haben uns selbst im Sucher. Paß auf, ich schalte kurz ab.«

Er drehte an einem Knopf, es knackte leise, und die Nadel auf der Suchskala blieb auf Null stehen. Sie mußte es – in diesem Augenblick hatte nämlich auch Jugorow ausgeschaltet.

»Überzeugt?« fragte Meteljew.

»Ja.«

Meteljew ging wieder auf Sendung, sagte: »Entschuldigung, Genossen, hier wurde nur etwas Technisches demonstriert«, und ergänzte dann seine Meldung für General Tjunin.

Nachdenklich saß Krasnikow neben ihm und schwieg. Merkwürdig ist's doch, dachte er, aber er sagte nichts, um nicht erneut Meteljews Spott zu hören. Wir sprechen jetzt ja wieder ..., und dennoch schlägt die Nadel nun nicht mehr aus!

Zwei Tage gingen dahin mit der Arbeit am Damm, mit dem Aufräumen der zerstörten Halle, mit Untersuchungen an der Explosionsstelle, mit langen Telefongesprächen nach Tobolsk und Moskau. Ein wenig blaß wurde selbst Schemjakin, als ihn am zweiten Tag das KGB verlangte: Ein General Kulpakow wollte ihn sprechen.

Schemjakin hielt die Sprechmuschel zu, nickte zu seiner Frau, sie solle herkommen, und flüsterte ihr zu: »Die KGB-Zentrale in Moskau. Geht's um meinen Kopf? Ruf Walja ..., vielleicht müssen wir heute noch packen ...«

Aber Schemjakin täuschte sich. Sehr freundlich war General Kulpakow, sprach ihm sein Mitgefühl aus über das neuerliche Unglück – sie wissen alles in Moskau, durchfuhr es Schemjakin eiskalt – und sagte dann:

»Behalten Sie die Ruhe, Genosse Schemjakin! Was immer auch noch geschehen mag: Beißen Sie die Zähne zusammen. Die Sieger am Ende sind wir.«

»Geschehen? Sie rechnen damit, Genosse General, daß noch mehr sabotiert wird?« Schemjakin blickte an die Wand mit der Karte der eingezeichneten Trasse des Sib-Aral-Kanals. »Wir ... wir können uns davor nicht schützen ... Sie wissen das, Genosse General ... Plötzlich geht eine Bombe in die Luft ..., liegen irgendwo Minen ... Ein hinterhältiger Krieg im Frieden ...«

»Verlieren Sie nicht die Nerven, Schemjakin«, sagte Kulpakow eindringlich. »Wir beobachten alles.«

»Von Moskau aus? Wo ich doch selbst hier vor Ort nichts sehen kann!«

»Bleiben Sie stark. Das wollte ich Ihnen sagen.«

»Und wie soll ich weiterarbeiten ohne Maschinen?«

»Sie werden neue bekommen.«

»Die man wieder in die Luft sprengt ...«

»Nich mehr lange. Vertrauen Sie darauf, daß wir Spuren lesen können. Stark bleiben, Genosse Schemjakin!«

»Ich werde mir Mühe geben, Genosse General.«

Schemjakin legte den Hörer zurück und blickte in die fragenden Augen von Olga Walerinowna. Auch Walja war gerade hereingekommen.

»Stark sollen wir sein«, sagte er voll Bitterkeit. »Stark! Und sie rechnen damit, daß noch mehr geschieht. Wie herrlich stark kann man sein, wenn man in Moskau hinter dicken Mauern sitzt!« Er sah Walja an und faltete die Hände. »Was sagt man in der Brigade? Du erfährst mehr als ich. Vor der Ärztin machen sie den Mund auf. An mir schleichen sie sich vorbei.«

»Vor drei Tagen wollten sie Igor Michailowitsch töten ... nachts ... Aus dem Hinterhalt ... beschossen haben sie ihn ...«

»Wer ist Igor Michailowitsch?« fragte Schemjakin und trank einen Wodka, den ihm die Schemjakina brachte.

»Jugorow, Vater.«

»Woher weißt du das?«

»Ich war dabei.«

»Du warst ... drei Tage ist es her ... die Nacht, in der du nicht zu Hause warst.«

»So ist es, Vater.«

»Jugorow ist es also?!« Mit der Faust hieb er auf den Tisch, warf das leere Glas an die Wand und sprang auf. »Ein hergelaufener Traktorfahrer ... Meine Tochter, *meine* Tochter bleibt nachts bei einem Traktorfahrer?! Entlassen wird er, auf der Stelle! Aus Nowo Gorodjina lasse ich ihn hinaustreiben ...«

»Erstaunlich, wieviel du schon von Nasarow gelernt hast, Vater.«

»*Was* sagst du da? Ah, die Genossin Ärztin bleibt immer noch meine Tochter ..., und wenn sie dreißig ist oder vierzig oder fünfzig ..., wenn ich an Krücken gehe oder im Stuhl gefahren werde ..., meine Tochter bleibt sie bis zum Ende, und ich schlage sie, wenn sie ungehorsam ist!«

Er hob die Hand, die Schemjakina stieß einen klagenden Laut aus, aber sie stellte sich nicht dazwischen – denn, daß es Jugorow war, erschütterte auch sie. Gedacht hatte sie an einen der jungen Ingenieure im Konstruktionsbüro, und das wäre schon arg gewesen. Aber Jugorow?

»Schlag zu, Väterchen«, sagte Walja mit fester Stimme. Sie

reckte sich, hielt ihm ihr Gesicht hin und schloß die Augen. »Schlag deine Tochter – doch was wird's nützen? Wirfst du Igor hinaus, gehe ich mit ihm. Wohin er auch zieht: Ich bin bei ihm. Schlag mich, Väterchen ...«

Schemjakin ließ die erhobene Hand sinken und setzte sich wieder an seinen Tisch. Was kann ein Mensch alles ertragen, dachte er. Ist es nun Stärke oder Feigheit, auch das hinzunehmen: Walja verläßt uns, läuft einem Mann nach, der unter ihrer Würde ist. Nie werden wir mehr von ihr hören ... Das einzige Glück unseres Lebens geht davon. Olga Walerinowna, warum bin ich denn so allein?

»Man ... hat auf ihn geschossen?« fragte er, um der qualvollen Stille ein Ende zu machen.

»Ja. Bei den ›Zehn Sängern‹.«

»Da ... habt ihr euch getroffen?«

»Ja.«

Schemjakin stöhnte leise und schloß die Augen. Draußen im weiten Land, nachts, wie eine Hündin den Hund ... meine Tochter ...

»Wer hat auf ihn geschossen?«

»Wenn man das wüßte! Zweimal hat dieser Unmensch geschossen, dann ritt er davon.«

»Ritt davon?« Schemjakins Kopf schnellte hoch.

»Deutlich war's zu hören. Im Galopp ritt er.«

»Kein Irrtum, Walja?«

»Nein, Vater. Auch Igor sagte: Er hat ein Pferd. Mit dem Wagen wollte er hinterher ... Festgehalten habe ich ihn. Ich hatte solche Angst.«

»Wäre er ihm doch gefolgt, dann wüßten wir jetzt mehr!« rief Schemjakin. »Immer diese Weiberangst!«

»Vielleicht war's eine Warnung, Vater? An der Seite deiner Tochter wird ein Mann erschossen ... Ist das keine deutliche Botschaft?«

»Und warum hast du drei Tage lang geschwiegen?«

»Geschämt hat sie sich«, warf die Schemjakina ein. »Natürlich hat sie sich geschämt. Verstehst du das nicht? Wie war's bei uns, Boris Igorowitsch? Geweint habe ich in unserer ersten Nacht ...«

Schemjakin winkte energisch ab, schämte sich jetzt selbst über seine Frau. So eine Erinnerung gehörte nicht vor die Ohren einer Tochter. Ruckartig blieb er vor Walja stehen.

»Ein Pferd hatte er also?«

»Ja.«

»Ritt damit in Richtung Lebedewka?«

»Es hörte sich so an. Ein beschlagenes Pferd.«

»Woher weißt du das?«

»Igor sagte es; er hat's am Klang gehört.«

»Ich glaube es nicht, daß es die Bauern von Lebedewka sind«, sagte Schemjakin und nahm seine Wanderung durch das Zimmer wieder auf. »Der Damm war leicht zu sprengen, nachts ist er ohne Schutz, keine Wache. Wozu Wachen, hab' ich gedacht. Hat man mir damals gesagt, was im Süden schon geschehen ist? Nein, nichts hat man mir gesagt. Erst jetzt ... jetzt ..., wo Millionen Rubel in den Himmel gepustet wurden, jetzt heißt es am Telefon: Nur Ruhe, Schemjakin, bleiben Sie stark! Schemjakin, lassen Sie sich nicht unterkriegen! Wir wissen, wer es ist – nur gesehen haben wir ihn noch nicht ..., ein Spezialist ist er ...«

»Aber wir haben ihn gehört, Vater. Ihn und sein Pferd.«

»Nein, Walja, nein, ich glaube es nicht. Der, den man sucht, reitet kein Pferd. Ein Pferd macht Lärm – *er* arbeitet lautlos.« Schemjakin blieb wieder stehen, sah Walja lange schweigend an, und sie hielt seinem Blick stand. Dann sagte er freundlicher: »Hol den Jugorow her. Bring ihn zu mir, Töchterchen!«

Am Sonntag war es, da konnte Walja trotz aller Suche Jugorow im Lager nicht finden. Wo sie auch nach ihm fragte – keiner hatte ihn gesehen. Schon in aller Frühe mußte er weggegangen sein.

Der bohrende, unerträgliche Verdacht kam in Walja wieder hoch: Zu Soja ist er geschlichen, in der Dämmerung, wie ein

Kater. Wo könnte er anders sein, jetzt, am Sonntag, wo jeder die Ruhe ausnutzt und länger schläft? Unbändige Eifersucht ergriff sie, und sie lief zu Noskow, dem Vorarbeiter. Es war ihr gleichgültig, was er von ihr denken mochte; sie trommelte mit den Fäusten gegen die Tür.

»Foma Pjotrowitsch!« rief sie mit fliegendem Atem. »Foma!«

Noskow öffnete die Tür einen Spalt, blinzelte verschlafen hinaus, erkannte die Genossin Ärztin und bekam einen Schreck.

»Ein Irrtum!« rief er sofort. »An die falsche Tür ist geklopft! Nebenan, Jurij Tunkel, der hat sich angesteckt. Ich habe Antonina nie angerührt, nie, das beschwöre ich. Und wenn sie's behauptet, dann lügt sie, so wahr es einen Himmel gibt.«

»Wo ist dein Rad?« fragte Walja und atmete heftig. »Hast du Jugorow wieder dein Rad geliehen?«

»Ha!« Noskow riß die Tür auf, hellwach war er jetzt. Das Rad! »Was soll ich ihm noch leihen?« schrie er und fuchtelte mit den Armen durch die Luft. Nur ein kurzes Hemd trug er in diesen warmen Nächten, und wenn er die Arme hochwarf, rutschte es bis zu seinem Nabel. Wen stört's? Noskow am wenigsten. »Was ist übrig geblieben von meinem schönen Rad? Das Vorderrad zertrümmert, verbogen die Speichen, im Lenker eine Delle – ist das noch ein Rad? Der Teufel hole Jugorow! Erklärt, da lag ein Stein im Weg und hui, fliegt er durch die Luft und mein Rad hinterher. Und wer bezahlt mir das? Niemand!«

»Er hat dein Rad also nicht genommen?«

»Wie denn? Im Schuppen liegt's. Mit diesem Krüppel kann man nicht mehr fahren ...« Noskow sah Walja mit schief geneigtem Kopf an. »Das war alles, Genossin Ärztin?«

»Nein!« Walja erinnerte sich trotz aller Eifersucht daran, was Noskow beim Öffnen der Tür gerufen hatte. »Was ist da los mit Antonina?«

Um Antonina Iljanowna handelte es sich, eine der Köchinnen; ein kräftiges Mädchen mit einem Hintern, der ein dickes

Stück Fleisch zu Rouladen walzen konnte. Begehrt war sie nicht nur wegen ihrer prallen Formen, sondern auch, weil der Glückliche, dem sie ihre Gunst schenkte, von da an nicht mehr die Stückchen Fleisch auf seinem Teller zählen mußte und süßen Pudding bis zum Ersticken essen konnte. Pudding war eine Spezialität von Antonina; wenn sie das wabbelnde Kunstwerk auf einem großen Teller hereintrug, erlebte man die vollkommene, schwingende Harmonie zwischen dem Pudding und ihren Brüsten. Wer, frage ich euch, Genossen, kann dem widerstehen?

»Jurij Tunkel ist ihr Liebling ...« Noskow kratzte sich den Kopf; erst jetzt wurde er sich bewußt, wie kurz sein Hemd war. Er lief rot an und legte seine Hände dachziegelgleich über seinen Unterleib. Schon mehr hat sie gesehen, tröstete er sich. Eine Ärztin ... Na, was an der alles vorbeizieht! Erschrecken kann man sie nicht mehr. Für sie ist's nur ein anatomisches Teil.

»Und weiter?« fragte Walja fordernd.

»Ja nun ...« Noskow wackelte mit der Nase. Nicht gerade angenehm ist es, über so etwas zu sprechen. »Kommt gestern Jurij Tunkel zu mir und sagt kläglich: ›Foma Pjotrowitsch, mein Freund bist du, nur dir allein sag ich's. Da ist bei mir etwas geschwollen, und es brennt. Gib mir einen Rat.‹ Ich sage: ›Zeig her!‹ Er zeigt es her ... Oje, mir blieb der Atem weg. ›Ist Antonina nicht eine Sau?‹ fragt er, und ich antworte: ›Mein lieber Jurij Allanowitsch, tröste dich, sei tapfer, verlier nicht den Kopf: Alles kann man heute heilen, auch so was. Aber Prügel verdient hat sie, das ist klar! Prügele sie kräftig durch und erzähl alles der Genossin Ärztin!‹ Und was antwortet Tunkel, der Dumme? ›Zur Ärztin? Foma, o wie könnte ich das? Man kann ihr doch so was nicht auf den Tisch legen, unter die Augen halten ... Vorher betäuben müßte man mich ...‹« Noskow atmete tief auf, drehte sich um, lief zu seinem Bett, riß die Decke weg und wickelte sich hinein. Jetzt war ihm wohler. »Soll ich hinübergehen, ihn auf den Kopf schlagen, damit sie ihn untersuchen können, Genossin Ärztin?«

»Nicht jetzt. Das hat Zeit, bis ich Tunkel rufe! Sind noch andere erkrankt?«

»Das weiß man nicht. Wer spricht darüber? Kann sein. Die einen behandeln sich mit eisigem Wasser, die anderen sitzen in Schüsseln mit heißem Wasser.«

»Und ich weiß von alledem nichts! Seid ihr denn alle Idioten?«

»Wenn's hier einen Arzt gäbe«, sagte Noskow und lächelte schief und sehr verlegen. »Aber vor einer Frau ... Sie verstehen das, Genossin?«

»Nein! Für alle Krankheiten bin ich da!«

»Wie ich's zu Tunkel gesagt habe: Kein Mann bist du für sie, sondern eine Krankheit. Aber er schämt sich; nicht überreden kann man ihn.«

»Ihr werdet Nachricht erhalten, ihr alle!« sagte Walja laut und trat zurück.

»Ich auch?« stöhnte Noskow auf.

»Auch du!«

»Genossin, ich habe nicht mit Antonina ...«

»Das zählt nicht. Ihr alle seid eine Schweinebande!«

Sie verließ das Haus, Noskow sank auf sein Bett zurück und wischte sich über das Gesicht. Erschüttert war er. Da sagt man nun die Wahrheit und kommt selbst in die Mühle. Am besten schweigt man und denkt nur für sich selbst. Im Schuppen nebenan rumorte es; Noskow ging zum Fenster, blickte hinaus und sah, wie Walja Borisowna das Fahrrad vor sich stehen hatte und mehrmals mit aller Wucht dagegentrat.

»Mein Rad!« stammelte er und raufte sich die Haare. »Mein schönes Rad! Was hat es den Menschen bloß getan?! Jetzt wird's völlig vernichtet. Ein armer Wicht bin ich, ein getretener. Gutmütigkeit ist die Mutter der Dummheit ...«

Bis zum Hals mit Wut und Eifersucht geladen, sprang Walja in ihren Jeep zurück und zögerte nun nicht mehr. Abgeholt hat sie ihn, das war jetzt sicher. In der Nacht abgeholt mit ihrem Motorrad, und sie hatte es lautlos durch die Gassen geschoben bis zu Igors Wohnung, und so waren sie auch wieder weggeschlichen. Erst auf der Straße, wo niemand sie mehr hörte, waren sie losgebraust ... Schnell, schnell ins Bett, vielleicht schon ein Halten bei den »Zehn Sängern« und dort ins hohe Gras ... O Himmel!

Wie hatte ihr Vater gesagt, als sie Jugorow zu ihm brachte auf seinen Wunsch? »Meine Tochter lieben Sie also, Igor Michailowitsch ..., ich kann's nicht ändern. Alt genug ist sie, um Entscheidungen über ihr Leben zu treffen. Aber eines sag ich Ihnen: Wenn durch Sie Unglück über meine Tochter kommt, jage ich Sie rund um die Welt! Nicht einen Fleck wird es geben, wo Sie sich verbergen können!« Und Jugorow hatte geantwortet: »Es ist nicht meine Art zu flüchten. Jeder Verantwortung stelle ich mich. Immer werde ich zu finden sein.«

Aber jetzt, an diesem Sonntag, war er eben nicht zu finden. Hatte sich davongeschlichen mit Soja, dieser Hure. Was hat sie, das ich nicht habe? Das besser ist als bei mir? Was zieht ihn hin zu ihr, das ich ihm nicht bieten kann?

So schnell der kleine Jeep fahren konnte, raste Walja Borisowna die Straße hinunter nach Lebedewka. Über dem Dorf lag die sonntägliche Ruhe. Nicht ein Mensch war auf der Straße. In den Gärten saßen nur die Uralten zwischen den Blumen und Beerensträuchern und ließen die Kraft der Sonne in sich hineinfließen. Ein paar Kinder spielten mit einem Ball, und bloß Großvater Beljakow, der Veteran, hockte – selbstverständlich mit seinen Orden an der Brust – auf einer Bank vor dem Haus, sah Walja kommen, hob den Krückstock und drohte zu ihr hin.

»Nicht einmal am Sonntag lassen sie uns in Ruhe!« brüllte er mit seiner heiseren Stimme. »Wo bleibt Andrej, mein Enkelchen?! He, hast du gehört: Schagin will meinen Sarg bepinkeln ...«

Natürlich hörte Walja nichts von dem, was man ihr nachschrie. Als sie den Dorfplatz erreichte, sah sie die Leute von Lebedewka bis auf die Straße vor der Kirche stehen, die jetzt zu klein geworden war für alle Fürbitten. Von drinnen erklang

Gesang; einen Psalm sang man, und es waren schöne Stimmen, die über den ganzen Dorfplatz schallten.

Walja hielt an, stieg aus dem Jeep und ging hinüber zur Kirche. In die draußen lauschende Menge wollte sie sich stellen, aber man machte Platz für sie, bildete eine stumme Gasse, und durch diese Menschengasse betrat sie die Kirche. Dicht gedrängt, ja fast zusammengepreßt standen die Lebedewkaner im Raum, und gerade kam Väterchen Schagin, der Pope, durch die Ikonostase, in einem goldbestickten Meßgewand, ein silbernes Kreuz in der Hand, das er mit würdevollen Schritten zu einem mit Samt belegten Altar trug. Ein Vorsänger – es war Wassja, der Totengräber, der beim Singen immer die Augen schloß, den Kopf reckte und den Arsch einzog, als habe er Carusos Memoiren gelesen, in denen der weltberühmte Sänger geschrieben hatte: »Das hohe C steckt im Hintern« – Wassja also stimmte einen neuen Gloria-Gesang an, in den die Gemeinde dröhnend einfiel.

Mit einem zufälligen Blick sah Schagin, wie Walja in die Kirche kam. Vorn, in der dritten Reihe, stand Jugorow neben Korolew, Rudenko und Goldanski. Davor hatte Grazina Grigorinowna die Hände gefaltet. Und Masuk war mit finsterer Miene seitlich von ihnen eingekeilt; sein Blick wechselte dauernd von Jugorow zu Soja Gamsatowna, die mit ihrem Vater an der Wand klebte, umgeben von alten, steingesichtigen Weibern, isoliert und von allen nicht beachtet.

Ein paarmal hatte Soja zu Jugorow hinübergeschaut, und er hatte ihr Augenzwinkern erwidert. Genau das hatte Masuk verfolgt – in seiner Brust rumorte es, sein Herz klopfte gegen einen Felsblock an. Wenn's nicht in der Kirche gewesen wäre, hätte er Jugorow jetzt ergriffen und mit den Fäusten seinen Schädel zertrümmert. So konnte er nur schnaufen, sang brüllend mit, um sich vom inneren Druck zu befreien, und ballte die Fäuste. So eng, wie man stand, sah das niemand.

Auch Walja entdeckte Jugorow sofort, erkannte ihn an seinen blonden Haaren. Von den anderen hob er sich ab genau wie Soja, die zwar wie alle Frauen in der Kirche ein Kopftuch umgebunden hatte, aber ihr Tuch leuchtete in einem hellen Rot aus der Menge hervor.

In der Kirche ist er, dachte Walja verwundert. In der Kirche. Aber von der Dämmerung bis jetzt sind viele Stunden vergangen ..., wo war er da? Und auch sie ist da, singt und betet und hat doch nur die Hölle vor sich. Sind sie zusammen aus dem Bett in die Kirche gekommen? Stehen da, die elenden Heuchler, und lassen sich segnen ... Wer kann sich so etwas ansehen? Wie kann Gott auf ihre Gebete hören ...?

Walja drängte sich wieder durch die Menschengasse hinaus, stieg vor der Kirche in ihren Jeep und wartete, bis die Messe beendet war. Einen eigenartigen Schluß hatte sich Väterchen Schagin heute ausgedacht, bevor er den allgemeinen Segen erteilte und ehe die silbernen Glöckchen des Kirchendieners Afanasij bimmelten und Totengräber Wassja sein Jubilate anstimmte. Mit seiner gewaltigen Baßstimme rief Kyrill Vadimowitsch über alle Köpfe hinweg:

»Brüder und Schwestern, Kinder des Herrn, umklammert eure Herzen und weichet allen Versuchungen. Nur kurz ist das Leben, aber ewig Gottes Zorn. Wer frißt die Kuh auf, die ihm Milch gibt? Ja, selbst ihr Mist ist zu gebrauchen!«

Dabei schaute Schagin streng zu Masuk hinüber, aber das konnte ein Zufall sein. Irgendwohin muß ein Mensch ja blikken. Und wenn ..., rätselhaft blieben die Worte allemal. Masuk besaß keine Kuh, nur ein Pferd. Und daß Pferdemist gut für den Garten ist, weiß jeder. Ein Häufchen an Gurken und Kürbis – und hui, man kann's fast wachsen sehen. Und gut gegorene Rinds- und Schweinepisse, laßt euch's gesagt sein, Freunde, ist wohl das Beste für ein strammes Gemüse ... Doch warum predigt man so etwas Bekanntes in der Kirche? Was focht Väterchen Schagin an, menschliche Versuchungen mit Jauche zu vergleichen?

Die Kirche leerte sich. Und siehe an: Alle, die da herauskamen und den Jeep mit Walja sahen, verteilten sich und gingen in einem weiten Abstand an ihr vorbei zurück zu ihren Häusern.

Ziemlich als letzte kamen Soja und Gamsat Trofimow aus der Kirche. Bei ihrem Vater hatte sie sich untergehakt, nahm auf der Straße ihr Kopftuch ab und schüttelte ihre goldglänzenden Haare frei. Walja beobachtete sie, die Hände um das Lenkrad gekrallt, und sosehr sie innerlich die Rivalin mit Flüchen und Verwünschungen zudeckte, anerkennen mußte sie, daß sie schön war, ein Diamant unter Wackersteinen. Nur ein blinder Mann konnte an ihr vorbeigehen, ohne sich zu straffen und ein radschlagender Pfau zu werden.

Nur einen schnellen Seitenblick warf Soja auf den Jeep und die unbewegliche Walja, dann lachte sie hell und laut. Trofimow, ihr Väterchen, zuckte zusammen, starrte sie an und begriff nicht, warum oder worüber sie lachte. Eine schreckliche Messe war's wieder gewesen; von allen Mitbürgern mißachtet wurden sie; eingeklemmt hatten sie zwischen den alten Weibern gestanden, und einige der runzeligen Hexen mußten ihre Bäuche vorher mit rohen Zwiebeln geladen haben, denn sie furzten bei jedem Psalm und umhüllten Soja und ihn mit einem schrecklichen Gestank. Abgesprochen war das, ohne Zweifel, vertreiben wollte man sie auch aus der Kirche; gelang es bisher nicht mit Verachtung, dann blies man ihnen eben jetzt Winde um die Ohren. Als die Liedzeile gekommen war: »Die Himmel öffnen sich für euch ...«, da hatte Trofimow über die alten Weiber hinweg gebrüllt: »Die Ärsche öffnen sich für uns ...« Aber im dröhnenden Gemeinschaftsgesang war das untergegangen.

Walja Borisowna preßte die Lippen zusammen. Sojas Lachen wirkte wie ein Schlag auf sie, war es doch ein Beweis, wie gering das Hürchen sie achtete; wie siegesgewiß sie war, Jugorow immer wieder in ihre Arme zu ziehen.

Fahr los! flüsterte eine drängende innere Stimme ihr zu. Gib Gas und fahr sie um! Ein Unfall ist's, wer kann das Gegenteil beweisen? Das Gaspedal, klemmt es nicht ab und zu? Die Bremsen sind schwach, Genossin; nachstellen muß man sie unbedingt, schon seit Tagen hätte der Wagen in die Werkstatt gemußt. Und auch im Motor rappelt etwas ... nun ist's passiert; von selbst raste der Wagen davon. Wie gelähmt war ich ..., ein unfaßbares Schicksal ist's, daß ausgerechnet Soja Gamsatowna im Wege stand ... Zertrümmert den Wagen, Genossen, ich bin ja selbst ein Opfer ...

Sie berauschte sich für einen Augenblick an diesen Gedanken, aber sie ließ den Motor dann doch nicht an. Auf Jugorow wartete sie. Darauf, daß er den Trofimows nachging. Oder darauf, daß er zu ihr kam und sie vor aller Augen umarmte. Würde er das tun? Gott ..., warum kommt er nicht aus der Kirche? Was hält ihn fest?

Festgehalten wurde er von Schagin, dem Popen. Auf dessen Wink hin waren Jugorow, Korolew, Rudenko und Goldanski zurückgeblieben, und auch Masuk hatte verstanden, als Schagin ihn scharf ansah und den Daumen nach unten streckte. Selbst das Rätsel mit der Kuh und dem Mist hatte er begriffen, er war ja kein dummer Mensch, dieser Lew Andrejewitsch. Aber ein Pope hat gut predigen! ER bekommt kein heimliches Kind. Und ER muß nicht die Qual ertragen, von einem Jüngeren in die Ecke gestellt zu werden.

»Bleibt noch hier«, sagte Schagin, nachdem alle gegangen waren. Nur Afanasij humpelte noch herum und blies die großen Kerzen aus, und Wassja, der Totengräber, sammelte den größten Teil des Blumenschmuckes ein und trug ihn hinter die Ikonostase. »Draußen wartet der Spion.«

»Von Nasarows Truppe?« fragte Rudenko.

»Von der Baubrigade«, antwortete der Pope. »Die Genossin Ärztin.«

»Walja ist hier?« rief Jugorow. »Freunde, das ist doch keine Spionin! Gehen wir hinaus.«

»Warum ist sie dann hier?« fragte Goldanski. »Alles, was von da kommt« – er zeigte mit ausgestrecktem Arm in die Ferne – »ist unser Feind!«

»Sie nicht.« Jugorow sah sich im Kreise um. »Ich komme auch von – da!«

»Wie kann man das vergleichen, Igor Michailowitsch?« Korolew stützte sich auf seinen Stock. Wenn er lange stehen mußte, wie hier beim Gottesdienst, brauchte er einen entlastenden Halt. »Drückt ihm die Hand, Brüder. Die Sprengung war ein Meisterwerk. Heute morgen kam Jugorow zu mir, in aller Frühe, und sprach in meiner Gegenwart mit Filaret. Großes, Gewaltiges hat er noch vor bei uns und in Tobolsk. Wo immer sie auch mit dem Kanal anfangen werden: Am Tobol wird eine Lücke sein! Kein Wasser wird nach Süden fließen ... Nein, genau wie es die Schöpfung wollte, fließen Sibiriens Flüsse weiter nach Norden!«

»Wir haben vorher schon den Bau verhindert, ohne einen Menschen zu brauchen, von dem keiner weiß, woher er kommt«, sagte Masuk mit grollender Stimme. »Wieso ist Jugorow nötig? Haben meine Bomben nicht gezeigt, wie man Widerstand leistet?«

»Deine Bomben, Masuk, haben getötet.« Jugorow blickte Masuk furchtlos in die harten, fast schwarzen Augen. »Menschen wurden zerfetzt.«

»Bomben haben das so an sich.«

»Unschuldige Menschen starben.«

»Unschuldig?!« rief Masuk erbost, »Jeder, der am Kanal arbeitet, ist ein Schuldiger! Warum werfen sie nicht die Schaufeln und Hacken weg, warum sitzen sie noch immer auf ihren Baggern und Planierraupen?«

»Sie wollen leben, Masuk, leben wie du und ich. Essen und trinken wollen sie, den Lohn nach Hause zu Frau und Kindern schicken, eine kleine Wohnung wollen sie sich leisten und, wenn sie Urlaub haben, sorglos an einem Strand, an einem Fluß, auf einer Bergwiese liegen und sich freuen über den verdienten Frieden. Dein Beruf ist es, glühendes Eisen zu Formen zu hämmern – ihr Beruf ist es, Straßen zu bauen, Häuser aufzurichten, Neuland zu gewinnen ...«

»Einen verfluchten Kanal zu bauen!« schrie Rudenko. Dann blickte er wieder auf seine alte, zerbeulte Uhr mit dem Aluminiumgehäuse. Beim Schlafengehen, das wußte man ja, hängte er sie wie eine Reliquie in die Schöne Ecke. Jetzt tat er mit ihr kund, daß es längst Zeit sei, bei Kitajew einen Krug selbstgebrauten Bieres zu trinken. »In die Hölle mit allen!«

»Nur einen Auftrag führen sie aus. Die Verantwortlichen sitzen sicher in Moskau. Warum die töten, die nur leben wollen mit ihrer Hände Arbeit?«

»Amen!« nickte Masuk, hochrot im Gesicht. »Jugorow kann besser predigen als du, Schagin! Wenn wir nicht töten, schlafen die in Moskau weiter. Wo kommst du her, Genosse? Wo hast *du* bisher geschlafen? In Rußland muß gestorben werden, bis sich etwas ändert ... Ha, ist ein Russe und kennt die Russen nicht! Wirft uns vor, daß wir die Schläfer aufwecken ...«

»Mit Blut!«

»Womit sonst? Sollen wir sie wachküssen wie eine schlafende Prinzessin?«

»Darum bin ich hier. Wir müssen den Bau verhindern und das Material zerstören, nicht die Menschen töten.«

»Sag bloß, wir haben alles falsch gemacht«, schrie Masuk außer sich. »Kerl, sag es bloß nicht ...«

Auf Jugorow trat er zu, und obgleich ihn Goldanski und Rudenko festhielten und auch Korolew und Schagin sich vorschoben, war Masuk kaum zu bändigen. Nahe genug war er bei Jugorow, um ihn, falls die anderen ihm weiter hielten, wenigstens ins Gesicht zu spucken.

»Ja!« sagte Jugorow ruhig und furchtlos. »Ihr habt Gutes geleistet und viel Böses getan. Ich liebe die Menschen ... Einen zu töten, ist nur bei Notwehr gerechtfertigt, wenn ich mich selbst retten muß. Aber aus dem Hinterhalt ...? Lew Andrejewitsch, hast du ein Pferd?«

Masuk knirschte vor Wut mit den Zähnen. Sein Kopf war vom Blutdrang sichtlich angeschwollen. Er zerrte an den Armen, die ihn umklammerten, und seine schwarzen Augen rollte er wie Kugeln.

»Er besitzt ein Pferd«, antwortete Korolew ahnungslos. »Ein sehr schönes, ein schnelles. Hat ihm schon viel genützt, sein Pferdchen.«

»Er sollte es pflegen ..., gut pflegen!« Jugorow blickte Masuk in die wild rollenden Augen. »Auch ein Pferd ist unschuldig, Lew Andrejewitsch. Ein Geschöpf Gottes. Man darf es nicht kaltblütig opfern. Nicht immer trägt es einen sicher davon ...«

Jugorow wandte sich ab, Masuk trat um sich, schrie: »Laßt mich zu ihm! Die Fresse laßt mich ihm zerschlagen, das ist das mindeste. Brüder, Brüder ..., hört ihr denn nicht, wie dieser Bastard mit mir umspringt ...«

Er brüllte noch immer, nachdem Jugorow die Kirche bereits verlassen hatte, draußen an der Tür stehenblieb und hinüberblickte zu Walja Borisowna.

Um ein Ende zu machen, trat Schagin vor den tobenden Masuk, sagte: »Bei Gott, er hat recht. Ich bin es satt, bei jedem Toten für euer Seelenheil zu beten und Gott zu erklären: Schau weg, für eine gute Sache ist's ... Lew Andrejewitsch!«

»Am Arsch kannst du mich lecken, Pope!« schrie Masuk, nun völlig von Sinnen.

»Für niedere Dienste habe ich den Kirchendiener. Ich werde Afanasij rufen ...«

Mit dem Lachen seiner Freunde fiel Masuks Wut plötzlich zusammen. Auf einmal war er wieder ein friedlicher Mensch; und wie so oft, wenn er aus seinem Tobsuchtsanfall erwachte, schämte er sich.

Gemeinsam verließen Korolew, Rudenko, Goldanski, Masuk und Schagin die Kirche und prallten fast zurück vor dem Anblick, der sich ihnen draußen bot:

Auf dem Dorf platz umarmte Jugorow, ohne Rücksicht auf die vielen Blicke, die Genossin Ärztin und küßte sie.

Zu spät, dachte Walja und schlang die Arme um ihn. Zu spät, Igor Michailowitsch. Nun ist Soja längst davongegangen.

Am Nachmittag fand das Ereignis statt, vor dem sich ganz Lebedewka fürchtete.

Am Tage vorher war ein gepanzerter Wagen von Nasarows Truppe durchs Dorf gefahren, und Leutnant Mamjelew hatte über einen großen Lautsprecher, den man in jeder Ecke hören mußte, den Befehl ausgegeben:

»Morgen, Sonntag, haben sich sämtliche Einwohner von Lebedewka auf dem Friedhof einzufinden. Um vier Uhr nachmittags wird der tapfere Soldat Kulinitsch begraben werden ... Achtung! Achtung! Alle auf den Friedhof! Auch Frauen und Kinder! Wer nicht kommt, wird gewaltsam geholt. Morgen, Sonntag, haben sich sämtliche Einwohner ...«

Langsam fuhr der Wagen durch Lebedewka, und Mamjelew wiederholte mehrmals seinen Text. Jeder mußte ihn hören, Ausreden konnte es nicht geben. Der Lautsprecher hätte die Posaunen von Jericho ersetzt.

Natürlich war nach dieser Durchsage alles bei Korolew zusammengelaufen, sogar Großväterchen Beljakow, der seine Frau im Rollstuhl vor sich herschob und sich auch selbst darauf stützte. Bevor Korolew eine Rede halten konnte, schrie Beljakow mit seiner zittrigen Greisenstimme: »Laßt uns ihn würdig begraben, ein Soldat war er. Ich als Veteran stehe vor ihm stramm. Er soll seine Ehre haben ... Aber dann, meine Lieben: Die Hosen runter! Zeigt Nasarow unsere Ärsche! Hahaha, wird das ein Vergnügen sein ...«

Wie ein Ziegenbock meckernd, so lachte er. Aber er verstummte sofort, als Großmütterchen den Kopf zu ihm drehte und tadelnd sagte: »Wie soll ich's machen? Aufstehen kann ich doch nicht. Wer hilft mir dabei?«

»Wir werden alle um vier Uhr auf dem Friedhof sein!« rief Korolew über die Köpfe hinweg. »Niemand bleibt im Haus! Nasarow soll keinen Grund haben, unsere Häuser zu zerstören. Alle sind wir da!«

»Die Grenze der Infamie ist erreicht«, sagte Schagin später in der Kirche zu den Verschworenen. »Läßt mit militärischen Ehren sein eigenes Opfer begraben! Und feierliche Worte soll ich dazu sagen. Im Hals bleiben sie mir stecken ..., ihr werdet's sehen, Freunde. Keinen Ton bekomme ich heraus. Oder ich sage etwas, worauf er mich sofort erschießt.«

Nasarow hatte dieses Schauspiel gut überlegt und vorzüglich vorbereitet. Mehrmals hatte er mit General Pychtin in Tobolsk gesprochen und ihn davon überzeugt, daß eine Überführung des Soldaten Kulinitsch in seinen Heimatort nicht ratsam sei, denn die warmen Spätsommertage hatten den Leichnam nicht gerade ansehnlicher gemacht. Von der Küche der Baubrigade hatte Nasarow Eisblöcke kommen lassen, die man dort in einer Eismaschine erzeugte. Das Eis wurde zu Brocken zerschlagen und Kulinitsch dazwischengelegt. So blieb er, schnell selbst vereisend, trotz der Hitze gut erhalten. Zwei Soldaten sorgten immer dafür, daß frisches Eis gebracht wurde und der Leichnam nicht auftaute. In der Schreinerei der Baubrigade stellte man einen schönen, festen Sarg her; eine qualitative Handarbeit war das, wie man sie sonst nirgendwo mehr bekommt.

»Kein Kreuz, du Affe!« hatte Nasarow bei einer Inspektion den Schreiner angeschrien. »Ein Held der Roten Armee wird unter einem Sowjetstern begraben.«

Da das Kreuz schon in den Deckel geschnitzt war, füllte man es mit Gips aus, überstrich es in der Holzfarbe und klebte darauf einen großen, rot bemalten Stern, den die Schlosserei aus einer Blechplatte schnitt.

Aber noch eine ganz große Überraschung hatte Nasarow zu bieten: Aus dem Heimatort des armen Kulinitsch ließ er dessen Eltern an den Tobol kommen. General Pychtin begrüßte sie eigenhändig auf dem Flugplatz von Tobolsk, küßte die schluchzende Mutter, umarmte den trauergebeugten Vater und überreichte ihm später in der Kommandantur auf einem schwarzen Samtkissen den an seinen Sohn verliehenen Tapferkeitsorden. Weinend trug der alte Kulinitsch den Orden herum, während eine Reihe Offiziere ihm die Hand drückte.

Am Sonntagvormittag landeten die Eltern in Nowo Gorodjina und bezogen im Fertighaus von Major Nasarow Quartier. Erst hier erfuhren sie, wie ihr Sohn angeblich gestorben war. Nasarow erzählte ihnen die Geschichte von dem hinterhältigen Schützen Beljakow. Und er zeigte dem alten Kulinitsch, den er für nervenstark genug hielt, die Fotos des erschossenen Sohnes, seinen vom Schrot zerfetzten Rücken ... Wie konnte man treffender beweisen, daß man ihn meuchlings getötet hatte.

»Lebt er noch?« fragte Kulinitsch mit mahlenden Backenknochen.

»Wer?«

»Der verfluchte Mörder!«

»Ja, wir haben ihn. Seine Verurteilung erfolgt in den nächsten Tagen.«

»Wo ist er?«

»In sicherem Gewahrsam.«

»Kann ich ihn sehen?«

Eine harmlose Frage war's, so klang sie wenigstens. Aber Nasarow brauchte nur in Kulinitschs Augen zu blicken, um zu erkennen, woran der Vater dachte. So schnell konnte bestimmt keiner zufassen, wie Kulinitsch an Beljakows Gurgel hängen würde. Und hatte er erst seinen Hals gepackt, gab's kein Zurückreißen mehr.

»Sie werden ihn sehen, Genosse Kulinitsch«, sagte Nasarow mit verhangener Stimme. »Ein Versprechen ist das. Aber nicht jetzt ... Einen Zufall werden wir arrangieren ...«

In den letzten beiden Tagen hatte Nasarow versucht, die Geiseln durch Milde doch noch zum Sprechen zu bringen. Die nach seiner Ansicht charakterlich und nervlich Schwächste ließ er zu sich in die Kommandantur bringen: Svetlana Victorowna, Masuks Frau. Er bewirtete sie mit Kaffee und Kuchen, gab ihr zwei Wodkas zu trinken, betrachtete sie mit wirklichem Wohlwollen – denn man weiß es ja: Svetlana war ein noch gut aussehendes Weibchen –, ließ sie durch einige schweinische Witze sogar noch rot werden und streichelte ihre Knie.

Mit steifem Rücken saß Svetlana da, bereit, laut zu schreien, falls Nasarow seine streichelnden Hände höher wandern ließ.

»Warum macht ihr euch alles nur so schwer«, sagte er und schüttelte den Kopf. »In Ruhe wollt ihr doch leben, und ein paar Schweinehunde, ehrlose Halunken, zerstören euer schönes Leben. Wer will denn Namen hören, Genossin? Nein, nicht zu Verrätern sollt ihr werden. Nur sagen sollt ihr uns, wo die Bomben und Waffen liegen – dann könnt ihr alle wieder zurück zu euren Lieben.«

Svetlana schwieg. Genau erkannte sie die Falle, in die sie Nasarow locken wollte. Fand er die Bomben, hatte er auch ihre Besitzer; da waren dann keine Namen mehr nötig.

»Von Bomben weiß ich nichts«, sagte sie schließlich und atmete auf, denn Nasarow hatte sich zurückgelehnt und seine Hände von ihren Knien genommen. Jetzt wäre die Gelegenheit, Masuk um seinen Kopf zu bringen, dachte sie verbittert. Nie wieder könnte er zu Soja, dieser Hure, schleichen. Vorbei wäre alles, vorbei – aber auch für mich. Auch zu mir käme Masuk nicht mehr zurück, und alle im Dorf würden mich steinigen, schlagen, zu Tode trampeln. Was hätte das alles dann für einen Sinn gehabt?

»Du hast noch nie eine Bombe gesehen?« fragte Nasarow spöttisch. »Weißt gar nicht, wie so etwas aussieht?«

»Nein. Nur von Bildern.«

»Welche Bilder?«

»In Zeitschriften. Ab und zu bringt jemand einen Packen mit aus Tobolsk oder Tjumen. So lange Eisendinger sind es, vorne spitz ...«

»Das sind Granaten!« Nasarow sah Svetlana nachdenklich an. Ein selten dämlicher Menschenschlag wächst hier in den Sümpfen, dachte er. Oder täuschen sie uns nur? Unmöglich ist's, daß keiner etwas weiß, vor ihren Augen zerreißen die Sprengungen Menschen und Material, und sie leben dahin, als habe es in ihren Sümpfen nur gegluckert.

Nach zwei Stunden war Svetlana wieder zurück im Zelt, unversehrt, vom Wodka etwas lächerlich geworden, und wurde sofort von den anderen umringt.

»Was war? Erzähle, Svetlana!« sagte Beljakow und rang dabei die Hände. »Was wollte Nasarow von dir?«

Sie setzte sich auf ihr Bett, schlug die Beine übereinander und lachte blöde.

»Die Knie hat er mir gestreichelt.«

»Und ... und weiter?« rief Marfa Jakowna aufgeregt. »Erzähl es nur, wir sind unter uns. Keiner hört's, und wir werden schweigen ... Lew Andrejewitsch wird nichts erfahren.«

»Masuk? Pah!« Sie winkte ab und umklammerte ihre angezogenen Knie. »Nichts war weiter. Wodka hat er mir gegeben. Kuchen und Kaffee. Witze hat er erzählt.«

»Witze?« sagte Beljakow erstaunt. »Wieso Witze?«

Svetlana Victorowna lachte wieder blöd und bog sich auf dem Bett zurück. »Hört zu«, lallte sie, »so hat er viele erzählt: Kommt ein verheirateter Mann zu einer Hure. Im Bett liegt sie und erwartet ihn. ›Das kann ich auch zu Hause haben!‹ schreit wütend der Mann. ›Steh auf, zieh dich an und sträube dich ...‹« Wieder lachte Svetlana, fiel nach hinten rüber auf die Decke und rülpste laut. So ist's, wenn man Wodka nicht gewöhnt ist.

»Hat er nicht nach uns gefragt?« schrie Beljakow sie an und schüttelte sie. »Was wollte er wissen?«

»Wie immer: Wo liegen die Bomben ...«

»Und was hast du gesagt?«

»Verwechselt habe ich sie ... Bomben mit Granaten ... und Granaten haben wir doch keine ...«

Sie murmelte noch etwas, rollte sich dann auf die Seite und schlief ein. Die anderen waren zufrieden. Man war sich sicher, daß Svetlana dem schlauen Nasarow widerstanden hatte.

Nun aber, am Sonntag, sollte also der arme Kulinitsch begraben werden.

Nasarow ließ ihn aus seiner Eiskiste umbetten in den schönen Sarg mit dem roten Stern. Wie schlafend sah der Junge aus, noch starr gefroren. Die Eltern durften ihn noch einmal sehen, streichelten sein Gesicht, weinten und riefen seinen Namen.

»Oleg Nikolajewitsch!« sagte der Vater und legte seinem Sohn den Tapferkeitsorden auf die Brust. »Die ganze Sowjetunion ist stolz auf dich. Trag diesen Orden in die Ewigkeit. Warst immer ein guter Junge ... unser Sonnenschein ... Was hättest du noch werden können ... Leb wohl ..., leb wohl ..., oben, wo wir uns wiedersehen ...«

Seine Stimme brach. Mamjelew mußte ihn vom Sarg wegrühren und stützen. Die Mutter war schon hinausgetragen worden; beim Anblick ihres Sohnes verließen sie die Sinne.

Nasarow nickte. Zwei Soldaten hoben den Deckel über den Toten und schraubten ihn zu. Die uralte Sitte, den Toten im offenen Sarg zum Grab zu tragen, dort noch einmal Abschied zu nehmen und dann den Deckel aufzulegen, wollte Nasarow in Anbetracht der Hitze nicht zulassen.

Auf einem flachen Raupenwagen, bedeckt mit einer roten Fahne, fuhr man dann Kulinitsch nach Lebedewka zum Friedhof. Dort war das Bataillon bereits aufmarschiert, in sauberen Uniformen, mit glänzendem Lederzeug, die Gewehre zum Salut bereit. Sogar der Panzer war aufgefahren; mit hochgereckter Kanone stand er hinter dem Grab, nachdem er neunzehn Gräber flachgewalzt hatte, um an diese Stelle zu kommen – was nicht dazu beitrug, ihn freundlich anzusehen.

Den Soldaten gegenüber warteten, wie ein geschmiedeter Block, die Einwohner von ganz Lebedewka. Nicht einer war zurückgeblieben. Die Kinder standen bei ihren Eltern, die Alten bei ihren Familien. Großvater Beljakow, auf einem schwarzen Rock seine glitzernden Orden, hatte natürlich die erste Reihe erobert, stützte sich wieder auf den Rollstuhl seiner Frau und hatte bereits mehrmals laut gesagt: »Zu hoch, die neuen Panzer. Zu schwer. Ha, unsere T 34, das waren Dinger! Da liefen selbst die Deutschen weg, hatten nichts dagegenzusetzen. Die Tiger? Genossen, die lagen rum und hatten keinen Sprit ... Ein T 34 ..., da hab ich draufgesessen bei Bjelgorod ...« Und dann, als der Wagen mit dem Sarg langsam heranrollte, rief er: »Brüder, vergeßt das nicht mit euren Hosen!«

Drei Trommler und drei Flötisten begannen eine traurige Weise zu spielen, ein Leutnant kommandierte »Stillgestanden!« Aus der Hintertür der Kirche trat Väterchen Schagin, ganz in schwarzer Soutane. Begleitet wurde er von Afanasij, der ein Stockkreuz trug, und von Wassja, der ein klagendes Solo singen sollte.

Unter dumpfem Trommelwirbel hob man den Sarg vom Wagen. Sechs Soldaten ergriffen ihn. Jetzt stiegen auch Nasarow und Kulinitschs Eltern aus; fürsorglich faßte der Major die Mutter unter, deren Gesicht hinter einem dicken Schleier verborgen war. Leutnant Mamjelew trug mit einem anderen Offizier einen riesigen Kranz hinter ihnen her. Aus anderen Wagen stiegen die Trauergäste: Schemjakin und Olga Walerinowna, Walja Borisowna und Jugorow – bei dessen Anblick ein Raunen durch die Menge lief –, die Geologen Krasnikow und Meteljew und ganz zum Schluß ein Mann, den niemand kannte. Niktin war es, vor einer Stunde aus Tobolsk herübergekommen.

Bevor die sechs Soldaten den Sarg mit Kulinitsch vor dem abgestellten Grab absenkten, öffnete sich die Plane eines Wagens, den kaum einer beachtet hatte. Ein Aufschrei erschütterte den Block der Lebedewkaner: In Fesseln, begleitet von zwei Rotarmisten, stieß man Beljakow auf den Friedhof. Ein zufriedenes Lächeln umspielte Nasarows Lippen: Sein großes Schauspiel hatte begonnen.

»Andrej Nikolajewitsch, mein Enkelchen!« rief Großvater Beljakow sofort. »Hierher, zu mir! Laßt ihr ihn wohl los, ihr Schweineschwänze?! Leute, bewegt euch. Holt ihn mir!«

Fragend, auf einen Befehl wartend, schielten die Rotarmisten zu Nasarow. Was nun? Ehrensalut oder die rebellischen Bauern in Schach halten? Sollten sie jetzt vorstürmen und den Soldatenmörder befreien? Mußte dann geschossen werden? Eine höchst gespannte Stimmung war's. Großvater Beljakow löste sich vom Rollstuhl seiner Frau, die mit heller Stimme schrie: »Mein Andrej ..., mein Söhnchen ..., mein Enkelchen!« Auf seinen Stock gestützt, marschierte er dem Gefangenen entgegen und wurde nach vier Schritten von Leutnant Mamjelew aufgehalten.

»Aus dem Weg, du Gelbscheißer!« schrie der Alte. »Siehst du die Orden nicht? Wisch den Rotz vom Mund! Wer hindert mich, zu meinem Enkelchen zu gehen? Bin ich nicht losgestürmt auf deutsche Panzer?! Platz da ... Platz!«

Nasarow nickte kurz. Zwei Unteroffiziere packten Großvater, schleiften ihn zur Seite, entwanden ihm den Stock und schleuderten ihn weit weg zwischen die Gräber. Erneut erhob sich ein dunkles Raunen in der geballten Masse der Bauern, und Krasnikow, der hinter Nasarow stand, sagte gedämpft: »Das ist nicht gut ...«

Nasarow fuhr sofort herum und starrte Krasnikow giftig an. Ein Zivilist! »Ihre Meinung brauch ich nicht!« zischte er, aber er wurde noch wütender, als Meteljew darauf antwortete:

»Ein Veteran ist der Alte. So faßt man keinen vaterländischen Helden an.«

»Ein durchlöcherter, verrosteter alter Topf ist er!« sagte Nasarow verächtlich und ließ es zu, daß die Soldaten das große Beerdigungstheater weiterspielten und den alten Beljakow nicht etwa freigaben. Zum Sarg führten sie jetzt seinen Enkel; und da stand er. Andrej Nikolajewitsch Beljakow, hoch aufgerichtet, den Verband um den Kopf, das Gesicht noch immer von den Schlägen verunstaltet, an den Augen geschwollen und blaugelb verfärbt, und blickte auf den Sarg mit dem roten Stern.

»Armer Kulinitsch, armer Mensch!« sagte er und faltete die Hände. »Gott nehme dich in seine Arme, und mir möge er verzeihen ...«

»Das ist er?« stammelte der alte Kulinitsch neben Nasarow und hielt seine laut weinende Frau umfangen. »Das ist der Mörder meines Sohnes?«

»Ja.«

»Ihre Pistole ..., bitte, geben Sie sie mir. Ich flehe Sie an, Genosse Major. Ihre Pistole!« Dabei mußte der alte Kulinitsch seine Frau festhalten, weil ihr die Knie versagten und sie umzusinken drohte. Von hinten sprang Schemjakin herbei und half, sie zu stützen. »Warum ist denn keiner hier, der meinen Oleg Nikolajewitsch rächt ...« Und dann brüllte er mit einem wilden Blick und aufgerissenem Mund, seine Frau an sich drückend, zu Großvater Beljakow hinüber:

»Was schreist du? Was jammerst du über dein armes, armes Enkelchen?! Reiß dir lieber die Orden ab, zertritt sie mit den Füßen: Dein Enkelchen ist ein Mörder! Ein Mörder! Der Mörder meines Sohnes! Schrei nicht herum ..., steh stramm vor diesem Toten. Kennst du noch ein Ehrgefühl, du Veteran?! Dann lauf, lauf, hol ein Gewehr und brenn deinem Enkelchen eines in den Pelz und wasch deine Familie sauber!«

Großvater Beljakow verschluckte sich vor Zorn über Kulinitschs Zurufe, begann zu husten, krümmte sich schauerlich und verdrehte die Augen. Der Schlag trifft ihn jetzt, dachte Jugorow und biß sich auf die Unterlippe. Nasarows zweites Opfer ... Soll man sich's länger ansehen?

Bis auf das bellende Husten des Alten war es still am Grab. Und in diese Stille hinein hörte man deutlich Andrejs Worte: »Ich bin kein Mörder ... Ja, ich habe ihn erschossen, aber unter Zwang! Auf Befehl von Nasarow! ER ist der wirkliche Mörder!!«

»Ein Feigling ist dein Enkelchen auch noch!« schrie Kulinitsch zu Großvater Beljakow hinüber. »Schiebt's auf andere. Welche Erbärmlichkeit! Nein, nicht aufhängen sollte man ihn, nicht erschießen ... Tausende ... Zehntausende müßten an ihm vorbeiziehen und ihn bespucken, bis er in einem Meer von Speichel ertrinkt! *Das* ist der Feigling wert!« Und dann hob sich seine Stimme noch mehr, bis an die Grenze des Zerspringens: »Weg mit ihm! Bringt ihn weg! Ich ertrag's nicht mehr, ihn zu sehen. Verflucht sei er bis in alle Ewigkeit!«

Nasarow war mit diesem Auftritt sehr zufrieden; das Schauspiel entwickelte sich so, wie er es gehofft hatte. Nun kam der zweite Teil.

Ein Blick zu Leutnant Mamjelew genügte. Laute Kommandos schallten über die Gräber, der Sarg wurde in die Grube gelassen, die Ehrenkompanie legte an, und der Salut dröhnte über den Friedhof. Sie schossen nicht, wie sonst üblich, mit Übungsmunition, sondern hatten scharf geladen, und die Kugeln zischten knapp über die Köpfe der Bauern von Lebedewka hinweg in den Himmel.

Kulinitsch und Schemjakin hielten die Mutter des Toten fest; kaum fähig war sie, zum Grab zu gehen. Sie beugte sich hinunter, und hätte man sie nicht umklammert, wäre sie dem Sarg nachgestürzt.

»Mein Liebling!« schrie sie auf. »Mein alles! Nimm mich mit ..., was soll ich noch auf dieser Welt!?«

Ergreifend war's, in vielen Augen standen Tränen. Die Frauen von Lebedewka weinten mit der erbarmungswürdigen Mutter, konnten ihre Schmerzen nachempfinden und drückten ihre Kinder an sich. Auch bei den Männern zuckten die Gesichter, und als die Mutter den jungen Beljakow anstarrte, der noch immer unter Bewachung der beiden Rotarmisten auf der anderen Seite des Grabes stand, und ihm zuschrie: »Verflucht seist du!« – da lag wieder jener drohende dumpfe Ton über der Menschenmasse, und alle Augen blickten auf Nasarow.

Auch Waljas Augen waren gerötet vom Weinen. Jugorow hatte sie untergefaßt, und sein Gesicht war wie aus Stein.

»Wie er dasteht, dieser Kerl!« sagte sie mit Verachtung. »Behandelt habe ich ihn, meine Pflicht als Ärztin war es ..., und um Nasarow zu ärgern tat ich's auch ...«

»Er ist kein Mörder.« Jugorow drückte ihren Arm fest an sich.

»Er hat geschossen ...«

»Weil Nasarow ihn dazu gezwungen hatte.«

»Es war sein Gewehr!«

»Das ist ja das Teuflische.«

»Von hinten erschossen!«

»Ja. Kulinitsch mußte niederknien, und so schoß Beljakow ihn in den Rücken ..., wie befohlen. Eine Hinrichtung war's, von Beljakow erzwungen.«

»Warst du dabei?«

»Nein, aber es gibt viele Zeugen.«

»Auch Nasarow hat viele Zeugen! Wer hat recht? Wer lügt?«

»Wie meist im Leben, so ist's auch hier: Unrecht hat immer der Schwächere, und das ist in diesem Fall Beljakow. Ein sowjetischer Major und seine Zeugen in Uniform lügen nie; was gelten dagegen Beljakows Schwüre, was sind die Aussagen der Bauern noch wert? Bedenk es, Walja: einfache Muschiks vom Tobol gegen einen Major!«

»Dann wäre Beljakow das zweite Opfer von Nasarow?«

»Ja.«

»Und warum? Warum denn, Igor?«

»Um Lebedewka zu zerstören. Nasarow glaubt, daß aller Terror gegen den Kanal von Lebedewka ausgeht.«

»Und wenn's so ist ...?«

Jugorow vermied es, Walja anzusehen. Die Frage konnte, durfte er nicht beantworten. Er drückte ihren Arm und nickte zum Grab hinüber. »Sieh dir das an!« sagte er verächtlich.

Nasarow war ans Grab getreten und warf eine Fahnenschleife des Regiments auf den Sarg. Dann grüßte er zackig zu einem Trommelwirbel, die Ehrenkompanie präsentierte, Afanasij hob das Stockkreuz und Väterchen Schagin, der Pope, segnete den Sarg. Wassja lauerte hinter ihm und wartete auf das Zeichen, mit seinem Sologesang zu beginnen.

»Kamerad Kulinitsch!« rief Nasarow mit lauter, kommandierender Stimme. »Unvergessen bleibst du uns. Deine Tapferkeit ist Vorbild ...«

»So spricht ein Mörder«, flüsterte Jugorow atemlos. »Ein Mörder wagt es, so etwas den Zeugen seiner Untat und den Angehörigen zuzurufen!«

Beim Trommelwirbel und Präsentieren hatte sich auch Großvater Beljakow gestrafft; er stand stramm, so gut es noch ging, und legte die Hand an die Schläfe. Die Unteroffiziere zu seinen Seiten hielten ihn noch immer fest.

»Die Hände an die Hosen!« zischte Großvater böse. »Ist das heute ein Militär! Nicht mal strammstehen kann es ...«

Und siehe da, die beiden Unteroffiziere ließen den Veteranen los und nahmen Haltung an. Beljakow schielte nach links und rechts und war zufrieden.

Nasarow blieb am Grab stehen, bis der Trommelwirbel verklungen war. Dann, beim Weggehen, warf er einen hämischen, triumphierenden Blick auf den jungen Beljakow. Das war dein Urteil, hieß dieser Blick. Kein blinder Hund hebt mehr ein Bein an deine Stiefel. An dein Dorf wird sich später niemand mehr erinnern. Wo Nasarow ist, gibt es keine Sabotage mehr.

»Nasarow ist ein Sadist«, sagte Krasnikow leise, als der Major vom Grab zurückkam.

»Man wird sich um ihn kümmern müssen, Victor Ifanowitsch«, erwiderte Meteljew. »Wer war wirklich der Mörder?«

»Wir werden es bald wissen ...« Krasnikow verzichtete darauf, an das Grab zu treten. Er ging ein paar Schritte nach hinten weg. »Ist's so, wie es Beljakow gesagt hat, dann haben wir eine doppelte Aufgabe.«

»Ohne General Tjunin zu fragen?«

»Alle Vollmachten haben wir, Babrak Awdejewitsch. Wir werden sie auch auf Nasarow anwenden müssen – wenn es nötig ist.«

Als sie zurückgingen zu dem von der Baubrigade entliehenen Wagen, begegneten sie auch Jugorow und Walja Borisowna. Sie grüßten sich, und Krasnikow blinzelte Jugorow kumpelhaft zu. Viel Spaß, mein Freund, sollte das heißen, die Genossin Ärztin ist ein Schatz ...

Am Montag erschienen, durch vorsichtige Mundpropaganda informiert, alle Einwohner von Lebedewka in der Stolowaja. Nicht nur die Männer kamen; nein, auch die Frauen drängten sich in den Saal und schoben ihre Kinder, soweit sie schon gehen konnten, vor sich her. Natürlich war auch Großvater Beljakow dabei, Großmütterchen im Rollstuhl vor sich herschiebend. Seine geliebten Orden hatte er auf seine weite Bauernbluse aus blauer Baumwolle gesteckt. Er trug außerdem eine ballonartige Mütze auf seinem weißen Schädel und baute sich wie immer in der ersten Reihe auf.

»Warum versammeln wir uns?« rief er Korolew zu, der auf einem kleinen Podium thronte, zusammen mit Rudenko, Goldanski, Masuk und Beljakow, dem Vater des angeblichen Soldatenmörders Andrej Nikolajewitsch. An einem langen, mit einer grünen Decke verhüllten Tisch saßen sie, gewissermaßen ein Komitee des Widerstandes gegen den Kanal. Die Aktiven waren sie, die Kämpfer aus dem Dunkel. Doch jeder der Einwohner, die vor ihnen in der Stolowaja standen, war ein Helfer und arbeitete für sie im stillen. Das Ganze wirkte wie eine jener Parteiversammlungen, bei denen Korolew als Dorfsowjet regelmäßig seine Pflichtreden zur Oktoberrevolution hielt, zum Tag des großen Sieges über die Deutschen und zum Gedenken an den unsterblichen Genossen Lenin, den Vater eines neuen, freien Landes und einer weltumspannenden Idee der Brüderlichkeit gegen den Kapitalismus.

»Väterchen!« hatte Beljakow II diesmal zu seinem alten Vater, dem Veteranen, gesagt, »eine Bitte: Ruf nicht immer dazwischen.«

»Keiner ruft dazwischen!« empörte sich der Alte und stieß den Stock hart auf den Boden. »Wer ruft dazwischen? Meinst du mich? Undankbarer Lumpenkerl, willst deinen Vater kommandieren? Mich, der ich als Unterleutnant bei Charkow ...«

Man konnte es schon nicht mehr hören. Beljakow II winkte ab und empörte den Alten damit noch mehr.

»Und wie war's bei Bjelgorod? Neuntausend Panzer, Jüngelchen, neuntausend ... In einem Tagesbefehl sagte der Marschall Konjew zu uns ...«

»Warte ab, was Jugorow zu erzählen hat. Marschall Konjew ist längst tot.«

»So einer ist unsterblich. Stirbt nie. Oh, diese neue Jugend! Keine Achtung hat sie mehr. Wer ist überhaupt Jugorow? Ist das der Blonde?«

»Ja, Väterchen. Der Blonde.«

»Gackert mit der Ärztin von der Baubrigade herum. Der will uns was erzählen?« Der Alte hieb wieder mit dem Stock donnernd auf die Dielen. »Was macht er hier? He, sag mir mal, woher er kommt.«

»Begreifst du nichts mehr?« stöhnte Beljakow II gequält. »Der Spezialist ist er ...«

»Spezialist für was?«

»Für den Kanalbau.«

»Schlagt ihm den Schädel ein!« schrie der Alte und blähte

sich auf. »Masuk! Warum hat Masuk ihn nicht längst erledigt? Reden will der Kerl vor uns? Der soll etwas hören!«

Großväterchen war wieder außer Rand und Band, und in solcher Stimmung schien es unmöglich, ihm etwas zu erklären. Er begriff nichts mehr, ausgenommen seine eigenen Reaktionen.

Die Begegnung mit seinem Enkel am Grab des Soldaten Kulinitsch hatte ihn sehr mitgenommen. Als Andrej Nikolajewitsch wieder fortgeführt wurde in den Gefangenenwagen, hatte er ihm nachgebrüllt: »Bleib mutig, Enkelchen! Herauskommen wird die Wahrheit. Ein Brief ist unterwegs nach Moskau. Dein Großvater wird dich befreien ...«

Und als Kulinitsch, der gebrochene Vater des Toten, zurückschrie: »Zur Hölle mit ihm!« antwortete der Veteran kreischend:

»Dumm ist er wie ein Regenwurm! Hat Scheiße im Kopf! Geht Arm in Arm davon mit dem wirklichen Mörder! Nein, soviel Blödheit!«

Erst viel später, im eigenen Haus, beruhigte er sich, als er erlebte, daß seine Schwiegertochter ohne Tränen war und nur immer glücklich sagte: »Er lebt ja noch. Andrej lebt. Wir müssen Hoffnung haben und beten ... Es soll noch Wunder geben, heißt es ..., ab und zu ...«

Pünktlich, wie angekündigt – Rudenko kontrollierte es auf seiner verbeulten Aluminiumuhr – erschien Jugorow in der Stolowaja. Aber wie erschien er! Die Gesichter der Leute von Lebedewka verfinsterten sich, Masuk legte die riesigen geballten Fäuste auf das grüne Tischtuch und schnaufte dumpf, Goldanski trat ihm unter dem Tisch auf den Stiefel, und eine Frau aus der Menge rief: »Wer macht ein Fenster auf? Jetzt stinkt es gleich.«

Mit dem Motorrad fuhr Jugorow vor, auf dem Gepäckträger sitzend, Soja umklammernd, denn anders ging es nicht, wollte er nicht herunterfallen. Vor der offenen Tür bremste sie, Jugorow sprang auf die Erde, und es gab schon ein großes Aufatmen der Zuschauer, als sie sahen, daß Soja wenigstens nicht mit in die Stolowaja kam, sondern ihr Rad wegschob und sich draußen unter einen Kirschbaum setzte.

An den schweigenden Menschen vorbei ging Jugorow zum Podium, gab Korolew die Hand und nickte dem Komitee zu. Alle nickten zurück, nur Masuk nicht. Sein Blick war voll tödlichem Haß.

»Wir begrüßen den Genossen Igor Michailowitsch«, rief Korolew zur Eröffnung in den Saal, »und freuen uns, daß er uns etwas erzählen will, von dem wir noch nichts wissen.«

»Die Legitimation!« Natürlich kam der Zwischenruf von Großväterchen. »Was, frage ich, berechtigt ihn, vor uns zu sprechen?«

»Die Sprengung der Maschinenhalle von Nowo Gorodjina«, sagte Jugorow in die erwartungsvolle Stille. »Genügt euch das?«

»Wohl kaum ...«, ließ sich in seinem Rücken Masuk vernehmen.

»Warst du's?«

»Beweise!« schrie Großväterchen.

»Ich habe sie.« Korolew hob die Hand. »Bei mir hat Jugorow das Dynamit abgeholt. Ich selbst hab's ihm gegeben. Die Uhrzeit wußte ich, auf die Sekunde stimmte sie. Mit Filaret hat er gesprochen, und ich dann auch ... Filaret hat auf Jugorow gewartet. Vom Syrdarja her, tief im Süden, ist er langsam zu uns gezogen, von Station zu Station ..., und wo er wegging, war die Planung für den Kanalbau wertlos geworden ..., und nun laßt Igor Michailowitsch reden!«

»Viel hat man euch von dem Kanal erzählt«, begann Jugorow, »und viel, das habe ich überall gehört, hat man darüber diskutiert. Zugeben muß man: Ein großes, ein noch nie gewagtes Projekt ist es. Ein Bau, wie ihn in Angriff zu nehmen noch kein Mensch sich je erkühnt hat. Ein Eingriff in die Schöpfung: Sibiriens Flüsse fließen rückwärts ... Wer früher riskiert hätte, so etwas auch nur zu flüstern, den würde man in eine geschlossene Anstalt gesperrt haben. Nur ein Irrsinniger konnte so etwas denken, und irrsinnig, im wahrsten Sinne des Wortes, ist dieses Projekt denn auch. Aus den Wüsten Kasachstans und Usbekistans sollen Kornfelder und Gärten werden. Nie mehr wird Rußland abhängig sein von amerikanischem Weizen. Neue Städte werden entstehen, Arbeit gibt es für Millionen. Endgültig vorbei wird es sein, das Schlangestehen vor den Läden, das Warten auf Obst und Tomaten, auf Apfelsinen und Bananen, auf Ananas ...«

»Was ist Ananas?« rief Großväterchen sofort dazwischen. »Erklär uns Ananas ... kenn' ich nicht! Kann man's essen?«

»Ja, Vater!« antwortete Beljakow II, der Mittlere der Familie, verzweifelt an Jugorows Stelle. »Eine Frucht ist's. Wohlschmeckend, saftig.«

»Ha! Du kennst sie, Söhnchen?!« Der Alte geriet wieder aus den Fugen. »Warum hat niemand mir davon gegeben?«

»Gelesen habe ich von ihr ...«

»Ruhe da!« rief jemand von hinten. »Laßt Jugorow weitersprechen. Das Wasser läuft mir im Mund zusammen.«

»Dort, wo jetzt sonnenbraunes Gras und Wetterdisteln wachsen«, fuhr Jugorow fort, »wo der Sandsturm Tausende von Werst unfruchtbar macht, wo es kein Leben gibt, da werden Gärten blühen und Felder im Wind sich wiegen. Zwei Ernten wird es geben, denn Wasser ist Leben! Vom Aralsee wird sich der Wasserspiegel wieder heben. Neue und große künstliche Seen werden dafür sorgen, daß nie mehr eine Trokkenheit entsteht. In zehn Jahren werden diese Seen von Fischen wimmeln ... So, ihr Lieben, kann man nur das Paradies beschreiben. Und so hat man es euch erzählt. Sibiriens Flüsse machen es möglich, wenn sie rückwärts fließen. Vom Ob-Irtysch-Zusammenfluß aus, bei der Stadt Belogorje, wird man die Wasser absaugen und durch den Sib-Aral-Kanal nach Süden pumpen ... Auch an euch vorbei, entlang des Tobol; eine neue Wasserstraße, zweihundert Meter breit, fünfzehn Meter tief, zweitausendfünfhundertfünfzig Kilometer lang, schiffbar vom Anfang bis zum Ende ..., das größte Bauwerk, das je von Menschenhand geschaffen wurde ...«

Korolew, hinter Jugorow sitzend, war zunehmend unruhiger

geworden. Bei einer kleinen Pause zum Atemholen flüsterte er Jugorow zu: »Was ist denn das, Genosse? Ein Lobgesang? Sollen wir Beifall klatschen? Verwechselt du nicht deine Rede?«

»Was ich jetzt sage«, referierte Jugorow ungerührt weiter, »sind alles Worte, die ich auf dem Weg vom Süden bis hier zu euch immer wieder gehört habe. In dicken Büchern kann man es lesen, und auch euch wird man es noch oft vortragen. Deshalb bin ich hier. Ich will zuerst sagen, worum es geht. Wollt ihr Zahlen hören? Ich nenne euch ein paar, obwohl: begreifen werdet ihr sie doch nicht, weil man sich nicht vorstellen kann, daß so etwas möglich ist. Hört zu: Um den Kanal zu bauen, muß man sechs Milliarden Kubikmeter Erde bewegen; mehr also, als man zum Bau von sechstausend Cheopspyramiden nötig hätte ...«

»Was soll das?!« schrie Großväterchen wieder dazwischen. »Was ist mit Klopse? Wer will hier sechstausend Klopse essen?«

»Sei still!« zischte Beljakow II dem Alten ins Ohr. Er schämte sich für ihn. »Ich erklär' dir's später!«

»In zehn Jahren, so haben die Experten ausgerechnet, kann der Kanal fertig sein«, erläuterte Jugorow. »Hunderttausende von Arbeitern und Maschinen werden vom Ob bis zum Aralsee die Erde aufwühlen – ein riesiges Heer! In diesen zehn Jahren wird die Bevölkerung in den mittelasiatischen Republiken um zwanzig Millionen zunehmen und müssen fünfzig Millionen Hektar brachliegenden, aber fruchtbaren Bodens bewässert werden. Eines Tages fließen jährlich sechzig Kubikkilometer Wasser aus dem Ob nach Süden. Wißt ihr, was das heißt?«

»Sechstausend Klopse –«, sagte Großväterchen Beljakow, noch immer erschüttert von der Zahl.

»Der Ob läßt jährlich vierhundert Kubikkilometer Wasser in das Nördliche Eismeer fließen, etwa ein Sechstel davon wird dann zurückfließen zum Aral. Wie schön hört sich das an, nicht wahr? Rußland schafft eine neue Welt ... Ja, und neu, ganz anders wird diese Welt tatsächlich sein, wenn der Sib-

Aral-Kanal gebaut wird. Hundertfünfzig Forschungsinstitute haben daran zehn Jahre lang gearbeitet, achtzig wissenschaftliche Konferenzen wurden abgehalten, Berge von Berechnungen wurden ausgearbeitet. In den Herzen der Wissenschaftler jubelte es, der Genosse Leonid Breschnjew sprach seinen Segen über das Projekt ›Im Interesse der Volkswirtschaft‹. Die Vorarbeiten am Kanal konnten beginnen. Welch eine Zukunft für Rußland! Nur eins verschweigt man, erzählte es euch nicht, gab sich dabei taub auf beiden Ohren: daß die ganze Welt um uns herum gegen den Bau protestierte ...«

»Sechstausend Klopse!« Der Veteran kam nicht darüber hinweg.

»Bring ihn raus!« schrie vom Tisch mit der grünen Decke Rudenko. »Nichts kapiert er mehr. Setz ihn an den Ofen.«

»Wer mich anrührt, kriegt einen Schlag!« brüllte der Alte und hob seinen Stock. »Wer will's? Kommt her!«

»Die Berechnungen stimmten alle«, rief Jugorow in den Saal. »Nur hatten sie einen bösen Beigeschmack! Wenn nämlich sechzig Kubikkilometer Wasser weniger ins Eismeer fließen, dann erwärmen sich das Eismeer und die Polregionen. Die Temperaturen am Nordpol steigen an, und nur ein Grad mehr Wärme am Pol bedeutet: ungeheure Mengen Eis beginnen zu schmelzen. Der Wasserspiegel der Weltmeere hebt sich. Europas Küsten versinken, die Inseln dort werden vom Wasser verschlungen, das auch weite Landstriche in Deutschland, Holland und Belgien, an den Küsten Frankreichs und Spaniens überflutet. Halb Holland wird unter Wasser sein, das Hamburger Rathaus steht drei Meter unter dem Meeresspiegel, das gesamte Klima Europas ändert sich, in den Alpen gibt es keinen Schnee mehr, Skifahren ist niemals mehr möglich. Kurz und gut: eine Umweltkatastrophe unübersehbaren Ausmaßes zerstört Europa – ganz allein durch uns, durch nichts als diesen Kanal. Nur, weil ein bißchen von dem Eis am Nordpol zu schmelzen beginnt ...«

»Genosse, eine Frage«, ließ sich Großvater Beljakow wieder vernehmen. »Was ist Hamburg?«

»Eine große Stadt in Deutschland.«

»Ha! Ein Nest der Faschistenbrut!«

»Der Krieg ist fast vierzig Jahre vorbei, Großväterchen ...«

»Was ändert das?« schrie der Alte und fuchtelte mit dem Stock durch die Luft. »Deutsch bleibt deutsch; ersaufen sollen sie! Recht geschieht ihnen ... Brüderchen, laßt den Pol schmelzen, dann ist Ruhe in Europa! – Wer will die sechstausend Klopse?«

»Zustimmen muß man ihm«, sagte auch Korolew hinter Jugorow. »Was geht uns Hamburg an? Was die deutschen Inseln, und die europäischen Küsten? Wir selbst sind uns wichtiger ..., und da, Jugorow, *da* beginnt's! Wir verlieren hier unser Land. Der Tobol und alle anderen Flüsse werden leer von Fischen sein. Entlang des Kanals wird man Industrien bauen, umsiedeln will man uns ... wohin, das sagt man nicht. An den Amudarja etwa? Bebaut das neue Land! heißt es. Macht aus der Wüste einen Garten. Wer fressen will, muß auch arbeiten! So wird's wohl kommen, Igor Michailowitsch. Neue Sklaven werden wir, zwangsangesiedelt wie früher die Sibirienverbannten ... Jahrhunderte löscht man hier aus, darum geht's! Nicht um Europa, um Hamburg, Hollands Küsten und was da alles unter Wasser stehen soll. Für unsere Heimat kämpfen wir, nicht um die trockenen Füße der Deutschen!«

»Laßt sie ersaufen!« schrie Großväterchen und schulterte militärisch seinen Stock. »Weg mit den ewigen Faschisten! Und dann verteilen wir sie an unsere Freunde, die sechstausend Klopse!«

Es war nicht mehr zum Aushalten. Aber wer entfernte den Alten? Wer faßte ihn an? Er klimperte mit den Orden, und das war, als trage er einen Panzer. Man kann doch einen Veteranen nicht so einfach vor die Tür tragen und draußen absetzen ...

»Dein Vortrag ist in der Tat merkwürdig, Igor Michailowitsch«, sagte nun auch Goldanski und schüttelte den Kopf. »Wir setzen unser Leben doch nicht ein für fremde Küsten.«

»Die ganze Welt wird gegen uns sein – *ist* schon gegen uns, wenn der Kanal gebaut wird.«

»Am Arsch kann sie uns lecken!« sagte Masuk dumpf. »Am Arsch! Hier wohnen will ich bleiben, wo die Masuks schon zweihundert Jahre wohnten; das ist alles.« Er starrte Jugorow böse und haßerfüllt an. »Bist du der Spezialist für die Deutschen, he?! Oder für die Holländer, Belgier, Franzosen, Spanier, Engländer ..., was weiß ich?! *Mein* Haus will ich behalten, darum geht's. Lauf weg, du Spezialist, wenn du für die anderen Völker arbeitest. Wer braucht dich hier? Keiner von uns. Wir helfen uns selbst. Wir haben alles, was nötig ist; und was uns fehlt, das holen wir uns! Weg mit dir ...«

»Ihr tötet Menschen, hab' ich schon mal gesagt. Unschuldige Menschen ... Wenn's so weitergeht, könnt ihr eure Häuser mit Blut anstreichen.« Jugorow sah Masuk in die vor Zorn rollenden Augen. »Von deinen Spezialbomben habe ich gehört. Sie sind sinnlos, hinterhältig, Mordwerkzeuge! Menschen zerreißen sie, aber nicht den Kanal!«

Der Augenblick war gekommen, den man bei Masuk immer fürchtete. In seinem Kopf zerplatzte die Vernunft. Mit einem Satz war er um den Tisch herum, stürmte auf Jugorow zu, den Kopf gesenkt wie ein Kampfstier, die Arme weit vorgestreckt.

»Urrääää!« schrie Großväterchen voller Erinnerung an ferne Sturmangriffe. »Urrrääää!«

Und dann geschah das Unfaßbare. Kaum hatte Masuk, besinnungslos vor Wut, den völlig ruhig dastehenden Jugorow erreicht, da machte dieser eine elegante Bewegung, griff in die Arme des Muskelklotzes, duckte sich etwas, riß Masuk hoch, ließ ihn über seine Schulter gleiten, und mit einem gewaltigen Krach landete Lew Andrejewitsch an der Wand der Stolowaja. Mit dem Kopf schlug er dagegen, blieb wie betäubt liegen und biß in seine rechte Faust. Korolew, Rudenko, Goldanski und alle im Saal starrten Jugorow fassungslos an.

Masuk war wie ein Ball durch die Luft geflogen. Ja, gab es denn so was?!

Man wartete mit Spannung, was nun weiter geschah. Masuk rappelte sich auf, tödlicher Haß sprühte aus seinen Augen, gegen die Wand lehnte er sich – aber klug genug war er trotz aller Wut, nicht wieder auf Jugorow loszustürmen. Nur Großväterchen, wen wundert's noch, schlug mit seinem Stock um sich wie früher mit seinem Säbel und schrie mit heller, durchdringender Stimme:

»Brüder! Soldaten! Alle auf ihn ..., die Masse macht's!«

Jugorow trat einen Schritt zurück und drehte sich zu Korolew um. »Verstehst du auch nicht die Problematik, Grigori Valentinowitsch?« fragte er, sichtlich erschüttert.

»Wohl, wohl ...«, Korolew begann zu stottern. »Aber Europa ist so fern ..., uns allen so fern ... Und weiß man, ob das stimmt ..., das mit der Erwärmung des Nordpols.«

»Es stimmt. In der ganzen Welt versucht man, die Genossen in Moskau umzustimmen. Genau wie ihr sagen sie in Moskau: Was gehen uns die Küsten Europas und die anderen Küsten an? Kein Skilaufen mehr in den Alpen – was soll's?! In Kasachstan und Usbekistan warten fünfzig Millionen Hektar Land auf das Wasser, um fruchtbar zu werden. Nur Neid ist es, wenn sie alle schreien. Kapitalistische Angst um den dann ausfallenden Export. Fünfzig Millionen Tonnen Futtergetreide und Ackerbohnen führen wir aus dem Ausland ein – Schluß damit! In Usbekistan werden diese Millionen Tonnen aus dem Boden schießen. Alles nur ein böses, kapitalistisches Geschrei! Das ist die Antwort auf eine die ganze Welt verändernde Umweltkatastrophe, an der wir schuld sein werden! Warum begreift ihr das denn nicht?«

»Unser Hemd ist mir näher als drei Meter Wasser über dem Rathaus von Hamburg, begreifst *du* das nicht?! Die falsche Argumentation hast du gebracht, das ist alles. Wir kämpfen für uns, nicht für deutsche Inseln ...«

Rudenko winkte in die Menge. Er rief das einzig Richtige in diesem Augenblick:

»Die Versammlung ist aufgelöst. Geht nach Hause, meine Lieben. Nichts ändert sich. War interessant, was so alles in der Welt passieren kann. Man hört sich's an – aber wer kümmert sich um uns?«

Die Einwohner von Lebedewka drängten aus der Stolowaja,

blickten weg, als sie an der unter dem Kirschbaum wartenden Soja vorbeikamen, und sprachen noch lange über diesen merkwürdigen Vortrag des noch merkwürdigeren Jugorow. Nur eine Frau sagte hämisch zu Soja:

»Geh hinein, Hure! An die Wand hat Jugorow dein Liebchen Lew Andrejewitsch geschmettert. Ist nicht mehr so stark wie früher; saugst ihm wohl das Mark aus den Knochen?!«

Dann lachte sie hysterisch und ging weiter. Soja spuckte ihr nach und blieb sitzen. An die Wand, dachte sie ehrfurchtsvoll. Jugorow schmettert Masuk an die Wand. Welch eine Schmach! Jetzt sind sie Feinde auf den Tod.

Und dann trat Masuk ins Freie, blinzelte in die Sonne, sah Soja unter dem Kirschbaum sitzen und ging, ohne zu zögern, an ihr vorbei. Aber als er auf gleicher Höhe mit ihr war, kam es tief aus ihm heraus: »Geht beide weg ..., ein guter Rat ...«

Mit dem Stiefel kratzte er Sand auf, schleuderte ihn mit einem Fußtritt über Soja und stampfte dann zufrieden weiter.

In der Stolowaja waren Korolew und Jugorow allein zurückgeblieben. Korolew zupfte an der grünen Tischdecke, und man sah, daß er nach Worten suchte. Endlich fragte er:

»Wo kommst du her, Igor Michailowitsch?«

»Aus dem Norden. Du weißt es. Aus Tallin.«

»Es fiel mir sofort auf, schon nach den ersten Sätzen. Ein merkwürdiges Russisch sprichst du.«

»So wird bei uns an der Ostsee gesprochen, Korolew.«

»Ein fremder Unterton ist drin.«

»Wir sind ja auch erst nach dem Großen Vaterländischen Krieg zu Rußland gekommen. Meine Muttersprache ist Estnisch. Tallin hieß früher Reval ... Daher kommt's.«

»Auch Tallin käme unter Wasser, wenn der Pol schneller schmilzt?«

»Es gäbe diese Stadt nicht mehr. Das größte klimatische Verbrechen wäre dieser Kanal, das Rückwärtsfließen der sibirischen Ströme. Die Eiszeiten kamen und gingen, diese Umweltkatastrophe jedoch wird bleiben. Für immer würde die Welt anders aussehen.«

»Und du willst das verhindern? Du allein? Der Spezialist ...«

»Nein, ich brauche euch. Ich brauche jeden, vom Aralsee bis zum Ob! Eine große Gemeinschaft müssen wir sein nicht deshalb, weil jeder sein Eigentum retten will, ihr hier oben euer Dorf und euer Haus oder im Süden die Nomaden ihre geliebte Steppe, ihr Kamelland, ihre unbegrenzte Freiheit ..., nein, weil diese Welt sich verändern wird, weil Millionen Menschen darunter leiden werden. Und schlimmer noch: Bevor die Welt zusieht, wie man sie vernichtet, wird die Welt erst Rußland vernichten. Und ich hasse das Töten, das widerliche Töten um einer Politik willen. Wir könnten alle Brüder sein, wenn wir uns ernsthaft klarmachen: Menschen sind wir. Laßt uns zusammen und miteinander leben ..., so einfach ist das doch.«

»Wenn man's von dir hört, klingt es vernünftig. Aber ist es nicht in Wahrheit so, daß die Wirtschaft uns kaputt macht, die Großkonzerne, die Industrie? Daß uns der gnadenlose Kampf um Absatz und Gewinn zu vernichten droht? Ich bin bloß ein kleiner Bürgermeister am Tobol und weiß nur, was man so liest und hört ... die Welt *kann* nicht brüderlich werden, überall wird befohlen und gehorcht, regieren die Interessen und bestimmt der Eigennutz jedes menschliche Tun. Wir alle Brüder?« Korolew breitete die Arme weit aus. »Eher fließen *alle* Ströme Sibiriens nach Süden, und die Erde kippt um!« Er faßte Jugorow unter und lächelte traurig. »Komm, wir haben ein gutes Essen vorbereitet. Golubzys gibt's ..., ganz köstliche Golubzys ...«

Das sind Kohlrouladen in Saurer-Sahne-Sauce, mit viel Zwiebeln und entkernten Backpflaumen. Wirklich ein Genuß!

Am Vormittag des nächsten Tages erhielt Korolew einen verwunderlichen Besuch.

Ein Wagen der Baubrigade hielt vor seinem Haus, Krasnikow und Meteljew stiegen aus und klopften an Korolews Tür.

Der stand längst am Fenster, lugte durch die Gardine und fragte sich, wer da aus Nowo Gorodjina zu ihm kam und was man von ihm wollte. Sicherlich nichts Gutes, denn was kann Gutes kommen von denen, die einem das Land wegnehmen wollen.

Dreimal ließ er den Besuch klopfen, dann öffnete er die Tür und fragte in dienstlichem Ton: »Sie wollen den Dorfvorsteher sprechen, Genossen?«

»Ja und nein.« Krasnikow trat ein und sah sich ebenso wie Meteljew in dem großen Zimmer um. Das Ewige Licht in der Schönen Ecke, unter einem Bild des gekreuzigten Christus, fiel ihnen sofort auf. Während ihrer Ausbildung in der SPEZNA-Schule hatten sie gelernt, auch auf solche Dinge einzugehen.

»Wie soll ich das verstehen?« fragte Korolew abweisend. »Ein Grund muß doch vorhanden sein, wenn man mich aufsucht. Sie kommen von der Baubrigade.«

»Wir sind zwei neue Geologen, Genosse. Erst ein paar Tage hier.« Meteljew war wie zufällig in der Tür stehengeblieben. So versperrt man Wege.

»Ich weiß es. Hab' Sie gesehen bei der Beerdigung von Kulinitsch. Standen bei Major Nasarow.«

»Zufällig nur. Wie man so rumsteht ...« Krasnikow schätzte es nicht, lange Umwege zu machen; das würde nur Mißtrauen hervorrufen. Er ging direkt aufsein Ziel los: »Da hat man den Mörder an das Grab gerührt, eine schaurige Szene war's. Aber dann sagte dieser Mensch, nicht er sei schuld am Tod des Soldaten, sondern Major Nasarow. Und auch der Veteran schrie das. Das traf uns tief in der Seele, machte uns neugierig ... Wer weiß Genaueres? Wer kann uns etwas sagen?«

»Ich!« Korolew sah keinen Grund, sich zu verstecken. »Ich war dabei, Genossen. Stand daneben. Nie werd' ich das vergessen können.«

»Welch ein Glück, Sie zu treffen, Genosse!« Krasnikows Ausruf war ehrlich gemeint. Bis zur Stunde wußte niemand in Nowo Gorodjina, daß es so vortreffliche Augenzeugen gab.

Daneben stand er also, dachte auch Meteljew. Aber – und er blickte bei seinen Gedanken Krasnikow an – was heißt daneben? Ein Soldat wird erschossen, und Korolew steht daneben? Wie denn das?

Man sieht's: Auch die Vorstellungskraft eines auf das Töten trainierten SPEZNA-Schülers reichte nicht aus, um sich in der Phantasie auszumalen, was tatsächlich geschehen war. Ein Gefühl des Grauens erfüllte dann auch später Meteljew ebenso wie Krasnikow, als Korolew seinen Bericht über den Tod des tapferen Soldaten Kulinitsch beendet hatte.

»Er mußte niederknien?« fragte Krasnikow mit rostiger Stimme.

»Ja ..., und er flehte, jammerte, rief nach seiner Mutter, weinte, kroch wie ein Wurm über die Erde ... Mir stach es im Herzen, als steckten tausend Nadeln drin.«

»Und Nasarow ließ schießen ...«

»Wie schon erzählt: Beljakow mußte es tun, mit seiner Flinte. Der Major drohte, sonst das Dorf anzuzünden und vorher seine ganze Familie zu liquidieren.«

»Nie hätte er das getan! In ein Straflager wäre er sofort gekommen.«

»Wer von uns, Genossen, wußte das damals? Soldaten fallen über uns her, treiben uns aus den Häusern, durchsuchen jeden Winkel. Nennen uns Mörder, Räuber, Halunken, Saboteure, ja, was weiß ich nicht alles. Schlagen uns mit den Gewehren. Sogar die Frauen haben sie verprügelt. Nehmen Geiseln mit ... Einfache Menschen, wie wir alle es sind, müssen sich dann doch denken: Das ist befohlen von den hohen Herren, da ist man einfach wehrlos und muß sich ducken ... und um seine Familie und das Dorf zu retten, ließ sich Beljakow zwingen, zu schießen.«

»Mit einer Schrotflinte?« sagte Meteljew atemlos vor Erregung.

»Ja ...«

»In den Rücken ..., und Kulinitsch flehte um Gnade ...«

»Er betete sogar. Und schrie immer: Was hab' ich denn getan? Brüder, Brüder, habt doch Erbarmen mit mir.« Korolew wischte sich über das Gesicht, seine Finger zitterten. »Daneben stand ich, neben Nasarow, und der Major sagte ungerührt: Schieß ... oder ... Da mußte Beljakow schießen ... Jetzt soll er der Mörder sein ...«

»Und Nasarow hat es in der Hand, das Dorf doch noch abzubrennen mit der Begründung, es sei ein Nest der Widerständler. Ein Soldat sei ja schon erschossen worden, eine Strafexpedition also angebracht.« Krasnikow blickte seinen Freund Meteljew an. »Kein dummes Köpfchen, der Major ...«

»So ist's. Erst später haben wir erkannt, daß er uns dumme Bauern mit seiner Uniform und seinem Geschrei und seiner Machtbesessenheit geblendet hat. Blind waren wir vor Angst und Respekt. Gezittert haben wir um unsere Frauen und Kinder, um unser Dorf, um die Ernte, um unser Leben. Wir haben ja nur unser Stückchen Land, die Flüsse mit ihren Fischen – sonst besitzen wir doch nichts ... Jetzt ist es zu spät.«

»Zu spät? Wofür?« fragte Krasnikow.

»Gezeichnet sind wir, gebrandmarkt. Das Dorf der Soldatenmörder ... Alles kann man jetzt mit uns machen. Ein Teufel ist er, dieser Nasarow.«

»Ein bemerkenswerter Mann.« Meteljew sagte es mit einem Unterton, den Korolew nicht verstand. Dagegen wußte Krasnikow genau, was sein Gefährte dachte, und er nickte stumm.

»Nun haben Sie alles gehört, Genossen.« Korolew ging zum Schrank, holte Wassergläser und eine helle Literflasche hervor, goß Wodka ein und lud die Herren Geologen zu einem kleinen Trunk ein. »Erzählt hab' ich's auch nur, weil falsch über uns geredet wird. Vor allem in Nowo Gorodjina. Jeder glaubt Nasarow – was hingegen wir sagen, gilt von Beginn an als Lüge. Nun frag' ich mich: Auf wessen Seite stehen Sie, Genossen?«

»Das muß geprüft werden«, wich Krasnikow aus. Er trank Korolew zu: »Auf ein ruhigeres Leben!« Denn so ist's üblich in Rußland, daß man einen Trinkspruch hersagt, bevor man das Glas zum Mund hebt. Korolew antwortete: »Auf daß dieses Land uns weiterhin gehöre!«

»Wer hat die Liquidation von Kulinitsch noch gesehen?« fragte Meteljew. Er hustete ein paarmal – einen Wodka, wie die Genossen ihn am Tobol selbst brennen, trinkt man nicht alle Tage; ein gekaufter Wodka ist im Vergleich dazu nur ein sanftes Wässerchen.

»Viele Leute von uns ...«

»Auch Soldaten?«

»Natürlich auch. Die, welche Kulinitsch festhielten und vorher zu uns brachten, zwei Offiziere, ein Begleitkommando für Nasarow ... Aber was soll's!« Korolew winkte ab. »Kein ehrliches Wort werden sie sagen. Werden alles leugnen, haben nichts gesehen. Wer will denn Nasarow zum Feind haben? Schon der Gedanke ist irrwitzig. Sagt ein Soldat gegen seinen Major aus, kann er sich doch gleich aufhängen.«

»Man müßte Nasarow selbst zu einem Geständnis bringen«, dachte Meteljew laut.

»Oje, wer könnte das jemals?« Korolew schenkte noch einmal nach. »Bei der Baubrigade gibt es nur einen einzigen Menschen, der uns glaubt ... Na, sagen wir vorsichtig, der von allem die Hälfte glaubt. Eine Frau. Die Genossin Ärztin. Gegen den Willen von Nasarow hat sie Andrej Nikolajewitsch behandelt, seine Wunden versorgt, seinen Kopf genäht, ihm Tabletten gegeben ...« Daß sie den Angehörigen auch Grüße der Geiseln übermittelt hatte, ließ Korolew weg. So etwas stößt man nicht durch die Posaune.

»Walja Borisowna?« fragte Krasnikow erstaunt. »Nichts hat man uns davon erzählt.«

»Wen kümmert's im Lager, was mit den Geiseln ist? Wir haben's auch nur von einem Traktorfahrer gehört«, sagte Korolew vorsichtig.

»Einen Liebhaber hat sie in der Brigade, einen gewissen Jugorow. Stimmt's?«

»Ich weiß es nicht. Woher soll ich das wissen?«

Das Gespräch versandete ... Was war noch groß zu sagen? Die Gläser trank man leer, dann gingen Krasnikow und Meteljew zur Tür und gaben Korolew die Hand.

»War eine Freude, mit Ihnen zu reden«, sagte Krasnikow. »Sollten Sie Sorgen haben, kommen Sie zu uns, Genosse. Wir helfen, wenn wir können.«

»Wird nicht vergessen, meine Lieben. Ein hilfreicher Mensch ist immer willkommen. Wohl möglich, daß ich Ihren Rat brauche.«

»Sie finden uns in der Konstruktionsabteilung des Genossen Schemjakin«, sagte Meteljew.

»Ich werd' sie nie betreten. Nie! Keiner bekommt mich dorthin.«

»Schemjakin ist ein sehr angenehmer, verträglicher Mensch.«

»Und wenn er ein Kreuz auf der Brust tragen würde – als Leiter dieses Abschnitts ist er genau wie Sie, Genossen, darauf aus, uns das Land wegzunehmen.«

»Und dagegen wehrt ihr euch mit Bomben ...«

»Nur Bauern sind wir und müssen dulden«, sagte Korolew traurig. »Wo sollen wir Bomben herbekommen?!«

»So könnte man fragen ...« Meteljew ging Krasnikow nach zum Wagen, stieg ein und winkte beim Abfahren Korolew zu. Der winkte zurück, legte seine Stirn in tiefe Falten und überlegte erneut: Was wollten die Genossen Geologen hier? Was interessiert es sie, ob Beljakow ein Mörder ist? Auch ihnen wird Nasarow den Boden heiß machen. Was kann ein Zivilist gegen das mächtige Militär ausrichten?

Außerhalb von Lebedewka fragte Krasnikow, der am Steuer saß: »Babrak Awdejewitsch, was hältst du von der Sache?«

»Von welcher?« fragte Meteljew zurück. »Wir haben zwei, Victor Ifanowitsch.«

»Zuerst von Nasarow.«

»Ein Schwein.« Meteljew lehnte sich im Sitz bequem zurück. »Ein Schwein ist dazu da, daß man es schlachtet.«

»Und Korolew?«

»Ein salbungsvoller Halunke. Vorsichtig wie ein jagender Fuchs. Mehr weiß er, als er sagt.«

»Der Bericht von Kulinitschs Ermordung?«

»Ist wahr. Keine Zweifel, Victor Ifanowitsch. Nasarow ist untragbar geworden. Ein Eisenklotz am Bein.«

»Niemand wird beweisen können, was für ein Hund er ist.« Krasnikow gab mehr Gas; was er von Korolew gehört hatte, war in der Tat ein starkes Stück. »Nur er selbst kann es gestehen. Dazu sollten wir ihn bringen.«

»Auch mein Gedanke.« Meteljew legte die Hände aneinander und blickte in die herbstliche Landschaft. Die Wälder verfärbten sich, dazwischen lagen kleine Seen wie blanke, blaue Augen in einem zerfurchten Gesicht. Ein Schwarm von Wildenten flatterte auf, hochgeschreckt vom Lärm des Automotors. »In den Dreck getreten hat er die Ehre der Offiziere. Auch im Sinne wär's von General Tjunin, Probleme unauffällig zulösen. Nasarow ist einfach nicht mehr da. Vermißt, verschwunden.«

»Und belasten damit wird man das Dorf.« Krasnikow nahm das Gas etwas weg. »Jeder wird es glauben: Die haben Nasarow wegen Beljakow zur Seite gebracht.«

»Ein sehr vernünftiger Gedanke, Victor Ifanowitsch. Wenn sich der Spezialist im Dorf versteckt, wird er in Not kommen. Eine hervorragende Kettenreaktion. So sollten wir es wirklich machen.« Meteljew rieb sich die Hände und begeisterte sich an dem Gedanken. »Nasarow ist so wertvoll wie ein Tresorschlüssel.«

»Den wir noch nicht haben, Babrak Awdejewitsch.« Krasnikow fuhr zunehmend langsamer. Auf der Straße, im Wagen, war besser zu planen als im Lager. »Bisher ist Nasarow noch nie allein aus seiner Kommandantur gekommen. Immer war er in Begleitung.«

»Allein hat er Schemjakin besucht ...«

»Draußen wartete sein Jeep mit zwei Rotarmisten.«

»Dann sind es eben drei. Siehst du da Schwierigkeiten, Victor?«

Nein, die gab es nicht. In Gorkij hatten sie gelernt, einen zahlenmäßig überlegenen Gegner zu besiegen. Ein Schüler von Oberst Tobombajew verzagte nie, und sie waren die besten Schüler des Lehrgangs gewesen.

»Wir haben Zeit«, sagte Krasnikow. »Zeit ist unser größtes Kapital. Die Ruhe wird den ›Spezialisten‹ unvorsichtig machen, und Nasarow wird einmal allein sein. Wer drängt uns, Babrak?«

»Tjunin!«

»Nein. Nur Erfolge will der General sehen, nichts weiter.«

»Neue Bomben werden explodieren, und uns wird man dafür verantwortlich machen.« Meteljew öffnete noch einen Hemdenknopf. Ein warmer Tag war's wieder, ein selten schöner Herbst; die Natur starb langsam in den Winter hinein mit aller Pracht ihrer tausend Farben. »Wir wissen, der ›Spezialist‹ ist hier, wir haben zweimal seinen Funksender im Gerät gehabt.«

»Zu kurz ...«

»Aber er ist in unserer unmittelbaren Nähe, Victor. Und ich halte meinen Kopf dafür hin: Er lebt in Lebedewka.«

»Ungeduld war schon immer die Mutter des Mißerfolgs!« sagte Krasnikow und schüttelte den Kopf. »Babrak Awdejewitsch, der Spezialist *muß* etwas tun, um sich zu verraten. Einen Köder sollten wir ihm hinhalten wie einem hungrigen Wolf ein Stück Fleisch.«

»Hast du einen Köder, Victor?«

»Ja: Nasarow!«

»Wie unsere Gedanken doch Brüder sind!« rief Meteljew begeistert aus. »Nur mit der Zeit, da schwimmen wir auseinander ...«

Sie waren beide sehr zufrieden, als sie die Einfahrt von Nowo Gorodjina erreichten. Am Hospital kamen sie vorbei und wunderten sich über die lange Schlange Männer, die vom Inneren bis weit auf die Straße hinaus reichte. Krasnikow bremste.

»Was gibt's, Genossen?« rief er den Männern zu. »Irgendeine Sonderzuteilung?«

»So kann man's auch nennen!« schrie einer aus der Reihe fröhlich zurück. »Stellt euch an, es langt noch für zwei!«

Die Männerschlange wieherte vor Lachen, und ein anderer

brüllte: »Juckt und zuckt's euch zwischen den Beinen? Nein? Was soll's?! Aber vorzeigen könnt ihr ihn ... Ein bißchen Abwechslung, Genossen ...«

Krasnikow fuhr weiter. Meteljew grinste breit, auf das Armaturenbrett trommelte er mit allen Fingern. »Eine Reihenuntersuchung!« lachte er.

»Auf Tripper ...«

»Geh'n wir auch hin, Victor?«

»Kennst du keine besseren Witze?«

»Reizen würd's mich, der schönen Genossin Ärztin etwas vorzuführen.« Meteljew lachte wieder. »Victor, wir gehen hin! Laß uns das nicht verpassen.«

Sie hielten vor ihrem Fertighaus und sahen Jugorow am Fenster stehen. »He, Freund!« rief Meteljew ihm zu. »Wartest du noch oder warst du schon bei der Parade?«

»Für mich nicht nötig!« rief Jugorow zurück.

»Natürlich nicht.« Krasnikow sagte es leiser, so daß nur Meteljew ihn verstand. »Nichts Unbekanntes würde er ja herzeigen ...«

Sie lachten schallend, stiegen aus dem Wagen und gingen zu ihrer Haustür. Verwundert stellte Krasnikow fest, daß sie unverschlossen war. Jeden Schwur hätte er geleistet, sie nicht offengelassen zu haben. Er tat, als ob er den Schlüssel im Schloß drehte, trat in den kleinen Flur und drückte hinter Meteljew die Tür wieder zu.

»Offen war sie!« sagte er gepreßt. »Offen ...«

»O Scheiße!« Meteljew wischte sich über das Gesicht. »Kein Irrtum?«

»Man dürfte mich erschießen, wenn ich mich irre.«

»Jemand war also in unseren Zimmern?«

»Ganz sicher.« Krasnikow stieß die Tür zu seinem Raum mit einem Fußtritt auf. Nichts hatte sich verändert, alles lag oder stand, wie es immer gewesen war. Auch nebenan, im Zimmer mit den feinen elektronischen Geräten und Funkeinrichtungen, wies nichts darauf hin, daß ein Fremder hereingekommen war. »Trotz der Alarmanlage.«

»Versagt hat sie, das Mistding!« schrie Meteljew voller Zorn.

»Nein.« Krasnikow zeigte auf den kleinen Warnsender in der Ecke. Ein roter Punkt glimmte in der Mitte, zuckte an und aus. »Sie geht. Die Fenster mit den Meldern sind geschlossen. Er wußte: Wenn man die Tür aufschließt, gibt's keinen Alarm. Nur wenn man sie aufbricht, heult die Sirene. So einfach ist das – wenn man es weiß.«

»Der ›Spezialist‹!« sagte Meteljew leise. »Bei uns war der ›Spezialist‹ ...«

»Und er weiß jetzt, wer wir sind.« Krasnikow hieb mit der Faust in seine Handfläche. In diesen Augenblicken kam er sich vor, als stünde er nackt vor einer johlenden Menschenmenge. »Von jetzt ab sind wir immer in seinen Augen.«

»Und er in unseren!« rief Meteljew verbittert. »Wer uns ansieht, den sollten auch wir sehen.«

»Sollten, Babrak Awdejewitsch ... sollten ...« Krasnikow suchte nach einer Papirossa, steckte sie mit bebenden Fingern an und nahm einen tiefen Zug. Aber es beruhigte ihn nicht. »Im Vorteil ist er: Uns kennt er nun, aber wir nicht ihn ... Umbringen könnt' ich mich! Niederlagen kann ich nicht vertragen. In der SPEZNA-Schule wären wir jetzt schon tote Männer ...«

Im Nebenhaus, Wand an Wand mit Krasnikow und Meteljew, war Jugorow vom Fenster weggetreten, stand inzwischen vor dem Spiegel und rasierte sich. Ein fröhliches Lied pfiff er dabei, war bester Laune und freute sich auf das Zusammensein mit Walja. Aufmuntern mußte er sie sicherlich, denn bestimmt war es anstrengend gewesen, wohl hundertmal das gleiche männliche Körperteil zu besichtigen in allen Größen und Variationen.

Fröhlich aber darf man auch sein und sich seines Lebens freuen, wenn man den Nachbarn besser kennt ...

Nach der Beerdigung des ermordeten Soldaten war Jossif Wladimirowitsch Niktin am Montag nicht nach Tobolsk zurückgeflogen, sondern in Nowo Gorodjina geblieben. Bei Schemjakin wohnte er, aß mit Begeisterungsrufen Lobjo Tkemali – das sind rote Bohnen in einer pikanten Pflaumensauce, auf kaukasische Art mit Knoblauch verfeinert – und lobte die Kochkunst der Schemjakina mit poetischen Worten. Als es am Montagabend sogar Osetrina po Russki gab, Genossen, haltet euch fest: das ist Fisch in Tomatensauce mit frischen Pilzen, gehackter Petersilienwurzel, Kapern und süßer Sahne –, verdrehte Niktin die Augen, rief: »Olga Walerinowna, meine Frau Maja Petrowna schicke ich zu Ihnen in die Lehre! Sie zaubern aus den Kochtöpfen!« und fraß drei Teller leer.

»Am Mittwoch werde ich mit der Propaganda beginnen«, erklärte er später beim Wein den Schemjakins. »Durchgesetzt habe ich's, daß man endlich mehr Wert auf die Information der Bevölkerung legt. Daran kranken wir, habe ich gesagt, das löst die Widerstände aus. Wer weiß denn, was der Kanal für Rußland bedeutet? Die hundertfünfzig Forschungsgruppen wissen es, die Konstrukteure, der Genosse Minister Wassiljew weiß es, der Genosse Direktor der Expertenkommission Woropajew weiß es, jeder da oben in Moskau an den Planungstischen weiß es – nur diejenigen, durch deren Land der Kanal fließen wird, wissen kaum etwas. Und wer nichts weiß, wehrt sich gegen das, was er nicht weiß. Eingesehen hat man das. Und nun fange ich in dem verdammten Lebedewka damit an. Am Mittwoch. Eine große Versammlung in der Stolowaja. Alle müssen kommen, alle. Der Dorfvorsteher – wie heißt er?«

»Korolew«, antwortete Schemjakin.

»Richtig. Korolew. Morgen bekommt er Nachricht, daß am Mittwochabend jeder in die Stolowaja kommen soll. Landkarten habe ich mitgebracht, Zeichnungen, Fotos, sogar einen Schmalfilmapparat und zwei hervorragende Filme über den Karakumkanal, den Moskwa-Wolga-Kanal, den Wolga-Ostsee-Kanal; imponierende Filme, sage ich Ihnen, mein lieber Boris Igorowitsch. Das muß überzeugen. Da sieht man die Zukunft Rußlands. Da kann keiner mehr die Augen verschließen, da jubelt das Herz der Patrioten. Und dann die neuen künstlichen Seen, die Staubecken, die Kraftwerke. Denken Sie nur an das Wasserkraftwerk am Jenissej in Ostsibirien, das Werk Sajan-Schuschenskoje ... gigantisch, das ist es, gigantisch. Sechsundfünfzig Milliarden Kilowattstunden Elektroenergie erzeugt es; sechsundfünfzig Milliarden ... Es muß einem schwindlig werden! Das ganze Gebiet links und rechts des Jenissej kann man damit erschließen. Neuland, ungeheure Bodenschätze, Strom für neue Städte – das neue, unbesiegbare, unfaßbar reiche Rußland, hier kann man's sehen! Wissen Sie Genaueres über das Kraftwerk Sajan-Schuschenskoje? Nein, nicht mal Sie wissen es, Schemjakin! Wie sollen es dann die Bauern und Fischer wissen? Sagen muß man's ihnen. Wie hoch ist die Bogenmauer des Dammes? Zweihundertfünfundvierzig Meter! Wie lang ist die Dammkrone? Eintausendsechsundsechzig Meter! Unvorstellbar! Der stärkste Staudamm der Welt ist er ..., einen Druck muß er aushalten von achtzehn Millionen Tonnen. Stockt nicht Ihr Herz, Schemjakin? Und wenn das letzte Aggregat eingesetzt ist – am 19. Dezember 1985 soll's soweit sein –, dann werden 6,4 Megawatt Strom am Jenissej erzeugt werden. Aber alles das, alle diese technischen Wunder verblassen – und das muß eben jeder wissen – gegenüber dem Sib-Aral-Kanal. Er ist der Höhepunkt menschlicher Leistung.«

Niktin hatte sich so in Begeisterung geredet, daß seine Haut über dem Gesicht zu platzen drohte. Bei den letzten Sätzen stampfte er sogar auf dem Boden auf, als tanze er auf den Worten herum. Schemjakin war beeindruckt von den Zahlen und aß eine knackige Krendel – eine Brezel mit Früchten und Nüssen –, die Olga Walerinowna zum Nachtisch gebacken hatte. Auch Niktin griff zu, biß ab, schnaufte begeistert und rollte die Augen. Dann pfiff er mit gespitzten Lippen, ein Ausdruck höchsten Genusses.

»Das alles wollen Sie den Leuten von Lebedewka erzählen?« fragte Schemjakin.

»Erzählen und zeigen. In Lebedewka fange ich an und fahre dann von Ort zu Ort bis Tjumen.«

»Und Sie sind sicher, daß die Zuhörer es begreifen?«

»Die Zahlen? Nie! Wer kennt schon Megawatt? Aber die Bilder, Genosse, die Fotos, die Filme ... Auf den Stühlen werden sie kleben und es nie vergessen. Ich selbst bin ja fassungslos gewesen, als ich die Filme zum erstenmal gesehen habe.« Niktin knackte wieder ein Stück Krendel ab. »Nach dieser Information wird's keine Bomben mehr geben. Mithelfen werden sie an dem Kanal.«

»Ein kleines Wunder wäre auch das«, sagte Schemjakin skeptisch. »Es sei Ihnen gegönnt, Jossif Wladimirowitsch ... Um Monate sind wir zurückgeworfen. Angst habe ich, daß daraus Jahre werden könnten.«

So erhielt Korolew am Dienstag, kurz nachdem Krasnikow und Meteljew gegangen waren, durch einen Boten Niktins Aufforderung, am Abend des nächsten Tages eine große Versammlung zu veranstalten. »Jeder Bürger hat zu kommen«, schrieb Niktin deutlich. »Wichtig ist es für uns alle.«

Korolew schickte diesen Aufruf im Rollsystem durch Lebedewka; das heißt: Jeder, der den Brief gelesen hatte, gab ihn sofort weiter an seinen Nachbarn. So machte er schnell die Runde und kam am späten Abend zu Korolew zurück. Zerknittert und verdreckt war der Brief durch die vielen schmutzigen Hände, die er durchlaufen hatte, und bei Großväterchen Beljakow wäre er fast vernichtet worden, denn der Alte hatte getobt: »Noch einen Vortrag? Ja, was ist das denn? Sind wir auf einer Universität? Zwingen will man mich, blödes Geschwätz anzuhören?! Das ist zuviel ...« Aber bevor er das Schreiben zerreißen konnte, hatte es Beljakow II, sein Sohn, ihm aus den Fingern gewunden und in Sicherheit gebracht. Verhindern konnte er allerdings nicht mehr, daß Großväterchen es gezielt bespuckte.

Ebenfalls an diesem Abend holte Jugorow in einem neuen Hemd und einer neuen Hose Walja Borisowna ab. Im Magazin, wo man alles kaufen konnte, was einen Menschen kultivierter macht, gab es auch Bekleidung – zwar nicht das Modernste und Beste, aber immerhin tragbar und hier in den Sümpfen ein wahrer Luxus.

Mit einer etwas mitleidigen Miene hatte Jugorow später das Magazin verlassen; ein Jammer war's, daß auch dieses Haus das Opfer einer Bombe sein würde. Kein Menschenleben durfte vernichtet werden, nur Material; das allein war wichtig. Wieder ein Nadelstich in den gigantischen Leib des Kanalbaus.

In Schemjakins Haus begrüßte er mit einem Händedruck den Genossen Niktin, der in einer Ecke des Zimmers saß und seine Rede studierte, hier und da im Text verbesserte und hingerissen einmal sogar laut deklamierte: »Wir werden eine Nation sein, wie sie die Welt noch nicht gesehen hat ...«

Walja sah müde aus, als sie Jugorow vor allen Anwesenden einen Kuß gab, auch deshalb, um zu demonstrieren: Wir lieben uns; wagt nicht, uns zu trennen! Ihre Mutter Olga Walerinowna seufzte in sich hinein, und Schemjakin stellte fest: »Sie haben eingekauft, Jugorow?«

»Ja, Boris Igorowitsch. Zeit wurde es; die alte Kleidung wäre zu Staub geworden, wenn man sie ausgeschüttelt hätte. Hab' mir von der Lohnkasse einen Vorschuß geben lassen.«

»Was hast du vor?« fragte Walja, als sie vor dem Haus standen.

»Die Natur genießen. Bist sehr müde, Walja?«

»Das bin ich.«

»Anstrengend muß es sein, hundert verschiedene ...«

»Igor Michailowitsch!« sagte Walja warnend. Sie war nicht in Stimmung, solcherart Witze aufzunehmen.

»War's denn erfolgreich?«

»Gibt es nichts anderes zu bereden?« Sie ging ihm voraus, und er mußte drei Schritte schneller laufen, um sie wieder einzuholen. »Zwölf Kerle haben einen Tripper. Zufrieden?« Giftig klang das; der schwere Tag zerrte an ihren Nerven, wer kann's nicht verstehen?

Sie gingen die Straße hinunter, die am Waldrand endete, nicht untergefaßt wie ein Liebespaar, sondern nebeneinander. Jugorow drängte sich nicht auf. Da ist irgend etwas anderes, das sie bedrückt, dachte er. Nicht allein die Parade der nackten

Männer kann es sein; wie könnte eine Ärztin so etwas aufregen!

Plötzlich, am Stumpf eines dicken, gefällten Baumes, blieb Walja stehen und setzte sich auf den Stamm.

»Sie hat dich gestern abend wieder abgeholt«, sagte sie und blickte auf den von den Holzfällern zertretenen Waldboden. »Auch wenn sie eine Werst außerhalb wartete, man hat euch doch gesehen. Was hat Soja, das ich nicht habe?«

»Ein Motorrad.«

»Ich besitze einen Jeep.«

»Mit dem ich allein nicht fahren kann. In Lebedewka war ich, bei neuen guten Freunden. Wie komme ich sonst hin?«

»Ihr trefft euch außerhalb von Nowo Gorodjina. Heimlich, wie Verschworene oder wie zwei verbotene Liebende ...«

»Nur deinetwegen, Walja.«

»Erklär mir das.«

»Wenn Soja durch das Lager gefahren wäre, zu mir – oje, welch einen Streit hätte eine gewisse Walja Borisowna mit mir angefangen!«

»Du siehst: Erfahren tu ich's doch!«

»Und fängst Streit an ...«

»Nur traurig bin ich, Igor, sehr traurig. Ein solches Weibsstück!«

»Alle verachtet ihr sie, weil sie anders ist als ihr. Du kennst nicht ihr schweres Leben, aber sie nimmt es tapfer hin. Ihr Vater und schon ihr Großvater waren Ausgestoßene – warum, das weiß ich noch nicht. In die Stadt wanderte sie aus, arbeitete hart, konnte sich einen Traum erfüllen – ein Motorrad – und kam zurück aus einer freieren Welt in die dumpfen Sümpfe. Trägt seitdem die Kleidung der Städter, kurze Röckchen, leichte Blusen statt der handgewebten Röcke und Baumwollsäcke – und schon ergießt sich der Neid über sie, die Weiber stecken die Köpfe zusammen, haben plötzlich Angst um ihre Männer, aus Mißgunst wird die ›Hure‹ geboren, und ihr alle, alle plappert es nach. In Wahrheit ist Soja Gamsatowna ein braves Mädchen.«

»Welch eine Lobeshymne!« sagte Walja spöttisch. »Ein Liebeslied auf Soja! Von Masuk bekommt sie ein Kind! Von einem verheirateten Mann. Wie nennt man so was? Soll man Beifall klatschen?«

Jugorow setzte sich neben Walja auf den gefällten Baum und schabte mit den Schuhen – auch sie waren neu – über den Waldboden.

»Hast du mich gefragt?« sagte er. »Nein, du hast mich nicht gefragt. Nicht ein einziger Gedanke ist dir gekommen.«

»Was habe ich dich nicht gefragt?«

»Wär es nicht möglich, daß irgendwo auch auf mich eine Frau wartet?«

»Igor!« Ein Aufschrei war's. Walja fuhr herum zu ihm und preßte die Hände an ihre Brust. »Verheiratet bist du?!«

»Die Frage kommt recht spät ..., es ist passiert zwischen uns ...«

»Hast du eine Frau?!« schrie sie. Ihre Hände schnellten vor und krallten sich in sein neues Hemd. Ein schlechtes Hemd, jetzt sah man es; sofort entstand ein Riß dort, wo Waljas Nägel in den Stoff drangen. »Du ... hast ...«

»Ich könnte es ...«

»Gib eine klare Antwort, Igor!« Sie zerrte an dem Hemd, und der Riß wurde größer und lief von der Brust bis zum Gürtel. »Du hast eine Frau?«

»Nein. Aber wenn ich sie hätte: wärst du jetzt anders als Soja Gamsatowna?«

»Sie wußte es!« schrie Walja und zerriß nun völlig Jugorows neues Hemd.

»Und dir war es egal. Hast du danach gefragt?«

»Nie habe ich daran gedacht.«

»So kann ein Mensch schnell in Verruf geraten. Wer hätte dir geglaubt, daß du's nicht gewußt hast? Ich liebe ihn, wäre deine Antwort. Was kümmert mich ein anderer Mensch.«

»Ja, das hätte ich gesagt. Genau das! Ich liebe ihn!« rief sie.

»Und wirfst doch einen Stein auf Soja. Wir lieben uns und wissen ja ebenfalls nicht, ob es gut ist.«

»Ich weiß es!« Sie ließ das aufgerissene Hemd jetzt los und legte die Arme um Jugorows Nacken. »Alles bist du für mich ... Erde und Himmel ... Sonne und Nacht.«

Jugorow schwieg, weil seine Gedanken ihm Schmerz bereiteten. Wie soll das alles werden? Wie kann man ihr und mein Leben zusammenfügen bei all dem, was noch geschehen wird, geschehen muß? Gibt es für mich noch eine Zukunft? Und wenn es sie noch geben könnte – wird Walja mit mir dorthin ziehen, wohin ich zurückkehre? Wird sie es vergessen können, eine Sowjetgenossin zu sein?

Motorengeräusch schreckte sie beide auf. Den Waldrand entlang kam ein kleines Fahrzeug auf sie zu, ein GAZ-69 mit offenem Verdeck: Major Nasarow. Allein. Eine vielleicht nie wiederkehrende Gelegenheit.

Nasarow bremste vor Jugorow und Walja, ließ den Motor ersterben und lehnte sich genüßlich im Sitz zurück. Sein Lächeln paßte indessen nicht zu dem bösen Blick, mit dem er Jugorow musterte.

»Zu früh komme ich«, sagte er hämisch. »Ich seh's. Zerrissen ist nur das Hemd ... Welche Leidenschaft! Macht weiter, ihr Lieben, laßt euch nicht stören.«

»Sie anzusehen, Genosse Major, hätte selbst Gott von der Schöpfung abgehalten«, erwiderte Walja Borisowna. »Igor, laß uns gehen. Die Luft ist hier zu dick.«

Sie erhob sich, doch bevor auch Jugorow aufstehen konnte, war Nasarow mit einem Sprung aus dem Wagen gestürzt.

»Noch dicker wird die Luft werden!« rief er und zog den Kopf zwischen die Schultern. »Hab' ich dich endlich, Mistkerl! Wie war das mit dem Telefonanruf, na? Wer kam da gelaufen: General Pychtin will Sie sprechen ... Wer lockte mich weg?« Nasarow spreizte die Finger. »Der feurige Liebhaber, nicht wahr? Beleidigt einen Offizier und läßt sich Hemdchen zerreißen ... Genossin Ärztin, gehen Sie aus dem Weg. Männersache ist das! Zwingen Sie mich nicht, mich an Weibern zu vergreifen.«

»Darin müßten Sie Übung haben!« schrie Walja ihn an und

stellte sich genau vor Jugorow auf. »Zwei Geiseln haben Sie schon mißhandelt. Mit Stöcken über die Brüste geschlagen ...«

Im Wald, hinter zwei dicht zusammenstehenden dicken Kiefernstämmen, beobachteten Krasnikow und Meteljew das Geschehen. Der Zufall, plötzlich Nasarow allein zu sehen, war eine solche Überraschung, daß Meteljew verzweifelt stammelte: »O Scheiße! Scheiße! Nichts haben wir jetzt bei uns ... Kommt so ein Augenblick je wieder ...?«

An Nasarow hatten sie nicht gedacht, als sie Jugorow folgten, wie er zu Walja ging. In der Lage, in der sich Krasnikow und Meteljew befanden, als sie entdeckten, daß jemand in ihre Wohnung eingedrungen war, mußte es fast selbstverständlich sein, daß man das Nächstliegende kritisch betrachtete und auf den lieben Nachbarn Jugorow stieß. Nur eine Routinesache war es, denn Krasnikow sagte gleich: »Unsinn, ihn zu verdächtigen. Ist ein lieber Junge, der anderes im Sinn hat, als bei uns zu spionieren. Ist voll beschäftigt mit der Genossin Ärztin ... Dennoch: Gehen wir im klassischen Sinne vor. Zunächst die Umgebung.«

So waren sie Jugorow wie ein Schatten gefolgt, lautlos, unsichtbar für ihn – das hatten sie gelernt und immer wieder geübt. Als sie sahen, daß Walja und Jugorow dem Wald zustrebten, schlugen sie einen Bogen, liefen durch den Wald und erreichten den gefällten Baumstamm, auf den Walja sich setzte, unmittelbar nach ihrem vorwurfsvollen Satz: »Sie hat dich gestern abend wieder abgeholt ...«

»Ein vorehelicher Krach«, flüsterte Meteljew mit einem Grinsen zu Krasnikow hin. »Kehren wir um!«

Daß Krasnikow abwinkte, war mehr Instinkt als Vernunft. Er sah Meteljew ein paarmal bedeutungsvoll an, als Jugorow zum Beispiel sagte, er habe gute, neue Freunde in Lebedewka besucht. Das konnte gar nichts heißen oder doch sehr vieles. Ein Traktorfahrer der Baubrigade hat eine Liebschaft mit einer Soja Gamsatowna? Man merke sich den Namen Soja. Nicht schaden kann es, sie einmal zu besuchen. Und ein Kind bekommt sie von einem gewissen Masuk, der verheiratet ist?

Eine alltägliche Begebenheit ... Kann sein, daß sich Masuk und Jugorow eines Tages den Schädel einschlagen. Oder gibt es da heimliche Kontakte zwischen Nowo Gorodjina und Lebedewka? Man muß es untersuchen ...

Und nun war plötzlich Nasarow da, allein, ungeschützt und keine Waffe hatten sie bei sich. Keine der schallgedämpften Pistolen, keinen lautlosen, mit Preßluft zu verschießenden Giftpfeil, keinen tödlichen Gasstrahl ... Zum Verzweifeln war's.

Meteljew legte die Stirn gegen die rauhe Rinde einer der Kiefern, hinter denen sie sich verbargen, und hätte weinen können. Krasnikow kaute an seiner Unterlippe und hatte harte, mitleidlose Augen. Er überlegte ... So in Glück kam nie wieder.

Major Nasarow hob die Hand, als wolle er ein Stoppzeichen geben. »Walja, gehen Sie aus dem Weg!« schrie er. »Sehen Sie, keine Waffen habe ich. Das Koppel mit der Pistole liegt im Wagen. Der Schweinehund und ich, wir haben nur unsere Fäuste. Tragen wir es sportlich aus ..., entledigen wir uns des Offiziers. Eine Entweihung der Uniform wäre es sonst.«

Er knöpfte den Uniformrock auf, streifte ihn ab und warf ihn auf die Erde. Ein weißes Hemd trug er darunter, mit kurzen Ärmeln. Als er die Fäuste ballte, erkannte man seine starken Muskeln. Wie ein Boxer wirkte er jetzt.

»Ein guter Vorschlag ist das!« sagte hinter Waljas Rücken Igor Michailowitsch. »So sind Sie mir lieber, Nasarow.« Er riß das zerfetzte Hemd aus der Hose und kam um Walja herum. Am Arm hielt sie ihn fest und versuchte, ihn wegzuzerren.

»Laß dich nicht reizen, Igor!« rief sie. »Wie's auch ausgeht – du bist immer der Schuldige!«

»Oh, seht, das Vögelchen hat Angst um ihren Vögler.« Nasarow lachte anzüglich und niederträchtig. »Hat der Liebling keine Kraft mehr? Na, wo ist sie denn geblieben? Du blondes Hähnchen, kannst nur noch krähen, was?«

Er duckte sich, zog die Schultern hoch, streckte die Fäuste vor und wartete darauf, daß Jugorow auf ihn losging. Falls er ein Mann von Ehre war, konnte er solche Worte nicht einfach schlucken. Wer spuckt schon vor sich selbst aus?

Jugorow schüttelte Waljas Griff ab und dehnte seinen Körper, der ebenfalls muskulös war, aber schöner und ästhetischer. Hinter den Kieferbäumen verfluchte Meteljew seine Ohnmacht und blickte verzweifelt zu Krasnikow. Dann riß er den Mund auf zu einem stummen Triumphgeschrei.

Krasnikow hatte nämlich plötzlich ein Messer in der Hand, eines der im Griff versenkbaren Messer mit beidseitig geschliffener Klinge – ein Messer für den unmittelbaren Nahkampf, das man dem Überrumpelten lautlos ins Herz stoßen konnte. Ein schneller stummer Tod, wie man ihn an den »Kukli« geübt hatte.

Krasnikows Miene war wie eine Maske. Die Messerspitze hielt er zwischen Daumen und Zeigefinger, ließ sie auf und ab wippen, prüfte das Gewicht des Holzgriffes, und als Nasarow sich jetzt duckte und Jugorow auf ihn zukam, schleuderte Krasnikow aus dem Handgelenk das Messer weg.

Meteljew sah dem Messer nach ..., es drehte sich in der Luft, der Griff kippte im Flug nach unten, die Klinge kam nach vorn ..., und so traf sie ihr Ziel, bohrte sich in den Rükken von Nasarow, auf der linken Seite, dort wo das Herz lag.

Mit einem dumpfen Ächzen zuckte Nasarow zusammen. Seine Augen quollen hervor, starrten Jugorow mit einem fürchterlichen Blick an, die Fäuste sanken herab, er taumelte noch einen Schritt nach vorn und fiel dann in sich zusammen, als seien seine Knochen flüssig geworden.

Lautlos huschten Meteljew und Krasnikow davon und hörten noch, wie Jugorow rief: »Nasarow, was ist mit Ihnen?!« Dann waren sie in der Tiefe des Waldes untergetaucht, geschützt durch die tiefe Dämmerung, die sie unsichtbar werden ließ, schon auf ein paar Meter. Trotzdem liefen sie weiter, auf den Zehenspitzen federnd, ohne einen Laut – die Besten aus der Schule von Oberst Tobombajew.

Jugorow war zu Nasarow gestürzt, wollte seinen Kopf hochheben – da griff er in Blut und sah, bei einer leichten Drehung, das Messer im Rücken. Fast bis zum Griff war es eingedrungen – ein Wurf, hinter dem eine ungeheure Kraft gesessen hatte. Auch Walja war jetzt bei Nasarow, schrie auf und kniete vor ihm nieder.

»Nichts berühren!« rief Jugorow. »Faß es nicht an, das Messer.« Er blickte um sich, aber die Dämmerung ließ keinen weiten Blick mehr zu. Sinnlos wäre es gewesen, in die Richtung zu laufen, aus der jemand das Messer geworfen hatte. »Dort muß er gestanden haben«, sagte er und zeigte genau auf die Stelle, von der aus Krasnikow das Messer geschleudert hatte. »Die ganze Zeit muß er schon da gestanden haben.«

»Er lebt noch!« rief Walja und hielt die Hand an Nasarows Halsschlagader. »Lauf, Igor, lauf ..., hol die Ambulanz ..., er lebt noch ... Mein Gott, vielleicht können wir ihn retten. Lauf ...«

»Faß nicht das Messer an!« sagte Jugorow noch einmal. »Laß ihn so liegen, wie er ist ...«

Dann lief er davon, rannte durch die Dunkelheit zurück nach Nowo Gorodjina, und wenn Meteljew und Krasnikow ihn jetzt gesehen hätten, würden sie mit Verwunderung bemerkt haben, daß er im gleichen Stil lief wie sie: federnd, sich vorwärts schnellend, als hebe er die Anziehungskraft auf, um mit der Fliehkraft Meter zu überspringen. Ein Laufen, den flüchtenden Tieren abgeschaut.

Unendlich spät, so kam es Walja vor, heulte die Sirene des Ambulanzwagens durch die Dunkelheit, jagten die Scheinwerfer auf sie zu, kreischten die Bremsen. Und erst jetzt, als man Nasarow vorsichtig in den Wagen hob und auf den Bauch legte, das Messer noch immer in seinem Rücken, sagte Walja zu Jugorow:

»Warum bist du gelaufen? Dort steht Nasarows Jeep.«

»Ich wollte ihm Zeit geben, zu sterben ...« Jugorow senkte den Kopf.

»Aber er lebt noch.«

»Der Wagen stand auch vor dir, Walja.«

Sie schwieg, kniff die Lippen zusammen, stieg in den Ambulanzwagen, setzte sich neben Nasarow, riß eine Sauerstoffmaske vom Haken und preßte sie dem Schwerverletzten auf das Gesicht. Es war schwierig, seinen Kopf mußte sie dazu drehen – und das war das letzte, was Jugorow sah, bevor die Tür zufiel, die Sirene wieder heulte und der Wagen davonraste.

Was ist aus mir geworden, dachte er und lehnte sich an Nasarows Jeep. Walja, was hast du aus mir gemacht? Nie einen Menschen töten, es sei denn in Notwehr, das war ein Schwur. Zwar hast du auch jetzt keinen direkt getötet, aber du hast nachgeholfen, daß er sterben möge. Wo ist die Grenze des Gewissens? Wie hast du dich verändert, Igor Michailowitsch!

Er stieg in den GAZ-69, schob Nasarows Koppel mit der Pistolentasche zur Seite und fuhr langsam zurück nach Nowo Gorodjina. Auf der Straße, unter den hellen Bogenlampen, sah er seine Nachbarn Meteljew und Krasnikow. Aus der Richtung der Kantine kamen sie, in der man Musik des Lagerorchesters hörte. Balalaika und Bajan, die Knopfharmonika ... Lieder aus der Taiga und vom fernen, geliebten Mädchen.

Krasnikow winkte. Jugorow hielt an.

»Was ist denn los?« fragte Krasnikow. »Fegt an uns vorbei, der Krankenwagen. Mit voller Sirene.«

»Und Sie fahren herum in einem Militärfahrzeug.« Meteljew klopfte gegen die Autotür. »Soll's repariert werden?«

»Ein Messer kam geflogen und traf Nasarows Rücken. Ein neues Lied vom Tobol könnte daraus werden.«

»Kein Wort verstehe ich!« sagte Krasnikow gekonnt. »Meinen Sie den Genossen Major, Jugorow?«

»Ermordet hat man ihn.«

»Oje! Er ist tot?« rief Meteljew entsetzt. Es klang überzeugend.

»Noch lebt er, doch überstehen wird er's wohl nicht.«

Jugorow fuhr weiter, hielt vor dem Lagerhospital und drängte sich durch die Menge der Neugierigen.

»Er lebt noch«, sagte Meteljew leise.

»Ich hab's gehört!« zischte Krasnikow wütend. »Drei Zentimeter zu hoch, und die Klinge war zu kurz. Tobombajew hätte mir das nie verziehen. Wie gut, daß er es nie erfahren wird.

Babrak Awdejewitsch ... Wodka brauch' ich jetzt! Wenn ich mich nicht besaufe, erschlage ich mich selbst.«

Sie gingen zu ihrem Haus und trafen hier schon wieder auf Jugorow, der gerade aus dem Hospital kam.

»Wie geht es Nasarow?« fragte Meteljew besorgt.

»Er lebt. Walja Borisowna operiert ihn soeben.«

»Wird er durchkommen?« Krasnikows Stimme versank in Heiserkeit.

»Wer kann das jetzt schon wissen?« Jugorow schloß seine Tür auf. »Man weiß nur eins: Der das Messer geworfen hat, ist ein großer Könner. Ich werde ihn suchen.«

»Warum Sie, Igor Michailowitsch? Warum ausgerechnet Sie?« rief Meteljew.

»Vor meinen Augen ist's geschehen. An Beljakow denke ich dabei. Möglich, daß man behauptet, ich hätte Nasarow das Messer in den Rücken gestoßen. Möglich ist das ...«

»Allein waren Sie mit Nasarow?« fragte Krasnikow und schloß wie Jugorow seine Tür auf.

»Ja.«

»Keinen Zeugen?«

»Keinen.«

»Schlecht sieht das aus!« sagte Meteljew voller Mitgefühl. »Man kann sich vieles dabei denken. Wo haben Sie Ihr Hemd gelassen, Genosse?«

»Am Tatort. Das Hemd ist zerrissen. Will man noch mehr Beweise gegen mich?« Er stieß die Tür auf und drehte das Licht im Flur an. »Ein Grund, nicht wahr, den richtigen Täter zu suchen.«

»Nicht zu beneiden sind Sie, Jugorow«, sagte Meteljew und folgte Krasnikow ins Haus. »Viel Ärger wartet noch auf Sie!«

Er knallte die Tür hinter sich zu und lehnte sich dagegen. Krasnikow warf den Schlüssel mehrmals in die Luft und fing ihn wieder auf. Nervös war er.

»Warum lügt Jugorow?« fragte er leise, als könnte der ihn noch hören. »Warum? Er hat es doch nicht nötig.«

In dieser Nacht wiederholte sich das Funkverkehrspielchen.

Jugorow drückte ein Membranstethoskop gegen die dünne Wand zum Nachbarhaus und lauschte. Vor wenigen Minuten hatte er das Hörgerät vom Hospital mitgenommen; nur deshalb hatte er überhaupt die Krankenstation betreten. Wenn man es morgen vermißte, wer konnte es weggenommen haben? Gestohlen wurde genug im Lager, von Baracke zu Baracke. Nun war's ein Stethoskop! Wer konnte das gebrauchen? An alles mögliche würde man denken, nur nicht an Jugorow.

Er wartete, bis jenseits der Wand, im Nebenhaus, ein Pfeifton erklang. Ganz deutlich hörte er es mit dem feinen Stethoskop. Dann war da Meteljews Stimme; die Worte verstand man nicht, aber es war sicher, daß er funkte.

Jugorow lächelte, stellte seinen eigenen Sender ein und sandte den Ruf ab: »Adler sucht Wolf. Adler sucht Wolf. Anschlag auf Nasarow. Erkundigt euch nach Krasnikow und Meteljew. Treten auf als Geologen. Ende.«

Im Nebenhaus informierte Meteljew zur gleichen Zeit seine vorgesetzte Stelle: »Nichts Neues von hier. Außerdem Attentat auf Major Nasarow noch keine Spur des ›Spezialisten‹. Wir glauben nicht, daß er der Täter ist. Nicht typisch für ihn. Nasarow hat hier viele Feinde. Ein zu kleines Ziel für den ›Spezialisten‹.«

Die Tatsache, daß ein Unbekannter heimlich bei ihnen eingedrungen war, erwähnte Meteljew nicht. Erfolge sollten gemeldet werden, keine Niederlagen. Meteljew legte den Sendehebel um und schob die Kopfhörer von den Ohren.

»Wie habe ich das gemacht?« fragte er zufrieden.

»Die Antwort wird dir Tjunin geben.«

Krasnikow ging hinüber in sein Zimmer und holte eine Flasche Wodka – weit weniger hart als der, den er bei Korolew hatte schlucken müssen. Besaufen, dachte er. Besaufen bis zum Umfallen, nur das hilft heute noch.

Meteljew kam zu ihm ins Zimmer, als er die halbe Flasche weggetrunken hatte und schon mit stierem Blick im Sessel saß. Der Funkverkehr zwischen Nowo Gorodjina, Tobolsk und

Moskau gehörte zu dem wenigen, was reibungslos funktionierte. General Tjunins Antwort war gerade angekommen.

»Die andere Hälfte für mich«, sagte Meteljew und warf sich auf Krasnikows Bett. »Nötig hab ich's. Gib sie her!«

»War Tjunin bei dir im Ohr?« lallte Krasnikow und reichte die halbe Flasche an Meteljew. Der nahm sie und kippte einen Schluck in sich hinein.

»Ja.«

»Wie ist's mit einem großen Lob?«

»Einen Befehl haben wir bekommen, Victor Ifanowitsch.«

»Ich höre.«

»Befehl von General Tjunin: Nasarows Mörder muß gefunden werden!«

»Wird ausgeführt. Sofort!« rief Krasnikow betrunken. Er versuchte aufzustehen, fiel ein paarmal auf den Sessel zurück und stand erst aufrecht, als er sich an die Wand lehnte. »Befehl ist ausgeführt: Bedienen Sie sich, Babrak Awdejewitsch, aber machen Sie's kurz, schmerzlos und vor allem lautlos ... wie gelernt ...«

»Piffpaff ...«, sagte Meteljew und trank den Wodka wie ein Verdurstender an einer Quelle. »Fallen Sie um, Victor Ifanowitsch, dann ist alles erledigt.«

Noch eine zweite Flasche tranken sie, dann schwebten sie zwischen Himmel und Erde, bis es dunkel wurde um sie und nichts übrig blieb als ein schnaufendes, knatterndes Schnarchen.

Jugorow löste sich zufrieden von der Wand, rollte das Stethoskop zusammen und hatte nun Zeit genug, gefahrlos mit Filaret zu sprechen. Es wurde ein langes Gespräch über die Pläne der nächsten Zeit.

Nasarow überlebte die Operation, aber die Besinnung kam noch nicht zurück.

An seinem Bett standen Mamjelew und zwei andere Offiziere, blickten in das bleiche, erschreckend klein gewordene

Gesicht ihres Kommandeurs und hörten Walja Borisowna zu, die ihnen berichtete.

Was sie sagte, erreichte sie kaum. Ob Nasarow nun lebte oder sterben würde, war weniger wichtig als die Frage: Wer hat es getan? Wer hatte das Messer geworfen, das Spezialmesser mit versenkbarer Klinge? Solch ein Ding hatte noch keiner gesehen, und Mamjelew war der Ansicht, es sei eine Einzelanfertigung und nirgendwo zu kaufen.

»Der Mörder sitzt in Lebedewka!« erklärte Mamjelew mit einer Sicherheit, als kenne er ihn bereits. »Nur von dort kann er kommen! Aus dem Kreis der Geiselfamilien. Man sollte sie alle verhaften. Wie bei einem Sieb wird's sein:

Schüttelt es, und das Gesuchte bleibt hängen. Was sagen Sie dazu, Genossin Ärztin?«

»Nicht noch mehr Unglück, wir haben genug davon.« Müde war sie, hatte gerötete Augen und bebende Mundwinkeln. Die ganze Nacht hatte sie neben Nasarow gewacht, die physiologische Kochsalzinfusion dreimal erneuert, den Kreislauf kontrolliert, herzstärkende Spritzen gegeben – alles hatte sie getan, was medizinisch möglich war. Nun konnte man nur noch warten, wie Nasarows Körper reagierte; ob er die innere Kraft besaß, neue Lebensimpulse zu mobilisieren.

Gegen Morgen war Schemjakin in das Hospital gekommen und hatte Nasarow betrachtet. Er sah nicht so aus, als ob er den Vormittag noch schaffen würde.

»Komm nach Hause, Töchterchen«, sagte Schemjakin leise. »Hier kann auch ein anderer Wache halten.«

»Ich will dabeisein, Vater ...«

»Warum?«

»Operiert habe ich ihn. Es war meine erste Operation ...«

»Du bist doch eine Ärztin, Waljaschka.«

»Für Innere Medizin ... Das letzte Mal, wo ich ein Skalpell in der Hand hielt, das war auf der Universität. Beim Präparieren an der Leiche, im Anatomiekurs.«

»So etwas vergißt man nicht.«

»Geekelt habe ich mich immer. Jeder Schnitt verursachte

Übelkeit ... Natürlich weiß ich, wo die Venen und Arterien liegen, wie die Muskeln heißen, wo die Nervenstränge sind an einer Leiche, Vater! Bei einem Toten! Das ist anders, als am lebenden Menschen zu operieren. Schneidet man mal daneben ... Verzeihung, er spürt's nicht mehr, ist ja tot ... Einen Lebenden jedoch kann man zu Tode operieren. Darauf warte ich.« Sie blickte auf, ihre Augen wirkten trübe, wie leer. »Es war das erste blutende Fleisch, in das ich hineingeschnitten habe, Vater. Geh zurück zu Mamuschka, bitte! Laß mich hier warten.«

Schemjakin verließ schweigend das Krankenzimmer. Das leise Röcheln von Nasarow begleitete ihn. Er ist schon tot, dachte er, nur das Herz schlägt noch. Das gibt es, daß man tot ist, obwohl das Herz noch schlägt, ganz schwach, ganz leise ..., die Hirnzellen sterben ab, keinen Sauerstoff gibt's mehr ..., man ist tot, aber das Herz schlägt noch. So oder ähnlich hab' ich's mal gelesen.

Später kam Jugorow zu Walja, die nach hinten gelehnt auf dem Stuhl saß, den Kopf im Nacken, und vor Erschöpfung schlief. Aber Nasarow lebte noch.

Leise zog Jugorow die Infusionsnadel von der Stammnadel, nahm die leere Flasche weg, hängt eine neue an den Galgen und verband sie wieder mit der Vene von Nasarow. Die Tropfgeschwindigkeit stellte er neu ein, gab Walja ganz vorsichtig einen Kuß auf die geschlossenen Augen und schlich sich wieder aus dem Zimmer. Erst beim Erscheinen von Mamjelew und den anderen Offizieren schreckte Walja hoch; ein Sanitäter stieß sie an und rief ihren Namen.

»Etwas muß geschehen, Genossin Ärztin!« sagte Mamjelew jetzt und blickte wieder seinen wachsbleichen Kommandeur an. »Auf dem richtigen Weg war er: Die Geiseln wissen mehr. Aus ihnen herauspressen muß man es. Keinen Sinn hat's nun noch, human zu sein wie Sie, Genossin.«

»Was sind Sie nur für ein Mensch, Leutnant?« sagte Walja müde und legte sich ein feuchtes Tuch über die Augen, das ihr der Sanitäter reichte. »Vor einem Sterbenden stehen Sie und denken an neue Opfer.«

»Verlangen Sie, daß wir diesen Anschlag ungestraft lassen?« rief Mamjelew so heftig, daß Nasarow aufstöhnte, als habe ihn dieser laute Ton getroffen und schmerze ihn.

»Hinaus!« sagte Walja und riß das nasse Tuch von ihren Augen. »Sofort hinaus mit Ihnen. Sie kommen hier nicht mehr hinein, bis ich es erlaube. Verlassen Sie das Zimmer!«

Mamjelew knirschte mit den Zähnen, die Offiziere grüßten stumm ihren Kommandeur und gingen dann leise aus dem Raum. Walja Borisowna beugte sich weit zu Nasarow vor und starrte ihm ins Gesicht. Seine Lider zuckten, die Lippen klafften auseinander. Sein Atem roch wie Sumpfgas. Starb er jetzt?

Schemjakin fuhr, als Tochter Walja auch zum Mittagessen nicht erschien, hinaus auf die Baustelle und sah, wie Jugorow mit seinem Traktor wieder Trümmer wegschleppte und dann von einem Lager gestapelte Stahlplatten abholte, die man zur Einschalung neuer Betonwände für den Damm brauchte. Erst jetzt, beim Wegräumen der Trümmer des gesprengten Dammes, erkannte man das ganze Ausmaß der Zerstörung. Das von Moskau aufgestellte Planziel war nicht mehr zu verwirklichen.

Mit beiden Armen winkte Schemjakin zu Jugorow hinüber. Der änderte die Richtung, donnerte auf Schemjakin zu und hielt neben ihm. Mit einem Blubbern erstarb der starke Motor.

»Du hast gesagt, Igor Michailowitsch, du liebst meine Tochter«, sagte Schemjakin, und man sah, wieviel Mühe es ihn kostete, darüber zu sprechen.

»Daran hat sich nichts geändert, Boris Igorowitsch.«

»Dann geh und hol sie von Nasarows Bett weg, wenn sie nicht vor Erschöpfung sterben soll. Ich schaff s nicht.«

Jugorow sprang von seinem Traktor in den kleinen Wagen von Schemjakin, und sie rasten zurück ins Lager, als sei jede Minute lebensrettend. Mit weiten Sätzen rannte Jugorow ins Hospital.

Walja saß noch immer neben Nasarow und starrte ihn an. Noch mehr war sein Gesicht eingefallen, aber er atmete, wenn auch sehr flach. Sie drehte sich um, als Jugorow ins Zimmer kam, und er erschrak über ihr Aussehen. Fahl war ihre Haut, die Augen schwarz umrändert, die Lippen nur noch ein Strich. Jugorow trat zu ihr, drückte ihren Kopf an seine Brust und streichelte ihr Haar.

»Leg dich hin, Waljaschka«, bat er sie leise. »Bitte! Ich bleibe hier und übernehme die Wache.«

»Ich kann nicht, Igor.« Sie blickte unverwandt auf Nasarow, als sei er ein Magnet, der sie festhielt.

»Es genügt, wenn einer stirbt«, sagt Igor dumpf.

»Wer stirbt denn?« Sie warf sich herum, umklammerte ihn und drückte sich an ihn. Die Kraft, die noch in ihr war, übermannte Jugorow. »Er lebt, Igor!« rief sie und holte mehrmals tief Atem. »Ich habe ihn operiert, und er lebt!«

Wie schon zwei Tage zuvor hatte sich ganz Lebedewka wieder in der Stolowaja versammelt. Neugierig war man, was der Genosse Niktin aus Tobolsk zu sagen hatte. Beschimpfungen waren es sicherlich, Anklagen, Drohungen, und man war bereit, das alles stillschweigend hinzunehmen.

»Keine Reaktionen, liebe Brüder und Schwestern!« hatte Korolew als Parole ausgegeben. »Laßt ihn ins Leere laufen. Kein Wort, kein Zwischenruf. Im luftleeren Raum soll er ersticken.«

Dazu war es nötig. Großväterchen Beljakow von der Versammlung fernzuhalten. Aber da kannte man den Alten schlecht! »Was?!« schrie er seinen Sohn Beljakow II an. »Ha! Was ist das?! Fernhalten will man mich von einem so wichtigen Abend? Halt den Mund, du Schielbock! Nicht krank bin ich, nicht lahm in den Beinen ..., sieh dir an, wie gesund ich bin.« Er schwang seinen Stock und – weiß Gott, woher der Alte die Kraft nahm – schwankte ohne Stütze durch das Zimmer, hob sogar ein Bein und schrie: »Jetzt gibt's ein Tänzchen!«, hüpfte wie ein sterbender Hahn, verdrehte die Augen, schnaufte erschreckend und klammerte sich dann am Ofen fest, als ihn ein Hustenanfall durchrüttelte.

»Ha, wie gesund ich bin!« keuchte er und krümmte sich

beim Ausspucken von Schleim. »Mach's nach. Söhnchen, verfluchtes. Wer mich krank nennt, der muß eingesperrt werden.«

Was sollte man machen? Am Abend stand Großvater Beljakow wieder in der ersten Reihe der wartenden Menge, Großmutter im Rollstuhl vor sich und um sich herum die ganze zahlreiche Familie Beljakow. Korolew warf einen strafenden Blick auf Beljakow II, der hob nur hilflos die Schultern, zeigte auf den Alten und bat stumm um Verzeihung.

Jossif Wladimirowitsch Niktin, der mit einem Wagen der Baubrigade vorfuhr, wurde mit tiefem Schweigen empfangen. Verdächtig war das; sonst klatschten alle in die Hände, wenn er öffentlich auftrat, ein Mädchen überreichte ihm Blumen, ein Chor der Jungen Pioniere sang ein vaterländisches Lied ... Nichts von alledem diesmal. Nur Schweigen. Der Fahrer, der Niktin nach Lebedewka gebracht hatte, ahnte Böses und blieb draußen im Wagen sitzen. Man füttert einen Tiger nicht, indem man sich selber vor ihn wirft ... Es sind schon gute Weisheiten, die aus dem Osten kommen.

Es half auch nichts, daß Niktin von der Tür an bis zum Podium seine Hände nach allen Seiten flattern ließ und huldvoll in die Menge grüßte. Keine Antwort ertönte. Wie eingerammte Pflöcke standen sie da, ja, selbst die Augen schienen bewegungslos. Sie haben Angst, die Guten, dachte Niktin und war ein wenig stolz. Angst vor mir, vor Tobolsk, vor Moskau – wer kann's ihnen verdenken? Nur schlechte Erfahrungen haben sie gesammelt, doch das wird von nun an anders sein. Die Augen sollen ihnen geöffnet werden für eine neue, schönere Welt.

Korolew begrüßte Niktin am Fuße des Podiums und nicht, wie sonst üblich, vor der Tür. »Sie sehen, Genosse Niktin«, sagte er steif, »alle sind gekommen.«

»Es geht ja auch alle an!« antwortete Niktin fröhlich. In der einen Hand trug er eine schwere Aktentasche mit Bildern, Karten und Zeichnungen. Der Filmapparat befand sich noch draußen im Wagen zusammen mit der eingerollten Leinwand; erst nach der allgemeinen Information sollte die Vorführung stattfinden. Eine kleine Pause war sicherlich von Nutzen.

Beljakow II warf einen schnellen Blick auf Großväterchen. Der Alte stützte sich auf die Lehne des Rollstuhls und klapperte mit dem Gebiß, aber sonst war er still.

Niktin erklomm das Podium, packte seine Tasche aus und legte die Papiere auf das Rednerpult, räusperte sich und überblickte die schweigsame Versammlung. Auch die Kinderchen haben sie mitgebracht, stellte er fest, und eine Art Rührung überkam ihn. Warum schimpft man bloß über sie, verdammt sie, wünscht sie zur Hölle? Niemand kennt sie ja wirklich. Man muß ihr Herz gewinnen, das ist das ganze Geheimnis.

»Meine lieben Genossinnen und Genossen«, sagte Niktin in einem Ton, als wolle er ein Märchen erzählen, »ihr seid alle gekommen voller Erwartung, was ich euch zu sagen habe. Zunächst bestelle ich euch herzliche Grüße von Pjotr Dimitrowitsch Bacharew, Mitglied der großen Planungskommission in Moskau und korrespondierendes Mitglied der Akademie der Wissenschaften der UdSSR ...«

Jetzt mußte normalerweise allgemeiner Beifall kommen, aber das tiefe Schweigen blieb. Etwas irritiert kratzte sich Niktin an der Nase, verzichtete darauf, seinerseits zu klatschen und legte sich das Manuskript seiner großen Ansprache zurecht. Von rückwärts, vom Tisch mit der grünen Decke her, spürte er die Blicke von Masuk, Rudenko, Goldanski und Korolew im Nacken.

»Wir alle wissen«, begann Niktin und suchte eine lange Statistik heraus, »daß der geplante Bau des Sib-Aral-Kanals das größte Werk ist, das je von Menschenhand geschaffen wurde. Ein Wasserweg von Ob und Irtysch bis hinunter in die Wüsten und Steppen von Kasachstan und Usbekistan, zweitausendfünfhundertundfünfzig Kilometer lang, zweihundert Meter breit, fünfzehn Meter tief, mit großen, künstlichen Seen östlich des Syrdarja und südlich des Amudarja. Ein neuer Riesenfluß, dessen Wasser Millionen Quadratkilometer Neuland schafft ...«

Korolew faltete die Hände, als wolle er beten. Großväterchen vorne unter dem Rednerpult wurde sichtbar unruhig. Mit dem Kopf gab er Beljakow II einen Wink, aber der hob nur hilflos die Hände.

»Bilder habe ich euch mitgebracht!« rief Niktin, sich selbst in Begeisterung versetzend. »Fotos, Karten, Zeichnungen ... Zwei herrliche Filme werden wir sehen, wie alles einmal sein wird ...«

Nun hielt es Großväterchen nicht mehr aus. Ein Atemholen Niktins nutzte er aus und sagte noch sehr friedlich, aber laut: »Drei Meter steht Hamburg unter Wasser!«

Erstaunlich war noch das Gedächtnis des Alten, man muß es zugeben. Niktin faßte sich wieder verwirrt an die Nase.

»Was ist mit Hamburg?« fragte er sehr unklug.

»Drei Meter!« rief Großvater zu ihm hinauf. »Und Holland ist futsch!«

»Nicht klar ausgedrückt habe ich mich«, sagte Niktin milde. Die dummen Bauern, man muß ihnen noch volkstümlicher kommen. »In Kasachstan und Usbekistan werden die Wüsten bewässert. Riesige Pumpstationen transportieren das Wasser über das Land. In zehn Jahren wird Rußland unabhängig sein von der gesamten Welt, ja, man wird nach Rußland kommen und bei *uns* einkaufen, dem reichsten Land der Erde! Und ihr, Genossen, ihr alle helft nun mit, die Welt zu verändern ...«

»Nieder mit dem Kapitalismus!« ließ sich Großvater vernehmen.

»Bravo, Genosse!« Niktins Brust schwoll an vor Freude. »Erkannt habt ihr's schon nach ein paar Sätzen. Ah, wenn ihr erst die Filme, Bilder und Karten seht, kaum kann man glauben, was man euch da vorführt ... Wenn ich euch Zahlen nenne ...«

»Jetzt kommt er wieder mit sechstausend Klopsen!« schrie Großväterchen verzweifelt. »Wer soll sie fressen?!«

Nun war kein Halten mehr. Niktin blickte irritiert auf den Alten und dann auf die Menge, in die plötzlich Bewegung gekommen war. Die Frauen kreischten vor Freude auf, vom grünen Tisch herab brüllte Korolew: »Bringt den Alten raus!« Einige Kinder begannen zu weinen, und Großvater Beljakow, im vollen Ordensschmuck, hieb mit dem Stock um sich und ließ keinen an sich herankommen.

»Genossen!« schrie Niktin in die wogende Menge. »Genossen! Hört doch zu! Was soll das denn?! Ich will euch erklären ...«

»Sechstausend Klopse!« kreischte der Alte. »Was ist damit?!«

Niktin faßte sich verzweifelt an den Kopf und drehte sich zu Korolew um. Rudenko und Goldanski grinsten ihn an, Masuk starrte finster drein wie immer, und Korolew, der Ärmste, fuchtelte mit beiden Armen durch die Luft, aber auf ihn achtete jetzt keiner mehr.

Draußen, auf der Straße, ließ der Fahrer vorsorglich den Wagen an. Das Toben aus dem Saal kam ziemlich früh, aber es war da, wie erwartet. Eine Teufelsbrut, die Leute von Lebedewka ...

Noch einmal versuchte Niktin, sich Gehör zu verschaffen. Ein sinnloser Versuch.

Beljakow II hatte es endlich geschafft. Großväterchen den Stock zu entwinden, aber damit war der Alte noch lange nicht besiegt. Im Nahkampf erprobt – bei Charkow hatte er eine deutsche Stellung mit gestürmt –, boxte er um sich, spuckte seinem Sohn mitten auf die Augen, zerkratzte seiner Schwiegertochter die Haut über den Brüsten, trat gegen Schienbeine und Waden, und selbst Großmütterchen im Rollstuhl beteiligte sich an der Verteidigung, stieß mit ihrem Stock gegen die sie belagernde Familie und rief Großvater zu: »Gib's ihnen, du Tapferer! Gib's ihnen, mein starker Held ...!« Und der Alte brüllte durch die Gegend: »Ein Recht hab' ich zu fragen, wenn's um sechstausend Klopse geht! Mein Recht will man mir nehmen! Schweinebande! Schweinebande!«

Entnervt verließ Niktin die Stolowaja. Keiner beachtete ihn. Bis zur Tür drängte er sich durch, stürzte ins Freie und atmete tief auf. Der Fahrer hatte die Tür des Wagens schon geöffnet und winkte mit wilden Gebärden.

»Schnell!« schrie er. »Was zögern Sie noch? Ins Auto! Weg von hier! Wenn die herauskommen, sind wir verloren ...«

Niktin rannte los, aber mitten auf der Strecke zum Wagen blieb er ruckartig stehen. »Meine Tasche!« schrie er. »Die Bilder, die Karten, die Zeichnungen – auf dem Pult liegen sie noch.«

»Gesundheit oder Fotos!« schrie der Fahrer zurück. »Was ist wichtiger?«

Niktin entschloß sich für einen unbeschädigten Körper, warf sich dem Wagen entgegen, sank erschöpft auf den Sitz und fiel nach hinten, als der Fahrer startete, als gehe es um ein Autorennen. In der Tür der Stolowaja erschien jetzt Masuk, hob die Fäuste und rief ihnen etwas hinterher. Der Fahrer trat auf das Gas und lehnte sich schwitzend zurück.

»Die letzte Minute war das, Genosse!« sagte er erlöst. »Haben Sie gesehen? Mit erhobenen Fäusten liefen sie Ihnen nach.«

Er meinte Masuk, aber Masuk war lediglich vor die Tür gelaufen, um Niktin nachzurufen: »Die Papiere liegen noch hier!« Wie so oft im Leben, hatte das von weitem ganz anders ausgesehen.

»Wer lernt die Menschen kennen? Wer blickt in sie hinein?!« jammerte Niktin und schnaubte erschüttert in sein Taschentuch. »So friedlich, so aufmerksam standen sie da, gebannt von meinen Worten ..., da schreit so ein idiotischer Greis, daß er sechstausend Klopse will! Was bedeutet das? Auf einmal war die Hölle los.«

»Ein Stichwort war das, Genosse. Ein Signal. Die einen blasen Alarm, die anderen lassen die Sirenen heulen ... diese Teufel rufen da ›sechstausend Klopse‹. Eine typische Geheimsprache.«

»Ein Rattennest!« sagte Niktin erschöpft. »Nach Tobolsk werde ich das berichten. Keine Schonung verdienen sie, keine Rücksicht, keine Humanität! Sechstausend Klopse ... Unerhört!«

In der Stolowaja tobte nach wie vor der Kampf der Familie Beljakow. Die anderen Bewohner von Lebedewka waren fast alle schon gegangen, als der Alte noch immer um sich schlug, alle Welt Hurensöhne nannte und durch nichts zu beruhigen war. Erst als Masuk auf ihn zutrat und von ihm hören mußte, er sei ein Ziegenarsch, worauf die Antwort kam, Großvater sei eine Schande für die Armee und seine Orden müßten allesamt verrosten und verschimmeln, knickte der Alte kraftlos zusammen, klammerte sich an der Lehne des Rollstuhls fest und sagte kläglich: »Söhnchen, führ mich hinweg. Hinweg von hier! Wie hat sich doch die Welt verändert ...«

In Nowo Gorodjina eilte Niktin sofort zu Schemjakin ins Büro und ließ sich gebrochen auf einen Stuhl fallen. Die Größe seiner schmählichen Niederlage begriff er erst jetzt in vollem Maße und war dem Weinen nahe.

»Aus der Hölle komme ich, Boris Igorowitsch«, stammelte er. »Aus der Hölle! Was habe ich erlebt ..., unsagbar ist's. Man kann's nicht schildern. Arbeiten mit einer Geheimsprache. Ihr Kampfruf ist: Sechstausend Klopse! Danach werden sie wild wie Kannibalen. Eine Höllenbrut, ich sag's! Den Mordversuch an Nasarow ... Ha, zuzutrauen ist's ihnen. Alle sollen es wissen ... Tobolsk ... Moskau ...«

Der schreckliche Verdacht fiel über Lebedewka wie ein Netz. Kein Entrinnen gab es mehr, die Schuld lag nun auf jedem, und an Krasnikow und Meteljew vorbei, die nichts von Niktins Informationsabend wußten, lief die alarmierende Meldung nach Moskau.

Am nächsten Morgen hatte sie General Kulpakow in der Zentrale des KGB auf dem Tisch, rot umrandet.

Kulpakow beendete erst sein Frühstück – Spiegeleier mit Schinken, Räucherlachs und Stör in Aspik, dazu einen köstlichen Tee aus dem Gebiet nördlich von Sotschi, aus den Plantagen von Dagomys –, rauchte noch ein zierliches Zigärrchen aus Grusinien, gekauft im KGB-Offiziersklub gegenüber der Lubjanka, und rief dann seinen Freund aus alten Tagen an: General Tjunin von der GRU.

»Mein guter Anatoli Borisowitsch«, sagte Kulpakow nicht ohne Hohn in der Stimme, »einen schönen Morgen. So warm scheint noch die Sonne ...«

»Was ist los, Valentin Valentinowitsch?« fragte Tjunin ohne Zögern.

»Deine zwei Buben sind am Tobol?«

»Das weißt du doch.«

»Major Nasarow wird fast ermordet. Der Leiter Öffentlichkeitsarbeit, Genosse Niktin, wird gestern fast gelyncht. Und deine beiden Knaben? Sie spielen Murmel, wie es scheint.«

»Was ist mit diesem Niktin?« fragte Tjunin kurz. »Mir liegt noch keine Meldung vor.«

»Eine Versammlung hielt er ab in Lebedewka, in diesem verruchten Dorf. Nur durch Flucht konnte er sich retten. Der Ansicht ist er, daß alles aus diesem Dorf kommt: die Sprengungen, der Dolchstoß auf Nasarow ... Eine Brutstätte der Gewalt muß dieses Lebedewka sein. Doch was sagen deine hochgelobten Spezialisten? Nichts.«

»Wenn sie nichts sagen, tut sich etwas, mein lieber Kulpakow. Sie sind zur Lautlosigkeit erzogen.«

»Sehr lautlos sind sie, das muß man ihnen zugestehen. Ein Hinweis, lieber Freund: Einen geheimen Kampfruf hat die Höllenbrut, nach dem sie wie reißende Wölfe werden: Sechstausend Klopse ...«

Tjunin legte sofort auf und schob das Telefon, als klebe es, von sich. Ein Blick zur Uhr. Schon halb elf vormittags.

»Und schon besoffen!« sagte Tjunin wegwerfend. »Der KGB beginnt, in Wodka aufzuweichen.«

Er ärgerte sich dennoch über Kulpakows ironischen Ton und beschloß, Krasnikow und Meteljew exakte Befehle zu erteilen: Vermehrte Überwachung von Lebedewka und Verhaftung des Attentäters auf Nasarow. Der Befehl in der letzten Nacht war offensichtlich nicht klar genug gewesen.

Sechstausend Klopse, dachte Tjunin traurig ... Kulpakow wird bald in einer Anstalt enden ...

Unfaßbar war es: Nasarow lebte auch nach vier Tagen noch. Er war aus seiner tiefen Bewußtlosigkeit erwacht, hatte mit einem langen, erstaunten Blick die Infusionsflaschen über sich wahrgenommen und die Schläuche, die in seinen Körper führten, und hatte als erstes gefragt: »Was ist denn mit mir geschehen?«

Dann hatte er über Durst geklagt, bekam Mineralwasser zu trinken, verzog den Mund, als sei's Essig, und sagte als zweiten Satz: »Zum Teufel, welch ein Gesöff! Wenn's wenigstens Tee wäre ...«

»Geschafft hat er's!« stellte Schemjakin fest, nachdem er Nasarow besucht hatte. »Die Natur eines Bären hat er.« Voll Stolz fügte er hinzu: »Meine Tochter hat ihn fabelhaft operiert.«

»Ein zäher Hund!« sagte dagegen Meteljew. »Noch einige Arbeit wird er uns machen.«

»Zwei Zentimeter tiefer, und alles wäre vorbei gewesen ...« Krasnikow hatte sich noch immer nicht beruhigt über sein Mißgeschick. »Verdammte zwei Zentimeter – so klein ist die Strecke zwischen Leben und Tod!«

»Ein Irrtum, Victor Ifanowitsch! Ein Meter und achtzig Zentimeter sind es.« Meteljew zeigte mit der flachen Hand vom Boden aus die Höhe. »So groß etwa ist Walja Borisowna; ihre Operation hat Nasarow gerettet. Hervorragend, diese Ärztin. Beneiden kann man unseren Nachbarn.«

Aus ihrer Liste der Verdächtigen hatten sie Jugorow, den freundlichen Nachbarn, gestrichen. Er war ein guter und fleißiger Traktorfahrer, Waljas Geliebter, jederzeit zur Hilfe bereit, immer zur Stelle und nie ohne ein Lachen auf den Lippen: ein Mensch, den man sich zum Freund wünschen würde. Der »Spezialist«, den sie suchten, war ein Schatten geblieben – ein drohender Schatten. Jeden Tag konnte er wieder zuschlagen; ja, Krasnikow und Meteljew warteten geradezu darauf, denn nur so, in Aktion, hatte man die Möglichkeit, eine Spur von ihm aufzunehmen. War's still um ihn, würde alles Suchen völlig sinnlos sein. Wo suchen? In Lebedewka, wie der zutiefst in seiner Seele getroffene Niktin behauptete? Mit General Tjunin hatte Krasnikow mehrmals gesprochen, sich lange Vorwürfe angehört und dann geantwortet: »Genosse General, ein Mensch wie Niktin, dessen Ehre man beschmutzt hat, verliert den richtigen Blick. Da ist oben gleich unten, an der Decke geht er spazieren. Mag sein, daß unser Mann sich in Lebedewka verborgen hält, mit Gewalt bekommen wir ihn nicht aus seinem Nest. Überlistet muß er werden.«

»Schwer wird das sein«, sagte Tjunin warnend. »Hochintelligent ist der Kerl.«

»Auch der schlaueste Fuchs läuft einmal in die Falle.«

»Aber wann?«

»Das ist es, Genosse General. Zeit muß man uns lassen. Jede Ungeduld verschlechtert unseren Erfolg. Auch der ›Spezialist‹ spielt mit der Zeit. Wir müssen das Spiel mitmachen.«

»Immerhin konnte er Nasarow fast töten!« sagte Tjunin strafend.

»Ob er's wirklich war?« fragte Krasnikow. »Ich glaub' es nicht.«

»Wer sonst?«

»Nasarow tot zu sehen, wünschen sich hier viele. Nicht nur in Lebedewka, auch in der Baubrigade. Die Ärztin, die sein Leben rettete, sähe ihn ebenfalls lieber tot.«

»Kompletter Irrsinn, Krasnikow. Sie hatte es doch in der Hand, Nasarow sterben zu lassen. Wieso dann das Gelingen der Operation?«

»Das eine ist die Ärztin, das andere ist die liebende Frau. Als Ärztin war es ihre Pflicht, Nasarow zu retten. Jugorow trifft das am härtesten, denn ihm wollte Nasarow an die Gurgel, wie Walja Borisowna aussagte.«

»Wer ist Jugorow?«

Zum erstenmal hörte General Tjunin diesen Namen. Er notierte ihn auf seinem Schreibblock und umrandete ihn.

»Igor Michailowitsch Jugorow. Traktorfahrer bei der Brigade. Ein angenehmer Mensch. Unser Nachbar, Genosse General.« Krasnikow wußte, was Tjunin jetzt dachte, und schaltete diesen Gedanken aus. »Ist überprüft worden. Genau überprüft und beobachtet. Ein guter, harmloser Mensch. Hat sich beim letzten Nachschub Bücher aus Tobolsk mitkommen lassen. Fachbücher über Wasserbau, Bautechnik und Statikberechnungen. Will einmal seinen Ingenieur machen, vielleicht, um Walja ebenbürtig zu sein. Ein ehrgeiziger Genosse.«

»Und diesen Jugorow hatte Nasarow im Visier?«

»Jugorow hatte ihn einmal irregeführt und zum Telefon gelockt. General Pychtin sollte angerufen haben, aber Pychtin war gar nicht da.«

»Und warum hat Jugorow das getan?«

»Um mich zu retten, Genosse General.« Krasnikow holte tief Atem. »Nasarow wollte nach der zweiten Sprengung das ganze Lager sperren, ich habe mich dagegen gewehrt und sollte von ihm verhaftet werden. Nasarow tobte wie ein Irrer. Da half Jugorow mit seinem Trick ...«

»Und nichts ist mir berichtet worden!« schrie Tjunin zornig. »Immer nur: Nichts Neues. Nichts Neues! Nichts Neues ... wie ein Papagei! Oberleutnant Krasnikow, Sie enttäuschen mich.«

»Für nicht so wichtig hielt ich es, Genosse General«, sagte Krasnikow betroffen. »Gemeldet worden wäre es von Oberleutnant Meteljew, wenn man mich wirklich verhaftet hätte. Angedeutet habe ich's: Nasarow erschwert unseren Einsatz ...«

»Angedeutet! Hat man Sie ausgeschickt, mir Kreuzworträtsel zu melden? Alles will ich wissen, alles. Jeden außergewöhnlichen Furz.«

»Wie Sie befehlen, Genosse General.« Krasnikow sah zu Meteljew hinüber, der über einen zweiten Kopfhörer das Gespräch mit anhörte. Beide wölbten die Unterlippe nach vorn. Soll er haben! Wundern wird er sich, wenn wir melden: »Es ist jetzt dreiundzwanzig Uhr und neunzehn Minuten, Genosse General. Nebenan bei Jugorow knarrt das Bett, und Walja Borisowna stößt kleine, helle Schreie aus ...« An die Wand wird er das Telefon werfen.

»Ist noch eine Frage erlaubt, Genosse General?« sagte Krasnikow.

»Erlaubt!«

»Wenn Nasarow weiterhin Schwierigkeiten macht – in zwei, drei Wochen wird er wieder herummarschieren –, sollen wir unsere Identität preisgeben?«

»Auf keinen Fall, Krasnikow! Sie und Meteljew bleiben Geologen.«

»Wir danken Ihnen, Genosse General.« Krasnikow beendete das Gespräch und lehnte sich bequem in seinem Sessel zurück. »Freie Fahrt, Babrak Awdejewitsch. Mein Versagen werde ich korrigieren ...«

Es hatte wenig Sinn, daß Nasarow den Messerwurf überlebte.

Am siebten Tag machte er die ersten Gehversuche und fühlte sich so stark, daß er nach einem Brathuhn verlangte.

Aus Tobolsk kam eine große Lastwagenkolonne nach Nowo Gorodjina: neue Maschinen für die Werkstätten, zusammengelegte winterfeste Fertighäuser, zwei Transformatoren mit Zubehör für zusätzliche Stromerzeugung, Edelstahlkessel und Küchengerät zum weiteren Ausbau der Küche, zwei große Waschmaschinen und Wäschetrockner, kleine und große Öfen, ein großer Kessel für die Holztrockneranlage, neun Traktoren und drei Bagger auf Tiefladern, vier Jeeps und drei Planierraupen – vor allem aber zehn Lastwagen voller Dinge, die das Herz lachen lassen: Wein, Wodka, Marmeladen, Süßigkeiten, Schokolade, Kekse, Zigaretten, Tabak, Zigarren, Speiseöl, riesige Käselaibe, Dauerwurst, Fässer mit Sauerkohl und mit anderem eingesäuertem Gemüse, zentnerschwere Gurkeneimer, faustgroße Zwiebeln, vier Wagen voll Kartoffeln, Möhren, Rüben und Mais, dazu Mehlsäcke, Zuckersäcke, Grießkartons und Grütze. Eine wahre Pracht war's. Noch mehr beklatscht wurde die Einfahrt von zehn mächtigen Kühlwagen, die nicht nur ganze gefrorene Rinder- und Schweineseiten ausluden, Speck und tiefgekühlte Hühner, Hähnchen, Gänse und Enten, Tonnen mit Butter und Margarine, Schmalz und Kochfett, sondern auch Köstlichkeiten wie Eimer voll Frischei, Lachsdosen,

Bratfisch, Ölsardinen, Stapel von Quark und Frischkäse zu Blöcken gefroren, frische Milch, zu Stangen vereist, und neun verschiedene Sorten Speiseeis.

Welch ein Anblick, Genossen! Ist schon was wert, hier am Kanal zu bauen. Bevorzugte Verpflegungsempfänger, heißt das bei den zuständigen Bürokraten. Wo im weiten Umkreis bekommt man das, was hier zu sehen ist?

Schemjakin, der mit den beiden Lagerverwaltern die Transportlisten abzeichnete, schien selbst verblüfft. Zu Niktin sagte er:

»Ganz klar, der Winter kommt, das Nötigste muß eingelagert werden. Liegt erst der Schnee und gibt es Frost, dann kommt aus Tobolsk kaum ein Wagen bis zu uns durch. Aber so viel? Im letzten Jahr war's nur die Hälfte. Sieht ganz danach aus, als habe man in Moskau beschlossen, die Baubrigade zu verstärken. Wozu sonst die neuen Häuser? Nicht die geringste Ahnung habe ich. So ist es aber immer! Plötzlich sind hundert neue Menschen da, und drei Tage später kommt ein Wisch ins Haus: Wir werden Ihnen in Kürze einhundert neue Arbeiter schicken. In Kürze ... und sind schon da! Da weiß die eine Stelle nicht, was die andere tut. Werkeln einfach aneinander vorbei!«

Ein Wagen wurde gesondert ausgeladen, und sein Inhalt verschwand in einer besonderen Kammer des großen Magazins: Büchsen voll Kaviar, Kognak aus Grusinien, eingelegte Pilze, kandierte Früchte, bester Wodka, Rotwein von der Krim, Sekt von den besten Trauben am Schwarzen Meer, Pralinen sogar und Marzipan, Rosinen und Trockenhefe, konservierte saure Sahne und Nüsse aller Art, süße Mandeln und Blöcke bitterer Schokolade, Rum und Arrak ... Öffnete sich das Paradies?

Niktin jedenfalls mußte mehrmals heftig schlucken angesichts solcher Köstlichkeiten und stellte sachkundig fest: »Für die Bauleitung ist's, nicht wahr?«

»Ja«, antwortete Schemjakin kurz. Ihm war es unangenehm, Niktin jetzt bei sich zu haben. Noch schlimmer allerdings war dessen Ankündigung gewesen, er wolle vorerst in Nowo Gorodjina bleiben und sogar seine Frau Maja Petrowna nachholen. Er hatte schon Fotos herumgereicht: eine gutaussehende Frau von fünfunddreißig Jahren, schwarzhaarig, mit feurigen Augen, sinnlichen Lippen und einem Lächeln, das wie eine stille Aufforderung wirkte. Wie Niktin an eine solche Frau gekommen war, blieb allen, die diese Fotos sahen, ein Rätsel. Abgöttisch liebte er sie, das war verständlich. Weniger verständlich war, daß dieses Wunder von Frau Niktins Liebe erwidern konnte.

»Wie ein Fürst leben Sie, Boris Igorowitsch«, sagte Niktin zu Schemjakin, als die Dosen mit Kaviar und Störfleisch im Sonderkühlraum des Magazins verschwanden. »Man könnte sogar sagen: kapitalistisch ...«

»Nichts davon habe ich angefordert, man hat es mir geschickt!« antwortete Schemjakin abweisend. »Sollten Sie hierbleiben, Jossif Wladimirowitsch, profitieren auch Sie davon.«

»Ein Grund wäre das, bei Ihnen zu überwintern!« rief Niktin und schluckte wieder in sehnsüchtiger Vorfreude. »Ein absoluter Grund! Kann man so leben in Tobolsk? Was sagte mir meine Majanka am Telefon? Anstellen mußte sie sich für gekochten Schinken, zwei Stunden lang. Dann drei Stunden für vierhundert Gramm Wodka. Weg war der halbe Tag! Und hier, bei Ihnen, in der Wildnis: da rasselt es kistenweise in die Kammern. Soll es, mein lieber Boris Igorowitsch, soll es auch ... Der Arbeiter ist der wichtige Mann im Staate. Hier am Kanal besonders. Welch eine Freude, auch dazuzugehören ...«

Aber nicht nur Verpflegung war aus Tobolsk gekommen, auch das Kleidermagazin wurde aufgefüllt: Anzüge, Schuhe und Stiefel, dicke warme Wollpullover, Steppjacken und Stepphosen, Pelzmützen mit Ohrenschützern, wollene Hemden und innen aufgerauhte Winterunterwäsche, Wollstrümpfe und breite Wollschals. Sogar neunzehn Pelzjacken hatte man geliefert, wenn auch allerdings zu einem Preis, daß ein normaler Arbeiter sie nur als Ausstellungsstück bestaunen konnte.

Der Winter sagte sich an. Noch war es ungewöhnlich warm,

das Laub hing noch an den Ästen, in allen Farben leuchtend vom blassen Gelb bis zum flammenden Rot; ein wogendes buntes Meer von einer Schönheit, die in die Seele drang. Doch nur ein einziger Sturm aus dem Osten genügte, um diese Herrlichkeit sterben zu lassen. Und nach dem Wind kam die Kälte, kam der Schnee, kam der Frost, und alles versank in weiße Stille.

Jugorow kam von der Arbeit am Damm zurück, als die Wagenkolonne noch ausgeladen wurde, umringt von den Arbeitern, die jeden Sack Zucker, jeden Karton Nudeln, jedes Faß Kohl mit Rufen und Klatschen begleiteten. Ein kleines Volksfest war's ... Die Lager voll, der Winter konnte kommen. Genossen, seht euch das an! Wir werden rund werden wie Mastferkelchen. Nur eins muß man tun: den Genossen Köchen auf die Finger sehen. Da läuft so manches durch, was man uns abzieht. Ist doch bekannt, ihr Lieben, wird überall gemacht. Wer im Fettopf sitzt, erfriert nicht.

Nachdenklich blieb Jugorow eine Weile bei den Lastwagen stehen und sah dem Ausladen zu. Welch eine Fülle, dachte er. Welche Freude bei diesen Menschen. Und welch ein Jammern gibt es bestimmt, wenn all das in einer einzigen Explosionswolke in den Himmel geblasen wird. Ein Nachschub dieser Art und in diesem Umfang wird nicht mehr nach Nowo Gorodjina kommen. Auf einen harten, entbehrungsreichen Winter macht euch gefaßt. Genossen!

Bedrückt von seinen eigenen Plänen ging er hinüber zum Hospital. Walja war gerade mit der Behandlung von vier Arbeitsunfällen fertig geworden, stand am Waschbecken und schrubbte sich Hände und Unterarme.

»Hast du's gesehen?« fragte sie, und helle Freude leuchtete aus ihren Augen. »Was man uns alles gebracht hat! Wer hätte das gedacht? Die Zentrale will uns wohl entschädigen für alle Aufregungen. So ein volles, schönes Lager hatten wir noch nie.«

»Wird auch das Hospital davon versorgt?« fragte Jugorow leichthin.

»Ja.«

»Ihr habt kein eigenes Magazin?«

»Nein. Nur die Apotheke ist bei mir.« Sie trocknete sich ab und kämmte durch ihr Haar. »Wozu ein eigenes Magazin? Gekocht wird für uns ebenfalls in der Zentralküche.«

Sie kam zu ihm, gab ihm einen Kuß und war angesteckt von der allgemeinen Fröhlichkeit im Lager. Nur wer die langen, frostklirrenden Winter kennt, die eisige Einsamkeit Sibiriens, kann ermessen, was ein volles Magazin bedeutet.

»Wie geht es Nasarow?« fragte Jugorow, noch bedrückter als zuvor.

»Gut. Willst du ihn besuchen?«

»Er wird kaum Sehnsucht nach mir haben.«

»Sehr nachdenklich ist er geworden. Er überlegt, wie man den Attentäter in die Hand bekommen könnte. Die Geiseln wissen nichts, aber Niktin hat ihm eingeredet, daß einer aus der Familie der Geiseln der Täter sein muß. Er grübelt und grübelt, und einmal sagte er ganz plötzlich zu mir: ›Was bleibt mir übrig? Das ganze Dorf muß ich bestrafen!‹ Und als ich zu bedenken gab: ›Genosse Major, wenn's nun einer aus dem Lager war?‹, murmelte er vor sich hin: ›Wenn auch ..., dieses Dorf muß weg! Dann ist Ruhe.‹ Jetzt meint er's ernst.«

»Du hättest ihn nicht operieren dürfen; kein Problem gäb's dann mehr.«

»Meine Pflicht als Arzt, Igor Michailowitsch.« Sie zog den grünen Operationskittel aus. Nur ein knapper Büstenhalter unterbrach den gebräunten Körper. Wie schön sie ist, dachte Jugorow, und er dachte es immer wieder, so oft er Walja sah. Wie wunderbar ... Sie streifte eine Bluse über, hellblau mit kleinen Blumen, und steckte sie in den Rockbund. »Im Notfall gibt es weder Freund noch Feind. Ich weiß noch, was Großvater mir erzählte. In Stalingrad, dort hat er auch gekämpft, krochen in den Gefechtspausen sowohl unsere als auch faschistische Sanitäter und Ärzte aus den Ruinen und Trichtern, sammelten die Verwundeten auf und tauschten Medikamente aus. Sie waren keine Feinde mehr, sie waren nur noch Ärzte.«

»Man hätte trotzdem abwägen müssen. ... bei Nasarow, nur bei ihm!« sagte Jugorow hart. »Indem du einen rettest, opferst du ein ganzes Dorf. Einer für zweihundert. Ist Nasarow so viel wert?«

»Ein Arzt sieht nur den, der Hilfe braucht.«

»Und weiter denkt er nicht?«

»Ich hätte Nasarow sterben lassen sollen?«

»Ja.«

»Auch das wäre Mord gewesen.«

»Du hast nie daran gedacht? Walja, sein Jeep stand vor dir und mir, und keiner von uns ist damit losgefahren, um Hilfe zu holen. Gelaufen bin ich, wertvolle Minuten haben wir verschenkt ... Laß ihn tot sein, wenn der Ambulanzwagen kommt, laß ihn dann tot sein ... Haben wir beide nicht den gleichen Gedanken gehabt?«

»Igor ...« Sie lehnte sich an ihn und schloß die Augen. »Igor, sprich nie mehr davon. Nie mehr ... bitte!«

»Und dann hast du ihn doch noch operiert.«

»Er lebte ja noch, als der Wagen kam. Er lebte noch. Da war es meine Pflicht, ihm zu helfen. Oh, wäre er doch in diesen langen Minuten gestorben ...« Ihr Kopf zuckte hoch; eine Erinnerung packte sie, die nicht zu dem paßte, was Jugorow jetzt sagte. »... Hast du nicht verboten, das Messer herauszuziehen?«

»Er wäre innerlich verblutet.«

»Also tot gewesen! Auch du hast es verhindert.«

»Einen Menschen töten kann ich nicht«, sagte Jugorow leise. »Nicht so.«

»Aber ich sollte mutiger sein als du ...«

»Nicht mutiger, Walja. Nur wegsehen solltest du. Nichts tun, einfach nichts tun. Nicht mutig sein – das bist du ja immer, Walja –, nein, einmal hättest du feige sein müssen.« Er legte den Arm um ihre Schulter, sie verließen das Hospital und traten hinaus in den warmen Abend. »Jetzt wird vielleicht ein ganzes Dorf ausgelöscht.«

»Meinst du wirklich, Igor?«

»Niktin hetzt ihn dazu auf.«

»Dann sollten wir mit Niktin sprechen.«

»Vergeblich. Ein eitler Mensch ist er, und gegen diese Eitelkeit hat man getreten. Nie wird Niktin das vergessen.«

»Ist er damit gefährlicher geworden als Nasarow?«

»Auf einer anderen Ebene gewiß. Niktin ist das Gehirn, Nasarow die Keule. Angst habe ich um Lebedewka.«

»Angst um Soja?«

Mit einem Ruck blieb sie stehen. Gequält schüttelte Jugorow den Kopf.

»Um Soja geht es nicht. Abseits vom Dorf, im Sumpf, wohnt sie. Vor Nasarow ist sie sicher. Er ahnt gar nicht, daß es das Schwarze Haus gibt. Auch bei dem ersten Überfall hat keiner sich um den Sumpf gekümmert und ob dort noch jemand sein könnte.«

»Das Schwarze Haus?«

»So nennen es die Leute. Seit Generationen. Die Trofimows waren immer Außenseiter. Heute weiß keiner mehr, warum ..., nur vererbt worden ist die Abneigung.«

Krasnikow und Meteljew kamen ihnen entgegen. Man grüßte sich freundlich, und Meteljew rief ihnen zu:

»Wie ist's, liebe Freunde? Heute abend in der Kantine? Getanzt wird. Ich möchte, wenn Sie's erlauben, Jugorow, einmal mit der Genossin Ärztin tanzen.«

»Soviel Sie wollen, Meteljew.«

»Sagen Sie es nicht zu laut!« rief Krasnikow fröhlich. »Nicht zu sicher sein, Jugorow; plötzlich ist sie weg! Meteljew tanzt wie eine Ballerina.«

Sie lachten alle und gingen weiter.

»Die Zwillinge«, sagte Walja Borisowna. »Weißt du das? Man nennt sie nur die Zwillinge. Immer sind sie zusammen. Nie sieht man einen allein. Getuschelt wird schon ...«

»Getuschelt? Wieso?«

»Sind sie etwa ›andersrum‹ ..., du verstehst, Igor?«

»Schwule?!« Jugorow lachte laut. »Die – nie! Hat man dir's nicht gesagt? Unterschrieben haben auch sie den Aufruf für einen Lagerpuff.«

»Ihr seid wohl alle gleich, ihr Männer!« sagte sie geringschätzig. »Alle denken nur das eine.«

»So ist es.« Er zog sie an sich und flüsterte ihr ins Ohr: »Erst tanzen wir, mein Liebling, ein Stündchen lang ..., und dann das eine ...«

»Nein! sage ich jetzt. Nein!«

»Und lügst dabei wie ein kirgisischer Pferdehändler.«

»Ein Ekel bist du.«

»Damit muß ich leben.« Er küßte sie auf die Augen, drückte sie fester an sich und sagte dann unvermittelt: »Ich brauche morgen deinen Jeep.«

»Du kannst ihn haben. Wo fährst du hin?«

»Zu Soja Gamsatowna.«

»Du Teufel, du! Nicht eine Schraube bekommst du von mir.«

»Du hast's versprochen, Walja.«

»Wie konnt' ich's ahnen?!« Sie überlegte kurz, nickte und sah die Straße hinab. Die Bogenlampen flammten auf. »Nimm ihn nur ...«

»Du bist ein fabelhaftes Mädchen.«

»Das weiß ich ... Ich komme mit!«

Am nächsten Tag endete Jugorows Schicht schon am Mittag; genug Überstunden hatte er auf seiner Karte stehen und zu seinem Vorarbeiter Noskow gesagt: »Foma Pjotrowitsch, es ist etwas mit dir zu bereden.«

»Nein!« rief Noskow sofort und hob entsetzt die Arme. »Nein, kein Wort mehr über mein Rad. Mühsam hab ich's geflickt, nun fährt es wieder, und schon stehst du wieder da. Nein! Nicht einen Meter fährst du mehr damit. Nicht ein Zentimeterchen! Ein anderes Opfer such dir. Es gibt noch neunzehn Fahrräder im Lager – warum ich, warum gerade ich? Bin ich der Dümmste von allen?«

Jugorow ließ ihn ausjammern, dann schüttelte er den Kopf und klopfte dem verzweifelten Noskow auf die Schulter.

»Um Urlaub geht's, Foma Pjotrowitsch.«

»Urlaub? Nach Tobolsk? Wie lange?« Noskow atmete auf. »Zuviel Dampf in den Adern, Igor Michailowitsch? Zwei, drei Tage ... reicht's für den Puff? Na, na! Was wird die Genossin Ärztin dazu sagen!«

»Einen halben Tag. Heute. Zieh's von den Überstunden ab.«

»Erlaubt. Ab Mittag hast du frei.« Noskow stellte keine weiteren Fragen mehr. Kein Fahrrad, kein Ausflug zu den Süßen in Tobolsk – uninteressant.

Jugorow bedankte sich, fuhr um die Mittagszeit seinen Traktor zurück ins Lager, spritzte ihn wie jeden Tag vom klebenden Dreck sauber und ging dann zu seinem Haus. Dort wartete bereits Walja. Ihr Jeep stand vor der Tür, und sie saß im Zimmer auf dem Bett.

Erschrocken blieb Jugorow an der Tür stehen.

»Wie siehst du denn aus?« fragte er fassungslos.

»Wie immer!« antwortete sie trotzig.

»Geschminkt hast du dich. Gepudert. Die Augenbrauen nachgezogen, die Wimpern getuscht, die Lippen rot angeschmiert – das bist doch nicht mehr du, Walja.«

»Mir gefällt's. Ich finde mich phantastisch.«

»Und wo hast du den kurzen Rock her?«

»Ein einfaches Verfahren. Ich habe einen langen Rock operiert.«

»Was hast du?«

»Abgeschnitten.« Sie räkelte sich auf dem Bett, der kurze Rock glitt hinauf bis zu ihren Oberschenkeln. »Sag, daß ich schöne Beine habe. Schlanke, schöne Beine. Fesseln wie ein Reh.«

»Na ja ...« Jugorow wiegte den Kopf. »Die Waden sind etwas zu dick.«

»Scheusal! Ein Scheusal bist du!« Walja setzte sich wieder gerade und zog den Rock über ihre Knie. Es gelang ihr nicht, dazu war er zu kurz. »Die schönsten Beine der Welt habe ich! Die schönsten Brüste. Die schönsten Hüften. Die schönsten

Schenkel. Den schönsten Bauch. Den schönsten Hintern ... Willst du noch mehr?«

»Ha. Die schönsten Augen. Die schönsten Lippen. Die schönste Nase. Die schönsten Ohren ... und das schönste eifersüchtige Köpfchen ...«

»Ekel! Ekel! Ekel!«

»So geschminkt willst du nach Lebedewka fahren?« Jugorow begann, sich auszuziehen und zu waschen. Sie sah ihm zu, bewunderte wieder seinen muskulösen Körper und fand es ganz natürlich, hier auf seinem Bett zu sitzen, während er nackt vor ihr herumlief. Als sei es immer so gewesen, jahrelang, und nicht erst seit knapp zwei Wochen. »Was werden die guten Leute im Dorf sagen, wenn sie dich so sehen? Was ist denn das, werden sie sagen. Die Genossin Ärztin genau wie Soja ... Wer hätte das gedacht ... Nun hat Jugorow zwei von diesen Täubchen, wie hält er das bloß aus?«

»Ein Messer nehme ich gleich und werf es *dir* in den Rükken!« rief sie. Es war nicht ernst gemeint, aber es klang gefährlich. Jugorow wandte ihr den Rücken zu, nackt wie er war, nahm die Schultern nach vorn und stand da wie eine Zielscheibe.

»Genossin, bedienen Sie sich!« lachte er und bewegte sich nicht. »Nicht verfehlen können Sie's, ich habe ein großes Herz.«

Er wartete, was sie tun würde, und wartete nicht vergeblich. Wie eine Katze sprang sie ihn von hinten an, riß ihn zurück, stürzte mit ihm auf das Bett und schnellte sich herum auf seine Brust. Ihr geschminktes Gesicht rieb sie an seinem Gesicht, bis Lippenstift, Puder, Wangenrot und Augenbrauenfarbe ihn verschmierten; sie küßte ihn und biß ihm in die Schultern und in die Brust, während er ihr den Rock abstreifte, die Bluse wegriß, von allem befreite und im Verschmelzen zu ihr sagte:

»Wer könnte sich mit dir vergleichen ...?«

Etwas verspätet, aber glücklich und abgeschminkt, saß Walja dann neben Jugorow im Jeep und fuhr mit ihm nach Lebedewka. Noch immer wußte sie nicht, was er im Dorf oder bei

Soja wollte, und Jugorow würde ihr auch nicht die Wahrheit gesagt haben, wenn sie gefragt hätte. Freundlich empfangen wurden sie in Lebedewka sowieso nicht; wer an der Straße oder in den Vorgärten stand, drehte ihnen provozierend den Rücken zu, und im Rückspiegel des Jeeps sah Walja, wie man die Fäuste hinter ihnen herschüttelte, sobald sie vorbeigefahren waren.

»Hast du gesagt, es seien Freunde hier?« fragte sie nach einer Weile.

»Ja. Gute Freunde.«

»Die dich in die Hölle wünschen? Begrüßt man hier einen Freund mit der Faust? Ist das sibirische Sitte?«

»Verärgert sind sie wegen Niktin. Aus dem Lager kommen auch wir, also bekommen wir von ihrem Zorn ab. Sieh nicht hin, Waljaschka.«

Vor Korolews Haus hielt er und stieg aus.

»Hier ist Soja?« fragte Walja. »Hier war ich schon. Der Dorfvorsteher wohnt hier.«

»Ja. Korolew. Dringend sprechen muß ich ihn. Fahr weiter zu den Trofimows. Am Ende der Straße, wo sie schmaler und zerfurchter wird, geht ein kaum sichtbarer Weg zwischen Büschen in die Sümpfe. Diesem Weg fährst du nach, bis du an einen kleinen See kommst. Vom See geht wieder ein Weg durch einen Buschwald, an einem Bach entlang, und plötzlich bist du auf einer Lichtung mit Gärten, kleinen Feldern, und mitten drin steht das Schwarze Haus. Neben dem Haus ist ein großes hölzernes Grabmal, dort liegen alle Trofimows begraben. Wenn du auf die Lichtung kommst, sieht alles aus wie ein kleiner, alter Kreml.« Er beugte sich in den Jeep, gab Walja einen Kuß und lachte sie an. »Sprich allein mit Soja, und dann hol mich ab bei Korolew – als von der Eifersucht Geheilte. Vielleicht komme ich auch nach.«

»Allein soll ich zu ihr?«

»Es ist das beste.«

»Was soll ich ihr denn sagen?«

»Auf dem Herzen liegt dir doch genug. Geh ins Haus, wenn

sie nicht im Garten ist, und frag sie: Soja Gamsatowna, keine vielen Worte. Ich liebe Igor Michailowitsch. Frei heraus: Liebst du ihn auch?!«

»Und wenn sie ›Ja‹ sagt?«

»Dann habt ihr Zeit genug, darüber zu diskutieren. Um eins nur bitte ich dich ...«

»Um was?«

»Reiß ihr nicht die schönen blonden Haare aus.«

»Behalten kann sie diese Strähnen! Das Gesicht werd ich ihr nur zerkratzen ...«

Sie ließ den Motor an und fuhr schnell davon. Jugorow sah ihr nach, lachte noch einmal und ging dann in Korolews Haus.

Als er ins Zimmer trat, standen Korolew und der Pope Schagin noch am Fenster, von wo aus sie den Jeep beobachtet hatten. Sie erwiderten Jugorows Gruß nicht, und Korolew bot ihm auch nicht an, näherzutreten. Ihre Blicke waren finster und verschlossen.

»Nasarow geht es gut!« sagte Jugorow.

»Nachdem die Genossin Ärztin ihn operiert hat und dafür auch noch abgeküßt wird«, rief Korolew empört.

»Wohin gehörst du eigentlich?« fragte Schagin.

Jugorow wartete nicht die Einladung ab, sich hinzusetzen, sondern ging von selbst zur Eckbank und machte es sich gemütlich. Korolew kaute an der Unterlippe; seit Tagen quälten ihn Zweifel. Auch wenn Filaret sagte, Jugorow sei ein einsamer Held – der merkwürdige Vortrag, den er in der Stolowaja gehalten und der Großvater Beljakows Hirn für alle Zeiten mit sechstausend Klopsen belastet hatte, ging ihm nicht aus dem Sinn. So vieles war in den Worten gewesen, das fremd war – vor allem, wenn er von Deutschland gesprochen hatte, vom Untergang der Inseln, von Hamburg, von der Nordseeküste. Mit Recht hatte sich Großväterchen darüber empört, denn hier ging es um das eigene Heimatland, um die Jahrhunderte alte Heimat am Tobol, die man ihnen wegnehmen und zerstören wollte. Um die Wälder und Felder, die Bäche und Seen ging es, um die Fische und das Wild. Das waren ihre Sorgen – und nicht, ob Hamburg drei Meter unter Wasser stehen, ob der Pol schneller schmelzen oder ob man in den Alpen nicht mehr Skifahren würde. Wofür kämpfte Jugorow? Für sie, die Russen, die man vertreiben wollte – oder für die Deutschen und was um sie herum ist? Korolew hatte in diesen vergangenen Tagen immer wieder eine alte Europakarte betrachtet und sie auch Schagin, Masuk und den anderen gezeigt. Da ist Hamburg, das da ist Holland, Belgien, Frankreich, Spanien. Dies alles? soll im höher steigenden Meer verschwinden. Wieso jammert man darüber, wenn uns keiner beobachtet? Wer kümmert sich um uns? Wer hilft uns? Wer weiß überhaupt, daß es uns gibt. Warum redet Jugorow von Deutschland, wenn er Bomben legt, und nicht von uns? Aus Tallinn kommt er, von der Ostseeküste. War einmal Estland, hier auf der alten Karte steht es noch. Viele dort oben haben deutsch gesprochen, deutsch gedacht, deutsch gelebt, fühlten sich als Deutsche. Jugorow auch? Wuchs er in solchen Familien auf? Hießen sein Vater und sein Großvater auch schon Jugorow? Seine Registrierkarte sollte man mal sehen, sagte Filaret nicht, er käme aus Omsk?! Zwischen Omsk und Tallinn liegt eine halbe Welt ...

»Ich brauche zwölf Sprengstäbe, einen Wecker und Kupferdraht«, sagte Jugorow ohne Einleitung.

»Nicht vorhanden«, antwortete Korolew abweisend.

»Dann besorg es! Dort, wo du die anderen Dynamitstäbe hergeholt hast.«

»Das Lager ist leer. Es waren die letzten.«

»Hat man dir erzählt, woher der Sprengstoff kommt?« erkundigte Schagin sich.

»Vor etwa einem Jahr fuhren vier Lastwagen mit Sprengstoffkisten von Tobolsk nach Tjumen. In der Nähe von Bolschaja Blinnikowa, nur dreißig Kilometer von Tobolsk entfernt, platzten dem letzten Wagen seine Reifen. Er fuhr noch an den Rand der Straße, die beiden Fahrer baten über Funk um Hilfe. Sie hatten nur einen Ersatzreifen dabei; wer hätte je daran gedacht, daß drei Reifen auf einmal platzen können. Doch als man aus Tobolsk einen Werkstattwagen schickte, suchte man die Verunglückten vergebens. Die Straße bis nach Tjumen fuhr man weiter, ein Riesenlastwagen kann doch nicht verloren sein – und doch war es so. In Luft hatte er sich aufgelöst, nie sah man ihn und seine beiden Fahrer wieder. Hubschrauber stiegen auf und überflogen weite Gebiete rechts und links der Straße – nicht die geringste Spur konnten sie finden. Wie Zauberei war's ...«

»Hat uns auch Mühe genug gekostet«, sagte Korolew verschlossen. »Am schlimmsten waren die Hubschrauber. Als sie kamen, standen wir noch im Sumpf, mit dicken Zweigen bedeckt. Von oben muß es ausgesehen haben wie ein verfilzter Busch ... Und im Sumpf ist der Wagen auch versunken, für alle Zeiten, spurlos.«

»Und die beiden Fahrer?«

»In ihrem Wagen waren sie, wo sie hingehörten.« Korolew verstand Jugorows entsetzten Blick. »Tot waren sie natürlich. Du glaubst doch nicht etwa, daß wir sie lebend in den Sumpf schickten ...«

»Die ersten Toten. Dann folgten Masuks höllische Bomben, die Koffer, Kartons, Körbe, Kisten, Radioapparate – und Tote über Tote.«

»Woher weißt du's? Zwitscherten es die Vögelchen bis Tallinn oder Omsk?«

»Da war ich längst tief im Süden, in Usbekistan. Bei Tamdy, in der Kysyl-Kum-Wüste, sah ich mir die Gegend an, wo ein großer, neuer See entstehen sollte; in der Turanischen Niederung. Zum Stab der Geologen gehörte ich, trug die Meßinstrumente, die Meßlatten, die Aufzeichnungsbücher, war überall dabei. Damals verlor unsere Forschungsgruppe durch einen Großbrand alle Unterlagen, alle Pläne, alle Geräte, alle Kopien. Die Arbeit von zwei Jahren war vernichtet. Von vorn mußte begonnen werden.«

»Das ist keine Antwort«, sagte Korolew abweisend. »Um den verschwundenen Wagen geht's.«

»Filaret hat's mir berichtet.« Korolew und Schagin wechselten einen schnellen Blick, aber nicht verstohlen genug, um ihn vor Jugorow zu verbergen. »Alles, was du brauchst, hat er zu mir gesagt –, findest du in Lebedewka. Genug haben sie davon.« Jugorow sah mit einem Lächeln den vor ihm stehenden Korolew an. »Und jetzt ist alles leer? Einfach verschwunden? So, wie der Wagen mit den beiden Männern? Grigori Valentinowitsch! Muß ich dir sagen, wieviel Kisten in solch einem Wagen transportiert werden? Soll ich dir ausrechnen, was ihr bisher davon verbraucht habt?«

»Zwölf Sprengstäbe könntest du auch von der Baustelle nehmen, Genosse Traktorfahrer«, sagte Korolew unversöhnlich. Auch der Name Filaret war für ihn kein Ausweis mehr. Mißtrauen gegenüber Jugorow hatte sich in ihm festgefressen, er konnte nicht genau sagen, warum; selbst Filaret hatte versucht, seine Gedanken zu verjagen – es blieb in ihm: Ist er ein Russe? Zuviel spricht er mir über Deutschland, über Städte und Länder im Westen ... Was gehen sie uns an?! Nicht für uns kämpft er ... Beweis das Gegenteil, Jugorow.

»Das kann ich.« Jugorow nickte. »Auch den Wecker kann ich kaufen, im Magazin, Kupferdraht ist ebenfalls schnell zu haben – und dann setze ich mich in die Sonne vor mein Haus, reibe mir zufrieden die Hände und bastele meine Sprengsätze zusammen, mit denen dann das Magazin, die Vorratslager und Kühlhäuser in der Luft verpuffen. So einfach ist das doch, nicht wahr, Korolew?«

»Was ist mit den Vorratslagern?« fragte Schagin, ehe Korolew antworten konnte.

»Der gesamte Vorrat für den Winter wurde geliefert. Bis unters Dach sind alle Hallen voll. Die Küche soll vergrößert werden; noch hundert neue Arbeiter erwartet man vor Einbruch des Frostes.«

»Noch hundert mehr?« Korolew faßte sich an den Kopf. »Nicht gewarnt hat sie die Dammsprengung? Die Vernichtung des Materiallagers?«

»Alles ist neu geschickt worden. Neue Traktoren und Bagger und Planierraupen. Sogar zwei Straßenhobel haben sie gebracht. Mit noch mehr Einsatz wollen sie die verlorene Zeit einholen.« Jugorow lächelte breit. »Und sie schaffen es. Genossen; wir haben ja keinen einzigen Krümel Dynamit mehr.«

»Was soll gesprengt werden?« fragte Schagin.

»Das, dessen Verlust ihnen am wehesten tut: die Lebensmittellager.« Jugorow wandte sich an den noch immer abweisender Korolew: »Wann kommt der Winter hier?«

»In diesem Jahr später als sonst. Plötzlich kommt er, über Nacht, als ziehe man an einer Leine, und der Himmel öffnet sich. Zwei Tage Sturm, die Bäume biegen sich wie Halme, dann schneit es, tagelang. In vier Wochen kann das sein, wer weiß das in Sibirien so genau. Noch immer überrascht uns dieses Land.«

»In vier Wochen? Lassen wir sie noch eine Woche fröhlich essen, dann sprengen wir alle Magazine. Korolew, verrechnet habe ich mich: Ich brauche zwanzig Stäbe!«

»Und wenn sie dann nichts mehr zu fressen haben, fallen sie über *uns* her wie die Ratten! Wer wird verhungern? *Wir!* Spreng lieber das Kesselhaus in die Luft, die Elektrozentrale, die Baracken, alle, alle ... Hundert Arbeiter mehr? Dann werden's fast vierhundert Menschen sein! Das sind vierhundert zuviel! Will ihnen die Nahrung nehmen, damit sie uns auffressen! Umgekehrt ist's richtig: Weniger Menschen essen weniger ... Jag deine Genossen Arbeiter in den Himmel!«

»Menschen ersetzen kann man jederzeit, in jeder Zahl; Rußland hat darin Erfahrung seit Jahrhunderten. Aber zweihundert Rinderhälften und hundertfünfzig Schweine zu ersetzen – unlösbar fast ist das Problem für die Beamten. Wißt ihr, wie viele Behörden man deswegen beschäftigt? Wieviel Formulare nötig sind, wieviel Stempel, wieviel Hin- und Rückfragen? Wie lange das Papier an jeder Stelle erst mal geruhsam auf einem Schreibtisch liegt?« Jugorow sprang von der Eckbank auf und ging an Korolew vorbei zur Tür. »Nichts mehr ist also da von dem ganzen Wagen Sprengmaterial. Gestohlen wird es sein. Weiß Filaret das?«

»Zwanzig Stangen, Igor Michailowitsch?« fragte Schagin, der Pope.

»Sie genügen.«

Korolew blinzelte dem Popen zu, aber Schagin sprach unbeirrt weiter. »Hol sie dir bei mir ...«

»Bei dir, Väterchen Kyrill Vadimowitsch?«

»Weißt du ein besseres Versteck als die Kirche?«

»Verloren!« sagte Korolew dumpf. »Verloren sind wir jetzt. Was ist in dich gefahren, Schagin?«

»Ja, schon seit langer Zeit frage ich mich dies! Was ist in uns gefahren? Wo bleibt das Gewissen bei dem, was wir tun? Dynamit holte man aus der Kirche, aus dem Haus Gottes, um damit Menschen zu töten. War das vielleicht gottgefällig?« Schagin faltete die Hände. »Ich habe Gott angefleht, uns zu verzeihen. Im Gebet habe ich ihm vorgeworfen und mir als Entschuldigung eingeredet, daß ja auch ER grausam sein konnte, wenn es nötig war: in Jericho, bei Sodom und Gomorrha, mit dem ägyptischen Heer im Roten Meer, durch die Sintflut ... So habe ich mit ihm in einsamen schrecklichen Nächten gestritten. Ich, der Priester, mit Gott! Er wird es mich eines Tages büßen lassen ... Aber sag' es selbst, Jugorow, wie sollte ich die mir anvertrauten Menschen anders schützen? Es gibt wirklich kein besseres Versteck als die Kirche ...« Der Pope holte tief und seufzend Atem; dann fragte er: »Wann holst du die zwanzig Stangen Dynamit?«

»Nächsten Sonntag, nach der Messe. Vor der Ikonostase werde ich knien.«

»Das ist der richtige Platz«, sagte Schagin voller Sarkasmus. »Hinter der Ikonostase liegt das Dynamit ...«

Zu schnell fuhr der Jeep an Masuks Werkstatt vorbei, um zu erkennen, wer den Wagen lenkte. Masuk sah ihn nur vorbeibrausen, aber da's ein Jeep war, konnte er nur aus Nowo Gorodjina kommen, und Nasarow war es nicht, konnte es nicht sein – der tastete sich gerade mühsam in seinem Zimmer im Hospital herum.

Durch den Mordversuch an Nasarow hatte Masuk großen

Ärger bekommen, obwohl er in diesem Fall ja unschuldig war. Als die Nachricht von dem Attentat Lebedewka erreichte, waren nämlich Korolew, Goldanski und Rudenko in seiner Werkstatt erschienen und mit Schimpfen, Flüchen und Beschuldigungen über ihn hergefallen.

»Ein Verrückter bist du!« hatte Korolew gebrüllt. »Wert, daß man dich einsperrt.«

Und Goldanski hatte geschrien: »Zieht hier seinen Privatkrieg auf! Wegen Svetlana Victorowna! Welche Heuchelei! Ist ihm doch recht, wenn sie nicht wiederkommt.«

Und Rudenko fuchtelte mit hochrotem Kopf: »Mit einem Messer! In den Rücken! Und dann noch daneben! Geht's noch idiotischer?! Jedes Hämmerchen aus deiner Schmiede wäre besser gewesen.«

Masuk hatte schweigend an seinem Schmiedeofen gelehnt und die Genossen sich austoben lassen. Als sie Luft holten, um ihn weiter mit Flüchen zu überschütten, hatte er gefragt: »Wovon sprecht ihr eigentlich? Ich soll etwas getan haben? Was?«

»Nasarow wolltest du umbringen, du Idiot!« schrie Goldanski von neuem los. »Jetzt werden unsere Häuser brennen!«

»Wer hat Nasarow umgebracht?«

»Jetzt fragt er auch noch!« stöhnte Korolew auf.

»Spielt den Unschuldigen!« brüllte Rudenko.

»Nasarow? Seit damals habe ich ihn nie mehr gesehen ...«

»Nur gestern abend, zufällig, ein dämliches Messerchen in der Hand ... Wirft es auch noch ...«

»Geht nach Hause!« hatte Masuk da gesagt. »Steckt alle die Köpfe in kaltes Wasser. Gestern abend war ich bei Schagin, hab Schach gespielt mit ihm. Fragt ihn doch. Kyrill Vadimowitsch wird euch ebenfalls raten, den Kopf mit kaltem Wasser zu begießen ...«

So kam es, daß Korolew, Goldanski und Rudenko nach einer Stunde zur Schmiede zurückkehrten, Masuk umringten und im schönen Chor sagten: »Ein Irrtum war's, Lew Andrejewitsch. Ein Irrtum. Wir bitten um Verzeihung.«

Und Masuk hatte geantwortet: »Wäre ich nicht ein so friedlicher Mensch« – bei diesen Worten verdrehte Korolew die Augen – »schlüge ich jetzt *euch* mit meinem Hämmerchen ...«

Daran erinnerte sich Masuk in dem Bruchteil der Sekunde, in der er noch das Hinterteil des vorbeirasenden Jeeps wahrnahm. Also nicht Nasarow. Unmöglich war das. Aber Jugorow ... Jugorow konnte es sein! Und wohin will ein Jugorow, wenn er das Dorf verläßt? Weg fährt von der Straße, nach rechts, durch die Büsche, zu den Sümpfen, zum See? Zum Schwarzen Haus fährt er, zu Soja Gamsatowna!

Himmel, verdunkle dich! Gott, schlag die Hände vors Gesicht! Verderbt mir nicht diese Stunde ... Kein Mensch bin ich mehr, kein Mensch. Zu euch gehöre ich nicht mehr.

Er warf sein Werkzeug hin, verließ die Werkstatt, gab keine Antwort, als sein Lehrling Awdej Grigorijewitsch Korolew, der Enkel des Alten, ihm nachrief, wohin er gehe; wusch im Haus den Ruß und Eisenstaub von den Händen und vom Gesicht, zog eine braune Hose und eine Lederjacke an, holte das Gewehr aus dem Versteck, lief in den Stall, sattelte sein Pferd, stieg auf und ritt von seinem Haus aus quer durch die Felder und dann durch den Wald zum See und zu den Sümpfen. Der kürzere Weg war's, der, auf dem er immer zu Soja geschlichen war und auf dem ihm niemand folgen konnte, denn für jeden Unwissenden endete der Pfad im Sumpf. Nur Masuk wußte, wo man mit einem Pferd weiterkam, wo sich unter der Wasseroberfläche nicht grundloses Moor, sondern ein schmaler fester Weg hinzog.

Diesmal verfehle ich ihn nicht, dachte er, kühl bis ins Mark hinein. Diesmal nicht. Die Dunkelheit kann ihn nicht schützen; heller Tag ist's. Noch nie hat ein Masuk an einem Ziel vorbeigeschossen.

Den Wald erreichte er, den heimlichen Pfad ... Jugorow war für ihn schon tot, und deshalb pfiff er leise ein lustiges Lied.

Trofimow, der Fischer und Jäger, war am Fluß und suchte seine Reusen ab. Noch war es eine Freude, zu fischen: Der Fluß hatte einen guten Bestand, die Netze waren immer voll, ja sogar wählerisch konnte man sein und die kleinen Fische zurück ins Wasser werfen, wobei Trofimow ihnen fröhlich nachrief: »An Kinderchen vergreif ich mich nicht. Bei euch ist's anders als bei den Menschen. Da sind Großmütterchen und Großväterchen am saftigsten ...«

Später, in sechs Wochen etwa, wenn über dem Fluß eine dicke Eisdecke lag, war's mühsamer, an einen Fisch zu kommen. Löcher mußte man dann in das Eis schlagen, Fäden mit Haken und Köder auswerfen, auf einem Fell vor dem Loch knien und warten, bis es an dem Faden rupfte, und wenn's dann ein junger Fisch war, nahm man auch den mit, dankbar dafür, daß das Eisloch nicht umsonst geschlagen worden war.

Ein schönes Leben hat ein Fischer am Tobol, solange die Sonne scheint – und solange man ihn fischen läßt und keinen Kanal baut, der dieses Paradies zerstört, den Fischen und den Menschen ihre Heimat nimmt, den Lebensraum, die freie Luft.

Über alles das hatte Trofimow lange nachgedacht, in stillen Nächten winters auf dem Ofen, im Sommer auf seinem harten, mit Heu und Häcksel gefüllten Bett. Auch wenn die Leute von Lebedewka ihn ansahen wie eine Riesenwanze, sein Haus seit Generationen verwunschen nannten und jedem aus der Sippe Trofimow ihre Verachtung zu erkennen gaben: Einig war er sich mit allen anderen, daß der Kanal nie entstehen durfte. Der See sollte verschwinden. Geologen, die vor über einem Jahr hier vorbeigezogen waren, hatten ihm gesagt, sein Haus stünde genau im Weg und müsse bald abgerissen werden. Und als er sie fragte: »Genossen, was soll dann werden mit dem Grabmal meiner Ahnen?«, da hatten sie gelacht und geantwortet: »Ertrinken können sie nicht mehr. Eine schöne Platte aus Beton werden sie bekommen.«

Der das gesagt hatte, der Geologe, verunglückte zwei Tage später auf rätselvolle Weise. Man fand ihn erschlagen von einem Baum, der auf ihn niedergestürzt war, ohne daß ein starker Wind geweht hatte. Trotzdem hielt man es offensichtlich für einen Unglücksfall und begrub den Mann, ohne ihn genau zu untersuchen. Ein guter Arzt hätte sonst festgestellt, daß er tatsächlich erschlagen worden war, nicht jedoch von einem Baum, sondern vom stumpfen Ende einer Axt.

Seitdem ging Trofimow mit noch finstererer Miene herum, sprach kaum mehr ein Wort mit anderen Menschen, lebte einsam im Schwarzen Haus und liebte nur eins auf dieser Welt: Soja, seine Tochter.

Ein Hürchen nannten sie die Leute von Lebedewka – was soll's? Er fragte Soja nicht, warum sie so etwas riefen. Er fragte sie auch nicht, woher sie das Motorrad hatte, als sie von Tobolsk zurückkam in das Haus, um nun dazubleiben. Kein Wort verlor er über ihre Kleidung, die kurzen Röcke, die dünnen Blusen, die enganliegenden Pullover, die Schuhe mit den hohen Hacken ... Nur manchmal, wenn sie wegfuhr, blickte er ihr durch das Fenster nach und fragte sich, wie das alles enden würde. Starben die Trofimows mit Soja aus? Konnte sie einen Mann in die Sümpfe bringen? Wer, das fragt man sich, war denn gewillt, hier zu leben? So schön sie war, so engelhaft mit ihrem blonden Haar: Schönheit verblüht einmal, aber der Sumpf bleibt. Das überlegt man sich, ehe man Soja ins Schwarze Haus folgt.

Einer wäre der Richtige gewesen, das hatte Trofimow erkannt. Er zog seine Netze ein und saß dann sinnend am Fluß. Einer ja. Dieser Jugorow. Igor Michailowitsch. Blond wie Soja, stark und mutig, ein schöner Mensch. Ein wunderbares Paar wäre das. Jugorow paßte zu den Trofimows. Er hatte die Kraft, in dieser Wildnis auszuhalten. Aber auch er war gegangen, nach nur einem Tag. Soja selbst hatte ihn weggefahren, und als sie zurückkam, antwortete sie auf seine Frage:

»Väterchen, er ist nicht zu halten. Ein Adler ist er.«

Und mehr war mit ihr über Jugorow nicht zu sprechen.

Am Fluß also war jetzt Trofimow, kontrollierte die Reusen und freute sich über den Fang. Trocknen öder räuchern würde man die Fische. Über würzigem Birkenholz. Dann konnte der Winter kommen. Für Trofimow war noch kein Winter zum Schrecken geworden.

Soja Gamsatowna befand sich zu dieser Zeit im Garten und erntete feste, dicke dunkelgrüne Gurken – da fuhr Walja mit ihrem Jeep den schmalen Pfad entlang zum Schwarzen Haus. Halsbrecherisch war die Fahrt gewesen, ein paarmal hatte sie angehalten – bereit, umzugekehren –, aber die Neugier auf Soja trieb sie weiter, und als sie die Lichtung erreicht und den wirklich wie ein Holzkreml wirkenden Bau vor sich sah, atmetete sie tief auf und fuhr langsam den nun breiter werdenden Weg zum Schwarzen Haus hinunter.

Soja hatte ihren großen Korb mit Gurken weggeschoben, kam aus dem Garten vor die Einfahrt und wischte sich die erdverschmutzten Hände an der Schürze ab. Das rote Kopftuch, das sie trug, schob sie tief in den Nacken, und über der Stirn quollen ihre blonden Haare hervor. Auch jetzt, im billigen Baumwollkleid und mit der befleckten Schürze, sah sie aus, als spiele sie in einem Film eine verführerische, junge Bäuerin, von allen anderen Frauen beneidet und mit Mißgunst verfolgt.

Walja Borisowna hielt vor ihr an und sah sie prüfend an, ehe sie ausstieg. Schön wie ein Engel, dachte sie, aber anders, ganz anders als ich. Kälte liegt in ihren blauen Augen, ihr Mund ist etwas herb, und wie sie dasteht, jetzt, gerade jetzt, ist das Lauern eines Tieres in ihr, die Bereitschaft zu einem Sprung ... Für jeden Mann sieht sie in diesem Augenblick stolz aus – nur wir Frauen erkennen uns; an kleinen, an winzigen Merkmalen.

»Sie sind Soja Gamsatowna«, sagte Walja, um einen Anfang zu machen.

»Ja ... und Sie sind die Genossin Ärztin.«

»Sie kennen mich?«

»Wer sollte Sie hier nicht kennen?«

Gegenüber standen sie sich nun, gleich groß, von gleicher Schönheit und mit fast den gleichen Fragen in den Augen:

Hat Igor Michailowitsch mit dir geschlafen?

Was willst du hier; hast du eine Botschaft von Jugorow?

Was spielen wir uns vor? Wir kennen uns. Nach der Messe haben wir uns angesehen, draußen vor der Kirche.

So siehst du also aus von nahem. Damals hast du im Wagen gesessen, zu weit weg von mir. Auf dem Dorfplatz vor der Kirche. Die Ärztin! Holt sich Jugorow in ihr Bett und mich nennen sie Hure ...

Wie deine blauen Augen funkeln. Was denkst du jetzt? An Igor Michailowitsch? An seine starken Arme, seine Küsse, seinen biegsamen, kraftvollen Körper, seine zärtlichen Hände? Denk nur daran. Erinnerung wird's bleiben. Ich bin die Stärkere!

»Niemand ist hier krank«, sagte Soja. Ruhig war ihre Stimme, aber ihr Herz schlug wie wild. »Väterchen fischt am Fluß, gut geht's ihm. Und mir ... Sie bemerken es selbst, Genossin Ärztin: Kann man besser aussehen?«

»Gekommen bin ich, um etwas zu besprechen«, sagte Walja Borisowna. »Da gibt es Fragen, auf die nur Sie eine Antwort haben.«

»Wie haben Sie den Weg zu uns gefunden? Kein Fremder kennt ihn.«

»Igor Michailowitsch hat ihn mir genau beschrieben ...« Sie schaute dabei Soja forschend an; ein kleines Zucken um die Augen oder um die Lippen konnte viel verraten. Aber nichts war da zu sehen, keine Regung. Eiskalt wie ihre Augen ist sie durch und durch, erkannte Walja. Nur wenn sie in den Armen eines Mannes liegt, wird aus der Kälte ein heißer Steppensturm. Geboren für die Liebe, sagt man nicht so? Gelacht habe ich früher immer darüber, dumme Rede nur – und hier steht ein solches Geschöpf, das nur lieben und hassen kann ..., weiter nichts.

»Von Igor kommen Sie? Sie bringen Grüße? Wie geht es ihm? Warum kommt er nicht selbst?«

Leidenschaftlich klang das, ihre Stimme jagte dahin, aber ihr Gesicht blieb eine wunderschöne Maske mit blauen Puppenaugen, darüber das strohgelbe Haar.

»Warten Sie auf ihn?«

»Sie kennen Igor. Würden Sie nicht auf ihn warten?«

»Nicht mehr ..., er ist jetzt immer um mich.«

»Ach ja!« Nicht traurig klang das, nicht enttäuscht, eher wie die Bestätigung eines Wissens. »Gehen wir ins Haus, Genossin Ärztin?«

»Walja Borisowna ...«

Soja nickte, stieß die Tür auf und ließ Walja an sich vorbeigehen. Kaum einen Schritt hatte sie getan, als Soja sagte: »Opium ... aus Paris. Sie haben das Parfüm Opium, Walja Borisowna. Ein träumerischer, lockender, blütenschwangerer Duft.«

»Sie kennen ihn?« Walja war vor der Tür des Zimmers stehengeblieben.

»Nur in den Läden der hohen Genossen bekommt man das Parfüm.«

»Sie konnten dort auch kaufen?«

»O nein. In diese Klasse bin ich nie hineingekommen. Geschenkt hat man mir's.«

»Ein Kavalier mit gutem Geschmack.«

»Eine Frau, Walja ... eine Frau war's. Die Frau meines Chefs in Tobolsk. Ins Bett wollte er mich haben, geohrfeigt hab' ich ihn – so hab' ich mir das Parfüm Opium verdient. Mag sein, daß Sie's mir glauben oder auch nicht; was macht's mir aus? Wenn man das Opium an mir riecht, heißt es sofort: Oh, wie sie stinkt! So stinkt nur eine Hure! ... Ich bin's gewöhnt. Wenn ich es höre, freut es mich, anders zu sein als alle anderen Weiber in Lebedewka. Sollen sie Hürchen schreien, mir tut's nicht weh.« Sie ging zum Herd, bückte sich und holte aus der Backröhre ein Blech mit Kuchen. »Essen Sie ein Stück Smetanik? Väterchens Lieblingskuchen.« Und als sie sah, daß Walja zögerte, fügte sie hinzu: »Vergiftet ist er nicht ..., ein Stück esse ich mit.«

Das Herz geht jedem Russen auf, wenn er von Smetanik hört. Ein gefüllter Mürbeteigkuchen ist das – allerdings kommt es auf die Füllung an. Aus Kirsch- und Himbeerkonfitüre besteht sie, dazu gehören leicht angeröstete, feingemahlene Mandeln, zwei Eigelb, saure Sahne, Zimt. Das ist Smetanik, Genossen. Da schnalzt man mit der Zunge, wischt sich über den Mund und nimmt noch ein Stückchen.

Während Soja den Kuchen anschnitt, setzte sich Walja an den groben Tisch, vom Urgroßvater selbst gezimmert und geschnitzt, und sah sich um. Auch das Innere des Schwarzen Hauses erinnerte an die alten Holzkreml, wie sie Jermak, der Kosaken-Ataman, bei seiner Eroberung Sibiriens überall errichtete. Vor über vierhundert Jahren war das gewesen, und dahin zurückversetzt fühlte sich Walja zu dieser Stunde.

Soja kam mit dem Kuchen, servierte ihn auf einem Holzbrett und stellte eine Keramikkanne und zwei Gläser dazu. Neben Walja setzte sie sich, obgleich genug Platz am Tisch war, und schüttete die Gläser voll.

»Wasser trinken wir dazu«, sagte sie, als sie Waljas verwunderten Blick bemerkte. »Am Abend Tee, am Tage aber Wasser. Das beste Wasser haben wir ... ein eigener Brunnen. Glasklar. Großvater muß da einen unterirdischen Bach angebohrt haben.«

Eine ganze Weile saßen sie nebeneinander, aßen den Kuchen, tranken das Wasser und schwiegen.

Was will sie hier, dachte Soja. Nur Grüße überbringen von Igor?

Und Walja dachte: Was kann sie alles! Kochen, nähen, Feldarbeit in dem schönen Garten, fischen, flechten, backen, sägen, zimmern, pflanzen, waschen, bügeln, flicken ... Und was kann ich? Nichts von alledem. Aber wenn sie krank ist, dann kann ich zeigen, wo ich stärker bin als sie. Was nutzen einem Menschen die Hände, wenn er sie nicht bewegen, nicht einsetzen kann? Bleibt dennoch die Frage: Liebt Igor sie, weil sie so tüchtig ist?

»Was ist mit Igor Michailowitsch?« fragte Soja plötzlich in die Stille hinein.

Und Walja antwortete sofort mit einer anderen, rücksichtslosen Frage: »Liebst du ihn?!«

»Ich könnte es.« Soja blickte Walja offen in die Augen. »Geträumt hab ich davon, schon in der einen Nacht, die er bei uns schlief – in meinem Bett, allein. Ich lag im Stall ... Und dann wusch er sich im Bach; beobachtet habe ich ihn, seinen schönen, starken Körper ...« Sie hob die Schultern und trank noch einen Schluck Wasser. »Aber er wollte nicht bleiben. Für unsereins bleibt so etwas immer ein Traum. Zur Baubrigade hab ich ihn dann gefahren und wußte: Wiedersehen werden wir uns wohl kaum ...«

»Warum ziehst du nicht in die Stadt? Heiratest einen guten Mann? Bekommst Kinder, bist glücklich, bist weg aus diesem Sumpf ...«

»Zu früh oder zu spät ist's, wer weiß es? Väterchen kann nicht mehr ohne mich sein, um ihn kümmern muß man sich. Allein brennt er schnell ab wie eine Kerze.«

»Nimm ihn mit in die Stadt.«

»Das sagst du? Sieh dich um, Walja Borisowna, und dann frage noch mal.«

»Auch ich liebe Igor.« Walja zerkrümelte den Rest des Kuchens. »Wir ... wir schlafen zusammen ...«

»Deshalb bist du gekommen?«

»Nein. Neugier war's. Sehen wollte ich, wie die Frau ist und lebt, die mir Igor wegnehmen könnte.«

»Und wie bin ich?«

»Wie ich's dachte: gefährlich. Wäre *ich* ein Mann, dann ...«

»Du hattest Angst? Vor mir Angst?«

»Jede Frau, die liebt, hat Angst um diese Liebe.«

»Ich kann's nicht sagen. Nie hatte ich Angst.«

»Auch nicht bei Masuk?«

In Sojas Augen blitzte wieder das kalte Feuer auf.

»Was weißt du denn von Masuk?« fragte sie hart. Auch ihre Stimme konnte vereisen.

»Alles. Igor hat es mir erzählt. Ein Kind bekommst du von ihm.«

»Das stimmt. Wen stört's?«

»Um Masuks Liebe hattest du nie Angst?«

»Masuk?« Soja verzog den Mund. »Ein Schwein ist er!« sagte sie verächtlich. »Ein im Dreck gewälztes Schwein. Angst um ihn? Ein Freudenfeuer würd' ich machen, wenn's ihm an den Kragen ginge. Ein festliches Essen! Will mir das

Kind abtreiben lassen, daß du's weißt. Jammert vor Angst, Svetlana, seine Frau, könnt's erfahren! Verdreht die Augen, wenn ich sage: Nein, ich will das Kind! Es wächst in mir, also ist's ein Teil von mir. Ich töte mich doch nicht selbst. Und dann schaut er mich an, mit Augen, die morden könnten. Ein schrecklicher Blick. Man sieht, wie seine Gedanken arbeiten und möchte fliehen, um Hilfe schreien ... Nur weg von ihm, weg ...« Sie wischte sich über die Augen, die auch bei diesem Ausbruch bärenhaft starr blieben. »Aber dann steht er plötzlich da, lautlos, kennt ja alle Wege und geheimen Pfade, bettelt und fleht und schimpft und flucht und droht und weint und schüttelt die Fäuste ... Was habe ich eine andere Wahl: Ich lache. Lache! Und dieses Lachen treibt ihn weg. Meine einzige Waffe ist's gegen ihn. Lachen – aber schreien möchte ich!«

»Du hast ihn doch mal geliebt, ein Kind kommt nicht vom Atmen.«

»Nur Traurigkeit war's. Einsamkeit, Verzweiflung – welche Worte dafür gibt es noch? Aus der Stadt kam ich zurück, aus einer anderen Welt. Zurück in die Sümpfe am Tobol. Wußte, daß hier nun das weitere Leben sein wird für immer. Nie mehr vor den Fenstern der Geschäfte stehen, kein Kino, kein Theater. Kein Café, vor dem man in der Sonne sitzen kann. Kein Schwimmbad, keine Freunde, die mit einem lachen ... Nur noch das alte Haus, der Gestank von trocknendem Fisch, der Mist im Stall, der krumme Rücken auf dem Feld, unendlich lange Abende allein mit einem Väterchen, das kaum spricht und das schon zufrieden ist, wenn es essen, trinken, arbeiten und schlafen darf ... Scheel angesehen von allen, verachtet – weiß ich, warum? – und bespottet, vom fauligen Atem der Sümpfe eingehüllt, zerrissen und borkig die Hände«, sie zeigte Walja ihre striemigen Handflächen, »im Winter eine Gefangene in diesem Haus, die Welt zusammengeschrumpft auf die Größe der Ofenplattform, nebeneinander liegend, Väterchen und ich, wie vor vierhundert Jahren ... Das war's, was ich fühlte, wovor ich Angst hatte. Mit dreiundzwanzig Jahren begann ich langsam zu sterben. Und da kam Masuk! Ein Kerl wie aus einer Taiga-Saga. Ein Baum, an den ich mich lehnen konnte, der mich beschützte und nicht verachtete. Dem ich erzählen konnte, was ich fühlte, und der mich auch verstand ...«

»Das hast du angenommen.«

»Du sagst es! Ich nahm es an ... Was aber wollte er? Nur meinen Körper! Nichts sonst. Nur ihn! Die Not in mir – er hörte sie sich an und drückte mich ins Gras. Die Mißgunst der anderen Menschen – er nickte nur und zog mich aus. Die Qual, wenn ich an Svetlana, die Betrogene, dachte – er lachte bloß und wälzte sich auf meinem Körper. Das waren kurze Stunden ohne Einsamkeit; vielleicht war ich sogar glücklich.«

»Nie begriffen hast du, daß du nur ein Objekt seiner Lust gewesen bist? Ein Gegenstand, den man benutzen kann, der immer zur Verfügung steht ...«

»Hättest du's begriffen?«

»Ich weiß es nicht.«

»Wenn nun Jugorow auch nicht anders ist als Masuk? Reizvoll ist es, eine Ärztin im Bett zu haben. Ein Sieger ist man, ein Beneideter. Ein Platzhirsch. Und gut geht's einem als einfacher Traktorist. Man wird eingeladen beim hohen Schwiegervater, nimmt teil am besseren Leben, angefangen vom guten Essen bis zum schönsten Wein, von der ausgesuchten Kleidung bis zum parfümierten Wasser nach dem Rasieren – sehr lohnend, sich die Genossin Ärztin einzuverleiben!«

»Igor ist anders, Soja.«

»Ein Mann ist er. Und jeder Mann denkt immer nur zuerst an sich. So sind sie eben. Riesenhafte Egoisten. Wie die Gorillas ... Sie trommeln an die eigene Brust und brüllen in die Welt: Ich bin der Herr! Walja ...«, sie beugte sich zu ihr, »... ich erschrecke. Keine Erfahrung hast du mit den Männern.«

»Nur wenig ...« Walja nagte an der Unterlippe. »Sehr wenig ...«

»Auf der Universität? Dort soll's lustig hergehen, wie man so hört.«

»Das Studium war mir wichtiger. Alle Prüfungen habe ich

bestanden, mit Auszeichnung. Ich wollte weiterkommen, schnell weiterkommen, einmal leitende Ärztin in einem Krankenhaus sein. Chefärztin, wissenschaftlich arbeiten können, forschen, Bücher schreiben. Vorträge halten. Beweisen, daß auch die sowjetische Medizin allen anderen Ländern überlegen ist ... Oh, waren das schöne Pläne. Pläne, die man greifen konnte, keine Phantasien mehr ...«

»Und wo bist du gelandet, Walja Borisowna? Am Tobol. In den Wäldern und Sümpfen. In der einsamsten Einsamkeit. In einem Baubrigadenlager. Auch nur das Töchterchen ihres Vaters wie ich. Ist's da ein großer Unterschied: Ich trockne Fische – du siehst einem Kerl mit Halsschmerzen in den Rachen. Ich pflücke Bohnen – und du verschreibst Abführmittel. Ich pflüge das kleine Maisfeld – und du schneidest einen Furunkel auf. Ich hatte Masuk für die Einsamkeit – bei dir ist's Igor. Begreifst du's jetzt: Um unser Leben hat man uns betrogen.«

»Jederzeit kann ich zurück nach Tobolsk, Swerdlowsk, Perm, Moskau oder Leningrad ..., wohin ich will!«

»Und warum bist du in Nowo Gorodjina?« Und als Walja schwieg, fügte sie hinzu: »Wie ähnlich sind wir, Walja Borisowna! Nur mehr Glück hast du ..., du hast Igor Michailowitsch, und ich nur das Kind von einem Scheusal.«

»Jugorow – nach dieser einen Nacht ist er nie wieder heimlich zu dir gekommen?«

»Hin- und hergebracht habe ich ihn, mit dem Motorrad. Von dir hat er mir erzählt, das war alles. Nur von dir erzählt. Ich konnte deinen Namen nicht mehr hören!«

»Belogen hat er mich. Belogen.« Sie senkte den Kopf, aber nicht, weil ihr die Tränen kamen, sondern weil sie hätte jubeln können und das jetzt unterdrücken mußte. »Zu Soja geh' ich jetzt, hat er gesagt, ein paarmal. Ich habe es geglaubt. Den Tod hab ich dir gewünscht ... Belügt mich ...«

»Um Eifersucht in dir zu wecken. Eifersucht als Beweis der Liebe. Bei mir war's anders: Um Masuk loszuwerden, hab' ich erfunden, daß Igor bei mir schläft ...« Sie lachte laut, legte den Arm um Walja und schüttelte sich vor Vergnügen. »Er glaubt es, so wie du es geglaubt hast. Wir sind ja Schwestern, Walja, Schwestern ..., lügen und werden belogen, und alles mit einem Mann! Nein, ist das lustig und verrückt!«

Wer hätte das erwartet! Nicht an den Haaren zogen sie sich, wie man gedacht hatte; beschimpften sich nicht und prügelten nicht aufeinander los – nein, sie küßten sich. Soja holte eine Flasche Birkenwein, und auf Jugorow stießen sie an, auf ihre Freundschaft, und Walja sagte:

»Wenn's soweit ist – das Kind hole ich, Soja. Kommst zu mir ins Hospital.«

»Du siehst es ja zuerst. Wenn's Masuk ähnlich ist, wirf es weg ...«

Mit einem langen Blick betrachtete Walja die fröhliche Soja. Trinkt Wein, lacht und scherzt und sagt solche Dinge. Das Kind ist ein Stück von mir – so klang's doch noch vor einer halben Stunde. Und jetzt redet sie vom Wegwerfen. Wie ist sie wirklich, diese Soja Gamsatowna? Und wieder waren es ihre kalten blauen Augen, die Walja schaudern ließen. Augen, die immer gleich blieben – beim Lachen, in der Trauer, bei Wut und Enttäuschung und wahrscheinlich auch bei der Liebe. Nein, nicht wahrscheinlich. Sicher sogar! Augen von rätselhafter Unergründlichkeit.

»Du fährst zurück ins Lager?« fragte Soja.

»Jugorow hole ich in Lebedewka ab, bei Korolew ist er ..., ja, und dann zurück ins Lager.«

»Nimmst du mich mit zu Korolew?«

Ein mißtrauischer Blick traf Soja. »Um Igor zu sehen?«

»Nein, um Masuk Ärger zu bereiten. Alles, was vom Lager kommt, ist für ihn Feind.«

»Ein Pferd hat er?«

»Ein gutes, starkes, schnelles. Das beste im ganzen Dorf.«

»Dann war er es. Einwandfrei. Auf Jugorow hat er geschossen ..., bei den ›Zehn Sängern‹.«

»Masuk? Geschossen auf Igor Michailowitsch?« Soja sprang auf, als habe der Schuß ihr gegolten. »Das ist nicht wahr!«

»Ich war dabei.«

»Er schießt auf Igor ...« Sie preßte die Fäuste an den Mund, und zum erstenmal veränderten sich ihre blauen Augen. Sie glitzerten. »Töten will er ihn?! Meinetwegen?! Wal ja ... ich ... ich treibe Igor in den Tod ... Bei mir schläft er, habe ich gesagt ..., aber wahr ist's nicht.«

»Das weiß ich jetzt.« Auch Walja war aufgesprungen. Kalt lief es ihr durch den Körper, gefolgt von einem heißen Schauer. »Mit Masuk werde ich reden, sofort. Nachher, bevor ich Jugorow abhole von Korolew.«

»Er wird's nie glauben, Walja.«

»Er muß es glauben, wenn ich ihm sage, daß ...«

»Du kommst vom Lager, du bist ein Feind«, unterbrach Soja sie. »Kennst ihn doch. Hast ihm Grüße überbracht von Svetlana Victorowna, und wie hat er reagiert? Was hat er geantwortet? Denk nach. Ist er nicht wie ein knurrender Wolf?«

»Laß uns fahren, Soja!« Walja lief zur Tür, unruhig, getrieben von einer unerklärbaren Angst. »Schließ das Haus ab und komm!«

»Hier ist nie abgeschlossen worden seit zweihundert Jahren. Das Schwarze Haus betritt niemand. Wer will schon einen Teil vom Ruch der Trofimows mitnehmen?«

Wie bitter klang das, wie resignierend.

Walja saß schon im Jeep, als Soja endlich aus dem Haus kam. Ein anderes Kleid hatte sie angezogen; kurz und modern war es, anders als das Baumwollkleid, das sie im Garten getragen hatte. Ein Kleid wieder, über das die Frauen von Lebedewka tuscheln würden: Seht, seht, nur ein Hürchen läuft so herum!

Noch etwas aber trug Soja in der Hand, das nicht zu diesem Kleid paßte: Ein Jagdgewehr mit kurzem Lauf, ein Kugelrepetiergewehr. Des alten Trofimows beste Waffe.

»Mein Gott, was willst du damit?« rief Walja, als Soja neben ihr saß. »Willst du jetzt Masuk erschießen?«

»Nein. Nur wissen soll er, daß ich es habe. Er kennt's noch nicht.« Sie klemmte das Gewehr zwischen ihre Beine und setzte ihre große Sonnenbrille auf. »Wir können fahren, Walja Borisowna.«

Aber sie fuhren nicht ab. Vor ihren Augen ereignete sich plötzlich etwas, das sie in Schreck und Entsetzen erstarren ließ. Es war, als stünde auf einmal ein riesiges Ungeheuer vor ihnen. Jeder Laut erstarb in ihnen, sie wagten kaum zu atmen.

Aus dem Buschwerk zum See hin erschien nämlich Masuk mit seinem Pferd, und schräg von ihm, aus dem Wald, kam gleichzeitig Jugorow zu Fuß über die Lichtung. Den Jeep mit Walja und Soja, der im Schatten vor der geschwärzten Hauswand stand, konnten sie nicht erkennen.

In diesem Augenblick sahen die Männer sich und wähnten sich völlig allein.

Soja zu töten, wie er es dem Popen Schagin im voraus gebeichtet hatte – diese Absicht hatte Masuk aufgegeben. Das Kind sollte zur Welt kommen; warum es noch verstecken oder gar verschwinden lassen? In Lebedewka wußte mittlerweile jeder, wie's um Lew Andrejewitsch und das hübsche Hürchen stand. Schnell spricht sich so was nun, wenn nur einer eine leise Bemerkung macht. Und nun war's ja egal, was man von Masuk dachte. Die Frauen verachteten ihn, die Männer hingegen empfanden Bewunderung und freundschaftlichen Neid, hatten Verständnis für Masuk. Genau wie er hätten sie es getan, wenn ihnen die Gelegenheit dazu geboten worden wäre.

Das einzige Problem: Svetlana Victorowna, Masuks Frau. Noch war sie eingesperrt. Was aus ihr und den anderen Geiseln werden würde, wußte niemand. Nachdem ein Unbekannter Nasarow ein Messer in den Rücken geworfen hatte, schien ihr Schicksal vollends unklar geworden. Masuk, das war bewiesen, bezeugt von Schagin, dem Popen, kam als Täter nicht in Frage. Schach hatte er tatsächlich gespielt, bis in die Nacht hinein. Großväterchen Beljakow als Messerwerfer – das wäre ja nun ein Wunder gewesen. Wem sonst traute man das zu? Die Auswahl war gering.

»War's vielleicht doch Jugorow?« hatte Korolew im vertrauten Kreis gefragt.

»Nie und nimmer!« hatte Rudenko gerufen. »Wenn er Blut sieht, weint er. Jugorow – nie! Aus Lebedewka, stelle ich fest, war's keiner.«

»Nur glauben wird man's nicht«, sagte Korolew ahnungsvoll. »An uns wird es hängenbleiben. Wartet ab! Die Strafe, die wir nicht verdient haben, kommt schon noch. Laßt Nasarow erst wieder auf den Beinen sein ...«

Mit seiner Frau mußte Masuk also bald ins reine kommen. Verwünschungen würde sie ausstoßen, Flüche, die Küche demolieren, das Geschirr an die Wände werfen, die Möbel zertrümmern, zu den Nachbarn laufen: Seht ihn euch an! Seht ihn nur! Verlassen will er mich, verlassen wegen dieser Hure. Nach so vielen Ehejahren läßt er mich allein. Waren wir nicht so glücklich, bis die Hexe aus der Stadt zurückkam? Haben wir uns nicht immer geliebt? Helft mir, Nachbarinnen, helft mir, Schwestern! Laßt uns zu diesem Flittchen ziehen und sie und das Haus anzünden. Verbrennen sollte man sie, wie's zu einer Hexe gehört. Verbrennen! Heute ist es Masuk, morgen einer von euren Männern. Seht doch, wie dieses Weibsstück hier vorbeifährt: Die Arschbacken sieht man, so kurz ist ihre Hose. Und beobachtet dabei eure Männer – die Knöpfe springen ihnen vom Schlitz! Verbrennen soll sie! – Ja, so würde Svetlana toben, stundenlang, vielleicht auch tagelang, aber da war er schon längst bei Soja, bewachte das Haus und würde jeden niederschießen, der sich ihm näherte.

So hatte Masuk sich entschlossen in jener Nacht, in der er auf Jugorow geschossen und ihn nicht getroffen hatte. Vorbeigeschossen hatte er zweimal – wann war ihm das je widerfahren? Aber was soll's? Ein Kind werden wir haben, Soja! So dachte er. Ein zweites Leben beginne ich trotz meiner fünfzig Jahre; ein junges Leben, das mich mitreißt und nicht altern läßt; ein Jungbrunnen wird es sein. In Sojas Armen vergißt man die Jahre ...

Jetzt aber war Jugorow bei ihr! Den Jeep hatte er erkannt, keinen Zweifel gab es mehr. Verstehen muß man mich, dachte Masuk, als er langsam, vorsichtig, über`die unter der Wasseroberfläche liegenden geheimen Pfade durch den Sumpf ritt. Das Leben will man mir nehmen, mein zweites Leben mit Soja Gamsatowna ... Notwehr ist's liebe Freunde, eine Lebensrettung. Darf man sich nicht mehr wehren, wenn man vernichtet werden soll? Und er, Jugorow, vernichtet mich. Er nimmt mir Soja weg ...

Und was Jugorow selbst betraf, so hatte er Korolew sofort verlassen, nachdem man einig geworden war darüber, daß ihm in einer Woche aus dem Sprengstofflager in der Kirche, hinter der Ikonostase, zwanzig Stangen Dynamit übergeben werden sollten.

»Wann wird es geschehen?« hatte Schagin noch gefragt.

»In der Nacht, wenn niemand in den Magazinen ist.«

»Und falls sie Wachen aufgestellt haben?«

»Ich werde eine Lösung finden, Väterchen Schagin. Irgendwie. Ich töte keinen Menschen hinterrücks, keinen Ahnungslosen.«

»Mit der Moral gewinnt man keine Kriege!« hatte Korolew ausgerufen, aber Schagin hatte sofort ein Kreuz geschlagen und gesagt:

»Wir hatten schon mal einen Krieg ... den Großen Vaterländischen ... Er kostete Rußland zwanzig Millionen Tote ..., zehn Prozent aller Russen ...«

»Aber gewonnen haben wir ihn!« schrie Korolew.

»Gegen die Faschisten. Hier aber stehen Brüder gegen Brüder. Willst du ein Kain sein, Grigori Valentinowitsch?«

»Mit einem Popen kann man nicht vernünftig reden«, hatte Korolew geknurrt und sich in die Ecke gesetzt. Dort verharrte er wortlos, bis Jugorow sein Haus verlassen hatte.

Mit weit ausholenden Schritten war Jugorow ein Stück die Straße hinunter und dann zur Seite in den Wald hinein gelaufen. Überraschen will ich Walja und Soja, dachte er und freute sich über ihre erstaunten oder betroffenen Gesichter.

Plötzlich stehe ich da und sage: »Bringt mir einen Hocker. Schnell, ganz schnell ... Soviel Schönheit auf einmal macht die Knie schwach.«

Jugorow lief also durch den Wald und dann in einem Bogen zum Sumpf. Er kannte diesen Weg, war ihn damals gegangen, als er am See plötzlich vor der badenden Soja aufgetaucht war. Auch das Stück vom See bis zum Schwarzen Haus hatte er genau behalten; so rührte ihn Soja damals über den trügerischen Untergrund. Der kürzere Weg war es von Lebedewka aus. Die Wege, die ein Jeep fahren konnte, waren länger, weil sie in einem Bogen zur Lichtung führten.

Jugorow erreichte den See und blickte, in der Erinnerung lächelnd, auf die Stelle, an der Soja gebadet hatte ... ein nackter, wunderschöner Körper im vollen Abendlicht, von Tausenden glitzernder Wassertropfen überzogen, die wie Brillanten schimmerten ... soll man das vergessen, Waljas wegen? Wie könnte man ein solches Bild vergessen?

Der folgende Weg vom See durch ein Sumpfstück bis zum Schwarzen Haus war kurz. Kurz und gefährlich, denn jeder Fremde versank unweigerlich auf dieser Strecke. Hierhin waren auch Trofimow und Soja geflüchtet, als Nasarows Soldaten das Dorf besetzten ... Es gab keinen sichereren Ort weit und breit. Vorsichtig, tastend, durchquerte Jugorow den Sumpf, hörte abseits Geräusche, die er sich nicht erklären konnte – Masuk war's mit seinem Pferd, auf einem geheimen Pfad-, und trat dann aufatmend auf festen Boden: in das Wäldchen, auf dessen Lichtung das Schwarze Haus stand.

Gleichzeitig mit Masuk kam er ins Freie. Sie sahen sich sofort, und jeder wußte: Jetzt wird's entschieden. Nur ein Vorwärts gab es noch, kein Zurück.

Masuk stieg aus dem Sattel, sprang auf die Erde und holte sein Gewehr aus der Sattelschlinge. Breitbeinig stand er da, mit einem finsteren Gesicht, seit Tagen unrasiert. Eine Wildnis schwarzer Haare war's, in der das Grau schimmerte.

Sieh in den Spiegel, hatte ihn Svetlana angeschrien. Blick doch hinein. Ein alter, grauer Bock bist du. Grau! Grau! Warte nur, du wirst's noch erleben: Bald wird ein junges Böckchen kommen und auf dein Hürchen springen ...

Nun war es da, das junge Böckchen, kam vom See. Was da am See geschehen war – wie genau man das weiß!

Masuk holte tief und röchelnd Atem und starrte unter wild wuchernden Augenbrauen zu Jugorow hinüber.

»Sieh an«, sagte er dunkel, »unser Held! Unser Spezialist! Auch bei den Weibern mit speziellen Tricks? Wie war's am See? Sie liegt noch im Gras und ruht sich aus, nicht wahr? Gern tut sie das; kaut einen Halm dabei und blickt in den Himmel. Wie warmer Pfirsich riecht ihre Haut, hast du's auch gerochen? Wie gut war sie? Hat kräftige Bewegungen, was?! Hat sie dich ebenfalls gekratzt? Mir hat sie den ganzen Rücken zerschnitten mit ihren langen Nägeln. Zeig her, zieh das Hemd aus ..., zeig mir, wie sie dich gekratzt hat ...«

»Verrückt bist du, Masuk. Ich habe Soja nicht getroffen.« Zwei Schritte ging Jugorow weiter und behielt Masuk scharf im Auge. »Ein schönes Pferd hast du ... Galoppiert auch durch die schwarze Nacht, als hätte es Radaraugen ...«

»Zieh das Hemd aus!« sagte Masuk drohend.

»Ein vortreffliches Pferdchen. Hat bessere Augen als sein Herr.«

In Masuk zerriß die letzte Verbindung zur Vernunft. Zuviel war das: Er nahm ihm Soja weg und spottete auch noch über seine Fehlschüsse. Wie kann ein Mann das ertragen?

Mit einem ächzenden Laut riß Masuk seine Flinte hoch und legte an.

Im selben Augenblick knallte ein Schuß – aber nicht in seinem Lauf, nein, seitlich von Masuk. Mit weiten Augen starrte er in die Gegend, in den Himmel, auf Jugorow ... ein Schlag hatte ihn durchzuckt, dort, in der linken Brust; ein Schlag, der ihn wanken ließ ... Das Gewehr fiel ihm aus der Hand, zentnerschwer war es geworden, und sieh dir nur den Himmel an, plötzlich ist er rot, rot wie beim Untergang der Sonne, aber heller Tag ist's doch noch ... Warum brennt die Sonne, warum brennt sie in mir, Sonne, du verbrennst mich ... Und dann fiel

Masuk um wie ein entwurzelter Baum, mit ausgebreiteten Armen fiel er um, nach vorn, auf das wilde Gesicht ..., und die rote Sonne erlosch ...

Im Jeep, im Schatten des Schwarzen Hauses, drückte Walja Borisowna Trofimows Gewehr an die Brust und atmete nicht mehr. Wie zu Stein erstarrt, stand sie im Wagen und rührte sich auch nicht, als Soja flüsterte:

»Masuk hast du erschossen. Du hast Masuk erschossen. O Schwesterchen, Schwesterchen ...«

So plötzlich war es geschehen, daß Soja erst begriff, was geschah, als der Schuß neben ihr bereits krachte. Mit einem Ruck hatte Walja ihr das Gewehr zwischen den Knien weggerissen, hatte angelegt und abgedrückt in derselben Sekunde, in der auch Masuk schießen wollte. Ein Teilchen dieser Sekunde war sie schneller gewesen, und als Masuk das Gewehr fallen ließ und die Arme zum Himmel hob, bevor er in den Tod stürzte, empfand sie nichts, gar nichts – nur ein unendliches Glück erfüllte sie: Jugorow lebt. Igor Michailowitsch ist gerettet. Er lebt!

Seufzend atmete sie auf, ihre Erstarrung löste sich. Sie sah, wie Jugorow mit langen Sprüngen zu Masuk hinhetzte, wie er vor ihm niederkniete, seinen Kopf hob und erkannte, daß er tot war, dann herüberblickte zum Schwarzen Haus.

»Soja!« brüllte er. »Soja! Komm heraus! Was hast du getan?!« Er riß Masuks Gewehr vom Boden und hielt es an die Hüfte, schußbereit. »Wo ist Walja? Was hast du Walja angetan? Zeig dich, Soja! Masuk hast du erschossen! Bei Gott, ich werde dich töten, wenn du Walja etwas getan hast.«

»Kannst du noch fragen, wie's zwischen mir und Igor steht?« fragte Soja mit leiser, schwimmender Stimme neben Walja. »Er traut mir zu, Masuk zu erschießen, dich zu erschießen ..., alles traut er mir zu. Was bin ich denn? Darf ich überhaupt leben ...«

Sie stieg aus dem Jeep, warf die Hände vors Gesicht und lief weinend ins Haus.

Drüben am Waldrand hatte sich Jugorow von Masuk gelöst und kam nun auf das Haus zu, das Gewehr schußbereit.

»Wo ist Walja?« schrie er wieder. »Walja! Walja!«

Mit steifen Schritten, wie eine aufgezogene Gehpuppe, löste sich Walja von ihrem Jeep und ging Jugorow entgegen. Als sie ins Licht trat, schrie Jugorow auf, warf das Gewehr weg und rannte auf sie zu.

»Sie läßt dich laufen!« rief er. »Aber sie hat Masuk erschossen ... Sie hat ...«

Jetzt erst sah er das Gewehr in Waljas Hand, erkannte ihre steifen Schritte, ihre unnatürliche Haltung, ihr versteinertes Gesicht.

»Walja ...«, stammelte er. »Mein Gott ... du ... du ... hast es nicht getan ... Du kannst doch gar nicht schießen, hast nie ein Gewehr in der Hand gehabt ... Walja ...«

Er stürzte zu ihr, riß ihr das Gewehr aus der Hand, schleuderte es weg, zog sie fest an sich, küßte ihr starres Gesicht und die noch immer weit aufgerissenen Augen und wußte jetzt, daß sie es gewesen war, und sagte doch immer wieder zwischen den Küssen: »Nein, das warst nicht du ..., du warst es nicht ..., du kannst nicht schießen ...«

»Ich habe es gelernt.« Sie sagte es so starr, wie ihr Gesicht bewegt war.

»Begreifst du, was du getan hast?« stotterte Jugorow.

»Ich habe dich gerettet. Weiter weiß ich nichts ...« Sie drückte ihr Gesicht an seine Brust, und nun fiel alles in ihr zusammen. Alle Kraft verließ sie, aller Mut, alle Starrheit fiel von ihr ab, alles Entsetzen. Er umfaßte sie, damit sie nicht zur Erde rutschte, und sie begann zu schreien, dumpf, den Mund an seine Brust gepreßt. »Du lebst! Igor, du lebst!«

Er preßte sie an sich, hob sie dann hoch und trug sie auf seinen Armen ins Haus.

In der düsteren Stube saß Soja am großen gemauerten Herd, das kurze Kleidchen weit oben um ihre Schenkel, die Unterlippe vorgewölbt. Verächtlich sah sie Jugorow an.

»Wie eine Scharfschützin, deine Walja«, sagte sie. »Reißt das Gewehr hoch und trifft sofort. Auch das kann sie besser als ich. Für mich warst du schon tot, als Masuk das Gewehr anlegte. Aber dann hätte *ich* ihn anschließend erschossen genau wie du's gebrüllt hast ... Ja, Soja kann so was! Wer denkt denn, daß auch ein Engelchen wie Walja zu töten vermag?«

Jugorow setzte Walja auf die Bank, griff nach der Kanne, schüttete Wasser in ein Glas und setzte es Walja an den Mund. Sie trank zwei Schlucke und senkte dann wieder den Kopf.

»Gelernt hab ich's«, sagte sie leise. »Während des Studiums. Bei der Schützengruppe der Universität. Die Beste war ich.«

»Immer war sie die Beste ..., bei allen Examen, überall ..., auch bei dir. Mußt ihr bis zum Lebensende dankbar sein ..., dein Leben ist ja von ihr ...«

»Hast du Wodka?« fragte Jugorow. Seine Stimme klang, als habe er sie weggeschrien.

»Soviel du willst. Selbstgebrannten.« Sie ging zu einem Schrank und holte eine große Flasche heraus. »Vor Masuk bist du gerettet worden, aber Vorsicht mit dem Wodka!«

Ein Teufelszeug war's wirklich, trotzdem trank Jugorow zwei Gläser leer und bewunderte den alten Trofimow, der im Sommer eine Flasche, im Winter leichthin zwei Flaschen davon trinken konnte. Doch tat es gut, die innere Spannung löste sich, die Gedanken blieben nicht mehr so schwer hängen an der Erkenntnis: Walja hat einen Menschen getötet.

Walja Borisowna. Schemjakins Tochter. Die Genossin Ärztin. Wer gab ihr jetzt noch die Hand?

»Wohin mit Masuk?« fragte Jugorow nach dem zweiten Glas.

»Ist das eine Frage?« Soja schloß den Wodka wieder weg. Jugorows glasig werdende Augen sagten genug. »In den Sumpf. Dort kann er warten bis zur Auferstehung.«

»Und das Pferd?«

»Wir sagen: Troll dich ..., und es läuft allein nach Hause. Es kennt den Weg.«

»Alarm wird es in Lebedewka geben. Wo ist Masuk? Das Pferd kam allein zurück!«

»Sicherlich werden sie ihn suchen. Auch hier, bei mir. Nur:

In den Sumpf hinein können sie nicht blicken. Masuk ist verschwunden; ein Rätsel wird's bleiben.«

»Bis sie den Sumpf trockenlegen, um den Kanal hindurchzubauen.«

»Dazu bist du ...« Sie sah seinen starren, warnenden Blick, verstand ihn, nickte kurz und sprach weiter: »... bist du verdammt. Doch wer denkt an dich? *Mich* werden sie verfolgen! Sie war's, Soja war's ..., wird es sofort heißen. Vorhin hast du es selbst geschrien. Warum sollen andere anders denken als du? Aber ich werde weg sein, weg mit Väterchen, wenn er dann noch lebt ..., vertrieben wie alle anderen wegen des Kanals. Niemand wird mich finden ... Und Walja? Walja, wo wirst du dann sein?«

»Wo Igor ist. Von mir aus am Ende der Welt ...«

»Dann geben wir Lew Andrejewitsch die letzte Ruhe!«

Quer über den Sattel gelegt, schafften sie den Toten mit dem Pferd in den großen Sumpf, dessen Geheimnisse nur die Trofimows kannten. Eine ziemliche Mühe war's, den schweren Körper hochzustemmen auf den Pferderücken, und als sie ihn dazu umdrehten, sah Jugorow mit Bewunderung Waljas Schuß. Genau ins Herz, und das aus einer blitzschnellen Bewegung heraus.

»Die Beste! Immer war sie die Beste!« sagte Soja wieder. »Ich war es nie ..., und auch hier wäre ich zu spät gekommen.«

Sie tappten durch den Sumpf, bis Soja, ihnen vorausgehend, stehenblieb. Bis zu den Knien standen sie im faulig riechenden Wasser, das Pferd war unruhig geworden, blähte die Nüstern, hatte den Kopf gehoben, und die Augen quollen angstvoll hervor.

»Hier!« sagte Soja und zeigte auf eine Stelle, die aussah wie überall im Sumpf. »Hier kann ihn keiner finden. Versinken wird er wie ein Stein.«

Gemeinsam zerrten sie Masuk wieder aus dem Sattel, Jugorow lud ihn auf seine Schulter und ging vier Schritte weiter, bis Soja »Halt!« rief.

Breitbeinig blieb Jugorow stehen. Masuk war ein schwerer

Mensch; eine Last, die ein einzelner kaum zu tragen vermochte.

»Kipp ihn hinein!« sagte Soja mit belegter Stimme. »Über die Schulter einfach hinein ... Aber steh fest ... Fällst du hinterher, kann keiner dich retten ...«

Jugorow nickte. Die Beine stemmte er in den weichen Boden, holte tief Luft, beugte sich etwas nach vorn und ließ Masuk an seinem Körper entlang nach unten rutschen. Dann gab er ihm einen Stoß, und Masuk stürzte wie eine Riesenpuppe, mit den Armen schlenkernd, in das Wasser. Es gurgelte schaurig, Blasen stiegen auf, zerplatzten mit modrigem Geruch – und dann war es, als zöge jemand Masuk ganz langsam in die Tiefe, Zentimeter um Zentimeter, die Beine, den Leib, die Brust, die breiten Schultern, das bleiche Gesicht, die Stirn, die struppigen schwarzen, teils ergrauten Haare ... Und dann war wieder nur ein Gurgeln da, ein kleiner Strudel, die fauligen Gase – und Stille.

Gebannt, entsetzt, mit starrem Blick hatte Jugorow zugesehen, wie Masuk in den Sumpf gezogen wurde. Erst als ihm Soja die Hand auf die Schulter legte, erwachte er aus seiner Erstarrung.

»Zurück müssen wir«, sagte sie. »Masuks Pferd lasse ich frei, wenn ihr in Nowo Gorodjina seid. Keiner wird euch mit seinem Verschwinden in Verbindung bringen.«

Sie tasteten sich zum Schwarzen Haus zurück, blieben vor dem Jeep stehen und wußten keine Worte zum Abschied.

»Komm zu Besuch«, sagte Walja. »Jederzeit ... Um das Kind muß ich mich doch kümmern.«

»Wir kommen auch zu dir«, sagte Jugorow. »Nachsehen, ob alles in Ordnung ist.«

»Was wollt ihr hier? Nein, kommt nicht wieder! Wir werden uns irgendwo sehen ... Irgendwo ...« Sie kam zu Walja, küßte sie und sagte: »Wie ähnlich sind wir uns, Schwesterchen, wie ähnlich – und doch liegt eine ganze Welt dazwischen. Paß auf Igor auf ... meinen Igor ... im Traum ...«

Mit einem Ruck warf sie sich herum, rannte ins Haus und schlug die schwere Tür zu.

»Komm!« sagte Walja leise. »Komm, Igor.« Sie stiegen in den Jeep, Jugorow fuhr ihn jetzt, und verließen die Lichtung und das Schwarze Haus. Sie wußten, daß Soja ihnen nachblickte, im Fenster, und daß sie weinte.

Am Abend trabte Masuks Pferd allein durch Lebedewka und ging in seinen Stall.

Die Leute, die es sahen, rissen die Mäuler auf und wunderten sich. Nur Goldanski rannte zu Korolew, riß die Tür auf und schrie über den Tisch mit dem Abendessen hinweg:

»Masuk ist etwas zugestoßen. Allein kommt sein Pferd zurück!«

In dieser Nacht blieb Walja Borisowna wieder bei Jugorow.

Aber anders als in den vergangenen Nächten verglühten die Stunden nicht in Leidenschaft. Wie ein Kind kuschelte sich Walja förmlich in Igor hinein, Schutz suchend, Wärme aufnehmend, Trost empfangend.

Der erste Schock hatte sich gelegt, aber dafür verewigten sich die Bilder in ihrer Erinnerung: Wie Masuk anlegt auf Igor Michailowitsch, wie sie Soja das Gewehr aus den zusammengepreßten Knien reißt ... der Schuß, Masuks Hochwerfen der Arme, sein Niederstürzen, Jugorows heller Schrei nach Soja, der Tote quer im Sattel schwankend, der Weg in den Sumpf, das schmatzende Versinken in die breiige Tiefe, Masuks letzter Anblick, die struppigen schwarzen Haare, über die sich mit Gurgeln und gasgefüllten Wasserblasen der Sumpf wieder schließt ... Wer könnte das jemals vergessen.

Und so lag Walja an Igor gepreßt, hilflos diesen Bildern ausgeliefert im Wissen, daß von diesem Tag an ein anderes Leben begonnen hat. Ein Leben zu dritt: sie, Igor und Masuk ... Denn wo immer sie auch sein mochten, wie lange ihre Lebensjahre noch dauerten: Masuk war ständig bei ihnen, neben ihnen, vor ihnen, hinter ihnen, in ihnen.

Kann man damit leben?

»Für dich habe ich's getan«, sagte sie einmal in dieser

Nacht. »Tot wärst du jetzt. Notwehr war es ... Sag es, Igor, sag es ... Notwehr ...« Und er küßte sie in den Nacken, auf die Schultern, streichelte ihren zitternden Körper hinauf und hinab und zog ihn so dicht an sich, wie es möglich war.

»Natürlich war es Notwehr, Waljaschka«, sagte er beruhigend. »Das Leben hast du mir gerettet. Ein Augenzucken schneller warst du.«

»Ich bin keine Mörderin. Sag es, Igor, ich bin keine Mörderin ...«

»Nein, du bist keine Mörderin.«

»Jetzt bleiben wir zusammen, ein Leben lang zusammen ... Wir könnten gar nicht mehr auseinandergehen.«

»Ich liebe dich«, sagte Igor und schloß die Augen. »Ich liebe dich ... Du und ich, wir sind nur noch *ein* Leben ...«

Und in einer Woche werden in einer riesigen Feuerwolke die Magazine zerplatzen, die Verpflegungslager, vielleicht auch die Küche, ich weiß es noch nicht ... In Nowo Gorodjina wird die Panik ausbrechen, und eisiger Schrecken sich ausbreiten: Der Winter kommt. Wir sind die Verlorenen am Tobol – und mit ihnen Walja, mein Engel, mein Lebensretter, das Liebste in meinem Leben ...

Jugorow, was wirst du tun? Du, der »Spezialist«? Wirst du deiner Pflicht folgen oder zum Verräter werden in den Armen einer Frau? Flüchtest du und begräbst das Gewissen zwischen ihren Brüsten? Willst du weglaufen vor deinem Auftrag? Nicht nur Masuk wird dann ewig vor dir stehen, sondern auch das Schreckensbild vom Untergang der westeuropäischen Küsten wird dich verfolgen, falls der Kanal gebaut werden sollte.

Er wußte darauf keine Antwort, vergrub den Kopf zwischen Waljas Schultern und gab sich ganz dem Glück hin, sie zu spüren bis in den kleinsten Nerv.

Die ganze Nacht über wurde nach Masuk gesucht. Alle Männer des Dorfes, Fackeln oder Gaslaternen in der Hand, durchzogen die Wälder, tasteten sich durch die Sümpfe, schrien in die Nacht: »Lew Andrejewitsch! Melde dich! Wo bist du?« Aber es antwortete ihnen kein Ruf, kein Stöhnen. Verschwunden war Masuk, als sei er vom Sattel seines Pferdes geradewegs in den Himmel geflogen.

»Himmel?« sagte Rudenko lästerlich. »Wenn schon geflogen, dann nur in die Hölle! Schagin, Väterchen, frag einmal an bei deinem Widersacher, ob Masuk unten angekommen ist ...«

Zum Lachen aber war das alles nicht, eher zum tiefen Grübeln: Wo war Masuk wirklich geblieben? Hatte das Pferd ihn abgeworfen? Hatte er sich dabei das Genick gebrochen? So ausgeschlossen war es nicht. An Karsanow erinnerte man sich, dem sein Pferd vor den Kopf getreten und die ganze Stirn eingedrückt hatte. Und Okoschkin wurde von einem Stier aufgespießt, von hinten, als er die Tränke füllen wollte. Und Lepik, der arme Kerl, ersoff in seiner Jauchegrube – sein eigener Hund Sokol hatte ihn hineingestoßen. Warum also nicht auch Masuk.

Man suchte weiter, kam dabei auch zum Schwarzen Haus und hämmerte an die dicke Tür. Trofimow erschien am Fenster, seine Flinte vor der Brust, und brüllte hinaus:

»Bis drei zähle ich ..., dann kracht's!«

»Gamsat Wladimowitsch, nur eine Frage ...«, rief Korolew, der einen Suchtrupp anführte.

»Nicht in der Nacht! Wer fragt um diese Zeit? Weg von meiner Tür!«

»Masuk ist verschwunden!«

»Ha, es gibt wirklich noch einen Gott, der Gebete erhört!« brüllte Trofimow zurück. »Feiern wir jetzt ein Fest, ihr Halunken?!«

»Besoffen ist er wieder«, sagte Goldanski bitter. »Die Trofimows, eine Schweinebande, sag' ich doch. Der Alte ein Säufer, die Tochter eine Hure ... Wie gut paßt das zusammen.«

»War Masuk bei euch?« brüllte Korolew zum Fenster hin.

»Dann wüßt' ich, wo er liegt!«

»Auch Soja hat ihn nicht gesehen?«

»Warum sollte ich ihn gesehen haben?« Aus einem anderen

Fenster rief Soja heraus. Im tiefen Dunkel stand sie, Masuks Gewehr in den Händen. »Was habe ich mit Masuk zu schaffen?!«

»Das fragt sie uns!« höhnte Rudenko und lachte gehässig. »Blick in den Spiegel, Täubchen.« Und laut rief er noch einmal: »Keiner also hat Masuk gesehen?«

»Ihr hört es doch: Hier war er nicht. Fragt doch beim Satan nach!«

Bis in den hellen Tag hinein durchkämmten sie die Wälder, gingen in die Sümpfe, soweit das möglich war. Die besten Spurensucher tasteten den Boden ab, aber der saugte nachtfeucht und glitschig alle Spuren auf, ließ sie im Wasser verlaufen.

Masuk war und blieb verschwunden.

»So etwas gibt es nicht«, sagte Korolew. »Kein Mensch kann sich auflösen! Wenn ein Pferd doch sprechen könnte! Wenn's ein Hund wäre, der eine Fährte kennt. Hinführen könnt' es uns, aber es ist nur ein dummes Pferd.«

Noch in der Nacht funkten sie zu Filaret, daß Masuk etwas zugestoßen sein müsse. Und Filaret antwortete zum allgemeinen Staunen der Verschworenen: »Ruft sofort Jugorow. Erklärt ihm alles. War Masuk wieder als Einzelkämpfer unterwegs? Ihr wißt es nicht? Genug hab ich jetzt von euren privaten Streitereien. Ich befehle: Jugorow übernimmt ab sofort eure Gruppe! Sagt es ihm ...«

Korolew beendete das Funkgespräch und sah seine Leute an. Über einen kleinen Lautsprecher hatten alle mitgehört.

»Er weiß nicht, was hier los ist«, sagte Goldanski gepreßt. »Jugorow unser Führer? Der Liebste der Genossin Ärztin ...«

»Auch das weiß Filaret. Es gehört zu seinem Einsatz, sagt er.«

»Das laß ich mir gefallen: eine Bombe im Bett, und eine Kiste Dynamit darunter!« rief Rudenko. »Süß ist das Leben eines Spezialisten ...«

Was half das Zetern und Schimpfen? Erst um die Mittagszeit gelang es Korolew, eine Nachricht zu Jugorow zu bringen. Ein Bauer von Lebedewka, der Eier nach Nowo Gorodjina lieferte, fuhr einen Umweg über die Baustelle, hielt bei Jugorows Traktor und sagte mit finsterer Miene:

»Masuk ist verschwunden.«

»Besoffen wird er irgendwo herumliegen. Sucht mal bei den Witwen oder bei Soja Gamsatowna.«

»Da waren wir schon. Die ganze Nacht haben wir gesucht. Er ist weg! Und von Filaret liegt ein Befehl vor: Du sollst die Gruppe übernehmen.«

»Ein Befehl?«

»Korolew sagt es so.«

»Ein Irrtum muß das sein!« Jugorow beugte sich zu dem Bauern hinunter. »Für mich gibt's keine Befehle, auch von Filaret nicht. Nur einer befiehlt: Ich mir selbst.«

»Filaret wird das nicht gefallen.«

»Daran gewöhnen muß er sich. Unterrichtet wird er, aber nicht mehr. Bestelle Korolew, daß ich mit ihm sprechen werde.«

»Mit Grigori Valentinowitsch?«

»Nein, mit Filaret.« Jugorow setzte sich wieder gerade in seine Sattelmulde und ließ den Traktormotor an. »Und sucht Masuk weiter!« schrie er durch das Geknatter. »Irgendwo findet ihr ihn, nicht dauernd kann er besoffen sein ...«

Mit einem Ruck fuhr er an und rasselte hinüber zu den Stahlverschalungen.

Zum Mittagessen war Jugorow bei Schemjakin eingeladen. Olga Walerinowna stand noch in der Küche und beobachtete einen Kartoffelauflauf, während zwei Brathähnchen nach georgischer Art in der großen Eisenpfanne brutzelten. Das ist eine schöne Sache: Das Rückgrat wird den Hähnchen entfernt, platt geklopft werden sie, mit saurer Sahne eingerieben und dann – mit einem Gewicht auf ihnen, damit sie auch schön flach bleiben – in der Pfanne mit Butter gebraten. Wie herrlich goldbraun werden sie dann! Dazu der Kartoffelauflauf: Man lebt nicht schlecht als Leitender Ingenieur, auch nicht in Sibirien.

Schemjakin war noch nicht zurück, mit den beiden neuen Geologen war er unterwegs. Als Jugorow eintrat, traf er nur Walja an, im weißen Arztkittel, übernächtigt und bleich.

»Sie suchen Masuk«, sagte er leise, und Walja zuckte heftig zusammen. »Auch bei Soja waren sie.«

»Woher weißt du das?«

»Einen Boten haben sie geschickt.«

»Dich haben sie nicht gefragt?«

»Warum sollten sie? Man hat uns im Jeep gesehen, als wir durch das Dorf fuhren. Wie könnte man uns mit Masuk in Verbindung bringen?« Er setzte sich neben sie und legte seine Hände über die ihren. Kalt waren Waljas Finger, wie abgestorben. »Noch immer Angst, Waljaschka?«

»So schnell gewöhnt man sich nicht daran, einen Menschen getötet zu haben. Wie er die Arme hochriß, noch einmal in die Sonne starrte ...«

»Verjag dieses Bild. Denk nicht immer daran!«

»Wer kann das? Kannst du es?«

Jugorow schwieg, schüttelte stumm den Kopf und hätte ohnehin keine Antwort geben können, denn Schemjakin kam zurück. Verärgert war er, warf einen Packen Pläne auf den Schreibtisch und nickte Walja und Jugorow zu.

»So böse, Väterchen?« fragte Walja. »Riechst du, was gekocht wird?«

»Die Geologen! Diese verdammten Geologen! Krasnikow und Meteljew. Ich erläutere ihnen die schwierigen Bodenverhältnisse und wie wir das Problem lösen wollen, und was sagen sie? ›Drei Schwachstellen hat das Lager: das Kesselhaus, die Elektrozentrale, die Transformatoren.‹ Hören überhaupt nicht hin, was ich ihnen erkläre.«

Jugorow registrierte diesen Bericht voller Interesse. Woher Krasnikow und Meteljew auch immer kamen, wer immer sie geschickt hatte in der Tarnung als Geologen – sie begannen die Sabotage schwieriger zu machen. Man mußte damit rechnen, daß schon sehr bald die schwachen Stellen im Lager durch besondere Posten überwacht würden. Dies aber bedeutete: Das Risiko, Menschen zu töten, wurde größer. Sagen wir es ganz klar: Sicher war's, daß eine Sprengung dann auch Menschen zerriß. Unschuldige. Arbeiter, wie auch er, Jugorow, einer war.

»An neue Attentate denken sie?« fragte Walja, die sofort die Lage überblickte. »Igor, was sagst du dazu?«

»Möglich ist alles«, wich Jugorow aus.

»Natürlich ist alles möglich!« bellte Schemjakin ärgerlich. »Aber schwer wird's ihnen jetzt gemacht. Patrouillen werden jede Nacht die wichtigsten Gebäude überwachen. Mit Hunden werden sie losgehen. Nicht eine Maus kann mehr über die Wege laufen. Aus Tobolsk werden zehn Hunde zu uns kommen. Große, kräftige, fabelhart dressierte Tiere. Schäferhunde, von deutschen Zuchttieren.«

»Auch das noch!« sagte Jugorow zweideutig. »Müssen es deutsche sein? Hat Rußland keine eigenen Hunde?«

»Die besten sind sie auf der Welt, das ist nun mal so.« Schemjakin ging ins Bad, wusch sich die Hände und das Gesicht und kam zurück. Olga Walerinowna trug das Essen auf. Zuerst den Kartoffelauflauf, dann die flachen, goldbraunen, herrlich duftenden Hähnchen, schließlich zum Nachtisch eine Charlottka, eine Cremespeise mit Löffelbiskuits. Wohl bekomm's, Genossen.

»Habt ihr gehört, in Lebedewka soll ein Mann verschwunden sein. Masuk, ein Schmied. War plötzlich weg.«

»Der Mann von Svetlana Victorowna, der Geisel?«

»Muß wohl, wenn's nur einen Masuk in Lebedewka gibt. Vor einem Rätsel steh'n sie alle. Jetzt suchen sie die Sümpfe ab, ob er dort ertrunken ist.«

In Walja krampfte sich der Magen zusammen. Vom Tisch stand sie auf, bleich und mit verzerrtem Gesicht, und rannte hinaus. Sofort erhob sich auch Jugorow, rief: »Ich sehe nach, was sie hat!« und lief ihr nach. In ihrem Zimmer fand er sie, über das Bett geworfen, die Finger in die Bettdecke verkrallt.

»Walja ...«, sagte er beruhigend, »Walja ...«, und streichelte ihren Nacken.

»Wenn ... wenn sie ihn finden!« stammelte Walja. »Wenn sie sehen, daß er erschossen wurde ...«

»Sie können ihn nicht finden.«

»Mit langen Stangen werden sie die Sümpfe abtasten.«

»Nicht dort, wo Masuk liegt. Den`Weg dorthin kennen nur die Trofimows.«

»Man wird sie fragen.«

»Und Soja wird antworten: Ihr kennt die Sümpfe so gut wie ich. Was kann ich euch da noch helfen. Walja, sie finden Masuk nie!«

»Ich habe Angst, Igor«, stammelte sie. »Angst – Angst –«

»Wichtig ist nur, daß wir die Nerven behalten. In einigen Tagen spricht niemand mehr davon. Nur das Rätsel bleibt, und mit dem können wir leben.«

»Wer ist so stark wie du!« sagte sie und richtete sich auf. Er rieb ihr über das Gesicht und tupfte ihre Augen aus. »Du mußt mir beibringen, wie man kaltblütig wird.«

»Wir werden weggehen, Walja. Weit weg, wo niemand uns vermutet und sucht, Südamerika, Australien, eine Südsee-Insel ... irgendwo ...«

»Wann, Igor, wann?«

»Im nächsten Jahr. Nach der Eisschmelze vielleicht. Auch einen anderen Namen werden wir haben.«

»Wie heißen wir dann?«

»Gefällt dir Rudolf Hallburg?«

»Das ist deutsch! Nein!«

»Dann James Conrad ... das ist amerikanisch.«

»Auch nicht amerikanisch!«

»Wie wär's mit Charles Belicourt ... französisch ...«

»Gibt es in Rußland nicht genug Namen, Igor?«

»Dort, wo wir leben, ist ein russischer Name keine Empfehlung. Nicht nur neugierig macht er, verdächtig ist er sofort.«

»Was hat die Welt nur gegen uns? Müssen wir dort leben, wo man keine Russen mag?«

»Wir müssen es. Wir wollen doch in Freiheit leben, die Welt offen vor uns ... Walja, wenn wir hier weggehen vom Tobol, dann mußt du vergessen, daß du eine Russin bist.«

»Wie kann man das?« Sie sah ihn mit weiten, suchenden Augen an. »Wie kann ein Russe vergessen, daß er ein Russe ist?! Können das andere denn?«

»In Westeuropa – ja. Die Deutschen an der Spitze. Amerikaner werden sie, Australier, Neuseeländer, Kanadier. Und in ein paar Jahren vergessen sie gar ihre deutsche Abstammung so sehr, daß sie Mühe haben, deutsch zu reden.«

»Ein merkwürdiges Volk, die Deutschen!« sagte Walja und fuhr sich mit den gespreizten Fingern durch die Haare. »Ein unheimliches Volk ... Nie möchte ich da leben ...«

Jugorow antwortete darauf nicht. Außerdem klopfte es an der Tür, und Olga Walerinowna fragte besorgt: »Was ist mit dir, Waljaschka?«

»Ein wenig Übelkeit!« rief Jugorow zurück. »Keine Sorge, wir kommen an den Tisch zurück.«

»Ich kann nichts essen. Nicht einen Bissen. Ich kann jetzt kein Essen sehen!« Walja stand auf, ging zum Spiegel und sah sich an. »Wie häßlich bin ich über Nacht geworden«, sagte sie leise.

»Das schönste Mädchen bist du, das ich je gesehen habe.«

»In zehn Jahren werde ich dreißig Jahre älter aussehen.«

»In zehn Jahren werde ich dich einsperren müssen, um dich vor anderen Männern zu schützen.«

»Und wer kümmert sich dann um die Kinder?«

»Um welche Kinder?«

»Um unsere. Drei Kinder will ich haben, Igor: zwei Mädchen und einen Sohn. Mindestens drei Kinder ... Und wo sie auch geboren werden, ob auf Hawaii oder im australischen Busch: sie werden russisch sprechen.« Sie wandte sich vom Spiegel ab und kam auf Jugorow zu. »Wir gehen weg, Igor? Wir werden Rußland nie wiedersehen?«

»Ich fürchte – ja.«

»Warum, Igor, warum? In Leningrad könnten wir doch leben. Oder in Jakutsk. Oder in Alma Ata. In Taschkent ... Rußland ist ja so groß. Platz genug gibt es für uns zwei.«

»Wenn's Zeit ist, werde ich es dir erklären, Walja.« Mit Angst dachte er schon jetzt an diese Stunde, an diesen Augenblick der vollen Wahrheit – oder an die Festschreibung der Lüge, mit der er fortan leben mußte mit nochmals einem anderen Namen und einer anderen Lebensgeschichte. Er würde nie wieder, wer er war. Immer ein Geschöpf der Täuschung und immer auf der Flucht vor der Wahrheit. »Wir müssen zurück zum Tisch.«

»Ich kann nichts essen. Im Hals würgt es mir.«

»Beibringen soll ich dir, wie man kaltblütig wird«, sagte er und legte den Arm um ihre Schulter. »Lektion eins: Nie zeigen, daß man Angst hat. Lektion zwei: Alle Kraft zusammennehmen, um das zu tun, was getan werden muß. Heute heißt das: zurück zum Tisch und essen.«

Sie nickte, schluckte mehrmals, als stecke ihr das Hähnchen schon im Hals, folgte Igor hinüber in das Zimmer, setzte sich, sagte: »Verzeihung, Väterchen« und aß tapfer ein Stückchen Fleisch.

Jugorow nickte ihr verstohlen zu, und sie lächelte und würgte an dem Bissen und zeigte sich als gelehrige Schülerin bei der Lektion, kaltblütig zu werden.

Mit Nasarow ging es aufwärts. Er besaß das, was man im Volksmund »ein gutes Heilfleisch« nannte, erholte sich schnell vom Blutverlust und von der Operation, ging gestützt auf Leutnant Mamjelew – nahe dem Hospital in der Sonne spazieren und sagte nach zehn Tagen zu Walja:

»Können wir nicht ein Abkommen treffen, Genossin Ärztin? Sie entlassen mich als gesund, und ich übernehme dafür die Verantwortung.«

»Das muß ich schriftlich haben, Genosse Major«, antwortete Walja steif.

»Sofort! Diktieren Sie den Text.«

»Wenn es zu einem Rückfall kommt, sind Sie der Schuldige, ich nicht mehr.«

»Was soll denn da zurückfallen?« rief Nasarow ironisch. »Man wird doch nicht ein Stückchen Messer übersehen haben.«

»Bei zu früher Belastung kann es erneut zu inneren Blutungen kommen.« Walja setzte sich an ihren Schreibtisch und formulierte die Erklärung. »Eine Vene war verletzt. Ich mußte eine Gefäßnaht machen ... meine erste Gefäßnaht ...«

»Du lieber Himmel, das erfahre ich erst jetzt?« Nasarows Stimme schwoll an. »Sie hätten mich zu Tode operieren können!«

»Nein. Sie waren praktisch tot, als Sie auf dem Tisch lagen.«

»Meine Lebensretterin – –«

»Mag sein. Aber nennen Sie mich nicht so, Nasarow. Kein Ehrenname ist's im Zusammenhang mit Ihnen.«

»Sie hassen mich. Oh, wie Sie mich hassen! Warum eigentlich?«

»Als Mensch wollen Sie behandelt werden und sind unmenschlich. Die Geiseln ...«

»Zu Recht sind sie Geiseln. Mehr wissen sie, als sie beschwören. Bekannt ist ihnen die Terrorbande in Lebedewka. Walja Borisowna, wollen Sie abwarten, bis auch Sie in die Luft fliegen, Ihr Vater, Ihre Mutter, Jugorow – um den wär's nicht einmal schade –, wir alle? Warum ist's so ruhig hier? Die Antwort, Genossin Ärztin: Der nächste große Schlag ist bereits vorbereitet. Nur auf einen Knopf braucht man noch zu drücken oder die Zeit einzustellen ... Ihr schlaft ja alle. Schlaft! Und deshalb will ich zurück zu meiner Truppe.«

»In einer Stunde können Sie gehen, Major. Unterschreiben Sie diese Erklärung!« Sie schob ihm das Papier zu, Nasarow las es gründlich und nickte.

»So ist es richtig. Auf eigene Verantwortung. Keine Forderungen für Schadenersatz. Wurde belehrt über das Risiko der vorzeitigen Entlassung ... Hervorragend, Genossin Ärztin. Das unterschreibe ich.«

Mit einem schönen Schwung setzte er seinen Namen unter die Erklärung und schob das Papier Walja wieder zu. »Warum erst in einer Stunde?«

»Noch einmal röntgen möchte ich Sie, Major Nasarow.«

»Ihre Gründlichkeit ist faszinierend.«

»Danke.« Mit kühlem Blick sah Walja den Major an. »Gehen Sie auf Ihr Zimmer und halten Sie sich bereit. Ich lasse Sie abholen.«

Nasarow nickte, aber an der Tür drehte er sich noch einmal um. »Das sollten Sie noch wissen, Walja Borisowna: Sie waren die einzige Frau, die mir befehlen konnte. Zum Glück ist auch das jetzt vorbei.«

Er ging hinaus, und Walja blickte auf die geschlossene Tür. »Ob's ein Glück ist, Genosse Major?« sagte sie mit tiefer Nachdenklichkeit. »So sicher wäre ich da nicht ...«

Krasnikow und Meteljew, die »Zwillinge«, wechselten einen schnellen Blick, als Nasarow und Leutnant Mamjelew ihnen entgegenkamen. Nasarow hatte abgenommen, die Uniform hing ihm zu weit am Körper, noch etwas gelblichweiß war er im Gesicht – aber sein Schritt bewies, daß seine frühere Kraft zurückgekehrt war. Vor Krasnikow blieb er ruckartig stehen und stach ihm seinen Zeigefinger entgegen.

»Sie sind's!« bellte er.

»Wer bin ich?« fragte Krasnikow betont höflich.

»Der Kerl, der mich provoziert hat. So eine Visage vergesse ich nicht. Ein Zivilist, der militärische Befehle verweigert! Zu sprechen wäre noch darüber.«

»Mit wem?« fragte Krasnikow, noch immer mit großer Höflichkeit.

»Mit mir! Mit mir!« Nasarows Stimme hatte den alten Ton wieder. »Schon deine Frage ist eine Frechheit.«

»Und dein Geschrei mißfällt mir.«

»Du duzt mich!« Nasarow rang nach Luft. »Du Lumpenhund von einem Zivilisten duzt einen Major der Roten Armee?! Mamjelew, Sie sind Zeuge!«

»Ein Irrtum liegt hier vor: Mit dem Du hast du begonnen.« Krasnikow blickte zur Seite und äffte Nasarow nach: »Meteljew, du bist mein Zeuge.«

»Ihren Namen!« stieß Nasarow schwer atmend hervor. »Nennen Sie mir Ihren Namen.«

»Ich hatte ihn bereits gesagt. Damals, auf dem Platz.«

»Der Name!« brüllte Nasarow.

»Krasnikow ...« Leutnant Mamjelew griff ein, aus Sorge, daß Nasarows genähte Vene doch noch aufreißen könnte. »Victor Ifanowitsch Krasnikow, Herr Major. Geologe.«

»Ha! Ein Bodenficker! Wühlt herum bei Mütterchen Erde. – Das schützt Sie nicht, Krasnikow, Sie überhebliches Schwein! Aus Tobolsk werde ich mir neue Vollmachten holen, und dann tanzen Sie vor mir.«

Er stieß Mamjelew, der ihn unterfassen wollte, um ihn zu stützen, so brutal mit dem Ellenbogen weg, daß der Leutnant zu husten begann, und ging mit großen Schritten weiter.

Krasnikow und Meteljew sahen ihm nach, abschätzend und mit den gleichen Gedanken.

»Eine Schande ist er für die Armee«, sagte Meteljew schließlich.

»Eiterbeulen schneidet man auf«, erwiderte Krasnikow.

»Victor Ifanowitsch, nicht wieder mit dem Messer!« Meteljew hob abwehrend beide Hände, aber er lachte dabei. »Noch mal zwei Zentimeter daneben können wir uns nicht leisten.«

»Außerdem wird Nasarow nicht mehr allein herumfahren.«

»Erklären wir sie zu ›Kukli‹«, sagte Krasnikow, wandte sich ab und blickte Nasarow nicht mehr nach. »Ich weiß schon, wie man es lautlos machen kann. Nur auf die Gelegenheit müssen wir warten.«

Sie gingen zurück zu ihrer Wohnung, stellten die Alarmanlage ab und betraten sofort den Raum mit den vielen elektronischen Apparaten. Meteljews Blick erfaßte sofort, was in ihrer Abwesenheit geschehen war, und er schrie: »O Scheiße! Scheiße! Gefunkt haben sie, die Untergrundler! Sieh dir das an!« Er riß einen Papierstreifen aus der Maschine und warf ihn Krasnikow zu. »Am hellichten Tag. Wer denkt denn daran?! Gehabt hätten wir sie. Jetzt hätten wir ihren Standort peilen können ... Und wir gehen spazieren!«

Krasnikow überflog den Papierstreifen. Eine Zackenlinie zeigte nur an, daß Signale aufgefangen worden waren. Die genaue Peilung war nicht eingestellt, der kleine Spezialcomputer nicht gefüttert worden. Krasnikow zerknüllte den Streifen in seiner Faust.

Mit General Tjunin sprachen sie zehn Minuten später. Zu sagen war nicht viel, nur Verdächtigungen und daß sie Ingenieur Schemjakin endlich von der Notwendigkeit überzeugt hatten, jede Nacht die wichtigsten Gebäude bewachen zu lassen. »Zehn abgerichtete Hunde kommen morgen aus Tobolsk«, meldete Krasnikow. »Hoffen wir, daß sie nicht zahnlos und blind sind. Alles möglich bei unserer Verwaltung, Genosse General. Übrigens: Major Nasarow ist heute entlassen worden.«

»Ein zäher Bursche.« Tjunin setzte ahnungslos zu einem Loblied an. »Stolz kann er auf ihn sein, der General Pychtin. Ihr solltet Nasarow gratulieren.«

»Bereits geschehen, Genosse General«, sagte Krasnikow und lächelte vor sich hin. »Gefreut hat er sich und uns zu einem Gläschen eingeladen.«

»Sehr gut. Die Geiseln hat er noch bei sich im Lager?«

»Ja, Genosse General.«

»Krasnikow, versuchen Sie, ihm das auszureden«, sagte Tjunin mit einer umwerfenden Naivität. »Pychtin hatte ihn zwar schon zurückgepfiffen, aber das Attentat, befürchte ich, wird Folgen haben; er hat nun einen Grund, zu handeln. Krasnikow, Meteljew ... versuchen Sie, die Geiselfrage zu lösen. Nur wenn diese Leute wieder frei sind, wird der ›Spezialist‹ erneut losschlagen. So lange sitzt ihr nur herum und spielt Geologen. Aus seinem Bau kriecht der Kerl erst, wenn die Geiseln nicht mehr als Pfand zur Verfügung stehen. So verdammt es ist: Ihr braucht eine neue Aktivität des ›Spezialisten‹, sonst bekommt ihr ihn nie.«

»Aussichtlos, Genosse General«, sagte Krasnikow deutlich.

»Was ist aussichtslos?!« bellte Tjunin wütend. »Krasnikow, das Wort will ich von keinem SPEZNA hören; für ihn ist alles möglich!«

»Zivilisten sind wir für Nasarow und damit der letzte Dreck. Jedes Wort ist da umsonst.«

»Dann befreit die Geiseln! Was habt ihr denn gelernt in Gorkij? Nasarow wird sie nicht zurückholen. Befehl hat er von Pychtin, Lebedewka nicht mehr zu betreten. Den Generalstab werde ich von dieser Aktion unterrichten. Er wird neue Instruktionen an Pychtin geben. Ihr habt freie Hand!«

»Einfacher wäre es, Nasarow den Befehl zu geben, die Geiseln freizulassen.«

»O Gott, da habe ich die besten Offiziere, die intelligentesten dazu, und dennoch soviel Dummheit unter den Haaren!« Tjunins Stimme wurde laut. »Krasnikow, Meteljew, strengen Sie Ihre Hirnzellen einmal an! Sie befreien die Geiseln und bringen sie zurück nach Lebedewka. Die großen Helden sind Sie dann, umarmen und küssen wird man Sie und aufnehmen in die Gemeinschaft des Dorfes. Sie, die Retter! Brüderchen wird man euch nennen ..., und da rumort es nicht in euren Hirnen?«

»Den ›Spezialisten‹ lernen wir kennen.«

»Ah! Endlich!«

»So einfach kann's nicht sein, Genosse General. Das liest man nur in den Romanen.«

»Zunächst seid ihr mal im Dorf, von allen geliebt, besucht die Messen ...«

»Muß das sein?« fragte Krasnikow abwehrend.

»Es muß sein! In Lebedewka müßt ihr hineinwachsen, und eines Tages steht ihr dem ›Spezialisten‹ gegenüber. An den neuen Freunden kann er nicht vorbei.«

»Und wenn sie Bomben legen, bevor wir ihn kennenlernen?«

»Dann macht mit. Bietet euch an, gebt Hinweise, betätigt euch als Spitzel für den Untergrund. Vertrauen wird man euch, eure Hilfe annehmen. Und wenn die Bombe hochgegangen ist, mit eurer Hilfe – dann kommt der ›Spezialist‹ aus seinem Bau. Krasnikow, ihr habt volle Rückendeckung von mir.«

»Danke, Genosse General.« Krasnikow warf einen Blick hinüber zu Meteljew, der stumm mithörte. »Wir werden so verfahren. Zuerst Befreiung der Geiseln ...«

»Mit allen Mitteln!«

»Mit allen Mitteln ... Auch gegen Nasarow?«

»Auch gegen ihn«, antwortete Tjunin kalt. »Recht ist jedes Mittel, das es ermöglicht, in den Kreis des ›Spezialisten‹ einzudringen. Rücksicht auf Personen ist nur eine Belastung und ein Hemmnis.«

»Wir haben verstanden, Genosse General.« Krasnikow atmete tief durch. Nasarow zu töten, war jetzt fast eine Pflicht.

»Noch eins!« Tjunins Stimme klang zögernd. »Haben Sie schon was gehört von dem Kampfruf: Sechstausend Klopse?!«

»Nein, Genosse General.«

»Na gut. Ende.«

Die Funkverbindung brach ab. Krasnikow warf seinen Kopfhörer auf das Gerät. »Schon bei den ersten Worten schien er mir merkwürdig«, sagte er. »Nun ist es sicher: Tjunin war besoffen. Hoffentlich weiß er später noch, was er gesagt hat.«

»Dann an die Arbeit, Victor Ifanowitsch!« Meteljew sprang von seinem Hocker auf. »Wo fangen wir an?«

»In Lebedewka. Bei Korolew, dem Dorfvorsteher. Ihm unterbreiten wir die Idee, die Geiseln zu befreien. Ein Test ist's: Wie nehmen sie es auf ...«

ZWEITER TEIL

Nicht nur die zehn deutschen Schäferhunde kamen mit dem Hubschrauber aus Tobolsk nach Nowo Gorodjina – auch eine Frau mit neun Koffern stieg aus: Maja Petrowna, das hübsche Frauchen von Niktin.

Jossif Wladimirowitsch war ganz außer sich, als sie aus dem Hubschrauber kletterte und er sie umarmen und herzen konnte. »Willkommen!« rief er in einem fort. »Willkommen, mein Täubchen, mein Schwänchen, willkommen! O mein Adlerchen, daß du endlich da bist. Wie unerträglich war die Sehnsucht. Noch nie waren wir so lange getrennt!«

Schemjakin war weniger begeistert. Der Gedanke, Niktin könnte den ganzen Winter über bei ihm bleiben, war nicht nur quälend, er war niederschmetternd. Den Koffern nach aber hatte sich die Niktina darauf eingerichtet, das nächste Frühjahr in Nowo Gorodjina zu erleben.

Wo hat er nur diese Frau her, dachte Schemjakin wieder, wie damals beim Betrachten der Fotos. Eine Schönheit im besten Alter einer Frau. Fünfunddreißig, einer der gefährlichsten Jahrgänge überhaupt. Und wie er sich benimmt! Sieht er denn nicht das schmale Lächeln in ihren Mundwinkeln? Und rötliche Haare hat sie; volle, hochgesteckte rötliche Haare ... Wie kommt Niktin an diese Frau? Niktin, der kleine, dickliche, schwitzende Niktin!

Die Hundemeute, zehn die Zähne fletschende, knurrende oder bellende Kraftpakete, ließ man zunächst in ihren vergitterten Boxen und karrte sie in die neu aufgebaute Materialhalle, ein Provisorium aus überzähligen Bauelementen. Jugorow war einer der Fahrer; fünf Hundekisten lud er auf einen Flachwagen und transportierte sie ins Lager.

Mit prüfenden Augen sah er den Hunden zu, wie sie sich gegen das Gitter warfen, ihn ankläfften, die starken Zähne zeigten und die Lefzen hochzogen. Sobald sie die nächtliche Wache übernahmen und man sie bei einem verdächtigen Geräusch freiließ, würde es für einen Eindringling kein Entrinnen mehr geben. Wo diese Fänge zuschlugen, war es endgültig.

Jugorow fuhr den Flachwagen in eine Ecke der neuen Halle, stellte den Motor ab und kniete sich vor die Hundeboxen. Die Schäferhunde fletschten sofort die Zähne; Reißzähne, die tödlich sein konnten.

»Meine Lieben!« sagte Jugorow in einem dunklen, gleichmäßigen, sanften Ton. »Meine Kleinen, nur ruhig, ganz ruhig, ich bin ja bei euch ..., und ich bleibe bei euch ... Aneinander gewöhnen werden wir uns ... Freunde werden wir werden, bestimmt werden wir Freunde ... Was habt ihr denn, meine Lieben ..., nicht so aufgeregt, zu essen bekommt ihr gleich und zu trinken ... Ich werde es euch bringen, und ihr merkt euch meinen Geruch und meine Stimme ... Ich werde jetzt immer bei euch sein, meine Lieben ... meine Kleinen ... meine Hundchen ...«

Die Schäferhunde wurden stiller, das Bellen hörte auf, das Zähnefletschen ging über in ein lauerndes, abwartendes, abtastendes Knurren. Sie legten sich, steckten die Schnauzen durch die Gitter und warteten ab.

»So ist es brav«, sagte Jugorow im gleichen Tonfall. »Brav ... so brav ... Bist ein schöner Kerl!« Jugorow las das Schild, das oben auf die Kiste genagelt war. »Ilja. Na so was, Ilja heißt du ... Und du bist Federchen – welch ein Name für solch großen Hund! Und du, du Grauer, grau wie ein Wolf, du bist Taiga. Ein schöner Name, ich liebe die Taiga ... Ja, und wer ist denn da? Laika ... ein berühmter Name, mein Mädchen. Das erste irdische Lebewesen im All, das war Laika. Opfer der Wissenschaft. Wird jetzt ein Mensch nach oben geschossen, sieht schon keiner mehr hin. Laika, wir werden Freunde werden ...«

Am Abend entschied es sich dann, daß Jugorow seinen Traktor abgab und die Pflege der Hunde übernahm. Schemjakin hatte nicht allein wegen Maja Petrowna Niktina ein saures Gesicht gezogen, sondern vor allem wegen der Schäferhunde.

»Die schickt man so einfach los!« klagte er. »Zehn wilde Biester. Ohne einen Pfleger, den sie kennen. Wer soll sie herumführen?! Wer meldet sich dafür? Wer will sofort zerrissen werden? So, wie die da in den Kisten toben, sind sie völlig nutzlos für uns. Wagt doch keiner, die Türen aufzumachen. Nur ein Verrückter ...«

»Der Verrückte ist gefunden, Boris Igorowitsch!« rief Jugorow.

»Wer?«

»Ich!«

»Er ist wirklich verrückt, Väterchen!« rief Walja entsetzt und sprang auf. »Igor, du rührst sie nicht an.«

»Einer muß es tun.«

»Aber nicht du.«

»Wir hatten zu Hause vier Hunde.«

»Solche Hunde?« Schemjakin sah Jugorow ermunternd an.

»Zwei Doggen und zwei Rottweiler; noch größer als sie. Ich kenne mich mit Hunden aus.«

»Was vermag unser Igor Michailowitsch eigentlich nicht?« rief Schemjakin wie erlöst. »Versuchen kann man's ja.«

»Nein!« Waljas Stimme wurde hell wie eine Fanfare. »Nein! Nein!«

»Ganz vorsichtig werde ich sein«, sagte Jugorow. »Ein Hund spürt es, ob er gehorchen muß.« Er lächelte Walja an und schnippte mit den Fingern. »Vier Weibchen sind dabei, damit beginne ich. Mich hat noch nie ein Weibchen gebissen; aus der Hand haben sie mir gefressen. Eine gute Hand hab' ich für Weibchen ..., sie merken das sofort.«

»Ein Idiot bist du!« zischte Walja zu ihm hin. »Die Hunde fliegen morgen wieder zurück nach Tobolsk. Dafür sorge ich!«

Aber sie blieben in Nowo Gorodjina, auch wenn Walja noch so sehr zeterte und drohte. Am Morgen baute man einen großen Zwinger mit hohen Drahtwänden, die kein Hund überspringen konnte. Jugorow ging unterdessen von Kiste zu Kiste, sprach mit den Tieren, und Laika, Federchen, Ilja und Taiga knurrten ihn schon nicht mehr an, als sie seine beruhigende Stimme hörten.

Er fütterte sie mit rohem Fleisch und bekam sofort Streit mit dem Küchenchef, der erwartungsgemäß losschrie:

»Fleisch für die Hunde? Mein gutes Fleisch? Halt deinen Arsch hin, Igor Michailowitsch. Nicht ein Faserchen bekommst du. Nicht einen Krümel!«

»Na gut, sag's den Hunden selbst«, hatte Jugorow in aller Ruhe geantwortet. »Ich laß sie zu dir.«

Tschuptikow, der Küchenchef, erbleichte, griff nach einem langen, breiten Messer und hielt es vor sich hin. »Eine Drohung ist das!« bellte er. »Ein glatter Mord.«

»Das Messerchen steck weg.« Jugorow schüttelte den Kopf. »Was willst du damit? Dich verteidigen? Du kleiner Spaßvogel! Genau darauf sind sie ja dressiert. Bleib stehen, ich hole sie ...«

»Halt!« brüllte Tschuptikow und flüchtete hinter einen Kessel. »Laßt uns überlegen. Warum so voreilig, mein lieber Jugorow? Über alles kann man reden.«

»Fangen wir an: Ich brauche zehn Pfund Fleisch ...«

»Zehn Pfund? Warum nicht gleich zehn Ochsen auf einmal?!«

»Und das jeden Tag.«

»Jeden Tag ...«, wiederholte Tschuptikow und rollte mit den Augen.

»Bis auf weiteres.«

»Ein ganzes Jahr ...«, schrie der Genosse Küchenleiter. »Es zerreißt mich!«

»Wer hat hier gesagt: ein Jahr? Ein Schäferhund kann fünfzehn Jahre alt werden.«

»Und jeden Tag ein Pfund Fleisch ...«

»Damit sie kräftig und mutig bleiben.«

»Wer soll das überleben? Kein Vernünftiger kann das!«

»Du wirst es nicht. Im nächsten Jahr schon hast du dich totgefressen, bist geplatzt.« Jugorow hielt die Hand auf, was soviel hieß wie: Nun gib's heraus. »Das Fleisch, in einem Eimer, kleingeschnitten.«

»Auch das noch! Darf's nicht leicht angebraten sein, noch rosig, dazu eine Kaviarsoße oder vielleicht Trüffeln? Feinschmecker sind's, die Hundchen, nicht? Empfehle morgen Poulardenbrust mit kandierten Früchten ...«

»Kandierte Früchte mögen sie nicht. Ein fetter Küchenarsch ist ihnen lieber.«

Tschuptikow fluchte fürchterlich, ganz neue Worte erfand er dabei, wie Darmtrompete und Pißjongleur, aber was half's? Jugorow bekam seinen Eimer Fleisch, in bißfertige Stücke geschnitten, bedankte sich höflich bei Tschuptikow, riet ihm freundschaftlich, in Lebedewka nach alten Gäulen zu fragen, Fleisch sei für die Hunde Fleisch, ob Rind, Schwein oder Pferd, auch Hammel könnte es sein, im Notfall sein, Tschuptikows, Hintern, wobei aber die Gefahr einer Vergiftung bestünde, und ging dann hinüber zum Zwinger.

Gerade fertig war er geworden. Zehn Mann hatten daran gearbeitet und flüchteten in großer Eile aus dem Auslauf, als Jugorow verkündete, er ließe jetzt die Hunde hinein. Nein, Angst hatte man nicht – aber Vorsicht ist ja nicht Feigheit, nicht wahr, Genossen?

Auch Jugorow war nicht so ganz wohl, als er die zehn Kisten heranschob an die Tür mit dem dicken Drahtgeflecht und nichts mehr um ihn herum war als Bellen und Knurren, fletschende Mäuler und wild wütende Augen. Der Wolf, der Urahne, wurde wieder sichtbar.

Zuerst ließ Jugorow die hochbeinige Laika aus der Kiste. Sie schlüpfte ins Freie, sah sich sichernd und forschend um und drehte sich dann zu Jugorow um, der hinter der Kiste im Schutz der halbzugezogenen Tür stand.

»Nun geh, Laika«, sagte er wieder mit der den fünf Hunden bekannten ruhigen Stimme. »Geh. Zu Hause bist du jetzt. Wirst hier leben, es wird dir gefallen ... Viel Platz und gutes Essen ... Sieh dich um, Laika ...«

Verstand der Hund ihn? Laika schüttelte sich, dehnte die Muskeln, bellte einmal hell auf, mit ganz anderer Stimme als zuvor, und trottete dann, anders konnte man es nicht nennen, durch den neuen Zwinger.

Nacheinander ließ Jugorow alle Hunde in die Umzäunung und beobachtete sie. Die einen rannten an die Drahtgitter und warfen sich dagegen, die anderen schritten ihren neuen Lebensraum ab, Taiga blieb am Gitter vor Jugorow sitzen, und Federchen begann sofort mit Ilja das Kräftespiel.

Zehn Hunde und zehn verschiedene Charaktere – wie bei den Menschen. Keiner glich dem anderen. Reine Individualisten, und doch ordneten sie sich einem Leithund unter. Menschenähnlich auch das! Wer aber war der Leithund? Errang man seine Liebe und seinen Respekt, wurde man zum Oberleithund, gab's keine Probleme mehr mit dieser Meute. Der Rudelchef stand fest; ein Boß, der nicht die kleinste Schwäche zeigen durfte.

Jugorow holte den Eimer Fleisch, blieb hinter der Tür stehen und wartete. Sie rochen ihn sofort, den Blutgeruch, witterten das Fleisch. Die Lefzen zogen sich hoch, heiser wurde das Gebell, zehn Hundeleiber strafften sich, die spitzen Schnauzen kamen nach vorn ... Welch eine Kraft, welch eine Schönheit! dachte Jugorow und blickte in die glitzernden Augen der Tiere. Dann aber stürmten sie los, hin zu dem Blutgeruch, und als Jugorow ein Stück Fleisch aus dem Eimer nahm und es hoch hielt, ohne daß sie es fassen konnten, da war es, als schrien die Hunde auf. Und dann geschah das, worauf Jugorow wartete.

Ein Hund, gar nicht mal der größte von allen, stieß einen Laut aus, den alle anderen sofort verstanden. Die Ohren legten sie an, schielten zu ihm hin, hechelten und stemmten die Beine auf die Erde.

Fasziniert sah Jugorow, wie Ilja, unangefochten von der Meute, allein zu ihm kam, ihn ansah mit großen, braunen Augen, in denen auch noch ein Schimmer Grün lag, und verhalten knurrte. Gib her, hieß dies, und man verstand sich gleich. Wirf's herein ... für mich ist das erste Stück.

»Ilja, der Leithund«, sagte Jugorow, und seine Stimme

klang zärtlich. »Ilja, mein Junge, du bist's? Nun haben wir keine Sorgen mehr, mein Kerlchen ... Das Lager sollt ihr bewachen, gut so. Ihr bewacht's für mich!«

Nicht durch das Gitter warf er Ilja das Fleisch in den Rachen – nein, er öffnete die Tür, schlüpfte in den Zwinger und hielt Ilja das Stück hin. Jetzt gibt's nur eins, dachte Jugorow dabei, nur eine Alternative: entweder er nimmt dir das Fleisch aus der Hand oder er zerreißt dich. Vabanque, Ilja ..., ein anderes russisches Roulette, auf sibirische Art.

Ilja, der Leithund, starrte auf das blutige Fleisch in Jugorows Hand. Fast zu sehen war's an seinen Augen, an seinem Muskelspiel, am leichten Wippen des Schwanzes, was er dachte. Und dann geschah es: Auf die Hinterbeine richtete sich Ilja auf, warf die Vorderbeine abstützend an Jugorows Brust, schob die Schnauze vor und nahm vorsichtig, ganz vorsichtig, die Hand kaum berührend, das Fleisch aus Jugorows Fingern.

Jugorow hatte den Atem angehalten, jetzt ließ er wieder viel Luft in seine Lungen.

»Mein Braver ...«, sagte er mit etwas rauher Stimme. »Mein Ilja ... mein Freundchen ... Nun haben wir gewonnen.« Und obwohl Ilja knurrte – ein Hund will beim Essen nicht gestört werden –, streichelte er ihn über den Kopf, den Nacken, den Rücken, und Ilja legte sich ihm zu Füßen und leckte seine Pfoten. Die Meute stand mit offenen Mäulern, hechelnd, um sie herum. Der Oberleithund war erkannt worden.

Der Reihe nach warf Jugorow die Fleischstücke dem Rudel zu, keinen übergehend, keinem einen Bissen mehr gebend. Nur Ilja bekam ein Sonderstück, neidlos wurde es von allen anderen anerkannt. Es stand ihm zu. Er war der Herr des Rudels ... Ist's beim Menschen anders?

Zufrieden, ja glücklich verließ Jugorow den Zwinger und schloß hinter sich die Tür ab. Zehn Meter weiter, an ihren Jeep gelehnt, erwartete ihn Walja Borisowna. Eine Pistole hielt sie in der Hand, die Lippen zusammengekniffen.

»Tatsächlich, ein Verrückter bist du!« sagte sie gepreßt. »Alle hätte ich erschossen. Alle ...«

»Warum die Menschen immer schießen müssen!« Jugorow legte den Arm um Waljas Schulter und nahm ihr die Pistole aus der Hand. »Mit Liebe ist es leichter und dauerhafter. Da zähmt man sogar eine wilde Ärztin.«

»Scheusal!« Sie schüttelte seinen Arm ab, drehte sich um und ging zum Hospital. Jugorow sah die Pistole an, steckte sie in seine Tasche und ging noch einmal zurück zum Zwinger. Die Hunde begrüßten ihn wieder mit Gebell, aber es klang anders, freudiger, vertrauter. Wer's noch nicht weiß: Auch Hunde haben eine Sprache.

Auf dem Weg zur Kantine, wo Jugorow ein Bier trinken wollte – die Kehle war ihm doch trocken geworden, das Bier würde mit einem einzigen Schluck verschwinden –, begegnete er den »Zwillingen« Krasnikow und Meteljew.

»Sehr mutig!« rief Krasnikow und drückte Jugorow die Hand. »Hineingegangen wäre ich nicht.«

»Nicht eine Kopeke habe ich für Sie gegeben, als Sie die Tür aufmachten!« sagte Meteljew anerkennend. »Wie konnte das nur gutgehen?«

»Der Stärkere muß man sein, Genosse, und es auch zeigen!« antwortete Jugorow doppeldeutig. »Überall ist's so ... Und Glück muß man haben, wie beim Roulette.«

»Sie lieben solche Spielchen?«

»Nur soweit es notwendig ist.«

»Und wenn Sie verlieren?«

»Man muß auch das ertragen.«

»Ganz nahe waren Sie daran, zerfleischt zu werden.«

»Das war das Risiko.« Jugorow lächelte Krasnikow an. »Das ganze Leben ist ein Risiko ... Kommen Sie mit? Ein Bier muß ich jetzt haben; einen ganzen Eimer voll.«

»Trinken wir auf Ihr Glück, Jugorow!« rief Meteljew.

»Auf Ihren Mut«, sagte Krasnikow. »Ja, gehen wir ...«

»Und einen Schluck auf die Hunde! Alle hier reden von einem neuen Attentat. Wir können sicher sein, glaub' ich. An dieser Meute kommt keiner mehr vorbei.«

Fünf Tage noch, dachte er, als sie hinübergingen zur Kantine. Fünf Tage ... Dann werden meine Schönen nicht einmal bellen, wenn sie mich riechen oder sehen. Wer ihr auch seid, Krasnikow und Meteljew, KGB, GRU oder sonstwas: Dieses sibirische Roulette gewinne ich.

Drei Tage lang hatte Walja gezögert, hatte sich vor diesem schweren Gang gescheut – nun war er nicht mehr wegzuschieben. Gesagt werden mußte es Svetlana Victorowna: Sei tapfer, überwind es ... Lew Andrejewitsch, dein Mann, er ist verschwunden. Warum, wohin weiß keiner. Tot muß er sein, sein Pferd kam allein zurück.

»Kommst du mit?« fragte Walja, in ihrem Jeep sitzend. Bei den Hunden traf sie Jugorow an, wo sonst? Von Noskow hatte sie es erfahren, daß er hier war.

»Komm ich vorbei am Zwinger, was sehe ich?« war ihr von Noskow mit einem schiefen Lächeln berichtet worden. »Igor Michailowitsch sitzt auf einem Holzklotz, die Biester um sich herum, sitzt einfach da und erzählt ihnen das Märchen vom wilden Jäger und der Schneeprinzessin ... Hält man's für möglich? Erzählt den Hunden Märchen! Übergeschnappt muß er sein, wir haben's alle bisher nur nicht bemerkt ...«

»Mitkommen? Wohin?«

Jugorow streichelte Laika und Taiga. Eifersüchtig starrten die beiden Hunde sich an. Wehe, wenn bei einem das Streicheln unterblieb! Ihre Weibchenliebe mußte erwidert werden. Ist's beim Menschen anders?

»Zu den Geiseln, zu der Masuka«, antwortete Walja. »Masuks Frau muß es endlich wissen.«

»Nasarow wird mich nicht hineinlassen.«

»In meiner Begleitung doch.«

»Überschätz ihn nicht. Dankbarkeit ist bei Nasarow sehr begrenzt.«

»Das könnten wir jetzt nachprüfen. Steig ein, Igor.«

»Nicht so eilig. Erst muß ich Laika und Taiga um Erlaubnis fragen.« Er beugte sich hinunter zu den beiden Hündinnen und tätschelte ihre schönen Köpfe. »Gestattet ihr, daß ich mit Walja, einem Menschenweibchen, einen Ausflug mache? Wird nichts passieren, meine Liebsten, ist heller Tag, und auf der Straße bleiben wir ...«

Er wartete, und erst als ihm Taiga und Laika gemeinsam die Hand leckten, stand er auf und verließ den Zwinger.

»Sie erlauben es«, sagte er. »Sie sind sehr tolerant; viel toleranter als eine Walja Borisowna.«

Er kletterte in den Jeep, aber Walja startete den Motor noch nicht. »Soll das so weitergehen?« fragte sie verschlossen. »Wird das ein Wahnsinn mit Methode?«

»Oh, du kennst Shakespeare? Der hat das auch gesagt.«

»Woher kennst du ihn denn?« Walja sah ihn verwundert an. Ein Traktorfahrer, der Shakespeares Dramen kennt? Jugorow lachte. Ein Fehler, dachte er. So leicht kann man Fehler machen.

»Fahr los!« rief er fröhlich, um sie abzulenken von dieser Frage. »Nasarow wird die genähte Wunde platzen, wenn er mich sieht.«

Walja ließ den Motor an und vergaß tatsächlich ihre Frage. Jugorow redete den ganzen Weg entlang, hielt einen Vortrag über Hundepsychologie und die Pläne, wie er das Lager mit der Meute bewachen würde.

»Ab elf Uhr abends bis morgens sechs darf niemand mehr sein Quartier verlassen«, sagte er. »Kurz nach elf lasse ich die Hunde frei. Dann können wir ganz ruhig schlafen.«

»Der Oberleithund!« Sie sah ihn von der Seite an. »Schlafe ich jetzt mit einem Rudelchef?«

»Ich werde bellen, wenn du zu mir kommst, die Lefzen hochziehen ... Ob es mir gelingt, mit dem Schwanz zu wedeln ...?«

»Ein Wort noch, und du fliegst aus dem Jeep!« schrie sie. »Schlaf doch bei deinen Hunden!«

»Erst war es Soja, jetzt sind es Laika und Taiga, auf die du eifersüchtig bist ... Wie sich die Akzente verschieben.«

»Ein Rätsel ist's, wie man ein Ekel wie dich lieben kann!« Sie hielt den Jecp an, mitten in einem kurzen Waldstück war's und sah Jugorow mit blitzenden Augen an. »Gehen wir ein Stück in den Wald?«

»Walja! Versprochen hab ich Laika und Taiga ...«

»Jetzt erst recht!« Sie sprang, aus dem Wagen und lief voraus unter die Bäume. Sehr stolz und siegessicher ging sie, und Jugorow folgte ihr – wer hätte das nicht getan!

Nach diesem Aufenthalt erreichten sie in kurzer Zeit die erste Sperre des Militärlagers und wurden angehalten. Ein Feldwebel zeigte auf Walja, nickte dazu, dann auf Jugorow und schüttelte den Kopf.

»Ein taubstummer Soldat!« sagte Jugorow und klopfte sich auf die Schenkel. »Das gab es früher nicht. Aber genau besehen – praktisch ist's. Er hört kein Schießen, kein Granatenkrachen. Weniger Ängstliche gibt es dadurch, wenn's zum Kampf kommt.«

»Die Genossin Ärztin – ja!« brüllte der Feldwebel. »Sie nein.«

»Walja, er kann sprechen! Welch ein Glück!«

»Der Genosse Jugorow ist in meiner Begleitung«, sagte Walja.

»Das sieht man! Trotzdem: Kein Fremder darf ins Lager.«

»Jugorow ist kein Fremder.«

»Zivilist ist er.«

»Der alte Gesang.« Jugorow winkte ab. »Ein Stinksack ist der, der keine Uniform trägt. Du hast es nicht geglaubt, Walja.«

»Verständigen Sie den Kommandeur!« rief Walja herrisch. »Sagen Sie Major Nasarow: Auch die Ärztin trägt keine Uniform.«

Der Feldwebel zuckte mit den Schultern, nahm sein Funkgerät und meldete sich bei der Kommandantur. Eine Weile dauerte es, bis man Nasarow gefunden hatte, aber dann ging es schnell. Der Feldwebel nahm schon vor Nasarows Stimme stramme Haltung an, hörte betreten zu und nickte dann. »Jawohl, Genösse Major!« brüllte er in das Gerät. »Gebe ich weiter!«

Er stellte den Funk ab, wandte sich um zum Jeep und sagte mit einem unterdrückten Feixen:

»Passieren kann die Genossin Ärztin. Jugorow erst nach einer Leibesvisitation. Hier auf der Stelle. Befehl von Major Nasarow. Ziehen Sie sich aus, Jugorow!«

»Nasarow ist ein Mann mit Ideen.« Jugorow hob resignierend die Hände. »Drehen Sie sich um, Genossin Ärztin. Ein nackter Mann wird für Sie wohl nichts Neues sein, aber ich schäme mich ..., bin ein schamhafter Mensch ... Schon immer war`ich das.«

»Du willst dich doch nicht ausziehen?« fragte sie betroffen. »Hier ...«

»Bitte umdrehen, Genossin, sonst werde ich rot.«

»Laß diesen Blödsinn! Du ziehst dich nicht aus!«

»Ohne Kontrolle kein Passieren!« rief der Feldwebel. »Degradiert werde ich, sagt der Major, wenn ich Sie doch durchlasse.«

»Wie will er sehen, daß ich mich ausgezogen habe? Sitzt er auf einem Baum mit einem Fernglas?«

»Genosse, Ihre Unterhose soll ich mitbringen. Als Beweis.«

»Und wenn ich keine Unterhose trage?«

»Na so was!« Der Feldwebel grinste breit. »Wer glaubt das denn?«

»Was Nasarow auch macht, er tut es gründlich!« sagte Jugorow. »Allein mußt du ins Lager fahren. Mich auszuziehen wäre peinlich.« Er beugte sich zu Walja und flüsterte ihr ins Ohr: »Zu spitz sind deine Fingernägel ... und auch die Zähne. Wie von einer Katze überfallen seh ich aus!« Und laut: »Feldwebel, ich warte bei Ihnen, und wir vertreiben uns die Zeit mit Witzen. Ha, kenne ich viele ..., nichts für Frauenohren ... Walja, viel Glück. Grüß Nasarow von mir.«

Er stieg aus dem Jeep, vergrub die Hände in die Hosentaschen und grinste den Feldwebel an. »Der erste Witz, mein Freund: Kommt ein Genosse zum Doktor und klagt: ›Oh, Doktor, oh, ich kann nicht mehr pinkeln!‹ – ›Wie alt bist du, Genosse?‹ fragt der Arzt. – ›Siebzig ...‹ – ›Was wundert's dich?‹ ruft der Arzt. ›Dann ist schon alles aus dir raus ...‹«

Walja gab Gas und raste davon, doch trotz des heulenden

Motors hörte sie das brüllende Lachen von Jugorow und dem Feldwebel.

Wer hätte es anders erwartet: Nasarow stand vor der Kommandantur, als Walja in das Militärlager fuhr.

Einiges hatte sich verändert in der kurzen Zeit: feste Unterkünfte waren entstanden. Baracken anstelle der Zelte. Mit allen Soldaten baute Nasarow seine eigene Garnison auf, winterfest. Überall wurde gehämmert, gesägt und geschraubt. Auch Nasarow wußte, daß ihm keine lange Zeit mehr blieb. Ganz plötzlich würde der große Regen kommen und dann die Kälte, der Schnee und das Eis.

»Walja, Sie wundern sich«, sagte Nasarow und gab ihr die Hand. Widerwillig ertrug sie den harten Druck seiner Finger. »Was tut man nicht alles, um zweihundert Soldaten die Langeweile zu vertreiben. Gutes Essen – doch wohin mit der Kraft? Nicht ein einziger Rock zu greifen. Betreten von Lebedewka verboten! Noch, Genossin Ärztin ..., doch das kann sich schnell ändern. Bis dahin müssen meine Jungs sich austoben und bauen eben Häuser. Da lacht das Herz, jeder Hammerschlag ist ein Gedanke an ein Weibchen.«

»Wie arm dran sind da die Offiziere«, sagte Walja anzüglich. »Sie arbeiten nicht ... Ihre jungen Leutnants warne ich, Major: Drei der Küchenmädchen haben einen Tripper!«

»Sofort geht ein Ukas hinaus!« rief Nasarow.

»Vielleicht schon zu spät ...«

»Die Sanitäter werden sie untersuchen.« Nasarow verbiß sich die Frage, ob nicht die Genossin Ärztin das übernehmen wolle, und zeigte hinüber zu dem Zelt, vor dem wie immer ein Wachposten stand. »Den Schweinehunden geht es gut.«

»Sehen möchte ich sie.«

»Zu jeder Zeit! – Jugorow hat es also vorgezogen, sich nicht auszuziehen«, sagte er spöttisch. »War er nicht gewaschen?«

»Im Gegenteil, Genosse Major: Weil er so sauber ist, war's ihm ein Ekel, sich bei Ihnen schmutzig zu machen.« Damit wandte sie sich ab.

Nasarow sah ihr nach, wie sie über den Appellplatz hinüber

zum Geiselzelt ging, hochbeinig, schlank, stolz. Er seufzte tief. Noch einmal ein langer Blick ... Schließlich drehte er sich um und ging in die Kommandantur.

Ohne vom Posten aufgehalten zu werden, betrat Walja das Zelt. Sofort sprang Beljakow auf, stürzte auf sie zu, ergriff ihre Hände und küßte sie.

»Im Namen aller!« rief er. »Ein Engel sind Sie. Ein Engel. Unser Engel. Wir leben noch ... Wer hätte das erwartet.«

»Wir dürfen auf eine richtige Toilette!« rief jemand aus dem Hintergrund.

»Bekommen das Essen der Soldaten!«

»Haben Decken und Betten ...«

»Und man schlägt uns nicht mehr«, sagte Marfa Jakowna, die Frau des Schreiners Kabanow. »Genossin, wie geht es meinen kleinen Kindern? Versorgt mein Mann sie gut? Kümmern die Nachbarn sich darum?«

»Und Vater? Großvater? Großmutter? Die Geschwister?« Beljakow strahlte das Glück aus den Augen. Sie ist gekommen, sie ist wiedergekommen, zu mir gekommen, ich habe ihre Hände geküßt, ihre Wärme gespürt, ihren Blick begriffen ..., und er küßte ihr wieder die Hände, bis Walja sie ihm mit einem festen Ruck entzog. Keine Abwehr sah Beljakow darin; er hätte vor ihr niederknien können, um ihre Schuhe zu küssen. Was störte ihn das Leder, für ihn war's ein seliges Gefühl, ihre Füße küssen zu dürfen. Aber er blieb stehen und straffte sich, als Walja leise zu ihm sagte:

»Wo ist Svetlana Victorowna?«

»Schläft. Da hinten auf ihrem Bett.«

Langsam ging Walja in den Hintergrund des Zeltes und setzte sich auf die Kante des zusammenklappbaren Eisenbettes. Mit der Hand fuhr sie leicht über Svetlanas Gesicht. Im Schlaf sah sie jünger aus, hübscher, hatte um den Mund nicht mehr den verhärmten Zug; verschlossen auch von den Lidern waren die kummervollen Augen ... Den Druck der Hand verstärkte Walja. Svetlana schlug die Augen auf und zog schnell die Schultern hoch. Abwehr, Angst und Hilflosigkeit – sofort waren sie da. Doch dann erkannte sie Walja und richtete sich auf.

»Dank für alles, Genossin«, sagte auch sie als erstes. »Danke ...«

»Gekommen bin ich, eine Nachricht von Masuk zu bringen ...«, begann Walja ganz vorsichtig.

»Ist er jetzt glücklich mit seinem Hürchen? Kennt er noch sein eigenes Haus? Flattert sein Herz noch nicht? Mit fünfzig geht's nicht immer im Galopp ...«

»Lew Andrejewitsch ist verschwunden«, sagte Walja. Wie kann man Rücksicht nehmen bei solchen Äußerungen.

»Verschwunden? Ha! Ich lache! Und wo ist Soja Gamsatowna? Auch nicht mehr im Hurenhaus? Zusammen sind sie weg, nicht wahr? Verschweigen Sie es nicht, Genossin Ärztin, ich hab's erwartet. In die Stadt sind sie abgehauen, ein sauberes Paar ... Doch soll ich trauern? Wozu! Ohne ihn komme ich aus, brauche ihn nicht. Verrecken soll er in der Stadt, zusammen mit seinem Gossenvogel.«

»Masuk ist verschwunden«, sagte Walja noch einmal. »Allein kam sein Pferd zurück, und Soja hat das Dorf nie verlassen.«

»Das Pferd ... allein ...?« Svetlana starrte Walja an. Plötzlich begriff sie, daß alles ganz anders war, daß Lew Andrejewitsch sie nicht mit Soja verlassen hatte, sondern ausgeritten und nicht wiedergekommen war ..., nur das Pferd – allein ... Sie warf die Arme um Walja wie damals, als sie in Todesangst vor ihr gekniet hatte, die Brüste voller Striemen, und Walja gesagt hatte, es werde alles besser werden, sie verspreche es. »Er ... er ist tot?«

»Das weiß man nicht. Drei Tage sind vorbei, kein Zeichen von ihm. Nichts ...«

»Sie hat ihn umgebracht«, stammelte Svetlana. »Ja, nur sie. In den Sumpf versenkt hat sie ihn ... Nur sie, sie allein kennt die besten Stellen, wo ein Mensch nie wieder auftaucht ...« Und dann sprang sie unvermittelt aus dem Bett und schrie: »Soja hat Lew Andrejewitsch umgebracht! Getötet hat sie ihn. Mörderin! Mörderin!«

Man kann's begreifen: Die schrecklichsten Minuten ihres Lebens mußte Walja jetzt ertragen. Wie sie es spürt, dachte sie. Getötet und im Sumpf versenkt. Als hätte sie dabeigestanden ... Nur Soja war es nicht ..., ich habe ihn erschossen, Svetlana Victorowna. Mitten ins Herz ... Erfahren wirst du's nie ...

Mit einem lauten Schluchzen erstarb Svetlanas Totenklage. Die anderen im Zelt hatten den Kopf gesenkt. Nur Beljakow sagte halblaut: »Was kann man ihr beweisen?«

»Man muß sie prügeln, bis sie gesteht!« rief Svetlana. »Ihr die Knochen brechen, wie's üblich war bei den Hexen ... Genossin Ärztin..?«

»Ja, Svetlana?«

»Man hat alles abgesucht?«

»Alles. Auch mit Masuks Hund. Er konnte keine Spur aufnehmen, feucht ist der Boden, die Nässe deckt alles zu.«

»Eine Spur! Natürlich gibt es keine Spuren im Sumpf, das weiß jeder. Ha, werft sie selbst hinein, neben Masuk ... Sie wird's euch zeigen, um bei ihm zu sein.«

»Warum denn immer der Sumpf?« fragte Walja, und Grauen lag in ihrer Stimme. »Noch andere Stellen gibt es. Warum denkst du immer an den Sumpf, Svetlana?«

»Warum wohl?« Die Masuka ballte die Fäuste, als stünde Lew Andrejewitsch jetzt vor ihr, habe Sojas Geruch an sich und Flecken im Gesicht von Sojas Mund. »Hätt' ich ihn umgebracht – und oft hatte ich den Wunsch, wenn ich ein Messer in der Hand hielt, um ein Huhn zu schlachten, oder ein Beil, um Holz zu zerkleinern, und sein Gewehr hing immer an der Wand, nur wegzunehmen brauchte man's –, wo hätte ich ihn hingebracht? In den Sumpf! Und dann hätte es ebenfalls geheißen: Masuk ist verschwunden, spurlos verschwunden ... Wie leicht ist's bei uns, einen Menschen verschwinden zu lassen, für immer, bis zur Ewigkeit.« Sie atmete tief auf, sah Walja mit tränenlosen, starren Augen an und sagte ohne Regung: »Masuk gibt es nicht mehr. Werft Soja in den Sumpf – wie schön wird dann wieder unser Lebedewka sein.«

Walja verließ sehr schnell wieder das Geiselzelt. Bei Beljakow hatte sie noch flugs die Kopfwunde untersucht; sie heilte gut, und auch die Augen zeigten keine Schwellung mehr, nur gelbblau waren sie noch umrandet. Während sie ihn untersuchte, saß er mit geschlossenen Augen vor ihr, atmete den Duft ihrer Haut, empfand einen zauberhaften Hauch himmlischer Wärme und flehte innerlich, sie möge ihre Hände, die seinen Kopf abtasteten, niemals mehr zurückziehen. Als er ihre Stimme hörte, verwandelte sie sich in seinen Ohren zu Musik.

Bleib, bettelte er im stillen, bleib nur ein paar Minuten noch. Walja Borisowna, füll meine Träume wieder auf ...

Aber sie blieb nicht. Wie gehetzt lief sie hinaus.

Nach knapp einer halben Stunde tauchte auf der Zufahrtsstraße zum Lager ihr Jeep wieder auf. Jugorow und der Feldwebel waren noch beieinander, und drei Soldaten – der ganze erste Posten – standen um sie herum, und alle hatten rote Augen vom vielen Lachen. Jugorow war in Fahrt mit dem Erzählen von Witzen, und als Walja hielt, brauste wieder eine Lachsalve zu ihr hin. Sie hupte und winkte.

»Noch einen Witz, Walja, zum Abschluß!« rief Jugorow ihr zu. Und laut, damit auch sie es hörte, erzählte er: »Steht Iwan Iwanowitsch auf der Dorfstraße und kaut langsam auf etwas herum. Da kommt Wassja entlang und bleibt stehen. ›Was machst du denn hier, Iwan Iwanowitsch?‹ fragt er. – ›Oh, nichts Besonderes, Wassja!‹ murmelt Iwan; ›steh hier nur so herum, wie du siehst. ‹ – ›Und was kaust du da, Iwan Iwanowitsch? Hast irgendwoher einen amerikanischen Kaugummi bekommen?‹ – ›Lieber Himmel, nein!‹ ruft Iwan und kaut. ›Ich wasche meine Socken.‹«

Gebrüll, Tränen in den Augen ... Wütend drückte Walja noch einmal auf die Hupe.

»Lebt wohl. Genossen!« rief Jugorow und drückte jedem Soldaten die Hand. »Ihr hört es: Auch bei mir wird befohlen ...«

Sie fuhren eine Zeitlang schweigend durch den Wald, kamen an die Stelle, wo sie vorhin ausgestiegen waren, und Jugorow klopfte Walja auf den Arm.

»Nicht halten?« fragte er. Ihre angespannten Backenmuskeln waren eine deutliche Antwort. Sie schwieg verbissen, und deshalb redete Jugorow weiter. »Wie das Moos weich war ..., wie ein gefedertes Bett. Walja, warum fährst du vorbei ...«

»Halt den Mund, bitte!« sagte sie scharf. »Ich möchte heulen, aber keine Witze hören.«

»So schlimm?«

»Noch schlimmer! Genau hat sie geschildert, wie wir Masuk im Sumpf versenkt haben.«

»Du lieber Himmel ..., wie kommt sie dazu?!«

»Genauso würde sie es auch getan haben ... Geträumt hat sie oft, Masuk umzubringen, nur der Mut fehlte ihr dazu. Aber eines Tages, da hätte sie's tatsächlich getan, das weiß ich jetzt.« Sie sah ihn an und fuhr langsamer. »Soja ist die Mörderin, hat sie geschrien. Ersäufen solle man auch sie im Sumpf. Herausprügeln das Geständnis ... Und sie werden es tun in Lebedewka, das ist mir klargeworden. Und dabei sitze ich auf ihrem Bett, höre mir alles an und bin es in Wirklichkeit selbst, die ihren Mann erschossen hat ... Fürchterlich war's, Igor!«

»Es ist vorbei«, sagte Jugorow tröstend.

»Wenn sie mit Knüppeln auf Soja einschlagen, wird sie alles sagen. Nichts ist vorbei, es fängt erst an. Läßt man Svetlana und die anderen frei: Ihr erster Weg gilt dem Schwarzen Haus.«

»Der alte Trofimow wird's ihnen zeigen ...«

»Was kann er tun, wenn das ganze Dorf sein Haus stürmt? Wegbrennen werden sie es. Ausräuchern wie eine Wanzenbude.«

»Nichts werden sie tun«, sagte Jugorow mit seltsamer Zuversicht.

»Wer will sie davon abhalten?«

»Schagin ... Ich werde mit dem Popen sprechen. Schagin hat schon manches Gute getan.«

Und dabei dachte er an die Sprengstoffkisten, die hinter der Ikonostase standen – im heiligsten Raum der Kirche.

Auf dem Platz zwischen Hospital, Küche, Kesselhaus und

Zentralmagazin wurden sie von der Hundemeute begrüßt. Im Zwinger sprangen die Tiere an dem Drahtgitter hoch, heulten vor Freude, als sie Jugorow erkannten und benahmen sich wie toll.

»Halt!« sagte Jugorow. »Ich steige aus.«

»Wieder zu den Hunden?«

»Sie rufen mich. Verstehst du sie nicht? Da, Ilja! An der Tür steht er. Und außerdem habe ich Taiga und Laika versprochen, zurückzukommen. Versprechen muß man halten, Walja. Vor allem bei Frauen – bei schönen Frauen –, sonst beißen sie ...«

Er sprang aus dem Jeep, rannte zum Zwinger, und die Hunde bellten und tobten, sprangen übereinander und stießen Laute aus, als weinten sie vor Freude.

»Ich bin ja da, meine Lieblinge«, sagte Jugorow in dem bekannten beschwörenden Ton. »Gleich komme ich zu euch. Hol nur das Fleisch ab von dem dicken Tschuptikow. Bin gleich wieder da, meine Kleinen, und dann spielen wir zusammen, und ein neues Märchen erzähl' ich euch ...«

»Und allein schlafen wirst du diese Nacht auch!« sagte Walja halblaut. »Nimm dir Taiga oder Laika mit ins Bett!«

Mit aufheulendem Motor startete sie und fuhr weiter zum Hospital.

Tschuptikow ahnte Böses, als Jugorow in die Küche kam. »Dein Eimer steht bereit!« schrie er sofort. »Obendrauf liegen die Haare, die ich mir ausgerauft habe.«

»Will meine Tierchen vergiften, der Fettwanst!« rief Jugorow und drohte mit der Faust. »Einen Speiseplan hab ich aufgestellt. Komm her!«

»*Was* hast du?« fragte Tschuptikow und klammerte sich an einen Kessel, als habe er Angst, man wolle ihn entführen. Das Abendessen hatte er gerade für gut befunden; in zehn Minuten konnten die Schalter zur Ausgabe geöffnet werden.

»Was gibt es heute?«

»Grützsuppe mit Hühnerfleisch.«

»Was gab es gestern?«

»Hast's ja selbst gefressen! Kohlrouladen!«

»Und morgen?«

»Linsensuppe.«

»Wie abwechslungsreich! Und meine Hündchen sollen nur das gleiche bekommen? Tag für Tag? Sollen jammern vor der Gleichförmigkeit? Tschuptikow, du Barbar! Du tatarischer Schnurrbartkauer! Komm her, lies den Speiseplan.«

»In die Latrine häng ihn!« brüllte Tschuptikow. »Ein Arschwisch ist's, mehr nicht.«

»Zu traurig. Ach, wie traurig ... Muß ich doch mit meinen Hundchen kommen und ihnen zeigen: Seht dort den dicken Menschen; ja, den Schweinskopf. Will keinen Reis für euch kochen, keine Nudeln, keine Grütze, keine Kartoffeln. Was ist das für ein Mensch? – Und was werden sie antworten, meine Lieben? Laßt uns los, beschnuppern werden wir ihn, dann können wir's sagen ...«

So ging es eine Weile hin und her, mit viel Geschrei und Drohungen, bis Jugorow seinen Eimer nahm und mit dem Fleisch zum Zwinger zurückkehrte..

Dort standen Krasnikow und Meteljew, die »Zwillinge«, und beobachteten die Hunde. Mit aller Kraft und aller Wucht warfen sie sich gegen den Draht. Ihr Kampfgebell und Heulen zerriß fast die Ohren.

»Da geh'n Sie jetzt hinein, Igor Michailowitsch?« fragte Krasnikow beeindruckt.

»Ihr Abendessen habe ich. Sie warten drauf.«

»Sie sprechen von den Biestern, als seien es Menschen.«

»Mehr ..., es sind Hunde. Die kennen noch Treue und Ehrgefühl.«

»Verbittert klingt das, Jugorow. So voller schlechter Erfahrungen?«

»Ich dachte«, sagte Meteljew, »Sie seien der glücklichste Mensch unter uns. Wem werden solche Nächte geschenkt?« Meteljew hob bedauernd die Schultern. »Sehr dünn sind die Wände ...«

»Wie sollen die Hunde eingesetzt werden?« fragte Krasnikow. Meteljews Umwege waren nicht sein Geschmack.

»Frei laufen sie herum. Ab elf Uhr abends wird Sperrstunde sein.«

»Und damit verhindern Sie einen neuen Anschlag?«

»Ich hoffe es. Wer kommt an diesen Hunden vorbei? Es wäre sinnlos, hier einen Helden zu spielen.« Er hielt den Eimer gegen das Gitter, und die zehn Schäferhunde heulten ohrenbetäubend auf. Der Blutgeruch! »Warum wohl bekommen sie rohes Fleisch? Genossen, ich würde nicht empfehlen, nach elf Uhr noch auf die Straße zu gehen.«

Gesagt wurde es schon: Maja Petrowna, die Frau des Genossen Niktin, war ein sehr ansehnliches Weibchen mit rötlichen Haaren, einer Stupsnase, einem erotischen Hintern und einem Busen, dem man bescheinigen konnte, unübersehbar zu sein. Hinzu kamen ein fröhliches Gemüt, eine zwitschernde Stimme und ein Temperament, daß man befürchten mußte, die schöne Niktina würde gleich auf den Tisch klettern und dort einen rasanten Tanz hinlegen. Verstärkt wurde das Rätsel, wie der trockene, pedantische und im Grunde auch dumme Niktin eine solche Frau hatte erobern können, noch dadurch, daß Maja Petrowna ihm wahrhaftig um den Bart ging, mit ihm ohne Hemmungen vor den Schemjakins schmuste und den etwas verlegenen Niktin »Mein Kisschen« nannte – eine sehr seltene Verkleinerungsform von Kissen. Was dies bedeutete, brauchte man nicht zu erraten.

»Niktins Qualitäten sind für uns unsichtbar«, sagte Schemjakin einmal mit anzüglichem Blinzeln zu Olga Walerinowna. »Muß ihn mal mitnehmen in die Sauna, dann weiß man mehr.«

Und als Olga ihn strafend anblickte, fügte er lachend hinzu: »Eine erfahrene Frau bist du doch. Könntest du einem Mann wie Niktin ins Gesicht blicken, während er ... na, du weißt, was ich meine?«

»Boris Igorowitsch«, sagte Olga etwas streng, »wie lange sind wir Mann und Frau?«

»Sechsundzwanzig Jahre.«

»Und hast du in sechsundzwanzig Jahren nicht bemerkt, daß ich immer die Augen geschlossen hatte ...«

Welch eine Antwort! Und dazu noch von Olga Walerinowna, über deren Lippen nie ein anstößiges Wort kam. Schemjakin brach in ein langanhaltendes Lachen aus und mußte sich setzen. Olga verließ daraufhin beleidigt das Zimmer und ging in die Küche.

Niktin war nach der Niederlage in Lebedewka mit Verbissenheit daran gegangen, andere Orte am Tobol von der Notwendigkeit des Kanals zu überzeugen. Auf der Strecke zwischen Tobolsk und Tjumen gab es eine Menge kleiner Ortschaften, Dörfer,`die an der geplanten Trasse lagen und dem Kanalbau zum Opfer fallen mußten. Große Ziele verlangen große Bereitschaft. Man kann nicht hundert Meter sprinten mit zwei linken Schuhen – einer der witzigen Kernsätze von Niktins Rede war das. In Lebedewka war er nicht einmal bis zu dieser Stelle gekommen, weil Großväterchen Beljakow ihn mit seinem wilden Kriegsruf: »Sechstausend Klopse« aus der Stolowaja getrieben hatte.

Besonders beschämend war es gewesen, daß ein Abgesandter von Lebedewka – der Schmiedelehrling Awdej Grigorijewitsch Korolew, ein Enkel des berüchtigten Dorfvorstehers – Niktin das auf der Flucht vergessene Material zurückbrachte: das Manuskript der Rede, die Fotos und Bilder, die Karten, die Pläne und Zeichnungen. Ganz aus dem Häuschen geriet Niktin aber, als er auf den Landkarten den eingezeichneten Kanal durchgestrichen sah, mit dickem Rotstift, und darüber waren die Worte geschrieben worden: »Bei uns nicht. Gez. Korolew.«

»Der Beweis!« schrie Niktin, hochrot der Kopf. »Den Beweis haben wir jetzt, frei Haus geliefert. Ein Geständnis ist das! Aufruhr! Terror! Verrat! Genossen, dieses Dorf muß verschwinden, ganz und gar verschwinden.«

Die Karten mit dem durchgestrichenen Kanal schickte er sofort nach Moskau zum Ministerium, direkt zum Genossen Minister Nikolaj F. Wassiljew, und schrieb dazu die glühenden Zeilen: »Aufgrund dieser Tatsachen wäre zu überlegen, das

Dorf Lebedewka sofort zu evakuieren und im asiatischen Teil unserer Republik anzusiedeln ...«

Die nächste Informationsfahrt, die Niktin in die Wege leitete, verlief friedlich. Die Dorfbewohner von Tatjan, Plonawskoje und Tukalunsk erwiesen sich als sehr aufgeschlossen für seinen Vortrag, hörten gelassen und still zu, spendeten sogar Beifall, schienen alles, was Niktin ihnen vorführte, zu verstehen – ein voller Erfolg war's!

Versöhnt mit den Leuten vom Tobol kehrte er nach Nowo Gorodjina zurück und berichtete mit gebührendem Stolz, daß die Aufklärungsarbeit, so wie er sie angeregt hatte, ebenso wichtig sei wie die Vorarbeiten der Geologen und Vermesser. Nur Lebedewka machte Schwierigkeiten, war die Zentrale der Halunken. Ein Rattennest. Dagegen sollte es keine Mittel geben?

Natürlich wußte Niktin nicht, daß den Leuten in allen Dörfern, bevor er zu seinem Vortrag erschien, ein kurzes Schreiben von Filaret vorgelesen worden war. Darin ermahnte er alle Freunde, ruhig zu sein, freundlich zuzuhören, Beifall zu klatschen, ein patriotisches Lied zu singen, kurzum: Potemkinsches Dorf zu spielen. Niktin sollte über kurz oder lang in seiner eigenen Sonne verbrennen.

Seine propagandistischen Aktivitäten brachten es mit sich, daß sein schönes Frauchen Maja Petrowna allein in Nowo Gorodjina herumsaß, sich schrecklich langweilte und vor Olga und Walja eine Modenschau vorführte mit eigenen Kleidern, Mänteln und Kostümen; neueste Kreationen aus Moskau und Leningrad – vor allem aus Leningrad, dem Mode-Paris der Sowjetunion. Bei den Schemjakins tauchte zwangsläufig die stille Frage auf: Woher hatte Niktin soviel Rubel, um das alles zu bezahlen? Sein Gehalt als Informationsleiter des Projektes Sib-Aral-Kanal entsprach in etwa dem Gehalt von Schemjakin, und Boris Igorowitsch wußte, was er sich leisten und nicht leisten konnte – auf keinen Fall einen Silberfuchsmantel, wie ihn die Niktina besaß.

»Einen Hintergrund hat jedes menschliche Geheimnis«, sagte er nach der Modenschau zu Olga, als sie beide im Bett lagen und er, wie jeden Abend, noch ein paar Seiten in einem Buch las. Seine Vorliebe galt historischen Romanen, die modernen Geschichten ärgerten ihn. »Bei Niktin sprudelt irgendwo eine unterirdische Quelle, und Maja Petrowna trinkt fleißig daraus. Auf solche Art wäre auch ein Niktin zu ertragen, ohne ...«, er sah Olga liebevoll an, »... die Augen zuzumachen.«

»Wo kann man, sag mir das mal, in Tobolsk einfach so einen Haufen Rubel finden? Das gibt's doch nicht!«

»Ein Jahrhundertprojekt wie der Kanal ist eine unerschöpfliche Zapfstelle.« Schemjakin legte das Buch auf die Brust und blickte nachdenklich an die Decke. »Zement ... jede Woche hundert Sack verschoben, wem fällt das auf bei dieser Menge Säcke? Aber es bringt Rubelchen. Moniereisen, Bretter, Balken, Ziegelsteine, Kalk, Dachpappe; alles, was ein Mann zum Hausbau braucht und worauf er Monate warten muß – da liegt's herum in den riesigen Lagern. Nur wegzukarren braucht man es, und für Rubel streckt sich immer eine offene Hand aus. Millionen gehen so im Land verloren. Nicht die Witterung frißt viele Pläne auf, nein, die Korruption. Und schlimmer wird's von Jahr zu Jahr. Den Alkoholmißbrauch wollen sie in Moskau stoppen, doch daran liegt es nicht. Die Beamten sollte man stoppen!«

»Und Niktin, glaubst du, ist einer von ihnen?«

»Hast *du* einen Silberfuchs? Trägst du ein französisches Modell? Warum reizt du mich nicht mit Spitzenunterwäsche? – Weil Boris Igorowitsch ein ehrlicher Mann ist. Mag dumm sein, sehr dumm, wo alle schieben – aber ruhiger lebe ich. Und auch Niktin kann keine Rubel zaubern ...«

Maja Petrowna langweilte sich also – wer kann das nicht verstehen bei einem so hübschen, fröhlichen Weibchen mit rötlichem Haar und blitzenden Äuglein. Niktin hatte es abgelehnt, sie auf seine Vorträge mitzunehmen. Wußte man, wie's auslief? Gab es irgendwo ein zweites Lebedewka! Nicht auszudenken war's, wenn Maja Petrowna miterleben sollte, wie Niktin, ihr Kisschen, von barbarischen Individuen ausgepfiffen wurde und ihm der wilde Kampfruf »Sechstausend Klopse!« entgegendonnerte.

»Die Gegend sieh dir an«, hatte Niktin seinem Frauchen geraten. »Jetzt, im Spätherbst, kurze Zeit, dann kommt der Regen, weht der Sturm alles weg. Schön wird's erst wieder, wenn der Schnee gefallen ist. Schlittenfahren, mit der Troika, mit Glöckchen am Geschirr der Pferde – wir werden es hier wunderbar haben, mein Liebling.«

Doch was ist eine flammende Taiga wert, wenn man allein herumstreifen muß? Zu Fuß den Waldsaum entlangzugehen, das war gar nicht nach Majas Geschmack. Bequem liebte sie es, in einem offenen Auto oder in einer Pferdekutsche, wie sie noch der Graf Manykin außerhalb von Tobolsk besaß, auch wenn er sich nicht mehr Graf nannte, sondern Genosse Betriebsleiter und in einer Lederfabrik arbeitete. In Nowo Gorodjina gab es jedoch keine Kutsche, und der einzige offene Wagen war Schemjakins Jeep, den meistens Walja Borisowna fuhr. Allerdings befand sich noch ein uraltes Gefährt in den Unterstellhallen des Lagers. Kaum einer in der Brigade konnte sagen, wie es dorthin gekommen war und was man mit ihm anfangen sollte: Um ein Beutestück aus dem Großen Vaterländischen Krieg handelte es sich, den Faschisten abgenommen, noch immer in den Tarnfarben gestrichen wie vor 41 Jahren, als man es eroberte; ein VW-Kübelwagen, unverwüstlich, wie man sah. Schemjakin hatte ihn bei der Erstausrüstung des Lagers aus Swerdlowsk bekommen, hatte ihn in die Ecke gestellt und nie gefahren.

»Anrühren soll ich ihn?« hatte er empört gerufen. »Mich dort hinsetzen, wo vorher der Hintern eines deutschen Offiziers gewesen ist? Was mutet man mir zu?!« Und als Walja sagte, es sei doch ein recht stabiler Wagen, und bei Gebrauchtwagen könne man sich den Hintern des Vorbesitzers nicht aussuchen, hatte Schemjakin geknurrt: »Gut, dann nimm du ihn! Die Jugend denkt ja immer, wir Alten seien im Hirn schon tot!«

Aber auch Walja fuhr den Kübel nicht lange; zu hart war er ihr. Er bohrte sich zwar durch jedes Gelände, aber als der neue

Jeep ins Lager kam, stellte man den Faschistenwagen endgültig in die Hallenecke.

»Wie ist's mit diesem alten Auto?« fragte Maja Petrowna schon am dritten Tag. Niktin war wieder unterwegs. »Dem in der Hallenecke, das buntlackierte Ding meine ich.«

»Ein deutsches Auto aus dem Krieg.« Schemjakin winkte ab. »Nur warnen kann ich Sie, Maja Petrowna. Einmal rund um das Lager, und Sie haben Schwielen an ihrem unbestreitbar schönen Popo.«

»Ein Kissen kann man unterlegen oder zusammengefaltete dicke Decken.« Ihre Wangen glühten vor Tatendrang und Begierde, der Langeweile zu entfliehen. »Darf man's mal ausprobieren, Boris Igorowitsch? Tut's der Motor noch?«

»Wie vor über vierzig Jahren. Ich mag die Deutschen nicht – wer mag sie schon? –, aber Autos bauen, das können sie. Gleich geht die Weisung raus an die Mechaniker. Die sollen den Kübelwagen putzen und fahrbereit machen. Wird eine neue Batterie gebrauchen.«

Am Nachmittag stand der Faschistenwagen vor Schemjakins Tür, blankgeputzt, wie gerade aus dem Werk gekommen, vollgetankt, mit neuer Batterie und einer dicken zusammengefalteten Decke auf den Vordersitzen. Ein weiter Weg von Orel bis Nowo Gorodjina am Tobol. In Orel hatte ein deutscher Hauptmann ihn stehenlassen wegen Spritmangels und war zu Fuß weitergerannt, hinter sich die dunkle Linie vorrückender russischer T-34-Panzer.

Mit leuchtenden Augen umkreiste Maja Petrowna das Auto, stieg ein, zündete den Motor, der hell und unternehmungslustig klang, gab vorsichtig Gas und rollte davon. Schemjakin, der mit Olga am Fenster stand, winkte ihr nach.

»Niktin ist doch ein Rindvieh«, sagte er. »Nur einer wie er läßt so ein Teufelchen allein.«

»Was kann sie hier schon anrichten, Boris Igorowitsch?« entgegnete Olga. »Die Bäume ansingen, Blumen rupfen, den Vögeln zuhören. Mit ihren Pariser Kleidern vermag sie hier doch keinen zu locken. Niktin wußte schon, warum er sie weggeholt hat aus Tobolsk. Halte ihn nicht für blöd. Ein Mann, der irgendwo eine Rubelquelle anzapft, ist kein Idiot.«

»Fein ausgedrückt«, knurrte Schemjakin und trat vom Fenster zurück. »So rücksichtsvoll, so diskret! Soll ich vielleicht anfangen. Zementsäcke zu verschieben? An die Dörfer ringsherum? Was hast du denn im Sinn? Einen Hermelinmantel? Einen Nerz? Seidene Höschen? Ein durchsichtiges Négligé?« Schemjakin nahm seine Mütze vom Haken, er wollte hinaus zum Damm. »Für Schiebereien gibt's die Todesstrafe. Ich aber möchte noch lange leben, auch wenn's hier in den Sümpfen ist ...«

Nachdem Maja Petrowna das Lager verlassen hatte, dachte sie: Wohin fährt man nun? Die Straße hinauf nach Tobolsk oder die Straße hinunter bis Sawodukowsk, zur großen Kreuzung nach Tjumen? Ist überall das gleiche: Einsamkeit, Stille, quälende Schönheit der Natur – quälend, wenn man allein ist. O Himmel, wie wird's im Winter werden?

Sie entschloß sich, nach Süden zu fahren und sich Lebedewka anzusehen. Niktin hätte sich die Haare gerauft, aber weit weg war er, kam erst am späten Abend zurück. Dann würde sich dasselbe abspielen wie immer: Er jubelte bis in die Nacht hinein von seinen Erfolgen. Und kam er schließlich zu ihr, tolpatschig und mit Speichel in den Mundwinkeln vor purer Geilheit, sagte sie mit süßer Stimme etwa: »Eine Bluse von Yves St. Laurent?« Und Niktin antwortete, vor Erwartung zitternd: »Eine Bluse ... wird gekauft ...« Danach benahm er sich wie ein Affe, und sie ließ es über sich ergehen. So etwas wie eine Bluse von Yves St. Laurent hatte nun eben ihren Preis ...

Bis zu den »Zehn Sängern« fuhr Maja Petrowna und hielt dort an. Ein Schicksalsort schien das zu sein, nicht nur für Soja, Masuk, Walja und Jugorow ... auch die Niktina geriet hier in einen Lebensstrudel.

Zwischen den Bäumen hatte bereits ein anderer Wagen geparkt, ein MAZ-69. Ein Rotarmist, ein Gefreiter, saß vor den Hinterrädern im Gras, und ein Offizier ging, den Kopf gesenkt, zwischen den »Zehn Sängern« hin und her. Er blieb mit einem Ruck stehen, sah erstaunt auf den ankommenden deutschen Beutewagen und auf die Frau, deren rötliche Haare im Wind wehten.

Er winkte, und sieh einer an: Die Rote winkte zurück. Wo kommt sie her? fragte er sich. Mit einem deutschen Kriegswagen? Wenn das nicht ungewöhnlich ist!

Er winkte nochmals, lief dann den kleinen Hang hinunter, und je näher er kam, um so mehr wuchs sein Staunen. Die schöne Frau musterte ihn mit lustigen Augen, von oben bis unten, ganz ungeniert, und fragte dann, bevor er das erste Wort fand:

»Auch geflüchtet vor der Langeweile? Man fragt sich wirklich: Was soll man tun, Major Nasarow?«

»Sie kennt mich, die schöne Unbekannte?« Nasarow ließ seinen Blick auf Majas Busen verweilen.

»Nur ein Major ist in der Gegend, und der heißt Nasarow«, sagte Maja mit einem kecken Augenaufschlag. »War nicht schwer zu erraten.«

»Leonid Antonowitsch ...« Nasarow stockte der Atem. Sein Blick glitt tiefer, über ihre Hüften, die Schenkel, ihre Beine – ein unverschämter Blick, aber Maja hielt ihm mit einem tiefgründigen Lächeln stand.

»Zufrieden?« fragte sie, als Nasarow ihr wieder in die Augen sah. »Einen Blick haben Sie wie ein Roßverkäufer.«

»Oder wie ein Käufer, der die herrlichste Stute endlich gefunden hat.«

»War das ein Kompliment, Major?«

»Das beste, das mir einfiel.«

»Die Übung fehlt, man merkt's. Hart muß man sein, um Ihre Komplimente aufzufangen.«

»Und Sie sind hart?«

»Wie Sie sehen, Major Nasarow. Die Stute habe ich verdaut.«

»Die wichtigste Frage, meine Schöne: Woher kommen Sie?«

»Aus Nowo Gorodjina.«

»Nicht möglich!«

»Aber doch!«

»Ich habe Sie dort nie gesehen.«

»Bin erst vor vier Tagen angekommen. Aus Tobolsk. Mit einem Hubschrauber. War das aufregend! Zum erstenmal mit einem Hubschrauber ..., ist das ein Gefühl ...«

»Wie immer beim erstenmal«, sagte Nasarow mit aller Frechheit, aber Maja Petrowna überhörte es schicklich. Allerdings spürte sie ein Kribbeln in ihren Nerven.

»So niedrig über die Dörfer, Felder, Sümpfe und Wälder hinweg. Man hätte sie greifen können. Sitzt dort in einer gläsernen Kanzel und schwebt über die Welt ...« Abrupt brach sie ab und fuhr in einem nüchternen Ton fort: »Ich bin die Frau von Jossif Wladimirowitsch Niktin, dem Leiter ...«

»Ich kenne den Genossen Niktin!« Nasarow ließ seinen unverschämten Blick wieder über ihren Körper gleiten. »Ein Glückspilz! Beneidenswert! Eine solche Frau ...«

»Maja Petrowna ...«

»Um Verzeihung bitte ich, aber ich bin begeistert.«

Er nahm ihre Hand, küßte sie und hielt sie fest. Nasarow, den sie alle haßten. Nasarow, der Selbstherrliche – das sagte Schemjakin. Nasarow, das Ekel – so nannte ihn Walja. Nasarow, das Schwein – dies war die Meinung von Jugorow. Nasarow, das Hindernis – klagte Niktin. Nasarow, der eitle Pfau – bezeichneten ihn die »Zwillinge« Krasnikow und Meteljew.

Nasarow, ein Mann, der Maja Petrowna interessierte, und zwar genau deshalb, weil keiner ihn mochte. Das Außergewöhnliche hatte sie schon immer angezogen wie ein Magnet. So, wie bei Niktin, als er vor acht Jahren in das kleine Theater von Tobolsk gekommen war, wo sie als Soubrette in der »Fledermaus« agierte – in einer Nebenrolle nur; ein paar Worte, ein gesangliches Trällerchen, mehr nicht. Aber Niktin schickte ihr ein Kärtchen in die Garderobe, lud sie zum Abendessen ein, und da sah sie zum erstenmal, welche bedeutenden, natürlich geheimen Rechte ein Funktionär hat. Noch nie hatte sie so herrlich gegessen und getrunken: den feinsten Lachs, den saftigsten Stör, das zarteste Fleisch, dazu Champagner, französischen ... Ein Traum war's damals. Ja, und danach, nach diesem göttlichen Essen? Wie war es weitergegangen in Niktins kleiner, aber feiner Wohnung?

Da hatte ein Ring sie überzeugt, ein Ring mit drei sibirischen Diamanten. Und hingerissen war sie von Niktins Potenz, die alles übertraf, was sie in ihrem durchaus nicht eintönigen Leben überstanden hatte.

Als sie merkte, daß sie bei Niktin in Rückenlage alles zu erreichen vermochte, was sie wollte, heiratete sie ihn mit dem dunklen, tief verborgenen Hintergedanken, daß sie die schöneren Männer, die ihr künftig begegnen würden, nur zu lieben Kurzbesuchen empfangen konnte. Mit solchen Nebeninteressen auf Zeit hatte es sich zufrieden und erfolgreich leben lassen über diese acht Jahre Ehe hinweg.

Und nun also Nasarow, der Interessante. Ein Eisenfresser, den man biegen konnte. Ein Abenteuer war das wert.

Niktin, wie kann man eine Frau wie Maja Petrowna in eine solche Einsamkeit versetzen ..., du Idiot!

»Einen kleinen Ausflug machen Sie, Maja?« fragte Nasarow und hielt noch immer ihre Hand fest. »Wohin?«

»Irgendwohin ...«

»Eine wunderbare Stelle, dieses Irgendwo! Zauberhaft. Eine Gegend, schön wie Sie. Eine gute Wahl haben Sie getroffen.«

»Begleiten Sie mich nach Irgendwo, Leonid Antonowitsch?«

»Mit dem größten Vergnügen, Maja.«

»Mit Ihrem oder mit meinem Wagen?«

»Mein Fahrer kann hier warten. Natürlich mit Ihrem Wagen. Neben Ihnen.« Er stieg ein, räkelte sich etwas und schrie zu dem Gefreiten hinüber: »Du wartest hier!«

»Ich warte, Genosse Major!« schrie der Soldat zurück.

Nasarow beugte sich zu Maja, berührte ihren Hals mit den Lippen und sagte dann gepreßt: »Fahren wir! Wo liegt Irgendwo? In welcher Richtung?«

»Richtung Lebedewka«, antwortete sie mit Wonne. Die Aufregung kletterte in ihr empor.

»Lebedewka? Warum?« Nasarow war zurückgezuckt. »Was zieht Sie nach Lebedewka?«

»Ziehen? Nichts. Ich kenne es nicht. Am Wege liegt es nur ..., hindurch müssen wir ...«

»Um nach Irgendwo zu kommen?«

»So dachte ich's mir.« Maja Petrowna musterte Nasarow von der Seite. »Haben Sie einen anderen Vorschlag, Leonid Antonowitsch?«

»Zur anderen Seite.«

»Da komme ich her.«

»Und dann nach links hinein in die Wälder ...«

»Da gibt es auch ein Irgendwo?«

»Ein schöneres noch ..., es heißt Deinetwegen ...«

»Das muß man gesehen haben.« Nasarow, der Verfluchte – wie galant er sein konnte, wenn er in Fahrt kam, wie raffiniert, wie witzig ... »Ans Steuer müssen jetzt aber Sie. Ihr Weg ist es.«

Sie wechselten die Plätze, Nasarow ließ den Kübelwagen an und klopfte mit der Faust auf das blecherne Armaturenbrett. »Damit haben die Faschisten Polen und Frankreich und Rußland überfallen, und jetzt bringt er uns zu Deinetwegen ... Wer hätte das gedacht? Auch eine Art der Wiedergutmachung.«

Er lachte, gab Gas und lenkte nur mit einer Hand. Den anderen Arm hatte er um Majas Schulter gelegt – so geschickt, daß die Spitzen seiner Finger ihren Brustansatz berührten. Unruhige Finger, die zart auf die Wölbung von Majas Busen trommelten, im Rhythmus sogar, als lausche Nasarow einer inneren Melodie.

Durch einen lichten Wald fuhren sie, bogen in einen engen Weg ein, angelegt für den Transport gefällter Bäume – keine Schwierigkeit für einen deutschen Kübelwagen.

Plötzlich, auf einer kleinen Lichtung mit hohen Farnen und verfilzten Brombeerbüschen, hielt Nasarow an und stellte den Motor ab. Maja Petrowna sah sich voll Interesse um.

»Das ist Deinetwegen?«

»Ja«, antwortete Nasarow mit belegter Stimme.

»Sehr einsam, Leonid Antonowitsch ...«

»Aber man ist dem Himmel näher. Man kann die Sterne greifen.«

»Jetzt scheint die Sonne.«

»Die Sonne! Ihre Strahlen spürt man auf der Haut, tief in der Brust ... im Blut ...«

»Schreiben Sie heimlich Gedichte, Nasarow? Ein Poet sind Sie.«

»Nur bei bestimmten Gelegenheiten.« Er stieg aus, hob Maja wortlos aus dem Wagen, trug sie auf seinen Armen zu den Farnen und legte sie dort auf den Boden. So hoch waren die Farne, daß ein liegender Mensch völlig darin verschwand.

»Beichten Sie, was Sie jetzt denken, Leonid«, sagte sie. Unter seinen Händen dehnte sie sich, seine Finger tasteten über ihre Brüste, knöpften die Bluse auf, nestelten am Rock und schwebten über ihre Schenkel.

»Muß ich das sagen?«

»Bitte ... ja ...«

»Die schönste Frau bist du für mich. Und ich denke: Wir werden glücklich sein.«

»Ein anmaßender Mensch sind Sie«, flüsterte Maja Petrowna. »Ein brutaler Mann ... ein Schinder ... ein wildes Tier ... ein verdammter, wunderbarer Schuft ... ein ... ein ...«

»Jetzt wäre es am besten ...«, hauchte Meteljew. Nicht weit von dem Liebespaar lag er neben Krasnikow flach hinter einem Brombeerbusch und betrachtete die wogenden Farne. »Vier lange Sprünge, ein Schuß in den Nacken – die klassische Form der Liquidierung. Nichts kann mehr schiefgehen.«

»Wir dürfen keine Zeugen haben«, flüsterte Krasnikow zurück.

»Wie stirbt sich's schöner als in der Umarmung? Du Nasarow, ich die Niktina.«

»Nicht jetzt. Es gibt noch andere Gelegenheiten.« Lautlos kroch Krasnikow zurück wie eine Riesenechse, wälzte sich dann auf den Rücken und schüttelte den Kopf. Daß du das nicht begreifst, hieß das. Gemein und niederträchtig ist's, einen Mann beim Vögeln zu ermorden ...

Am Sonntag nach der Messe holte Jugorow die zwanzig Stangen Dynamit ab.

Väterchen Schagin hatte die Gemeinde gesegnet. Wassja, der Totengräber, stimmte den letzten Choral an. Alle waren sie versammelt, denn man hatte gemeinsam ein Gebet für den verschwundenen Masuk gesprochen und um Gnade für seine Seele gebettelt.

An der hinteren Wand, weggequetscht wie zwei Flöhe, standen Soja und der alte Trofimow, wieder abgeschirmt durch die alten, furzenden Weiber. Allerdings hatte diesmal auch Trofimow vorgesorgt: Zum Frühstück hatte er neun dicke, saftige, scharfe Zwiebeln von der eigenen guten Ernte gegessen, fühlte sich wie ein aufgeblasener Gasballon und wartete fiebernd auf den ersten fauligen Furz eines der Weiber, um gebührend antworten zu können. Aber siehe da – in den Gedärmen der Alten regte sich nichts, während Trofimow zu platzen meinte. Mit rollenden Augen stierte er um sich, schnupperte immer wieder, aber kein Hauch kam aus den Röcken; ein Gipfel der Gemeinheit und Niederträchtigkeit.

Kurz vor dem Endchoral drängte er sich hinaus, in höchster verzweifelter Not, erreichte den Ausgang, wo auch noch einige Gläubige standen, stürzte ins Freie die drei Stufen hinunter, und diese schnelle Bewegung gab ihm den Rest. Ein fürchterlicher Donner entwich ihm, ein knatterndes Gewitter. Die auf der Treppe Stehenden zuckten zusammen, denn aus der Kirche klang in diesem Augenblick der fröhliche Gesang: »... so spricht der Herr zu dir ...«

Beschämt, gesenkten Hauptes, schlich Trofimow davon.

Die Kirche leerte sich, zum Sonntagstrunk setzte man sich zusammen. Nur Korolew blieb zurück, stand neben Jugorow vor der Ikonostase und wartete auf Schagin, der aus Sparsamkeitsgründen erst einmal alle Kerzen, bis auf das Ewige Licht, ausblasen mußte. In Moskau und Leningrad ist das einfacher, da sind die Gemeinden reich. In Swerdlowsk bereits sieht es anders aus. In Lebedewka reichte jede Kerze fast ein ganzes Jahr. Versucht hatte man schon, aus Bienenwachs eigene Kerzen zu ziehen, aber in heißen Sommern bogen sie sich in den Kerzenständern zur Erde, ein unschönes Bild, das außerdem Goldanski, dem sechsfachen Vater, zu dem Ausruf hinriß: »Welche Symbolik für Schagin – nichts steht mehr!« Und wenn sie standen, brannten sie derart schnell herunter, daß man sich ausrechnete: So konnte das Wachs der Bienenvölker von Lebedewka nur für vier Monate reichen.

Waljas Jeep zu bekommen, war für Jugorow keine Schwierigkeit gewesen. Sie besuchte keine Kirche, war atheistisch aufgewachsen, und wenn sie sagte »Lieber Himmel!« oder »O Gott!«, dann waren es nur überlieferte Ausrufe und hatten mit Religion oder Glauben nichts zu tun.

Gewöhnt hatte sie sich daran, daß Jugorow jeden Sonntag die Messe besuchte. »So erzogen bin ich«, sagte er, »und hab's nicht abgelegt. Die schönsten Stunden waren immer, wenn ich mit meiner Mutter in der Kirche saß. Bei uns in Tallinn saß man, da hatte jeder seinen Platz in den Bänken, vererbt über die Jahrhunderte ... Da kann auch Lenin nichts machen!«

Walja Borisowna sah das ein. Nur eine Frage quälte sie immer, wenn sie Igor den Jeep lieh: »Wirst du Soja sehen?«

»Bestimmt. Noch immer eifersüchtig. Liebes? Jetzt noch?«

»Es gibt keinen Masuk mehr ..., sie ist frei.«

»Sie war immer frei. Auf Masuk fluchte sie.«

»Bring sie mit, nach der Kirche«, sagte sie. »Essen kann sie bei uns.«

»Ihr Vater ist bei ihr, Walja.«

»Sie soll ihn mitbringen.«

»Trofimow am Tisch von Schemjakin?! Eher fließen die Wasser des Ob jetzt schon rückwärts. Und ohne Vater kommt Soja nicht. Sie läßt ihn nicht allein. Nicht mehr ...«

Nun wartete der Jeep hinter der Kirche, auf dem Weg zum Friedhof, wo seit zwei Tagen ein mächtiges Birkenkreuz am Grab von Kulinitsch stand. »Welch eine Ironie!« hatte Korolew ausgerufen. »Der Sprengstoff wird transportiert von einem Wagen des Opfers. Das muß in die Chronik hinein.«

Schagin hatte nun alle Kerzen ausgeblasen, legte sein Meßgewand ab und wusch sich die Hände, mit denen er das Bronzekreuz gehalten hatte. »Jetzt bin ich, bis auf mein Gelübde, wieder der Bürger Kyrill Vadimowitsch Schagin, und kann dir die Stangen Dynamit geben, Jugorow. Ich reiche sie dir raus.«

»Kann ich nicht helfen?« fragte Jugorow.

»Helfen? Hinter die Ikonostase willst du? Zum Allerheiligsten? Nur ein Priester darf dahin – und ab und zu der Maler.«

»Aber Sprengstoffkisten dürfen es.«

»Sind keine lebenden Wesen, Igor Michailowitsch. Sag nichts weiter! Man muß Prinzipien haben.«

»Bevor wir die Stangen umladen«, warf Korolew ein, »sollten wir Jugorow erst fragen, wo er sie im Lager verstecken will. Doch nicht unter seinem Bett ...«

»Bei den Hunden«, sagte Jugorow. »Der sicherste Platz ist das. In den Zwinger geht niemand rein, außer mir. In eine der Hundekisten schiebe ich den Karton.«

»Und wie kommt der Karton in die Hütte?«

»Ein Karton aus der Küche ist's. ›Nudeln‹ steht darauf.«

»Nudeln!« Schagin warf begeistert die Arme hoch. »Riesenspaghettis! Krachend frisch. Bist ein Teufelskerl, Jugorow.«

»Nicht besser als du mit deiner Ikonostase. Unschlagbar ist sie.« Jugorow rieb sich die Hände. »Fangen wir an?«

»Herbei mit der Nudelkiste!« Schagin tanzte lachend davon. Die schwere, goldverzierte Tür der Ikonostase fiel hinter ihm zu. Wie's dahinter aussah, wußte niemand. Den Schreiner Kabanow und den Maler Stramlitski hatte man verhört. Aber die hatten gezetert und beteuert, sie hätten einen Schwur geleistet, aufs Osterkreuz, vor dem Bild der Mutter Gottes. Der Fluch für alle Ewigkeit würde sie treffen, hatte Schagin außerdem gedroht.

Korolew und Jugorow verließen die Kirche, gingen um sie herum und warteten dann am Jeep auf den Popen. Hinter ihnen, auf dem Friedhof, begoß die Witwe Rosa Dementinowna das Grab ihres Mannes und sprach halblaut mit dem Toten.

»Sie stört mich«, sagte Jugorow leise. »Zwei Augen zuviel.«

»Nicht bei Rosa; halbblind ist sie«, erklärte Korolew. »Wenn sie ein Bild betrachtet, hat man Angst, sie frißt es auf ... Auf die Entfernung sieht sie gar nichts. Wo wir stehen, ist Nebel für sie.«

Schagin erschien am Hinterausgang und wedelte mit den Händen.

»Die Nudeln!« rief er fröhlich.

Jugorow gab ihm den Karton. »Zwanzig Stäbe, das ist zu schwer für dich. Laß dir doch helfen.«

»Zu schwer! Hörst du das, Korolew? Zu schwer! Traut einem Popen wohl nichts zu? Ein inniges Gebet, Igor Michailowitsch, und sie schweben mir in der Hand.«

Mit dem Nudelkarton verschwand er wieder in der Kirche. Auf dem Friedhof erzählte Rosa ihrem verstorbenen Mann, daß sie heute Kohlrabi gekocht habe, mit einer Kümmelsoße, die er immer so gern gegessen hatte. Inzwischen ging Korolew unruhig hin und her. Ihm dauerte das alles viel zu lang.

»Muß er erst die ganze Ikonenwand demontieren?« sagte er ungeduldig. »Oder segnet er jede Dynamitstange? Die Zeit rast davon ...«

»Gerade zehn Minuten sind's, Grigori Valentinowitsch. Wer weiß, wo er sein Versteck angelegt hat.«

Nach fünfzehn Minuten erschien Schagin wieder an der Tür, keuchend, mit glühenden Backen, mit schleifenden Schuhen, und er trug tatsächlich allein den schweren Karton auf der rechten Schulter und rollte mit den Augen.

»Abnehmen ...«, keuchte er. »Nehmt mir's ab, ihr Klötze! Mein Gebet reicht nur bis zur Kirchentür ...«

Korolew und Jugorow stürzten auf Schagin zu, erwischten den Karton im letzten Augenblick, bevor er dem Popen von der Schulter rutschte, und gemeinsam trugen sie die »Nudeln« zum Jeep. Korolew stellte erstaunt fest, daß Jugorow den Karton völlig frei auf den Rücksitz schob, ohne eine Decke darüber, ohne ihn zu verstecken.

»So offen willst du das Dynamit ins Lager bringen?« fragte er.

»Nudeln ... Korolew, denk nach. Den Karton siehst du, Nudeln steht drauf. Würdest du als Brigadist etwas anderes vermuten? Vor allem, wenn ich ihn fahre?«

»Nein. Aber auf dem Weg nach Nowo Gorodjina könnte eine Streife von Nasarow dich aufhalten und kontrollieren.«

»Mich! Einen Nudelkarton werden sie nur mit hungrigen Augen ansehen.« Er setzte sich hinter das Steuer und gab Korolew die Hand. »Danke, Grigori Valentinowitsch.«

»Wofür?«

»Das Mißtrauen hast du abgelegt.«

»Ein Irrtum, Igor Michailowitsch. Filaret hat es befohlen.«

»Und warum noch immer das Mißtrauen?«

»Bleiben wird's, solange du Jugorow heißt.« Korolew trat nahe an den Jeep heran. »Dein Russisch hat einen fremden Unterklang. Doch das ist es nicht allein: Du denkst nicht russisch, du fühlst nicht russisch ... Erklären kann man's nicht, aber ich spür's. Doch wird das etwas ändern? Auf unserer Seite kämpfst du, das allein ist wichtig. Auch wenn du an Hamburg und andere Küsten denkst.«

»Beispiele waren das doch nur!« Jugorow schüttelte den Kopf. »Zeigen wollte ich euch, wie groß die Katastrophe in aller Welt ist, wie sich das Klima verschieben wird, wie ökologische Zusammenbrüche entstehen und daß Rußland mit diesem sogenannten Jahrhundertwerk ganz Europa bedroht ... Sie wissen es genau in Moskau, sie dementieren, verniedlichen, verspotten die westlichen Berechnungen, Argumente, Beweise. Hirngespinste nennen sie die westlichen Bedenken. Wenn ihr's verstehen könntet, legte ich euch Für und Wider vor, und schwitzen würdet ihr vor Entsetzen ... Aber ihr versteht es nicht.«

»Wir dummen, hirnlosen Bauern am Tobol«, sagte Korolew bitter.

»Nein. Selbst internationale Wissenschaftler haben Mühe, das zu begreifen!«

»Aber ein Jugorow kann's! Ein einfacher Traktorfahrer in einer Baubrigade. Bisher weiß keiner deinen wirklichen Beruf.«

»Kein Geheimnis ist das. Ich bin Journalist.«

»Ein Zeitungsschreiber?« Korolew trat vom Jeep zurück. »Gut geantwortet, Igor Michailowitsch. Ein Intellektueller! Kaum fragen werden da die Leute aus Scheu, für dumm zu gelten.«

»Auch eine Erklärung!« Jugorow lachte. Das Thema wechseln, dachte er. Ein feines Gefühl hat Korolew, einen ausgeprägten Instinkt. Wer hätte das erwartet? »Noch nichts von Masuk?« fragte er.

»Gar nichts. Nicht einen Krümel aus seiner Tasche. Die Suche haben wir eingestellt. Gibt kein Stück Erde mehr im weiten Umkreis, das wir nicht untersucht haben. Im Sumpf muß er versunken sein; die einzige Erklärung ist das.«

»Aber sein Pferd ..., zurückgekommen ist es. Es hätte mit Masuk im Sumpf bleiben müssen. Ein Mensch kann sich eher retten als ein Pferd.«

»Wer weiß, was im Sumpf geschehen ist. Masuk gibt es jedenfalls nicht mehr. Du hast seine Aufgabe übernommen, du bist der neue Chef. Wir respektieren Filarets Anordnungen, wie du siehst.«

»Habt ihr einen Verdacht?« fragte Jugorow. »Masuks Verschwinden ... Gedanken habt ihr euch doch gemacht.«

»Viele Gedanken.«

»Verdächtigungen?«

»Auch ...«

»Wie, meint ihr, könnte es gewesen sein?«

»Im Dorf hatte Masuk keine Feinde, und aus dem Dorf kam er auch selten heraus. Wer also sollte ihn umbringen? Nur zwei hatten einen Grund; eine davon hält Nasarow fest, streichen wir sie also ab. Bleibt nur noch eine ...«

»Soja Gamsatowna?«

»Das denken wir. Noch ist's nicht zu beweisen. Grund hatte sie genug. Und Zeugen gibt es nicht. Jankowski will einen Schuß gehört haben, er war draußen auf dem Kartoffelfeld. Einen ganz fernen Schuß. Aber wer glaubt's ihm? Halbtaub ist er. Neben einer Rakete kann er stehen und hört nur ein Säuseln.«

»Das beweist immerhin«, sagte Jugorow ernst, »daß der

Schuß ganz in der Nähe von Jankowski gefallen ist, sonst hätte er den ›fernen‹ Schuß nicht gehört.«

»Das ist richtig.« Korolew sah Jugorow dankbar an. »Wir werden diese Gegend noch einmal durchsuchen. Hat man es Svetlana Victorowna jetzt gesagt?«

»Ja.«

»Und wie nahm sie's auf?«

»Die Mörderin ist Soja Gamsatowna, hat sie geschrien.«

»Wie richtig! Sie spürt es auch! Sie kennt die Gründe ... Wir sollten Soja noch einmal verhören, mit anderen Mitteln ...«

»Auch das hat die Masuka geschrien: Prügelt sie, bis sie alles gesteht. Ersäuft sie wie Masuk im Sumpf ...«

»Eine sehr gute Methode. Hatte immer Erfolg.«

»Auch dieses Mal wird sie Erfolg haben. Man wird herausprügeln, was man hören will. Im Mittelalter lebt ihr noch, in der Hexenfolterzeit! Korolew, hör zu und sag's allen anderen: Soja kann Masuk nicht getötet haben. In den Stunden, wo Masuks Pferd allein zurückkam, waren wir bei Soja: die Genossin Ärztin und ich. Genügt das?«

»Im Schwarzen Haus ward`ihr? Ich habe euch im Jeep durchs Dorf fahren sehen, das stimmt.«

»Viele haben uns gesehen.« Jugorow ließ den Motor an. »Wenn Soja wirklich Masuk erschossen hätte, dann müßten wir dabeigewesen sein.«

»Das überzeugt.« Korolew trat noch einen Schritt zurück. »Bedauern wird man im Dorf, den Trofimows nicht an den Kragen gehen zu können.« Er hob die Hand. »Viel Glück, Igor Michailowitsch. Gebrauchen kannst du's ...«

Jugorow nickte, fuhr an und hatte schnell den hinteren Teil der Kirche verlassen. Korolew und Schagin sahen ihm nach, bis er in der Biegung der Straße verschwand.

»Du vertraust ihm, was?« sagte Korolew zu Schagin.

»Ein nützlicher Mann ist er.«

»Ein undurchsichtiger, sag' ich ...«

»Ein raffinierter Bursche. Ein wahrer Schweinehund! Ein Lügner, daß der Himmel herunterbrechen müßte.«

»Kyrill Vadimowitsch, so ist es wirklich ...«

»Aber nützlich! Ertragen wir ihn also.«

»Jugorow ist kein Russe.«

»Was soll's, Grigori Valentinowitsch, die wenigsten Menschen kennen die Kuh, deren Milch sie trinken, und sie schmeckt ihnen dennoch. Kommt's drauf an, wo die Kuh steht? Welche Farbe ihr Fell hat? Wer sie melkt? Praktischer sollten wir denken, Korolew. In drei Tagen hat die Baubrigade nichts mehr zu fressen – das ist wichtig! Und nicht, ob Jugorow ein fremdes Russisch spricht.«

»Wenn's ihm gelingt.«

»Woran ich gar nicht zweifle.« Schagin blickte hinüber zu der Witwe Rosa Dementinowna. Sie hatte ihrem toten Mann genug erzählt, klopfte abschiednehmend auf das Kreuz und verließ den Friedhof. »Laß uns ein Gläschen trinken«, sagte Schagin fröhlich. »Komm herein, Korolew. Ein schöner Sonntag ist's ...«

Unangefochten erreichte Jugorow das Lager. Nur wenige Menschen waren auf den Straßen, die Mittagszeit war's, und wenn es Essen gibt, geht keiner mehr spazieren.

Jugorow hielt vor dem Zwinger, die Hunde sprangen bellend und freudig heulend am Drahtgitter empor, ihren Oberleithund begrüßend, und Ilja wartete wieder an der Tür, um ihm als erster – das stand ihm zu – die Hand zu lecken.

Schwer war der Nudelkarton, schwerer, als normalerweise Nudeln sein können. Jugorow hatte Mühe, ihn bis zu einer Hundebox zu tragen, schob den Karton hinein. Es war Laikas Hütte, und wenig Platz blieb ihr nur noch übrig.

Ich nehme sie mit, dachte Jugorow. Bei mir im Zimmer kann sie die drei Nächte schlafen. Es wird ihr gefallen.

Ein großer Fehler war's, den Jugorow nicht erkannte. Mit Weibchen hatte er's zu tun, und wenn er Laika mitnahm, würde Taiga sich zu einer Bestie verwandeln.

Die Schemjakins aßen schon, als Jugorow hereinkam und einen schönen Sonntag wünschte. Köstlich roch es nach gebratenem Fleisch ...

Karabach Chorowaz hatte Olga auf den Tisch gebracht, das sind Schweinespießchen mit einer Sauce aus Granatapfelsirup ...

»Was hat der Pope nun gepredigt?« fragte Schemjakin kauend. »Muß immer dasselbe sein, nicht wahr? Frag mich manchmal: Was erzählen sie bloß?!«

»Über tausend Seiten hat die Bibel ... Stoff genug.«

»Sind doch nur Märchen.« Schemjakin streifte einen neuen Schweinespieß auf seinen Teller. »Wandelt über einen See, dieser Jesus. Wie bei dem wilden Taigajäger, der über die Baumwipfel reiten kann.«

»Schagin hat gepredigt, daß wir alle Brüder sind«, sagte Jugorow. Walja füllte seinen Teller mit zwei Spießchen.

»Nur kümmert sich keiner darum. Also, was soll's? Nur leere Worte, vergeudete Zeit. Kein Bruder möchte ich von Nasarow sein ...«

Maja Petrowna, die auch am Tisch saß, neben Niktin, ihrem Mann – in einem Kleid, aus dem der halbe Busen guckte –, tauchte ein Stückchen Schweinefleisch in die Granatapfelsauce. »Nasarow«, sagte sie mit unschuldsvoller Miene, »immer hört man Nasarow. Als wenn's ein Teufel wäre ...«

»Nicht weit weg ist er davon.« Schemjakin putzte sich den Mund mit einer Serviette. »Überrascht habe ich ihn heute vormittag bei den Hunden.«

»Bei den Hunden?« Jugorow hob den Kopf.

»Nasarow war hier, hier im Lager?« Die Augen der Niktina glänzten. »Da hätte man ihn endlich sehen können.«

»Was wollte er bei den Hunden?« fragte Jugorow und aß weiter, als sei das eine belanglose Frage.

»Nur angesehen hat er sie. Nein, angestarrt. Irgendwie fasziniert. ›Herrliche Tiere, Genosse Major‹, hab ich zu ihm gesagt, ›abgerichtet auf den Mann, kennen kein Pardon, zerreißen jeden.‹ – ›Und wie sollen sie eingesetzt werden?‹ fragte Nasarow. – ›Freilaufend‹, sage ich. ›Jede Nacht ab elf Uhr. Gibt keinen besseren Schutz. Niemand kann dann mehr herumschleichen ...‹ – ›Und wer betreut die Hunde?‹ fragt er. Ich sage: ›Jugorow.‹ Ja, und was antwortet er da? ›Jugorow? Welch eine Entscheidung! Für diese herrlichen Tiere beauftragt man einen Schweinehund?!‹ – Was sagt ihr dazu?«

»Er liebt mich nicht.« Jugorow aß grinsend weiter. »Wie soll man's auch anders erwarten. Beruht auf Gegenseitigkeit.«

Maja Petrowna äußerte sich nicht dazu. Versunken in Gedanken löffelte sie den Nachtisch, entsteinte Kirschen, süß-sauer eingelegt, und nur sie allein wußte, weshalb Nasarow in das Lager gekommen war und sich die Hunde angesehen hatte.

Nicht nur ein großer Esser und Trinker war Niktin, nicht nur ein großer Redner und Patriot – er war auch ein vorzüglicher Schläfer, sofern er sich nicht gerade um Maja bemühte. Acht Jahre Ehe schleifen jede Leidenschaft etwas ab, und so wurde nicht mehr, wie früher, jede Nacht durch Niktins Potenz verkürzt. Vor allem im letzten Jahr hatte er die Nächte vorwiegend für den kräftigenden Schlaf genutzt und wenn er erst einmal schlief, dann gründlich! Mithin blieb Zeit genug für Maja, sich in der Dunkelheit heimlich aus dem Zimmer zu schleichen und in die Arme des draußen wartenden Nasarow zu fallen.

Wie aber sollte es nun weitergehen, wenn demnächst nachts die Hunde frei herumliefen? Nicht einen einzigen Schritt würde Nasarow mehr ins Lager hereinkommen, ohne von den zehn scharfen Biestern zerfleischt zu werden. Verdammt sei diese Meute!

»War Soja in der Kirche?« fragte Walja nach dem Essen. Schemjakin und Niktin saßen in der Sesselecke und rauchten, Olga hantierte in der Küche, und Maja Petrowna legte Karten, um sie zu befragen, wie's weitergehen könnte mit Nasarow.

»Ja, mit ihrem Vater.«

»Hast du sie gesprochen?«

»Nein. Noch vor Ende der Messe stürzte der alte Trofimow aus der Kirche. Kurz darauf folgte Soja ihm. Als ich herauskam, waren sie fort.«

»Ach ja, da ist noch etwas!« rief Schemjakin aus der Ecke. »Nasarow hat etwas angekündigt.«

»Neue Schweinereien?« fragte Jugorow ahnungsvoll.

»Nein. Nichts, was uns angeht. Am Dienstag kommt aus Tobolsk ein Sondergericht in das Soldatenlager. Anklage und Prozeß gegen Beljakow wegen Mordes. Ist anzunehmen, daß er noch diese Woche erschossen wird. Nasarow spricht von einem Feiertag ...«

Jugorow und Walja Borisowna wechselten einen schnellen stummen Blick und verstanden sich sofort: Am Dienstag durfte Beljakow nicht mehr Nasarows Opfer sein!

Etwa zur gleichen Zeit diskutierten die »Zwillinge« die neue Situation. Auch sie hatten von Schemjakin erfahren, daß ein Sondergericht aus Tobolsk kommen würde, um Beljakow zum Tode zu verurteilen – ein anderer Richterspruch war nach der vorausgegangenen willkürlichen Darstellung der Vorgänge gar nicht denkbar.

»Zwei Möglichkeiten gibt es, diesen Wahnsinn zu verhindern«, meinte Krasnikow und trank zur Beruhigung ein Gläschen Wodka. »Entweder erlebt Nasarow diesen Dienstag nicht mehr – oder Beljakow muß bis dahin verschwinden, und mit ihm auch alle anderen Geiseln.«

»Das heißt«, nickte Meteljew, »nur der Montag bleibt uns noch.« Er war gerade dabei, seine Waffen zu putzen, die Verschlüsse zu ölen, die Läufe durchzuziehen, obwohl er bisher noch keinen Gebrauch von ihnen gemacht hatte. Doch das war ihnen anerzogen worden, vor allem in der SPEZNA-Schule:

Die Waffe ist das wichtigste in eurem Leben, denn sie schützt euer Leben. Nur eine Ladehemmung genügt, um euch auszulöschen. Haltet euren Pistolenlauf sauberer als euren Schwanz!

So etwas leuchtet ein, das vergißt man nicht. Erinnert wird man daran bei jedem Pinkeln.

»Nicht zu schaffen, Victor Ivanowitsch.«

»Ich überlege –«, sagte Krasnikow langsam.

»Weder Nasarow noch Beljakow kann man wegzaubern. Es soll dergleichen geben, Wunderstrahlen, Fernhypnose, Telepathie, gedankliche Befehle ... hab mal davon gelesen ..., aber so was liegt uns nicht. Nur noch Montag ... Mir wird unbehaglich, Krasnikow.«

»So aussehen müßte es, als hätten die Hunde Nasarow zerrissen.«

»Sehr gut! Nur: Wie bekommen wir Nasarow in den Zwinger?«

»Nicht in den Zwinger. Nasarow schleicht sich nachts ins Lager, um Maja Petrowna zu beschlafen. Die Hunde stellen ihn: Nicht eine Chance hat Nasarow mehr.«

»Ein kleiner Fehler ist dabei«, sagte Meteljew und zog den Putzer durch den Lauf einer Pistole. »Nasarow kommt nicht. Bekannt ist ihm, daß die Hunde frei herumlaufen. Und wenn's die Niktina noch so gut kann – hier siegt bei Nasarow die Vernunft.«

»Heranlocken müßte man ihn. Hierherlocken. Auf die uralte Art, die noch jeden Mann zum Trottel werden ließ: Ein Briefchen – früher nannte man es galant ein Billett – an Nasarow: ›Keine Angst, mein Liebling, die Hunde sind heute nacht noch nicht draußen. Jugorow arbeitet noch mit ihnen. Warte auf mich in der neuen Maschinenhalle ...‹ Das fährt auch Nasarow in die Beine und in den Schwanz – und weg ist die Vernunft.«

»Und außerdem ist's wahr. Die Hunde sollen erst nächste Woche freigelassen werden. Sagt Schemjakin.«

»Dann hat ein Unbekannter nachts die Tür des Zwingers geöffnet.«

»Wer kann das tun, ohne sofort angefallen zu werden? Keiner glaubt das. Nur einer könnte die Tür geöffnet haben, und das ist Jugorow. In große Schwierigkeiten wird er kommen. Willst du das?«

»Ein netter, guter Mensch ist Igor Michailowitsch. Gewiß. Aber die Sache geht vor. Und ein Alibi wird er haben: Walja schläft bei ihm.«

»Heute nicht. Einen Hund hat er mitgenommen, da ist sie wütend weggelaufen.«

»Einen Hund hat er hier?« Krasnikow starrte gegen die

Wand, die ihn von Jugorow trennte. »Ist das sicher? Man hört nicht einen Ton.«

»Klopf an die Wand, und es wird dir entgegenheulen wie ein Rudel Wölfe.«

Meteljew legte seine Pistole weg, als Krasnikow plötzlich aufsprang und nach seiner Jacke griff. Sehr entschlossen sah er aus. »Darf man fragen, was Genosse Oberleutnant Krasnikow beschlossen hat?«

»Jugorow gehen wir besuchen.«

»Und spielen mit dem Hündchen ...«

»Nicht schaden kann es, wenn es unseren Geruch kennenlernt.«

»Oder den Geschmack unseres Fleisches.« Meteljew stand ebenfalls auf. »Mir sind zehn Kukli lieber als ein Hund. Wie Menschen denken und handeln, wissen wir. Wir können ihre Gedanken nachempfinden. Aber was denkt ein Hund? Wie handelt er? Kommt er von rechts, wenn ein Mensch von links kommen würde?«

»Ein Fehler ist das«, nickte Krasnikow. »Ein ganz großer Fehler.«

»Daß er von rechts kommt?«

»Daß auf der SPEZNA-Schule nicht gelehrt wird, wie man Hunde bekämpft! Lautlos bekämpft, lautlos tötet, wie wir's am Menschen geübt haben. Das muß man Tjunin sagen. Daran hat niemand gedacht.« Krasnikow ging zur Tür. »Kommst du mit, Babrak Awdejewitsch?«

»Zwillinge gehören zusammen.« Meteljew grinste fröhlich. »Den Namen haben wir für alle Zeit an uns kleben. Gut find ich ihn.«

Sie verließen das Haus und klopften nebenan an Jugorows Tür. Sofort antwortete ihnen, wie erwartet, ein helles, wütendes Gebell, übertönt von Jugorows Stimme: »Ruhig, Laika, ruhig ... ganz ruhig ... setz dich ... setz dich hin ... Laika ... sei brav ...«

»Redet mit den Hunden wie mit einem Verrückten«, sagte Meteljew verblüfft. »Achtung, jetzt kommt er.«

Die Tür wurde aufgeschlossen, Jugorows Kopf erschien im Türspalt, er erkannte Krasnikow und Meteljew und stieß die Tür voll auf. »Die lieben Nachbarn!« rief er freudig. »So spät noch? Gibt's Probleme? Kann ich helfen? Treten Sie ein, Genossen.« Aus dem Zimmer ertönte ein scharfes Knurren – eine Warnung. Meteljew blieb sofort stehen. »Keine Angst«, sagte Jugorow und ging voraus. »Meine Freunde sind auch Laikas Freunde.«

»Sind Sie sicher, daß sie auch so denkt?«

»Ich gebe nicht das Angriffszeichen, also sind Sie meine Freunde. Hunde sind kluge Tiere. Selbst in den Augen, aus dem Blick können sie lesen, was man will und was sie tun sollen.«

Im Zimmer sahen sie Laika vor Jugorows Bett liegen. Mit grünschillernden Augen starrte sie Krasnikow und Meteljew an und zog die Lefzen hoch. Herrliche, lange, spitze Reißzähne hatte sie.

»Irrtum! Sie mag uns nicht!« sagte Meteljew und blieb in der Tür stehen. »Wer einem so die Zähne zeigt ...«

»Setzen Sie sich, Genossen.« Jugorow zeigte auf die zwei Stühle, die an einem kleinen Tisch standen. Er selbst mußte sich aufs Bett setzen, Laika zu seinen Füßen. »Ein Glas, liebe Nachbarn? Höllischer Eigenbrand aus Lebedewka. Teufelswasser. Aber nach dem dritten Glas ist man im Himmel; nur die beiden ersten Gläschen führen durch die Hölle.«

Er stand wieder auf, begleitet von Laikas Knurren, holte die Flasche und drei Gläser und schenkte ein. Beim ersten Schluck bogen sich Krasnikow und Meteljew wie Schlangenmenschen im Zirkus und riefen heiser: »Wirklich, das ist ein Höllenbrand! Um das zu vertragen, muß man schon am Tobol geboren sein.«

»Weshalb wir kommen, Jugorow«, sagte Krasnikow am Ende des ersten Glases: »Haben Sie schon von Beljakow gehört?«

»Dem Soldatenmörder? Natürlich.«

»Am Dienstag soll der Prozeß sein. Ein Sondergericht kommt aus Tobolsk.«

»Halten Sie das für gut?«

»Ein Mörder muß bestraft werden«, sagte Jugorow vorsichtig.

»Ist Beljakow ein Mörder?«

»Nasarow behauptet es. Seine Offiziere bezeugen es. Seine Soldaten schwören jeden Eid ...«

Jugorow sah Krasnikow und Meteljew fragend an. »Denken Sie anders?«

»Eine andere Darstellung der Ereignisse gibt es, die auch beschworen wird.«

»Von den Leuten aus Lebedewka!« Jugorow winkte bewußt geringschätzig ab. »Erzählt hat's Ihnen die Genossin Ärztin, nicht wahr? Ich weiß es auch von ihr. Liebe Freunde, wer kann das glauben? Beljakow wird gezwungen, einen Soldaten zu erschießen ... Gibt es so was? Nein!«

»Nasarow sähe es ähnlich«, sagte Meteljew. »Ich traue es ihm zu.«

»Denken wir weiter, Igor Michailowitsch.« Krasnikow zögerte, goß sich dann aber doch noch ein Glas von dem Teufelswodka ein und nippte daran. »Beljakow stellt man vor Gericht, verurteilt wird er zum Tode, das ist sicher. Man erschießt ihn, und eine große Feier wird's, dafür sorgt Nasarow – man denke nur an das Begräbnis von Kulinitsch! Erweist sich nicht aus all dem, daß hier ein Kleinkrieg zwischen Lebedewka und uns entbrennt? Ein Partisanenkampf! Eine Bedrohung Tag und Nacht! Und auch wenn Lebedewka umgesiedelt oder das ganze Dorf verhaftet werden sollte – es wird weitergehen. Jugorow, können wir das jetzt gebrauchen? Sind Ruhe und Überlegung nicht viel wichtiger?«

»Geh'n Sie zu Nasarow und tragen es ihm vor, Krasnikow.« Jugorow hob die Schultern. »Am allerwenigsten tun kann ich.«

»Das eben sollte man besprechen, Igor Michailowitsch.« Auch Meteljew goß sich nach, trank, hustete und verdrehte die Augen. »Eine Frage von uns: Machen Sie mit?«

»Wobei?«

»Verhindern, daß Beljakow vor das Gericht kommt.«

»Wie wäre das möglich?« Jugorow schüttelte den Kopf. Vorsichtig, dachte er, ganz vorsichtig. Was haben sie vor, wohin wollen sie dich locken? »Nur eins könnte das verhindern: Man müßte den Hubschrauber mit dem ganzen Gericht abschießen. Können Sie das? Haben Sie irgendwo eine Kanone versteckt?«

»Jugorow, bleiben wir ernst.« Krasnikow beugte sich zu ihm vor. Sofort knurrte Laika vor Jugorows Füßen. Krasnikow zuckte zurück. »Zu Ihnen sind wir gekommen, weil wir Sie und Ihre Hunde dazu brauchen.«

»Meine Hunde? Den Prozeß sollen sie verhindern? Laßt mich laut lachen, liebe Freunde.«

»Lachen Sie, Igor Michailowitsch, und dann hören Sie ernsthaft zu. Ein Unbekannter – so wird man's darstellen – hat Montagnacht die Tür zum Zwinger aufgestoßen ...«

»Das überlebt der Unbekannte nicht!« warf Jugorow ein.

»Glück hat er eben!« rief Krasnikow erregter. »Was tun die Hunde?«

»Sie bellen, heulen, jagen durch das Lager. Jeder wacht auf, keiner wagt aus dem Haus zu gehen, und ich muß sie einzeln wieder einfangen. Kein schönes Spiel, Genossen!«

»Jugorow, lassen Sie mich aussprechen!« sagte Krasnikow gequält. »Die nun befreiten Hunde rennen los ... zum Lager des Militärs.«

»Wer zeigt ihnen den Weg?« fragte Jugorow sofort wieder.

»Zur Verzweiflung bringen Sie mich!« rief Krasnikow. »Hören Sie sich den Plan erst an!«

»Also gut: Die Hunde rennen zu Nasarows Lager.« Jugorow trank vorsichtig noch an seinem ersten Glas. »Aber da kommen sie nicht an, denn zwei Wachposten stehen da, auch in der Nacht.«

»Vergessen wir die Posten«, sagte Meteljew großzügig. »Unsere Sache ist das.«

»Nun weiter.« Krasnikow schien von seinem Plan begeistert zu sein. »Die Hunde entfesseln im Lager ein Chaos, jagen wird man sie, auf sie schießen – wer achtet da noch auf die

Geiseln? Wir bringen sie weg ... Und dann kommen Sie; haben gemerkt, daß die Hunde freigelassen worden sind, sammeln sie wieder ein und bringen sie in dem deutschen Beutewagen zurück.«

»Ein billiger amerikanischer Wildwestfilm!«

»An das Einfachste denkt man am wenigsten.«

»Eins mißfällt mir dabei: Die Soldaten werden auf meine Hunde schießen.«

»Das sollen sie ja! Das lenkt von den Geiseln ab.«

»Und nicht alle werden danebenschießen. Es wird Tote geben ... tote Hunde ...«

Entgeistert starrten Krasnikow und Meteljew ihren Nachbarn Jugorow an. »Da jammern Sie, Igor Michailowitsch?«

»Und laut, Krasnikow! Soll ich etwa nicht jammern, wenn man mir meine Hunde tötet?«

»Ist's Ihnen lieber, wenn Beljakow erschossen wird?« schrie Meteljew. »Ein Hund ist Ihnen wichtiger?!«

»Ich versteh' Sie nicht, Jugorow«, sagte Krasnikow fassungslos. »Wir wissen, daß Nasarow und Sie aufeinander losgehen, wo immer man sich trifft – und jetzt, wo Nasarows größte Niederlage möglich ist, wo Geiseln befreit werden können, da weinen Sie um die Hunde? Was sind Sie bloß für ein Mensch?!«

»Noch eine Frage, Genossen: Warum sollte ich Geiseln befreien? Geht mich die Politik was an? Ein Traktorfahrer bin ich, im Augenblick ein Hundebetreuer, abends studiere ich in Fachbüchern, will einmal auch Ingenieur werden – was kümmert mich also die hohe Politik?«

»Doch in die Luft fliegen wollen Sie nicht, was?«

»Warum soll ich fliegen?«

»In den nächsten Tagen wird es hier wieder krachen. Wir ahnen etwas; zu lange war es still.«

»Ganz recht, liebe Nachbarn. Eben darum sind ja die Hunde hier! Wo ist da die Logik drin? Bewachen sollen die Hunde Lager und Magazine und wichtige Einrichtungen, und was macht man mit ihnen? Totschießen läßt man sie von den Soldaten! Da wären sie besser in Tobolsk geblieben ... Überlegen Sie doch mal, Genossen.«

»Sie verweigern also Ihre Hilfe?«

»Nachdenken muß man darüber.«

»Beljakow wird erschossen werden, und alles, was darauf folgt, ist Ihre Schuld!« rief Krasnikow drohend. »Erzählen werden wir überall: Geweigert hat sich Jugorow, Beljakow zu befreien. Seine Hundchen waren ihm lieber ... Nach Lebedewka stecken Sie dann keine Nasenspitze mehr hinein! Auflauern wird man Ihnen.«

»Erpressung ist das!« schrie Jugorow. Zu seinen Füßen knurrte Laika und bleckte die Zähne.

»Die reine Wahrheit ist's! Beljakows Tod kommt auf Ihr Konto, denn Sie hätten ihn verhindern können.«

»Und wo – das muß man ja wohl auch fragen – sollen die befreiten Geiseln hin?«

»Darüber werden wir mit dem Dorfvorsteher von Lebedewka sprechen.«

»Mit Korolew?«

»Heißt er so? Ja, mit Korolew. Sagen werden wir ihm auch, daß Sie sich weigern ..., falls Sie bei Ihrer Ablehnung bleiben. Sprechen werden wir ihn auf jeden Fall.«

»Ich handle unter Zwang, Genossen.« Jugorow verkrampfte sehr wirkungsvoll die Finger ineinander. »Unter Zwang! Das sei festgestellt! Ein völlig unpolitischer Mensch bin ich.« Er holte tief seufzend Luft und streichelte Laika über den Kopf. »Ich lasse also morgen nacht die Hunde aus dem Zwinger ..., ja, und dann?«

Eine Freude war's für Jugorow, sich so dumm zu stellen.

»Mit dem deutschen Kübelwagen bringen Sie die Hunde bis vors Lager. Und dann geht's los.«

»Vorher die Posten ...«

»Sehen Sie nicht mehr!« sagte Meteljew und lächelte. Jugorow sah ihn kurz an und wußte, was geschehen sollte. An der Unterlippe nagte er und fühlte Kälte in sich hochsteigen. Vier Menschen sind es, dachte er. Unschuldige wie Beljakow. Wir tauschen vier Unschuldige gegen einen Unschuldigen – ein fürchterlicher Tausch! Aber gibt es einen anderen Weg? Jugorow, auf wessen Seite stehst du? Keine Toten, das hast du immer verkündet wie ein Evangelium; nur Material, keine Menschen ...

»Woran denken Sie so intensiv, Igor Michailowitsch?« fragte Krasnikow.

»An eine Möglichkeit ohne Hunde.«

»Kennen Sie eine?«

»Noch nicht.«

»Zeit haben wir nur einen Tag ...«

»Zum Verzweifeln ist's! Die größte Waffe Rußlands war immer die Zeit, und nun fehlt sie uns. Kann man nicht anderswie Verwirrung bei Nasarow schaffen?«

»Man könnte. Brandsätze an die Zelte legen, Sprengladungen verteilen – aber all das fiele auf Lebedewka zurück. Bei den Hunden wäre es anders: Die sind von allein ausgebrochen, und der Leithund lief nun mal zum Militär. Wer kennt sich im Hirn eines Hundes aus?«

»Und die vier Posten?«

»Ein großes Rätsel wird das. Die sind weg. Verschwunden mit den Geiseln, welche die Verwirrung im Lager zur Flucht ausgenutzt haben. Überzeugt wird man sein, daß sie einfach mitgeflüchtet sind. Deserteure. Wäre das etwas Neues? Haben sich abgesprochen, wollten schon immer weg, und nun war die Gelegenheit gekommen. Man kann doch so was glauben, Igor Michailowitsch.«

»Sprecht erst mit Korolew«, sagte Jugorow abweisend. »Keine Entscheidung heute nacht, liebe Freunde. Man braucht Zeit und ein Zwiegespräch mit der Seele, wenn man weiß, daß einige Hundchen sterben müssen. So einfach ist das nicht ...«

Nach dem dritten Glas des Satanswodkas verließen Krasnikow und Meteljew die Wohnung Jugorows. Ein wenig schwankten sie, spürten aber so etwas wie Stolz, weil Jugorow ihnen zum Abschied gesagt hatte:

»Liebe Nachbarn, drei Gläschen habt ihr verdrückt – und kriecht nicht herum. Das ist eine große Leistung!«

Man muß das als Auszeichnung betrachten, als besondere Ehrung.

»Was sagst du über Jugorow?« fragte Meteljew, nachdem sie in ihrem Zimmer angekommen waren. »Ein merkwürdiger Mensch, sag' ich dir.«

»Ein normaler Mensch, Babrak Awdejewitsch. Hängt sein Herz an Hunde, und grauenvoll wird's ihm, wenn Menschen sterben; hat ein großes Maul und fühlt sich als Held im Bett mit Walja Borisowna – in Wirklichkeit ist er ein kleiner, feiger Wicht.«

»Daran wird's scheitern. Dein ganzer Plan hängt nur an Jugorow.«

»Morgen mittag wird er eine Nachricht aus Lebedewka bekommen. Von Korolew, der ihm sagen läßt: Wenn Beljakow erschossen wird, kommt sein Blut über dich! Du hast verhindert, daß er leben kann! – Jugorow, was wird er tun, klug wie er ist, aber auch feig? Zu uns kommen wird er und sagen: ›Genossen, überzeugt bin ich. Beljakow muß befreit werden ...‹ Um zehn Rubel wette ich mit dir.«

»Nun gut.« Meteljew steckte sich noch eine Papirossa an und rauchte ziemlich hastig. »Nehmen wir an, es wird so, wie du sagst: Die Geiseln sind frei. Beljakow ist gerettet. Nasarow hat eine beschämende Niederlage erlitten, denn laut Befehl aus Moskau darf er nichts unternehmen gegen das Dorf. Dadurch erringen wir das Vertrauen der Leute von Lebedewka und werden – vor allem, weil Beljakow uns sein Leben verdankt – ihre Freunde. Alle fühlen sich uns verpflichtet. Schön und gut das Ganze – aber vollkommen vergessen haben wir den ›Spezialisten‹!«

»Ein guter Schütze bist du, Meteljew«, antwortete Krasnikow, saß mit glasigen Augen im Korbsessel und rülpste ein paarmal, »kannst lautlos einen umbringen, warst der Beste bei den SPEZNAS – nur denken kannst du nicht. Das weiß ich auch, daß Beljakow für uns uninteressant ist, daß uns die Geiseln, die Hunde und Jugorow nichts angehen. Aber hast du unser Funkgespräch mit General Tjunin vergessen? Er hat es uns ganz klar und eindeutig befohlen: Wir sollen die Dorfbewohner glauben machen, daß wir zu ihnen gehören. Und wenn sie Vertrauen zu uns gefaßt haben, stehen wir eines Tages dem großen Schatten gegenüber; ganz von selbst wird sich das ergeben. Tjunin können wir dann melden: Ziel erreicht!«

»Welch ein komplizierter Umweg!« Meteljew sog an seiner Papirossa, als sauge er mit einem Strohhalm in einem Glas. »Wär's nicht der geradeste Weg, wenn *wir* in Nowo Gorodjina eine Sprengung vornehmen? In den ›Spezialisten‹ versetz dich mal: Er wartet, bis er wieder sprengen kann, jetzt massiv gehindert durch die Hunde – und plötzlich geht doch im Lager eine Bombe hoch. Wer war das? Gibt's noch einen anderen Einzelkämpfer? Nervös wird er werden, herumforschen, aus seinem Versteck kriechen. Unmöglich ist's, denkt er, daß noch ein anderer seine Aufgabe übernommen hat ... Nervöse Gegner sind besiegte Gegner, sie wissen es nur nicht.«

»Babrak Awdejewitsch, die Idee ist gut! Gratuliere!« Krasnikow atmete schwer. Der Wodka aus Lebedewka brannte in seinem Magen, sauer stieß er auf. »Das wird der zweite Akt. Die doppelte Chance ist's, ihn einzufangen. Wir fahren morgen sofort nach dem Mittagessen zu Korolew!«

Das gleiche dachte auch Jugorow. Nur fuhr er schon am frühen Morgen ...

Wie Zufälle immer zur rechten Zeit kommen! Verwunderlich ist das nicht, nicht rätselhaft, nicht schicksalträchtig nein, lächerlich ist das. Bei Jugorow jedenfalls war es so: Fünf Minuten nachdem Maja Petrowna mit dem deutschen Kübelwagen das Lager verlassen hatte, fuhr er mit dem Jeep die gleiche Strecke durch den Wald.

Ein kühlerer Morgen als sonst war es, der Winter meldete sich vorsichtig an und mahnte, nun endlich für die langen eisigen Monate die nötigen Vorbereitungen zu treffen. In drei oder vier Wochen konnte der Schnee bis an die Dächer geweht sein. Nur die qualmenden Kamine würden dann noch aus weißen

Hügeln hervorschauen, und wer hinaus wollte, mußte sich durch den Schnee eine Gasse graben und die breiten, geflochtenen Schneeschuhe anschnallen, mit denen ein Pelzjäger in der Taiga besser vorankommt als mit Skiern. Auch an den Fluß gelangte man sicherer damit, wollte man zum Fischen Löcher ins Eis schlagen.

Jugorow fuhr etwa zehn Minuten durch den Wald, als er den Kübelwagen seitlich am Rand des Weges stehen sah. Leer. Wie gestohlen und hier abgestellt. Neugierig hielt er an, stieg aus und trat an den Wagen heran. Das Blech der Motorhaube war noch warm, als er die Hand darauflegte. Noch nicht lange stand der Wagen also hier, ein paar Minuten. Und wer immer ihn gefahren hatte: in den Wald hinein war er gegangen; dorthin, wo die Bäume sich mit dem Strauchwerk verfilzten. Ein Weg, den man nicht ohne Ziel geht.

Jugorow blickte nachdenklich in den Wald, entschloß sich dann, dem merkwürdigen Wanderer nachzugehen, nahm aus dem Jeep eine Peitsche mit, kurzgriffig, aber mit einer langen ledernen Peitschenschnur – im Magazin hatte er sie gefunden und ausgeliehen, als man ihm die Hunde anvertraute und er noch nicht gewußt hatte, ob die Meute ihn als Rudelchef akzeptieren würde –, und lautlos, nach allen Seiten sichernd wie ein Wild, schlich er sich jetzt tiefer zwischen die Bäume und das Strauchwerk.

Nicht weit brauchte er zu laufen. Schon nach hundert Metern, so schätzte er, hörte er Stimmen. Eine Frau lachte und girrte, seufzte dann laut und stammelte wirre Worte, und eine Männerstimme klang dazwischen, abgehackt durch einen keuchenden Atem.

Jugorow fragte sich, ob er weitergehen sollte, zu deutlich waren die Geräusche, aber da bohrte ein Gedanke in ihm, der ihn weitertrieb. Erst hatte er geglaubt: Walja kann's nicht sein, an diesem frühen Morgen schläft sie noch oder wäscht sich oder sitzt am Frühstückstisch. Niemals war sie so zeitig unterwegs ... Aber wer hat das je beobachtet? Zweifel kamen: Wenn sie's nun doch war? Himmel, stürz nicht auf mich herab! Mit wem war sie in den Wald gefahren, mit wem? ... Nein, das war unausdenkbar.

Jugorow schlich sich weiter, kroch durch eine Lücke der dichten Büsche, das Lachen und Seufzen und Stammeln schlug ihm entgegen ... noch eine Buschgruppe ..., und dann stand er vor dem Paar, das nichts mehr hörte, nichts mehr sah, nur noch sich selbst spürte.

Auf einer Decke, die sonst am Sitz des Kübelwagens die Polsterung ersetzte, lag Maja Petrowna, das Kleid bis zum Hals hochgeschoben, und zwischen ihren Beinen benahm Nasarow sich wie ein Hengst. Mit den Armen schlug Maja um sich oder sie krallte ihre Nägel in Nasarows Rücken, den noch der Rock der Uniform schützte. Nur die Hosen hatte er ausgezogen – ein seltsames Bild, das wert war, eingehend betrachtet zu werden.

»Der blanke, blitzende Arsch eines Majors«, sagte Jugorow laut und genußvoll, »und die weißen Schenkel einer schönen Frau – welch eine sehenswerte Kombination!«

Einen Augenblick lang, aber auch wirklich nur für einen Augenblick, blieben die beiden Körper erstarrt ineinander verkrampft. Dann stieß Maja Petrowna einen hellen Schrei aus, Nasarow sprang empor, ungeachtet seiner körperlichen Verfassung, und als er Jugorow erkannte, verzerrte sich sein Gesicht. Maja riß ihr Kleid über den Leib, drehte sich auf den Bauch und vergrub das Gesicht in die Decke.

»Du ...«, sagte Nasarow heiser vor Wut. »Ausgerechnet du!«

»Wäre dir Niktin lieber?«

»Ein Glücksfall. Jetzt sind wir endlich allein. Kein Messerwerfer lauert im Hintergrund.«

»So sicher wäre ich nicht, Nasarow!«

Nasarow fuhr herum. Lächerlich sah er aus mit seinem nackten Unterkörper, darüber die Uniformjacke mit den breiten Schulterstücken eines Majors. Das begriff er jetzt auch, bückte sich nach seiner Hose, zog sie aber nicht an, sondern riß die Pistole aus dem Gürtel.

Fast gleichzeitig schnellte Jugorows lederne Peitschenschnur vor, traf Nasarows Hand, wickelte sich um sie und riß den halbnackten Mann von den Beinen. Die Waffe flog an Maja Petrowna vorbei ins Gras.

»Du Saukerl!« sagte Nasarow gepreßt. »Mit einer Peitsche ...«

»Männer gibt's, die verstehen nur eine Sprache«, sagte Jugorow langsam und betont. »Ob nun Muschik oder Major, die Auswahl ist groß. Eine Frage, Nasarow: Wer hat die Geiseln geschlagen? Wer hat Svetlana Victorowna die Striemen auf die Brüste gesetzt? Nicht mit einer Peitsche, die war nicht vorhanden, aber mit einem biegsamen Stock, der schön von einem Körper zurückfedert.«

»Zur Hölle mit dir!« keuchte Nasarow.

»Eine gute Stunde ist's für uns, Genosse Major. Maja Petrowna muß schweigen über alles, was sie hier sieht. Du mußt schweigen, mein großes Schweinchen, denn ein betrogener Ehemann ist kein freundlicher Nachbar mehr – und ein Offizier, dabei ertappt, eine verheiratete Frau zu vögeln, wird viel Kummer haben mit seinen Vorgesetzten; das weißt du ganz genau. Und eine Uniform zwischen den Beinen einer Frau trägt nicht zur Ehre bei. Man zieht sie besser vorher aus, Major Nasarow; vor allem Sie, dem die Uniform ja heilig ist. Wir werden also alle über diesen schönen Morgen schweigen müssen ...«

Mit einem dumpfen Laut sprang Nasarow zur Seite, dorthin, wo seine Pistole im Gras lag, aber er erreichte sie nicht, die Überraschung gelang nicht: Ein Peitschenschlag trieb ihn zurück.

»Können wir weiter miteinander reden?« fragte Jugorow freundlich, als Nasarow schwer atmend, in hilfloser Wut, einen Schritt von seiner Waffe entfernt stehenblieb. Der Peitschenhieb brannte in seinem Nacken; eine Schmach, die ihm das Herz stocken ließ. Maja Petrowna lag noch immer mit dem Gesicht auf der Decke, regungslos, als sei sie vor Schreck gestorben. Nur das Zittern ihrer Schultern verriet, daß sie noch lebte. Nasarow starrte auf sie hinunter.

»Eine Falle war's«, sagte er tonlos. »In eine Falle habt ihr mich gelockt, eine hundsgemeine Falle ...«

»Beleidige keinen Hund, Nasarow. Was bist du gegen einen Hund? Das Erbärmlichste und Gemeinste unter Gottes Himmel! Eine Falle? Nur du kannst so denken. Nur du. Traust deinem Liebchen so was zu? Nicht jeder ist so hinterhältig wie du ... Maja Petrowna hat nur vergessen, daß man mit einem Kübelwagen auch *in* den Wald fahren kann. Brav hat sie ihn am Rand abgestellt. Macht das einen, der zufällig vorüberkommt, nicht neugierig?«

»Idiotin!« sagte Nasarow grob, holte mit dem Fuß aus und gab Maja einen Tritt in die Seite. Sie stöhnte auf, verkrallte vor Schmerz die Finger in die Decke, aber sie rührte sich nicht.

Jugorow starrte Nasarow fassungslos an; es war ihm unbegreiflich, daß ein Mann eine Frau treten kann, die noch vor wenigen Minuten seufzend in seinen Armen gelegen hatte. Eine Geliebte, der er gerade eben erst zärtliche und geile Worte in das vor Leidenschaft zerfließende Gesicht stammelte. Tritt sie wie ein Tier, das man abwehrt.

»Ja, so bist du!« sagte Jugorow langsam. »So ein Schwein bist du. Wie sollte man dich anders behandeln?«

Wieder zischte die Peitschenschnur hoch, klatschte Nasarow mitten durchs Gesicht und ließ eine Strieme zurück, die sich sofort mit Blut füllte. Nasarow taumelte, riß beide Hände vor sein Gesicht und brüllte auf.

»Was ... was willst du sagen?« schrie er durch seine Hände.

»So vieles, Nasarow. Und wenn's verbunden ist mit einem Peitschenschlag, überlebst du's nicht.«

»Das wagst du auf keinen Fall«, stöhnte Nasarow weiter.

»Wo gibt es einen Zeugen? Wer hat gesehen, daß ein Major mit einer Peitsche erschlagen wurde? Na, so etwas! Mit einer Peitsche. Genau wie früher die hohen Herren ihre armen Muschiks prügelten, bis ihnen das Fleisch in Fetzen von den Knochen hing? Das heute noch? Bei einem Major der Roten Armee? Rätsel über Rätsel ... Warum hat man ihn mit einer

Peitsche erschlagen? Wofür? War doch ein guter Mensch, ein lobenswerter Soldat, ein gefürchteter, aber gerechter Vorgesetzter – so wird man sagen, denn wer kennt den anderen Nasarow? Wer weiß, daß die Gerechtigkeit es war, die zugeschlagen hat? Falsche Zeugen beim Tod von Kulinitsch ... Keine Zeugen beim Tod von Nasarow ...«

»Maja Petrowna wird meine Zeugin sein!« schrie Nasarow.

»Die Getretene? Ein Weibchen, das seinen Ehemann betrügt? Auf einer Decke im Gebüsch? Nasarow, viel bist du, aber kein Idiot.«

Jugorow ließ die Peitsche knallen, und Nasarow zuckte heftig zusammen, obwohl ihn kein Schlag getroffen hatte. »Mord ist das!« rief er. »Das ist Mord!«

»Was ist's bei Beljakow morgen mittag? Müssen wir noch darüber reden? Nasarow, aufgepaßt, ich zähle auf: Das ist für Svetlana Victorowna ...«

Die lederne Peitschenschnur zischte durch die Luft, und diesmal traf sie. Sie klatschte auf den linken nackten Schenkel Nasarows. Mit einem wilden Aufschrei hüpfte er in die Luft, ein verrückter Anblick war es: oben die Uniform, unten eine beachtenswerte Nacktheit. Jugorow ließ die Peitsche wieder schwingen.

»Das für Marfa Jakowna, die Frau des Schreiners Kabanow.«

Nasarow brüllte und hielt die Hände vor sein Geschlecht. Genau dahin war der Schlag gelangt – ein Schmerz, kaum noch erträglich, durchglühte seinen Körper.

»Zwei kleine Kinder hat die junge Marfa ..., ohne die Mutter leiden sie Not ...«

Zweimal sauste der Lederriemen durch die Luft, traf Nasarow an Wange und Brust und ließ ihn schwanken.

»Und jetzt Beljakow ... Wieviel Schläge ist er wert? Doch nein, nein ..., erst etwas im Gedenken an den armen Kulinitsch. Kniet da, weint bettelnd um Gnade, kriecht auf den Knien zu dir hin, und du hebst die Hand und läßt Beljakow auf ihn schießen. In den Rücken, mit Schrot, aus nächster Nähe.

Zerfetzt war der Rücken ..., aber zerfetzen kann man auch mit einer Peitsche ...«

Ein neuer Schlag, ein zweiter, blitzschnell darauf der dritte ... wieder auf den nackten Unterkörper, quer über den Unterleib ... Nasarows tierisches Gebrüll hallte durch den Wald, und Maja Petrowna hielt sich die Ohren zu und drückte das Gesicht noch tiefer in die Decke.

Jugorow kannte keine Gnade mehr. In seinem ganzen Leben war ihm ums Herz nicht so kalt gewesen wie jetzt, und so würde es auch nie wieder sein, das wußte er. Nur einmal, einmal in dieser Stunde, war er nicht mehr Jugorow, nicht mehr der ›Spezialist‹, der niemals gegen Menschen, sondern immer nur gegen Material kämpfen wollte.

Und plötzlich schrie auch Jugorow, bei jedem Schlag schrie er, trieb Nasarow mit der Peitsche vor sich her, rundherum in dem kleinen Viereck zwischen den Büschen, die zitternde Maja Petrowna umkreisend. Und während Nasarow jetzt stumm blieb, weil es Schmerzen gibt, die man nicht mehr hinausschreien kann, die einem die Zunge lähmen, die keinen Atem mehr lassen – steigerte sich Jugorows Schreien, als sei es seine eigene Qual, als träfen ihn selbst die Peitschenhiebe.

»Das ist für Lebedewka ... und das für Walja ... und das für Maja, die Getretene ... und das für mich ...«

Nasarow stolperte, hatte nicht mehr die Kraft, sich aufzufangen, fiel, rollte über die Erde und blieb liegen. Die Augen in seinem blutenden, von den Peitschenhieben entstellten Gesicht, bettelten Jugorow stumm an.

»Jetzt sind wir bei Beljakow angelangt«, sagte Jugorow. Auch er atmete schwer, Schweiß rann über sein Gesicht, aber innerlich spürte er keine Wärme. »Ich frage wieder: Wieviel ist er wert? Zehn, zwanzig, dreißig?«

Nasarow krümmte sich auf der Erde, rollte sich zusammen und biß in seine geballte Faust. Er schlägt mich tot, dachte er, er schlägt mich tatsächlich tot ... er ... Und auf einmal liefen ihm dicke Tränen über die Wangen, zogen die Bahnen der Striemen entlang und tropften auf seinen Hals. Jugorow sah sie, mit weiten Augen, überwältigt von dem Anblick, erstarrt vor dem Ungeheuren: Nasarow weint. Nasarow kann weinen. Weil er an den Tod denkt, weint Nasarow ...

Jugorow ließ die Peitsche sinken und wandte sich ab. Er konnte es nicht mehr, unmöglich war es ihm, auf einen weinenden Menschen einzuschlagen, auch wenn er Nasarow hieß. Ein Mensch, der weint, dem ist die Seele aufgebrochen. Hat Nasarow eine Seele?

Ohne sich noch einmal umzudrehen, verließ Jugorow den Platz, ging schnell zu seinem Jeep zurück, warf die Peitsche mit dem blutigen Lederriemen auf den Rücksitz, sprang in den Wagen und fuhr, als hetze man ihn die Straße hinunter, nach Lebedewka.

Ich habe ihn nicht getötet. Nein, ich tat es nicht. Ich konnte es nicht, weil er weinte ... Ich bin nicht zum Mörder geworden, aber eines habe ich voller Schrecken erkannt: Auch ich, Jugorow genannt, könnte mich in einen Mörder verwandeln. Einen Mörder sogar, der von seiner Tat behauptet: Es geschah zu Recht, im Auftrag der Gerechtigkeit.

Frieren läßt einen diese Erkenntnis. Gibt es überhaupt irgend etwas auf dieser unserer Erde, zu dem ein Mensch NICHT fähig ist ...?

Daß Nasarow noch lebte, war für Jugorow eine ständige tödliche Bedrohung. Er gab sich da keinen Illusionen hin. So klar, wie der Morgenhimmel über ihm war, wußte er: Die Welt ist so klein geworden, daß nur noch für einen Platz sein kann – für Nasarow oder für ihn. Endgültig war das. Endgültig.

»Zwei Geologen werden nachher zu dir kommen«, sagte Jugorow zu Korolew. »Krasnikow und Meteljew heißen sie.« Jugorow hatte Korolew aus dem Bett geholt. Noch recht verschlafen wirkte er, saß herum mit stieren Augen und verfluchte innerlich den Wodka, den er am Abend vorher mit Schagin getrunken hatte. Einen Anlaß, sich zu besaufen, gab es immer; dieses Mal hatten sie darauf getrunken, daß Jugorows Dynamitanschlag gelingen möge und die richtige Wirkung zeige. »Sie werden zu dir kommen, um dich zu fragen, wo man die Geiseln am sichersten verstecken kann.«

»Wen, he?« fragte Korolew und schüttelte seinen Kopf wie ein nasser Hund, aber die Dumpfheit in seinem Hirn verjagte er damit nicht. »Wieso Geiseln?«

»Heute nacht werden wir sie befreien.«

War's das Wort ›befreien‹? Jedenfalls war Korolew plötzlich von einer unbelasteten Klarheit. »Ihr holt sie raus?« rief er. »Igor Michailowitsch, wenn das gelingt ...«

»Es muß gelingen. Vor allem Beljakow muß in Sicherheit sein. Dienstag kommt ein Sondergericht nach Nowo Gorodjina, um ihn als Mörder zum Tode zu verurteilen.«

»Das möchten sie – aber so schnell geht das nicht. Berichten werde ich ihnen, wie's wirklich war. Daneben stand ich, ja, als Nasarow ...«

»Ihr werdet nicht sprechen können, Korolew. Man läßt euch gar nicht vors Gericht. Nur eine Aussage gibt es, und zwar die von Nasarow ...« Ob's dazu kommen wird? dachte Jugorow, als er das sagte. Wird Nasarow, zerschlagen wie er ist, vor das Gericht treten? Die blutigen Striemen im Gesicht – die am Unterleib sieht man ja nicht –, wie will er die erklären? Wird der Prozeß verschoben, bis Nasarow seine Krankheit – man wird natürlich melden, er sei krank geworden – überwunden hat? War für ihn Jugorow jetzt nicht wichtiger geworden als Beljakow? »Uns bleibt nur eins«, fuhr Jugorow fort, »wir müssen Beljakow aus dem Lager holen. Das kann gelingen, aber wohin dann mit ihm? Natürlich wird man Lebedewka durchsuchen, kein Eckchen wird man auslassen. Wo ist Beljakow sicher?«

»In der Kirche!« Korolew lächelte breit. »Wo man Dynamit versteckt, kann auch ein Mann verschwinden. Schagin wird das schon machen.«

»Beljakow gewiß; aber die neun anderen?«

»Das ist eine böse Frage. Ja, wohin mit ihnen? Zehn Menschen zaubert auch Schagin nicht weg. Wohin?«

»Einen Vorschlag hab ich.« Jugorow ging in die Küchenecke,

sah einen Topf mit kalter Milch stehen und nahm einen langen Schluck. Korolew beobachtete ihn mit verzerrtem Mund.

»Milch trinkt er«, sagte er, als sei ihm speiübel. »Milch ... ich darf nicht hinsehen ...«

»Wir bringen alle zehn zu Trofimow, ins Schwarze Haus.«

»Ha!« Korolew zuckte hoch, als habe man ihn geschlagen. »Zu Trofimow? Igor Michailowitsch, dann hat es keinen Sinn, die Geiseln zu befreien. Nicht einer von ihnen wird das Schwarze Haus betreten. Und Trofimow müßtest du erst erschlagen, sonst kommt sowieso kein Fremder hinein.«

»Zu Trofimow fahre ich gleich weiter. Das wird man regeln.«

»Nie wird Svetlana Victorowna unter einem Dach mit Soja wohnen. Nie! Es sei denn, sie bringen sich gegenseitig um.«

»Auch das wird man verhindern können.« Jugorow nahm zum großen Schaudern von Korolew noch einen Schluck von der kalten Milch. »Das Wichtigste erfordert von dir viel Geschick. Krasnikow und Meteljew sind keine Geologen ...«

»KGB ...«, sagte Korolew mit gedämpfter Stimme. »Eingeschleust, um uns zu überwachen. Ich hab' mir so was schon gedacht.«

»Das glaube ich nicht. Die feinsten elektronischen Geräte haben sie mitgebracht. Und Krasnikow hat sich mit Nasarow angelegt – das ist nicht die Art des KGB.«

»Wer sonst?«

»Ich weiß es nicht. Die ganzen Tage denke ich darüber nach: Für wen, außer dem KGB, sind wir interessant? Wer könnte uns verfolgen? Sicher ist nur: Krasnikow und Meteljew zeigen sich als Freunde, als die Befreier der zehn Geiseln, und jeder hier in Lebedewka wird sie an seine Brust ziehen, küssen und ihnen danken. Nicht einer, selbst ich nicht, wenn ich's nicht besser wüßte, würde ihnen mißtrauen. Und genau das ist ihr Ziel: Vertrauen, Freundschaft, offene Herzen ... bis sie gefunden haben, wonach sie suchen.«

Korolew starrte Jugorow warnend an. »Und das bist du, Igor Michailowitsch. Dich suchen sie.«

Jugorow nickte, trat an das Fenster und blickte hinaus in den

Morgen. Mit Karren, vor denen die kleinen struppigen Pferde gespannt waren, fuhren die Bauern zu ihren Feldern, um vor Einbruch des großen Regens und des alles zudeckenden Schnees das letzte sonnenharte Gras zu schneiden und es noch trocken in die Scheunen zu bringen. Schräg gegenüber von Korolew schob Großvater Beljakow den Rollstuhl mit seiner gichtkranken Frau in den Vorgarten und setzte sich dann wie immer auf die Bank neben der Haustür. Von hier konnte er alles überblicken: die Straße, eine Anzahl Häuser und Gärten. Vor allem aber sah er jeden, der die Straße hinunterging und den er ansprechen konnte. Seine Orden blitzten auf der dunklen Jacke, zwei lange Reihen Medaillen an bunten Bändchen. Ein imponierender Anblick. Und welch ein friedliches Bild – in Wahrheit ein falscher, verratener Frieden. Der Tod war gegenwärtig und wartete. Jeder mißtraute jedem, oder man wurde zu Freunden und war doch Jäger und Gejagter. Sibirisches Roulette.

»Ja, mich suchen sie.« Jugorow drehte sich vom Fenster weg und war sehr ernst geworden. »Grigori Valentinowitsch, wenn ich einmal nicht wiederkomme, wenn ihr nichts mehr von mir hört – ich bin nicht stillschweigend weitergezogen, ohne Abschied –, dann haben sie mich entdeckt, und ich bin der Schwächere gewesen.«

»Das wird nie sein. Du kennst deine Gegner und kannst nicht überrascht werden.«

»Zufälle sind es, die in meiner Lage tödlich sein können. Korolew, versprich mir, den Kampf gegen den Kanal weiterzuführen, mit allen Mitteln, mit allen Opfern. Es geht nicht allein um eure Heimat.«

»Ich weiß. Drei Meter wird Hamburg unter Wasser stehen«, sagte Korolew trocken.

»Ein Beispiel war das nur. Korolew, wenn sie mich getötet haben: Der Kampf darf damit nicht zu Ende sein.«

»Es ist versprochen.« Korolew reichte Jugorow die Hand. »Aber sie bekommen dich nicht, Igor Michailowitsch. Zu raffiniert bist du und zu klug. Was sollen wir mit Krasnikow und Meteljew machen?«

»Dankbar tun, in die Arme schließen und wachsam sein. Unterrichte jeden davon, wer sie sind, vor allem die Geiseln, die ihnen sonst blind vertrauen würden.«

»Wann kommen Krasnikow und Meteljew nach Lebedewka?«

»Um die Mittagszeit.«

»Das ist schon bald. Ich werde gleich alle informieren. Und zu Trofimow gehst du?«

»Sofort. Von hier aus.«

»Paß auf! Gefährlicher ist er als jeder andere.«

Jugorow nickte. »Auch das wäre noch zu klären, Korolew: Warum dieser Haß gegen Trofimow?«

»Wer weiß es? Er wird vererbt. Aufgewachsen sind wir mit der Drohung: Freßt ihr was aus, kommt ihr ins Schwarze Haus. Von Generation zu Generation, immer das gleiche. Und als wir älter wurden, hieß es dann: Die Trofimows gehören nicht zu uns ... Und dabei blieb es. Ich glaube, schon zweihundert Jahre lang.«

»Bis heute.«

»Du siehst es.«

»Und niemand hat mal die Frage gestellt: Warum ist es so?«

»Wozu? Wir sind damit aufgewachsen.«

»Nie ist euch der Gedanke gekommen, ihr könntet ungerecht sein gegenüber Trofimow?«

»Nein. Du kennst ihn doch. Kann so einer ein Freund sein?«

»Man hat es nie versucht. Keiner ist zu Trofimow gegangen, hat sich an seinen Tisch gesetzt und zu ihm gesagt: Gamsat Wladimowitsch, laß uns mal miteinander reden. Vernünftig reden! Wir leben doch in einer Zeit, wo man alles besprechen kann. Soll das so weitergehen? Unsere Eltern, Großeltern und noch weiter zurück haben ihren Kindern eingebleut: Den Trofimows gebt auf keinen Fall die Hand. Warum, das haben sie uns nicht verraten. Laß uns den alten Haß, dessen Grund niemand kennt, begraben ...«

»Und was wird Trofimow antworten? Na?« rief Korolew aufgebracht. »Ist gut, wird er sagen, begrabt die Vergangenheit, laßt uns Freunde sein und leckt mich am Arsch! ... Aber dazu sind wir nicht bereit.«

»Ich glaube nicht, daß Trofimow so darauf reagiert.«

»Geh hin und frag ihn selbst. Erstaunlich überhaupt, daß er dich eine Nacht hat bei sich schlafen lassen.«

»In Sojas Bett. Sie hatte es durchgesetzt.«

»Und Trofimow hat nachgegeben? Kampflos?«

»Nein. Besoffen hat er sich bis zur Verblödung.« Jugorow ging zur Tür. »Wenn Krasnikow und Meteljew nachher kommen, bist du völlig überrascht.«

»Einen Begeisterten werde ich spielen, wenn sie mir den Plan unterbreiten. So einen Begeisterten wird's noch nie gegeben haben. Ganz sicher sollen sie sich fühlen.«

»Nicht übertreiben, Grigori Valentinowitsch! Die Herren Geologen sind sehr klug, verschlagen klug ..., ein ganzes Bündel Raffinesse.«

Jugorow umarmte Korolew, und dieser hatte das schmerzliche Empfinden, daß es ein Abschied sein könnte. Ein Abschied für immer. Es war, als ahne Jugorow etwas, das er nicht aussprach. Sie küßten sich auf die Wangen, und Korolew dachte mit Wehmut und Achtung: Wer du auch bist, Jugorow, wie du auch wirklich heißt, woher du auch kommst – einer von uns bist du geworden. Man spürt's, jetzt, wo es ein Abschied für alle Zeiten werden kann. Igor Michailowitsch, paß auf dich auf, sei der Schnellere, der Stärkere, der Klügere. Wir brauchen dich noch. Gott schütze dich!

Jugorow fuhr den Weg zu Trofimow, den Soja ihm gezeigt hatte und den er auch mit Walja gefahren war; durch einen Buschpfad, der in einem Urwald zu enden schien, dann über einen nassen, schon zum Sumpf gehörenden Weg, den nur ein Geländewagen bezwingen konnte. Nie wäre ein Fremder hier weitergefahren, aus Angst, nicht mehr zurückzukommen. Auch Suchtrupps des Militärs, die nach der Befreiung der Geiseln das Gelände von Lebedewka durchkämmen würden, kehrten hier bestimmt um. Wirklich, das Schwarze Haus war der sicherste Platz.

Trofimow saß wie immer unrasiert und mit einem Atem voll sauren Alkohols am Tisch, trank mit ekelverzerrtem Gesicht den Tee, den ihm Soja hingestellt hatte, knabberte an einem Kanten Brot, schnitt von einer Blutwurst dicke Stücke ab, schob sie in den Mund und betrachtete dabei seine Tochter. In einem dünnen Morgenmantel stand sie da – was man doch alles kaufen kann in der Stadt, so einen Fummel, leicht, wie aus Federchen gemacht, und dazu Pantöffelchen, mit goldenen Mustern bestickt – und zerquetschte in einem großen Topf Kartoffeln mit einer Holzkeule. Zusatzfutter war es für die beiden Schweinchen, den lebenden Vorrat für den langen Winter.

Nie wird sie einen Mann bekommen, dachte er traurig. Nie, so schön sie auch ist. Kein Enkelchen wird mir auf die Knie krabbeln oder auf meiner Schulter reiten. Hopp, Pferdchen, hopp ..., durch den Garten, um die Obstbäume herum, am Ufer des Sees entlang. Hopp, Pferdchen, hopp! Nichts da ... Die Trofimows werden aussterben ... Bin ich daran schuld? Leb' ich schon zu lange? Wer zieht denn hier ins Haus, wenn ich noch da bin?! Sojanka, mein Liebling, geh wieder in die Stadt, such dir dort dein Glück. Hier findest du's nie ...

Das Motorengeräusch und gleich darauf ein Bremsen scheuchte Trofimow hoch. Er stürzte zur Wand, riß sein Gewehr vom Haken und lud es durch. Soja warf beide Arme hoch, als sie durchs Fenster nach draußen blickte.

»Igor ist's!« rief sie und rannte zur Tür. »Igor Michailowitsch! Väterchen, er kommt zu uns ...« Ganz außer sich war sie vor Freude. Trofimow legte sein Gewehr quer über den Tisch und setzte sich wieder. So ein Schwiegersöhnchen wär der richtige – aber nichts ist damit. Den hat sich schon Walja in die Federn geholt, und Soja umarmt sie auch noch dafür. Ist ein kleines Rindvieh, mein Töchterchen. Nie aufgeben darf man im Leben, wenn man ein Ziel hat. Sieh mich an! Zwei Jahre habe ich gewartet, bis deine Mutter ja zu mir sagte. Zwei Jahre lang bin ich ihr nachgelaufen wie ein Hündchen, bis sie es leid war ... Ausdauer, Soja, das ist es, was man haben muß.

Sich nicht abschütteln lassen. Nie beiseite drücken lassen. Lerne von deinem alten, verhaßten Vater ...

Vor der Tür fiel Soja mit einem Jubellaut Jugorow um den Hals. »Wie schön, daß du kommst!« rief sie, hing an seinen Wangen und küßte ihn immer wieder. »Wie schön! Jetzt ist es wie ein Feiertag für mich ... Komm herein ..., komm ..., Väterchen wartet auf dich. Wo ist Walja? Ist sie nicht gekommen?«

Bist doch eine dämliche Kuh, dachte Trofimow. Lernst es nie. Küß ihn lieber richtig ab und zeig ihm, was du unter diesem dünnen Fummel hast! Sehen lassen kann sich das; sogar ein alter Vater betrachtet so etwas gern.

Sie kamen ins Zimmer, Arm in Arm, und Trofimow seufzte bei diesem schönen Anblick.

»Ah! Blutwurst gibt's«, rief Jugorow, gab dem Alten die Hand und setzte sich neben ihn. »Und Tee. Darf man mitessen, ich bin noch nüchtern.«

»Bedien dich!« Trofimow machte eine große Geste des Einladens. »Aber den Tee rühr nicht an. Ein Sauzeug ist er. Teufelspisse! Jeden Morgen muß ich ihn trinken. Da, mein Töchterchen, zwingt mich dazu. Einmal zerreißt mir's den Bauch, das wette ich, Soja!« Trofimows Stimme hob sich in einen helleren Klang. Was er jetzt rief, klang wie eine Fanfare: »Wir haben einen lieben Gast, der gern einen Wodka trinkt!«

»Der liebe Gast ißt Blutwurst und trinkt Tee«, rief Soja energisch.

»Noch lieber wäre mir ein ganzer Krug voll kalter Milch ...«

»Milch?! Abartig ist er! Wer hätte das gedacht – trinkt Milch! Jugorow, bist du beim Säugling stehengeblieben? Keine Milch kommt auf den Tisch, sonst kotze ich.«

»Es gibt nichts Besseres nach einer Saufnacht als Milch.«

»Lieber tot umfallen in einem Wodkasee ...« Trofimow sah Jugorow fragend an. »Was willst du hier?« Das klang bereits sehr grob.

Soja brachte noch ein Brett, ein Messer und eine Kanne Milch mit einem Glas. Trofimow blickte das Glas voll Ekel an.

»Kann er nicht aus einem undurchsichtigen Gefäß trinken?!« rief er grob. »Muß ich mit ansehen, wie er die weiße Brühe in sich hineingießt? Mein Magen dreht sich um!«

Jugorow griff zum Messer, schnitt sich ein Stück Blutwurst ab und einen Kanten Brot. Trofimow sah ihm zu, schloß die Augen, als er die Milch trank, und knurrte nach einiger Zeit: »Ihm schmeckt's! Was sind wir glücklich ...«

»Ich brauche dein Haus«, sagte Jugorow unvermittelt, ohne Einleitung. »Das heißt, Krasnikow und Meteljew brauchen es ..., und sieht man's genau, braucht es Lebedewka.«

»Die Milch!« rief Trofimow entsetzt. »Die Milch hat sein Gehirn verjaucht! Soja, schnell den Wodka! Gegengift muß er haben ...«

»Dein Haus soll jetzt wirklich ein Kreml werden.«

»Wodka!« brüllte Tromifow. »Er phantasiert bereits.«

»Zehn Frauen und Männer aus Lebedewka sollen bei dir wohnen.«

»Wodka! Soja, du Hartherzige!« Trofimow hielt Jugorow fest. »Er stirbt mir noch unter den Händen. Woooooodkaaaa!«

»Die Geiseln ...«

Sofort war Trofimow still, starrte Jugorow an und wiederholte: »Die Geiseln ...«

»Werden heute nacht befreit und sollen sich bei dir verstekken.«

»Wer hat den idiotischen Gedanken gehabt?«

»Ich.«

»Ein großer Irrtum. Verzeih mir, Soja, ein großer Irrtum von mir. Hab' immer gedacht, Jugorow könnte zu uns passen ...«

Verlegen – ja tatsächlich, verlegen konnte sie noch sein stand Soja am Herd und schämte sich für Trofimow. »Nimm ihn nicht ernst, Igor Michailowitsch, er denkt manchmal wirres Zeug. Ein versoffener Kerl ist er.«

Trofimow nahm es nicht als Beleidigung auf; es war der Ton, den er gewöhnt war. Er hieb nur mit der Faust auf den Tisch und brüllte: »Die Kretins von Lebedewka wollen mein Haus besetzen? Das Fell brenne ich ihnen ab.«

»Für die Geiseln gibt es keinen Ort, der so sicher ist wie das Sehwarze Haus. Nasarows Truppen können suchen, wo sie wollen – hierher kommen sie nicht.«

»Und wenn sie's finden, zünden sie es an. Mich stellen sie als Kugelsack an die Wand, Soja wird vergewaltigt ... Wie kann man das von uns verlangen?«

»Zehn Menschen suchen ein Versteck!«

»Die Bibel sollen sie lesen: Suchet, so werdet ihr finden.«

»Es ist gefunden ... dein Haus!«

»Jetzt soll ich helfen! *Ich?!* Nach zweihundert Jahren des Anspuckens und Verfluchens – ich soll helfen?« Trofimow nahm den Rest Blutwurst, warf ihn an die Wand und hatte große Lust, die Milch hinterherzuschleudern. »Was tun sie, he?!« schrie er. »Weißt du, was sie mit mir tun? Am Sonntag, in der Kirche, beim Gottesdienst? Eingepreßt von alten Weibern steh' ich da, bewegungslos, nicht rühren kann ich mich ..., und dann furzen sie – ach, was sag ich: Jauche blasen sie aus und wollen mich ersticken mit Gestank. Die Lieben von Lebedewka! Und jetzt soll ich *ihnen* helfen?«

»Den Geiseln ...«

»Kommen die etwa nicht aus Lebedewka?«

»Durch sie wollte Nasarow die Namen erpressen, die dem Kanalbau Widerstand leisten. Masuk, Goldanski, Rudenko, Korolew, Beljakow und alle anderen. Auch Trofimow wäre dabeigewesen ...«

»Nichts kann man mir beweisen, nichts!«

»Dein Name auf einer Liste hätte genügt, dich zu verhaften. In die Luft gesprengt hätten sie dann dein Haus. Aber die Geiseln haben geschwiegen trotz der Schläge, trotz Todesdrohungen und Folterungen ... Sie haben geschwiegen ... Nennt ihr so was nicht Helden? Und jetzt willst du die, die dich nicht verraten haben, Nasarow wieder ausliefern? Gamsat Wladimowitsch, wenn das geschieht, stecke *ich* dir dein Haus an. Mich hindert keiner, auch du nicht.«

»Aber Soja? Soja!« schrie Trofimow triumphierend. »Soja wirst du doch nicht verbrennen?! Wenn hier die Flammen hochgehen, bleiben wir im Haus und verkohlen mit. Ist's nicht so, Töchterchen?«

»Das haben wir ausgemacht, Vater.« Sie stieß sich von der Ofenkante ab und kam zu Jugorow. »Unter den Geiseln ist auch Svetlana Victorowna ...«

»Ja. Sie hat man am meisten gequält, hat ihr die Brüste blutig geschlagen. Nasarow dachte, sie sei die Schwächste, aber kein Ton ist über ihre Lippen gekommen. Sie hätte euch vernichten können.«

»Weiß sie es nun, das mit Masuk? Daß er verschwunden ist?«

»Walja Borisowna hat es ihr gesagt.«

»Und wie hat sie es aufgenommen?«

»Geschrien hat sie: Soja ist die Mörderin! Ins Moor hat sie ihn geworfen. Werft sie hinterher ...«

»Und so ein Saustück soll ich verstecken unter meinem Dach?« brüllte Trofimow. »Soll kommen, ha, laßt sie nur kommen ..., den Hals drücke ich ihr zu. Vor Soja wird sie niederknien und um Verzeihung bitten ... Hier wird sie knien, mitten im Zimmer, und alle drumherum, und winseln soll sie ... Was hat man meinem Töchterchen nicht alles angetan?!«

»Sie sollen kommen«, sagte Soja ruhig, als Trofimow keuchend Atem holte. »Wir nehmen sie auf.«

»Verrückt ist sie!« tobte der Alte. »Gibt's denn nur noch Idioten auf der Welt?«

»Verfolgten zu helfen, ist Christenpflicht, Vater.«

»Ich trete aus der Kirche aus! In einer Stunde bin ich bei dem Popen! Mein Haus war bisher verflucht, und so soll es bleiben! Wie ruhig habe ich mit diesem Fluch gelebt. Konnte tun und lassen, was ich wollte. Kein Arsch stank mir die Bude voll, nur mein eigener. Keinen brauchte ich zu fragen, keiner konnte mir Befehle geben, die freiesten Menschen auf der Welt waren wir. Frei wie ein Adler!«

»Ja, wie ein Adler ...« Soja sah Jugorow mit weiten Augen an. »Wie ein Adler ...«, wiederholte sie.

Jugorow erwiderte ihren Blick, noch fragend, was sie wissen könnte. »Du liebst die Adler?«

»Für mich sind es die schönsten Tiere, voll Kraft und Mut.« Und etwas leiser fügte sie hinzu, den Blick nicht von Jugorow lassend: »Adler ruft Wolf ...«

Jugorow atmete tief durch. Diese einzige Nacht, in der sie heimlich in das Zimmer schlich und meinen Rucksack untersuchte ... Gelauscht hat sie später und mein Gespräch mit Filaret gehört. Adler ruft Wolf ... Wenn sie so wäre, wie alle von ihr denken, hätte sie mich jetzt in der Hand. Lautlos verschwinden müßte ich, wie ich gekommen bin – nur hätte ich jetzt Krasnikow und Meteljew als Verfolger hinter mir. Zum erstenmal wüßte man, wer ich bin und wie ich aussehe. Die große Jagd könnte beginnen. Aber auch Soja hat geschwiegen.

»Bereitet alles vor«, sagte er und wandte sich ab. »Wo sollen die zehn Geiseln bleiben? In der Scheune? Die Frauen hier im Haus?«

»Häng sie in die Bäume!« schrie Trofimow. »Die Scheune ist voll! Schlafen sollen sie in meinem Heu? Meine Tiere wollt ihr vergiften?«

»Wann kommen sie?« fragte Soja, ohne auf das Gebrüll des Alten zu hören.

»Das weiß ich nicht. Zwei Uhr morgens kann's werden.«

»Wer bringt sie?«

»Ein kleiner Lastwagen der Brigade mit zwei Geologen. Krasnikow und Meteljew.«

»Und wo bist du?«

»Ich muß mich um die Hunde kümmern.«

»Die Hunde? Was willst du mit den Hunden?«

»Sie sind die Hauptsache. Sie ›befreien‹ die Geiseln, indem sie durch das Militärlager jagen.«

»Und das soll Nasarow verwirren?!«

»Nasarow wird in dieser Nacht der geringste Gegner sein. Gefährlicher sind Krasnikow und Meteljew.«

»Aber die helfen doch ..., fahren den Wagen ..., liefern die Geiseln bei uns ab ...«

»Es war ihr Plan, diese Befreiung ... Ein fabelhafter, hinterhältiger Plan. Den großen Unbekannten suchen sie und ahnen, daß man in Lebedewka weiß, wer er ist. Deshalb befreien sie die Geiseln; wer wird da nicht dankbar sein? In jedem Haus wird man sie als Freunde empfangen. Vertrauen wird man ihnen. Und so hoffen sie, auch den großen Unbekannten zu treffen.«

»Und was macht der große Unbekannte?«

»Für eure Heimat arbeitet er. Solange sie ihn suchen, ist er sicher, denn wo sie hingehen, laufen sie gegen Gummiwände.«

»Igor Michailowitsch, auch Adler schießt man ab ...«

»Ja, und die Trofimows!« schrie der Alte. Aufmerksam hatte er zugehört, man soll bloß nicht denken, der Wodka habe einen Blöden aus ihm gemacht. »Soja, himmele ihn nicht an, als ob er nackt wär'. Ab heute nacht weiß der Gegner, daß es uns gibt ... das Schwarze Haus, das niemals einer gefunden hätte. Jetzt kennt man es, kennt den Weg dorthin ... Jugorow, oh, der Teufel soll's holen, jetzt begreif ich es: Jugorow hat uns verraten! Plötzlich gibt es uns auf der Welt, und die Welt wird uns vernichten.«

»So ist es wirklich«, sagte Soja mit weiten, harten Augen. »Igor Michailowitsch, du opferst uns für deine Pläne ...«

»Was denn für Pläne?« Trofimow warf einen bösen Blick auf Jugorow. »Wieso kann er Pläne haben?«

»Was glaubst du denn, Vater, wer Jugorow ist?«

»Ein netter Bursche, ein Rindvieh, ein lästiger Kerl, ein Phantast, ein Blinder, der meine Soja nicht richtig sieht, ein Traktorfahrer, ein ruheloser Wanderbursche ...«

»Das Wichtigste hast du vergessen, Vater: Er ist der große Unbekannte. Der Adler.«

»Mein Gott. Oh, lieber Gott ...« Der Alte sank auf die Bank zurück und stierte Jugorow an. »Du bist das? Und alle in Lebedewka wissen es, nur ich nicht?! Keiner sagt mir was, da siehst du's. Ausgestoßen sind wir von allem; nur die Luft zum Leben können sie uns nicht nehmen ... Du ... du ... bist der Spezialist?!« Trofimow schlug beide Hände vor sein Gesicht und schwankte im Sitzen. »Und er ..., er nimmt mir mein Haus weg ... Wirklich, wir sind Verfluchte! Verfluchte! Verfluchte!«

»Warum tust du das?« In Sojas Stimme klang eine große Traurigkeit.

»Euer Kreml wird zweihundert Jahre weiterbestehen, so wie er zweihundert Jahre lang gewesen ist.« Jugorow sah, daß sie ihm nicht glaubte, und der alte Trofimow schabte mit den Stiefeln über die Dielen, als wolle er zu einem Sprung ansetzen, um Jugorow den Hals umzudrehen. Was sind schon Worte, was sind Beteuerungen wert? »Es geht darum, Krasnikow und Meteljew zu täuschen, sie seien jetzt aufgenommen in unsere Gruppe ...«

»Auf Kosten unserer Knochen!« schrie Trofimow. »Wie soll's denn weitergehen?«

»Krasnikow und Meteljew kehren nicht zurück.«

»Aha!« Der Alte bekam plötzlich blitzende Augen. »Erschießen und in den Sumpf mit ihnen!«

»Nicht alles möchte ich den Sümpfen überlassen«, sagte Jugorow und vermied es, Soja anzusehen. »Und fürs Töten bin ich gar nicht. Verschwinden werden sie, einfach nicht mehr dasein ... verschollen ...«

»Wie Masuk«, sagte Soja bestimmt.

»Nicht töten!« schimpfte der Alte. »Sollen wir sie mästen? Wie lange, und was dann? Lebenslänglich? Wer kann sich solchen Wahnsinn ausdenken?« Trofimow hämmerte mit den Fäusten wieder auf den Tisch. »Ein Vorschlag, Igor Michailowitsch: Du befreist die Geiseln, die Geiseln werden von Krasnikow und Meteljew zu uns gebracht, und dann drehst du dich um, gehst ins Bett zu Walja, schläfst einen guten Schlaf und fragst nicht mehr nach den beiden Geologen. Ist das nicht vernünftig?«

»Und ihr bringt Krasnikow und Meteljew um ...«

»Du sollst nicht fragen, Kerlchen! Getan wird, was ich meinem Hause schuldig bin. Dem Haus und Soja ... Du hast damit nichts mehr zu schaffen.« Trofimow stützte die Arme auf die gespreizten Schenkel und starrte Jugorow fordernd an. »Sauber wird dein zartes Gewissen sein. Und wenn du einmal vor Gott stehst, kannst du sagen: Ein weißes Lämmlein bin ich, sanft und rein ...«

Der Alte lachte dröhnend, verschluckte sich dabei heftig und ruderte mit den Armen nach Luft. Soja lief zu ihm, klopfte ihm auf den Rücken, mit flachen Händen, sehr kräftig. Wie Schläge klatschte es, Trofimow schien's gewöhnt zu sein. Die Augen verdrehte er, sein Kopf schwoll an – und dann tat er einen langen, röchelnden Atemzug und hatte den Husten überwunden.

»Daran krepier' ich noch!« keuchte er. »Die Lunge, Jugorow, der Magen, das Herz ... alles nur noch Schrott. Wenn's keinen Wodka gäbe, der alles zusammenleimt, wo wäre ich da schon?« Er nahm das Thema wieder auf. »Sei ein Lämmchen und übergib uns Krasnikow und Meteljew. Einfacher kann man's dir doch nicht machen!«

Jugorow zögerte lange. Schweigend stand er am Fenster und starrte hinaus auf den Garten, den Bach, die kleinen Felder und die Hühner, die im Boden scharrten; auf die beiden Schweine in ihrem Auslauf mit dem Zaun aus Knüppelholz und die falbenfarbige Kuh, die frei herumtrottete. Und auf den Pfad, der hinüber zu dem kleinen See führte.

Es war unausweichlich, jetzt mußte die Entscheidung fallen. Ein einziges Wort, das zwei Menschenleben kostete. Ein Wort, das wichtig war für den Weg zum großen Ziel. Ein Opfer, das nicht das erste war und nicht das letzte sein würde. Wo gibt es Kriege ohne Blut? Und dies hier war ein Krieg; ein seltsam stiller, unbekannter, fanatischer Krieg von wenigen Menschen gegen die alles befehlende, alles beherrschende Macht des Kreml in Moskau. Ein verzweifelter Krieg gegen die Zerstörung des Landes und um das Überleben. Ein der Öffentlichkeit verborgener, lautloser Krieg, um das Gleichgewicht der Welt zu erhalten. Nicht ein Krieg zur Eroberung von Lebensraum oder für eine Ideologie, kein Krieg für Gesellschaftssysteme oder wirtschaftliche Interessen – nein, ein Krieg zur Rettung der Erde.

Der Pol schmilzt schneller ... Europas Küsten unter Wasser ... Klimaveränderungen in den Gebirgen – weil man in Moskau Sibiriens Ströme rückwärts fließen lassen will. Ein Grund wäre das, um den schrecklichsten Krieg aller Zeiten heraufzubeschwören: die ganze Welt gegen Rußland, Millionen Tote, zerstörtes Land, Ruinenstädte, verseuchtes Leben ... Was kann man, darf man dafür opfern?

»Ja –«, sagte Jugorow mit schwerer Zunge. Er schloß dabei die Augen und kam sich elend vor.

»Noch einmal: Wann fangt ihr an?« fragte Soja.

»Ich weiß es nicht, ihr müßt warten«, erwiderte Jugorow. Es klang gequält und abwehrend. »Im Laufe der Nacht ...«

»Und was muß vorbereitet werden?«

»Nur Schlafstätten. Die Verpflegung wird das ganze Dorf euch bringen.«

»Wie lange sollen sie bei mir bleiben?« erkundigte sich der Alte.

»Bis auf weiteres, Trofimow.«

»Das kann heißen: bis zum Jüngsten Tag!«

»Vielleicht.«

Der Alte sah fassungslos von Soja zu Jugorow und zurück. »Bring mir einen, der das begreifen kann«, stotterte er. »Aus meinem Haus macht man eine Herberge. Ist's denn noch erlaubt, daß ich in meine eigene Grube scheißen darf?«

Jugorow verließ die Trofimows, ohne eine Antwort zu geben. Warum sich streiten mit dem Alten? Auf Soja war Verlaß; sobald die Geiseln angefahren wurden, war mit Sicherheit alles vorbereitet. Was aber würde geschehen, wenn Svetlana und Soja sich gegenüberstanden?

Jugorow fuhr schnell nach Nowo Gorodjina zurück und saß wieder im Zwinger inmitten seiner Hunde, als Krasnikow und Meteljew an das Gitter traten. Sie hatten sich den deutschen Kübelwagen ausgeliehen, nachdem Maja Petrowna fluchtartig den Wald verlassen hatte und zurückgerast war ins Lager. Um Nasarow kümmerte sie sich nicht mehr, hatte ihn entsetzt angestarrt, war zurückgewichen, ließ ihn liegen. Panik ergriff sie bei dem Gedanken, Jugorow könnte Niktin alles berichten. Mit ihrem Mann sprechen mußte sie, sofort, sofort, und als Nasarow sich vom Waldboden aus eigener Kraft erhob, an einen Baumstamm lehnte und röchelnd zu ihr rief: »Bring die

Pistole her ... bring sie mir ... die Pistole ...!«, war sie geflüchtet, ohne noch auf Nasarows Geschrei zu hören.

Die Schlüssel hatte sie im Kübelwagen steckenlassen, und der Wagenmeister der Brigade hatte nichts dagegen einzuwenden gehabt, daß jetzt die Genossen Geologen das Auto für sich nahmen.

»Wird alles glatt verlaufen, Igor Michailowitsch?« fragte Krasnikow. »Spielen die Tierchen mit?«

»Man kann's nur hoffen, liebe Freunde«, antwortete Jugorow. »Herumtoben werden sie von allein – nur mit dem Einfangen habe ich Bedenken. Da muß mir Ilja helfen.«

Der Leithund hörte seinen Namen, kam zu Jugorow und legte seinen Kopf auf dessen Knie. Nicht Unterwürfigkeit war das, sondern Vertrauen und Liebe.

»Wir fahren jetzt zu Korolew«, sagte Meteljew, und es klang harmlos. »Sollen wir ihm etwas bestellen?«

»Nein. Was?«

»Einen Gruß.«

»Von mir aus ...« Jugorow lächelte in den Augenwinkeln. Verschlagen seid ihr, hinterhältig, trotzdem fragt ihr zu plump. Um so deutlicher muß ich jetzt werden. »Noch eines wäre zu klären. Genossen: Auf ein verbrecherisches Komplott lasse ich mich da ein. Das ist Ihnen doch wohl klar? Ich wiederhole: Was gehen mich die Geiseln an? Nasarow hat sie mitgebracht, er wird seine Gründe haben. Ich weiß es nicht. Mißhandelt hat er sie ..., ich bin nicht sein Richter, Genossen. Beljakow soll ein Soldatenmörder sein ... Weiß ich es besser? Trotzdem helfe ich Ihnen, die Geiseln zu befreien. Ein Verbrechen gegen das Gesetz, denn das Gesetz ist auf Nasarows Seite. Verstehen wir uns ganz klar: Nur aus persönlichen Motiven, nur weil Nasarow und ich uns hassen wie der Wolf den Jäger, nur deshalb mache ich mit.« Jugorow erhob sich von seinem Holzklotz, streichelte Ilja über den Kopf und kam an das Drahtgitter. »Was geschieht, wenn die ganze Aktion mißlingt?«

»Sie kann nicht mißlingen. Der Überraschungseffekt ist zu

groß. Wir brauchen keine zehn Minuten, um die Geiseln wegzubringen.«

»Was mir nicht gefällt, sind die vier Wachposten ...«

»Das ist nicht Ihre Sache, Jugorow«, erklärte Meteljew abwehrend. »Sie kümmern sich nur um die Hunde. Wir fahren jetzt, wie gesagt, zu Korolew und setzen uns wieder mit Ihnen zusammen, sobald wir zurück sind. Dann wissen wir mehr ...«

Jugorow blickte ihnen nach. Zu seinen Füßen lagen Taiga und Laika und starrten sich eifersüchtig an. Hoffentlich, dachte er, läßt Korolew sich nicht überrumpeln.

Um die Mittagszeit hielten Krasnikow und Meteljew vor Korolews Haus.

Besprechungen der Art, wie sie Jugorow angekündigt hatte, waren sorgfältig vorzubereiten. Man mußte sich nicht nur im voraus Antworten überlegen, sondern auch für die eigene Sicherheit sorgen. Deshalb hatte Korolew gleich Rudenko und Goldanski benachrichtigt und zu sich gerufen. Sie brachten ihre Gewehre und Pistolen mit und verschwanden sofort im Nebenzimmer, als draußen auf der Straße der deutsche Kübelwagen hielt und die beiden »Geologen« ausstiegen.

Aber auch Krasnikow und Meteljew waren für alles gerüstet – nur unauffälliger, listiger, gemeiner und gefährlicher. Sie hatten beide je eine der Spezialwaffen eingesteckt, mit denen die GRU auch im Ausland bei Dissidenten und Regimegegnern in England, Frankreich und München schon große Erfolge gehabt hatte: Giftnadelpistolen. Wie ein dicker Füllfederhalter wirken diese Tötungswerkzeuge, aus denen auf Fingerdruck eine winzige, dünne, spitze Nadel hervorschnellt, getränkt mit einem höllischen Nervengift. Der Getroffene stirbt innerhalb von zwei Stunden langsam, aber sicher an Nerven- und Atemlähmung. Für jeden Unwissenden sieht das aus wie ein echter Herzinfarkt. Ein Gegengift gibt es nicht, jede Behandlung ist also sinnlos. Und diesen absolut sicheren Tod kann man sehr einfach herbeiführen: Man streift den Gegner, rempelt ihn an – so, als wenn man gestolpert wäre –, lenkt ihn damit ab, und während man sich mit der einen Hand an ihm festhält, stößt man mit der anderen Hand die Giftnadel irgendwohin – in den Schenkel, in die Hüfte, ins Gesäß – es ist gleichgültig, an welcher Stelle die Nadel trifft; Hauptsache, sie dringt in den Muskel. Das Opfer spürt nur einen leichten Stich, weiter nichts, und selbst den merkt man oft nicht im Moment des Stolperns oder Anrempelns; man achtet nicht darauf und ist doch in diesem Augenblick schon unrettbar verloren durch das in den Körper schleichende Gift.

Es ist einer der lautlosen Tode, die man auf der SPEZNA-Schule gelernt und geübt hat. Nur ein Zufall war's, daß man seinerzeit in England bei einem Verstorbenen entdeckte, daß der Tod nicht auf einen Infarkt, sondern auf einen Giftstich zurückzuführen war: An der Einstichstelle hatte sich eine allergische Rötung gebildet. Oberhalb der Hüfte. Ein bedauerlicher Unglücksfall für die GRU ... Man wechselte das Gift aus, nachdem man das neue Gift eingehenden Tests unterzogen hatte. Pannen wie in England durften sich nicht wiederholen. Und sie kamen bis zur Stunde auch nicht wieder vor ...

Mit diesen dicken »Füllfederhaltern« in der Tasche betraten Krasnikow und Meteljew das Haus von Korolew. Im Nebenraum saßen Rudenko und Goldanski nahe der Tür, die Gewehre schußbereit über den Knien.

»Sie werden erstaunt sein, Genosse Dorfvorsteher, daß wir noch einmal zu Ihnen kommen«, sagte Krasnikow, als Korolew sie ins Zimmer führte. »Mein Name ist Victor Ifanowitsch Krasnikow – und das ist mein Kollege Babrak Awdejewitsch Meteljew ...«

»Ich weiß, ich weiß!« Korolew winkte ab und bot Platz auf der Eckbank an. »Kann mich noch genau erinnern an Ihren ersten Besuch hier bei mir. Wir hatten uns ja ausführlich unterhalten. Sie sind Geologen bei der Baubrigade. Ich sah Sie auch schon mal von weitem bei Vermessungen und beim Ausgraben von Bodenproben. – Was kann ich diesmal für Sie tun?«

Krasnikow und Meteljew setzten sich, blickten sich um, bemerkten die angelehnte Tür zum Nebenraum und lächelten in sich hinein. Sind eben Bauern, dachten sie überlegen. Ein Profi macht das anders.

»Wie soll man beginnen«, sagte Krasnikow und kratzte sich den Kopf, »es ist nicht so einfach bei dem, was wir zu sagen haben.«

»Kommen Sie im Auftrag der Regierung?« fragte Korolew, den Ahnungslosen hervorragend spielend. »Sollen Sie uns mitteilen, daß wir im nächsten Frühjahr unser Dorf räumen müssen?«

»Aber nein, nein! Das hat noch lange Zeit. Wer weiß, ob es überhaupt dazu kommt. Überall diese Widerstände, Proteste, Sabotagen ... nicht wahr?«

»Ich weiß nicht, wovon Sie sprechen.«

»Aber Korolew! Die Sprengung des Dammes ...«

»... hat uns überrascht und viel Ärger gebracht. Unschuldige wurden verhaftet.«

»Und die Täter laufen frei herum und machen sich Sorgen um ihre Verwandten.«

Korolew merkte die Falle und lief nicht hinein. Er umrundete sie. Mit treuem Blick sah er Krasnikow und Meteljew an. »Ich verstehe Sie noch weniger, Genosse. Keiner kennt die Täter, völlig überrascht wurden wir, ich sagte es schon – aber dann war plötzlich Militär da, besetzte unser Dorf, nahm Geiseln mit, behauptete, wir wären die Saboteure. Was nutzten alle Schwüre, alle Beteuerungen; man glaubte uns nicht. Und mehr als Worte haben wir ja nicht, um unsere Unschuld zu beweisen. Was können wir denn tun? Wir sind selbst Opfer dieser Attentate.«

Gut war das geklagt. Jeder, der nicht die Wahrheit wußte, mußte das glauben.

Krasnikow nickte zustimmend, und Meteljew verzog sein Gesicht zu einem fratzenhaften Mitleid. »Um die Geiseln geht es«, sagte er.

»Ja, deswegen sind wir hier!« pflichtete Krasnikow bei.

»Wegen der Geiseln?« tat Korolew erstaunt. Und dann

plötzlich erregt: »Ist ihnen etwas geschehen? Hat man Beljakow schon erschossen?«

»Noch nicht. Aber morgen soll das Sondergericht aus Tobolsk kommen. Bis Sonntag wäre Beljakow dann hingerichtet. Das wollen wir verhindern.«

»Sie? Warum denn Sie?« fragte Korolew und riß die Augen auf. Er spielte das vorzüglich.

»Wir hatten genug Gelegenheit, Major Nasarow kennenzulernen. Ein Schwein ist er! Man munkelt, Beljakow soll unschuldig sein.«

»Er ist's! Ich war ja dabei!« sagte Korolew hart. »Er wurde von Nasarow gezwungen, zu schießen. Mit seinem eigenen Gewehr, das nun als Beweisstück vorgelegt wird.«

»Ein guter Grund, Rache zu nehmen.«

»Rache? Was können wir tun. Genossen? Arme Bauern sind wir. Wollen nur in Frieden leben, das ist alles, was wir wünschen. Aber man läßt uns diesen Frieden nicht.«

»Grigori Valentinowitsch, Sie kennen Jugorow?«

»Den Freund der Genossin Ärztin? Sie haben mich damals darauf aufmerksam gemacht, liebe Freunde. Und ich habe ihn inzwischen ein paarmal mit ihr gesehen.« Korolew machte eine weite Handbewegung. »Fährt mit ihr ab und zu durchs Dorf, und am Sonntag steht er bei uns in der Kirche, als einziger aus der Baubrigade. Ein merkwürdiger Mensch, sag' ich. Singt und betet und läßt sich segnen und fährt dann zurück ins Lager, um unser Gegner zu sein.«

»Er ist nicht euer Gegner. Jugorow will uns helfen.«

»Das tut er ja: Er baut am Damm mit.«

»Er will uns helfen, die Geiseln zu befreien!« sagte Krasnikow nun klar.

Korolew riß wieder die Augen auf und schluckte. Ihm verschlug's die Worte – das war virtuos gespielt.

»Die ... die Geiseln befreien?« stotterte er dann. »Aus dem Militärlager? Sie ... und Jugorow? Nein!«

»Aber ja.«

»Das geht doch nicht. Genossen. Das schafft keiner.«

»Wir haben da einen fabelhaften Plan ausgearbeitet. Es wird gelingen, diese Nacht noch.«

»Diese Nacht ...?!«

»Morgen kommt, wie gesagt, das Sondergericht aus Tobolsk. Dann ist es zu spät.«

»Sofort ...« Korolew schien völlig verwirrt zu sein. Er hockte auf einem Stuhl und stierte in die Gegend, als begreife er das alles nicht. »Befreien? Von Nasarow? Alle Geiseln? Oder nur Beljakow?«

»Alle Geiseln.«

»Sie und Jugorow? Aber warum denn Sie? Was haben Sie damit zu schaffen?«

»Wir hassen Nasarow, wir alle drei. Am meisten haßt Jugorow ihn. Auf diese Art wollen wir Nasarow vernichten.«

»Das wird nie gelingen! Nie! Nach der Entführung wird die Strafe für unser Dorf noch schrecklicher sein. Uns wird man dafür verantwortlich machen! Wie immer. Uns!«

»Niemand hat Beweise.«

»Nasarow hat uns auch ohne Beweise überfallen.«

»Wir werden hinterher bezeugen, daß wir in dieser Nacht hier im Dorf waren, bei einem fröhlichen Umtrunk. Die Geiseln können also gar nicht bei euch sein. Allerdings«, und hier machte Krasnikow eine wichtige Pause, »müssen wir für sie ein absolut sicheres Versteck finden. Eine Stelle, an der wirklich niemand sie finden kann. Gibt es so etwas ganz in der Nähe?«

»Nein!« sagte Korolew bestimmt. »Hier bei uns nicht.«

»Überlegen Sie scharf, Grigori Valentinowitsch, es ist sehr wichtig. Es geht um zehn Menschen. Um zehn Menschen aus Lebedewka ...«

»Ich kann bis heute nacht keine Bäume aushöhlen und sie darin verstecken«, sagte Korolew verzweifelt. »Dieses Land kann hier jeder einsehen. Keine geheimen Ecken gibt's. Wo soll man sich hier verbergen? Ein Hubschrauber genügt, um jeden zu finden.«

Krasnikow und Meteljew wechselten einen schnellen Blick. Die Sache wurde komplizierter, als man es sich vorgestellt hatte. Es genügte nicht, mit dem Plan, die Geiseln zu befreien, in den Kreis der Verschwörer von Lebedewka einzudringen, das sahen sie jetzt klar.

»Ihr habt doch die Sümpfe«, meinte Meteljew scheinbar harmlos, so, als sei ihm das soeben erst eingefallen.

»Die Sümpfe! Genossen, wie kann man zehn Menschen in den Sümpfen verstecken? Höchstens versenken kann man sie! – Ich weiß mir keinen Rat.«

»Jugorow hat uns vorgeschlagen, zu Ihnen zu gehen«, fuhr Krasnikow fort.

»Jugorow? Was weiß er denn?! Soll er Ihnen doch ein Versteck zeigen, wenn er so klug ist. Es gibt nur eine Möglichkeit ...«

»Aha!« Meteljew hob den Kopf. »Was sind Ihre Gedanken, Grigori Valentinowitsch?«

»Am sichersten wären die Geiseln in Nowo Gorodjina.«

»Das ist verrückt!« rief Meteljew aus. »Verrückt!«

Korolew war glücklich über seinen ganz spontan gekommenen Gedanken und klatschte begeistert in die Hände. Nicht einmal Jugorow war auf diese Idee gekommen, die idealste, die es überhaupt gab. »Weil es verrückt ist, weil daran niemand denkt, ist es das beste Versteck. Genossen, bringt die Geiseln zu euch!«

»In zwei kleine Zimmer?«

»Vergeßt Jugorow nicht.«

»Neben uns wohnt er. Sein Zimmer ist noch enger!« Krasnikow schüttelte den Kopf. Mit dieser plötzlichen Wendung hatte er nicht gerechnet. »Außerdem würden es zu viele wissen, zu viele Augen gibt es. Niktin aus Tobolsk ist da. Wie Schemjakin reagiert, wissen wir nicht. Verräter gibt es überall, die sich ein paar Rubel davon versprechen ... Nein, ihr müßt die befreiten Geiseln irgendwo bei euch verstecken.«

Korolew tat, als denke er angestrengt nach. Geduldig warteten Krasnikow und Meteljew. Nur nicht drängen, nur nicht zuviel reden; je weniger Worte, um so glaubhafter ist man in dieser Situation. Schließlich sagte Korolew verzweifelt:

»Ich weiß nichts! Schwärmen die Soldaten aus, werden sie überall die Geflüchteten finden. Ihr alle unterschätzt Nasarow.«

»Kümmern Sie sich nicht um Nasarow, Genosse!« sagte Meteljew eindringlich.

»Um wen sonst? Er ist unser größter Feind! Er will uns alles, was hier im Laufe der Monate geschehen ist, an den Hals hängen. Immer trifft's die, die am wehrlosesten sind.« Korolew raufte sich die Haare, dachte, so raffiniert wie ihr sind wir schon lange, und setzte sein Spielchen fort. »Ein neuer Vorschlag: Holt die Geiseln erst einmal aus dem Militärlager raus, bringt sie zu uns. Dann werden wir sehen, was zu tun ist. Laßt sie erst einmal hier sein.«

»Auf gut Glück? Das ist zu gefährlich!« sagte Krasnikow. »Wir können sie ja nicht auf dem Marktplatz stehenlassen.«

»Uns fällt schon etwas ein ...« Korolew raufte sich wieder die Haare. »Ein schlechtes Gefühl habe ich. Genossen. Machen wir es so! Bringt die Geiseln erst her, zur Kirche, das ist immer ein guter Platz, und bis dahin haben wir uns etwas ausgedacht. Sind ja noch ein paar Stunden, um nachzudenken. Vielleicht wissen meine Freunde einen Rat? Ich vermag jetzt nichts zu sagen. Überrumpelt habt ihr mich. Wer kann denn so schnell denken, wenn einem etwas so Gefährliches plötzlich mitgeteilt wird?« Er sah Krasnikow aus wirklich umflorten Augen an. »Wann soll's denn geschehen?«

»Gegen zwei Uhr in der Nacht.«

»Dann könntet ihr etwa halb drei bei der Kirche sein.«

»Spätestens.«

»Womit?«

»Mit einem kleinen Lastwagen der Brigade. Er soll um sechs wieder in der Halle stehen. Also muß alles schnell geschehen. Nirgendwo darf es eine Wartezeit geben. Zug um Zug muß das ablaufen ...« Krasnikow erhob sich. Mehr war jetzt nicht zu tun. Aus Korolew konnten sie nichts mehr herauslocken im Augenblick. Der Erfolg aber würde ihnen, sobald erst die Geiseln in Sicherheit waren, alle Herzen und damit alle Türen öffnen. »Was wir tun können, wird gelingen. Das andere liegt bei euch, Grigori Valentinowitsch; bei Ihrem Dorf.«

Sie gaben sich die Hand, wünschten sich gegenseitig Glück, und Korolew brachte die Besucher bis vor die Haustür. Dort blieb der Dorfvorsteher zurück, bis Krasnikow und Meteljew in den deutschen Beutewagen gestiegen waren, auf der Straße gedreht hatten und winkend nach Nowo Gorodjina fuhren. Am Fenster, geschützt durch die Gardine, blickten ihnen auch Rudenko und Goldanski nach.

»Was sind sie wirklich?« fragte Rudenko, als Korolew wieder ins Zimmer trat.

»Jugorow meint, es handelt sich um Spezialbeauftragte. Nur woher und von wem sie kommen, das weiß er noch nicht.«

»KGB!« rief Goldanski und trat gegen die hölzerne Zimmerwand.

»Jugorow sagt nein. Der KGB hat eine andere Taktik. Warten wir es ab. Laßt erst die Nacht kommen und die Nacht vorbeisein.« Korolew zog eine leichte Wolljacke an, streifte die Pantoffeln ab und stieg in seine Reitstiefel. »Ich sehe mir jetzt bei Trofimow an, ob alles vorbereitet wird.«

»Er soll alles, womit man werfen, schlagen, stechen und schießen kann, aus dem Haus schaffen!« Goldanski lachte und warf sein Gewehr an dem Riemen über den Rücken. »Wenn Svetlana Victorowna und Soja zusammenprallen, gehen sie selbst mit den Stühlen aufeinander los ... Freunde, wird das eine lustige Nacht werden ...«

Bei den »Zehn Sängern« – ein magischer Ort schien es zu sein – hielt Krasnikow den Kübelwagen an und steckte sich eine Papirossa an. Auch Meteljew nahm eine aus der Schachtel und blickte nach dem ersten Zug sinnend dem Qualm nach.

»Was denkst du über Korolew?« fragte Krasnikow.

»Ein raffinierter Fuchs. Er traut uns nicht.«

»Wundert dich das? In der Nacht wird sich das ändern.« Krasnikow rauchte hastig. »Wer mag wohl im Nebenzimmer gesessen haben?«

»Seine Leibgarde.« Meteljew lehnte sich etwas zurück. »Man hätte sie herauslocken sollen.«

»Wozu? Vergessen wir bei allen Nebenhandlungen nicht: Unsere Aufgabe ist es, den › Spezialisten‹ zu entdecken und zu liquidieren. Alles andere sind nur Verzierungen oder Umwege zum Ziel.«

»Und Nasarow selbst?«

»Betrachten wir als ein kleines Privatvergnügen.«

»Sehr gut, Victor Ifanowitsch. Eine Art Hobelspan, der abfällt.«

»So kann man es nennen.« Krasnikow lächelte in den Rauch seiner Zigarette hinein. »Jetzt zu Jugorow und seinen Hunden. Er darf auf keinen Fall versagen!«

Nachdem sie ihre Papirossi geraucht hatten, fuhren sie weiter, stellten den Kübelwagen wieder in der Halle ab und gingen zu Fuß zum Zwinger. Jugorow war nicht da, aber die Hunde benahmen sich wieder wie toll. Vor allem Ilja, der Leithund, stieg am Drahtgitter hoch, zeigte sein imponierendes Gebiß und bellte wie verrückt. In seinen Augen glühte Blutdurst.

»Da hilft nur ein Meisterschuß«, sagte Meteljew und blieb einen Meter vom Gitter entfernt stehen. »Aber zehn sind's! Mehr als man Patronen im Pistolenmagazin hat.«

»Ein Gutes ist bei der Ansammlung dieser Biester: An ihnen kommt auch unser ›Spezialist‹ nicht vorbei, wenn er nachts durchs Lager schleichen sollte. Jugorow hat recht: Es gibt keinen besseren Schutz, als die Hunde nachts frei herumlaufen zu lassen.«

»Bis sie einen Unschuldigen reißen ...«

»Den gibt es nicht – es sei denn, er ist ein Blöder, der alle Warnungen mißachtet ... Babrak Awdejewitsch, so kriegen wir den ›Spezialisten‹ nicht zu sehen, wir müssen unbedingt das Vertrauen der Leute von Lebedewka gewinnen. Das ist der einzige sichere Weg zu ihm ...«

Sie fanden Jugorow zu Hause in seinem Zimmer. Er saß am Tisch und lernte aus einem Buch über Statik und Straßenbau.

»Alles in Ordnung?« fragte Krasnikow und klopfte ihm auf die Schulter.

»Von mir aus: ja! Und bei Ihnen, Genossen?«

»Auch.«

»Was hat Korolew gesagt?«

»Er tat sich schwer und druckste herum wie einer, der sich mit steinharter Scheiße quält«, sagte Meteljew fröhlich. »Weiß angeblich nicht, wohin mit den Befreiten – aber er täuscht uns nicht! Er weiß es sehr genau. Na, die Nacht wird's zeigen.«

Jugorow klappte das Lehrbuch zu und legte es zur Seite. »Während ihr weg wart, Genossen, gab's hier eine große Neuigkeit«, sagte er dabei.

»Ei, was denn? Besuch aus der Moskauer Zentrale?«

»Nasarow ...«

»Ist abgelöst worden?!«

»Das wäre zu schön. – Nein, er ist krank. Liegt zu Bett. Hat in Tobolsk gebeten, die Gerichtsverhandlung zu verschieben. Um drei oder vier Tage. Das Sondergericht kommt also morgen nicht nach Nowo Gorodjina. Genossen, wir haben plötzlich Zeit. Nichts zu übereilen brauchen wir.«

Krasnikow blickte schnell zu Meteljew. Der schüttelte kaum merkbar den Kopf.

»Aber es bleibt bei heute nacht!« sagte Krasnikow sofort. »Alles ist vorbereitet.«

»Wie ihr meint, Genossen.«

»Sie kneifen doch nicht etwa, Jugorow?«

»Was denken Sie von mir, Victor Ifanowitsch?! Natürlich stehen die Hunde bereit. Nur nicht daran denken darf ich, daß einige meiner Lieblinge erschossen werden könnten. Im voraus kommen mir dann schon die Tränen.«

»Trösten Sie sich damit, Igor Michailowitsch: Es sind Opfer für eine große, gute Tat.«

»Befreiung der Geiseln ... Genossen, ehrlich: Was gehen mich die Leute von Lebedewka an? Wenn's nicht gegen Nasarow ginge ...«

»Das ist es, Jugorow. Das ist Ihr Motiv.«

»Aber ist Nasarow auch nur einen einzigen Hund wert?«

»Ich denke: Ja ...«, rief Meteljew.

»Das sagen Sie, Babrak Awdejewitsch; es sind ja nicht Ihre Hunde. Man kann gut etwas opfern, was einem nicht gehört.« Jugorow wehrte mit den Händen ab, als Meteljew etwas entgegnen wollte. »Keine langen Diskussionen, Genossen, es bleibt bei heute nacht. Wann soll ich die Hunde zum Militärlager bringen?«

»Kurz vor zwei Uhr müssen Sie da sein, Jugorow.«

»Und mich hält kein Posten auf?«

»Freie Fahrt haben Sie!« rief Meteljew aufgekratzt. »Von den Posten werden Sie nichts sehen.«

»Fünf Minuten vor zwei Uhr lasse ich die Hunde frei, um spätestens halb drei sammele ich sie wieder ein. Genügt diese Zeit?«

»Vollkommen. Wir brauchen nur ein paar Minuten.«

»Und dann fahre ich mit ihnen zurück nach Nowo Gorodjina. Ich werde dann nicht weiterhelfen können. Genossen, mit der Meute im Rücken.«

»Gut so. Alles Folgende machen wir allein mit den Leuten von Lebedewka.«

»Aber auf eins muß ich noch aufmerksam machen«, sagte Jugorow sehr ernst und mahnend. »In dieser Zeit ist das Baubrigadelager ohne Schutz.«

»Das war es bisher doch jede Nacht, ehe die Hunde kamen.«

»Sie wissen, daß man einen neuen Angriff der Saboteure erwartet. Darum hat man uns ja die Hunde aus Tobolsk geschickt.«

»Jugorow!« Krasnikow lächelte beruhigend. »Der Satan müßte schon im Spiel sein, wenn ausgerechnet in dieser Nacht etwas im Lager passiert. Wer weiß denn von unserem Plan?«

»Nur wir drei, Genosse.«

»Und Walja Borisowna?«

»Nicht ein Tönchen. Ich schwöre es. Aber Korolew weiß es jetzt, und wenn Korolew mit seinen Freunden berät, weiß es eine ganze Menge ... Man vermutet doch immer, daß Lebedewka und die Saboteure ...«

»Die Geiseln werden ihnen wichtiger sein, Igor Michailowitsch«, beruhigte Krasnikow den aufgeregten Jugorow. »Aufpassen müssen wir hinterher! Und da laufen ja Ihre Hunde herum; an ihnen kommt niemand vorbei.«

»Nein, da kommt niemand vorbei!« rief Jugorow voller Stolz.

Gelungen war es, und so einfach war's gewesen ... Er hatte sich als treuer Freund der Moskauer Pläne gezeigt, als Gegner der Widerständler. Nicht der kleinste Hauch Mißtrauen lag mehr über ihm. Jeder vertraute ihm vollkommen.

»Um zwei Uhr nachts also, Igor Michailowitsch«, sagte Krasnikow und ging zur Tür. »Verschlafen Sie die Zeit nicht. Was werden Sie bis dahin tun?«

»Lesen. Musik hören. Ich liebe Opern.«

»Einmal ganz indiskret: Kommt Walja heute nicht zu Ihnen?«

»Nein. Beleidigt ist sie, weil gestern Laika bei mir schlief. Selbst auf weibliche Hunde ist sie eifersüchtig.«

»Ein Beweis der ganz großen Liebe!« rief Meteljew an der Tür. »Sie Glücklicher! Nicht im siebten, im achten Himmel müssen Sie sein, Jugorow.«

Jugorow schloß hinter ihnen die Tür ab, blieb nachdenklich im Flur stehen und holte dann das Membranstethoskop aus dem Bett, unter der Matratze hervor, klemmte es an seine Ohren und drückte es gegen die Wand. Nebenan hörte er erst Rumoren, dann knackte etwas, ein dünnes Pfeifen erklang, und Jugorow wußte, daß man den Kurzwellensender angestellt hatte. Kurz darauf vernahm er Meteljews Stimme, und diesmal verstand er sogar das meiste.

Das Gespräch war allerdings kurz. Meteljew gab als Meldung nur durch, was sie in der Nacht ausführen würden. Aber dann hörte Jugorow etwas, zum erstenmal, was ihn zusammenzucken ließ und ihm schlagartig nicht nur die Augen öffnete, sondern ihm seine Lage und seine Gegner bewußt werden ließ. Und ob er wollte oder nicht – bei dieser Erkenntnis lief ihm ein kalter Schauer über den Rücken.

Meteljew sagte nämlich zum Abschluß der Meldung: »Bestellen Sie von mir und Krasnikow einen schönen Gruß an den Genossen General Tjunin!«

»Die GRU«, dachte Jugorow und mußte einen Kloß im Hals hinunterschlucken. Das ist es! Krasnikow und Meteljew sind von der GRU auf mich angesetzt. Sie sind Offiziere der höllischen Spezialtruppe der GRU. Sie gehören zu den gnadenlosen Vollstreckern. Zu den lautlosen Tötern.

Gut, daß man das jetzt weiß. Es ist erlaubt, zu frieren.

GRU ... ein Name, der mit G anfängt wie Grauen.

Pünktlich zur Mitternacht, genau um vierundzwanzig Uhr, flog mit einer gewaltigen Detonation das Verpflegungsmagazin I in die Luft. Drei Minuten später folgte in einer Feuersäule das Magazin II. Und noch einmal drei Minuten später gab es keine Küche mehr und kein Flüssiggaslager: Mit gewaltigen Explosionen und einer Feuerglut, die alles Löschen unmöglich machte, zerbarsten die stählernen Flaschen wie Granaten.

Beim ersten Explosionsknall schoß Jugorow aus seinem Haus, nur eine Schlafanzughose an, und prallte auf Krasnikow und Meteljew, die in voller Bekleidung auf ihren Betten gelegen hatten.

»Ich hab's ja gesagt!« brüllte Jugorow und hob die Arme in den plötzlich mit Glut getränkten Nachthimmel. Und als die zweite Explosion erfolgte, warf er sich an der Hauswand in Deckung, und bei der dritten, der gewaltigsten Detonation, kroch er in sich zusammen wie ein getretener Wurm. Auch Krasnikow und Meteljew hatten Deckung gesucht, sprangen jetzt aber auf und rissen Jugorow von der Erde.

»Zu den Wagen!« riefen sie.

Die Alarmsirenen heulten, aus allen Baracken stürzten die Männer und liefen zu den Feuern, ein wildes Geschrei war um sie herum, ein hundertfaches Rennen und Fluchen, und Meteljew schrie mit verzerrtem Gesicht: »Scheiß nicht in die Hose, Jugorow ..., nutz die Verwirrung aus ...«

»Meine Hunde!« rief Jugorow und machte einen Luftsprung. »In der Nähe sind sie. Meine Hunde! Was ist mit meinen Hunden passiert?!«

Er riß sich von Meteljew los und rannte mit nacktem Oberkörper, so wie er war, den anderen nach zu dem hochlodernden Feuer und den explodierenden Gasflaschen.

Von der Seite kamen Schemjakin und Walja gerannt. Niktin stand draußen auf der Terrasse des Schemjakin-Hauses und klagte und jammerte und wagte doch keinen Schritt nach vorn. Im weiten Umkreis waren alle Fenster zerborsten, und auch Niktin hatte mit einem Satz sein Bett verlassen, als das Glas über ihn regnete. Maja Petrowna versteckte sich, hysterisch schreiend, im großen Wohnzimmer hinter dem Sofa, wohin auch Olga Walerinowna folgte, stumm vor Entsetzen.

»Zurück, Igor!« schrie Walja Jugorow zu, als sie ihn sah. »Zurück ... wo willst du denn hin?!«

»Meine Hunde!« rief Jugorow zurück. »Meine armen Hunde ...«

Er rannte weiter, in heller Verzweiflung, wie man sah, aber er wußte genau, daß den Hunden nichts geschehen war. Die Dynamitstäbe hatte er so gelegt, daß nur die Magazine fast senkrecht in den Nachthimmel flogen, und die Gasflaschen waren weit genug weg gelagert und konnten auch mit ihren Splittern nicht die Hunde treffen. Nur einen Schreck hatten sie bekommen, das ließ sich nicht vermeiden, und jetzt tobten sie in ihrem Zwinger wie irr. Selbst Jugorow wagte nicht, zu ihnen zu gehen; er stellte sich an das Gitter und sprach beruhigend auf sie ein, aber es hatte keinen Sinn: Die Feuersäule, die nachträglichen Explosionen, das Prasseln der verbrennenden Baracken, der Funkenflug, das Zerbersten der Wein- und Schnapsflaschen, das raschelnde Verglühen von Nudelsäcken, Reis und Mais, das helle Zischen des verbrennenden Fettes von Butter, Margarine und Schmalz – all das verwandelte die Hunde wirklich in blindwütige Bestien.

Plötzlich stand Walja neben ihm, Tränen in den Augen, eine

Decke um den Körper gewickelt, obgleich die Glut fast unerträglich war.

»Alles vernichtet ...«, sagte sie weinend. »Alles. Der ganze Wintervorrat. Was soll nun werden? Oh, diese Teufel von Lebedewka ...«

Jugorow schlang die Arme um sie, drückte sie an sich und sah über ihren Kopf hinweg, wie Krasnikow und Meteljew mit einem kleinen Lastwagen aus dem Lager preschten. Sie tun es, dachte er und atmete schwer. Sie tun es trotz dieser Katastrophe. Sie befreien jetzt die Geiseln ... Das Militär wird schon unterwegs sein, um Hilfe zu leisten, bis auf ein paar Posten ist Nasarows Lager leer. Eiskalt nutzen sie die Verwirrung aus und holen die Geiseln aus dem Zelt. Vielleicht wird es Tote geben, die Posten bei den Geiseln – was machte das noch aus? Kam alles in den großen Topf des neuen Attentats, der alles aufnahm, was jetzt noch geschehen würde.

»Gehen wir, Walja«, sagte er und küßte ihre zitternden Lippen. »Hier können wir nichts mehr tun.«

»Alles, alles verbrennt, Igor. Alle Magazine, die Küche ... Wir haben nichts mehr zu essen ...«

»Sie werden sofort aus Tobolsk neue Waren schicken.«

»Über dreihundert Mann müssen ernährt werden! Und das ohne Küche!«

»Dann improvisieren wir, Walja. Überleben in der Wildnis, mit offenen Feuern, mit Steinöfen, mit Erdöfen, mit Grills aus Baumatten ...«

»Und in zwei, drei Wochen ist der Winter da!«

»Bis dahin muß alles wieder aufgebaut und aufgefüllt sein.«

»Glaubst du daran?«

»Nein!« sagte Jugorow ehrlich. »Nicht, wenn sich sowjetische Beamte darüber Gedanken machen und alles seinen Instanzenweg läuft ... Jetzt wird viel Papier bewegt werden, von Zimmer zu Zimmer, von Amt zu Amt, und irgendwo hängt es dann fest.«

Sie waren zum Haus zurückgekehrt, setzten sich auf die Stufen der Terrasse und sahen hinüber zu den hochlodernden

Feuersäulen. Noch immer zerplatzten Gasflaschen und machten eine gezielte Löscharbeit unmöglich. Wie bei explodierenden Granaten sausten die Splitter der Stahlflaschen nach allen Seiten durch die Luft. Man konnte nur noch in Deckung gehen. Die Lagerfeuerwehr war machtlos – was wollte man denn auch noch löschen in diesem Chaos aus brennenden Lebensmitteln, Barackenwänden, Balken und Küchentrümmern?

Niktin hatte die Terrasse verlassen, als er sah, daß der Brand nicht bis zu ihm kam und auch der Funkenflug in eine andere Richtung zog. Um so mehr tobte er herum, verfluchte alle Menschen am Tobol, schrie nach den Soldaten, und als Nasarows Bataillon mit allen Wagen und sogar dem Panzer in Nowo Gorodjina einrückte – unter dem Befehl von Mamjelew, denn Nasarow lag im Bett und konnte sich kaum bewegen –, rannte Niktin sofort auf Mamjelew zu und brüllte ihn an:

»Was wollen Sie hier? Umkehren! Umkehren! Walzen Sie Lebedewka nieder! Machen Sie's dem Erdboden gleich! Alles vernichten, alles! Keine Rücksicht mehr! Männer, Frauen und Kinder, ja, auch die Kinder. Die Kinder sind die Feinde von morgen ..., alles niederwalzen, sag ich! Alles auslöschen ...«

»Ich muß zu Niktin«, sagte Jugorow und erhob sich. »Er ist verrückt geworden.«

Ehe ihn Walja festhalten konnte, war er außer ihrer Reichweite und lief auf Niktin zu, der Mamjelew immer noch anschrie. Einen kräftigen Stoß in den Rücken gab er ihm, drehte ihn zu sich herum und schlug ihm links, rechts und links drei sehr gute Ohrfeigen ins Gesicht. Niktins Kopf zuckte hin und her, seine Augen quollen aus den Höhlen, nach Luft rang er wie ein Erstickender, glotzte Jugorow wie ein Riesenfrosch an und schrie dann: »Was fällt Ihnen ein?! Ein Regierungsbeamter bin ich! Sie schlagen mich, Jugorow? Sie schlagen mich? Sind Sie irr geworden durch das Feuer?!«

»Sie benehmen sich wie ein Verrückter, Jossif Wladimirowitsch!« schrie Jugorow zurück. »Kleine Schläge an den Kopf – die beste Therapie. Wachen Sie auf! Werden Sie vernünftig. Wen wollen Sie auslöschen?!«

»Lebedewka!« keuchte Niktin und verdrehte schaurig die Augen. »Das Mördernest ...«

»Warum?«

»Das fragen Sie noch?!« Mit hocherhobenen zitternden Armen zeigte er auf die prasselnden Feuersäulen. »Was ... was ist das denn da?!«

»Ein ganz gemeines Attentat auf uns alle.«

»Aha! Zur Hölle mit Lebedewka.«

»Das ist nicht bewiesen, Niktin. Kommen Sie mit mir, beruhigen Sie sich, sehen Sie klarer.«

»Ich sehe klar!« schrie Niktin auf und riß sich aus Jugorows Griff los. »Ich kenne ihren unheimlichen Schlachtruf. Jetzt sehe ich seine Bedeutung: Sechstausend Klopse! Das sind sechstausend Sprengladungen ... Uns steht noch was bevor ...«

Sechstausend Klopse. Jugorow hatte Mühe, ernst zu bleiben. Er führte den widerstrebenden Niktin weg, während die Soldaten zunächst das Gelände um die Brände absperrten. Dann gab Mamjelew einen Befehl, der ein tiefes Raunen und Seufzen unter der Baubrigade auslöste: Der schwere Panzer schloß alle Luken, fuhr rasselnd an und wälzte sich der brennenden Küchenruine entgegen. Und dann ein neues lautes Seufzen: Der Panzer fuhr in die brennenden Trümmer hinein, walzte alles nieder, riß das Gebäude ein, ließ brennende Balken und Wände auf sich regnen, durchbrach das Feuer auf der anderen Seite, drehte um und kam zurück, auch den Rest des Gebäudes noch einreißend und in einen glühenden, funkensprühenden Teppich verwandelnd. Es war die einfachste Art, den Brand zu zerstören.

Im Haus, dessen Fenster alle zerborsten waren, trafen Jugorow und Niktin auf Schemjakin und die Frauen. Die Niktina, in einem französischen Hemdchen, das eigentlich sinnlos war, weil es nichts mehr verbarg, saß auf dem Sofa und schluchzte erbärmlich. Olga Walerinowna hatte bereits wieder begonnen, praktisch zu denken, kam aus der Küche und hatte die Vorräte gezählt. »Es reicht noch für fünf Tage«, sagte sie.

»Und meine Kranken im Hospital?« Walja, noch immer in

die Decke gewickelt, suchte Jugorows Blick. »Jetzt muß uns Lebedewka helfen. Ich spreche morgen mit Korolew.«

»Helfen?« schrie Niktin sofort wieder. »Helfen? Beschlagnahmen werden wir alles. Jeder Bewohner des Mördernestes wird verpflichtet, alle Vorräte abzugeben! Die Kammern haben sie voll ..., heraus damit, bis zur letzten Gurke, bis zum letzten Trockenfisch!«

»Mit Gewalt provozieren Sie nur Gegengewalt, Niktin«, sagte Jugorow eindringlich. »Genau das, was wir jetzt überhaupt nicht gebrauchen können.«

»Von da, wo nichts ist, kann auch nichts mehr kommen! Wenn es kein Lebedewka mehr gibt ...«

»Für eine Totalvernichtung wird niemand die Erlaubnis geben. Niemand in Moskau, und in Tobolsk schon überhaupt keiner. Wir sollten nicht die Nazis kopieren, die Lidice und Oradour dem Erdboden gleichmachten als Strafe für Partisanenangriffe. Wollen Sie, daß Lebedewka als dritter Ortsname verewigt wird in der Reihe grausamer Schreckenstaten? Und dieses Mal mit sowjetischem Siegel? Was wir jetzt am nötigsten brauchen ist Ruhe!«

»Nein! Wir brauchen die Terroristen, um sie an den nächsten Ast zu hängen!«

»Auch das, Genosse Niktin. Wir bekommen sie.«

»Und wo waren Ihre Hunde, ha?« Niktin erinnerte sich daran, daß man versichert hatte, ein neues Attentat sei unmöglich geworden. »Wer hat hier gesagt: Da kommt keiner vorbei?! Wer hat hier großsprecherisch getönt? Doch wohl Sie, Jugorow!«

»Die Hunde sollten erst am Sonntag eingesetzt werden. Sie sind noch nicht so weit abgerichtet, um frei herumzulaufen. Lebewesen sind es, Niktin, keine Maschinen.«

»Und jetzt?« schrie Niktin erbost. »Jetzt brauchen wir sie nicht mehr. Jetzt können sie die Überreste der Magazine auslecken.«

»Genug gibt es noch, was die Saboteure interessieren könnte. Das Kesselhaus, die Elektrozentrale, die Wäscherei, das Konstruktionsbüro ... Sie ...«

»Ich?« Niktin verfärbte sich und wurde grünlichweiß. »Wieso ich?«

»Ein Vertreter des Staates sind Sie, der den Kanalbau unterstützt, für ihn redet, für ihn wirbt und sogar, wie gerade jetzt, für ihn ganze Dörfer ausrotten will. Grund genug, auch Sie auf die Liste zu setzen.«

Niktin blickte mit flackernden Augen hinüber zu seiner Frau. Sie hockte auf dem Sofa, mit einer verwirrenden Schamlosigkeit in ihrem dünnen französischen Hemdchen, wagte niemanden anzusehen, am wenigsten Jugorow, und hatte sich insoweit beruhigt, daß sie nicht mehr zitterte oder hysterisch schrie. Ein schlimmer Tag war es für sie gewesen: Erst der schreckliche Morgen mit Nasarow, der so glücklich begonnen hatte. Dann der lange Tag des Wartens mit der Angst, ob Jugorow sie verraten würde. Schließlich die Nacht, in der Niktin zu ihr gekrochen kam, um das zu vollenden, was bei Nasarow abrupt unterbrochen worden war. Und sie mußte das liebende Weibchen spielen, Leidenschaft heucheln, einen Orgasmus vortäuschen und das Streicheln seiner Hände und seiner Lippen ertragen, während sie mit geschlossenen Augen an Nasarow dachte. Und nun auch noch die Feuersbrunst und die explodierenden Gasflaschen, der Untergang des halben Lagers und ein tobender, widerlicher Niktin, der nur schrie, um mit dem Schreien seine erbärmliche Angst zu übertönen.

»Willst du zurück nach Tobolsk, mein Täubchen?« fragte Niktin schwer atmend. »Ich bringe dich in Sicherheit. Hier kannst du nicht mehr bleiben, hier ist Krieg! Ich fliege dich morgen nach Tobolsk.«

»Nein!« sagte die Niktina mit erstaunlich fester Stimme. »Nein. Ich bleibe! Du bleibst doch auch? Du fliegst doch wieder nach hier zurück!«

Niktin schluckte heftig und schwieg. Seine geheimsten Gedanken – nämlich, einfach ebenfalls in Tobolsk zu bleiben – waren damit zunichte gemacht worden. Er mußte weiter ein Held sein und seine Hose zubinden.

»Natürlich komme ich zurück«, sagte er dumpf, weil sowohl Jugorow als auch Schemjakin ihn anstarrten. »Wir alle müssen jetzt gegen diese Hunde kämpfen.«

»Welche Hunde?« fragte Jugorow beleidigt.

»Die Hunde von Saboteuren ...«

»Bitte, Jossif Wladimirowitsch, beleidigen Sie nicht meine Hunde. Anständiger sind sie als jeder Mensch. Ich habe das, glaube ich, schon einmal gesagt. Ein Hund ist ein edles Geschöpf.«

»Jajaja ...« Niktin, durch die dumme Bemerkung von Maja Petrowna seiner Fluchtmöglichkeit beraubt, setzte sich an den Tisch und leckte sich über die Lippen. Ein Schnäpschen, dachte er gefühlvoll, jetzt ein Gläschen Wodka, das täte gut. »Entschuldigen Sie, Igor Michailowitsch. Nichts gegen Ihre lieben Tierchen! – Genosse Schemjakin ...«

»Ich höre ...«

»Ganz trocken ist mein Hals vor Empörung!«

»Trinken wir den letzten Wein, der übriggeblieben ist. Olgaschka, wieviel Flaschen haben wir noch?«

»Neun Flaschen, Boris Igorowitsch.«

»Noch neun? Wie reich sind wir!« Das klang bitter und spöttisch zugleich. »Ihr Gedanke ist gut, mein lieber Niktin. Trinken wir, bis aus Tobolsk die Kommission kommt, sich vor die Trümmer stellt, lamentiert, schimpft, anklagt, lange Berichte schreibt, und dann bleibt doch alles beim alten. Zum Teufel, ist das alles idiotisch! In Moskau arbeiten sie an dem Zehnjahresplan des Kanalbaus, und wir fliegen unterdessen in die Luft ...«

Jugorow war an das Fenster getreten, zupfte die letzten Glasscherben aus dem Rahmen und steckte dann den Kopf hinaus. Die Lagerfeuerwehr spritzte Tonnen von Wasser in die Brände. Wer aber weiß, wie schwer brennendes Öl und Fett zu löschen sind – vor allem, wenn sie über Holzbalken fließen und sich mit anderem leicht brennbarem Material vermischen –, der erwartet keine schnellen Erfolge. Noch immer rasselte der Panzer durch die Trümmer, walzte alles flach, zermalmte die brennenden Lagerhallen zu einem glühenden Matsch und versuchte, die hohen Flammen zu ersticken.

Die Männer der Baubrigade und die Rotarmisten umstanden den Platz der Vernichtung, diskutierten armschwingend über das Ereignis und seine Folgen, und Noskow brüllte hinaus, was alle dachten: »Wenn's morgen friert, können wir in zehn Tagen unsere Schuhsohlen auskochen und fressen!«

Was mag jetzt im Militärlager geschehen sein? dachte Jugorow, und sein Blick ging in die Weite, hinüber zu den Wäldern. Sind die Geiseln befreit worden? Ist es gelungen, hat es Tote gegeben? Was ist mit Nasarow geschehen? Sind sie auf dem Weg nach Lebedewka? Was wird Korolew tun, wenn sie eintreffen? Was wird aus Krasnikow und Meteljew – die lautlosen Töter der GRU?

Er zuckte zusammen, als ihn Walja von hinten umarmte. Ihr Kopf schob sich neben ihn, und gemeinsam sahen sie hinüber zu den glühenden Trümmern und den immer wieder aufflakkernden Bränden. Hinter ihnen entkorkte Schemjakin die erste Flasche Wein ..., das Plopp des herausgleitenden Korkens war fast wie ein Schuß.

»Woran denkst du, Igorka?« fragte sie und lehnte den Kopf an seine Wange.

»An dich ... an das gleiche, woran eben Niktin gedacht hat ... Du solltest nach Tobolsk fahren; ich möchte dich in Sicherheit wissen.«

»Aber du bleibst?« Und bevor Jugorow antworten konnte, fügte sie hinzu: »Zu dir gehöre ich, wo du auch bist – ob in Tobolsk in Sicherheit, ob hier im unterirdischen Krieg oder ob irgendwo anders auf der Welt. Ich bin immer bei dir! Erwartest du etwas anderes?«

»Klüger wäre es, wenn ...«

»Ich will nicht klug sein, ich will bei dir sein, das ist alles. Kluge Liebe hasse ich ..., es ist kein Liebe! Liebe ist, wenn es kein Du oder Ich mehr gibt, sondern nur noch ein Wir.«

»Und wenn sie dein Haus in die Luft sprengen, Walja?«

Sie senkte den Kopf auf seine Schulter und umarmte ihn von hinten. »Von heute an schlafe ich nur noch bei dir«, sagte sie leise. »Wenn sie dich in die Luft sprengen, bin ich auch bei dir ..., so soll es sein. Warum soll ich da überleben, warum muß ich dann überleben. Welch ein Leben wäre es denn!«

Jugorow blickte verstohlen auf die runde Wanduhr über der Küchentür. Sie hatte dem Explosionsdruck widerstanden, sie hing noch da und tickte.

Jetzt müßten sie auf dem Weg nach Lebedewka sein, dachte er. Spätestens jetzt, sofern es keine Komplikationen gegeben hat. Und der alte Trofimow rennt jetzt herum und flucht die Wolken vom Himmel, doch in den Ställen sind die Lager hergerichtet. Soja hat einen großen Topf mit Bohnensuppe gekocht und das selbstgebackene Brot bereitgelegt und wartet mit Herzklopfen auf die Begegnung mit Svetlana Victorowna.

Eigentlich ist für Krasnikow und Meteljew alles sinnlos geworden, war ihr Einsatz in dieser Nacht ein Tritt ins Leere, die Befreiung der Geiseln eine jämmerliche Niederlage.

Der »Spezialist« hatte neben ihnen, unter ihren Augen, zu einem vernichtenden Schlag ausgeholt.

Was würden sie jetzt ihrem GRU-General Tjunin erzählen?

Das erste Spiel des sibirischen Roulettes hatte Jugorow gewonnen.

In ihrem kleinen Transporter begegneten Krasnikow und Meteljew den zum Baulager ausgerückten Rotarmisten unter dem Kommando von Leutnant Mamjelew. Sie wichen zur Seite aus, machten die Straße frei. Ohne auf sie zu achten, rasten die Militärwagen an ihnen vorüber, rasselte der Panzer hinterher, und auch Mamjelew in seinem Jeep GAZ 69 hielt nicht an, um sich mißtrauisch zu erkundigen, wohin man wollte, das sei ja die falsche Richtung, im Rücken von ihnen brenne und explodiere es ... Wie ein donnernder Spuk zog Nasarows Streitmacht an ihnen vorbei; nach wenigen Minuten war die Straße wieder frei.

Die Posten am Schlagbaum fehlten, sie waren mit zum Baulager gefahren. Ungehindert konnten Krasnikow und Meteljew in das nun wie ein kleines Fort aussehende Militärlager einfahren, niemand hielt sie an, kein Soldat kam ihnen entgegen. Nur vor dem Zelt der Geiseln standen noch zwei Posten und guckten verwundert und ratlos den Wagen an, der vor ihnen hielt. Sonst schien alles auf dem Weg nach Nowo Gorodjina zu sein.

Meteljew und Krasnikow sprangen aus der Fahrerkabine heraus, und nun vollzog sich alles so schnell, so geübt, ja routiniert, wie man es nach einer SPEZNA-Ausbildung erwartete.

Bevor die beiden Posten vor dem Geiselzelt die Maschinenpistolen in Anschlag bringen und ihr »Stoi!« rufen konnten, blubberte die schallgedämpfte Pistole Meteljews viermal hintereinander ... sehr schnell, eine Spezialkonstruktion, die ein pausenloses Schießen erlaubte. Die beiden Rotarmisten sanken um, ohne noch einen Laut von sich zu geben, ungläubige Verwunderung stand in ihren Augen, erstarrte im Tod und gab den Gesichtern etwas erschreckend Kindliches.

Krasnikow riß den Zelteingang auf und ließ eine starke Handlampe über die aus ihren Betten auffahrenden Geiseln gleiten. Er hörte, wie Marfa aufschrie und jemand »Deckung!« rief – das mußte Beljakow sein.

»Alle raus! Schnell! Schnell!« rief Krasnikow laut in das Zelt hinein. »Ihr seid befreit! Schnell raus hier und draußen in den Wagen ...«

Dann war er mit einem Satz wieder im Freien, klappte die Plane hoch und suchte mit den Augen Meteljew. Aber Meteljew war nicht mehr am Wagen, obwohl der Motor lief, die Türen der Fahrerkabine offenstanden und alles zur Flucht bereit war. Neben dem Zelt lagen verkrümmt die beiden toten Rotarmisten ... Plötzlich wußte Krasnikow, wohin Meteljew gelaufen war, die Gunst der Stunde nutzend.

Aus dem Zelt stürzten die Geiseln. Zuerst Marfa Jakowna, dann Svetlana Victorowna, darauf die anderen und zuletzt Beljakow. Sie kletterten mit Krasnikows Hilfe auf die Ladefläche, nur Beljakow blieb vor ihm stehen.

»Wohin bringt ihr uns?« fragte er.

»Zur Unterhaltung ist keine Zeit!« rief Krasnikow. »Steig ein!« Und als auch Beljakow auf dem Wagen stand, riß er die Plane wieder herunter und hakte sie in die Ösen ein.

Meteljew! Meteljew! Wo blieb Meteljew ... Jede Minute war wertvoll ...

Nur knapp zweihundert Meter von hier lag Major Nasarow auf seinem Bett, den Körper mit kühlenden Binden umwickelt, und wartete ungeduldig auf die erste telefonische Meldung Mamjelews aus Nowo Gorodjina. Erstaunt hob er deshalb den Kopf, als die Tür aufging und ein Fremder hereintrat. Er meinte, ihn schon einmal gesehen zu haben. Da es ein Zivilist war und er nicht einmal anklopfte, war er es doppelt wert, sofort angebrüllt zu werden.

»Was wollen Sie hier?« Nasarows Stimme war das einzige, was unter Jugorows Peitschenschlägen nicht gelitten hatte. »Wo kommen Sie her? Wer hat Sie durchgelassen? Glotzen Sie mich nicht so an. Wer sind Sie, Sie Arschbackenpfeifer?!«

»Sehr höflich kann man das nicht nennen, Genosse Major«, sagte Meteljew betont milde. Er trat näher, und Nasarow richtete sich ächzend in seinem Bett auf. »Gelernt haben wir und Sie sicherlich auch: Ein Offizier der Roten Armee ist das Vorbild jedes Sowjetbürgers. Er hat höflich und in jeder Beziehung ein mustergültiger Mensch zu sein? Sind Sie das, Major Nasarow? Wer ich bin? Oberleutnant Babrak Awdejewitsch Meteljew. Im Sondereinsatz der GRU.«

»Ah! Endlich! Man wird wach in Moskau! Endlich. Ihren Ausweis bitte, Kamerad ... Wie Sie hören und sehen: Sie kommen zur richtigen Zeit.«

»Ganz Ihrer Ansicht, Genosse Major. Die Zeit ist gekommen.«

Meteljew stand vor dem Bett, beugte sich zu Nasarow herunter, und plötzlich hatte er seinen dicken »Füllfederhalter« in der rechten Hand, schlug mit der linken wohlgezielt gegen Nasarows Kinnspitze – ein geradezu klassischer K. o. warf den Major zurück in das Kissen – und setzte mit geradezu seliger Miene seine Giftnadelspritze an Nasarows Oberschenkel. Er ließ die Nadel herausschießen, durch den Verband hindurch, zog die Decke über den Ohnmächtigen und steckte das Mordinstrument in die Tasche zurück.

Mit einem langen Blick betrachtete Meteljew den nun langsam und rettungslos sterbenden Nasarow, nahm eine stramme Haltung ein, grüßte militärisch und sagte im dienstlichen Ton: »Es war nötig, Genosse Major. Eine gute Reise!«

Dann warf Meteljew sich herum, rannte aus dem Zimmer, aus der Kommandantur, über den Platz zum Wagen und hechtete auf den Fahrersitz. Krasnikow wartete und blickte ihn von der Seite an.

»Alles erledigt?« fragte er etwas heiser.

»Alles, Victor Ifanowitsch.«

»Das war Leichtsinn im Quadrat ...«

Meteljew gab Gas, der Transporter machte einen Satz nach vorn, hinten im Laderaum fielen die Geiseln übereinander und schrien entsetzt, und der Wagen raste davon zur Abzweigung nach Lebedewka.

»Nichts konnte passieren«, sagte Meteljew zufrieden. »Haben wir das nicht geübt? Wie heißt der schöne Spruch, den man uns immer an den Kopf warf: Nicht für die Schule, für das Leben lernen wir ... Hier war das Leben!« Er lachte und beugte sich über das Lenkrad. »Was sagte Nasarow noch: ›Endlich kommen Sie. Endlich‹ ... Stell dir das vor, das sagte er. Endlich ... Und ich habe geantwortet:

›Ganz Ihrer Ansicht, Genosse Major!‹ – Man kann sogar mit Humor dabeisein ...«

Krasnikow schwieg. Sie hatten es beide gelernt, das bedenkenlose Töten, aber in diesem Augenblick spürte selbst Krasnikow einen Anflug von Entsetzen.

Mit Höchstgeschwindigkeit rasten sie durch die Nacht, vorbei an den »Zehn Sängern«.

Sie sahen nicht, wie im Schatten der zehn hohen Birken ein Mann kauerte, zu ihnen hinstarrte und dann per Sprechfunk meldete:

»Sie kommen ... Sie haben die Geiseln wirklich bei sich ...«

Im Hintergrund leuchteten noch glutrote Flecken am Nachthimmel.

Zwei Werst von Nowo Gorodjina entfernt warteten Korolew und Goldanski zusammen mit fünf anderen vermummten Männern auf den kleinen Lastwagen. Im Schwarzen Haus war alles vorbereitet; dort schlug sich Schagin, der Pope, mit dem alten Trofimow herum, der wie ein Raubtier in seinem Haus herumlief und unentwegt drohte, jeden zu erschießen, der ihn scheel anzusehen wage – und sei es auch nur aus den Augenwinkeln heraus. Schagin versuchte, ihn zu besänftigen, und als der Alte weiter tobte, schmetterte der Pope einen Schemel gegen die Wand und schrie: »Die Schnauze hältst du jetzt, Gamsat Wladimowitsch, oder wir beide nehmen ein Stuhlbein und unterhalten uns damit.«

»Und so einer segnet mich am Sonntag!« brüllte Trofimow zum letztenmal. »Hat Gott denn keine Augen?« Dann saß er am Tisch, stierte vor sich hin, soff Wodka, aß dicke Scheiben Speck dazu, rülpste und wartete wie alle anderen auf die Geiseln.

Meteljew mußte plötzlich bremsen, hinten fielen die Geiseln wieder fluchend übereinander, als er auf der Straße die Sperre aus Balken und einem alten Fuhrwerk sah. Gleichzeitig tauchten aus der Dunkelheit von beiden Seiten vermummte Gestalten auf, rissen die Türen der Fahrerkabine auf, zerrten Krasnikow und Meteljew vom Sitz, ließen sie auf die Straße fallen, und bevor sie anwenden konnten, was sie gelernt hatten – nämlich ein blitzschnelles Abrollen bei gleichzeitigem Ziehen der Waffen –, waren die Vermummten über ihnen, fesselten sie, schnürten Augenbinden um ihre Köpfe, schoben sie in große Kartoffelsäcke und rissen die Plane auf.

»Schnell, rein mit ihnen!« rief eine dumpfe Stimme. »Ihr Krümelscheißer, holt sie rein ...«

Meteljew und Krasnikow wurden hochgehoben, Beljakow und drei andere Männer zerrten sie in den Wagen, dann fiel die Plane wieder zu. Einer der Vermummten – Goldanski war's – übernahm das Steuer, und dann raste der Transporter weiter zum Dorf, durch Lebedewka hindurch zur Abzweigung und über die sumpfigen Wege zum Schwarzen Haus. Bevor man die glitschige Straße hinunterfuhr, hielt Goldanski noch einmal, und Rudenko kletterte hinten auf die Ladefläche. Dort empfing ihn lauter Jubel, er wurde umarmt und geküßt, die Frauen weinten vor Glück und Freude über die Erlösung aus aller Angst – bis Beljakow fragte:

»Wo bringt ihr uns hin?«

»In das beste Versteck, wo euch wirklich keiner findet: ins Schwarze Haus.«

Einen Augenblick war es still im Wagen, nur das Rappeln der Karosserie und das laute Rumoren des Motors war zu hören. Goldanski fuhr jetzt langsam, vorsichtig, sich über den Sumpfpfad tastend.

»Wohin geht es?« unterbrach die Masuka die Stille mit einem schrillen Ton. »Höre ich richtig?«

»Zu Trofimow?« fragte auch Beljakow ungläubig.

»Ja. Sicherer geht es nicht.«

»Ich soll bei dem Hürchen leben?« schrie Svetlana Victorowna. »Erst bringt sie Lew Andrejewitsch um, und nun soll ich um ihre Hilfe betteln. Lag mit ihm im Bett, und ich soll jetzt in diesem Sündenbett schlafen? Wer kann das verlangen? Keiner kann das verlangen! Anhalten! Sofort anhalten! Ich will raus! Ich finde für mich allein ein Versteck! Laßt mich raus!«

Sie wollte zur Ladeklappe stürzen, aber Beljakow und Rudenko hielten sie fest, auch als sie zu kratzen, zu beißen und zu spucken begann. Die anderen schwiegen, aber man ahnte, was auch sie dachten: Ausgerechnet zu Trofimow. Warum ins Schwarze Haus? Gab es wirklich kein besseres Versteck? Wie sollte man sich da benehmen, dem Alten und Soja gegenüber? Dankbar sein? Ihnen die Hand geben? Bei jedem Bissen freundlich lächeln?

Rudenko legte die Finger auf den Mund. Mit einem Stich im Herzen hatte er erkannt, welch gefährliche Dummheit ihm soeben unterlaufen war. Hinten, in den Säcken, hatten Krasnikow und Meteljew alles mithören können. Was sie nie wissen sollten, hatten sie nun erfahren: das Schwarze Haus, den Namen Trofimow, das Hürchen ... Kalt lief es Rudenko über den Rücken bei dem Gedanken an die Folgen. Was Jugorow verboten hatte, war nun unumgänglich: Krasnikow und Meteljew konnten, durften nicht weiterleben. Das große Geheimnis war heraus, alle Fesselung und Knebelung sinnlos geworden, der Plan verdorben.

Beljakow schien es als erster zu erfassen. Er zeigte auf die beiden Verschnürten und beugte sich zu Rudenko.

»Und was ist mit ihnen?« flüsterte er.

»Sie ... sie müssen verschwinden ... Spurlos ... Im Sumpf ...«, stotterte Rudenko. Er griff nach seiner alten, verbeulten Uhr und drehte sie zwischen den Fingern wie einen Talisman oder einen Rosenkranz, Stärke und Ruhe von ihr erhoffend. Aber dieses Mal versagte die Uhr; die Angst blieb und das niederdrückende Gewissen: Ich habe alles verraten. Ich bin ein Verräter. Und weil wir Krasnikow und Meteljew deswegen töten müssen, bin ich auch ein Mörder. Nicht, daß ich noch nie einen Menschen getötet hättet – damals mit Goldanski und Masuk zusammen, mit den versteckten Bomben, den getarnten Sprengsätzen, der höllischen Erfindung Masuks, da hatte ich, hatten wir keine Skrupel – aber da war man weit weg gewesen, hatte nur von der Wirkung der Bomben hinterher gehört. Hier aber würde man töten müssen von Angesicht zu Angesicht, und dazu gehörte mehr als ein Kampf aus dem Dunkeln.

Rudenko rieb verzweifelt seine alte Uhr, ließ sie durch die Finger rollen, wartete auf die innere Ruhe und entfernte sich doch immer mehr davon.

Draußen wurde der Pfad enger und enger und immer glitschiger. Goldanski fuhr jetzt im Schrittempo. Er kannte zwar den Weg, aber so oft war auch er nicht beim Schwarzen Haus gewesen. Jetzt fehlt uns Masuk, dachte er. An allen Ecken fehlt uns Masuk ... Wo, mein Gott, ist er denn geblieben, was ist ihm passiert, warum findet man nichts von ihm, nicht den kleinsten Hinweis, nicht einen Krümel von Spur? Wie gut täte uns jetzt Masuk; auch wenn er mit Soja gehurt hat, hier konnte er jetzt allen nutzen.

Hinzu kam, daß Goldanski ohne Scheinwerfer fuhr. Schon Meteljew war ohne Licht gefahren, denn einen Autoscheinwerfer sieht jeder Suchtrupp weit voraus. Und nur die Dunkelheit hatte den Überfall möglich gemacht: Aus dem Nichts waren die Vermummten aufgetaucht. Eine echte Überrumpelung, bei der die Schrecksekunde schon zu lang gewesen war.

Endlich war der Transport am Ziel: Der Pfad endete auf der Lichtung, das Schwarze Haus lag vor Goldanski; nur schemenhaft sah er es in der Nacht, denn natürlich hatte auch Trofimow kein Licht angezündet – er saß, beleuchtet vom Flackerschein einer einzigen Kerze, am Tisch und stierte halb betrunken den Popen Schagin an, der mit Soja am Fenster wartete.

»Sie kommen!« rief Soja. »Sie kommen, ich höre den Motor ..., gleich sind sie auf der Lichtung ...«

»Lieber Gott«, sagte Trofimow laut, »laß mich ruhig bleiben. Und wenn nichts hilft, dann gib meinem Gewehr eine Ladehemmung oder meiner Faust eine falsche Richtung. Ich bitte dich darum, lieber Gott ...«

»Jetzt sehe ich den Wagen!« rief Schagin, der Pope. »Es ist gelungen! Es ist gelungen! Die Geiseln sind frei!«

»Amen!« brüllte Trofimow.

Soja und Schagin stürzten aus dem Haus und winkten mit weißen Handtüchern. Selbst in der Nacht sah man sie als helle Streifen, und Goldanski, aufatmend und das Lenkrad wie eine brave Geliebte tätschelnd, gab etwas mehr Gas, begann laut zu singen und benahm sich wie ein Trunkener auf dem erkannten Heimweg. Von innen, von der Ladefläche, antwortete ihm Jauchzen und unartikuliertes Geschrei ... Erst jetzt war die Befreiung geglückt, erst jetzt war das Aufatmen der Beginn eines neuen Lebens.

Beljakow riß die Plane hoch, neben sich die Masuka und dann sahen sie sich voll in die Augen, Soja Gamsatowna und Svetlana Victorowna, und Soja reichte ihr beide Hände, und sagte: »Komm, ich helfe dir aussteigen.« Und Svetlana antwortete: »Ich danke dir, Soja.«

Mit offenem Mund verfolgte Rudenko diese Begegnung, während um ihn herum ein lautes Umarmen und Küssen begann, Freudentränen flossen, Korolew jeden Befreiten mit einem Glas Wodka begrüßte – nicht dem höllischen Wodka von Trofimow, den zu überleben eine biologische Glanzleistung ist, sondern mit einem sehr zarten Wodka, wie ihn die Familie Beljakow heimlich brannte. Sogar der alte Trofimow erschien vor seinem Haus und duldete es, daß man auch ihm die Hand drückte und lediglich auf die Bruderküsse verzichtete. Unter uns gesagt: Er legte auch keinen großen Wert auf solch eine Küsserei. Nichts auf der Welt haßte er mehr als Heuchelei. Stets sagte er nur die Wahrheit, und wer die Wahrheit sagt, liebe Freunde, ist immer und überall der Verhaßteste. Wer will schon über sich die Wahrheit hören?

»Das soll einer begreifen!« Rudenko staunte, als Soja mit Svetlana ins Haus ging. »Diese Weiber! Es ist leichter, eine Kompanie Soldaten zu bekämpfen als zwei Weiber.« Dann sah er den finsteren Trofimow an der Tür stehen, vom kargen Kerzenschein schemenhaft beleuchtet, und ging auf ihn zu.

»Das werden wir dir nie vergessen, Gamsat Wladimowitsch«, sagte er. »Wirklich nicht.«

»Nur keine frommen Gesänge!« knurrte Trofimow. »Überrumpelt worden bin ich. Von der eigenen Tochter! Und von Igor Michailowitsch – der Blitz soll ihn treffen. Kein Grund, freundlich zu sein.« Er starrte Rudenko böse an und fügte dann hinzu: »Du hast noch keinen Wodka, Boris Jakowlowitsch. He, Korolew, vergiß nicht deinen Kumpan!«

Darauf ging er schnell ins Haus, um nicht weiter mit Dankessprüchen belästigt zu werden.

»Was machen wir mit denen da?« fragte draußen Goldanski und zeigte mit dem Daumen in den Lastwagen. »Nach meinem Geschmack, Grigori Valentinowitsch, haben sie zuviel gehört. Sie könnten sich allerhand zusammenreimen, und dann sind wir verloren.«

»Keine Toten, hat Jugorow gesagt.« Korolew trank nun auch einen Schluck Wodka, in Ermangelung von Gläsern direkt aus der Flasche. »Nicht bei uns jedenfalls. Was im Lager passiert ist, das geht uns nichts an.«

»Aber in die Schuhe schiebt man's uns, und da können wir nicht mehr laufen ...«

»Macht es so, wie alles besprochen wurde.« Korolew winkte ab. »Was die Zukunft bringt, wer weiß das? Beweisen kann man uns nichts. Auch die nicht!« Er nickte kurz in Richtung des Lastwagens, in dem Krasnikow und Meteljew wie verschnürte Pakete lagen, die Kartoffelsäcke über Kopf und Oberkörper. »Haben wir die Geiseln befreit? Haben wir die Posten erschossen? Beljakow hat sie neben dem Zelt liegen sehen, ehe er in den Wagen kletterte. Nein, die beiden werden sich hüten, auch nur einen Ton von sich zu geben. Wie Stumme werden sie schweigen. Ich sehe keine Gefahr von dieser Seite.«

Goldanski und Rudenko setzten sich wieder in die Fahrerkabine, um den letzten Teil ihrer Aufgabe zu erfüllen. Soja kam aus dem Stall, schob ihr geliebtes Motorrad vor sich her, hob es mit Korolews Hilfe auf die Ladefläche und kam nach vorn.

»Wer fährt das Motorrad?« fragte sie.

»Ich!« Goldanski grinste breit. »Wird ein Vergnügen sein, auf dem Sattel zu sitzen, den dein zarter Hintern bearbeitet hat.«

»Fahr vernünftig, Samson Lukanowitsch«, sagte sie, ohne auf Goldanskis Anspielung einzugehen. »Mein Rad ist das einzige, was ich besitze. Hab' schwer dafür arbeiten müssen.«

»Wer widerspricht da?« rief Goldanski munter. »Werde das Rädchen streicheln, so wie's sich gehört, bevor ich mich draufschwinge.«

»Idiot!« sagte Soja verächtlich. »Geh hin, wenn dich's drängt, und mach deiner Frau das siebte Kind!«

Mit lautem Lachen fuhr Goldanski davon und verschwand mit dem Wagen in der Nacht. Nur das Motorengeräusch hing noch für ein paar Augenblicke in der feuchten Luft und erstarb dann auch im sumpfigen Dickicht.

Im Haus saßen sie alle um den Tisch herum oder auf der Ofenbank, aßen Sojas selbstgebackenes Brot und Trofimows kernigen Speck, tranken Tee, mit Honig gesüßt, und waren von einer euphorischen Fröhlichkeit. Abseits von den anderen hatten sich Svetlana Victorowna und Soja Gamsatowna auf zwei Schemeln niedergelassen. Man ließ sie in Ruhe, blickte nicht hin, und selbst Trofimow verzichtete darauf, Zeuge dieses Gesprächs zu sein.

»Wo ist Lew Andrejewitsch?« fragte Soja, und diese Frage ging ihr ohne Stocken von den Lippen.

»Vermißt du ihn?« fragte Svetlana sofort zurück.

»Nein. Nicht einen Augenblick. Aber wenn ein Mensch so einfach verschwindet, macht man sich Gedanken.« Sie sah der Masuka in das Gesicht, über das der Kerzenschein flackerte. »Du hast ihn sehr geliebt?«

»Sehr! Bis du kamst. Da wurde alles anders zwischen Lew und mir. Nachgelaufen ist er dir wie ein Hund, nicht wahr?«

»Man kann's so sehen, Svetlana.«

»Und du bist ihm unterlegen, was? Mit Gewalt hat er's bei dir getan ...«

»Nein. Gewehrt hab' ich mich nicht. Aber er war wie ein Tier. Ertragen hab' ich's, manchmal habe ich ihn sogar geliebt, aber dann wieder bis aufs Blut gehaßt ... Einsam war ich, Svetlana, ohne Grenzen einsam ... Ich kam aus einer lebendigen Stadt zurück in die Sümpfe, aus dem Glanz lustiger Menschen wieder in diese Dumpfheit, und spürte erneut die Verachtung, die man uns Trofimows von allen Seiten entgegenschleudert. Warum, habe ich gefragt, warum sind alle gegen uns? Nie habe ich eine Antwort bekommen – von Väterchen schon gar nicht. Die Frauen im Dorf nennen mich eine Hure, weil ich moderne Kleider trage und sie alle Angst um ihre Männer haben. Wenn die wüßten, wie wenig mich ihre Männer reizen ...«

»Aber bei Lew bist du nicht weggelaufen. Ihn hast du genommen ..., mir weggenommen. Warum gerade er?«

»Der Stärkste von allen war er. Schutz habe ich gesucht bei ihm, verteidigen sollte er mich gegen alle anderen.«

»Und hat er's getan?« Svetlana beugte sich zu Soja vor. Ihre Gesichter waren jetzt nah beieinander. »Beschimpft hat er dich bei mir und allen Leuten. Auch er hat dich ein Hürchen genannt, hat bei deinem Namen ausgespuckt, hat die Trofimows zur Hölle gewünscht. Und lauerte dir dann auf wie ein Hund.

Vor ihm sollte man ausspucken! Glaubst du, daß er dich je geliebt hat?«

»Ich weiß es nicht«, antwortete Soja und dachte bei sich: Sein Kind wächst in mir; soll ich's ihr sagen? Jetzt, in dieser Stunde ihrer Befreiung aus Nasarows Hand? Was ändert das noch? Es gibt keinen Masuk mehr, dieser kleine Zeitabschnitt in meinem Leben ist beendet. In ein paar Monaten kommt sein Kind zur Welt und wird nie erfahren, wer sein Vater ist. Als er noch lebte, wollte ich ihn zwingen, ehrlich zu sein – doch was wußte Masuk von der Ehrlichkeit? Gab es für ihn überhaupt diesen Begriff? Um Liebe bettelte er, und ebenso hinterhältig hätte er mich töten können. Wie oft sah ich es in seinen Augen, wie abschätzend tödlich war manchmal sein Blick ... Soll man das alles sagen? Svetlana, was würde das ändern? Vorbei ist alles, endgültig vorbei. Ihr könnt mich weiterhin ein Hürchen nennen, ich kann damit leben. In die Einsamkeit bin ich jetzt hineingewachsen, und das Kind wird ein Trofimow sein, kein Masuk ...

»Du hast Lew Andrejewitsch nicht getötet?« fragte Svetlana ganz ruhig.

»Nein. Ich schwöre es beim Leben meines Vaters.«

»Wo ist er dann?« Svetlana blickte an Soja vorbei, als suche sie in der Ferne nach einem Zeichen. »Hier kann ein Mensch nur im Sumpf verschwinden. Warum aber ging Lew in den Sumpf? Sein Pferd kam allein zurück ... Was ist mit ihm geschehen?«

»Nie werden wir eine Antwort auf diese Fragen bekommen, Svetlana. Du trauerst sehr um ihn?«

»Mein Mann war er über fünfundzwanzig Jahre, da darf man trauern.« Svetlana beugte sich wieder zurück. »Auch wenn er mich geschlagen und getreten hat, angespuckt und mit heißem Tee übergossen. Ertragen hab' ich's, hab' mir gesagt, anderen Frauen geht's noch schlechter, die werden mit Knüppeln geprügelt, mit Lederriemen und Seilen. Lew nahm nur seine Hand. Ist das nicht sogar rücksichtsvoll? sagte ich mir. Und später dann, da war er wieder wie früher, wie in seiner Jugend; er lachte und scherzte und trieb's im Bett stundenlang mit mir, bis keiner von uns mehr einen Atem hatte ... Da verzieh ich ihm alles.« Svetlana lächelte traurig. »Sind wir dämlichen Weiber nicht so, Soja?«

»Wir sollten uns selbst schlagen wegen unserer Dummheit – aber wer kann das, wenn uns ein Mann umarmt?« Soja Gamsatowna faltete die Hände im Schoß. »Nun ist Masuk nicht mehr da.«

»Und hinterläßt zwei Witwen.« Svetlana sagte es ohne Groll oder Anklage. Gut tat es ihr, mit Soja, die sie früher mit Jauchzen im Sumpf ertränkt hätte, über das zu sprechen, was ihr Leben mit Masuk gewesen war. Eigentlich ein normales hartes Leben im wilden Sibirien. »Er war auch stark wie zwei Männer ... Wie habe ich dich gehaßt, Soja! Wie habe ich dich in den Tod geflucht. Und jetzt, wo Lew verschwunden ist wie ein Schneefleck unter der Sonne, jetzt ist es, als atmete ich freier. Verstehst du das? Ich trauere um ihn und bin gleichzeitig befreit. Er schlägt mich nicht mehr, er brüllt nicht mehr, daß einem die Ohren schmerzen, er wirft mich nicht mehr aufs Bett und fällt nicht mehr über mich her, als wolle er mich zerfleischen ... Um mich herum ist es weiter geworden, ausgedehnter, vielseitiger ... Verstehst du das?«

Ja, wollte Soja sagen, ja, so ist es wirklich, aber da trat Schagin zu ihnen und stellte sich neben ihnen an die Wand. »Viel zu wenig sprechen die Menschen miteinander«, sagte er mit seiner ewigen Predigerstimme, die sich nur veränderte, wenn er diese Bauernschädel mit rauhen Worten aufspalten mußte, um Vernunft in sie hineinzupressen. »Das ist das Kreuz, das jeder mit sich trägt: Man nimmt das eigene Leben viel zu wichtig. Wie friedlich wäre unsere Welt, wenn sie miteinander reden würden, die hohen Herren in den Regierungen, die Wissenschaftler, die Arbeitgeber und die Arbeitnehmer, die Männer der Wirtschaft und die Ärmsten der Armen – nur reden miteinander, ohne Ideologien, ohne Parteien, ohne Angst des einen vor dem anderen, ohne Streben nach Herrschaft auf der Welt, ohne Waffenklirren und Sanktionen ... nur reden ... reden von Bruder zu Bruder, von Schwester zu Schwester, und zueinander sagen: Du willst leben, ich will`leben, wir alle auf dieser Erde wollen nur leben: miteinander, nicht nebeneinander. Und schon gar nicht gegeneinander! Dann würde die Welt nicht zu klein werden für uns, dann gäbe es keine Kriege und keinen Hunger mehr, dann hätten wir alle Platz in Gottes Schöpfung, Hand in Hand ...« Schagin nickte, kreuzte die Arme vor der Brust und hob die Stimme. »Ach Gott, alles Scheiße ist das! Wo gibt es diese Menschen? Seit Kain und Abel schlagen sie sich tot, und jeder mißtraut jedem; im Neid baden sie sich und trocknen sich ab mit der abgezogenen Haut des Gegners. Und wenn sie jetzt alle aufschrien, dann muß man ihnen entgegenrufen: Seht euch doch um! Was habt ihr aus dieser Welt gemacht?! Zugrunde geht sie durch euch, aber einsehen wollt ihr's nicht! Keiner will schuldig sein, immer soll es der andere gewesen sein. Doch wenn dann alles zusammenkracht, sitzt ihr da und jammert und klagt an und versteht Gott nicht mehr. Dabei: Wie einfach wäre alles gewesen! Nur miteinander reden und reden und handeln aus der Einsicht, daß wir uns alle gegenseitig brauchen ... Amen!« Schagin blickte Soja und Svetlana an. Sie schauten zu ihm empor, als ständen sie am Sonntag in der Messe. »Wolltest du, Svetlana Victorowna, diese Soja nicht im Sumpf ertränken?«

»Ja, Väterchen«, antwortete sie bedrückt.

»Und du, Soja Gamsatowna? Hast du die Wahrheit gesagt, wie's zwischen dir und Masuk war? Und was noch ist?«

»Nein, Väterchen.« Sojas Blick begann zu flackern. Er weiß es, dachte sie, Schagin weiß alles. Hat Masuk ihm das gebeichtet? Es gab nun keine Flucht mehr in das Schweigen.

»Dann sag es ihr, Soja.«

»Ja, Väterchen.« Soja sah Svetlana mit einem bettelnden Blick an. »Ein Kind bekomme ich ..., ein Kind von Lew Andrejewitsch ... Jetzt kannst du mich erwürgen.«

»Besser wär's, ihr zieht dieses Kind gemeinsam auf«, sagte Schagin und legte seine Hände auf Svetlanas und Sojas Haupt. »Masuk hat euch etwas Herrliches hinterlassen.«

Da nickten Svetlana und Soja, streckten die Arme aus und faßten sich an den Händen.

»Ein Kind ...«, sagte Svetlana leise.

»Das bleibt uns von ihm.« Sojas Stimme war ebenso leise.

»Zwei Mütter wird es haben. Wann ist es soweit, Sojanka?«

»Im März nächsten Jahres.«

»Um die Osterzeit.«

»In Tobolsk werde ich es zur Welt bringen.«

»Nein. Bei mir! In Masuks Haus. Da gehört es hin.«

»Und die Leute von Lebedewka?«

»Wer den Mund darüber aufreißt, dem schlagen wir gemeinsam die Zähne ein!« sagte Svetlana mutig. Schagin zog seine Hände von ihren Köpfen zurück.

»Schon geht es wieder los!« knurrte er und wandte sich ab, zurück in das Zimmer. »Immer müssen sie aufeinander losschlagen, die Menschen. O Gott, sieh es ein, das war ein Fehler damals, die Sache mit dem Lehmklumpen, den du nach deinem Bild geknetet hast ...«

Unterdessen waren Goldanski und Rudenko zurückgefahren bis zu den »Zehn Sängern« und hielten dort zwischen den hohen Stämmen an. Auch ohne Worte verstanden sie sich. Sie stiegen aus. Rudenko nahm einen Holzknüppel, auf die Ladefläche kletterten sie, beleuchteten mit Krasnikows Handlampe die in die Säcke verschnürten Gestalten. Rudenko tastete erst Meteljews, dann Krasnikows Kopf ab, um sicher zu sein, daß nichts danebenging; dann hob er den Stock und gab jedem einen kräftigen Schlag auf den Schädel. Krasnikow und Meteljew streckten sich und lagen still.

»Das reicht für zehn Minuten«, sagte Goldanski zufrieden. Er tätschelte die Säcke, band die Fesseln auf, überlegte dann, zog die Säcke von den Gestalten und rollte sie zusammen. Ein Kartoffelsack war eine gute Spur, war ein Beweis. »Ein gutes Erwachen, Genossen!« sagte er zu den Besinnungslosen. »Wird ein wenig im Kopf rumoren, aber das verteilt sich schnell. Ein nasses kaltes Tuch empfehle ich euch.«

Sie kletterten zurück auf die Erde, zogen Sojas Motorrad von der Ladefläche, Goldanski trat den Motor an, und Rudenko klemmte sich auf den Gepäckträger.

»Welch ein Gefühl!« rief Goldanski. »Mein Hintern vereinigt sich mit Sojas Hintern. Ah, welch ein Genuß ...«

»Fahr los!« Rudenko klammerte sich an Goldanski fest und stieß ihm die Faust in den Rücken. »Blick auf den Weg und denk nicht an Sojas Arsch! Unversehrt möchte ich nach Hause kommen.«

Ohne Licht, nur mit den Augen die Nacht durchdringend, knatterten sie los, zurück zum Schwarzen Haus. Und wieder dachte Rudenko mit schwerem Atem und einer lastenden Beklemmung: Besser wär's gewesen, sie gleich totzuschlagen. Was haben sie gehört? Was wissen sie jetzt? Was werden sie tun? O Gott, verdamme mein unvorsichtiges Maul! Die Pflicht hätte ich gehabt, allen Gefahren vorzubeugen, statt nur einmal gleich dreimal oder viermal mit dem Knüppel auf die Köpfe – und alle Sorgen wären wir los.

Wer aber kann das? Wer kann mit eigener Hand zwei Männer erschlagen? Du hättest es nie gekonnt, Boris Jakowlowitsch. Nie! Mörder müssen eine andere Seele haben.

Vor ihm begann Goldanski zu singen. Ein Kosakenlied, das erzählte, wie man zehn Tatarinnen geschwängert habe. Ein Lied voller Klang und Kraft.

»Halt's Maul!« brüllte Rudenko dem grölenden Goldanski in den Nacken. »Wart erst den Tag ab, was dann geschieht! Das Singen könnte dir vergehen!«

Aber Goldanski sang weiter. Auf Sojas Sattel zu sitzen, war ein Liedchen wert.

Fast gleichzeitig wachten Krasnikow und Meteljew auf.

Während Krasnikow zunächst auf dem Rücken liegenblieb, zuckte Meteljew hoch und schrie los:

»Ich bringe sie um! Ja, umbringen werde ich sie, alle, alle ... Verraten hat man uns, blamiert sind wir bis auf die Knochen. Jetzt lachen sie über uns, diese Bauerntölpel ... Zurück ins Dorf ... Jedes Haus zünde ich an! Alle Häuser ...« Er beugte sich über Krasnikow und sah, daß auch dieser wach war. »Victor Ifanowitsch, man hat uns überlistet. Uns überlistet!« Er faßte ihn an den Schultern und schüttelte ihn. »Warum sagst du nichts?!«

»Brüll dich erst aus«, sagte Krasnikow mit noch ziemlich benommener Stimme. »Und wenn der Dampf weg ist, dann denke nach ... Na, wird's bei dir klarer?« Er warf die gelösten Fesseln von sich, zog das heruntergestreifte Knebeltuch ab und warf auch die Augenbinde weg. »Zwei GRU-Offiziere mit der besten Ausbildung, die es in der Sowjetunion gibt, liegen hier herum mit brummendem Kopf. Was wird General Tjunin dazu sagen?«

»O Himmel! – Er darf es nie erfahren!« rief Meteljew entsetzt. »Wir wären erledigt.«

»Also warum Lebedewka anzünden?«

»Soll ich das ruhig hinnehmen?«

»Ja. Die Geiseln haben wir befreit, du hast die beiden Posten und Nasarow getötet, und wir haben die Leute von Lebedewka unterschätzt. Was haben wir erreicht? Nichts! Der ›Spezialist‹ hat diese Runde gewonnen. Und wir waren sein Werkzeug, das muß man klar erkennen. Die Magazine des Baulagers brennen ab, und wir tappen in die Falle und holen die Geiseln raus. Ein genialer Plan, das muß man ihm lassen. Nichts, aber auch gar nichts können wir tun, ohne uns selbst ans Messer zu liefern. Nur eins wissen wir jetzt ganz sicher: Der ›Spezialist‹ lebt in Lebedewka. Bei uns vorgestellt hat er sich heute nacht. Alle Achtung, möchte ich sagen. Ein Gegner, wie man ihn sich wünscht.« Krasnikow kroch aus dem Wagen, sprang auf die Erde, erkannte, wo man sie abgesetzt hatte, und suchte in seinen Taschen nach einer Papirossa. Nichts hatte man ihnen genommen, selbst die Giftnadeln lagen in ihren Rocktaschen. Krasnikow steckte zwei Zigaretten an und reichte eine an Meteljew weiter. »Wir werden morgen wieder nach Lebedewka fahren, als sei nichts geschehen.«

»Aber wo haben sie die Geiseln hingebracht?«

»Das werden wir noch erfahren.«

»Jugorow sollte man mit seinen Hunden auf die Spur setzen.«

»Und er lacht uns aus, daß sich sein ganzer Körper verbiegt! Die Geiseln sind befreit, das wird ihm genügen. Wohin man sie gebracht hat, interessiert ihn nicht. Mit seinen geschockten Hunden wird er genug zu tun haben; zu beneiden ist er nicht.« Krasnikow zertrat seine Papirossa und ging nach vorn zur Fahrerkabine. »Fahren wir zurück, Babrak Awdejewitsch.«

»Wie ruhig du das sagst!« rief Meteljew erregt. »Lebedewka möchte ich ausrotten!«

»Später ... wenn wir den ›Spezialisten‹ vor uns liegen haben. Er ist unser Ziel, nicht diese – zugegeben raffinierten – Bauern. Sie waren ja nur die Ausführenden; der Kopf ist er! Und den Kopf brauchen wir!«

Sie stiegen in den Fahrerstand, ließen den Motor an und fuhren dem Feuerschein entgegen, der noch immer über Nowo Gorodjina stand. Ins Lager gelangten sie, ohne daß sie jemand bewußt bemerkte. Noch standen alle um die Trümmer und sahen zu, wie der Panzer immer wieder in die glutenden Reste der Magazine hineinfuhr und das Feuer niederwalzen wollte. Schemjakin hatte die Leitung des Projektes – Abschnitt Tobolsk-Tjumen – alarmiert, hatte dem verschlafenen Genossen Projektleiter, dem dicken Koskajew, die Tragödie geschildert, und Koskajew mußte herumgesprungen sein, wie von einem Bienenschwarm gestochen, brüllte unverständliche Worte, wiederholte immer wieder: »Die ganze Verpflegung, das schöne Essen ..., alles, alles vernichtet?!« und versprach, am Morgen mit dem Hubschrauber nach Nowo Gorodjina zu kommen. Auch General Pychtin rief an, nachdem er vergeblich bei Nasarow in der Kommandantur geklingelt hatte, und hörte von Leutnant Mamjelew, daß der Genosse Major krank im Bett liege und der Brand unter Kontrolle gebracht sei. Über die Attentäter werde man morgen reden ... Was unterdessen im Militärlager geschehen war, davon hatte man noch keine Ahnung. Auch Mamjelew versuchte, Nasarow zu erreichen, aber von dort kam keine Antwort. Nasarow schien fest zu schlafen.

Ohne auf Fragen Antwort geben zu müssen, stellten Krasnikow und Meteljew den kleinen Transporter zurück in die Wagenhalle und mischten sich unter die Neugierigen, als hätten sie schon immer dort gestanden. Auch Noskow, der Vorarbeiter, schien dieser Ansicht zu sein; er drängelte sich bis zu ihnen durch und stotterte vor Erschütterung.

»Wir werden Gras fressen müssen, Genossen«, meinte er trübsinnig. »Was heißt hier: Lebedewka muß uns ernähren?! Wie sollen sie dreihundert Mann satt kriegen? Nicht morgen oder übermorgen ... Es kann Tage dauern, bis die neuen Transporte aus Tobolsk kommen. Und wenn es morgen regnet und die ganze Woche lang regnet, dann kommt gar nichts mehr durch. Dann ersaufen sie im Schlamm. Und auch ein Flugzeug wird sich hüten, hier zu landen. Trübe Aussichten sind das, Genossen, ganz trübe Aussichten.«

»Das Militär hat ein eigenes Lager«, sagte Krasnikow und dachte dabei, wie gut der Plan des ›Spezialisten‹ gewesen war, die Magazine zu sprengen.

»Das Militär? Uns ernähren? Die ganze Baubrigade? Wovon denn, frage ich?! Haben ja selbst nur Kascha und Kohlsuppe zu fressen, und wenn's hoch kommt, eine Bohnensuppe oder Kartoffeln. Genossen, das wird eine Zeit werden! Wir werden so hungern, daß wir nur noch einmal jede Woche Steinkügelchen scheißen werden ...«

Im Laufe dieser Nacht trat auch Jugorow zu ihnen, mit einem zerknitterten sorgenvollen Gesicht. Er schob sich zwischen Krasnikow und Meteljew und starrte auf die langsam verglimmenden Trümmer, aber durch die Zähne fragte er:

»Ist es gelungen?«

»Ja –«, antwortete Krasnikow kurz.

»Sehr gut! Gratuliere.«

»Danke, Genosse – «, knirschte Meteljew. Er hätte Jugorow köpfen können.

»Welch ein Unglück, dieser Anschlag!« sagte Jugorow klagend. »Meine Hunde sind nicht mehr zu bändigen. Das Feuer, die explodierenden Gasflaschen, das Geschrei, das Wasser der Feuerwehr – einen Schock haben sie erlitten. Ich weiß nicht, wie ich sie wieder in den Griff bekomme.«

Kein Wort mehr über die Geiseln; was gingen Jugorow die Gefangenen an? Krasnikow und Meteljew atmeten auf, sie waren weiteren Fragen entronnen. Die Hunde waren Jugorow wichtiger als alles andere um ihn herum. Nicht über den Verlust der gesamten Verpflegung klagte er – er weinte fast über den Zustand seiner Hundemeute.

»Wie wird es weitergehen?« fragte Krasnikow.

»Wer weiß das, Genosse?«

»Sie waren doch öfter in Lebedewka, Igor Michailowitsch.«

»Sonntags. In der Kirche.«

»Haben Sie da mal den Namen Trofimow gehört?«

»Trofimow?« Jugorow schüttelte den Kopf, aber irgend etwas in ihm schlug Alarm; er wurde sehr wachsam. »Nie gehört.«

»Was ist das Schwarze Haus?«

»Mir unbekannt, Victor Ifanowitsch.«

»Und wer wird in Lebedewka Hürchen genannt?« fragte Meteljew. »Ist's möglich: Man hat in einem Dorf wie Lebedewka einen Puff?«

»Das müßte ich wissen, Babrak Awdejewitsch.« Jugorow grinste breit. »Darauf warten dreihundert wackere Genossen.« Er sah von Krasnikow zu Meteljew und war sehr erstaunt. »Was sind das für Fragen? Ihr kommt doch gerade aus Lebedewka.«

»Am Rande haben wir da einiges gehört. Aber fragen wollten wir doch nicht.«

»Ein großer Fehler, Genossen.« Jugorow versuchte, das Grinsen im Gesicht zu behalten, obwohl in ihm plötzlich alle Nerven vibrierten. Was war in Lebedewka geschehen? Woher kannten Krasnikow und Meteljew das Schwarze Haus, den alten Trofimow, den Schimpfnamen von Soja Gamsatowna? »Ein Hürchen im Dorf? Welch eine Information! Man sollte die Sirenen heulen lassen. Aber nur eine Hure für dreihundert Mann? Welch ein Gedränge! Ich werde vorschlagen, mit dem Essen auch numerierte Karten ausgeben zu lassen. Ordnung muß sein, auch im Puff!«

»Mit dem Essen wird's jetzt knapp werden«, sagte Meteljew und blickte wieder auf den Matsch aus Kartoffeln, Gemüse, Nudeln, Reis, Grütze, Fett, verbranntem Fleisch, geplatzten Würsten und zermalmten Hühnern, den der Panzer hinterlassen hatte. Das stählerne Ungetüm stand jetzt neben den noch immer träge brennenden Trümmern der Küche, bis zur Hälfte beschmiert mit dem Breigemisch, das die Panzerkette emporgeschleudert hatte. Leutnant Mamjelew lief etwas kopflos herum; seit einer halben Stunde versuchte er Nasarow anzurufen, aber der Major meldete sich noch immer nicht. Dafür hatte der Leutnant mit General Pychtin ein kurzes, aber erregtes Gespräch gehabt und mußte sich anhören, daß die Truppe, die zum Schutz des Lagers abkommandiert worden war, anscheinend aus Tiefschläfern oder Pilzsammlern bestünde. »Ich frage mich nur«, überlegte Meteljew, »wie man solche Sprengladungen legen kann, ohne gesehen zu werden? Mit Zeitzündern auch noch. Der Sauhund muß hier im Lager leben.«

»Bitte, Genossen, nicht wieder Sau und Hund zusammenbringen«, sagte Jugorow eindringlich. »Hab' schon protestiert bei dem Genossen Niktin, der auch die Hunde beleidigte. Ein Hund würde niemals Bomben legen.«

»Ihre Sorgen möchten wir haben, Igor Michailowitsch!« Krasnikow wandte sich ab. Helfen konnte man nicht mehr, das Anstarren der Trümmer erzeugte nur dumpfe Wut, die eigene Niederlage war bedrückend und beschämend – aber hinlegen konnte man sich auch nicht. Die Nerven peitschten einen hoch. Die große Hetze stand ja bevor: Wenn man den toten Nasarow entdeckte und die beiden erschossenen Posten! Und in der Frühe würden die Hubschrauber aus Tobolsk einfliegen mit der Untersuchungskommission, mit General Pychtin, mit dem KGB-Leiter Bacharew, mit einer Menge Leute, die doch nur herumstehen, diskutieren, fluchen, Rache schwören würden und in Wahrheit völlig machtlos waren. »Kommen Sie mit, Jugorow?«

»Ja. Trinken wir ein Gläschen. Anstoßen müssen wir auf Ihren Erfolg. Wie hat sich diese Räuberbande von Lebedewka benommen, als Sie die befreiten Geiseln brachten?«

»Wie echte Freunde«, sagte Meteljew, aber seine Stimme klang alles andere als freundlich. »Umarmt und geküßt haben sie uns, feiern wollten sie mit uns, aber wir mußten ja den Wagen sofort wieder zurückbringen.«

Sie gingen gemeinsam zu ihren Häusern, und da jeder der Gastgeber sein wollte, knobelte man ihn aus, zog Streichhölzer, und Jugorow ritt der Teufel, als er sagte: »Wie beim russischen Roulette, nur überleben wir es alle ... Genossen, ich hab' den längsten Stift gezogen: Ihr seid meine Gäste.«

Eine fröhliche Nacht wurde es noch, man prostete sich zu, man trank Brüderschaft und schmetterte die Gläser an die Wand, man sang gemeinsam die wehmütigen Lieder der Steppe und fiel sich in die Arme. O Brüderchen, ist das beschissene Leben schön ...

Wer war hier Jäger und Gejagter? Wer würde überleben? Sibirisches Roulette ...

Im Hause Schemjakin war man nach dem »Sieg« über das Feuer der Ansicht, daß es nützlich für Körper und Geist, Seele und Nerven sei, sich noch einmal hinzulegen, ehe am Morgen dann die Diskussionen begannen. Schemjakin hatte in Tobolsk und Tjumen alle Stellen angerufen, die zuständig waren, und damit seine Pflicht erfüllt. Was konnte man mehr tun? Die vernichteten Magazine und die Küche durfte man nicht aufräumen – alles mußte so bleiben, wie es war, um den Kommissionen ein wahres und deutliches Bild der Vernichtung vorzuführen.

Schemjakin sah große Schwierigkeiten auf Nowo Gorodjina zukommen. Wen immer er auch angerufen hatte, sobald er sagte, der gesamte Wintervorrat an Verpflegung sei vernichtet, wirklich restlos vernichtet, bekam er zunächst ein tiefes Seufzen zu hören, so, als entweiche Luft aus einer aufblasbaren Matratze. Dann stöhnte man sogar noch, bevor der längst erwartete Ausbruch kam: »Eine Katastrophe, Genosse Schemjakin! Die gesamte Verpflegung, der Wintervorrat für dreihundert Genossen? Oh, ist das eine Katastrophe!«

Wären nur die Maschinen in die Luft geflogen, man hätte das mit einem Knirschen hingenommen, aber die Verpflegung und die Küche? – Nur stöhnen vermochte man da noch und gegen die Wand starren.

Niktin, vom Wein schon etwas schwach in den Beinen, war der erste, der sich verabschiedete, Olga Walerinowna die Hand küßte, was bewies, wie stark sein Hirn schon in Alkohol getaucht war, Walja umarmte, seiner Frau Maja Petrowna zunickte, was soviel hieß wie: Komm bald nach!, und dann hinaustappte in sein Schlafzimmer.

Er schaltete die trübe Deckenbeleuchtung ein, warf seinen Rock über eine Stuhllehne, schleuderte die Schuhe von den Füßen, reckte sich gähnend und furzte kräftig. So ein entspannendes Recken, vor allem wenn der Leib voll Alkohol war, konnte immer gefährlich sein: Die Därme fühlten sich befreit. Niktin erschrak, wenn auch vor seinem eigenen Furz, sah sich um und war beruhigt darüber, daß Maja Petrowna ihm noch nicht sofort nachgekommen war.

Verwundert sah er auf sein Bett, wischte sich über die Augen, aber es blieb, was er sah: Ein Blatt Papier lag auf seiner Decke. Niktin hob es hoch. Beschrieben war's mit sauber gemalten, neutralen Druckbuchstaben. Er setzte sich auf die Bettkante und las:

»Ein guter Rat, Jossif Wladimirowitsch, es ist ein Freundesdienst: Frag einmal den Genossen Major Nasarow, ob er auch den kleinen, runden Leberfleck an der Innenseite des linken Oberschenkels, ganz oben, von Maja Petrowna gesehen hat ...«

Mehr stand da nicht, aber es genügte völlig. Niktins Hand begann zu zittern. Eine wilde Lust kam in ihm hoch, dieses Papier zu fressen. Noch einmal las er die wenigen Zeilen, wurde von Buchstabe zu Buchstabe nüchterner und spuckte dann auf diese Nachricht.

Nasarow? Maja Petrowna? Aber wieso denn und wann? Und wo? Am Abend war er von seinen Vorträgen in den umliegenden Ortschaften immer gleich zurück nach Nowo Gorodjina gekommen, zurück in die Arme seines sehnsüchtig wartenden

Täubchens. Nichts hatte er an ihr bemerkt, keine Veränderung, keine Abweisung, keine Müdigkeit. Am Tage mußte sie es also getrieben haben, irgendwo im Wald, wie eine Hündin mit einem Hund. Hatten im Farn gelegen, auf weichem Moos, im hohen Gras. Und wenn Maja die Leidenschaft packte, dann begann sie zu piepsen wie ein Schwarm junger Vögelchen ...

Nasarow!

Im Augenblick wußte Niktin nicht, was er tun sollte. Er hörte Maja Petrowna kommen, zerknüllte das Papier und steckte es in die Hosentasche. Mit umwölkter Stirn und einem Blick, in dem Mord stand, sah er sein Weibchen an, das in seinem kurzen, durchsichtigen französischen Hemdchen durch das Zimmer tänzelte und sich, selig vom Wein, hinterrücks auf das Bett fallen ließ.

Niktin atmete röchelnd auf, zuckte hoch, stürzte sich auf Maja Petrowna und packte die Füße. Mit einem Ruck riß er ihre Beine auseinander, und als sie aufschrie und laut quietschte und mit ganz hoher Stimme rief: »Jossif, was ist denn? Ha, wie wild bist du heute wieder! Jeden Tag solltest du Wein trinken ... Du bist ja wie ein junges Kerlchen ...«, da beugte er sich tief zwischen ihre Schenkel und starrte auf den kleinen runden Leberfleck am linken Oberschenkel, ganz oben, fast schon an der Pforte zum Glück.

Die Nachricht, die in seiner Hosentasche knisterte, stimmte. Es war die Wahrheit. Wahr war aber auch, daß Niktin – ein kleines Rindvieh schon immer – zum erstenmal diesen Leberfleck sah, ein entzückendes Mal an einem noch entzückenderen Ort.

»Es stimmt!« sagte er dumpf und ließ Majas Beine wieder fallen. »Himmel, es stimmt, sie hat ihn!«

»Nichts habe ich«, kicherte sie und ließ die Beine gespreizt. »Was redest du da, mein Liebling ..., du stehst ja noch ...«

»Der Leberfleck!« sagte Niktin, atemlos vor innerem Schmerz. »Genau da! Das muß geklärt werden.«

Er beachtete Maja Petrowna nicht weiter, die nun auch ihr Hemdchen abstreifte und dabei girrte: »Wo bist du denn, mein

Wölfchen? Wo bleibst du denn? Soll ich erfrieren? Komm, wärme mich, auf dich warte ich ...« Statt dessen streifte er die Schuhe wieder über, zog seinen Rock an, stürzte aus dem Zimmer und eilte zurück zu den Schemjakins.

Walja, die gerade im Begriff war, zu Jugorow zu gehen, weil sie von jetzt an auch dann bei ihm schlafen wollte, wenn Laika, Ilja oder Taiga vor seinem Bett liegen sollten, fuhr erschrocken herum, als Niktin in die Schemjakin-Wohnung einfiel.

»Eine neue schlimme Nachricht?« fragte sie betroffen. Niktins Aussehen rechtfertigte die Frage.

»Nicht für Sie, Walja Borisowna!« rief Niktin verzweifelt. »Nur mich geht's an. Leihen Sie mir Ihren Jeep?«

»Jetzt? Um vier Uhr morgens?«

»Wer blickt in meiner Lage auf die Uhr? Etwas Dringendes muß ich erledigen. Geben Sie mir den Jeep?«

»Aber ja.« Sie holte den Schlüssel aus der Rocktasche und warf ihn Niktin zu. Der verfehlte ihn beim Zugreifen, mußte sich nach ihm bücken und richtete sich ächzend auf.

»Langweilt sich Maja Petrowna hier im Lager?« fragte er keuchend.

»Maja? Nein! Am Tag, wenn Sie Ihre Vorträge halten, fährt sie herum, pflückt Beeren, sucht Pilze ...«

»Pflückt Beeren!« wiederholte Niktin und rollte mit den Augen. »Wie schön, wie naturverbunden, wie – nahrhaft ... Habe wirklich ein gutes Weibchen!«

Mit einem röchelnden Laut rannte er aus dem Haus, hinüber zur Halle, wo Waljas Jeep stand. Minuten später raste er davon, als sei seine Sohle auf dem Gaspedal festgeklebt.

Was er von Nasarow wollte, wußte er nicht so recht. Nur sprechen wollte er ihn, nach dem Leberfleck fragen – Innenseite linker Oberschenkel, ganz oben – und bestätigt bekommen, daß er von seiner Frau mit dem süßesten Gesicht betrogen wurde. Was war gegen Nasarow zu machen? Er war der Stärkere, und er war vielleicht sogar der Verführte. Oh, Niktin kannte Majas hosenabstreifenden Blick; er vermochte sich genau vorzustellen, wie sie es auch bei Nasarow getan hatte. Sie konnte mit den Augen einen entkleiden. Und welcher Mann hält dann noch seine Hose fest? Genossen, seid ehrlich und blickt in euch hinein ...

Vor ihm, auf der Straße, fuhren die ersten Rotarmisten zurück in das Militärlager. Niktin nahm den Fuß nicht vom Gas, hupend scheuchte er alles zur Seite, raste geradezu artistisch an den Militärtransportern vorbei, überholte waghalsig den mit Lebensmittelbrei beschmierten Panzer und sauste an Mamjelews GAZ 69 vorbei, der sofort mit einem wilden Hupkonzert antwortete und sich hinter Niktin setzte.

Im verlassenen Lager brannten die noch provisorisch an Pfählen aufgehängten Lampen und beleuchteten eine schreckliche Szenerie. Vor dem Zelt der Geiseln lagen die zusammengekrümmten toten Posten, und es bedurfte keiner großen Phantasie, um sofort zu wissen, was da geschehen sein mußte. Während Mamjelew vor den Toten kreischend bremste und mit einem Satz aus dem Jeep sprang, fuhr Niktin weiter bis zur Kommandantur, die man an der roten Fahne erkannte, die neben der Tür in die Erde gerammt war. Dort hielt auch er abrupt mit einem Aufschrei der Bremsen, rannte ins Haus und stieß alle Türen auf, bis er zu Nasarows Schlafzimmer kam.

»Genosse Major!« brüllte er und knipste das Deckenlicht an. »Schlafen Sie nicht, als ob Sie ein ruhiges Gewissen hätten! Einen Hinweis habe ich bekommen. Wie stehen Sie zu Maja Petrowna, meiner Frau?«

Erst nach dieser Frage sah Niktin, daß Nasarow verbunden und bandagiert im Bett lag, ganz ruhig, tief schlafend, regungslos ... Das einzige, was ungewöhnlich und erschrekkend wirkte, waren die offenen glasigen Augen, die keinen Blick, kein Leben mehr hatten.

»Leonid Antonowitsch ...«, stotterte Niktin und kam langsam näher. »O Himmel, was ist mit Ihnen? Genosse Major ...«

Er beugte sich über Nasarow, erkannte, daß er mit einem Toten gesprochen hatte, und zuckte zurück. Von jeher hatte Niktin eine Scheu vor Toten gehabt; sie taten ihm zwar nichts, waren die ruhigsten Menschen, nur noch eine Hülle ihres Wesens, aber als er zum erstenmal einem Toten gegenübergestanden hatte, war es Sommer gewesen und der ganze Raum erfüllt von einem süßlichen Verwesungsgeruch ... Da hatte er sich draußen an die Wand gelehnt und sich erbrochen. Niemals konnte er dies vergessen, und seitdem war es wie ein eigener halber Tod für ihn, wenn er einen Leichnam sah.

Auch jetzt warf er sich herum, rannte aus dem Zimmer, hinaus auf die Straße, und schrie mit schriller Stimme:

»Hierher! Hierher! Der Major ist tot ... tot ist er ... Nasarow tot ... Hierher!«

Der arme Mamjelew, der noch bei den erschossenen Posten stand und Befehle schrie wie: »Zurück zur Baubrigade! Die erste Kompanie sucht die Umgebung ab! Die zweite Kompanie fertigmachen zum Einsatz!«, was soviel hieß wie: mit allen Waffen ausrücken – er begriff zunächst nicht, was Niktin brüllte.

»Wo ist der Major?« rief er, noch ahnungslos, zurück.

»Tot! Tot! Tot!« kreischte Niktin. »Liegt tot im Bett. Verbunden und verpflastert. Was ist hier geschehen?!«

Mamjelew warf seine Mütze weg, raufte sich die Haare, stierte Niktin mit rotumränderten Augen an, rannte zur Kommandantur, stürzte in Nasarows Zimmer und blieb vor dem Toten stehen. Völlig entnervt, tat er zunächst das, was einem Offizier am nächsten liegt: Er nahm stramme Haltung an und salutierte vor dem Toten mit militärischem Gruß. Das beruhigte ihn ein wenig; eine gute militärische Ausbildung macht aus Menschen Männer. Man soll solche Behauptungen nie wegwerfend unterschätzen.

Nach dieser stummen Ehrung setzte Mamjelew sich ans Telefon und alarmierte alle, die ihm in den Sinn kamen. Zunächst Walja Borisowna als Ärztin, die den Tod fachmännisch dokumentieren mußte. Dann die Kommandantur in Tobolsk, die General Pychtin zum zweitenmal in dieser Nacht aus dem Schlaf holte. Darauf den KGB, den Genossen Bacharew, der wie ein Kosak fluchte – nicht wegen der Tragödie dort am Tobol, sondern weil er nun wieder aus den warmen Armen seiner Geliebten, der Folkloresängerin Elina, gerissen worden war. Zuletzt eine gewisse Ruta Schubina, Sekretärin in der Stadtverwaltung, die seit vier Monaten Nasarows Abendunterhaltung war. Sie weinte sofort, schluchzte herzzerreißend, legte den Hörer auf und sagte mit einem tiefen Atemzug: »Endlich!«

Eine halbe Stunde später traf Walja Borisowna im Militärlager ein. Mit ihr waren Jugorow, Krasnikow und Meteljew gekommen, alle drei ziemlich mit Wodka aufgefüllt und auf die unbekannte Mörderbande fluchend.

Bei den toten Posten vor dem Geiselzelt, die man in einer Baracke aufgebahrt hatte, war Waljas Untersuchung schnell beendet. Die Einschüsse, jeder zweimal präzise ins Herz, waren deutlich genug.

»Ein vortrefflicher Schütze«, sagte Jugorow, als man die Toten wieder zudeckte. »Wenn man bedenkt, wie schnell der Überfall stattgefunden haben muß – und dann vier Treffer in die Herzen. Das muß schon fast ein Kunstschütze gewesen sein.«

Er sah dabei Krasnikow und Meteljew an, aber keiner von ihnen reagierte. Mit alkoholflatterndem Blick hatten sie die Toten angesehen, teilnahmslos und nicht einmal staunend, und drehten sich jetzt weg. Jugorow senkte den Kopf. Die Vollstrecker der GRU. Die Meister des Tötens, die nach ihm, dem »Spezialisten«, suchten.

Weitaus komplizierter war es, die Ursache von Nasarows Tod festzustellen. Auch Walja sagte bei seinem Anblick, genau wie vorher Niktin: »Was ist denn hier geschehen? Er ist ja eingewickelt wie eine Mumie. Leutnant Mamjelew ... antworten Sie!«

»Warum fragen Sie mich, Genossin Ärztin? Was weiß ich denn? Nichts weiß ich! Der Genosse Major kam gestern morgen von einer Erkundungsfahrt zurück, ließ den Sanitäter kommen und wurde von diesem verbunden. Vorher hatte der Sanitäter schwören müssen, nichts verlauten zu lassen. Dann erst wurde ich gerufen, und der Genosse Major übergab mir das Kommando für heute und vielleicht auch morgen. Wer hätte es gewagt, den Major Näheres zu fragen? Sie alle kennen ihn ... kannten ihn doch!«

»Auswickeln!« sagte Walja hart und sah den verlegenen Sanitäter der Truppe an. »Sie wollen nichts sagen?«

»Einen Schwur habe ich getan, Genossin Ärztin«, stotterte der Sanitäter.

»Vor einem Lebenden! Jetzt ist er tot.«

»Ich sage nur aus vor einem Vorgesetzten ..., vor den Offizieren aus Tobolsk.«

»Das kann Ihnen eine Strafversetzung einbringen!« entgegnete Meteljew hart. Erst jetzt machte er sich Gedanken darüber, warum Nasarow so bewegungslos im Bett gelegen hatte, Verbände am ganzen Körper, das Gesicht voller Pflaster. »Welche Verletzungen hat der Major?«

»Das sehen wir gleich«, unterbrach ihn Walja nüchtern. »Die Mumie wird ausgewickelt.«

Nach einer Viertelstunde, als Nasarow nackt auf dem Bett lag, sahen sie alle, wie schrecklich er zugerichtet worden war. Selbst Jugorow, der neben Walja stand, war betroffen über die Wunden, die er mit der Peitsche geschlagen hatte. Der Unterkörper vor allem war übersät mit dicken, aufgequollenen Striemen, an vielen Stellen war die Haut geplatzt, und das rohe Fleisch kam hervor, auch das Gesicht war zerhauen ... Was auch immer geschehen war, Nasarow mußte fürchterlich gelitten haben. Selbst Meteljew sagte mit trockener Kehle:

»Wie hat er das bloß überlebt?«

»Eine Peitsche war's.« Krasnikow zeigte ungerührt auf die Verletzungen am Unterleib. »Sieh dir das an, Igor Michailowitsch! So etwas kann man nur mit einer Lederpeitsche machen.«

»Möglich. Wie soll ich's beurteilen? Hab keine Erfahrung darin.« Jugorow sah Walja zu, wie sie den Toten untersuchte, und fragte sich, was man da noch feststellen konnte. »Ist er ... ist er an diesen Verletzungen gestorben?«

»Nein«, sagte Walja und richtete sich wieder auf. »Fleischwunden sind es, daran stirbt man nicht.«

»Der Schock!« warf Meteljew ein.

»Er ist nach Hause gefahren und hat sich von dem Sanitäter

behandeln lassen; das ist keine Schockreaktion. Sein Herz muß versagt haben. Ein Infarkt. Da brennt unser halbes Lager ab, und er muß hier liegen und kann nichts tun. Das dürfte ihn umgebracht haben, das hat sein Herz nicht mehr verkraftet.«

»Hatte er überhaupt ein Herz?« fragte Jugorow in die plötzliche Stille hinein.

»Anatomisch selbstverständlich.« Walja winkte, der Sanitäter zog ein Bettuch über Nasarows nackten, zerschlagenen Körper. »Die wahre Todesursache kann erst eine Obduktion klären. Sicher ist nur eins: Das war ein Schlag, der uns alle trifft. Die Magazine und die Küche explodieren, die Geiseln werden befreit, zwei Posten werden erschossen, Nasarow wird mit einer Peitsche übel zugerichtet, dann stirbt er ... Woran, das wissen wir erst in ein paar Tagen. Nur eines wissen wir jetzt ohne Zweifel: In unserer unmittelbaren Nähe hockt ein Gegner, der uns systematisch vernichten will – und wird!«

»Er wird es nicht, Walja Borisowna«, sagte Krasnikow beruhigend. »Bloß jetzt keine Panik! Igor Michailowitsch und seine Hundemeute werden das Lager sicherer machen, wir alle werden die Augen offenhalten, und Lebedewka wird bis zum letzten Winkel durchsucht. Nicht ein einziger Strohhalm wird liegenbleiben ... Liebe Freunde, keine Panik! Jetzt brauchen wir alle einen klaren Kopf ...«

Nebenan, im Schreibzimmer Nasarows, saß Niktin auf einem Stuhl, ließ die Arme hängen und war ein gebrochener Mensch. In seiner Hosentasche knisterte der Zettel, und keiner konnte Nasarow mehr fragen, ob die Anschuldigungen Wahrheit waren oder eine niederträchtige Verleumdung, ein hinterhältiger Schlag auf Niktins Seele, von dem es keine Erholung mehr gab. Nehmen wir an, es ist alles Lüge, Maja Petrowna hat wirklich Pilze und Beeren gesammelt im Wald – dann blieb trotzdem noch der kleine Leberfleck am linken Oberschenkel, Innenseite, ganz oben ... Wer hatte das gesehen, was selbst der eigene Ehemann noch nicht kannte?

Er zuckte zusammen, als Krasnikow ins Zimmer kam und

sich drohend vor ihm aufbaute. Mit gekrauster Stirn sah er Niktin an und räusperte sich ein paarmal, ehe er sprach.

»Nasarow ist tot«, sagte er.

»Das ist nichts Neues. Ich habe ihn ja gefunden«, antwortete Niktin etwas verwirrt von dieser allgemein bekannten Feststellung.

»Sagen wir vorsichtiger: Sie waren der letzte, der bei ihm gewesen ist.«

»Wenn Sie so wollen, Krasnikow ... Aber nicht als letzter war ich bei ihm, sondern als erster.«

»Als erster nach dem Attentat im Baulager, das stimmt. Aber als die Rotarmisten ausrückten, lebte Nasarow noch. Mamjelew kann das bestätigen, er bekam noch Instruktionen von Nasarow. Und dann?«

»Was dann, Victor Ifanowitsch?«

»Wie ein Irrer überholten Sie mit einem Jeep die zurückkehrende Militärkolonne, rasten zur Kommandantur, und während sich alle um die beiden ermordeten Posten kümmerten, stürmten Sie zu Nasarow.«

»So war es. Ganz richtig.«

»Und plötzlich erschienen Sie wieder auf dem Platz, schrien, Nasarow sei tot, und benahmen sich wie ein Verrückter.«

»Der Schock, Krasnikow. Komme ins Zimmer, will mit dem Major sprechen, und er liegt da, starrt an die Decke und sagt keinen Mucks mehr. Tot! Bekommt man da nicht einen Schrecken? Ruft man da nicht um Hilfe?«

»Wie lange waren Sie mit Nasarow allein?«

»Zwei, drei Minuten, länger nicht.«

»Welch ein Gebirge von Zeit! Man kann einen Menschen in einer Sekunde töten ..., nein, Sie nicht, Niktin. Ihnen gestehe ich eine volle Minute zu. In einer Minute kann das möglich sein.«

Niktin begriff noch immer nicht, in welche Richtung Krasnikow ihn treiben wollte. Ein reines Gemüt sieht einen geraden Weg; die Schatten jenseits der Straße liegen nicht in seinem Blick.

»Ich dachte erst, er schläft«, fuhr Niktin in seiner Harmlosigkeit fort. »Wie kann ein Mensch bloß schlafen, wenn in seiner Nähe Bomben explodieren und der Himmel flackert vom Feuer?!«

»Und da nutzten Sie die Situation und taten es ...«

»Ja. Ich ging zu ihm, und da erst merkte ich, daß er tot war. Mich hieb es fast auf die Erde.«

»Nasarow hat sich nicht gewehrt? Ein starker Mann war er ...«

»Gewehrt? Gegen wen?«

»Gegen Sie, Jossif Wladimirowitsch.«

»Wie kann sich ein Toter wehren?« Der Groschen fiel und fiel nicht. Immerhin spürte Niktin jetzt, daß hier etwas nicht in Ordnung war. »Was deuten Sie damit an, Krasnikow?«

»Was trieb Sie morgens um vier zu Nasarow?«

»Eine dienstliche Angelegenheit«, antwortete Niktin steif.

»So wichtig, daß man wie ein Irrer durch die Nacht rast? Mamjelew sagt, Sie kamen heran wie ein Geisterfahrer.«

»Ich hatte es eilig.« Niktin sah Krasnikow lauernd an. »Was geht das Sie übrigens an, Victor Ifanowitsch?«

»Gedanken macht man sich, das ist doch wohl erlaubt. Gedanken, die sich auch die Untersuchungskommission machen wird. Sie werden Auskünfte geben müssen, Niktin ..., das wollte ich nur andeuten.«

»Das kann ich.« Niktin versank wieder in tiefes Brüten. An Maja Petrowna dachte er immer wieder. Wer sagte ihm nun die Wahrheit? Der Schreiber des Zettels, aber wer war der Schreiber? »Woran ist Nasarow gestorben?« fragte er. Krasnikow war noch immer im Zimmer und stand vor ihm.

»Das wird noch untersucht. Erschossen wurde er nicht, erstochen wurde er nicht, auch ein Erwürgen kann man ausschalten, denn da müßte es Würgemale am Hals geben. Was bleibt somit noch? Man könnte daran denken, daß er vielleicht mit einem Kissen erstickt wurde.«

»Erstickt? Also ermordet?«

»In drei Minuten ist es möglich. Nasarow war sehr geschwächt durch seine – Krankheit. Auch diese Krankheit muß man noch analysieren. Eine merkwürdig plötzliche Krankheit mit außerordentlich interessanten Symptomen. Wir können leider nur raten ...«

»Ein Teufelsloch, dieses Lebedewka!« stöhnte Niktin. »Ich sag es immer und keiner glaubt's: Ausräuchern muß man es.«

»Denken Sie jetzt lieber an sich, Jossif Wladimirowitsch.« Krasnikows Stimme war sehr ernst. »Über Ihre drei Minuten bei Nasarow werden Sie Rechenschaft ablegen müssen.«

Mit offenem Mund, nur langsam seine Situation begreifend, starrte Niktin dem weggehenden Krasnikow nach. Aber dann verstand er; mit einem Satz sprang er auf, raufte sich die Haare und schrie verzweifelt: »Genossen, was denkt ihr denn von mir?! Welcher Verdacht! Welche Ungeheuerlichkeit! Hängt ihr mir Nasarow jetzt an den Hals?! Wie kann man nur so etwas denken?! Krasnikow, erklären Sie mir das!«

Aber Krasnikow gab keine Antwort mehr, verließ das Zimmer und warf hinter sich die Tür zu, als solle sie nie mehr geöffnet werden.

Im Flur traf er auf Meteljew, der an der Wand lehnte und rauchte.

»Der Stachel sitzt«, sagte Krasnikow zufrieden. »Walja Borisowna hat nichts entdeckt?«

»Wie könnte sie das?« Meteljew grinste erfreut. »Ich habe genau in eine Strieme getroffen. Ein Zufall. Vom Glück ernährt sich des Menschen Seele.«

Auf dem Vorplatz der Kommandantur trafen sie Jugorow, Walja und den völlig verzweifelten Leutnant Mamjelew. Zwei Kompanien waren ausgerückt und durchsuchten die Wälder nach Spuren der Geiseln. Ein fahles Licht kündete den Morgen an. Nässe tropfte von allen Zweigen. Falls es heute einen sonnigen Tag geben sollte, dann stand bald der Nebel über den Sümpfen. Ein Geruch von Erde und Fäulnis durchzog die Luft.

»Bleiben Sie hier. Genossin Ärztin, bis die Kommissionen aus Tobolsk kommen?« fragte Mamjelew kläglich.

»Ich muß zu meinen Hunden zurück!« sagte Jugorow abwehrend.

»Man kann mich jederzeit im Hospital erreichen.« Walja wollte nach ihrem Arztkoffer greifen, aber Jugorow war schneller und nahm ihn an sich. »Sie sollten den Sanitäter verhören, Leutnant Mamjelew. Wie ist Nasarow an seine Wunden gekommen? Wer hat ihn so fürchterlich ausgepeitscht? Der Sanitäter weiß mehr.«

»Mit dem Kopf an die Wand werde ich ihn werfen!« schrie Mamjelew. »Das macht ihn munter.«

»Oder völlig stumm. Versuchen Sie es mit Güte.« Sie sah sich um und blickte Jugorow nach, der ihren Arztkoffer zu dem deutschen Kübelwagen trug. »Es werden doch Ärzte aus Tobolsk mitkommen?« fragte sie. »Vom Militärlazarett ...«

»Sicherlich. Auch General Pychtin kommt selbst mit dem Hubschrauber. Und der Genosse Bacharew vom KGB. Ich brauche Instruktionen, ich darf doch nicht selbständig handeln.«

Krasnikow und Meteljew sahen sich schnell an, ein kurzer Blickwechsel nur. Der KGB kommt. Die Konkurrenz. Einen kleinen Hinweis auf Niktin mußte man geben – so würde eins das andere nach sich ziehen, und so stand dem eigenen Ehrgeiz nichts mehr im Weg. Wenn jemand den »Spezialisten« zur Strecke brachte, dann war's die GRU. Eine Ehrensache, so muß man das sehen.

Um sechs Uhr morgens, in heller Dämmerung und über zerflatternden Nebelschwaden, landeten die Hubschrauber im Militärlager. Sieben Stück.

Leutnant Mamjelew wurde es schwer im Magen. Es ist nicht jedermanns Freude, die hohen Herren um sich zu sehen.

Wer hätte es anders erwartet: Um die Mittagszeit waren sich die Kommissionen in Nowo Gorodjina und dem Militärlager darüber einig, daß die Aktionen der vergangenen Nacht die schlimmsten waren, die das Kanalprojekt bisher getroffen hatten. Das war aber auch alles. Über den Tätern lag, wie immer, tiefes Dunkel. Die Befreiung der Geiseln und die Tötung der beiden Posten konnte man noch den Leuten von Lebedewka zurechnen, aber Nasarows Tod und vor allem das brennende Chaos im Baulager wollte nicht einmal General Pychtin den Dorfbewohnern zuschieben.

»Das ist eine Nummer zu groß für sie«, sagte er bei der gemeinsamen Besprechung über die bisherigen Untersuchungen. »Es muß eine Gruppe geben, die selbständig operiert. Eine hervorragend geführte Gruppe! Das einzige, was man in Lebedewka wissen könnte, ist das Versteck dieser Saboteure. Aber hat es einen Sinn, jeden einzelnen zu verhören und immer nur ein Achselzucken zu sehen? Eine neue Geiselnahme scheidet aus ... Befehl aus Moskau. Was also haben wir in der Hand? Nicht mehr, als was wir auch beim Pinkeln in die Hand nehmen. Genossen, unterscheiden wir genau und betrachten wir es getrennt: Das Attentat auf das Baulager ist der eine Teil des Geschehens, die Geiseln und Nasarow sind der zweite Teil. Bleiben wir zunächst bei dem Genossen Major und hören wir uns den Bericht von Dr. Kolosichin an.«

Dr. Kolosichin, Kapitänarzt im Militärlazarett von Tobolsk, räusperte sich, blätterte in seinen Notizen und rückte an seiner randlosen Brille.

»Wir – das heißt Dr. Walja Borisowna Schemjakin und ich – haben den Leichnam von Major Nasarow genau untersucht und obduziert. Im Antrum des Magens ...«

»Genosse Kolosichin!« unterbrach ihn General Pychtin. »Wenn Sie uns mit Ihrem lateinischen Gefasel kommen, werfe ich Sie raus! Reden Sie klar verständlich. Sagen Sie statt Anus deutlich Arsch.«

»Das wäre falsch, Genosse General«, sagte Dr. Kolosichin beleidigt. »Anus ist ausschließlich das Abschlußorgan des Darmrohres ...«

»Fahren Sie fort, Doktor«, Pychtin winkte ab. »Keine Diskussion über das Darmrohr.«

»Also: Wir haben festgestellt, daß Major Nasarow bis zu seinem Tod kaum Nahrung zu sich genommen hat, dafür aber größere Mengen Alkohol. Wahrscheinlich Wodka. Das Herz erwies sich als sehr stabil, die Kranzarterien waren nicht verengt, nirgendwo eine nekrotische Veränderung ...«

»Dr. Kolosichin!« warnte Pychtin.

»Auch eine Verschwielung eines vielleicht nicht wahrgenommenen früheren stillen Herzinfarktes war nicht festzustellen. Die Ventrikel waren frei.«

»Schmeißt ihn raus!« sagte General Pychtin böse. »Müssen wir mit einem Lexikon herumlaufen?«

»Um es abzukürzen, Genossen!« rief Dr. Kolosichin erregt. »Nasarow ist nicht an einem Herzanfall gestorben – laienhaft ausgedrückt.«

»Woran sonst?«

»Das kann man nur erraten, Genosse General.«

»Wie einfach ist doch die Medizin!« rief Pychtin und hieb mit der Faust auf den Tisch. »Was man nicht weiß, muß man erraten. Das ist ja noch schlimmer als bei den Wettervorhersagen ..., da weiß man wenigstens hinterher, warum alles anders gekommen ist. Dr. Kolosichin, wie ist Nasarow zu den äußeren Verletzungen gekommen?«

»Es müssen Hiebe mit einem elastischen Gegenstand gewesen sein. Weidenrute, Seil, Peitsche oder dergleichen. Auf gar keinen Fall handelt es sich um einen Unfall oder um Auswirkungen von Unachtsamkeit. Major Nasarow ist ganz einwandfrei mißhandelt worden.«

»Und an diesem Schock gestorben?«

»Sehr zweifelhaft. Den Sanitäter haben wir verhört. Er sagte aus, daß Nasarow am Morgen mit seinem Jeep von einer Erkundungsfahrt zurückkam, ihn rufen ließ und kaum noch stehen konnte. Der Sanitäter fragte: ›Genosse Major, was ist denn passiert?‹ Und Nasarow hat ihn angebrüllt: ›Halt's Maul, schwöre, daß du keinem sagst, was du gesehen hast, und verbinde mich!‹ – Wir haben die Verletzungen von allen Seiten fotografiert. Erstaunlich ist, daß die gröbsten Wunden im Bereich des Unterleibes und vor allem im Genitalbereich liegen.«

»Ganz klar: Nasarow ist überfallen worden.«

»Und war zur Stunde des Überfalls von den Hüften abwärts entblößt«, sagte Dr. Kolosichin sehr diskret.

»Sagen wir es deutlich, Genosse.« General Pychtin stieß die Luft durch die Zähne aus. »Nasarow wurde beim Vögeln überrascht. Geben wir zu, das ist immer eine peinliche Sache. Dabei möchte keiner von uns überrascht werden. Grinsen Sie nicht, Genossen, das ist eine ernste Situation. Was wir jetzt noch brauchen, ist die Dame, die unter Nasarow gelegen hat. Was weiß man darüber?«

»Nichts. Noch nichts, Genosse General.« Der untersuchende Gerichtsoffizier Safronow schaltete sich ein. »Die Offiziere des Bataillons und auch die Mannschaften haben nichts bemerkt. Im Lager ist nie eine Frau gesehen worden, und auf seinen Privatfahrten war Nasarow immer allein. Einmal, das erklärte der Fahrer des Majors, der Gefreite Korogadski, traf Nasarow während einer dienstlichen Fahrt zufällig auf die Frau des Genossen Niktin, dem Propagandaleiter des Kanalprojektes, und unterhielt sich mit ihr. Eine harmlose Begegnung.«

»Nichts ist hier harmlos.« Pychtin blickte hinüber zu dem mißmutigen Bacharew vom KGB. »Das wäre etwas für Sie, Pjotr Dimitrowitsch.«

»Eine Frau kann nicht solche Wunden schlagen, dazu gehört Kraft«, sagte Bacharew.

»Keiner denkt an den Ehemann ...«

»Niktin? O Gott!« Bacharew verzog sein Gesicht, als habe er Saures getrunken. »Der läuft vor einem Maulwurf weg, wenn er seinen Hügel hebt. Niktin würde höchstens zusehen und dabei sein Schicksal beklagen. Aber seien wir gründlich. Ich werde – wenn auch nutzlos – Niktin befragen.«

Viel wurde geredet an diesem Tag, aber wenig kam dabei heraus; man hätte Vergleiche ziehen können zu Politikern. Der Leiter des Kanalbauabschnitts Tobolsk-Tjumen, der fette Koskajew, stand asthmatisch atmend vor den Trümmern und dem jetzt entsetzlich stinkenden Matsch der zerwalzten Lebensmittel – zwischen einigen Balken quoll noch immer dünner, beißender Rauch hervor – und wußte nichts anderes zu sagen als:

»Welch ein Schaden. Genosse Schemjakin, welch ein Schaden! Wie konnte das passieren?«

Eine dümmere Frage war nicht möglich. Schemjakin verzichtete auf eine Antwort. Zu unhöflich wäre sie auch gewesen. Statt dessen fragte er:

»Wann kommen neue Lebensmittel?«

»So schnell wie möglich.«

»Was heißt möglich?«

»Es wird alles getan, was uns zur Verfügung steht.«

»Was steht uns zur Verfügung?«

»Das bestimmt die Oberbauleitung Westsibirien in Swerdlowsk.«

»Und die fragt erst in Moskau an.«

»Der Instanzenweg. Wer will ihn aufhalten?« Koskajew hob bedauernd beide Hände. »Schließlich ist der Verpflegungsplan durcheinandergebracht. Ein neuer Plan muß gemacht werden. Nichts geht doch ohne Plan, Genosse.«

»Halten Sie es eigentlich nicht auch für merkwürdig, Genosse Koskajew, daß man ein Jahrhundertwerk wie den Sib-Aral-Kanal bauen will, das gigantischste Unternehmen seit der Chinesischen Mauer, aber dreihundert Bauarbeiter müssen hungern, weil der Verpflegungsplan in die Luft gesprengt wurde? Bemerken Sie hier nicht eine alarmierende Idiotie?«

»Sie reden sehr revolutionär, Boris Igorowitsch, sehr revolutionär. Alles ist ein Verwaltungsakt, und der muß stimmen, unterschrieben, genehmigt werden.«

»Ich denke nur an meine dreihundert Arbeiter. Wir haben keinerlei Vorräte mehr. Die Widerständler haben hervorragende Arbeit geleistet ...«

»Hervorragend nennen Sie das?« rief Koskajew empört.

»Ja. Sie arbeiten ohne Instanzenwege.« Schemjakin hatte Mühe, nicht loszubrüllen und seine Empörung hinauszuschreien. Was half es auch? Koskajew hatte ein dickes Fell, mit Fett dreifach gepolstert; in Tobolsk litt er keinerlei Not, fraß das Beste, was zu bekommen war, schrieb jeden Tag seine Berichte zur Zentrale in Moskau, in denen er den Fortschritt der Vorarbeiten lobte, und belästigte seine örtlichen Baubrigaden mit immer neuen Sollzahlen, Vorwürfen und Klagen.

»Es wird wohl so sein«, sagte Koskajew kurzatmig, »daß in den nächsten Tagen das Bataillon Ihre Brigade miternährt.«

»Dreihundert Mann?«

»Schemjakin, dann frißt man eben mal die Hälfte!« rief Koskajew empört. »Solche Vorfälle wie hier erfordern eben Opfer. Ja, wir können den Sib-Aral-Kanal bauen, aber zaubern können wir noch nicht. Und dann ist da noch das Dorf.«

»Lebedewka? Die mischen uns Gift ins Mehl und Nägel in den Sauerkohl.«

»Nur Negatives!« rief der Dicke beleidigt. »Nur Negatives hört man von Ihnen, Boris Igorowitsch. Improvisieren Sie! Haben Sie Ideen! Improvisieren ist die große Kunst der Russen. Wenn man keine Schere hat, beißt man den Faden mit den Zähnen ab.«

»Ein gutes Wort, Genosse. Ich schlage vor, Sie halten vor meinen dreihundert Arbeitern im Kasino eine Rede und erklären ihnen das. Man wird Sie auf Händen davontragen – und dort in die Asche werfen.«

Nun ja, so war es überall an diesem Tag: Alle Sachverständigen der Kommissionen stritten miteinander, weil keiner einen brauchbaren Vorschlag hatte, wie man in Zukunft solche Attentate verhindern könnte. Ganz anders wehte der Wind aus Moskau: Dort saß General Tjunin am Telefon, und das Gespräch wurde über verschiedene Funkstationen bis nach Nowo Gorodjina in den Spezialempfänger auf Meteljews Zimmertisch geleitet. Die Verständigung war klar, und Tjunins Worte ebenso.

»Was ist denn los bei Ihnen?« fragte er ohne Einleitung. »Was hat man mir da auf den Tisch gelegt?«

»Die Magazine und die Küche wurden gesprengt, Genosse General«, sagte Meteljew und blickte Krasnikow, der neben ihm saß und über einen zweiten Kopfhörer teilnahm, mit rollenden Augen an.

»Und wo waren Sie?«

»Im Bett, Genosse General.«

»Wie lieb ... im Bett. Wer hat euch eingesungen in den Schlaf? Erinnere ich mich recht an Ihre Worte? ›Wir warten darauf, daß der ›Spezialist‹ wieder zuschlägt – dann haben wir ihn!‹ War's nicht so? Und wo habt ihr ihn? Die Geiseln befreien solltet ihr, um als Freunde in den inneren Kreis der Saboteure zu kommen und so den ›Spezialisten‹ kennenzulernen. – Na, wie heißt er denn, der Liebe? Wie sieht er aus? Wann wird er begraben? Schlaft ihr eigentlich nur noch?«

»Wir haben eine Spur, Genosse General.« Meteljew hob den Blick zur Decke. In Moskau hat man es einfach, spöttisch zu sein und den großen Enttäuschten zu spielen. Komm rüber, Tjunin, und sieh dir alles selber an. Hier hilft kein Suchen, das hier ist ein Glücksspiel.

»Eine Spur! Wie wunderbar, welch ein grandioser Erfolg. Eine Spur, sieh an.« Dicker Spott troff aus Tjunins Stimme. »Ein Rat: Drücken Sie die Nase auf die Erde und jagen Sie wie ein Hund der Spur nach!«

»Drei Spuren haben wir sogar, Genosse General«, sagte Meteljew mit unterdrückter Wut. »Den Namen eines Mannes ..., die Bezeichnung eines Hauses ..., und eine Hure ...«

»Um die letztere kümmern Sie sich wohl intensiv, nicht wahr?«

»Wir haben alle Hinweise erst gestern nacht bekommen. Noch keine Gelegenheit hatten wir, die Hure ausfindig zu machen.«

»Wie traurig.« Meteljew hörte, wie Tjunin mit der Faust auf den Tisch hieb. »Die ganze GRU macht ihr lächerlich! General Kulpakow vom KGB rief schon in der Frühe an und kondolierte mir. Sein Beileid sprach er aus. Das muß ich mir anhören, weil ich zwei Schläfer eingesetzt habe. Meteljew!«

»Genosse General?«

»Erfolge will ich sehen. In der nächsten Woche! Ich löse Sie sonst ab und versetze Sie nach Kamtschatka oder Jakutsk, so weit wie möglich weg von mir! Sagen Sie das auch Krasnikow.«

»Sofort, Genosse General.«

»Wo ist er jetzt? Auf freudiger Hurenjagd?«

»Er sitzt neben mir.«

»In einer Woche will ich mehr wissen. Ab sofort haben Sie völlig freie Hand. Ihnen ist alles erlaubt, was zur Aufklärung führt. Kennen Sie keine Rücksichten mehr. Soll der KGB uns weiter auslachen?«

»Der KGB ist auch hier«, sagte Meteljew bedrückt. »Ein Genosse Bacharew.«

»Sag' ich's doch: Sie laufen uns den Rang ab!« Tjunin hieb wieder auf den Tisch. »Eine Prestigefrage ist das jetzt, Meteljew. Wir müssen zeigen, wer der Bessere ist.«

Meteljew räusperte sich. »Wurde Ihnen auch gemeldet, Genosse General, daß Nasarow tot ist?«

»Nein!« Tjunin schien überwältigt zu sein. Ein paar Atemzüge lang war es still in Moskau. »Auch ein Opfer des Anschlags?« fragte er dann. »Ermordet?«

»Nasarow starb an einem Herzinfarkt«, sagte Meteljew und grinste dabei Krasnikow an. »Ein ganz natürlicher Tod, wer hätte das gedacht? Sah immer so unverschämt gesund aus.«

»Wie ein Bekannter von mir.« Tjunin schien auf einmal milder gestimmt zu sein. »Sitzt im Bolschoi-Theater, hört sich die ›Tosca‹ an, und wie sie singt: ›Nur der Schönheit weiht' ich mein Leben ...‹, rutscht er vom Sitz und ist tot. Eine Aufregung, sage ich. Parkett fünfte Reihe, Mitte ... Die Leute haben mehr auf meinen armen Freund gestarrt, während man ihn wegtrug, als auf die Bühne, und außerdem hat seine Frau lauter geschrien als die Sängerin. So ein Herzinfarkt ist ein Teufelsgeschenk.«

General Tjunin beendete das Gespräch mit der nochmaligen Mahnung, nicht dem KGB den Triumph zu überlassen, und hängte ein. Krasnikow wischte sich über die Stirn.

»Noch einmal abgebogen, Babrak Awdejewitsch«, sagte er.

»Für eine Woche. Nur noch eine Woche haben wir Zeit. Willst du nach Kamtschatka?«

»Nicht unbedingt. Auch Jakutsk ist nichts für uns. Zu kalt, ich friere so leicht. Ich habe mal geträumt, daß wir ins Ausland kommen. Nach Westdeutschland, wo wir es einfach hätten bei der dortigen Moskaukriecherei. Oder nach Schweden, blonde, heiße Mädchen ... oder nach Amerika, Diskotheken, Golf, Freiheit bis in die Zehenspitzen ... oder nach Paris, Montmartre, Cancan-Mädchen, Nacktrevuen, Essen im Maxim's ...«

»Lauter Klischees, Victor Ifanowitsch.« Meteljew winkte ab. »Wo wir hinkommen, werden wir töten, wir von den SPEZNAS. Das haben wir gelernt, das ist unsere Aufgabe.«

»Ganz recht. Aber ich töte lieber in Paris und liege hinterher in den Armen einer schönen Frau, als daß ich nach Jakutsk zurückkehren muß in mein kleines Zimmer und zu einer Nudelsuppe. – Eine Woche ist wenig, Brüderchen.«

»Vielleicht kann uns Jugorow helfen«, sagte Meteljew und blickte über seine komplizierten elektronischen Apparate. »Seine Liebe zu Walja Borisowna ist Gold wert. Zweimal hat sie die Geiseln besucht und die Verletzten behandelt – sollte das jetzt für immer abgerissen sein ...?«

Ganz anders, nicht so friedlich wie bei Krasnikow und Meteljew, lief die Unterhaltung zwischen Niktin und Bacharew ab. O nein, da schlugen die Wogen hoch.

Bacharew, der KGB-Leiter von Tobolsk, hatte sich den armen Niktin gleich nach der Konferenz der Kommission vorgenommen. Er traf ihn im Büro von Schemjakin an, sagte mit großer Höflichkeit: »Jossif Wladimirowitsch, ich möchte Sie unter vier Augen sprechen, ist's Ihnen recht?«, ging mit ihm in eines der Konstruktionszimmer, das man beschlagnahmt hatte für die Zeit der Untersuchungen, und Niktin wunderte sich, ohne Hintergedanken, daß schon zwei Männer anwesend waren, die Bacharew aus Tobolsk mitgebracht hatte. Stämmige Burschen mit kantigem Kinn, denen ein Normalbürger nicht im Dunkeln begegnen möchte. Und weil man solche Kerle nur aus Filmen und aus Romanen kennt, schöpfte Niktin keinerlei Verdacht, denn in Filmen und Romanen stimmt nichts. Das Leben, glaubte er, ist ganz anders, stiller, harmloser, langweiliger, und daraus konnte man nach seiner Ansicht keinen Film und keinen Roman machen.

»Wir sind nun allein«, sagte Bacharew noch immer freundlich, als gäbe es die beiden kantigen Männer im Hintergrund nicht. »Mein lieber Niktin: Was wollten Sie um vier Uhr morgens bei Nasarow?«

»Eine Privatsache, Pjotr Dimitrowitsch.« Niktin gab sich sehr verschlossen und war auf der Hut. Krasnikows Andeutungen fielen ihm ein, und plötzlich erkannte er, daß man ihn hierher geholt hatte, um ihn zu verhören. Und ausgerechnet Bacharew, den man so gut kannte, der oft Gast bei ihnen gewesen war und fast jedesmal besoffen abtransportiert werden mußte. Einmal hatte er sogar, in Niktins Gegenwart, Maja Petrowna an die Brust gegriffen und das Lied von den Äpfelchen gesungen. Damals hatte Niktin meckernd gelacht – heute, nach Majas Untreue mit Nasarow, sah das alles ganz anders aus. Hatte etwa auch Bacharew ...? Unter Niktins Kopfhaut begann es zu klopfen.

»Uns interessieren Privatsachen sehr«, sagte Bacharew noch immer höflich.

»Privat ist eine Sache zwischen mir und Nasarow.«

»Nicht mehr, wenn Nasarow hinterher tot ist.«

»Was heißt hinterher, bitteschön?«

»Nach Ihrem Besuch, Niktin.«

»Er war schon tot, als ich ins Zimmer kam!« rief Niktin empört.

»Wer kann das beweisen?«

»Ich?«

»Und warum soll man Ihnen glauben?«

Niktin starrte Bacharew an, schluckte mehrmals und preßte die Hände aneinander. »Pjotr Dimitrowitsch, wir kennen uns seit vier Jahren ...«

»Kein Grund, einem unbedingt zu glauben.«

»Sie haben Maja Petrowna an der Brust gepackt und das Lied von den Äpfelchen gesungen ...«

»Ich kann mich nicht erinnern.« Bacharew wurde jetzt steif und dienstlich. Das heimliche Verhältnis mit Maja war längst beendet, schon seit fast zwei Jahren – damals hatte Maja den Distriktkommissar kennengelernt, und Bacharew spielte ernsthaft mit dem Gedanken, Maja auf irgendeine Weise zu töten.

Bevor er sich zwischen Pistole, Dolch, Erwürgen, Vergiften oder Ertränken entschieden hatte, war sein Zorn verraucht und Maja durfte weiterleben. Wer wird schon gern an eine solche Zeit erinnert? Niktin war immer ein blindes Rindvieh gewesen ... Warum wärmte er jetzt diese längst vergessene Zeit auf? »Sie wollten Nasarow etwas fragen, war's so?«

»Ich gebe keine Antwort! Bacharew, was fällt Ihnen ein?! Stehe ich hier unter Anklage, stehe ich unter Verdacht? Dann sagen Sie es klar! Auch wenn Sie vom KGB sind – ich habe meine Bürgerrechte. Ich bin Mitglied der Partei. Ich stehe vor der Wahl als Abgeordneter für Tobolsk. Das alles wissen Sie.«

»Wir wissen aber auch, nach Ihren eigenen Aussagen, daß Sie drei Minuten allein mit Major Nasarow waren.«

»Ich habe nicht sofort begriffen, daß er tot war. Sogar gesprochen habe ich mit ihm ...«

»Und was hat er geantwortet?«

Niktin fiel auf diese Suggestivfrage nicht herein, so schnell sie auch abgeschossen wurde. Ein reines Gewissen läßt sich nicht übertölpeln.

»Wieso? Er war doch tot!« rief Niktin. »Seit wann geben Tote Antwort? Versetzen Sie sich in meine Lage: Ich komme ins Zimmer, begrüße Nasarow, weil er friedlich auf dem Rükken liegt, gehe redend auf ihn zu, und da erst sehe ich, daß er leblos an die Decke starrt. Dieser Schreck, Genosse! Wie gelähmt war ich zunächst. – Was hätten Sie da gemacht? Hinausgelaufen wären Sie und hätten Alarm geschlagen. Genau das habe ich auch getan.«

»Nach drei Minuten ...«

»Im ganzen. Hineingehen, sprechen, Tod erkennen, hinauslaufen – wie kurz sind da drei Minuten.« Niktin hob beteuernd beide Arme. »Ich weiß nicht, was da so seltsam sein soll.«

»Ihr ganzes Benehmen, Niktin. Die rasende Fahrt zu Nasarow – Mamjelew stehen noch heute die Haare zu Berge, wenn er daran denkt –, hineinstürzen in die Kommandantur ... Warum waren Sie so aufgeregt? So außer Kontrolle. Bedenken Sie, das würde ein Milderungsgrund sein. Eine Affekthandlung ...«

»Ja, sind Sie denn völlig verrückt, Bacharew?« schrie Niktin auf. »Milderungsgrund? Wofür Milderung? Lassen Sie mich gehen, zu dämlich wird's mir hier.«

»Festgestellt haben die Ärzte«, log Bacharew, »daß Nasarow mit einem Kissen erstickt wurde. Das geht innerhalb von drei Minuten, wenn man kräftig genug drückt. Drei Minuten, Jossif Wladimirowitsch ...«

»Ich habe Nasarow nicht getötet!« schrie Niktin. »Warum denn? Warum?«

»Genau das sollen Sie uns sagen! Nasarow traf sich mit einer heimlichen Geliebten im Wald. Dort überraschte ihn jemand – nicht Sie, Niktin, Sie waren in Nalodowsk und hielten einen Vortrag, das wissen wir –, und dieser Unbekannte hat Nasarow zusammengeschlagen, übel zugerichtet, und zwar besonders an der Stelle seines Körpers, mit der er gerade intensiv beschäftigt war. Wer dieser Schläger gewesen ist, das wird uns Maja Petrowna sagen.«

»Lassen Sie Maja aus dem Spiel!« schrie Niktin hysterisch. »Nichts hat sie damit zu tun! Hat sie Ihnen damals den Laufpaß gegeben, Pjotr Dimitrowitsch, und jetzt rächen Sie sich an ihr? Wie billig! Wie hundsföttisch!«

»Nasarow ist mit Maja Petrowna gesehen worden. Sein Fahrer, der Gefreite Korogadski, hat sie gesehen und wiedererkannt. Er mußte warten, während Nasarow und Maja in den Wald gingen. Warum wohl? Um Pilze zu suchen oder Beeren zu naschen?«

»Es ... es ist nicht wahr ...«, sagte Niktin wie erschlagen. Die ganze Wahrheit erfuhr er nun. Die anonymen Zeilen stimmten – ein kleiner Leberfleck an der Innenseite des linken Oberschenkels, ganz oben ... Niktin schwindelte es, er mußte sich setzen und schlug erschüttert die Hände vor sein Gesicht.

»Gestehen Sie nun, Jossif Wladimirowitsch?« fragte Bacharew eindringlich und beugte sich über ihn.

»Nein! Was denn?!« stöhnte Niktin durch seine Hände.

»Sie haben Nasarow mit dem Kissen erstickt. Sie erfuhren von Majas Untreue. Sie waren rasend vor Enttäuschung und

Qual, Sie waren nicht mehr Herr Ihrer Sinne ... Niktin, ich will Ihnen eine goldene Brücke zum Freispruch bauen. Sobald wir wissen, wie Nasarow gestorben ist, schließen wir die Akten.«

»Ich war es nicht«, stammelte Niktin, am Ende seiner Kräfte. »Genossen, ich war es doch nicht. Warum soll ich es gestehen? Er war schon tot, als ich ihn sah ... Ja, ja, ich wollte ihn fragen, ob das mit Maja stimmte, ob meine Frau eine Hure ist ..., aber Nasarow war schon tot. Nur das kann ich sagen.«

Er holte den Zettel aus der Hosentasche und reichte ihn Bacharew. Der streifte das Papierknäuel glatt und las die wenigen Zeilen.

»Hier haben wir den Beweis«, sagte er zufrieden. »Ich danke Ihnen, mein lieber Niktin. So eine Meldung nimmt kein Ehemann ruhig hin, das wird jeder verstehen, der dies hier liest. Wo haben Sie den Zettel her?«

»Auf meinem Bett lag er.«

»Und wo war Maja Petrowna?«

»Noch nebenan bei Schemjakin. Sie kam ins Zimmer, als ich hinauslief ...«

»... um Nasarow zu töten.«

»Nein!« Niktin schrie auf, als habe man ihn auf eine glühende Ofenplatte gesetzt. »Ich kann doch keinen Menschen töten! Ich bin allergisch gegen Leichen. Nur Gewißheit wollte ich von Nasarow. Aber – ich sag' es jetzt zum letztenmal – er war schon tot!«

Bacharew las den Zettel noch einmal durch. Einen kleinen Leberfleck hatte sie, dachte er dabei. An dieser Stelle? Er hatte nie darauf geachtet. Wenn Maja zu ihm kam, fielen sie sich an wie hungrige Tiere. Wer hat da Zeit, so ein Fleckchen zu bemerken. Aber der Schreiber der Zeilen kannte ihn. Wer war der Schuft? In Bacharew kam eine richtige Wut auf; Niktin war plötzlich eine arme, getretene Sau, betrogen und belogen wie er, der Lächerlichkeit preisgegeben.

»Wo ist Maja Petrowna jetzt?« fragte er hart.

»Bei den Schemjakins, nehme ich an.« Niktin sah auf, Tränen trübten seinen Blick. »Sie wollen sie auch verhören?«

»Ich muß es, Niktin. Es geht um Nasarows Verwundungen. Sie wird mich zu dem Schläger führen. Jossif Wladimirowitsch, Sie bleiben hier. Ich bin froh, wenigstens diesen Komplex klären zu können! Wir ersticken ja hier im Unbekannten ...«

Er nickte den beiden Kantigen zu, die stellten sich rechts und links von Niktin auf, aber es waren unnötige Drohungen. Niktin hatte keine Kraft mehr, auch nur von seinem Stuhl aufzustehen und einen Schritt zu gehen.

Die Untersuchungen der anderen Kommissionen, die weiterliefen, brachten eine neue erstaunliche Erkenntnis: Der Schußsachverständige hatte die vier Projektile, die man aus den Körpern der zwei Posten herausgeschnitten hatte, genau untersucht und war ziemlich fassungslos, als er General Pychtin das Ergebnis vorlegte.

»Kein Zweifel besteht, Genosse General«, sagte er und legte die vier Beweisstücke auf den Tisch. »Die Schüsse sind nicht mit einer normalen Pistole oder einem Revolver abgegeben worden, auch nicht mit einem Gewehr ... Es handelt sich hier um eine Spezialmunition für eine Spezialwaffe, wie sie nur ganz bestimmte Einzelpersonen benutzen dürfen. Nirgendwo sind sie zu bekommen, sie sind nicht im Handel, selbst die militärische Ausrüstung kennt sie nicht. Im Ausland sind sie völlig unbekannt ... Sie gehören zur Geheimstufe eins. Auch ich kenne sie nur, weil wir bei unserer Ausbildung alle im Einsatz befindlichen Waffensysteme erkennen müssen – wie heute, Genosse General.«

»Sagen wir es klar: Die Posten sind nicht von den Dorfbewohnern erschossen worden?«

»Auf gar keinen Fall, Genosse General.«

»Nicht von den Saboteuren?«

»Ausgeschlossen.«

»Auch nicht von dem in den Gehirnen herumgeisternden ›Spezialisten‹?«

»Kaum.« Der Waffenexperte, ein Major, wiegte den Kopf.

»Wenn er nicht zu den streng ausgewählten Personen gehört, die eine solche Waffe benutzen dürfen und zugeteilt bekommen. Das ist aber unwahrscheinlich, denn alle diese Spezialwaffen werden registriert, die Träger sind auf Karteikarten erfaßt, die in einem Panzerschrank in Moskau liegen.«

»Bei wem?«

»Das weiß keiner, Genosse General.«

»Der Generalstab muß es doch wissen!«

»Und dort vielleicht nur zwei oder drei Männer, die schweigen werden. Niemand kennt sie.«

General Pychtin betrachtete die vier Projektile, ohne sie zu berühren. Etwas Eisiges wehte von ihnen zu ihm hinüber. »KGB?« sagte er langsam.

»Ich glaube nicht. Genosse General. Nicht diese Waffe ...«

»GRU?!« Pychtin lehnte sich zurück. »Denken Sie an GRU, Major?«

»Es bleibt nichts anderes übrig.«

»Die GRU befreit die Geiseln und tötet zwei Rotarmisten? Unfaßbar, so etwas auch nur zu denken. Das auszusprechen, wäre schon ein Verbrechen.« Pychtin starrte wieder die vier Kugeln an. »Major, ich verrate Ihnen etwas, was unter uns bleibt: Ich habe von Moskau den Befehl erhalten, nichts mehr gegen Lebedewka und gegen die Geiseln zu unternehmen. Man hat Major Nasarow zurückgepfiffen. Nun sind die Geiseln befreit und Nasarow tot, und der Befehl bleibt. Du lieber Himmel, wir haben die GRU um uns ... Wer kann das sein?«

»Jeder, Genosse General. Ein Bauarbeiter oder Schemjakin selbst. Die Ingenieure, Geologen, Zeichner, Mamjelew kann es sein oder ein einfacher Rotarmist ... Die Spezialisten der GRU leben in allen Verkleidungen. Das wissen wir doch.«

»Ja, das wissen wir.« Pychtin faltete die Hände vor der Brust. Bei dem Gedanken, die GRU um sich zu haben, empfand er so etwas wie Bedrückung. »Wenn das stimmt, was wir jetzt denken«, sagte er langsam, »dann ist auch Nasarow nicht normal gestorben.«

»Er hatte keinen Einschuß, Genosse General.«

»Ich lasse ihn noch einmal gründlich untersuchen. Genosse Major, kennen Sie noch mehr geheime Waffen der GRU?«

»Ich bin ihnen nie begegnet. Nur vom Hörensagen kenne ich einiges ...«

»Wie ich! Giftpistolen, Giftnadeln, Sprühgas, Infrarotgewehre, Laserstrahlen, lautlose CO_2-Pistolen – ein Arsenal der Hölle! Aber diese Waffen dienen dem Vaterland, und deshalb sind sie vortrefflich. Was mich stört, ist nur: Was hat der Tod der zwei Posten mit der Rettung des Vaterlandes zu tun?«

»Darauf kann nur Moskau antworten, Genosse General.«

»Und was von dort kommt, wissen wir: Nichts. Oder sie sagen einfach: Kümmern Sie sich nicht darum.« Pychtin winkte und zeigte auf die Projektile. »Ich danke Ihnen, Genosse Major. Und nehmen Sie diese verdammten Dinger mit. Wie schön wäre es, wenn man die GRU-Burschen erkennen könnte, wenn sie ein Zeichen trügen – und sei es bloß ein Punkt auf der Arschbacke. Den würden allerdings auch nur Eingeweihte bemerken. Da waren die Faschisten ehrlicher, die tätowierten ihrer SS eine Nummer unter den Arm.«

Wer hätte anderes geglaubt: Auch die zweite gründliche, millimetergenaue Untersuchung von Nasarows Leiche ergab keine neue Erkenntnis. Man sah nur Bekanntes. Der Giftnadelstich in einer der Striemen war unmöglich zu entdecken. Der blutige Wulst überdeckte alles. Das Rätsel blieb: Woran war Nasarow gestorben? War es das Herz? Aber das Herz war gut und stabil. Daß es trotzdem stehengeblieben war – keiner wußte, warum. Bemerkenswert war nur eine leichte Verfärbung der Lunge, aber auch die konnte man sich erklären. Immerhin war Nasarow ein starker Raucher gewesen, da sehen Lungen manchmal seltsam aus.

Die GRU. General Pychtin ließ das Problem keine Ruhe, doch konnte er sich in seiner inneren Erregung keinem anvertrauen. Mit niemandem war darüber zu sprechen. Ganz allein war er mit der brennenden Frage: Wer ist es? Wer ist der äußerlich Harmlose, der bedenkenlos, für ein geheimes Ziel, Menschen tötet und zwei junge Soldaten und vielleicht auch noch Nasarow auf dem Gewissen hat? Es war ein deprimierendes Gefühl, General zu sein und doch so in die Ecke gestellt zu werden. Und Pychtin verstand jetzt aus eigenem Erleben, warum man die GRU so haßte und immer hassen würde.

Maja Petrowna erwartete Bacharew bereits. Als sie gesehen hatte, wie Niktin mit ihm fortging, war ihr bewußt geworden, daß es für sie kein Entrinnen mehr gab.

Nur einen Augenblick war ihr der Gedanke gekommen, den Kübelwagen zu nehmen und zu flüchten. Aber wohin in dieser Wildnis aus Sümpfen, Wäldern, Seen, Bächen und dem großen Fluß Tobol? Versteckt leben, sich von Beeren und Wurzeln ernähren, ohne Feuer, ohne ein Dach über dem Kopf, sich verkriechen in Höhlen oder Erdsenken – wer hält das aus? Wer hat so etwas gelernt? Dann dachte sie daran, in Lebedewka unterzukriechen. Ein Flüchtling, eine Verfolgte mußte doch Verständnis finden bei den Bauern. Aber wer würde sie tatsächlich aufnehmen? Sie, die Frau von Niktin, das Luxusweibchen, bei deren Anblick schon jeder ausspucken wollte? Und Jugorow? Hatte er nicht Nasarow fast zu Tode gepeitscht? Vielleicht wußte er ein Versteck, in dem man die nächsten Tage überleben könnte. Irgend jemand mußte ihr doch helfen.

Verzweifelt suchte sie nach Jugorow und traf ihn bei seinen Hunden. Die Kommission für das Baulager war gerade abgezogen, hatte sich lobend über die Pläne Jugorows geäußert und war überzeugt, daß in Zukunft kein Fremder mehr in der Nacht das Lager betreten konnte, sobald erst die Meute frei herumlief.

»Sie werden mich fragen«, sagte Maja Petrowna atemlos zu Jugorow. »Niktin hat er schon geholt, dieser Bacharew vom Tobolsker KGB.« Sie umklammerte seine Hand und zitterte bis zu den Fußspitzen. »Nicht nur fragen werden sie mich ..., quälen werden sie mich, und wer ist so stark, das auszuhalten? Sie werden deinen Namen aus mir herausschlagen ...«

Jugorow blickte zu seinen Hunden und beschimpfte sich innerlich selbst. Zu schön hatte er den Einfall gefunden, Niktin den bewußten Zettel aufs Bett zu legen. Eigentlich war er erst dadurch auf diese Idee gekommen, daß Walja ihm erzählte, sie habe, wie alle Neuankömmlinge im Lager, auch Maja Petrowna untersucht und dabei den kleinen Leberfleck entdeckt. Sie hatte sogar gefragt: »Wenn ich nun auch so einen kleinen Leberfleck hätte?« Und er hatte geantwortet: »Du hast keinen. Ich kenne jeden Millimeter deines Körpers.« – »Aber wenn doch?« Sie ließ nicht locker, und er hatte sie an sich gezogen und geflüstert: »Ich würde mehrmals am Tag kontrollieren, ob er noch da ist ...« Und eben dabei war ihm der Gedanke mit dem Zettel gekommen. Ein dämlicher Einfall, der nun zur Gefahr wurde. Ein Fehler, der ihm nicht hätte unterlaufen dürfen. Wie konnte man das jetzt irgendwie ausbügeln?

»Beschreib doch einfach einen anderen Mann, der Nasarow geschlagen hat«, sagte er zu Maja Petrowna. »Irgendeinen unbekannten. Warum sollten sie dir nicht glauben? Stell dir vor, Krasnikow wäre es gewesen. Ja, das ist gut: Beschreibe Krasnikows Aussehen. An ihn wird trotzdem niemand denken, und außerdem war Krasnikow an diesem Morgen auf der Baustelle. Er hat eine Menge Zeugen. Nur keine Angst, Maja Petrowna.«

»Noch etwas muß ich dir sagen.« Maja stockte und blickte verlegen zu Boden. Ja, selbst das war bei ihr noch möglich. »Vor zwei Jahren ... Bacharews Geliebte war ich ... Er weiß zu gut, wie ich lügen kann ... Nichts wird er mir glauben.«

»Aber er kann dir auch nicht das Gegenteil beweisen. Sag, wie es war. Du hast dich umgedreht und das Gesicht ins Gras gedrückt. Was kann man da noch sehen?«

»Aber ... aber Niktin weiß jetzt alles.«

»Von ihm hast du am wenigsten zu befürchten. Ihn zu besänftigen, brauchst du nur eine Nacht. Auch wenn du ein Teufelchen bist – für einen Mann wie Niktin bist du direkt aus dem Paradies gekommen.«

Man mußte so mit Maja sprechen, um sie zu beruhigen. Es war die Sprache, die sie verstand. Tatsächlich verließ sie Jugorow etwas entspannter, stellte sich Krasnikow vor und versuchte, ihn zu beschreiben. Es gelang vortrefflich. Wie man als Frau einen Mann betrachtet, das brauchte man Maja Petrowna nicht mehr zu lehren.

Nun saß sie also allein in einem Zimmer bei den Schemjakins, als Bacharew eintrat und sie so unpersönlich anblickte, so fremd, als begegne er ihr zum erstenmal.

»Frag los, Pjotr Dimitrowitsch«, sagte sie, ehe Bacharew ein Wort loswurde. »Fangen wir an beim Wichtigsten: Ja, ich war mit dem Major im Wald.«

»Wer hat Nasarow so zugerichtet?«

»Weiß ich es? Er stand plötzlich vor uns, eine lange Lederpeitsche in der Hand, und schlug auf ihn ein. Ich habe mich herumgeworfen, mit dem Gesicht zur Erde, und habe mir die Ohren zugehalten. Wie kann man da etwas sehen? Jetzt schlägt er gleich mich, habe ich nur gedacht. Jetzt schlägt er mich, und ich überlebe es nicht. Kann sein, daß ich sogar ohnmächtig wurde aus Angst ...«

Bacharew kaute an der Unterlippe und sah das ein. Eine Frau fällt in einer solchen Situation in Ohnmacht, das ist klar. Aber vorher, als der Kerl auf die Lichtung kam, da mußte sie doch etwas gesehen haben. Trotz Schreck, trotz Entsetzen.

»Wie sah er aus?« fragte er eindringlich. »Maja, erinnere dich ganz scharf. Bevor er zuschlug und du dich umdrehtest, hast du ihn doch gesehen.«

»Es ... es war alles so plötzlich, so schrecklich ... Nasarow, vom Gürtel an nackt, den Uniformrock hatte er noch darüber ...«

»Ein verfluchtes Ferkel! Aber mich geht Nasarow nichts an. Wie sah der Schläger aus?«

»Laß mich nachdenken.« Sie schloß die Augen, und dann beschrieb sie Krasnikow, wie sie ihn im Geiste vor sich sah. Bacharew hörte mit zusammengekniffenen Augen zu und versuchte sich den Mann nach Majas Beschreibung vorzustellen – doch so sahen Hunderte, Tausende aus. Immer war es das gleiche, bei allen Verhören: Es gab nur Alltagsmenschen, uniforme Gesichter, genormte Körper. Nichts konnte man damit anfangen. »Ja, so sah er aus«, sagte Maja am Schluß ihrer Beschreibung. »Und er schlug mit der Peitsche, schlug und schlug ... Ich hörte das Klatschen und Nasarows Geschrei. Um mein eigenes Leben habe ich gezittert.«

»Ein Wunder, daß er Nasarow nicht den Schwanz abgeschlagen hat«, meinte Bacharew höhnisch. »Du hättest ihn als Andenken mitnehmen können.«

»Eine Sau bist du, Pjotr Dimitrowitsch«, sagte Maja Petrowna voller Verachtung. »Du hast dich nicht verändert in den zwei Jahren.«

»Ich werde dich und Niktin zurück nach Tobolsk bringen.« Bacharew grinste gehässig. »Noch vieles ist zu klären. Dein Mann hat gestern nacht Nasarow umgebracht.«

»Nein, das war er nicht. Das kann er gar nicht!« schrie Maja Petrowna auf.

»Mit einem Kissen hat er ihn erstickt.«

»Nicht Jossif Wladimirowitsch! Nicht mal eine Fliege erschlägt er, sondern pustet sie aus dem Fenster.«

»Ein ganzes Dorf will er ausrotten.«

»Nicht er`..., das sollen andere tun. Er badet sich nur in den Gedanken, in der Vorstellung.«

»Wir werden noch viel darüber reden, Maja Petrowna.« Bacharew betrachtete sie mit den Augen des früheren Liebhabers, dachte sich die Kleidung weg und fand diese Frau noch begehrenswerter als damals. Ihre Brüste waren größer geworden und die Hüften runder. Verdammt sei Nasarow auch über den Tod hinaus! »Niktin hat keine Zeugen, kann seine Unschuld nicht beweisen. So ohne Grund hört doch ein Mann wie Nasarow nicht mit dem Atmen auf! Schwer wird's werden für Niktin. Wir sollten darüber sprechen, Maja Petrowna, in Tobolsk, allein.«

»Auf dem grün bezogenen Sofa ...«

»Es ist jetzt rot ... und darauf deine weiße Haut ...« Er schnalzte mit der Zunge. »Wenn Niktin gesteht, sind es nur zwei Jahre Straflager. Sonst lebenslänglich. Mit dir hielt ich es noch mal zwei Jahre aus, Majuschka.«

»Darüber läßt sich nachdenken, Pjetka«, sagte sie klug und

lächelte ihn so an, daß Bacharews Nerven zuckten. »Du warst immer ein Mann, der weiß, was er will. So etwas gefällt mir. Ein starker Mann ist wie ein hundertjähriger Baum, den kein Sturm mehr umwirft.«

»Ein verdammtes Luder bist du, Majuschka.«

»Ich weiß es, Pjetka ... So einer laufen die Männer nach.« Sie lachte und drehte sich dabei so kokett, daß ihre Brüste die Bluse spannten. »Wir sollten doch ehrlich sein. Würdest du auf ein Hausmütterchen einen einzigen Blick verschwenden?«

»O du Hure!« sagte Bacharew dumpf, drehte sich um und verließ schnell das Zimmer.

Ihr Lachen verfolgte ihn, bis er hinter sich die Haustür zuschlug.

Am Abend, bevor die Dunkelheit über Sümpfe und Wälder kroch – eine klebrige Dunkelheit, bei der Korolew zu Trofimow sagte: »Jetzt wird's bald regnen!«, und Trofimow antwortete: »Schafft nur reichlich zu fressen an für diese zehn Wanzen!«, womit er natürlich die Geiseln meinte –, am Abend also flog Bacharew als erster zurück nach Tobolsk. General Pychtin blieb mit seinem engsten Stab noch im Militärlager und wohnte in der Kommandantur. Die Experten der Kanalbauleitung diskutierten und rechneten noch immer und wollten erst am nächsten Tag fliegen. Eine fahrbare Küche des Bataillons kam ins Baulager, um Suppe zu verteilen. Kohlsuppe, was sonst? Für jeden einen halben Teller. Gott sei's geklagt. »Gut fängt das an!« schrie Noskow, der Vorarbeiter, bei der Essensverteilung. »Heißes Wasser mit Kohlstückchen, die schwimmen lernen! Und morgen, he? Was ist morgen? Was gibt's da? Außer Furzen nichts gewesen! Dabei soll man arbeiten?«

Mit Bacharew flogen auch Niktin und Maja Petrowna weg nach Tobolsk. Niktin saß als gebrochener Mann im Hubschrauber, völlig entnervt, zumal ihm Bacharew gesagt hatte: »Nur unserer alten Freundschaft hast du's zu verdanken, daß man dich nicht fesselt. Verpflichtet wäre ich dazu. Aber du flüchtest ja nicht.« Niktin hatte den Kopf geschüttelt und war dem Weinen nahe.

Welch ein Irrtum, dachte er immer wieder. Welch ein Irrtum! Es wird sich alles aufklären. Entschuldigen werden sie sich bei mir. Maja werde ich wegjagen wie eine Küchenschabe. Aber bis dahin heißt es, Nerven zu behalten.

Allerdings sah es nicht so aus, als ob Niktin solche Nerven besäße ...

Maja hatte sich von allen verabschiedet, so, als verlasse sie einen schönen Sommerurlaub, girrte herum, gab allen Küßchen und war auch zu Jugorow gekommen, der seine Hunde mit mühevoll aufgeklaubten Überresten aus den Magazinen fütterte.

»Hast du Bacharew mit deiner Aussage überzeugt?« fragte er sie, als sie mit strahlendem Lächeln an seinem Hals hing und ihn dankbar abküßte.

»Nicht viel wollte er wissen. Aber ich werde zu ihm ziehen.«

»Gratuliere! Ich sag's ja: Ein Teufelchen bist du.« Jugorow befreite sich aus ihrer Umarmung. Wenn Walja das sah, waren wieder lange Erklärungen nötig. Ihre Eifersucht war nicht zu messen. Wenn es dafür Meßinstrumente gegeben hätte – der Zeiger würde durchdrehen. »Und Niktin?«

»Ins Gefängnis kommt er«, rief sie fröhlich. »Er soll Nasarow ermordet haben.«

»Das ist doch Blödsinn, Maja!«

»Mit einem Kissen hat er ihn erstickt. Er kann das Gegenteil nicht beweisen. Gesteht er, bekommt er nur zwei Jahre – weil die Tat im Affekt geschah, sagt Bacharew.«

»Jossif Wladimirowitsch ist unschuldig, das weißt du genausogut wie ich!«

»Aber beweis das mal!« Sie winkte Jugorow zu, rief noch: »Leb wohl, Igorenka!« und tänzelte davon, hüftenschwingend, auf schlanken Beinen, in einem kurzen Rock ... Genossen, die Männer sind doch blöd!

Nach einem fürchterlichen Mittagessen, das allen einen Vorgeschmack davon gab, was man in den nächsten Tagen zu erwarten hatte, wenn nicht sofort aus Tobolsk neue Verpflegung und das nötigste Gerät für eine neue Küche kamen – noch bevor der große Herbstregen einsetzte und die Straßen durch das Sumpfgebiet am Tobol so gut wie unbefahrbar machte –, saß Jugorow in seinem Zimmer und trank mit Walja Borisowna die letzte Flasche Orangensaft, die er sich vor der Vernichtung des Magazins gekauft hatte.

Jugorow saß auf dem Bett und sah Walja zu, wie sie den Orangensaft mit Wasser verdünnte, so radikal, daß das Wasser zwar noch die blasse Farbe Gelb besaß, aber kaum noch nach Fruchtsaft schmecken konnte. »Die sparsame Hausfrau«, scherzte er, als er sein Glas getrunken hatte. »Immerhin: Die Illusion bleibt – ein erfrischender Trunk.

Waljanka ...«

»Igor?«

»Liebst du mich?«

»Wie kann ein Mann, der neben einem Mädchen auf seinem Bett sitzt, so dumm fragen?« Sie küßte ihn auf den Hals und legte den Arm um ihn. »Aber eines möchte ich wissen: Was ist mit dir?«

»Jetzt verstehe ich die Frage nicht.«

»Seit Tagen bist du anders, bedrückt, niedergeschlagen, fast scheu ... Ist es wegen des Attentats? Wegen der Geiseln? Wegen Niktin? Allen gehst du aus dem Weg, sitzt im Hundezwinger, wo niemand dich erreichen kann ... Mit Krasnikow und Meteljew sprichst du kaum noch ...«

Wie ausgeprägt und fein ihr Gefühl ist, dachte Jugorow staunend. Wie ein Seismograph registriert es die kleinsten Schwankungen. So eng ist sie schon mit mir verbunden.

»Es ist wegen Krasnikow und Meteljew«, sagte er langsam. »Walja, ich frage dich noch einmal: Liebst du mich?«

»So unendlich wie der Himmel ist ...«

»Auch, wenn ich dich belogen habe?«

»Du kannst nicht lügen, Igor. Mich kannst du nicht belügen.«

»Dann gib mir deine Hände!«

Sie reichte ihm ihre Hände, er umfaßte sie und hielt sie ganz fest. Sehr ernst war er auf einmal geworden, und Walja spürte mit einem inneren Schauer, daß etwas Schweres, sehr Schweres auf sie zukam.

»Sprich es aus«, sagte sie leise. »Es gibt nichts, was mich von dir trennt.«

»Ich weiß, wer die Geiseln entführt hat ...«

Sie zuckte nun doch zusammen, aber Jugorow verstärkte den Druck auf ihre Hände. Ihre Augen waren um ein Vielfaches größer geworden.

»Wer ...?« fragte sie tonlos.

»Krasnikow und Meteljew. Und die Geiseln sind im Schwarzen Haus versteckt!«

»Bei Soja?«

Er nickte und wußte genau, was Walja in dieser Sekunde dachte. »Nein!« sagte er in ihre Gedanken hinein. »Mit dem Tod der zwei Rotarmisten, die bei den Geiseln Wache hielten, habe ich nichts zu tun. Ich wußte nur von dem Befreiungsplan. Auch Krasnikow und Meteljew traue ich nicht zu, kaltblütig zu töten.« Und schon wieder log er, mußte lügen, um vielen drängenden Fragen auszuweichen. »In dieser Nacht sind zwei Aktionen abgelaufen: die Befreiung und das Sprengstoffattentat. Alles vermischt sich miteinander, alles verwischt sich auch ...«

»Dann ... dann hat der ›Spezialist‹ die beiden Posten getötet?« sagte Walja entsetzt.

»Wer weiß das, Waljaschka? Es gibt keine Spuren. Krasnikow sagte mir, daß sie schon tot waren, als er die Geiseln aus dem Zelt holte.«

Das war, sieht man es genau, nicht mehr gelogen. Als er die Geiseln befreite, gab es keine Posten mehr. So doppelsinnig kann eine Sprache sein ...

Er zog ihre Hände an sich, sie waren warm geworden in seinen Fingern, und küßte die Innenflächen. Nur keine weiteren Fragen, bettelte er in Gedanken. Walja, nimm es so hin wie ich es sage ..., bitte, keine Fragen. Recht hast du, es ist schwer, dich zu belügen. Vor allem ist es schwer, weil mein ganzes Leben eine Lüge ist, mit der ich leben muß, auch vor dir und mit dir ... Frage bitte nicht!

Sie sah auf seinen Kopf, als er sich niederbeugte über ihre Hände, und sie neigte auch ihren Kopf und küßte seinen Nakken, und als er wieder aufblickte, küßte sie seine Augen und seine Lippen.

»War es das?« fragte sie leise. »Igorenka ..., das war die Lüge?«

»Ja. Sie drückte mir das Herz ab.«

»Du hättest es gleich sagen können. So vieles wäre für dich leichter gewesen.«

»Ich hatte Angst, Walja ... Angst wegen der Toten ... Angst, daß du mich mit ihnen in Verbindung bringen könntest.«

»Igor ...« Sie umarmte ihn, und so saßen sie eng umschlungen auf dem Bett und spürten ihren Herzschlag, als sei er eins mit dem Herzschlag des anderen; als seien ihre Herzen miteinander verschmolzen. »Wie hätte ich das denken können? Du kannst keinen Menschen töten.«

»Nein, das kann ich nicht. Aber wärst du vielleicht entsetzt gewesen darüber, daß ich wissen könnte, wer sie getötet hat ...«

»Doch du weißt es nicht. O Igor, wir müssen uns daran gewöhnen, uns zu vertrauen. So, wie die Erde darauf vertraut, daß jeden Tag die Sonne scheint.«

»Das hast du gut gesagt, Walja«, flüsterte er und drückte ihren Kopf an sich. »So schön ... wie jeden Tag die Sonne scheint ...«

Und welch ein Schuft bin ich gegen diese reine Seele! Igor Michailowitsch, denk nicht weiter nach über dich ...

Noch eine ganze Zeit saßen sie auf dem Bett, glücklich, den anderen zu spüren; glücklich, diese Last abgetragen zu haben; befreit durch die Wahrheit, die doch wieder eine Lüge war.

»Kommst du mit?« fragte Walja plötzlich.

»Wohin?«

»Am Sonntag nach Lebedewka. Die Geiseln will ich besuchen.«

»Mit Krasnikow und Meteljew?«

»Nein, nur mit dir. Oder sollen sie mit?«

»Ich weiß nicht ...«, sagte Jugorow vorsichtig. »Merkwürdiges fällt mir bei ihnen auf. Die Geiseln haben sie befreit – und fragen mich, was das Schwarze Haus ist. Fragen nach einem Mann, der Trofimow heißt. Das müßten sie alles wissen, wenn sie die Geiseln dort abgeliefert haben. Nachdenklich macht mich das. Wir sollten allein und heimlich zu ihnen fahren.«

»Ich werde Korolew fragen.«

»Korolew? Wieso?«

»Morgen fahre ich offiziell ins Dorf, mit Vater und einer Abordnung der Brigade, um Lebensmittel von Lebedewka zu bekommen. Sollen unsere dreihundert Arbeiter von heißem Wasser leben wie in den Straflagern? Wir brauchen, bis aus Tobolsk der Nachschub kommt, Mehl, Kohl, Salz, eine Kuh, Fische, Grütze – das Notwendigste eben.«

»Ein schwerer Gang für euch, Waljanka.«

»Wenn Korolew uns danken will, kann er das auf diese Weise tun. Sollen wir Lebedewka überfallen und plündern? Er wird das einsehen. Soll noch mehr Blut fließen, Igor? Die jungen Rotarmisten. Nasarow. Wofür?!«

»Der Sib-Aral-Kanal soll nicht gebaut werden, das ist ihr Ziel. Solange wir hier sind, wird es einen unerbittlichen Kampf geben.«

»Entscheiden wir denn, ob der Kanal entsteht? Würde man Vaters Worte in Moskau hören? Dort sitzen die Planer, haben ihre Karten gezeichnet, haben ihre Berechnungen angestellt. Zehn Jahre lang haben sie alles durchgeplant, hundertfünfzig Forschungsinstitute hat man eingesetzt mit den besten Wissenschaftlern der Sowjetunion ... Igor, glaubst du wirklich, daß die Attentate vom Süden bis zu uns diese Genossen von ihren Plänen abbringen?«

»Aus dem gesamten Ausland kommen die Proteste.«

»Was kümmert das Zentralkomitee der Partei die andere Welt?! Wir schaffen das Rußland des Jahres zweitausend. Nur das ist für uns wichtig.«

»Walja, du redest wie Niktin.« Jugorow schmerzte es, solche Ansichten von ihr zu hören. Wie wird es mit uns werden? dachte er zum wiederholten Male. Spricht sie nur nach, was sie immer und immer wieder liest oder hört – oder ist es tatsächlich ihre Ansicht von den Dingen? Wie kann das gutgehen zwischen uns? Ist es doch eine andere Welt, in der sie lebt? Walja, was steht uns noch bevor ... »Die Küsten der Nordsee und Ostsee werden überflutet, die Küstenstädte von ganz Europa stehen unter Wasser, eine Umweltkatastrophe nie gekannten Ausmaßes kommt auf die Welt zu, das Nordpoleis schmilzt schneller, das Klima verändert sich völlig ...«

»Aber doch nicht bei uns, Igor! Wir gewinnen Millionen Quadratkilometer neuen, fruchtbaren Landes. Rußland wird zum reichsten Staat der Welt, unangreifbar für alle, auch für den amerikanischen Imperialismus und die faschistischen Revanchisten. Endlich wird Rußland der Mittelpunkt der Welt sein!«

»Das glaubst du alles, Walja?« fragte Jugorow fast traurig.

»Ja. Es ist so logisch.«

»Und wenn die Welt sich wehrt? Wenn es zum dritten, nun alles vernichtenden Krieg kommt?«

»Auch dann wird Rußland gewinnen!« sagte Walja Borisowna stolz. »Es ist noch nie gelungen, Rußland zu besiegen. Napoleon ging dabei zugrunde, Hitler hinterließ ein Ruinenfeld, auch die Amerikaner werden sich bei uns zu Tode laufen. Man kann Rußland nicht besetzen, nicht die Tundra, nicht die Taiga, nicht die Steppen und Wüsten, nicht den Ural und das weite Sibirien ... Und überall wachsen neue Industrien, entstehen Werke, wo früher Wölfe und Rentiere hausten ... Igor, muß ich dir das sagen? Rußland beginnt jetzt zu erwachen und zu erkennen, was unter seiner Erde liegt. Und wir dürfen mithelfen – ist das nicht ein wundervolles Gefühl? Wer kann uns davon wegjagen? Das kleine Lebedewka, dieser geheimnisvolle ›Spezialist‹? Ein dummer Mensch muß er sein, wenn er das glaubt. Hat er denn keine Karte von Rußland? Kann er nicht sehen, was jeder sieht: hier Rußland – dort der Rest der

Welt. Kein Held ist er, wie alle sagen; ein Blinder ist er, ein Idiot, der die Wahrheit niedertrampelt.«

Jugorow schwieg. Erschütterung lähmte ihn fast. Zum erstenmal hatte er mit Walja über ihre eigenen Ansichten gesprochen, und was er hörte, war niederschmetternd. Wie soll unsere Zukunft werden, dachte er, unsere eigene kleine Zukunft, unser Zusammenleben in einer Welt, die du selbst in zwei Teile zerbrichst: hier Rußland – dort alles andere? Walja, was wird aus uns beiden? Wie kann ich dir jemals sagen, wer ich bin?

»Es wird nie Friede werden auf der Welt«, sagte Jugorow und scheute sich, Walja jetzt anzusehen.

»Aber ja! Man soll uns nur in Ruhe lassen.«

»Und dann verändern wir das Klima auf der Erde.«

»Sagen unsere Feinde. Haben sie Beweise? Nur Berechnungen. Aber wir haben auch Berechnungen, besser als ihre, und haben die Beweise: Es ist alles ein Haßgesang auf uns. Nichts wird sich für die Welt ändern, wenn Sibiriens Flüsse rückwärts fließen. Aber Kasachstan und Usbekistan werden ein riesiger Garten sein, Nahrung für Millionen, Arbeitsplätze für Millionen. Zu Ende sind die beschämenden Getreidekäufe jedes Jahr in Amerika. Das sind unsere Feinde: die Kapitalisten, die dann ihren Millionen Dollar nachweinen und ihren Weizen verbrennen müssen wie damals, als Brasilien seine Lokomotiven mit Kaffee heizte, nur um den Kaffeepreis zu halten. Und sieh dir diese EWG an, diesen Wahnsinnsclub Europäische Wirtschaftsgemeinschaft, die Obst, Gemüse, Milch und Wein vernichtet, weil sie zuviel davon hat. Die Butter lagert, wo sie ranzig wird. Die Fleisch von Millionen Tonnen in Kühlhäuser hängt und nicht weiß, wohin damit – nur, um den Preis hochzutreiben und Geld zu scheffeln. Um sie herum hungern Millionen Menschen, werden Kinder zu Greisen, sterben zu Hunderttausenden auf der ausgetrockneten Erde. Und die Welt, diese Welt der Satten, Fetten, Reichen und Geldsammler sieht tatenlos zu und zermalmt mit Räumfahrzeugen ganze Ernten an Äpfeln, Tomaten, Pfirsichen und Salaten und Kohl und Eiern. Und die Völker zahlen auch noch für die Vernichtung, geben ihr hart verdientes Geld den Staaten, die mit Milliarden die Zerstörung finanzieren. Mit diesen Irren soll man Mitleid haben? Sie wollen Maßstab sein für uns? Mit nicht faßbarer Menschenverachtung zerwalzen sie wertvollste Nahrung – wir aber, wir Russen, werden mit einem Jahrhundertwerk die Not aus unserem Land für alle Zeiten vertreiben. Das gesegnete Land auf dieser Erde werden wir. Alle da draußen wissen das, und deshalb sind wir die Teufel für sie. Ob dieser ›Spezialist‹, dieser Blinde, das nie sieht? Für die Kapitalisten kämpft er, nicht gegen eine Klimaverschiebung der Erde. Ein Vorwand ist das nur ...«

Jugorow unterbrach sie nicht, auch als sich Walja in ihre Worte hineinsteigerte und ihr Gesicht und ihre Augen zu glühen begannen. Recht muß man ihr geben in vielem, dachte er. Recht, was die EWG betrifft. Wer kann begreifen, daß Milliarden aufgewendet werden, um Lebensmittel zu vernichten? Daß in Afrika und Asien wirklich Millionen verhungern; Kinder, für die ein Apfel Leben bedeutet und denen ein paar Gramm Butter, ein Bröckchen Fleisch, ein Schüsselchen voll Mehl helfen würden, ihren mit pergamentiger Haut überspannten Knochen Kraft zum Weiterleben zu geben. Und dann stehen die vollgefressenen Funktionäre der EWG auf ihren Konferenzen herum, bis zum Rülpsen satt von den üppigen Buffets und bedauern ... bedauern tatsächlich, daß alles nur ein Transportproblem sei: Wie soll man Frischgemüse in die Sahelzone bringen? Wie Tomaten oder Eier nach Bangladesch? Man hat ja keine Flugzeuge dafür. Auf dem Landweg wäre ja alles verdorben, bis es bei den Verhungernden ankommt. Und wer bezahlt das überhaupt? Da kosten doch die Lagerhäuser der EWG schon Milliarden, jedes Jahr. Ja, der Transport ... Aber wenn es gilt, Bomben zu transportieren, dann gibt es jedesmal genug Fluggeräte. Und Flugzeuge sind immer da, wenn die Herren der EWG auf Informationsreisen gehen, mit Ehefrauen natürlich. Und Transportmittel gibt es in Fülle, wenn man die Nahrung, die »aus dem Markt genommen wird«, wie die Vernichtungsformel so nett im Beamtenjargon heißt, zusammenkarrt.

Vielleicht denkt man auch: Die Erde ist übervölkert, jetzt

schon und im Jahr zweitausend rettungslos. Eine natürliche Auslese ist's, wenn hin und wieder Millionen verhungern. Das Gleichgewicht wird reguliert. So war's schon immer. Die Ausbreitung der Hygiene und die immer umfassendere Produktion von Medikamenten kommt wie ein Bumerang zu uns zurück ... Es sterben zuwenig Menschen auf dieser Erde! Soll man dazu beitragen, daß noch mehr überleben?

Denken sie so, heimlich, nicht laut natürlich, und verstekken sich dabei hinter dem Transportproblem? Wer weiß das? Wer wagt das zu behaupten? Wer sieht in die Hirne? Nur eines sieht man: Daß es Wahnsinn mit Methode gibt. Daß das Geld wichtiger ist als der Mensch. Daß wir in einer Zeit leben, in der ein Mensch nichts mehr wert ist, sofern er nicht zu den Satten gehört, sondern zu den Hungernden. Der Satte wird nie begreifen, daß man Holz essen kann ... fein geraspelt, mit Wasser gekocht zu einer leimigen Suppe.

Stalingrad ist vergessen ...

Jugorow erhob sich. Die innere Unruhe war zu stark. Seine Aufgabe hier am Tobol war plötzlich nicht mehr getragen von der Notwendigkeit, Hamburg oder Bremen, Kiel oder Lübeck vor einer Umweltkatastrophe zu bewahren, den Skifahrern in den Alpen ihren Schnee zu lassen, den Holländern ihre Inseln und eingedeichten Neuländer zu retten, den Franzosen und Engländern ihre schöne Kanalküste zu erhalten. Und doch: Es traf immer wieder die Unschuldigen, die Gutgläubigen, die von Politikern angeführte Lämmerherde, die blökende Masse der Völker. Um Menschen und ihre Heimat ging es. Nur um Menschen, die in der kurzen Spanne ihres Lebens auch wirklich »leben« wollten und die ertrinken würden, wenn die Meere stiegen. Nicht plötzlich käme die Katastrophe, als kippe die Erde um, sondern langsam, über Jahrzehnte hinweg ... Zentimeter um Zentimeter – durch das Meer, das dann nicht mehr aufzuhalten ist, weil Sibiriens Flüsse rückwärts fließen.

»Wo willst du hin?« fragte Walja. »Fühlst du dich nicht gut? Zerknittert siehst du aus. Hast du Schmerzen?«

»Nichts ist, Waljaschka«, sagte Jugorow und versuchte, sie

mit einem Lächeln anzusehen. Wie weh tat das. Er liebte sie wie einen Engel, aber zwischen ihnen lag eine ganze Welt. »Kann ich morgen mitkommen zu Korolew?«

»Da mußt du meinen Vater fragen.«

»Ich brauche Futter für die Hunde.«

»Auslachen werden sie dich. Freßt sie erst auf, und dann bekommt ihr eine Kuh, werden sie sagen.«

»Versuchen kann man's, und ehe die Hunde verhungern, lasse ich sie frei.«

»Damit tötest du sie.«

»Besser, als wenn sie sich gegenseitig anfallen und zerreißen.«

Er ging zur Tür und riß sie auf. Luft ... jetzt Luft um mich herum. Walja, wenn du wüßtest, wie es mich innerlich zerreißt. Nie hätte ich geglaubt, daß Liebe solche Schmerzen bringt ... und daß ein Mensch nicht mehr weiß, wer er ist.

»Kommst du mit?« fragte er jetzt und blieb an der Tür stehen.

»Wohin?« Sein Benehmen machte sie nervös und unsicher. Er war heute nicht wie sonst, es war irgendwie ein fremder Igor Michailowitsch. Mit einem feinen Empfinden spürte sie es deutlich.

»Nirgendwohin ... nur gehen ... herumgehen ... ohne Ziel ... Luft einatmen ... einfach nur gehen ...«

»Du hast doch etwas, Igorschka«, sagte sie und stand auf. »Etwas bedrückt dich, ich spüre es wie Wasser auf meiner Haut. Sag mir, was es ist. Ein Körper, eine Seele sind wir doch. Du kannst mir alles sagen.«

Jugorow verließ das Haus, und Walja lief ihm nach. Ein Körper, eine Seele ... Du wirst niemals ich sein können, Walja Borisowna. Niemals. So wunderbar russisch bist du, wie nur eine Russin sein kann. Und wer ich bin, darfst du deshalb nie erfahren.

Die drei Wagen der Baubrigade wurden in Lebedewka mit Stirnrunzeln und Schweigsamkeit empfangen. Während Schemjakin und die Abordnung weiterfuhren zu Korolews Haus, blieb Walja vor dem Anwesen der Beljakows stehen und stieg schnell aus ihrem Jeep. Jugorow dagegen ließ sich Zeit; er wartete.

Natürlich saß der alte Beljakow wieder auf der Bank vor dem Haus, in vollem Ordensschmuck, rauchte gerade eine selbstgeschnitzte Pfeife und war stolz darauf, in diesem Alter noch den selbstangebauten Tabak vertragen zu können. Sein Sohn, dieser Weichling, krümmte sich jedesmal schon nach drei Zügen und rang nach Luft, schrie verzweifelt, warum Großväterchen getrocknete Schweinescheiße rauche, und mußte seine Kehle mit kaltem Wasser vom Brand befreien.

Seit undenklicher Zeit – fünfzig Jahre konnten es sein – tobte auch der Kampf zwischen dem Alten und Korolew, dessen ebenfalls selbstangebauter Tabak unvorsichtige Gäste, die sich zum Rauchen einladen ließen, auf den Rücken warf. Nach jeder Ernte und der nötigen Trockenzeit, in der Beljakow und Korolew ihre Tabakblätter nach eigenem Geheimrezept fermentierten, fand eine Art Duell statt. Man kann's auch Wettkampf nennen, aber die Leidenschaft, mit der dieser Tabakkrieg ausgetragen wurde, kam schon eher einem Duell gleich.

In der Stolowaja kam man zusammen, vor dem ganzen Dorf, das diesen Tag wie einen Jahrmarkt feierte. Beljakow und Korolew tauschten ihre Tabake aus, stopften sich damit die Pfeifen und rauchten los. Hin und her ging das; in dem einen Jahr rannte der alte Beljakow wie abgeschossen zum Scheißhaus hinter der Stolowaja, im nächsten Jahr wurde Korolew gelb im Gesicht, drückte die Hände gegen den Leib und verschwand ebenso schnell. Nur ein einziges Mal, das war vor vierzehn Jahren, hielten beide durch, neun Pfeifen lang – bis es allen Zuschauern zu langweilig wurde. Erschüttert war da Großväterchen nach Hause gegangen, hatte seinen Fermentsud angestiert, ihm einen Tritt gegeben und gebrüllt: »Teufelsdreck, du! Grigori Valentinowitsch muß ein Gegenmittel geschluckt haben! Im nächsten Jahr kommt schwarzer Pfeffer rein.«

Und tatsächlich: Dieses nächste Duell hatte dann der alte Beljakow schon bei der ersten Pfeife gewonnen ...

Jetzt stieß er dicke Qualmwolken aus, als er Walja auf sich zukommen sah, und stemmte seinen Stock in die Erde. Am Fenster erschien seine Schwiegertochter, diese nach seiner Meinung hirnlose Kuh, und winkte der Ankommenden zu. Die drei kleinen Kinder riefen im Haus: »Die Tante kommt. Die Tante kommt! Guten Tag ...« In der Brust des Alten wallte der Groll hoch.

»Aha, die Genossin Ärztin!« sagte er laut und klopfte mit dem Stock auf die Erde. »Was ist mit Andrej Nikolajewitsch, meinem Enkelchen?«

»Ach, Großväterchen!« Walja setzte sich zu Beljakow auf die Bank. Er sah sie mißmutig an, blies ihr eine Qualmwolke ins Gesicht und freute sich, daß sie hustete. »Es geht aufwärts mit ihm.«

Noch am Morgen war Nachricht aus dem Schwarzen Haus gekommen, daß alle befreiten Geiseln sich bestens fühlten. Soja kümmere sich um sie, es sei genug zum Essen und zum Trinken da, und Trofimow habe sogar einen Extrafangtag eingelegt und sei mit einem ganzen Korb voll frischer Fische zurückgekommen. Dies hatte den alten Beljakow besonders geärgert. Zwischen Trofimow und ihm schwelte ein ewiger Haß, nachdem Trofimow ihn einmal gefragt hatte: »Wofür hast du die Orden bekommen? Ist schon eine Leistung, den ganzen Krieg über Scheißhäuser zu putzen ...«

So etwas vergißt man nicht, und wenn man hundert wird. Ein Feldwebel der Roten Armee besitzt eine unantastbare Ehre.

»Was wollen Sie, Genossin Ärztin?«

»Für meine Bemühungen um deinen Enkel komme ich kassieren.«

»Haha! In der Sowjetunion ist ärztliche Behandlung frei!« schrie der Alte. »Kassiere in Moskau oder Tobolsk. Niemand hat Sie übrigens gerufen!«

»Es ging deinem Enkel schlecht, Großväterchen«, sagte Walja mit ernster Stimme. Aber in ihren Augen blinkerte das Lachen. »So schlecht, daß man ernste Sorgen hatte.«

»Ich nicht. Er hat einen Beljakowschädel.«

»Wer spricht vom Schädel? Zum Tode sollte er verurteilt werden, und wie fühlt er sich jetzt? Na? Ist das nicht ein Schaf wert?«

»So kommt ihr mir? So?!« schrie der Alte sofort. »Die Gerechtigkeit hat gesiegt, so muß man's sehen.«

»Aber ohne tatkräftige Nachhilfe wäre es nicht gelungen. Die Gerechtigkeit, das weißt du, gehört zu den großen Blinden, Großväterchen ...«

»Kein Gesäusel!« brüllte Beljakow. »Nur zehn Schafe habe ich ...«

»Neun ...«

»Zehn ...«

»Eins wird gerade von deiner Schwiegertochter weggeführt für mich ...«

Der Alte zuckte hoch, warf die Pfeife weg, hob den Stock und stierte wild um sich. Die Frau seines Sohnes führte an einem Strick ein schönes Schaf zum Jeep, wo Jugorow den Strick übernahm. O je, wie tobte der Alte. Wer hätte gedacht, daß er noch so munter auf den Beinen war, daß er so herumspringen konnte.

»Gib es her, Halunke!« brüllte er zu Jugorow hin. »Welch eine taube Nuß, meine Schwiegertochter! Kinder kann sie kalben, aber sonst ist sie zu nichts nutze. Das Schaf her, Jugorow! Verflucht seid ihr alle!«

Jetzt kamen auch noch die anderen Enkelchen aus dem Haus, umarmten Walja, küßten sie und riefen immer wieder: »Andrej ist frei! Andrej ist frei! Danke – danke, danke!«

»Eine gute Erziehung haben die Kinder«, sagte Walja zu dem mit den Zahnstümpfen knirschenden Beljakow. »Sie wissen, was Dankbarkeit ist. Von ihrem Großvater haben sie das nicht gelernt.«

»Was noch?« fragte der Alte und hieb mit seinem Stock gegen die Wand des Hauses. »Heraus damit – was noch?«

»Mehl und Grütze. Zwei Fäßchen Sauerkohl. Auch eingestampfte gesalzene Butter wäre gut ...«

»Kein Störfilet?« höhnte Beljakow. »Kein Ochsenzünglein?

Kein Leberchen? Kein Rebhühnchen oder Fasanchen? Oder ein Häschen gefällig? Schwiegertochter, du Dickarsch, haben wir noch ein Haselhuhn in Gelee versteckt?«

»Nicht alles auf einmal, Großväterchen«, Walja lachte und gab dem atemlosen Alten einen Kuß auf die Knollennase. »Ich komme wieder.«

»Eine Festung mache ich aus meinem Haus!« brüllte Beljakow ihr nach, als sie zurück zum Jeep ging, wo Jugorow das blökende Schaf am Strick hielt. »Ganz andere Stürme habe ich ausgehalten. Damals, bei Rshew ... vier Sturmangriffe der Deutschen ..., da werd ich auch mit dir fertigwerden, Genossin Ärztin!«

Kurz und gut: Der Besuch in Lebedewka erwies sich als ein voller Erfolg. Korolew erwähnte zwar mit keinem Wort die Geiseln, um Schemjakin nicht in einen seelischen Konflikt zu stürzen, denn deren gewaltsame Befreiung mußte er verurteilen und anzeigen, aber auch er brauchte für seine dreihundert Männer das Essen. Im Augenblick war dies wichtiger als alles andere. Im Lager bauten sie schon große Steinöfen für jeden Barackenblock; elektrische Kochplatten hatten nur die Herren Ingenieure, das Kochgas war in die Luft geflogen, und ein Magazin, in dem man alles hätte kaufen können, gab es ja nicht mehr. Es blieb also gar nichts anderes übrig, als zum guten alten Sibirien zurückzukehren und wieder Steinöfen zu errichten aus festem Flußgestein, in Jahrtausenden rund geschliffen und noch Jahrtausende überdauernd. Auch in den Baracken wurde fleißig gemauert – wußte man denn, ob nicht das Kesselhaus für die Gesamtheizung das nächste Ziel der Terroristen war? Auf der Hand lag's, und ehe man später in der großen Kälte werkelte, war es angenehmer, noch bei mäßiger Hitze die Steine vom Fluß zu holen und kunstvoll die Öfen zu bauen. Material hatte man ja genug. Außerdem war seit dem Morgen der erste Trupp unterwegs, um Bäume zu fällen, sie zu zerschneiden und Brennholz daraus zu hacken. Ein in seinem Haus frierender Russe ist eine Seltenheit.

Hinzu kam, daß beim Abflug der letzten Kommission der

fette Koskajew zu Schemjakin gesagt hatte: »Mein lieber Boris Igorowitsch ...« – was schon bedenklich war, denn kaum einer hatte Koskajew jemals so freundlich gesehen –, »... mein Lieber, wir werden alles tun, um Verpflegung und eine neue Küche zu euch zu bringen. Nur Geduld, darum muß ich bitten. Verpflegt euch die nächsten Tage selbst. Preßt dieses verfluchte Lebedewka aus. Ich garantiere, es kommt Nachschub.«

»Das geht eine Woche gut, Genosse Koskajew«, entgegnete Schemjakin mit tiefem Ernst, »dann steigen wir auf die Wagen und fahren geschlossen zurück nach Tobolsk. Wir sind keine Sträflinge! Wir sind Mitglieder der arbeitenden Klasse! Genossen sind wir, Genosse! Wir haben nicht verdient, daß wir hungern.«

»Es kommt, es kommt!« rief Koskajew und hatte es eilig, seinen Hubschrauber zu erreichen. Auch er hatte die dünne Kohlsuppe der Rotarmisten essen müssen, noch jetzt blubberte es in seinem Bauch. »Mobil werde ich machen, was sich mobil machen läßt.«

Das war eine ausgesprochen diplomatische Wendung gewesen, denn wer die sowjetischen Beamten kennt, der weiß, wie wenig mobil sie sich machen lassen. Und so sah es auch Ingenieur Schemjakin, als er jetzt Korolew, dem Ortsvorsteher, seine Lage vortrug und an das Zusammengehörigkeitsgefühl aller Russen appellierte.

»Wir haben uns das schon gedacht«, meinte Korolew und bot Schemjakin seinen selbstgebrannten Wodka an, einen herrlich weichen – nicht so eine flüssige Granate, wie sie Trofimow braute. »Nur gibt's Bedenken, große sogar.«

»Und die wären?«

»Wir ernähren die, die uns vertreiben wollen. Es ist ein Selbstmord auf Umwegen. Kann man das von uns verlangen?«

»Am Damm wird nicht weitergearbeitet, Korolew. Ist das ein Wort?«

»Wenn man's glauben darf ...«

»Wir können gar nicht weiterarbeiten. Holz müssen wir

schlagen, Öfen bauen, das Lager winterfest machen. Die Kommission aus Tobolsk hat keine neuen Pläne mitgebracht, keine Instruktionen, wie's weitergehen soll. Wir wissen nur, daß man uns einen vernichtenden Schlag versetzt hat.«

»Was hat Lebedewka damit zu tun, Genosse Oberingenieur?«

Schemjakin lächelte trübe in Korolews wetterzerfurchtes Gesicht. »Wir kommen zu Ihnen und bitten um Hilfe. Wir bitten! Es gab, unter uns gesagt, auch Vorschläge, alle Vorräte zu beschlagnahmen. Aber verdammt, ich will nicht noch mehr Blut sehen. Leben wollen wir doch alle, Korolew, leben! Wir handeln auch nur nach Befehlen. Auch uns schafft man in die Straflager, wenn wir nein sagen. Die meisten haben zu Hause ihre Familien, Frauen und Kinder; für sie arbeiten sie hier in diesen mistigen Sümpfen. Nur für sie.«

»Und wir haben hier seit zweihundert Jahren gearbeitet, haben den Sümpfen und Wäldern unsere Äcker abgerungen, haben weite Gebiete trockengelegt, haben hier unsere Häuser gebaut, sind hier geboren und gestorben – es ist unsere Heimat geworden ..., und da wird nun auf einmal ein Plan gemacht und ein Strich durch die Landschaft gezogen, und man sagt uns, das soll ein Kanal werden. Von den Menschen, die dort wohnen, spricht jedoch keiner. Sie sind im Weg wie Bäume, man fällt sie und schafft sie weg. Und Sie, Genosse Schemjakin, Sie führen das aus. Um zu leben, wie Sie sagen. Wer fragt uns, wie wir leben?« Korolew winkte ab. »Hat's Sinn, darüber zu reden, Genosse Oberingenieur? Wir können's nicht ändern.«

»Nein, Sie nicht, Korolew«, sagte Schemjakin doppelsinnig. »Lassen Sie uns darüber nachdenken, wie dreihundert Mann die nächste Woche überstehen.«

Das Nachdenken hatte Erfolg. Korolew garantierte der Baubrigade zwei Kühe, ein Schwein und fünf Schafe, dazu Mehl, Kleie, Grütze, gesäuerten Kohl, rote Rüben, weiße Rüben und dicke Bohnen. Nur wie er diese Köstlichkeiten zusammenbekommen sollte, das wußte er noch nicht. Erleichtert atmete er auf, als Jugorow und Walja eintrafen, denn hinter ihrem langsam fahrenden Jeep trottete an einem Strick ein protestierend blökendes Schaf.

»Woher?« rief Korolew sofort.

Und als Walja lachend zurückrief: »Von Großväterchen Beljakow!«, da lachte auch er, denn wenn man Beljakow überredet hatte, dürften die anderen keine unüberwindlichen Schwierigkeiten machen.

Jugorow und Korolew begrüßten sich wie zwei Fremde oder wie zwei, denen der Anblick des anderen Unbehagen bereitete. Zu viele Augen beobachteten sie, aber in einem günstigen Moment blinzelte Korolew ihm zu. Alles in bester Ordnung, Igor Michailowitsch, hieß das. Unseren zehn Freunden geht es gut.

Auf der Rückfahrt nahmen die Männer der Baubrigade bereits eine Kuh, zwei Schafe und Säcke voll Mehl und Grütze und vier Fässer Sauerkohl mit. Korolew hatte das »vorgestreckt« aus eigenem Bestand. Wenn er nachher im Dorf herumging und sammelte, würde es sicher ein großes Geschrei geben. Schemjakin hatte alles in bar bezahlt; den Preis, den Korolew ihm genannt hatte. Die Rubelscheine auf dem Tisch beschwerte Korolew mit einer Tonvase und begleitete die Besucher vor die Haustür. Walja und Jugorow hatten sich schon vorher auf den Rückweg gemacht, das Schaf hinter sich herziehend.

Niemand ahnte oder bemerkte, daß in der Gabelung eines Baumes, hoch oben in der breiten, kräftigen Krone, ein Mann hockte und mit einem starken Fernglas die Dorfstraße und die nähere Umgebung von Lebedewka kontrollierte. Ein Fahrrad – es war das von Vorarbeiter Noskow, der sich jedesmal in die Hand versprechen ließ, eventuelle Reparaturen nicht mehr bezahlen zu brauchen – lag versteckt in einem dichten Gebüsch.

Es war kein bequemer Sitz da oben im Baum, aber Meteljew hatte von dort einen guten Überblick und beobachtete vor allem Walja und Jugorow. Sein Mißtrauen gegenüber Jugorow konnte er nicht erklären, ein vages Gefühl war's nur, eine innere Unruhe, obwohl Krasnikow ihn ausgelacht und gesagt hatte: »Babrak Awdejewitsch, warum so nervös? Noch ist die Woche nicht herum, und wenn du Igor Michailowitsch im Visier hast, läuft uns der ›Spezialist‹ davon. Du suchst in der verkehrten Richtung.«

»Ich nehme an, daß Walja weiß, wo die Geiseln sich versteckt halten, und in diesem Fall weiß es auch Jugorow!« sagte Meteljew stur. »Und wo die Geiseln sind, finden wir den ›Spezialisten‹. Walja oder Jugorow wird uns zu ihnen führen ... Ist das logisch?«

»Kaum.« Krasnikow hatte den Kopf geschüttelt. »Wäre es so, dann müßten Jugorow und Walja Borisowna auf der anderen Seite stehen, dann müßten sie zu den Terroristen gehören.«

»Walja ist Ärztin, eine fanatische Ärztin; nur Kranke kennt sie und macht keine Unterschiede. Den Saboteur behandelt sie genauso wie sie uns behandeln würde. Ein Kranker ist für sie nur ein Mensch, gleichgültig, woher er kommt und wer er ist.«

»So muß ein Arzt denken, mein Lieber.«

»Und weil sie so denkt – ich wiederhole es, Victor Ifanowitsch –, führt sie uns unbewußt zu den Geiseln. Sie muß nachsehen, wie es ihren Patienten geht. Dieser Gedanke läßt mich nicht mehr los ...«

Hier oben im Baum nun, in der Astgabel hockend, wurde Meteljew enttäuscht. Er beobachtete das Gespräch mit Großväterchen Beljakow und die Schafübergabe; er sah, wie Walja und Jugorow zu Korolew fuhren und dort die anderen aus dem Bau trafen, wie man die Kuh, die Schafe und die Lebensmittel in den großen Lastwagen lud – vor allem die Kuh machte große Schwierigkeiten und mußte von sechs Mann die schräge Laderampe hinaufgedrückt werden –, und wie dann alle wieder zurück nach Nowo Gorodjina fuhren.

Walja und Jugorow hielten noch einmal kurz vor Beljakows Haus. Der Alte hatte mit seinem Stock gewunken und das bekannte »Stoi! Stoi!« geschrien.

»Noch eine Antwort, Jüngelchen!« rief er. »Wie ist das mit den sechstausend Klopsen? Keiner kann's mir erklären, alle lachen mich aus, wie ein Stiefelpisser stehe ich da ... Aber du hast's gesagt, du mußt wissen, was damit los ist.« Die sechstausend Klopse hatten ihn die ganze Zeit verfolgt.

»Sechstausend Cheops!« rief Jugorow zurück und lachte nun auch. »Cheops ...«

»Was ist Cheops?« brüllte Großväterchen. Jugorows Lachen reizte ihn maßlos. Noch denke ich klar, noch hab' ich keine Greisenverkalkung. Noch alles weiß ich und kann's erzählen – der Grabenkrieg bei Orscha und Smolensk, der Vormarsch auf der Rollbahn bis Baranowitschi, dann die Verlegung in die Pripjetsümpfe, Millionen Mücken in der Suppe, die Laufstege unter Wasser, der Einzelkampf gegen die Deutschen im Schilf –, ha, alles weiß ich noch. Haltet mich nicht für blöd wegen der sechstausend Klopse – oder vielmehr Cheops.

»Eine Pyramide ist's«, rief Jugorow ihm zu.

»Welche Blinis?« brüllte der Alte.

»Ein Grabmal eines Königs. In Ägypten.«

»Was geht mich Ägypten an?« Großväterchen Beljakow fühlte sich verspottet. Mit dem Stock hieb er wieder an die dicke Bohlenhauswand und schäumte vor Zorn. »Wenn du Mut hast, komm her zu mir, du Arschloch!« tobte er. »Erst sechstausend Klopse, jetzt Ägypten! Behandelt man so einen Veteranen? Ah, du wagst es? Nur zu, nur zu ...«

Jugorow war ausgestiegen, hatte zu Walja gesagt: »Es dauert nur einen Augenblick«, und betrat jetzt den Vorgarten. Der Alte hüpfte in Kampfstellung, streckte den Stock vor, kniff die Augen zusammen und tänzelte auf seinen krummen Beinen herum wie ein Fechter. Man muß das anerkennen: Mut hatte er noch immer, und in solchen Situationen vergaß er sogar, daß er Rheuma hatte und zusammengeschrumpft war.

Drei Schritte vor Beljakow blieb Jugorow stehen und blieb so außerhalb der Reichweite des vorstoßenden Stockes. »Großväterchen«, sagte er so leise, daß nur der Alte ihn hören konnte, »sag deinem Enkel, daß ich am Sonntag nach der Kirche zu ihm komme ...«

»Allein?«

»Mit der Genossin Ärztin.«

»Wann darf Andrej Nikolajewitsch wieder nach Hause?«

»Sobald es sicher ist, daß man nicht mehr nach den Geiseln sucht.«

»Lange kann das dauern.«

»Warte ab. Es kommen unruhige Wochen.«

»Wer soll daraus klug werden«, sagte der Alte und ließ den Stock sinken. »Bist der große Partisan und holst Verpflegung für deine Feinde ...«

»Wie oft habe ich's euch gesagt: Das Material vernichte ich, nicht die Menschen. Zehn gesprengte Kräne tun mehr weh als zehn getötete Menschen. An Menschen haben wir genug in Rußland.«

»Aber sie machen den Menschen zum Material, Jugorow ..., überleg das mal.«

»Sehr klug, Großväterchen«, sagte Jugorow verwundert.

»Ha! Kein Idiot bin ich. Man sieht mich nur so an! Ich sehe und höre mehr als ihr jungen Halunken.« Er streckte seinen Kopf vor und wackelte mit ihm hin und her. »Was ist nun, erklär es mir genau: sechstausend Klopse oder sechstausend Blinis ... bekommen das die in Ägypten?«

»Später, Großväterchen, später. Ist noch so viel Zeit, darüber zu diskutieren. Nicht heute.« Jugorow winkte dem Alten zu und ging zurück zu Walja, dem Jeep und dem Schaf.

»Kommt morgen und holt euch zwei Säcke Hafergrütze!« brüllte ihm Beljakow nach. »Und ein Fäßchen eingelegte Rüben hab' ich auch noch!«

Jugorow winkte ihm zu und ließ den Motor an, und Großväterchen winkte zurück mit dem Stock, was aussah, als drohe er ihm. Man muß sein Gesicht wahren als Veteran mit so vielen Orden. Respekt soll die Jugend haben vor den siegreichen Alten.

»Was hat er gesagt?« fragte Walja, als sie langsam weiterfuhren. Hinter ihnen hoppelte am Strick das Schaf.

»Wir sollen morgen Grütze und Rüben holen.«

»Merkwürdige Menschen sind es, diese Leute am Tobol.« Walja lehnte sich auf dem harten Sitz zurück. »Sie können töten und lieben, und das alles zur gleichen Zeit.«

Jugorow sah keinen Anlaß, dieser Anschauung zu widersprechen; er dachte nur wieder an die Stunde, in der Walja erfahren würde, wer Jugorow war. Von der Seite schaute er sie an, sah das schöne Gesicht mit den im Zugwind wehenden Haaren, die hohen Backenknochen, den energischen Mund, die dunklen Augen unter den zu einem Strich rasierten Augenbrauen, den schlanken Hals ... Es war ihr zuzutrauen, daß sie im Augenblick der Wahrheit erst ihn und dann sich selbst töten würde, um nichts vom Glück und vom Elend zu hinterlassen. Eine herrliche Frau! Rußlands Weite, sein unendlicher Himmel, Rußlands heiße Steppenstürme und vereiste Ströme, die grenzenlosen Wälder der Taiga und der Zauber asiatischer Blüten – alles war in ihr. Nie wieder gab es solch eine Frau ... nicht für Jugorow, weil er nicht Jugorow war.

Meteljews Ärger hoch oben auf dem Baum war verständlich. Er wußte, daß Krasnikow ihn wieder auslachen würde, wenn er nachher fragte: »Na, großer Indianer und Spurenleser, wen können wir überfallen? Wo laufen die Skalps herum? Laßt uns den Marterpfahl aufrichten!«

Meteljew kletterte, als die kleine Wagenkolonne vorübergegangen war, aus dem Geäst des Baums, holte Noskows Fahrrad hervor und fuhr hinterher. Das war ein Fehler, zu früh gab er auf; denn kurze Zeit später spannte Beljakows Schwiegertochter ein Gäulchen in die Gabel eines flachrädrigen Wagens, Großväterchen ließ sich auf den Sitz heben, winkte seiner im Rollstuhl sitzenden Frau zu – die Enkel hatten sie vors Haus geschoben – und knurrte dann seine Schwiegertochter an: »Nun los. Gib die Peitsche! Von allein läuft es nicht, das Gäulchen. Alles muß man bei euch antreiben, zum Jammern ist's.«

Mit der Zunge schnalzte er, das Pferd spitzte die Ohren, gab einen zittrigen hohen Ton von sich und zockelte los. Großväterchen raufte sich die Haare.

»Geht's nicht schneller?« schrie er. »Kann sie nicht traben, die Mißgeburt? Stelzt daher wie ein lahmer Storch! Was ist denn? Was ist denn?«

»Rossana ist sechsundzwanzig Jahre alt, Großväterchen«,

sagte die Schwiegertochter geduldig, in zweiundzwanzig Jahren Zusammenleben mit Beljakow abgestumpft und unempfänglich für seine Bosheiten. »Wenn du so alt bist, trabst du auch nicht mehr.«

»Mit sechsundzwanzig lief mir kein Weib davon ...«

»Aber Rossana ist einhundertzweiundachtzig nach Menschenalter gemessen. Überleg das mal.« Sie sah den Alten prüfend an. »Bist jetzt schon wie einbalsamiert ...«

Großväterchen verschlug es die Sprache; er spuckte auf den Pferderücken und überlegte, ob er seine Schwiegertochter verprügeln sollte. Das wiederum würde allerdings nur unnötige Verwicklungen mit seinem Sohn auslösen, also war man lieber still, schluckte auch diese Schmach und sah sich in seiner Überzeugung bestätigt, daß die neuen Generationen vor Weichheit wie Pudding zitterten. Der Untergang der Menschheit war nicht aufzuhalten. So Kerle wie er, der die Deutschen besiegt hatte, gab es nie wieder.

Eine halbe Stunde später fuhren sie vor dem Schwarzen Haus vor. Es war das erstemal seit neununddreißig Jahren, daß der alte Beljakow dieses verruchte Gebäude betrat.

Trofimow, der gerade zu seinen ausgelegten Reusen gehen wollte, blieb ruckartig stehen, als er die Karre mit dem müden, augentriefenden Gäulchen kommen sah.

»Verirrt hat sich einer!« schrie er sofort. »Hier ist die Hölle! Noch ist's nicht soweit mit dir, Beljakow!«

»Geh zu deinen Fischen, du Stinkkopf!« brüllte Großväterchen zurück, tiefzufrieden, daß er wieder etwas von sich hören lassen konnte. Die schweigsame Fahrt an der Seite seiner Schwiegertochter hatte ihn sichtlich mitgenommen. »Ha! Sieht er nicht selbst aus wie ein glotzender Fisch? Paß nur auf und fang dich nicht selbst ...«

»Latrinenputzer!« schrie Trofimow.

Ärger ging es nicht mehr. Großväterchen schnaufte, rollte die Augen und klammerte sich an seiner Schwiegertochter fest. »Wo ist mein Gewehr?« bebte er.

»Im Stall. Verrostet ...« Sie stieg vom Bock ab, hob den Alten auf die Erde,und dann breitete sie die Arme aus und begann zu weinen. Andrej Nikolajewitsch, ihr Sohn, stürzte aus dem Schwarzen Haus und lief in die weit ausgebreiteten Arme.

Der Alte juckte sich die Nase, hielt ein Nasenloch zu, rotzte auf den Boden und strahlte seinen großen Enkel an.

»Mein Söhnchen«, sagte er ergriffen. »Umarme mich! Auch im Winter gibt es noch schöne Tage.«

Wer hätte gedacht, daß Großväterchen sogar poetisch werden konnte ...

Am Sonntag machte sich Meteljew auf, um nach Lebedewka in die Kirche zu gehen.

Krasnikow tippte sich zwar an die Stirn, sagte spöttisch: »Der ›Spezialist‹ steht immer links vor dem Marienaltar und singt einen schönen Tenor ...«, aber Meteljew blieb stur. Noch drei Tage waren es bis zum Ablauf der Frist, die ihnen General Tjunin gesetzt hatte. Obgleich ihn Krasnikow immer wieder mit der Versicherung zu beruhigen versuchte, in Moskau sei es einfach, Ziele zu setzen; Ziele müsse man sehen, und der »Spezialist« sei nun mal unsichtbar; man solle Tjunin einladen, nach Nowo Gorodjina zu kommen, um die wirkliche Lage zu erkennen – so ließ Meteljew sich davon nicht beeindrucken. Seine Hoffnung war es nach wie vor, Walja werde ihm den Weg zu den befreiten Geiseln zeigen.

»Ich fresse einen Regenwurm, wenn der ›Spezialist‹ nicht dort zu finden ist!« sagte Meteljew. »Benutzt hat man uns wie Werkzeuge und dann weggeworfen, und wir sind in diese Falle getappt wie Mäuse auf einen Käse! Das hängt an mir. Woher nimmst du bloß diese Ruhe, Victor Ifanowitsch?!«

»In die offenen Arme wird er uns laufen, Brüderchen«, sagte Krasnikow mit Überzeugung. »Nicht zu bemühen brauchen wir uns. Er kommt von allein. Einmal hat er uns ausgespielt, jetzt beobachtet er uns. Und was sieht er? Freunde sind wir allen Leuten von Lebedewka, die Geiseln haben wir befreit. Noch ist er voller Mißtrauen, wer kann's ihm verübeln! Doch sobald er von unserer Freundschaft überzeugt ist, wird er aus seinem Bau hervorkriechen. Er braucht noch Männer, Mitkämpfer, Genossen mit Kopf, so wie er von Usbekistan bis zum Tobol seine Spur hinterlassen und überall Widerstandsgruppen gegründet hat. Hier wird er auch eine gründen – mit uns als Mitgliedern! Nur zu warten brauchen wir, Babrak Awdejewitsch. Sei ein guter Russe und hoffe auf die Zeit.«

Meteljews Art war es indessen nicht, zu warten. Es widerstrebte seinem Temperament und seinem Tätigkeitsdrang. Zutiefst befriedigt hatte er sich gefühlt, als die beiden Posten vor dem Geiselzelt lautlos zu Boden fielen. Und sein Herz hatte im Triumph schneller geklopft, als er Nasarow die tödliche Giftnadel in den Körper stieß. Wie sagte Oberst Tobombajew auf der SPEZNA-Schule zu ihm: »Meteljew, Sie haben das Zeug, ein begehrter Mann zu werden. Einer der Besten sind Sie seit Jahren. Sie werden die Welt kennenlernen und Großes leisten für Ihr Heimatland.«

Man kann nichts Großes leisten, indem man wartet. Helden liegen nicht im Bett.

Meteljew lieh sich wieder Noskows Rad; es war unauffällig, gut verstecken konnte man es, und man kam mit ihm auch dorthin, wo sich ein Auto nicht mehr fahren ließ. Beweglich mußte man sein; das brauchte Meteljew bei seinem Unternehmen.

Noskow wehrte sich zunächst. Er hatte vor, mit seinem Fahrrad in den Sonntag zu radeln. Mit Buscha, dem Küchenmädchen, auf dem Gepäckträger. Ein stilles Fleckchen wollte er suchen, um ungeachtet des im Lager grassierenden Trippers einem biologischen Drängen nachzugeben. Nicht viel zu tun hatte die mollige Buscha, denn die Küche war ja in die Luft geflogen. Allerdings waren die Ruinen und der Platz davor von dem stinkenden Brei gereinigt worden, und man hatte begonnen, die Trümmer mit den großen Räumern wegzudrücken und aus Fertigteilen eine provisorische neue Küche zu bauen mit anschließenden Magazinen – in der großen Hoffnung, daß aus Tobolsk bald entweder Lastwagenkolonnen oder Flugzeuge mit neuen Lebensmitteln und neuen Küchenkesseln kommen würden. Am Damm für den Kanal wurde nicht mehr gearbeitet; alle Arbeitskräfte bauten im Lager Flußsteinöfen, erneuerten die Straßen, und Schemjakin hatte sogar die verwegene Absicht, eine Straße mit fester Decke bis nach Lebedewka zu bauen.

»Wenn erst der große Schlamm kommt, liegt selbst Lebedewka für uns auf dem Mond!« sagte er zu seinen Ingenieuren und Zeichnern, also auch zu Krasnikow und Meteljew. »Einen Dreck frage ich danach, ob das in Tobolsk gefällt oder nicht. An den Genossen Koskajew habe ich meinen Plan durchgegeben. Was sagt er, das fette Schweinchen? ›Alles Material, das Sie haben, ist zweckgebunden. Eine feste Straße war nicht vorgesehen; die müßte von Swerdlowsk genehmigt werden. Ich gebe den Antrag weiter.‹ Das sagt er! Ich nehme es auf meine Verantwortung: Wir befestigen die Straße! Für dreihundert Männer habe ich zu sorgen, nicht für einen Speckarsch wie Koskajew.«

»Eine Strafe ist's, ein Fahrrad zu besitzen!« klagte also Noskow, als Meteljew es wieder entleihen wollte. »Kommt keinem der Gedanke, daß ich es mal selbst benutzen möchte? Genosse Geologe, morgen geht es. Morgen den ganzen Tag. Aber heute am Sonntag? Ich weiß ja nicht mehr, wie man auf einem Sattel sitzt.«

»Heute brauche ich das Rad«, sagte Meteljew und griff in die Tasche. »Drei Rubel Leihgebühr zahle ich freiwillig.«

»Was sollen mir die Rubel?!« rief Noskow verzweifelt. »An die Wand kann ich sie mir kleben. Wo kann ich hier noch Rubel ausgeben? Genosse ...«

»Nur für den Vormittag, ist das ein Wort? Du bekommst dein Rad wieder für den Nachmittag. Zeit genug für Buscha ... Auch du hältst nicht ein paar Stunden durch. Sei kein Angeber, Foma Pjotrowitsch. Fünf Rubel, mein letztes Wort.«

Tief seufzend gab Noskow nach. Es ist nicht gut, einen höheren Genossen wie so einen Geologen zu verärgern. Er gab das Fahrrad heraus, ließ sich noch einmal versprechen, daß er es am Nachmittag wiederhabe, und blickte Meteljew nach, wie er davonfuhr. Erst als er außer Sichtweite war, fiel Noskow ein, daß er die fünf Rubel nicht bekommen hatte. Immerhin: Das Geschäft war mit einem Handschlag besiegelt worden. Aber wenn er nun ein Schurke ist? Dann wird er behaupten, er habe mir die Rubel bereits gegeben, dachte Noskow wütend. Aber wehe ihm! Auch einem Geologen kann man schmerzhaft in den Hintern treten!

Meteljew stellte das Rad an einem Eisenkreuz auf dem Friedhof ab und wartete. Die Bewohner von Lebedewka strömten zur Kirche, der Pope Schagin empfing jeden an der Kirchentür, gab jedem die Hand, sagte »Gott segne dich!« und zu Großväterchen Beljakow, der seine Frau vor sich herrollte: »Hast du's gezählt? Fehlt nicht ein Orden?« Worauf der Alte giftig zurückzischte: »Leck mich, Väterchen!« Schagin wiederum antwortete: »Leider bist du nicht aus Schokolade.« – Wirklich, es schien ein feierlicher Sonntag zu werden.

Dichtgedrängt standen dann alle in der Kirche. Niemand fehlte – bis auf Soja Gamsatowna und Trofimow, was viele bedauerten. Nicht, weil sie den Alten heute nicht wieder anfurzen konnten, im Gegenteil: Man wollte den beiden die Hand drücken, freundlich zu ihnen sein, für vieles um ein stilles Verzeihen bitten; denn Trofimow hatte bei der Beherbergung der Geiseln gezeigt, daß er doch zum Dorf gehörte. Das mußte anerkannt werden. Aber nun war er nicht da.

Meteljew, hinter der Kirche wartend, wurde unruhig. Drinnen ertönte der erste Gesang, Totengräber Wassja sang vor, der Gottesdienst begann, und von Walja und Jugorow war noch nichts zu sehen. Doch dann machte Meteljew den Jeep von weitem aus, versteckte sich hinter einem Busch und beobachtete, wie Walja und Jugorow das Gotteshaus betraten.

Glück, komm zu mir, dachte Meteljew fast lyrisch. Laß die zwei nach der Kirche zu den Geiseln fahren. Laß mich den »Spezialisten« sehen. Auch wenn ich nicht weiß, wie er aussieht – ich werde ihn erkennen.

In der ersten Reihe standen, wie immer, Korolew, Rudenko und Goldanski. Neben ihnen, auf die Griffe des Rollstuhls gestützt, murmelte Großväterchen Beljakow vor sich hin. Schagin hatte gerade die Hände gefaltet und sang mit kräftiger Stimme das Eingangslied mit, als sich Goldanski zu Korolews Ohr beugte.

»Meteljew ist draußen«, flüsterte er. »Sitzt auf dem Friedhof. Hinter einem Busch. Denkt, ich hätte ihn nicht gesehen. Gib es weiter an Jugorow; er kommt gerade herein.«

Aber unmöglich war das. Walja stand mit ihm ganz hinten an der Tür, und zwischen ihm und Korolew baute sich die Mauer der dichtgedrängten Leiber auf. Man kam nicht ran an ihn, erst nach dem Gottesdienst.

»Sollen wir bis zum Ende bierbleiben?« flüsterte Walja und sah Jugorow mit zurückgelehntem Kopf an. »Oder sollen wir sofort weiterfahren?«

»Wie du willst, Waljascha.«

»Dann laß uns gehen. Oder mußt du beten?«

»Nicht unbedingt.« Er legte die Arme über ihre Schulter, und seine Hände drückten unbeabsichtigt auf ihre Brüste. Er bemerkte das gar nicht, aber Walja schloß die Augen und gab sich dem heißen Gefühl hin, das sie sofort durchrann. »Du hast noch nie gebetet?« fragte er.

»Nein. Wo und warum?« flüsterte sie und meinte, ihre Brüste würden brennen. »Aber ich könnte es lernen ... für dich ... Gott, beschütze unser Glück ...«

»Gott, beschütze unser Glück!« wiederholte Jugorow leise, nahm seine Hände weg und streichelte ihren Nacken. »Gehen wir, Walja ... Schöneres können wir nicht mehr beten.«

Sie nickte wortlos, noch immer den Druck seiner Hände auf ihren Brüsten spürend, und verließ mit ihm die Kirche. Draußen, auf dem Platz, hakte sie sich bei ihm unter.

Meteljew hinter seinem Busch spannte sich und bog die Zweige auseinander, um besser sehen zu können. Jugorow und Walja Borisowna gingen zum Jeep zurück, stiegen ein und küßten sich, bevor Jugorow den Motor anließ.

Das ist es, dachte Meteljew, und sein Herz klopfte heftig. Das ist meine Stunde. Krasnikow, am Nachmittag lachst du nicht mehr über mich. Ich werde dir sagen, wie der »Spezialist« aussieht, ich kann dich zu ihm führen, wir haben unseren Auftrag erfüllt. Befördert werden wir, vier Wochen Erholung auf der Krim, die Tapferkeitsmedaille, ein neuer Einsatz, diesmal im Ausland ... Victor Ifanowitsch, du träger Ochse, die letzte Kugel des Roulettes rollt für uns!

Er wartete, bis Jugorow und Walja abgefahren waren, und schwang sich dann auf Noskows Fahrrad. Langsam fuhr er ihnen nach, weil auch sie sehr langsam fuhren, und als sie an einer Stelle, wo eigentlich keine Straße war, sondern nur eine Art Trampelpfad, abbogen, hinein in diese Wildnis, die hinter ihnen wie ein grüner Vorhang zusammenfiel, wußte Meteljew, daß er das große Ziel erreicht hatte.

Er wartete eine Minute, fuhr dann ebenfalls in den Pfad hinein, sah auf dem glitschigen Boden deutlich die Reifenspur des Jeeps, und wo sie auch hingefahren waren, man konnte sie jetzt nicht mehr verlieren.

Aber schwierig war's und wurde nach ein paar Minuten sogar unmöglich, ihnen auf dem Rad zu folgen. Kaum treten konnte er noch, die Räder sanken ein, der sumpfige Boden klammerte sich an ihnen fest. Er mußte absteigen, stellte das Rad an einen verkrüppelten, moosbewachsenen Baum und ging zu Fuß weiter.

Immer der Reifenspur nach ... durch den Busch, durch einen lichten Wald, am Rande eines mit hohem Schilf bewachsenen Sumpfes. Manchmal war der Weg so schmal, daß auch ein Jeep zu beiden Seiten nur wenige Zentimeter Platz hatte. Dann endlich wurde der Pfad breiter. Deutlich sah man, daß Menschenhand hier gerodet hatte und der Weg herausgeschlagen war. Und deutlich hörte Meteljew auch das Tuckern des Motors vor sich, das einzige Geräusch außer seinen im Schlamm quietschenden Schuhen, und er zuckte deshalb zusammen, als auch dieses Gebrumm verstummte und ihn völlige Stille umgab.

Sie sind da, dachte er und holte tief Atem. Das Versteck haben sie erreicht, der Jeep steht. Wieviel Meter noch, Babrak, und du siehst die Wahrheit!

Auf einer Art Hochsitz, hundert Meter vom Schwarzen Haus

und der Lichtung entfernt, saß Trofimow mürrisch, unlustig, und hielt Wache. Seit die Geiseln bei ihm im Haus waren, wurde der Weg Tag und Nacht bewacht. Möglich war's ja, daß ein Fremder zufällig durch die Wildnis streifte und dann das einsame Haus entdeckte. Einer der Männer von der Baubrigade zum Beispiel, auf der Suche nach Eßbarem – nach Hasen oder Wildenten, ausgebrochenen verwilderten Schweinen oder den kleinen Rehen, die hier lebten. Noch eine ganze Stunde hatte Trofimow auf Wache zu sitzen, und dementsprechend mißmutig war er.

Er stierte in die Gegend, sah einem Habicht nach, der über dem Sumpf kreiste und Beute suchte, und blickte erst hinunter zum Weg, als Meteljew fast an seinem Hochsitz vorbei war.

Trofimow hatte ihn einmal zufällig beobachtet, wie er – der sich doch Geologe nannte – völlig sinnlos Meßlatten in die Erde steckte und dann mit einem komplizierten Gerät herumhantierte. Eine Weile hatte sich Trofimow, verdeckt durch einen Baumstamm, das Werkeln angesehen und sich gefragt, wieso man als Geologen einen Menschen anstellt, der sich mit seinem Werkzeug nicht auskennt. Aber so ist das nun mal, hatte er damals gedacht. Nicht jeder, der ein Diplom hat, ist auch ein kluger Kopf. Das zeigt sich erst in der Praxis.

Sieh an, da ist er jetzt. Trofimow schob sein Gewehr auf die Knie und sah auf Meteljew hinunter. Der schleichende Gang fiel ihm auf, das Lauern wie auf ein Wild – aber was soll das alles, wenn man keine Waffe bei sich hat? Man kann einen Hasen nicht mit Spucke lähmen.

Vorsichtig schob Trofimow mit dem Daumen den Sicherungsflügel herum. Es ließ sich nicht vermeiden: Einen kleinen, knackenden Laut gab es.

Meteljews auf jedes feine Geräusch geschultes Ohr nahm dieses Knacken auf. Mit einem Satz schwang er sich herum, die Spezialpistole lag plötzlich in seiner Hand, und ebenso plötzlich begriff Trofimow, daß es kein Nachdenken mehr gab, keinen Anruf und kein Verzögern, nur noch das Handeln.

Er riß die Flinte hoch, verzichtete sogar auf ein genaues Zielen und schoß.

Meteljew spürte einen heftigen Schlag an seiner Hüfte, auf einmal war alles um ihn herum wie schwerelos, seine Beine gaben nach, im schlammigen Weg lag er, dann flatterten seine Nerven, sein ganzer Körper zitterte, aber einen Schmerz spürte er noch nicht. Nur warme Feuchtigkeit rann an seinem Bein entlang. Blut.

Auf dem Rücken liegend, die Pistole umklammernd, suchte Meteljew seine Umgebung ab, so weit er sie in dieser Lage sehen konnte. Er versuchte sich aufzurichten, aber von der Hüfte abwärts war er wie gelähmt, und jetzt überfiel ihn der Schmerz.

Mit einem Laut, der wie ein Schluchzen klang, wälzte er sich herum, kam auf dem Bauch zu liegen, stützte sich auf dem linken Unterarm auf und hielt die Spezialpistole in der rechten Hand. Aber auch so war nichts zu sehen ... Irgendwo im Gebüsch steht er, dachte Meteljew und knirschte mit den Zähnen. Jetzt brannte seine Hüfte, als läge er in einem Feuer. Der Knochen ist es, wußte er, der Knochen ist zertrümmert, die Hüfte – werde ich jemals wieder gehen können? Komm heraus, du feiger Hund, stell dich einem ehrlichen Kampf, aus dem Hinterhalt kann jeder treffen. Und dann dachte er plötzlich an die SPEZNA-Schule bei Gorkij, an die zum Tode Verurteilten, die sie Kukli genannt hatten, Puppen, und die man anschlich und erdrosselte, erdolchte, erwürgte – nur lautlos mußte es sein, schnell und gründlich. Nicht die geringsten Chancen hatten sie gehabt, und er hatte viel Lob dafür bekommen, die Kukli so vollendet getötet zu haben. Aus dem Hinterhalt, ohne sich vorher zu zeigen.

»Ich bin hier!« rief Trofimow zu Meteljew hinunter. »Über dir, im Himmel.«

Mit schmerzhafter Anstrengung warf sich Meteljew wieder herum, auf den Rücken, und starrte hinauf in die Bäume. Der Schmerz füllte seinen ganzen Körper, die Bäume verschwammen und begannen zu tanzen.

»Wo?« keuchte Meteljew. »Wo? Hilf mir ... hilf mir doch ... Nichts mehr tun kann ich. Da ... da sieh ...« Er warf die Pistole von sich und stützte sich im Liegen ab. Ein Hieb des Schmerzes trieb ihn wieder zurück.

»Was hast du hier gesucht?« fragte Trofimow von seinem Hochstand herab.

»Laß mich hier nicht liegen!« schrie Meteljew heiser auf. »Wehrlos bin ich doch ..., willst du mich verrecken lassen? Hilf mir ...«

»Mein Name ist Gamsat Wladimowitsch Trofimow«, hörte er von oben. »Du kannst ihn wissen – du wirst ihn nie gebrauchen.«

Trofimow. Der eine Name. Schwarzes Haus, das war der zweite. Hürchen war der dritte. Das Ziel lag vor ihm und er brannte; brannte von den Zehen bis zur Kopfhaut, brannte vor Schmerzen und konnte sich nicht bewegen.

»Trofimow –«, keuchte Meteljew. Er versuchte, etwas zu erkennen, aber der Tanz der Bäume wurde zu einem grünen Wirbel vor seinen Augen. »Laß mich nicht verrecken.«

»Bestimmt nicht, Genosse Geologe.«

»Ich bin kein Geologe.«

»Das weiß ich jetzt auch.«

»Bring mich weg ... Ich erzähle euch alles. Ihr wißt nicht, was man alles plant. Trofimow, ich sage alles ...«

»Wem soll das nützen?«

»Dem ›Spezialisten‹. Trofimow, laßt mich leben ..., laßt mich leben ...«

Seine Worte gingen in ein Wimmern über, er legte beide Hände auf die Brust, erkannte noch den Himmel über sich, aber die Wolken waren wie dicke Fäuste, die auf ihn herunterzielten.

»Weißt du, wer der ›Spezialist‹ ist?« fragte Trofimow mit entsetzlicher Ruhe.

»Nein! Wir suchen ihn. Ich weiß, er ist da hinter dem Wald ... Vergessen will ich alles ..., bring mich weg ..., hilf mir doch!«

»Der große Unbekannte heißt Igor Michailowitsch Jugorow ...«

»Jugorow?« Noch einmal zuckte Meteljew hoch. »Er ... er ...? Unser ... unser Freund Igor. Warum ... warum verrätst du ihn?«

»Du wirst den Namen vergessen, Freundchen, für immer vergessen.«

»Ich verspreche es dir. Ich schwöre es ...« Und plötzlich verstand Meteljew den Doppelsinn der Worte, hob beide Arme in den Himmel und schrie: »Nein, Trofimow. Nein, tu es nicht. Hab Mitleid ... Mitleid ... Ich will nicht mehr Meteljew heißen ..., nicht wissen will ich mehr, was ich gewesen bin ... Tu es nicht ...«

Ein Aufschrei war das, ein kaum noch menschlicher Laut aus Angst und Verzweiflung.

»Meteljew bist du? Sieh an! Jugorow hat von dir erzählt. Nichts Gutes, muß ich feststellen.« Trofimow legte das Gewehr an, und jetzt zielte er auf den Punkt, so wie er im Winter das Wild jagte. »Grüß mir die Hölle, Meteljew ..., ich komme nach, mußt noch ein wenig warten, muß erst mein Töchterchen gut versorgen, dann sehen wir uns wieder. Halt ein gutes Plätzchen für mich frei ...«

»Trofimow!« schrie Meteljew mit sich überschlagender Stimme auf.

Sein Schrei zerplatzte mit dem Eindringen der Kugel in seine Stirn. Genau zwischen die Augen.

Trofimow hatte noch nie vorbeigeschossen.

Er sicherte wieder sein Gewehr, stieg von seinem Hochsitz, ging zu Meteljew, hob dessen Pistole auf und betrachtete sie mit großem Staunen.

So trafen ihn Jugorow, Walja, Soja und der junge Beljakow an, als sie mit Gewehren in der Hand aus dem Unterholz brachen. Die Schüsse hatten im Schwarzen Haus Alarm ausgelöst: Svetlana und Marfa versteckten sich unter Brettern und Heu im Stall, die Männer griffen nach den Äxten, und so bedrückend ihre Lage war, sahen alle mit Verblüffung, daß auch Walja ein Gewehr an sich riß und mit den anderen aus dem Haus stürmte.

»Meteljew«, sagte Jugorow leise, als er vor dem Toten stand. »Er hat uns gefunden.«

»Nicht mehr.« Trofimow warf sein Gewehr auf den Rücken.

»Wer löst mich ab? Einen Wodka muß ich haben ... Andrej Nikolajewitsch, du gehst auf den Hochstand.«

Beljakow nickte stumm. Sein Blick ließ das kleine Loch in Meteljews Stirn nicht los.

»Wohin mit ihm?« fragte Trofimow wütend, weil keiner sich rührte.

»In den Sumpf, da ist noch Platz«, antwortete Soja, ohne Walja und Jugorow anzusehen. »Wie gut, daß wir am Sumpf leben.«

»Das hier hat er weggeworfen.« Trofimow hielt die Spezialpistole Jugorow unter die Augen. »Sag mir mal, was das sein soll.«

Jugorow nahm die Waffe an sich, drehte sie in seinen Händen und blickte dann wieder hinunter auf den Toten.

»Ich hab's geahnt, Meteljew«, sagte er mit etwas unsicherer Stimme. »Die GRU. Schwer wird's jetzt werden für Krasnikow. Du hast dein Spiel verloren, Babrak Awdejewitsch – ein Roulette ist immer ein Glücksspiel. Es gibt dabei keine Kugel, die man lenken kann.«

Er wandte sich ab, wollte gehen, um Meteljew wegbringen zu lassen. In diesem Augenblick verließ Walja alle Kraft und aller Mut, sie fiel Jugorow um den Hals, schluchzte auf und küßte ihn, immer und immer wieder, über das ganze Gesicht, als sei er gerettet worden wie damals vor Masuk.

Mit starren Augen sah ihnen der junge Beljakow zu. In seinem Herzen zersprang etwas und floß ihm durch alle Adern. Mit gesenktem Kopf stieg er die Leiter hinauf auf den Hochsitz, hockte sich auf das Sitzbrett, schlug die Hände vor sein Gesicht und begann lautlos zu weinen.

Jugorow hatte ihm Walja gestohlen. Die erste Liebe seines Lebens.

Verflucht seist du, Igor Michailowitsch!

Meteljew lag noch auf dem Pfad, halb zugedeckt mit Jugorows Jacke, als Korolew, Rudenko, Goldanski und Schagin auf ihren kleinen Pferdchen den Weg hinuntergaloppierten. Sofort nach dem letzten Segen hatte Schagin sein Meßgewand in die Ecke geworfen und war zum Friedhof gestürzt und wie man befürchtet hatte: Meteljew war nicht mehr da. Auch Walja und Jugorow waren schon abgefahren, und Korolew sprach aus, was alle dachten:

»Sie wollten zu Trofimow, und er ist ihnen nach! Brüder, er darf nicht wieder zurückkommen. Wir müssen ihn festnehmen ... mindestens ...«

»Mindestens!« rief Goldanski, heiser vor Aufregung. »Ich weiß, was ich tun werde!«

»Sagt man so was in Gegenwart eines Priesters?« schrie Schagin.

Dann hatten sie ihre Pferde geholt, trafen sich wieder auf dem Kirchplatz und ritten wie der sagenhafte wilde Taigajäger zum Schwarzen Haus.

»Zu spät!« rief Goldanski, als sie vor Jugorow hielten und Meteljew im Schlamm liegen sahen. Von den Pferdchen sprangen sie, umringten den Toten und starrten ihn an. Das kleine runde Loch zwischen den Augen verriet ihnen sofort, was hier geschehen war. So konnte nur einer schießen im weiten Umkreis.

»Trofimow ...«, sagte Korolew wie erlöst. »Er ist Trofimow in die Arme gelaufen. Welches Glück haben wir noch einmal gehabt!«

»Eine frevelhafte Rede vor einem Toten.« Schagin sah alle strafend an. »Lasset uns beten ...«

»Er war kein Christ. Er war ein Atheist!« sagte Rudenko störrisch. »Willst du ihn noch im Tode beleidigen?«

»Er war ein Mensch, das genügt.« Schagin faltete die Hände. »Freunde, laßt uns ...«

»Was wollte er hier?« unterbrach ihn Goldanski. »Warum spionierte er herum?«

»Meteljew war ein GRU-Offizier«, sagte Jugorow. Er zeigte die auf seiner Handfläche liegende Spezialpistole herum. »Das ist der Beweis.«

»Die GRU?« Korolew mußte zweimal schlucken. Worte gibt es, die alle normalen Körperfunktionen lähmen. GRU war ein Wort, das selbst den Atem unterbrach. »Und du willst für ihn beten, Kyrill Vadimowitsch?«

»Er bleibt ein Mensch.« Schagin schlug das Kreuz über dem Toten, faltete wieder die Hände und senkte den Kopf. »Der Haß hört auf, wenn sich die Grube öffnet. Wir beten für seine Seele, nicht für den irdischen Meteljew.«

Eine Minute standen sie stumm und mit gesenktem Kopf vor dem Toten, und jeder dachte etwas anderes, nur nicht etwas Geistliches. Jugorow dachte an Krasnikow. Korolew fürchtete, daß das Versteck nun doch verraten sei. Goldanski und Rudenko überlegten, wo man Meteljew im Moor versenken konnte. Und selbst Schagin, der Pope, dachte, während er sein Gebet murmelte: Es wird sich nicht vermeiden lassen, auch Krasnikow zu begraben. Wer wird es übernehmen, seine Seele zu befreien?

So poetisch kann man über einen gewaltsamen Tod denken.

»Wo ist Walja?« fragte Korolew nach der Minute.

»Zurück zum Haus, um für Meteljew einen Karren zu holen. Mit Soja.«

»Nicht nötig. Ich lege ihn über meinen Sattel!« sagte Goldanski.

»Und wer hat Wache?«

»Ich.« Über die Brüstung des Hochstandes beugte sich Beljakow vor. Sein Blick hätte Jugorow vergiftet, wenn es möglich gewesen wäre.

»Wo ist Trofimow?«

»Einen Wodka trinken.«

»Helft mir, Brüderchen, ihn hochzuheben«, rief Goldanski. Er hatte Meteljew unter den Achseln gepackt, und Rudenko hielt seine Beine fest, aber der Tote war schwerer, als man dachte und hing in der Mitte durch. Ihn über den Sattel zu werfen, war schon eine schwere Arbeit. Korolew kam zu Hilfe, und zu dritt schoben sie den Toten über Goldanskis Pferd. Kein schöner Anblick ... eine Leiche, rundum mit Schlamm beschmiert; so, wie sich Meteljew im verzweifelten Kampf um sein Leben herumgewälzt hatte.

»Sollen die Weiber ihn sehen?« fragte Goldanski und putzte seine Hände am Fell des Gäulchens ab. »Wo bringen wir ihn hin?«

»Das wird euch Soja zeigen.« Jugorow steckte die Spezialpistole in seine Hosentasche. »Sie kennt sich aus; sie weiß, wo Menschen für alle Zeit verschwinden können.«

Die anderen nickten, und keiner dachte in diesem Augenblick daran, daß auch Masuk spurlos verschwunden war. Goldanski führte sein Pferd am Zügel den glitschigen Pfad hinunter, Korolew und Rudenko folgten ihm, einer hinter dem anderen. Nur Schagin blieb zurück. Ihn hatte Jugorow am Ärmel festgehalten.

»In einer Stunde komme ich zu dir«, sagte er.

»Zur Beichte?«

»So kann man das nicht nennen.« Jugorow lächelte schwach. »Such einen neutralen Karton. Ich brauche zehn Dynamitstäbe ...«

Gleich eine Warnung, Genossen: Geht nicht bei Noskow vorbei! Sprecht ihn nicht an, fragt ihn nicht, verdrückt euch aus seiner Nähe! Achtung, er könnte euch erwürgen, erschlagen, zertreten, was eben nur möglich ist.

Seit zwei Stunden nämlich wartete er auf die Rückkehr von Meteljew und damit auf die Übergabe seines Fahrrades. Buscha, gebadet und nach Frische riechend, wartete bei ihm, zog einen Flunsch und glaubte es Foma Pjotrowitsch nicht, daß er sein Fahrrad ausgeliehen habe. Faul ist er, zu faul sogar für so etwas, was man sich vorgenommen hatte. O je, was pfeift er immer hohe Töne, wenn er davon spricht, und jetzt sitzt er herum, stiert in die Gegend und murmelt nur immer: »Die Nase dreh' ich ihm nach hinten. Warum hab' ich Idiot ein Fahrrad gekauft?!«

Je weiter die Stunden wegtropften, um so düsterer wurde

Noskow. Er starrte Buscha an, die geduldig, aber mit verschlossener Miene auf einem Stuhl saß und mit Marmelade gefärbtes Wasser trank ... Buscha, mit ihrem Geruch nach Rosenseife, dem weiten Rock und nichts darunter, allzeit zur Stelle, liebesbereit und voller Erwartung. Aufs Bett konnte man sie legen, natürlich, das war der kürzeste und einfachste Weg – aber nicht der ungestörteste, denn Noskow kannte das: War er zu Hause, dann klopften die Freunde an seine Tür und an sein Fenster, wollten ein Spielchen machen, dumm reden über Weiber und Politik. Oder sie kamen mit Anträgen, die er der Bauleitung vorlegen sollte; wozu hatte man ihn denn schließlich zum Obmann gewählt?

Um fünf Uhr am Nachmittag hielt es Noskow nicht mehr aus. »Ob Geologe oder nicht«, brüllte er, »in die Erde stampf ich ihn!«

Er stürmte aus dem Zimmer, lief zu dem Haus der »Zwillinge« und hieb mit der Faust gegen die Tür. Krasnikow öffnete nach einer Weile. Seit einer Stunde spielte er Schach mit Jugorow, der mit Walja zurückgekommen war, die Hunde mit einem Brei aus Gries und Kohl – fütterte zusammengebettelt bei den Bauern von Lebedewka – und einen Pappkarton ins Lager gebracht hatte, auf dem schlicht das Wort »Kerzen« stand. Walja machte Visite im Hospital; neun Kranke lagen dort und warteten schon voll Sehnsucht auf die schöne Genossin Ärztin.

»Nanu?« sagte Krasnikow erstaunt, als der stierwütige Noskow in die Wohnung stürzte. »Mein Ehrenwort: Hier ist deine Buscha nicht.«

»Mein Fahrrad!« brüllte Noskow und schüttelte die riesigen Fäuste. »Er hat das Fahrrad noch nicht gebracht.«

»Wer?«

»Wer? Wer? Wer? Der Genosse Meteljew!« schrie Noskow. »Zu Mittag wollte er zurück sein. Jetzt kommt schon die Dunkelheit. In den Boden stampf ich ihn ...«

»Meteljew?« Jugorow sah Krasnikow fragend an. »Babrak Awdejewitsch ist mit dem Rad unterwegs?«

»Ja –«, antwortete Krasnikow kurz.

»Wo wollte er denn hin? Nach Lebedewka? Wohin soll man hier sonst noch fahren?«

»Fragt man mich das?!« Noskow holte mächtig Atem. »Wer fragt mich, wozu ich mein Fahrrad brauche? So lange kann keiner vögeln wie Meteljew. Und mich bringt er darum! Genosse Krasnikow, was wissen Sie mehr? Wohin ist er gefahren? Was hat er beim Weggehen gesagt?«

»Nichts. Daß er ein Fahrrad nimmt, habe ich nicht gewußt.« Krasnikow warf einen Seitenblick auf Jugorow. Er und Walja waren schon seit langem wieder im Lager, und Meteljew kam nicht zurück. Durch Krasnikow lief ein kalter Hauch. Denk nicht daran ..., unmöglich ist es, was du denkst, sagte er sich. Nicht bei Meteljew und nicht hier.

»Du hast ihn nicht gesehen?« fragte er Jugorow.

»Nein. In der Kirche waren wir. Und nach der Kirche habe ich für meine Hunde das Fressen zusammengebettelt. Beschämend war das, Victor Ifanowitsch. Für die Hunde, das ja, haben sie gesagt. Aber für euch? Keinen Krümel! Korolew hat euch ohnehin schon zu viel gegeben. Macht, daß ihr wegkommt nach Tobolsk, da hängen die Ferkelchen am Haken – nicht bei uns.« Jugorow hob die Schultern. »Wir haben Meteljew nirgendwo im Dorf gesehen. Wie auch, wenn er mit einem Weibchen im Wald liegt?«

»Auch dann wär's jetzt genug!« schrie Noskow. »Hat sich zu sehr angestrengt, was? Das Herz platzte auseinander ... liegt tot herum ... mit meinem Fahrrad! Nur das ist eine Entschuldigung, nur das!«

Mit einem langen Blick sah Krasnikow fragend zu Jugorow hinüber. Eine stumme Frage, die Jugorow sofort verstand. Er schüttelte ebenso stumm den Kopf.

»Denk an Masuk, Igor Michailowitsch«, sagte Krasnikow mit gepreßter Stimme.

»Unmöglich! Meteljew hat keine Feinde. Für alle in Lebedewka seid ihr Freunde. Die Geiseln habt ihr befreit, euch stehen alle Häuser offen. Ist's nicht so?«

»Ja ...«, antwortete Krasnikow durch die Zähne.

»Warum sollte Meteljew etwas geschehen sein?«

»Der ›Spezialist‹ ...«, sagte Krasnikow heiser. Ein schweres Gefühl klemmte ihm beinahe den Herzschlag ab.

»Wenn's den gibt, dann ist auch er euer Freund. Ihr habt seine Leute gerettet. Welch ein Glück, wenn Meteljew den Unbekannten getroffen hat ... Dann kennen wir ihn jetzt.«

»Ja, welch ein Glück.« Krasnikow schluckte die Bitterkeit hinunter, die in ihm hochstieg. »Ich suche ihn ...«

»Mein Rad suchen Sie, Genosse. Das ist mir wichtiger!« schrie Noskow. »Ich will mein Rad wiederhaben!«

»Kommst du mit, Igor Michailowitsch?« fragte Krasnikow bedrückt. »Nehmen wir Waljas Jeep?«

»Natürlich komme ich mit, Victor Ifanowitsch.« Jugorow blickte auf das Schachbrett. Die dritte Partie. Dreimal remis. Krasnikow war ein ausgezeichneter Schachspieler, ein großer Taktiker, ein blendender Rechner. Beim Schachspiel ist das nützlich, beim Roulette hat's keinen Sinn. Die Kugel rollt, wie es der Zufall will – auch beim sibirischen Roulette, Genosse Offizier von der GRU. Heute Meteljew, morgen du oder ich ... das weiß keiner. Solange wir spielen, opfern wir uns dem Schicksal.

Sie gingen zu Waljas Jeep, gefolgt von Noskow, der einen Gesang anstimmte, welche Strafe es sei, ein Fahrrad zu besitzen. In der Wagenhalle stand das Auto, gewaschen und poliert, soweit das bei einem Jeep möglich ist.

»Welche Sauberkeit!« sagte Krasnikow anzüglich.

»Sonntag, Victor Ifanowitsch.«

»Als ob er heute gar nicht an der Kirche gewesen wäre.«

»Das ist Waljas Tick; einen Sauberkeitswahn hat sie. Kommt wohl vom Arztberuf: Immer die Hände waschen, nach jedem Patienten ... Einmal muß die Haut runter sein, habe ich schon gesagt.« Jugorow stieg ein, der Schlüssel steckte im Schloß, und wartete, bis Krasnikow neben ihm saß. »Wohin?«

»Weiß ich das?«

»Meteljew hatte doch ein Ziel, als er das Fahrrad holte.«

»Es sieht so aus.«

»Wo soll man mit dem Suchen anfangen, wenn man keine Ahnung hat, Krasnikow?«

»Fahren wir zunächst ins Dorf.«

»Da war Meteljew nicht. Man hätte mir's gesagt bei meinem Bettelgang.«

»Es muß doch einen geben, der ihn gesehen hat!« rief Krasnikow und hieb mit der Faust auf das Armaturenbrett.

»Und mein Fahrrad!« schrie hinter ihnen Noskow. »Ein Fahrrad hat nur Luft in den Reifen, aber ist nicht aus Luft. Das Fahrrad müßt ihr suchen!«

»So dämlich er ist, so recht hat er jetzt.« Krasnikow nickte zustimmend. »Wenn wir das Rad finden, treffen wir auch Meteljew. Und« – hier stockte er und atmete einmal kräftig durch – »finden wir es ohne Meteljew, dann, Igor Michailowitsch, das verspreche ich, geht hier die Hölle auf!«

»Wen willst du zur Hölle schicken?« fragte Jugorow scheinbar harmlos.

»Das ganze Dorf! Einen nach dem anderen! Bei Korolew fange ich an, dann der Nachbar, Haus für Haus, bis ich weiß, was mit Meteljew geschehen ist.«

Jugorow fuhr rückwärts aus der Halle, Noskow rettete sich mit einem Sprung und fluchte gottserbärmlich, und mit Vollgas rasten sie durch Nowo Gorodjina zur Straße nach Lebedewka.

»Womit willst du sie ausrotten?« fragte Jugorow den finsteren Krasnikow an seiner Seite. »Schwierigkeiten wird das geben. Ein Geologe bist du, nicht einer vom KGB, von der Miliz oder von der GRU ... Sie werden dich verhaften und in ein Straflager stecken.«

»Man wird sehen.« Krasnikow unterdrückte die Versuchung, Jugorow zu sagen, wer er wirklich war. Ein Freund war Igor Michailowitsch geworden, ein guter Freund. Auf ihn konnte man sich verlassen, seine Papiere stimmten. Die Auskünfte über ihn waren unverdächtig. Meteljews Mißtrauen gehörte zu seinem Wesen; nicht der eigenen Mutter würde er trauen, hat er einmal gesagt: Mißtrauen sei das Fundament der Sicherheit.

Bei den »Zehn Sängern« hielt Jugorow an und lehnte sich zurück. Die Dämmerung begann die Konturen von Wald und Feld aufzulösen. In einem dunklen Grau versank die Landschaft. Es gibt Regen, dachte Jugorow und sah in den Himmel. Der Herbst ist vorbei, beim nächsten harten Wind werden die bunten Blätter davonwehen, und dann wird es regnen, darauf schneien, dann kommt der Frost, der lange Winter, bei dem das Leben unter die Erde kriecht, unter die zugewehten Dächer der Häuser und Ställe.

»Wo beginnen wir, Victor Ifanowitsch?« fragte er. »Wo könnte Meteljew sein? Sieh dich um: Hunderte von Werst Wald, Sumpf, Seen, Grasland. Wie soll man da suchen? Man müßte wissen, wohin Meteljew mit dem Fahrrad wollte. Ha, eine Idee kommt mir! Kann er nicht zu den Geiseln gefahren sein?«

»Was sollte er da?« fragte Krasnikow ausweichend.

»Einen Besuch machen, was weiß ich? Vielleicht zu Svetlana Victorowna? Ein hübsches Weibchen noch ..., und ihr Mann ging verloren. Auch so was Rätselhaftes, Krasnikow. Wenn Babrak Awdejewitsch ein Auge auf Svetlana geworfen hat ... Nana, da vergißt man die Stunden. Und die Zeit saust ja auch dahin ... Fahren wir zu den Geiseln! Kennst du ihr Versteck?«

Krasnikow stieg aus und ging zwischen den Birken hin und her. Jugorow denkt das Richtige, sagte er sich. Unbewußt hat er die Spur aufgezeigt. Meteljew hat den Weg zu den Entführten gefunden. Irgendwie ist ihm das gelungen. Ohne Jugorow und Walja, wie er sich das eigentlich gedacht hatte. Und dort hat er den »Spezialisten« gesehen und war damit ein toter Mann. Nur so, nur so kann es gewesen sein. Wo aber ist das Versteck der Geiseln? Wo in diesem weiten Rund von Wildnis? Wo soll man suchen?

Krasnikow blieb stehen und sah sich nach allen Seiten um. Der Abend deckte jetzt die Landschaft zu, feucht begann es schon zu werden, die Erde roch nach Fäulnis. Er kommt nicht wieder, dachte er. Babrak Awdejewitsch, warst ein guter Kamerad, nur deine Lust am Töten war oft bedrückend für mich.

Nun hat es dich getroffen ... leb' wohl, mein Freund. Adieu. Du hast das tödliche Spiel verloren. Ich werd's für dich weiterspielen, dieses verdammte sibirische Roulette. Wünsch mir Glück, Meteljew ...

Er ging zum Jeep zurück, wo Jugorow, die Beine gegen das Vorderblech gestemmt, auf dem harten Sitz hockte und eine Zigarette rauchte. »Auch eine, Victor?« fragte er und hielt Krasnikow die Schachtel hin.

»Ja. Danke.« Krasnikow steckte seine Papirossa an der von Jugorow an, ganz nahe waren jetzt ihre Gesichter, und ihre Augen forschten, die Blicke kreuzten sich. »Zurück –«, sagte Krasnikow und streckte sich wieder.

»Zurück? Warum?«

»Nacht wird es.«

»Wir geben die Suche auf und haben sie noch nicht mal begonnen?«

»Ja.« Krasnikow stieg wieder in den Jeep. »Recht hast du: Wo soll man suchen?«

»Bei den Geiseln, Victor Ifanowitsch.«

»Ist Meteljew bei den Geiseln, dann kommt er auch zurück«, sagte Krasnikow. »Da brauch' ich nicht zu suchen.«

»Ganz recht. Sind alles neue Freunde und voller Dankbarkeit.« Jugorow ließ den Motor an und grinste Krasnikow in das verhärtete Gesicht. »Soll ich dir sagen, warum wir nicht zu den Geiseln fahren? Na? Nicht wissen soll ich, wo das Versteck ist.«

»Auch das ist ein Grund.«

»Sind wir nicht Freunde, Krasnikow? Hast trotzdem kein Vertrauen zu mir? Das könnte mich beleidigen.«

»Igor Michailowitsch, sieh das anders.« Krasnikow legte die Hand auf Jugorows Arm. »Je weniger Menschen wissen, wo die Geiseln leben, um so besser für sie. Man könnte sich verplappern ... auch du. Hat Walja dir nichts erzählt?«

»Nein! Was soll sie mir erzählen?«

»Wo die Geiseln sind.«

»Das weiß sie?« Jugorow riß die Augen auf, er war selbst

überwältigt von seinem Staunen. »Nichts hat sie gesagt. Liebt mich und ist doch verschlossen. Weh tut das.«

»Frag sie mal, wo die Geiseln leben. Wundern wirst du dich.« Krasnikow warf seine halb gerauchte Papirossa weg. »Fahr zurück, Igor. Meteljew wird nach Hause finden ...«

Aber Meteljew kam nicht mehr zurück. Am nächsten Tag begann, wie damals bei Masuk, eine große Suchaktion. Schon am frühen Morgen. Nur suchten dieses Mal ein Bataillon Rotarmisten und zweihundert Arbeiter der Baubrigade. Die Leute von Lebedewka gingen ihrer Arbeit nach, als sei nichts geschehen. Wenn es noch Spuren gegeben hatte, so waren sie von Korolew, Goldanski und Rudenko auf ihrem Rückweg von Meteljews »Bestattung« – ein Moorstück in der Nähe der Stelle, wo auch Masuk »begraben« lag – beseitigt worden. Außerdem stand schon beim Morgendämmern Goldanski mit einem Traktor vor dem verwachsenen Pfad zum Schwarzen Haus, verdeckte diesen Einschlupf und hatte den sumpfigen Boden mit den neuen Spuren seiner dicken Traktorräder aufgerissen.

Krasnikow hatte lange gezögert, ehe er über die gegen Abhörversuche gesicherte Verbindung mit Moskau sprach. General Tjunin war gerade vom Frühstück gekommen, hatte zwei Eier gegessen und dazu ein saftiges Stück Räucherlachs. Damit das nicht so sehr im Magen drückte, goß er ein Gläschen grusinischen Kognak hinterher. So etwas belebt, der Tag sieht sofort freundlicher aus.

»Aha! Meine beiden Knaben!« rief er gutgelaunt, als sich Krasnikow vom Tobol meldete. »Was ist zu melden? Kommt ihr weiter?«

»Wir haben es erreicht, Genosse General«, sagte Krasnikow und wischte sich dabei über die Stirn. Er sah Tjunin im Geiste, wie er zusammenzuckte und sich vorbeugte. Er sah ihn ganz deutlich vor sich und hätte in dieser Minute heulen können.

»Was habt ihr?« schallte Tjunins Stimme im Hörer. »Krasnikow, verschonen Sie mich mit Rätseln.«

»Oberleutnant Meteljew ist dem ›Spezialisten‹ begegnet.«

»Gratuliere!« Es war, als jauchze Tjunin auf. Meine Jungs, dachte er. Meine besten SPEZNAS. Ich wußte es doch. Was das KGB nicht schafft, die GRU erledigt es. Wir sind immer da, wo andere nicht weiterkommen. »Er ist tot?«

»Ja. Ich vermute es ...«

»Vermuten? Was heißt das?« Tjunins Stimme wurde scharf. Sein aufwallender Triumph fiel in sich zusammen.

»Er ist verschwunden. Spurlos verschwunden. Seit gestern morgen.«

»Der ›Spezialist‹ ist verschwunden?« bellte Tjunin.

»Nein, Genosse General«, sagte Krasnikow mit umflorter Stimme. »Meteljew«

Eine lange Zeit, Krasnikow kam sie unendlich vor, schwieg Tjunin, als habe die Nachricht ihn niedergestreckt. Als er wieder sprach, war seine Stimme außergewöhnlich leise.

»Berichten Sie weiter, Krasnikow. Wie ist das geschehen?«

»Oberleutnant Meteljew fuhr am Sonntag morgen mit einem Fahrrad zur Kirche von Lebedewka ...«

»War er betrunken? Meteljew zur Kirche?«

»Er glaubte, eine Spur zu sehen. Über die befreiten Geiseln ... Wo die sind, dort muß man auch den ›Spezialisten‹ finden, sagte er. Nach dem Gottesdienst wollte er beobachten, ob einige der Dorfbewohner – auch Walja Borisowna, die Ärztin der Baubrigade, hatte er im Verdacht – zu den Geiseln gehen.«

»Diese Ärztin kannte das Versteck?«

»Meteljew nahm es an. Aber die Genossin Ärztin kehrte nach dem Gottesdienst zum Lager zurück. Mit Jugorow, ihrem Freund, habe ich von Mittag an Schach gespielt.«

»Sie haben Meteljew allein gehenlassen?« Tjunins Stimme hob sich gefährlich. »Spielen Schach, während man ihn umbringt ...«

»Meteljew wollte die Spur allein aufnehmen, Genosse General«, sagte Krasnikow glaubwürdig, »und nicht etwa eine Einzelaktion starten. Er hatte die feste Absicht, zurückzukommen, und dann hätten wir gemeinsam unseren Auftrag erfüllt. So war's ausgemacht. Aber ... Meteljew kam nicht wieder.

Mehr als fünfhundert Mann suchen ihn jetzt. Ich fürchte, es ist vergeblich.«

»Ein Mensch kann doch nicht einfach verschwinden, Krasnikow.«

»Hier schon ..., wir haben hier die Sümpfe. Von Meteljew werden wir nie wieder etwas sehen.«

»Sie sind jetzt auf sich allein angewiesen!« Man hörte es Tjunins Stimme an, wie sehr er an seiner Enttäuschung trug. »Krasnikow, Sie tragen jetzt die doppelte Last. Sie kämpfen gegen eine Art Phantom. Könnte der ›Spezialist‹ Sie enttarnt haben?«

»Ausgeschlossen, Genosse General.«

»Dann wußte er auch nicht, wer Meteljew war, und hat ihn trotzdem umgebracht. Den Befreier seiner Leute. Irgendwas stimmt da nicht ...«

»Darüber denke ich seit gestern abend nach. Einen Fehler muß Meteljew begangen haben.«

»Und dieser Fehler entblößt auch Sie, Krasnikow.«

»Es könnte sein –«, sagte Krasnikow vorsichtig.

»So vieles ist bei euch am Tobol ein Rätsel.« Tjunin blätterte in den Papieren, die auf seinem Schreibtisch lagen, Meldungen aus aller Welt; aus Orten, in denen die GRU unsichtbar in das Geschehen eingriff. »Aus Tobolsk hat mir General Pychtin den abschließenden Obduktionsbericht über Major Nasarow geschickt. Bei aller Gründlichkeit hat man nicht herausgefunden, woran Nasarow gestorben war. Das Herz blieb einfach stehen, sagen die Mediziner. So etwas gibt's, man soll es nicht für möglich halten. Wie denken Sie darüber?«

Meteljew, lieber Freund, dachte Krasnikow, das ist mein letzter Dienst für dich. »Ich bin kein Mediziner, Genosse General«, antwortete er. »Man muß hinnehmen, was die Wissenschaft sagt. – Haben Sie noch Anweisungen?«

»Nein!« Tjunins Stimme klang wieder klarer. »Rufen Sie erst wieder an, wenn Sie mir das Ende des ›Spezialisten‹ melden können. Passen Sie auf sich auf, Krasnikow.«

Ein Knacken beendete das Gespräch. General Tjunin hatte

aufgelegt. Etwas wie Resignation lag in dem Abbruch. Kein Feldherr verliert gern eine Armee – und Meteljew war für Tjunin wie eine Armee gewesen.

Das Ende des Tages brachte die Gewißheit: Meteljew war und blieb verschwunden, ohne eine Spur zu hinterlassen. Die Suchkolonnen rückten wieder ein, müde und entmutigt. Nichts brachten sie mit, auch nicht Noskows Fahrrad. Doch nein, lügen wir jetzt nicht: Genau besehen, hatte sich das Herumstreifen durch den Wald und Sumpf gelohnt. Man hatte zwar den Genossen Geologen nicht gefunden, dafür aber in lobenswerter Gemeinschaftsarbeit eingefangen oder erlegt: neun Hasen, sechzehn Wildenten, drei Trappen, neun Rebhühner und als Glanzleistung ein verwildertes Schwein. »Kam auf uns zu!« erzählte einer aus dem glücklichen Trupp. »Stürzt sich uns entgegen. Wie gut, daß wir unsere Messer bei uns hatten ...«

»Was ist? Was ist?« brüllte Noskow jeden Trupp an, der ins Lager einrückte. »Wo ist mein Fahrrad?! Oh, diese Schufte, diese elenden Halunken! Kümmern sich nur ums Fressen, jagen Hasen und Säue – und an mein Rad denkt niemand! Was habt ihr da draußen gemacht, he?! Nur Munition für eure Ärsche! Ein geschlagener Mann bin ich!«

»Immer das gleiche ist es«, sagte Jugorow am Abend. Er saß bei Schemjakin im Zimmer, Olga Walerinowna hatte ein Stück Rindfleisch ausgekocht und braute aus der Bouillon eine Suppe mit roten Rüben, und Walja saß am Tisch und füllte Karteikarten der neu gemeldeten Kranken aus: vier Furunkulosen, drei Magengeschwüre, eine Gallenentzündung, eine Nierenstauung. »Keinen kann man verdächtigen, niemand hat etwas gesehen oder gehört – ins Leere läuft man. Wie soll das weitergehen? Boris Igorowitsch, ein Rat von mir: Schick Olga Walerinowna und Walja zurück nach Tobolsk. Der Winter kann noch grausam werden.«

»Schon wieder fängt er damit an!« rief Walja und warf den Bleistift weg. »Seit Tagen liegt er mir im Ohr damit. Nein! Ich bleibe hier, solange du in Nowo Gorodjina bist.«

»Erklär es ihr, Schemjakin.« Jugorow trank vorsichtig den

heißen Tee. Es war das einzige, wovon sie noch genug hatten. Wasser und gepreßten Tee. Aus Tobolsk hatten sie die Nachricht erhalten, daß ein neuer Transport zusammengestellt werde. Zusammengestellt – das hieß noch nicht, daß er bald hier eintraf. »Warum begreift sie's nicht?! Um uns ist ständige Gefahr. Gibt's einen besseren Beweis als Meteljews Verschwinden? Wer ist morgen dran? Du ... Krasnikow ... ich ... oder vielleicht sogar Walja selbst? Verdammt, ihr müßt in Sicherheit.«

»Wie selbstherrlich er denkt! Ich soll als Ärztin das Lager verlassen? Euch allein lassen, wo überall ein Arzt gebraucht wird? Bis ans Ende meines Lebens müßte ich mich schämen. Betäuben müßt ihr mich, freiwillig gehe ich nie.«

»Wer kann das alles verstehen?« sagte Schemjakin. »Dieser Haß auf uns, diese Blindheit vor der Wahrheit.« Er blätterte in einem Propagandaheft, das vom Ministerium für Wasserbau in Moskau herausgegeben war und in dem die besten Wissenschaftler beschrieben, wie wichtig der Sib-Aral-Kanal für Rußland sei. »Niktin ist herumgezogen und hat flammende Reden gehalten, voll Patriotismus ... mit Zahlen hat er nie gelockt, weil keiner sie begreift. Aber du, Igor Michailowitsch, willst einmal Ingenieur werden, liest Bücher für das Studium ..., du begreifst es doch. Wie kann man diesen Leuten beibringen, daß ihr Widerstand der eigene Schaden ist? Hör einmal zu, was sie da schreiben.«

Er blätterte in der Broschüre, fand die Stelle und las vor, als halte er einen Vortrag: »Am 22. Dezember 1939 und am 26. April 1940 wurde in Moskau beschlossen, in der Hungersteppe – das ist das große Gebiet im Süden Kasachstans zwischen Karaganda und Ksyl-Orda am Syrdarja – 470 000 Hektar Brachland künstlich zu bewässern. Der Krieg kam dazwischen, statt Wasser floß Blut, aber nach dem Sieg über die Faschisten war's 1956 soweit. Der Ministerrat beschloß, als Anfang einer großen Umgestaltung erst einmal 30 0000 Hektar Land mit Wasser zu versorgen. Kanäle wurden gebaut, Bewässerungsgräben, der Hungersteppen-Kanal entstand, an seinen Ufern siedelten sich 34 Baumwollsowchosen an – das Planziel: 340 000 Tonnen Baumwolle! 176 Millionen neue Rubel wurden in das Projekt gesteckt, und schon 1961 war diese Investition amortisiert. Das Planziel hatte man mit Leichtigkeit erreicht. Aus der Hungersteppe ein Baumwolland! Wie ein Signal war das. Die Sowjetunion stand an der Schwelle eines neuen Zeitalters.«

Schemjakin nahm einen Schluck Tee, blätterte weiter und tippte mit dem Zeigefinger auf die Seite. »Hier ist es, Jugorow. Hör dir das an! Professor Abdullajew, der Präsident der Akademie der Wissenschaften von Usbekistan, errechnete, daß durch eine künstliche Bewässerung in Turkestan 15 bis 20 Millionen Hektar Brachland zu einem Garten werden könnten. Und jetzt haltet den Atem an, meine Lieben. Auf jeder Million Hektar – und 20 Millionen stehen zur Verfügung – kann man dann jährlich ernten: 500 000 Tonnen Reis, 330 000 Tonnen Getreide, anderthalb Millionen Tonnen Baumwolle, 770 000 Tonnen Milch, 200 000 Tonnen Fleisch ... und das mal zwanzig. Es schwindelt einem bei diesen Zahlen. In drei Jahren wären alle Kosten abgetragen!«

»Unfaßbar –«, sagte Walja und schob ihre Krankenkarteien zusammen. »Utopisch ist das, Väterchen.«

»Nur weiter, nur weiter ..., es geht erst los!« sagte Schemjakin und schlug eine neue Seite auf. »Professor Scharow legte einen Plan vor, den Amudarja mit einem gewaltigen Staudamm zu bezwingen, wie man's in Assuan gemacht hat und in Bratsk. Professor Schtseherbakow trug in Moskau vor, das beste sei es, die Flüsse Syrdarja und Amudarja durch ein verzweigtes Kanalsystem miteinander zu verbinden. 100 Millionen Hektar Land würden fruchtbar werden. 100 Millionen Hektar! Und Dawydow, der große Ingenieur, zeichnete schon 1932 einen Plan, in dem er vorschlug, das ganze riesige Land zwischen dem Kaspischen Meer und dem Aralsee zu bewässern. Neues, blühendes Land für über 700 Millionen Menschen, die größte Nahrungskammer der Welt entsteht, wenn man die Flüsse Ob und Jenissej umleitet in den Aralsee, mit Stichkanälen in die Steppen und Wüsten von Kysyl-Kum und

Kara-Kum. Ein Wahnsinnsplan? Ein Verrückter, dieser Dawydow? Man wird es sehen ... Im Bau seit 1960 ist der Irtysch-Karaganda-Kanal, 900 Kilometer lang. In der Tadshikischen Republik, am Fluß Wachsch, entsteht das Nurek-Wasserkraftwerk. Zwei Milliarden Kilowatt Strom wird es liefern, 500 000 Hektar Land bewässern und eine Ernte bringen von jährlich einer Million Tonnen Baumwolle. Und jetzt, jetzt sind wir dran, Jugorow: Unser Sib-Aral-Kanal, das neue Weltwunder, 2550 Kilometer lang, 200 Meter breit, 15 Meter tief, die neue Lebensader Rußlands, die Verwirklichung des Traumes von Dawydowder Ob fließt nach Süden und nicht mehr ins Eismeer. Rußland wird nie mehr betteln müssen um einen Sack Getreide, um ein Blöckchen Butter, um ein Schälchen Reis. Wir werden das reichste Land auf dieser Erde sein mit Überschüssen für Millionen Hungernder in aller Welt.« Schemjakin hielt erschüttert den Atem an und seufzte dann, ehe er weitersprach: »Das muß man begreifen, Jugorow, das muß einfach jeder begreifen lernen. Das ist so einmalig auf der Welt, daß jeder Russe stolz sein muß. Aber was tun unsere Brüder? Sie legen Bomben, überfallen Geologen, sprengen die begonnenen Trassen in die Luft, morden und brennen ... Warum bloß? Warum?«

»Es geht um mehr, hab' ich gelesen«, sagte Jugorow vorsichtig. »Alle europäischen Staaten protestieren. Das Klima wird sich ändern. Die Küsten werden unter Wasser stehen. Rußland gewinnt zwar Millionen Hektar Neuland, dafür gehen in Europa Millionen Hektar in den Meeren unter.«

»Würde Europa fragen, was aus Rußland wird, wenn es Projekte hätte, die Rußland schädigen könnten? Nicht eine Maus würde sich darum kümmern, sag' ich dir. Jugorow, ich stehe zu dem Projekt.«

»Auch wenn es einen dritten Weltkrieg auslöst?«

»Wer läßt es soweit kommen? Erwärmung des Nordpols, weil ein Teil des Ob nach Süden fließt? Weißt du, wie das ist! Wird's wärmer in deinem Zimmer, wenn du ein Streichholz ansteckst? Merkst du die Wärme? Sieben Prozent seines Wassers werden vom Ob in den Kanal geleitet; das sind drei Tausendstel der gesamten Wärmemenge, welche die Ob-Bucht erwärmt. Davon soll der Pol schmelzen? Nein, man gönnt Rußland nicht den Aufbruch in das Jahr zweitausend, in dem die Welt anders aussehen wird. Reicher, gesünder, friedlicher, brüderlicher als heute. Nahrung für alle Völker und Ende des Kapitalismus.«

Jugorow schwieg. Worüber sollte man noch diskutieren? Hier war der russische Traum, endlich, nach Jahrhunderten, durch den weithin noch ungenutzten riesigen Reichtum Sibiriens jene Stellung in der Welt zu erlangen, die ihm gebührte – und da war die übrige Welt, die auf diesen Riesen blickte, fasziniert, erschrocken und voller Angst, vor dieser Fülle aus dem Osten nicht allein wirtschaftlich, sondern auch politisch und ideologisch überrollt zu werden. Bei den Sowjets, so heißt es ja, ist alles politisch – vom Hosenknopf bis zur Atomrakete. Sagte nicht Bismarck schon warnend: »Laßt den Bären schlafen«? Aber der Bär schlief nicht mehr ... nach Hunderten von Jahren Schlaf wachte das immer rätselvoll bleibende Land dort hinten im Osten jetzt auf. Der Bär erkundete seihe Heimat und fand sie schöner und reicher als alle anderen Länder dieser Erde.

Sibirien, die schönste, geheimnisvollste, reichste Prinzessin war wachgeküßt und gebar eine neue Welt.

Mütterchen Erde ... Mütterchen Rußland ...

Und alles um sie herum erstarrte in Schrecken.

Wer konnte Schemjakin nicht verstehen, daß er jetzt mit gerötetem Gesicht hier an seinem Tisch saß, mitten in der Wildnis am Tobol, ergriffen von den Zukunftszahlen, die er vorgelesen hatte, und voll Bitterkeit, daß niemand begreifen wollte oder auch nur konnte, welch eine geradezu heilige Pflicht es war, Rußland zum Fundament einer neuen, besseren Zukunft zu machen.

Noch vieles las Schemjakin an diesem Abend aus der klugen Broschüre vor, eine Menge Propaganda, an die er glaubte, aber auch eine Fülle von Tatsachen, die zum Teil seiner Arbeit geworden waren. Erst spät fand Jugorow wieder nach Hause.

Walja hatte noch mit ihrer Krankenkartei zu tun. Bis zur Tür seiner Wohnung begleitete sie ihn, und Jugorow beobachtete erstaunt, daß Krasnikow mit dem deutschen Kübelwagen aus dem Lager fuhr.

»Er fährt nachts weg?« fragte Jugorow mehr sich selbst als Walja. Die Rücklichter verglommen in der Ferne. »Meteljews Tod muß für ihn ein Schock gewesen sein. Er kann nicht mehr schlafen neben Meteljews leerem Bett.«

»Er jagt ...« Walja legte den Kopf gegen die Schulter des Geliebten. »Er hat zu mir gesagt: Jetzt jage ich ...«

»In der Nacht?!«

»Er jagt den ›Spezialisten‹.«

In Jugorow spannte sich jeder Muskel. Er blickte in die Dunkelheit, in der das Rücklicht des Wagens erloschen war, und wußte, daß es nun wirklich eine Jagd war, kein Gedankenspiel, keine taktische Überlegung, nicht einmal mehr das lauernde Warten auf einen Zufall. Der offene Kampf hatte begonnen. Jugorow spürte, wie ihn eine quälende Furcht beschlich – nicht um sein eigenes Leben, sondern Furcht davor, daß er schon bald gezwungen sein könnte, einen Menschen zu töten. Eine bedrückende Vorstellung, die seinen Herzschlag veränderte. Krasnikow, brich dir den Hals, ertrinke im Sumpf, tu alles zu deiner Vernichtung, was möglich ist – nur zwinge mich nicht, Herr über dein Leben und deinen Tod zu sein.

»Er geistert immer noch bei euch herum, der große Unbekannte?« fragte Jugorow mit gequältem Spott. »Niemand hat ihn gesehen, keiner weiß von seiner Existenz; nur in euren Hirnen lebt er, fast schon eine Sagengestalt ist er ... Waljanka, laßt ihn nicht zu einem neuen russischen Märchen werden, zu einem neuen Stenka Rasin ...«

»Du glaubst nicht, daß es ihn gibt?«

»Wir sollten hier nicht glauben, sondern sehen. Wenn Krasnikow ihn vor mich hinstellt – oder legt, was wahrscheinlicher ist –, dann werde ich sagen: Ihr hattet recht, ich habe mich geirrt. Aber bis dahin ...« Er lächelte schmerzlich. »Waljanka, gute Nacht. Schlaf gut. Ich werde dich heute vermissen. Es ist so schön, dich schlafen zu sehen. Manchmal spitzt du die Lippen, als würdest du im Traum küssen ...«

»Dich, Igorenka, nur dich. Morgen wird es wieder so sein wie unser ganzes Leben lang.«

Er blickte Walja nach, mit einem langen, wehmütigen Blick, und als sie um die Ecke der Lagergasse in Richtung Hospital verschwunden war, schloß er hinter sich die Haustür ab, ging hinüber in die Wohnung der »Zwillinge«, setzte sich in das mit den elektronischen Geräten bestückte Zimmer und schaltete das Funkgerät ein, das Meteljew immer beim Gespräch mit General Tjunin benutzte. Es war der modernste, technisch vollkommenste Sender und Empfänger, den Jugorow je gesehen hatte. Er schob den Einschalthebel herum, eine kleine rote Kontrolleuchte schimmerte auf, eine Mattscheibe zeigte grünlich flimmernd, von einem Computer gesteuert, die Frequenz an.

Jugorow stülpte den Kopfhörer über seine Ohren, tippte eine Frequenzzahl in den Computer, über die Mattscheibe zitterten Zahlen und dann stand, automatisch gefunden, die gewünschte Wellenlänge vor ihm. Sendung.

Jugorow tippte auf die Taste. Wechselgespräch, wie bei einem Telefon über Satellit. Ein Wunder ist die Technik, auch wenn man sie nicht begreift, sondern nur benutzt.

»Adler an Wolf ... Adler an Wolf ...«, sagte Jugorow in sein Mikrofon hinein. »Hier Adler ... hier Adler ...«

Im Kopfhörer klopfte und knackte es, ein Rattern wie ein Maschinengewehr, dann wieder nur ein wogendes Rauschen. Und plötzlich war eine Stimme, sehr fern, aber deutlich zu verstehen.

»Hier ist Wolf ...«

»Vadim Viktorowitsch?« fragte Jugorow vorsichtig.

»Nein. Jefim. Vadim ist schon unterwegs, er wird geholt. Ah, da ist er schon. Ich übergebe.« Und dann Filarets ruhige Stimme: »Adler?«

»Ja. Igor Michailowitsch.«

»Von wo rufen Sie an?«

»Von einem phantastischen Sender der GRU.«

»Sind Sie betrunken?«

»Keineswegs. Ich sitze hier im Zimmer von Meteljew und fühle mich wohl.«

»Und wo sind Krasnikow und Meteljew?«

»Meteljew liegt bis zur Austrocknung der Sümpfe, also für immer, tief im Moor – und Krasnikow ist unterwegs, um mich zu suchen. Herauslocken will er mich, indem er allein herumfährt.«

»Ihre letzte Sprengung war ein Meisterwerk, Adler. Mitten ins Herz traf sie. Gratuliere, Bis nach Moskau hat man den Knall gehört; dort sitzt man jetzt mit dicken Köpfen herum und macht sich wirklich Gedanken. Was Sie mit dem armen Niktin gemacht haben, war perfide, aber eine Glanzleistung. Wer jedoch hat Nasarow getötet?«

»Eine schwer zu beantwortende Frage. Keiner weiß es. Ich tippe auf Meteljew. Er hat auch die beiden Posten vor dem Geiselzelt erschossen. Mit einer verdammt guten und bisher fast unbekannten Spezialpistole.«

»Sie haben Meteljew erschossen? Ihr Prinzip war doch ...«

»Es ist noch immer so, Vadim Viktorowitsch. Ein Mann aus dem Dorf hat ihn erschossen. Trofimow.«

»Der finstere Satan vom Schwarzen Haus?«

»Sie kennen ihn?«

»Hab ihn nur einmal gesehen, beim letztenmal, als ich in Lebedewka war. Mir genügte das. Aber eine zauberhafte Tochter soll er haben.«

»Soja. Sie könnte aus einem Märchenbuch kommen.«

»Vorsicht, Adler! Weiber sind der Helden Totenengel, denken Sie immer daran.«

»Gedanken verwehen im Wind, wenn das Herz spricht. Ich weiß es, denn ich liebe Walja Borisowna.«

»Wer ist denn das?«

»Die Ärztin des Lagers, die Tochter von Schemjakin.«

»Dem Leiter des Abschnitts Tobolsk – Tjumen?! Adler, Sie machen mir angst. Diese Liebe ist Irrsinn, die können Sie sich nicht leisten. Da wächst eine Mauer vor Ihnen auf, die Sie nie mehr durchbrechen können. Sie werden immer daran denken: Walja gerät in Gefahr.«

»Das denke ich jetzt Tag und Nacht.«

»Igor Michailowitsch, das lähmt Sie! Um Gottes willen, vergessen Sie nicht unser Projekt, unsere Aufgabe. Für eine Frau haben Sie später Zeit genug! Ein ›Spezialist‹ wie Sie kann sich keine Liebe ans Bein hängen. Wir kennen uns nicht persönlich, Adler, leider, wir haben nur immer miteinander gesprochen. Sie wurden mir empfohlen, von wem, das wissen Sie ja, und ich wurde Ihnen empfohlen von der gleichen Stelle. So kamen wir zusammen. Nicht auszudenken, wenn wir uns jetzt wieder trennen müßten. Was Sie auf ihrem Weg vom Aralsee bis nach Tobolsk hinterlassen haben, ist so eindrucksvoll, daß ich Sie geradezu bewundere. Sie sind unser bester Mann. Wir alle vertrauen Ihnen blindlings. Und nun kommen Sie mit einer Liebe ... Hören Sie mich noch, Adler?«

»Ich höre Sie sehr gut.«

»Wir sind nahe am Ziel, sage ich Ihnen. Überall in der Welt vermehren sich die Proteste, in allen Zeitungen und Illustrierten erscheinen die Berichte, mit Zeichnungen und Berechnungen und schrecklichen Zukunftsbildern. In Moskau schweigt man noch, aber ich weiß, daß Gorbatschow alle Pläne des Sib-Aral-Kanals noch einmal von einer Gruppe ausgesuchter Wissenschaftler prüfen läßt. Auch in Rußland melden sich immer mehr Stimmen, die dieses Kanalprojekt und seine Auswirkungen auf das Klima der Erde verurteilen ... Jugorow, Sie und ich und unsere Gruppe und die Bevölkerung der betroffenen Gebiete haben etwas in Bewegung gebracht. Im Ausland weiß keiner, was bei Ihnen und an der Trasse entlang nach Süden passiert; die Presse hat Schweigegebot; keine Informationen dringen nach außen. Wir sind völlig abgeschottet, unser Kampf findet unter Ausschluß der Weltöffentlichkeit statt. Trotzdem hat die Welt begriffen, was da in zehn Jahren auf sie zukommen soll. Selbst im Wasserwirtschaftsministerium wird man unsicher, Minister Wassiljew schweigt verbissen, und der Vorsitzende der Expertenkommission des Instituts für Wasserprobleme, der Genosse

Grigorij Woropajew, einer der glühendsten Verfechter des Kanals, redet wie ein Bauchredner: oben Ja und unten Ich-weiß-nichts. Ich sage Ihnen, es wird sich etwas Großes tun! Michail Gorbatschow ist der Mann, der keiner Unklarheit aus dem Wege geht. Gott gebe ihm noch ein langes Leben.«

Jugorow schwieg. Was er da hörte, war eine Sensation im verborgenen. Er muß es wissen, dachte er. Filaret muß es wissen. Am Tisch mit den anderen sitzt er, im kleinen Kreis der Eingeweihten. Professor Vadim Viktorowitsch Filaret, einer der hervorragenden Wissenschaftler Rußlands, Vorsitzender einer großen Planungsgruppe. Ein Mann der Wahrheit, der nicht nur Rußlands Stellung im Jahre 2000 sieht, sondern auch die Lage in der übrigen Welt. Und der in den Untergrund ging, um zu retten, was noch zu retten ist. Kommt es wirklich in Moskau zu der großen Erkenntnis, daß alles falsch war und daß man das Steuer herumwerfen muß?

»Sind Sie noch da, Adler?« fragte Filaret, weil Jugorow so lange schwieg.

»Ich bin da. Und mir ist das Herz wie Blei.«

»Warum?«

»Wozu bisher die vielen Toten in diesem Kampf? Man hätte nur zu warten brauchen ... warten ... Vergessen haben wir, daß des Russen größter Freund und größter Feind die Zeit ist. Wir waren zu früh mit unseren Aktionen. Wenn Gorbatschow das Projekt tatsächlich stillegt, waren alle Opfer umsonst. Mich friert bei dem Gedanken.«

»Was Sie da denken, ist Fatalismus!« rief Filaret. »Wir haben unseren Beitrag geliefert zu diesem Umdenken! Wir waren der Nagel, den Hammer liefern die anderen ...«

»Ein blutiger Nagel.«

»Kein Sieg ohne Opfer.«

»Das sagt man so flott, wenn man nicht im Trichter sitzt, in den die Splitter regnen. Die Toten vom Aralsee bis hierher, auf beiden Seiten, junge Menschen voll Freude am Leben, Väter, Ehemänner, Brüder – sie alle könnten noch leben, wenn wir gewartet hätten. Bedrückt Sie das nicht?«

»Nein ...«

»Mich macht es traurig. Auch ich bedaure, daß wir uns nie getroffen haben, Vadim Viktorowitsch, und jetzt wird es ebenfalls nichts werden. Der Regen steht schon am Himmel, dann kommt das Eis ... Wir werden uns vielleicht nie begegnen.«

»Um so mehr hören wir uns, Adler, wir sind stolz auf Sie. Und wer immer Sie auch sein mögen: Rußland hat Ihnen viel zu verdanken. Kämpfen wir weiter bis zum endgültigen Sieg. Gott schütze Sie!«

Jugorow schaltete den Apparat aus, nachdem er die Frequenz auf dem Bildschirm gelöscht hatte, verließ Meteljews Zimmer, ging nach draußen vors Haus und lehnte sich an das Geländer der kleinen überdachten Terrasse. Über das stille Lager blickte er, über die festen Straßen mit den Bogenlampen, sah hinüber zu der jetzt drohenden, schwarzen Wand des Waldes und die breite Schneise, die zu dem gesprengten Damm führte.

Welch ein Frieden ... welch ein Betrug am Frieden!

In der Nacht darauf – Jugorow und Walja lagen eng umschlungen im Bett und schliefen – flog mit einer ohrenzerreißenden Detonation das Kesselhaus in die Luft. Zehn große Stangen Dynamit enthalten eine Menge Treibkraft. Der Zeitzünder, wieder eine ganz einfache Weckuhr, hatte präzise gearbeitet. Genau drei Uhr nachts, das Kesselhaus war verlassen. Keine Menschen, nur Material.

Jugorow saß im Bett und preßte Walja an sich. Aufgeschreckt zitterte sie, als sei sie der Mittelpunkt der Explosion gewesen. Ihre Hände krallten sich an Jugorow fest.

»Da ist er ...«, stammelte sie und drückte ihr Gesicht an Jugorows nackte Brust. »Der ›Spezialist‹ ... da ist er ... Er bringt uns alle um ..., alle bringt er uns um ... auch dich, auch dich ...«

Und Jugorow sagte, nur ein schwacher Trost war's, aber was soll man hier noch groß reden: »Ein Glück, daß wir die Steinöfen gebaut haben. Im Winter werden wir wenigstens nicht erfrieren. Aber viel Holz müssen wir jetzt schlagen.«

Dann heulten die Alarmsirenen. Und Jugorow schlüpfte in die Hose, um im flammenden Chaos zu helfen.

Eine Woche lang, jede Nacht und oft auch am Tage, fuhr Krasnikow mit dem deutschen Kübelwagen stundenlang hin und her: durch den Wald, am Rande der Sümpfe entlang, durch Lebedewka. Er hielt an den »Zehn Sängern« und wartete. Manchmal wanderte er nachts durch den Wald, aber der ›Spezialist‹ reagierte nicht.

Er ist hier, signalisierte Krasnikows sechster Sinn. Er ist ganz in der Nähe. Er sieht mich, er beobachtet mich, er belauert mich – warum unternimmt er nichts? Warum ist es wieder so still? Was hat er vor? Systematisch zerstört er alles Wichtige; den Damm, dann die Winternahrung, jetzt das Kesselhaus – werden die Transformatoren die nächsten sein? Dann wäre sein Ziel erreicht: Nicht mehr leben und arbeiten können wir hier. Kein Essen, keine Wärme, kein Strom; Nowo Gorodjina muß aufgegeben werden. Auch so kann man siegen, indirekt, ohne offenen Kampf. Bist ein raffinierter Hund, großer Unbekannter!

Eine Woche lang aber beobachtete auch der junge Beljakow den ruhelos umherstreifenden Krasnikow.

Großväterchen hatte es doch tatsächlich erreicht – nachdem die Soldaten die Suche eingestellt hatten –, daß sein Enkelchen Andrej Nikolajewitsch zurück ins heimatliche Haus kam und sich dort versteckte. Einerseits, weil die Gefahr nicht mehr groß war, dort entdeckt zu werden, andererseits weil der Alte herumbrüllte, kein Beljakow könne die Luft bei Trofimow einatmen, ohne davon krank zu werden. Vor den Soldaten habe man Andrej gerettet, und nun vergifte man ihn im Schwarzen Haus. Nach drei Tagen war Korolew so entnervt von Großväterchens Geschrei, daß er resignierend sagte:

»Hol ihn dir ab, du Geier! Pack ihn in Watte. Aber wenn er sich wieder einfangen läßt, dann holt ihn keiner mehr raus. Verstehst du das, Brüllochse?«

Und Beljakow hatte zurückgeschrien: »Gib mir keine Verhaltensmaßregeln, du Grünschnabel! Mir, einem Veteranen! Ich habe gelernt, wie man einen Feind täuscht!«

Der »Grünschnabel«, immerhin auch schon über sechzig und mit neunzehn Jahren beim Sturm auf Königsberg verwundet, gab darauf keine Antwort, ging wortlos zu einem Schrank, zog eine Schublade auf und holte ein Brett hervor, auf das er seine Orden genagelt hatte. Stumm hielt er es Großväterchen unter die Nase, aber das war nicht nötig, der kannte diese Ordenspracht, und es waren sogar noch zwei mehr als seine. Ihm so etwas zu zeigen, empfand der alte Beljakow als eine arge Beleidigung – vor allem auch deshalb, weil Korolew nie einen Orden trug, nicht mal an den höchsten Feiertagen wie dem der Oktoberrevolution.

In der Nacht holte man also den jungen Beljakow ab. Sein Vater, Beljakow II, brachte ihn zu Pferde heim, die Mutter fiel ihm weinend um den Hals und küßte und herzte ihn, die kleinen Geschwister tanzten um ihn herum, Großmütterchen im Rollstuhl segnete Andrej ergriffen, als dieser vor ihr niederkniete, und sogar die beiden Hunde winselten vor Freude. Großväterchen war dankbar:

»Jetzt erst ist er richtig gerettet, meine Lieben! Andrej, mein Enkelchen, nimm ein heißes Bad ..., weg mit dem Geruch von Trofimow ..., mir juckt's schon in der Nase!«

»Ihm und Soja haben wir ein Leben lang zu danken!« erwiderte Andrej mutig. »Euer Haß aufeinander ist idiotisch!«

»Wasch den Geruch ab!« brüllte der Alte wieder, stieß mit seinem Stock gegen die Wand, und sein Kopf schwoll rot an. »Nichts geht's euch an, was zwischen Trofimow und mir ist.«

Dann saß er auf der Ofenbank, stierte Großmütterchen im Rollstuhl an und war zufrieden, daß nie jemand erfahren würde, was einstmals geschah: Beljakow, der alte Bock, war nämlich seinerzeit völlig aus dem Häuschen geraten, als Trofimow sein junges Frauchen aus der Stadt mitbrachte. So schlimm wurde es mit der Herumschleicherei, daß Trofimow nicht anders konnte, als seinen Freund Beljakow ganz jämmerlich zu verprügeln. Von diesem Tag an war Ruhe gewesen, aber der Haß geboren. Nein, keiner würde das jemals erfahren. Der Glorienschein blieb über Großväterchens Haupt.

Der Auszug des jungen Beljakow aus dem Schwarzen Haus zog, wen wundert es, die anderen Geiseln mit. Einzeln schlichen sie sich in ihre Häuser. Der Schreiner Kabanow holte seine Frau Marfa Jakowna ab, und das Wiedersehen mit den Kleinen trieb jedem Tränen in die Augen. Auch Svetlana Victorowna kehrte zu der Schmiede zurück, ließ als erste Tat alle Kleidung von Masuk in die hinterste Ecke der Scheune bringen, entfernte seine Fotografie von einem Regal, warf das Glas, aus dem er immer getrunken hatte, auf den Pferdemist und seine hohe Tasse gleich hinterher. Alles, was zu deutlich an ihn erinnerte, räumte sie weg. Nur das Bett war nicht zu zersägen, aber symbolisch legte sie einen großen schweren Flußstein auf Masuks Platz – und jede Nacht, wenn sie jetzt zu Bett ging, spuckte sie den Stein an und konnte dann ruhiger schlafen. Mit Soja Gamsatowna hatte sie ausgemacht, daß sie sofort kommen sollte, wenn die Wehen begannen ... Da, in Masuks Bett, sollte sie das Kind gebären, und gemeinsam wollte man es aufziehen ... zu einem besseren Menschen, als es Lew Andrejewitsch gewesen war.

»Nun sind alle weg!« sagte Trofimow, als der letzte gegangen war. »Soja, alle Fenster auf! Luft herein, Luft ... laß es wehen durchs ganze Haus ... Oh, waren das Wochen! Sag, daß ich mich anständig benommen habe, daß ich ein friedlicher Mensch war ... Ha, wie kann ich freier atmen ...«

Er hockte sich auf seinen alten Platz, wartete, bis Soja eine Flasche seines Satanswodkas brachte, und begann wie in guter, alter Zeit zu saufen. Im Inneren aber, keiner sollte es sehen, war er stolz. Stolz darauf, daß man ihn hatte gebrauchen können. Stolz, daß ein uralter Bann gebrochen war. Jugorow mußte man dafür danken ... Aber wann jemals hat ein Trofimow sich bedankt?

So war's jetzt in Lebedewka scheinbar ruhig, als gewöhne

man sich an alles, auch an den Bau des Kanals. Man lieferte Verpflegung in das Lager und bekam dafür aus den Beständen der Brigade moderne Werkzeuge, Sägen, Äxte, Hämmer, Schraubenzieher, Steckschlüssel, Ratschen. Sogar eine große Motorkettensäge wurde gegen ein Schwein eingetauscht, und Ersatzteile für Traktoren gab es auch.

Beljakow aber, der Enkel, saß nun oft am Fenster und registrierte aufmerksam, wie Krasnikow herumfuhr.

Zweimal noch waren Walja und Jugorow bei ihm gewesen, hier im Elternhaus, und jedesmal war es ihm, als werde seine Seele zerrissen, wenn er die Blicke zwischen Walja und Igor deutete; wenn er sah, wie er ihr mit zärtlichen Gebärden in den Jeep half, wie sie glücklich lachten; wie sie sich dabei zurücklehnte, die Brüste ihre Bluse strafften. Dann dachte er an Jugorows Hände, die sie umspannen durften, sah die beiden miteinander im Bett liegen und sich kosen, sah Dinge, die seine eigenen Wünsche waren. Und in dem Maße, da er sich von Tag zu Tag mehr zermarterte, wuchs in ihm der Drang, Jugorow zu vernichten, Walja von ihm zu`befreien.

In der Nacht weinte er manchmal, schlug dann um sich, stöhnte laut und qualvoll, und seine Mutter flüsterte dem Vater zu: »Er kann es nicht vergessen. Er sieht noch immer Kulinitsch. Sein Leben lang wird er daran zu tragen haben ...« Wer dachte schon daran, daß ein junger Mensch von Liebesleidenschaft zerstört werden kann?

Am siebten Tag seiner Suche nach dem »Spezialisten« fand Krasnikow abends an einer Birke der »Zehn Sänger« einen Brief, leicht festgenagelt. Erst zögerte er, von seiner Schulung bei den SPEZNAS wußte er, daß man Briefe verschicken konnte, in denen beim Aufreißen ein Sprengsatz explodierte, der zumindest die Hand abriß oder in die Augen spritzte. Er stieß den Brief mit dem Pistolenlauf vom Baum, warf einen Stein darauf, und als nichts detonierte, hob er ihn auf und öffnete das Kuvert mit dem Zeigefinger.

Nur eine einzige Zeile enthielt der Brief:

»Wenn Du den großen Helden treffen willst, komm morgen

nachmittag um drei zum Haus der Beljakows. Er wird dort sein!«

Durch Krasnikow lief ein heißer Strom. Nicht einen Augenblick zweifelte er an der Wahrheit der Zeilen, und wer sie auch geschrieben hatte – ob ein Verräter oder der »Spezialist« selbst: Morgen um drei Uhr nachmittags fiel die letzte Kugel des sibirischen Roulettes.

»Ein fairer Bursche!« sagte Krasnikow laut zu sich und steckte den Zettel ein. »Bis heute hast du das Glück gepachtet – jetzt bin ich dran!«

Er brach seinen alltäglichen Rundweg ab, fuhr erst gar nicht mehr durch Lebedewka, sondern kehrte nach Nowo Gorodjina zurück. Enkel Beljakow, der wieder am Fenster saß, wartete vergebens, aber da Krasnikow nicht kam, wußte er, daß seine Nachricht ihn erreicht hatte.

Zum erstenmal seit seiner Befreiung aus der Geiselhaft war er wieder von Herzen fröhlich, aß kräftig vom Braten und den eingelegten Pilzen, spielte mit den jüngeren Geschwistern und war wie umgewandelt. Mit glücklichen Augen sahen ihn seine Eltern an, und Großväterchen verkündete weise:

»Die heutige Jugend braucht eben länger als wir. O je, was haben wir alles wegstecken müssen!«

Jugorow war bei seinen Hunden, als Krasnikow ins Lager fuhr. Er hielt vor dem Zwinger, stieg aus und betrachtete mit Widerwillen die bei seinem Erscheinen wie toll bellende und fletschende, noch immer nervöse und nicht einsetzbare Meute. Die verrußten Trümmer des Kesselhauses stanken nach wie vor brandig. Den gröbsten Schutt hatte man weggeräumt; eine Kommission war nicht mehr aus Tobolsk gekommen, was sollte sie auch tun? Die Schäden konnte Schemjakin berechnen, und der fette Koskajew hatte nur gesagt: »Wenn das so weitergeht, Boris Igorowitsch, sprengen sie euch den Arsch weg, wenn ihr auf der Latrine sitzt. Moskau ist unterrichtet, von dort sollen wir neue Order bekommen. Und bevor Sie wieder klagen: Verpflegung ist zusammengestellt und wird zu Ihnen gebracht. Eine neue Kücheneinrichtung ist aus Swerdlowsk eingetroffen. Nur Geduld! Auch Tiefstrahler bekommen Sie – Sie kennen ja diese Scheinwerfermasten, wie sie auf den Fußballplätzen stehen; taghell wird's bei Ihnen in der Nacht sein, da kommt keine Maus mehr ungesehen ins Lager. Das Militär hat Befehl, bei Ihnen die Nachtwache zu übernehmen. Das ganze Lager erhält rundum einen hohen, elektrisch geladenen Zaun. Am hohen Tor kommt jedermann nur mit einem Ausweis rein oder raus. Das Militär kontrolliert. Schemjakin, jetzt wird das Lager eine Festung. Sicher sind Sie wie im Kreml.«

»Ich habe einen Wunsch, Igor Michailowitsch«, sagte Krasnikow am hohen Drahtgitter des Hundezwingers. »Einen ganz persönlichen Wunsch. Kommst du in einer Stunde bei mir vorbei?«

»So furchtbar ernst? Was ist los, Victor Ifanowitsch?« Jugorow kam ans Gitter, begleitet von seinen Hündinnen Laika und Taiga. Sie hatten sich geeinigt: Die Liebe zum Chef des Rudels teilten sie sich.

»Einen Brief möchte ich schreiben«, sagte Krasnikow mit einer völlig veränderten Stimme. »Einen Brief an meine Mutter. Abschicken sollst du ihn, wenn's mir so ergeht wie Meteljew.«

»Eine Spur hast du?« fragte Jugorow voll Spannung. Fast leid tat ihm Krasnikow; einem Phantom jagte er nach, und mit dem Wild, das er erlegen wollte, sprach er. »Victor Ifanowitsch, bloß keine dumme Todesahnung!«

»Spielen wir heute abend wieder Schach?«

»Wenn du Laune dafür hast ... sehr gern.«

»Eine ehrliche, verbissene Partie soll's werden, und trotzdem möchte ich verlieren. Ehrlich verlieren.«

»Das versteh' ich nicht.«

»Ein alter Aberglaube ist's, Igor. Heute Pech, morgen Glück ..., und ich brauche morgen das Glück.«

Jugorow blickte Krasnikow nach, wie er zur Wagenhalle fuhr, dort den Kübelwagen abstellte und zu seinem Haus ging. Was ist da geschehen, dachte er. Wen verfolgt er? Man muß es wissen, um den Unschuldigen zu retten. Nicht noch ein sinnloser Toter! Wer der andere auch sein mag, man muß ihn schützen. Im Kampf gegen Krasnikow hat keiner die Aussicht, sein Leben zu retten. Krasnikow von der GRU – das ist die Garantie des Todes.

Am Abend spielten sie Schach. Bis in die Nacht hinein. Nebenan schlief Walja schon, nachdem sie viermal vergeblich nach Jugorow gerufen hatte. Er konnte nicht kommen. Krasnikow am Schachbrett wehrte sich noch verzweifelt; oft saßen sie beide minutenlang vor einem Zug und überdachten ihre Chancen, versuchten den nächsten Zug des Gegners vorauszuahnen und zunichte zu machen. Kein Spiel war es mehr, es war ein Kampf ums Leben.

Endlich, nach vier Stunden, setzte Jugorow seinen letzten Zug und lehnte sich zurück.

»Schach, Victor Ifanowitsch. Es gibt keinen Ausweg mehr.«

Krasnikow blickte lange auf das Schachbrett und die wenigen noch übriggebliebenen Figuren. Dann nickte er.

»Ich danke dir, Igor Michailowitsch«, sagte er müde. »War ein gutes Spiel. Sag, daß ich mich tapfer geschlagen habe.«

»Du warst ein harter Brocken, Krasnikow. So schwer hatte ich es noch nie. Wie ein Tiger hast du dich gewehrt.«

»So soll's auch sein.« Krasnikow wischte mit einer heftigen Handbewegung über das Schachbrett, die Figuren purzelten auf die Dielen. Der König blieb unmittelbar neben der Bohle liegen, unter der Jugorows Funkapparat versteckt war. Mit einem geübten Blick konnte man sehen, daß dieses Stück der Diele gelöst war.

Aber Krasnikow war zu müde. Er stand auf, umarmte Jugorow, küßte ihn brüderlich auf die Wange und ging zur Tür.

»Willst du nicht sagen, wen du morgen triffst?« fragte Jugorow besorgt. »Kann ich dir helfen?«

»Nein. – Vergiß nicht den Brief an meine Mutter.«

»Ich habe ihn in der Innentasche meiner Jacke. Victor Ifanowitsch, stolpere nicht in eine Dummheit. Der klügste Fuchs tritt in die Falle, wenn man den richtigen Köder auslegt.«

»Wovon redest du?« Krasnikow drehte sich um und grinste

Jugorow mühsam an. »Ein störrisches Weibchen treffe ich, und da braucht man Glück.«

»Und schreibt einen Brief an seine Mutter?«

»Nur Vorsicht, Jugorow. Frauen hat es gegeben, die haben in der Ekstase die Kehle ihres Partners durchgebissen. Weiß ich, ob ich an eine solche Hexe gerate?«

Mit einem harten Lachen verließ Krasnikow das Zimmer Jugorows. Aber er legte sich drüben in seiner Unterkunft noch nicht ins Bett. Er putzte die von ihm ausgewählte Pistole, die schrecklichste Waffe, die es gab: mit Explosivgeschossen wurde sie geladen, die beim Eindringen im Körper zerplatzten. Schon im Krieg hatte man sie eingesetzt, und sie war gefürchtet von den deutschen Soldaten. Kaum einer hatte einen Treffer überlebt, und wenn, dann kostete es ein Bein oder einen Arm oder ein lebenslanges Krüppeldasein. Aufgrund der Erfahrungen des Krieges hatte man das Geschoß immer wieder verbessert. Was Krasnikow jetzt in die Magazine schob, entsprach dem letzten Stand der Entwicklung, es war der absolute Tod. Eine Granate im 9-mm-Format.

Jugorow, die Kugel rollt!

Ein trüber Tag ließ alles grau in grau erscheinen, als Walja Borisowna und Jugorow nach Lebedewka fuhren und neben Beljakows Haus hielten.

Andrej Nikolajewitsch begrüßte sie mit strahlenden Augen. Waljas Händedruck glühte durch seinen ganzen Körper; ihr Blick machte ihn selig, auch wenn er ihn nur kurz streifte

Bei den Beljakows war heute ein kleines Fest zu feiern: Großväterchen hatte Geburtstag. Einundachtzig wurde er. Ein Alter, in dem man sonst im Dorf in der Stolowaja gefeiert hätte, mit Fahnen und Girlanden, mit Musik und Tanz, mit einer Rede von Korolew und Kuchenbergen aus der Nachbarschaft, mit einem Ochsen am Drehspieß und gebackenen Fischen. Aber darauf hatte man in diesem Jahr verzichtet, denn wer wußte, was im Winter auf sie alle zukam?

»Sparen!« hatte der Alte gesagt. »Spart, ihr Lieben! Die im Lager fressen uns noch kahl. Im nächsten Jahr könnt ihr wieder einen Ochsen rösten, ich überlebe noch die Hundert!«

Zu Mittag gab es gebackene Hühnchen mit Kartoffelkuchen, dazu Agurkai su Rukzia Grietne – das ist ein Gurkensalat mit saurer Sahne und einem Schüßchen Wein –, aber Großväterchen traten erst die Tränen in die Augen, als seine Schwiegertochter die Bosbasch-Suppe auftrug, ein Gedicht vom Herd, bestehend aus Hammelfleisch, Tomaten, grünen Bohnen, Kartoffeln und Auberginen, gewürzt mit Zwiebeln, brauner Butter, Paprika und Petersilie. Aus eigenem Garten alles, abgerungen der Erde – man kann Großväterchens Tränen verstehen.

Korolew und Goldanski aßen wie die Verhungerten, Rudenko ärgerte sich über seinen empfindlichen Magen, und Schagin, der Pope, hatte während des Essens für jede aufgetragene Speise ein Bibelwort, bis schließlich der Alte grollte: »Kyrill Vadimowitsch, verdirb mir nicht die Lust! Wenn ich die Bibel fressen will, komme ich zu dir ...«

Walja und Jugorow, die neben dem Alten einen Ehrenplatz am Tisch hatten, fiel es nicht auf, daß Andrej Nikolajewitsch unruhig wurde, immer wieder auf die Uhr starrte und schließlich den Tisch verließ. Auch kein anderer beachtete das oder ahnte gar, daß Andrej aus einer Ecke im Stall ein Gewehr holte und sich im Vorgarten, seitlich vom Eingang, hinter einem Strauch auf die Erde warf, das Gewehr in Anschlag brachte und so wartete, kaum zu sehen von der Straße und von der Tür her.

Pünktlich um drei – aus dem Haus schallte schon Goldanskis Gesang, begleitet von einer Knopfharmonika, der Bajan – sah Andrej den deutschen Kübelwagen die Straße herunterkommen.

Krasnikow war da. Seinen besten Anzug hatte er angezogen, als sei er wirklich zum Geburtstag des Alten gekommen, von dem er doch gar nichts gewußt hatte. Er stieg aus dem Wagen, ging bis zur Vorgartentür und blieb dort stehen. Unter seinem Busch hatte Andrej das Gewehr angelegt, Krasnikows Kopf lag gut in der Linie Kimme und Korn, der Zeigefinger krümmte sich am Abzug.

Wir sind bereit, Krasnikow, sagte Andrej in sich hinein. Einer nach dem anderen: erst Jugorow, dann du.

Walja, die zufällig am Fenster stand, während Goldanski sang und Korolew die Bajan drückte, Großväterchen glücklich neben seiner Frau saß und die Schwiegertochter in der Küchenecke den frischen Kuchen aufschnitt, sah mit Erstaunen, wie Krasnikow den Wagen bremste, ausstieg und zur Tür kam.

»Noch einen Gast bekommen wir«, sagte sie. »Hohen Besuch, Großväterchen. Im besten Anzug, als seist du ein Bojar! Wo ist Andrej? Verstecken sollte er sich. Dann kann der neue Besuch hereinkommen. Ich spreche solange mit ihm ...«

Sie ging zur Tür und hörte hinter sich Jugorows Stimme.

»Wer ist gekommen?« rief er. Neben der Bajan saß er und hatte nicht alles verstehen können. Außerdem sang Goldanski so laut und falsch, daß es ein wahrer Jammer war.

»Krasnikow ...«

Wie ein Einschlag war's, als Jugorow jetzt den Namen hörte. Gedanken wirbelten durch seinen Kopf, Erkenntnisse wie Blitze, den Verrat begriff er – aber ihm war auch klar, daß Krasnikow noch nicht wußte, wer sein großer Gegner war. Er war gekommen, um ihn zu erkennen.

»Stehenbleiben!« schrie er Walja zu. »Walja! Zurück! Zurück! Bleib stehen!«

Aber es war zu spät. Im Flur war sie schon, stieß die Haustür auf und trat ins Freie. Hinter ihr brach mit einem Mißton die Bajan ab, Goldanskis Stimme versickerte, Rudenko und Schagin hielten Jugorow fest, der Walja nachstürzen wollte, Beljakow II bekreuzigte sich, ebenso seine Frau. Nur Großväterchen blickte sich ärgerlich um und sagte:

»Was ist? Was ist denn? Die Pilze waren gut! Hab sie selbst kontrolliert. Wie ihr alle mit den Augen rollt ... kackt mir nicht mein Häuschen voll!«

Krasnikow zog das Kinn an, als er Walja aus dem Haus

kommen sah. Auch ihn traf blitzartig die Erkenntnis der Wahrheit, und der Schlag war so ungeheuer, daß er meinte, der Boden unter seinen Füßen beginne zu schwanken. Plötzlich begriff er alles: die Sprengungen, die Niederlage nach der Geiselbefreiung, Nasarows Peitschenstriemen, Meteljews Verschwinden. Verstand, warum sie herumgetappt waren wie die Blinden, durchschaute das große Spiel, das Jugorow mit ihnen getrieben hatte, staunte über diesen unfaßbaren Mut und erkannte, wie winzig jetzt noch seine Chance war. Und diese schreckliche Erkenntnis riß wie eine große Woge alles in ihm weg, was einen Menschen erst zum Menschen macht: jegliches Gefühl.

»Ah, Walja Borisowna«, sagte er und winkte. »Sie feiern? Welche Freude! Ein Gläschen werden wir gemeinsam trinken. Nicht mehr ausweichen können Sie vor einem guten Wodka.« Er öffnete die Gartentür, kam einen Schritt in den Vorgarten und steckte die rechte Hand in die Rocktasche. Der junge Beljakow unter dem Busch schwenkte den Lauf seines Gewehres mit.

Walja kam Krasnikow entgegen. Noch eine Minute, dachte sie, dann hat Andrej sich versteckt. Und ahnte nicht, wie drinnen im Zimmer Jugorow verbissen gegen die Umklammerung von Rudenko und Schagin ankämpfte und sich losreißen wollte.

»Holt sie zurück!« keuchte er. »Schagin, um Gottes willen, holt Walja zurück. Laßt mich hinaus zu ihm ... Kein Gast ist Krasnikow, kein Gratulant, mich sucht er, mich will er haben, mich meint er ... Jetzt weiß er es!«

»Unmöglich!« Schagin, ein kräftiger Kerl sonst, hatte Mühe, Jugorow immer wieder von der Tür zurückzureißen. Trotz Rudenkos Hilfe würde es bald nicht mehr gehen. »Niemand weiß, wer du bist. Nur ein paar von uns ...«

»Unter euch ist ein Verräter!« schrie Jugorow und stieß mit den Beinen und dem Kopf nach Schagin und Rudenko. »Ein Verräter!«

Auf der Bank ließ Korolew die Bajan fallen, Goldanski stürzte zum Fenster, und selbst der Alte begriff nun, daß sein

Geburtstag für einen anderen zum Todestag werden würde. Er stützte sich auf seinen Stock und wollte hinausgehen, aber der Aufschrei seiner Frau im Rollstuhl hielt ihn fest.

»Wo ist mein Enkelchen?« fragte er mit plötzlich zittriger Stimme. »Andrej ... wo ist er ... mein tapferes Enkelchen ...«

Im Vorgarten hatte Walja mit ausgestreckter Hand Krasnikow erreicht. Er nahm sie, küßte sie galant, aber dann riß er Walja mit einem Ruck an sich heran, seine Finger wurden zu Eisenklammern, und ehe Walja fragen konnte: »Was tun Sie da, Victor Ifanowitsch?«, hatte er sie gepackt, herumgestoßen und vor sich gestellt.

»Rühr dich nicht –«, sagte er heiser, und als sie den Kopf drehte, ihn ansah und seinen eisigen Blick erkannte, erstarrte sie zu einer menschlichen Säule. Zu einem Eisstrom schien ihr Blut zu werden.

»Komm raus, Igor Michailowitsch!« schrie Krasnikow zur Haustür hin. Offen stand sie, er konnte alles überblicken. Er konnte sehen, wenn Jugorow aus dem Zimmer kommen würde. »Zeig dich, mein lieber Freund. Mein Schachpartner. Du großer Hundefreund. Wir haben jetzt ein offenes Spiel ... Was habe ich gestern noch gesagt? Heute verliere ich – morgen brauche ich das Glück. Das Glück ist bei mir, Jugorow, Walja Borisowna heißt es. Eine Göttin des Glücks ...«

Im Zimmer wechselten sich Schagin und Korolew ab. Dann hielten, als auch noch Goldanski zu Rudenko und Korolew hinzukam, drei Mann den um sich schlagenden Jugorow zurück und hatten große Mühe damit.

Schagin aber ging zur Tür, trat aus dem Haus, stellte sich davor und hob die Hand. Krasnikow lachte auf, es war ein fürchterliches, grausiges Lachen.

»Auch der Pope ist schon da!« schrie er über Waljas Kopf hinweg. »Was kann da noch passieren? Gesegnet wird er!«

»Lassen Sie Walja frei ...«, sagte Schagin ruhig.

»Aber nein! Meine Glücksfee ist sie. Meine Sicherheit. Meine Waffe ... Jugorow, komm heraus!« Er zog die Pistole aus der Rocktasche, diese höllische Waffe mit den Explosivgeschossen, und drückte den Lauf Walja in den Nacken. »Sieh dir das an, Jugorow! Du kennst die Pistole, du kennst die Munition. Walja wird keinen Kopf mehr haben, wenn ich abdrükke. Komm heraus! Ich weiß, eine alte, billige Methode ist das ... ein menschliches Schutzschild, Austausch der Opfer, aber das Einfache ist immer noch das Wirksamste. Warum kompliziert denken? Jugorow, komm heraus, und ich lasse Walja frei ... Sei ein Kavalier, Igor Michailowitsch. Setz dein Leben ein für diesen Engel ...«

»Gott wird dich strafen, Krasnikow«, sagte Schagin laut.

»Das hat noch Zeit. Erst liegt noch ein Leben vor mir ...« Krasnikow zog mit einem Ruck Walja ganz nahe an sich heran. Der Lauf der gemeinsten Waffe der Welt stieß tief in ihren Nacken hinein.

»Wo sind deine Gewehre?« brüllte innen Korolew. »Alter, deine Gewehre!«

»Versteckt im Stall ... Da kommt ihr jetzt nicht mehr hin. Zuerst wird er Walja erschießen, dann euch. Einen nach dem anderen. Bewegliche Schießscheiben werdet ihr für ihn. Ich kenne das. Bei der Ausbildung in Perm ...«

Korolew senkte den Kopf. Zum Weinen war ihm zumute, zum lauten Heulen wie ein winterhungriger Wolf.

»Jugorow, die Zeit verrinnt! Das Roulette dreht sich, und zum erstenmal wissen wir, wohin die Kugel rollt!« Sehr sicher war sich Krasnikow. Allein war er mit Walja, und er war fest entschlossen, abzudrücken, wenn Jugorow nicht herauskam. Und das weiß der »Spezialist« auch, dachte er zufrieden und kalt bis ans Herz. Keinen Ausweg gibt es mehr; niemals wird er Walja opfern, um selbst leben zu können. Nie! Nicht ein Mann wie Jugorow. Sei ein wahrer Held, Igor Michailowitsch. So ein Held, wie sie beschrieben werden in Romanen und Filmen – nur ist es hier etwas anders. Wir schießen nicht mit Platzpatronen, wir haben Explosivgeschosse. Wir sterben nicht bis zum nächsten Szenenwechsel, wir sterben wirklich. Du stirbst!

»Noch zehn Sekunden, Igor Michailowitsch!« schrie er und

legte den Arm um Waljas Brust. Wie ein Stein war sie, ein wunderbar schöner Stein. »Rien ne va plus ... die Kugel rollt ... nichts geht mehr ... Eins ... zwei ... drei ... vier ...«

»Laßt mich hinaus!« brüllte drinnen Jugorow und zerrte an den Armen, die ihn festhielten. »Er bringt Walja um ... Hofft nicht auf Gnade, er bringt sie um ... Er ist einer von der GRU! Er tötet ohne einen Funken Gewissen ... Rettet doch Walja ..., laßt mich los ...«

Unter seinem Busch hatte Andrej Nikolajewitsch Beljakow Tränen in den Augen. Er sah, was er angerichtet hatte. Auch er wußte, daß Krasnikow gnadenlos abdrücken würde. Dann habe ich Walja getötet, und Jugorow überlebt, dachte er verzweifelt. Alles ist meine Schuld, und alles ist anders gekommen, als ich es mir ausgedacht hatte. Ein Verräter bin ich geworden, und wie ein Verräter werde ich enden. Ich, Andrej Nikolajewitsch Beljakow!

Mit einem trockenen Schluchzen visierte er noch einmal Krasnikows Kopf an, zielte mit aller Präzision, um Walja nicht zu gefährden, und betete gleichzeitig zu Gott, daß Krasnikow nicht im letzten Reflex doch den Finger krümmte und alles umsonst gewesen war.

Als Krasnikow »Sieben!« sagte, zog Beljakow durch. Genau in die Schläfe drang der Schuß, Krasnikows Kopf zuckte hoch, die Pistole fiel aus seiner Hand. »Oh, danke dir, Gott, Gott, Gott«, schrie Beljakow ins Gras und fiel um zur Seite, in die am Vorgarten wachsenden Herbstastern.

Mit einem Satz war Walja weggestürmt, Jugorow fiel fast aus dem Haus, rannte mit weit ausgebreiteten Armen auf sie zu, riß sie an sich, als könne er sie ganz in sich hineindrücken, und da erst weinte Walja und küßte Igor, und sie streichelten sich und waren nicht mehr auf dieser Welt vor Glück.

Langsam erhob sich Andrej, hörte um sich viel Geschrei, hörte Großväterchens Stimme: »Mein Enkel war's! Mein Andrej! Ein Held ist er, ein echter Beljakow. Von mir hat er das, von mir!« Aber Andrej kümmerte sich nicht darum, er ging weiter, mit leerem Blick, nur auf Walja und Jugorow starrend, wie sie sich küßten, die Unerreichbare und der Verratene, ging – sein Gewehr noch in der Hand – bis zu dem hingestreckten Krasnikow, beugte sich über ihn, legte seine Stirn auf den Lauf des Gewehrs, zog zum zweitenmal den Abzug durch und stürzte mit dem Knall ohne einen weiteren Laut zu Boden.

In völliger Erstarrung hatten alle zugesehen. Schagin kaute wie eine Kuh und hob wie segnend die Hände, Walja klammerte sich entsetzt an Jugorow fest, Korolew schlug die Hände vor das Gesicht, Rudenko riß Beljakows Flinte von der Erde, im Inneren des Hauses schrie Andrejs Mutter auf und stürzte dann bewußtlos zu Boden, Goldanski murmelte: »Andrej, mein armer Junge! Es war gut, daß du dich selbst gerichtet hast«, und Großväterchen schrie mit seiner hellen Greisenstimme:

»Mein Enkelchen ... Andrej, mein Liebling ... was hast du getan ... Was tust du deinem Großvater an ... Enkelchen ... an meinem Geburtstag ... Andrej ... Andrej ...«

Und dann weinte der Alte, riß seine Orden von der Brust, schleuderte sie auf die Straße ... Es war der größte Abschiedsschmerz, den Lebedewka je erlebt hatte und wie es ihn auch nie wieder erleben würde.

In dieser Nacht lag Walja wie ein gekrümmter Vogel in Jugorows Armen, sicher und warm und mit dem Gefühl, ein neuer, ein anderer Mensch zu sein. Nicht zu erklären war das. Nur eins wußte sie so sicher, wie jeden Morgen eine Sonne aufgeht und jeden Abend die Nebel von den Sümpfen über das Land ziehen: Wir werden nur gemeinsam leben können, nur ein Leben gibt es noch – du und ich ... Igor und Walja ... Der einzelne ist nichts!

»Warum wollte er dich töten?« fragte sie. »Er war doch dein Freund.«

»Wer kann ihn jetzt noch fragen? Plötzlich verrückt geworden muß er sein. Vielleicht der Schock über Meteljews Tod. Keiner wird es je wissen, Waljanka.«

»Und Andrej? Warum hat er sich erschossen?«

»Auch ihn kann keiner mehr fragen.«

»Unsere Welt ist voller Rätsel ...« Sie schmiegte sich ganz eng an Jugorow. »Ich verstehe das alles nicht mehr.«

»Wie gut das ist.« Er küßte ihre Augen und legte seine Hände über ihre Brüste. Ein Schauer durchzog sie, er spürte es auf ihrer Haut. »Wie weise ist es eingerichtet, daß der Mensch nicht alles versteht trotz seiner Vernunft. Die Menschheit würde wahnsinnig werden ... Laß uns schlafen, Walja ...«

Er drehte das Licht aus, starrte in der Dunkelheit gegen die Decke, fühlte unter seinen Händen Waljas warmen, glatten, pulsierenden Körper und atmete tief auf.

Das sibirische Roulette war geschlossen. Rien ne va plus.

Nichts geht mehr.

Bist du jetzt glücklich, Igor Michailowitsch Jugorow?

Und in dieser Nacht kam der Regen.

Das war kein Regen. Nein, der Himmel platzte. Das Firmament war eine riesige Wanne, aus deren zerborstenem Boden ein Weltraummeer auf die Erde stürzte. Das Land ertrank, der Tobol überschwemmte die Ufer, die Sümpfe sogen sich voll wie Schwämme, von den Bäumen wurden die Blätter gewaschen, die Straßen und Wege wurden unpassierbar, ein zäher Brei hielt alles fest, was sich draußen bewegte. Kein Fahrzeug kam mehr durch, die Natur verlor ihre Farben und zog einen grauen Schleier über sich. Es gab keine Sonne mehr; nur ihr trübes Licht zeigte an, daß nicht auch sie ertrunken war.

Neun Tage lang brach der Himmel auseinander und verhinderte jede Tätigkeit des Menschen. Am ersten Tag war es einer kleinen Kolonne von Lastwagen tatsächlich noch gelungen, von Tobolsk nach Nowo Gorodjina zu kommen: die versprochene neue Winterverpflegung. Zwar nur die Hälfte dessen, was in die Luft gesprengt worden war, aber immerhin ein Grundstock für die kommenden langen Monate in Schnee und Eis. Die drei Lastwagen, die mit einer neuen Kücheneinrichtung, vor allem mit den großen Kesseln beladen waren, fuhren erst gar nicht ab. Wenig Sinn hatte es, irgendwo auf der Strekke im tiefen Schlamm steckenzublieben und eine unbestimmte Zeit warten zu müssen, bis der Boden zu frieren begann. Die Verpflegungskolonne mußte im Lager bleiben, richtete sich in einem leeren Haus ein und fluchte gottserbärmlich. Es konnte Wochen dauern, ehe die Straße vom Frost wieder so fest wurde, daß sie zu befahren war.

Wer hatte jemals einen solchen Regen erlebt? Großväterchen Beljakow, seit dem Tod seines Enkelchens sichtlich verwirrter geworden, behauptete, so einen Regen habe er zuletzt im Jahre 1898 erlebt ... Das war unmöglich, denn er war erst 1904 geboren worden. Auch das Begräbniszeremoniell für Andrej Nikolajewitsch ertrank förmlich im Regen. Wassja, der Arme, hob unter einem Zelt das Grab aus, aber was nutzte das? Von den Seiten lief das Wasser in die Grube, von unten drückte es hinauf, und als die Trauergäste auf dem Friedhof standen, über den Köpfen Zeltplanen oder Plastiksäcke, die man ihnen aus dem Lager geliehen hatte, sagte Wassja resignierend und seinen Wasserkopf schüttelnd: »Es geht nicht mehr ... zwei Eimer schöpfe ich heraus und vier fließen nach. Er wird eine Weile sehr feucht liegen, unser lieber Andrej.«

Was sollte man anderes tun? Der Sarg wurde in die mit Wasser gefüllte Grube gesenkt und ging unter wie ein leckes Boot. Dann schob Wassja eine Schicht Erde darüber, die sofort zu breiigem Schlamm wurde. Aber zugedeckt war er, wie es sich gehörte. Und wenn der Regen einmal aufhörte und das Wasser abfloß und versickerte, war Zeit genug, das Grab anständig zuzuschaufeln.

Die Leute von Lebedewka standen dichtgedrängt beieinander, mit Wasser übergossen aus dem zerbrochenen Himmel, bis auf die Knochen durchnäßt – aber sie blieben stehen, sangen noch einen Choral und gingen erst dann, in die Plastiksäkke vermummt wie Gestalten aus einer anderen Welt, langsam in ihre Häuser zurück. Keine Totenfeier gab es, kein Gläschen Wodka, keinen Kuchen; der Regen ertränkte sogar die Lust an einem guten Leichenschmaus. Nur Großväterchen, der sich aus einer alten Militärzeltplane schälte, hockte später am Kamin, stützte sich auf seinen Stock, stierte ins Zimmer und fragte jeden, der in seinen Blick kam:

»Wann sterbe ich? Warum lebe ich noch? Ist keiner da, der mir einen Knüppel auf den Kopf schlägt? Möglich muß es doch sein, mich umzubringen! Wie lange soll mein Enkelchen denn warten?«

Aber noch ein anderes Grab war ausgehoben worden, ganz hinten auf dem Friedhof, an der Tannenhecke. Kabanow, der Schreiner, hatte sogar einen alten, rohen Sarg voller Risse geopfert. Als Dank, wie er betonte, für die Befreiung von Marfa Jakowna, seiner Frau. In diesen Sarg legten Korolew und Rudenko die Leiche Krasnikows, und im Grab an der Hecke fand er seine letzte Ruhe. Allein mit Korolew stand Schagin vor dieser Grube und betete, während das Meer aus dem Himmel auf sie niederstürzte.

»Und war das Leben auch aus Sünde, Gott kann verzeihen, denn unendlich ist seine Güte«, sagte Schagin zu Krasnikows im Wasser stehenden Sarg. »Die Erde deckt alles zu – das Menschliche und Unmenschliche. Allein sind wir dann wieder; nur Gott ist bei uns.«

In der Kirche indessen sagte er, nachdem er sich umgezogen und die Nässe von seinem nackten Körper gerieben hatte, ganz unchristlich zu Korolew: »Wenn er mir auch noch einen Schnupfen verpaßt hat, werd' ich am Sonntag, bei der Gedenkminute, auf seinen Namen niesen ...«

Vergeblich versuchte General Tjunin viermal, Krasnikow über Funk zu erreichen. Beim fünften Summen und Flackern der roten Lampe am Sendegerät erbarmte sich Jugorow, stülpte den Kopfhörer über und drückte die Tasten herunter.

»Ja?« sagte er.

Tjunin atmete auf. Endlich, dachte er. Halte dich fest, mein Sohn, jetzt donnert's gleich.

»Warum melden Sie sich nicht?« brüllte Tjunin in das Mikrofon. »Ich weiß, daß es bei Ihnen regnet wie aus Kübeln, aber das ist kein Grund, sich hinzulegen und toter Mann zu spielen!«

Makaber war das. Jugorow empfand es genauso und hob die Schultern.

»Wer ist da?« fragte er.

»Krasnikow? Auch noch besoffen sind Sie!« schrie Tjunin. »Wer ist hier wohl? General Tjunin. Ich erwarte Meldung.«

Die GRU. Tjunin, dessen Name nur wenige kennen. Tjunin, der leben und sterben läßt.

»Ich habe nichts zu melden«, sagte Jugorow laut. Und jetzt merkte auch Tjunin, daß nicht Krasnikows Stimme zu ihm sprach. Erstaunt blickte Tjunin auf seinen mit Papieren bedeckten Tisch.

»Wo ist Krasnikow?« fragte er.

»Tot ...«

Tjunin setzte sich gerade in seinen Sessel, rückte an seinem altmodischen Kneifer, den außer ihm nur noch Berija und Molotow getragen hatte, und von sich selbst verblüfft bemerkte er, daß seine Hand, die das Mikrofon hielt, von einem leichten Zittern befallen war.

»Und wer sind Sie?« fragte er.

»Der ›Spezialist‹, Genosse General.«

Wortlos unterbrach Tjunin die Verbindung. Behutsam legte er das Mikrofon, als sei es aus Glas, auf den Tisch, lehnte sich dann weit zurück und starrte gegen die Decke. Er war ein guter Spieler ..., verloren hatte er und trug es mit Würde. Nur was er seinem Freund General Kulpakow vom KGB sagen sollte, das wußte er noch nicht. Auf keinen Fall konnte man eingestehen, gescheitert zu sein. An einem einzigen Mann gescheitert! Das mußte seelisch erst überwunden werden.

Tjunin holte aus der Lade des Schreibtisches eine dünne Akte, schlug sie auf und strich mit einem Rotstift die Namen Krasnikow und Meteljew durch. Ohne Bemerkung, ohne eine Notiz hinzuzufügen. Zwei zittrige Striche ... seine Hand gehorchte ihm noch nicht.

Eine verlorene Schlacht ist noch kein verlorener Krieg. Dieser alte Trost der Feldherrn richtete auch Tjunin auf.

Er beschloß, noch einmal zum Oberst Tobombajew und seinen SPEZNAS zu fliegen.

Im Baulager rauchten die neuen Steinöfen. Tschuptikow, der Küchenleiter, der nach dem Wegsprengen seiner schönen Küche zuerst geschrien hatte, nun könne er sich aufhängen, der später apathisch herumsaß und auf Noskows anzügliche Frage, ob man aus Farn nicht Spinat kochen konnte, mit großer Traurigkeit antwortete: »Friß deinen Schwanz, den kannst du entbehren« – Tschuptikow also werkelte an drei großen Flußsteinöfen herum. Dicke Tränen hatte er in den Augen; nicht seines Schicksals wegen, sondern weil das nasse Feuerholz einen solch beißenden Qualm entwickelte, daß alle anderen Küchenhilfen davor wegliefen. Regen und Wind drückten den Rauch immer wieder in die Küche hinein; der gemauerte Schornstein erwies sich als falsch konstruiert. »Nur Hirnlose!« schrie Tschuptikow. »Nur schlaffe Schläuche, und die soll ich auch noch mit Fressen füllen?!« Aber nachdem die kleine Kolonne aus Tobolsk gekommen war, gab es wenigstens nicht mehr nur saure Suppe, sondern Nudeln und Reis und ein paar Bröckchen Fleisch für jeden. Nach Einsetzen des Frostes, so hoffte jeder, würden neue Lastwagen von Tobolsk bis Nowo Gorodjina durchbrechen.

Dann blies ein heftiger Sturm den Regen weg. Die Dächer und selbst die Wände der Fertighäuser bebten unter dem Aufprall der Luftmassen, drei Peitschenlampen knickten um, ein Wirbel drehte eine breite Schneise durch den Wald, die Ruine des gesprengten Kesselhauses fiel zusammen. Keiner wagte es mehr, die Häuser zu verlassen, nachdem drei Männer wie von Geisterhand emporgehoben worden waren, das seltene Gefühl des freien Fluges erlebten und dann zunächst an einem Eisenstapel und dann bei Walja im Hospital landeten.

»Es trifft uns heute richtig!« sagte Schemjakin, wenn sein ganzes Haus klapperte und knirschte. »So rundum sollen wir erleben, was es heißt, in Sibirien zu sein.«

Aber die Reihenfolge stimmte, wie jedes Jahr: Nach dem Regen kam der Sturm, nach dem Sturm kam der Schnee, und als das Land nur noch eine weiße Fläche war, aus der die Wälder herausragten wie riesiges Spargelkraut, kam der Frost, froren die Bäche zu, zog der Tobol eine Decke aus Eis über sich und erstarrte alles Leben.

Man lebte innen, im Haus, schlief auf den Plattformen der Öfen wie seit Urväter Zeiten. Eine große Gemeinschaft der Lebenden: Kühe, Schweine, Schafe, Ziegen, Hühner, Gänse, Hund und Katze ... alles unter einem Dach, denn die meisten Ställe und Scheunen klebten hinten an den Häusern und hatten eine Tür zu den Menschen.

Die Lastwagenkolonne hatte endlich nach Tobolsk zurückkehren können, aber die Wagen mit der neuen Küche blieben in der Stadt. Dafür flog ein Militärhubschrauber einen neuen Kommandanten zu dem verlassenen Bataillon, einen jungen Hauptmann mit dem nichtssagenden Namen Iwan Iwanowitsch Popow, der von Mamjelew die Truppe übernahm, sich in die Kommandantur setzte, darüber nachdachte, wie stinklangweilig das Leben hier sei, und mangels anderer Aufgaben für das Bataillon wieder den sturen Kasernen- und Exerzierdienst einführte.

Die einzigen, die jetzt unterwegs waren, nannten sich »Anglerkollektiv«, zogen zum Tobol, schlugen Löcher in das Eis und legten Angelschnüre aus. Hier trafen sie auf den finsteren Trofimow, der stundenlang – in einen dicken Wolfspelz vermummt und Fellstiefel an den Beinen – vor seinen Eislöchern hockte oder sie abging, seine Angeln und Reusen kontrollierte und zu dem »Anglerkollektiv« der Baubrigade hinüberschrie: »Wer mir hier zu nahe kommt, wird unterm Eis die Fische fressen! Das ist mein Revier, ihr Halunken, das ist mein Fluß ...«

Für die Hunde hatte Jugorow winterfeste Hütten bauen lassen; dicke Bohlen als Wände, außen isoliert mit Glaswollmatten. Jetzt endlich liefen sie in der Nacht frei herum. Verboten war's deshalb, sich nach zehn Uhr noch im Freien aufzuhalten

– aber wer tut das schon bei 32 Grad Frost ab Beginn der Dämmerung? Am Tag wärmte eine kalte Sonne kaum das Land; nur der gefrorene Schnee schimmerte wie Kristall, und er zerbrach auch wie geschliffenes Glas, wenn man darüber ging.

»Still ist es«, sagte Schemjakin einmal. »Zu still für mich. Wo bleibt der ›Spezialist‹?«

»Was soll er denn?« fragte Jugorow. In den langen Tagen las er oder half Walja im Hospital, wenn er nicht mit seinen Hunden beschäftigt war. Aufs Wort gehorchten sie ihm jetzt, auf seinen speziellen Pfiff, auf jede Handbewegung, ja auf jeden Blick.

»Die Elektrozentrale steht noch, die Transformatoren arbeiten noch ... Unmöglich ist's, daß er unseren Nervenstrang vergessen haben sollte.«

»Er wird nicht reinkommen, Boris Igorowitsch. Die Hunde greifen sofort an.«

Jeden Abend waren im Radio Opern und Literaturlesungen zu hören, Berichte und Theaterstücke, Tanzmusik und große Sinfoniekonzerte. Aber auch Nachrichten gab es und politische Kommentare.

Draußen in der Welt, so unendlich weit weg von Sibirien und doch so schicksalsnah, sah es schrecklich aus. Der Westen rüstet wie im Wahnsinn, der nächste Krieg würde im Weltall stattfinden ... nicht allein auf der alten, zerschundenen Erde würde man sich vernichten, sondern auch mit künstlichen Sternen, neuen Atomwaffen, unaufhaltsamen Laserstrahlen, neuen, ungeheuren Energien. Ein Überleben gab es dann nicht mehr, keinen Sieger oder Besiegten. Nur noch eine kaputte Welt würde übrigbleiben, die ganz von vorn beginnen müßte wie vor Millionen Jahren, als sie aus feurigem Gas entstand. Von einer Sache sprach kein Nachrichtensprecher: Von der gleichzeitigen Rüstung der Sowjetunion, von ihren riesigen Interkontinental-Atomraketen, die jeden Punkt auf der Erde erreichten; von den neuen U-Booten, die unter Wasser ihre Atomraketen in jedes Ziel bringen konnten, und von dem

Weltallprogramm im Osten, dessen technischen Stand niemand kannte oder auch nur ahnte.

»Und wir sitzen hier und leben wie die Bären«, sagte Schemjakin, wenn er Schlimmes hörte. »Igor Michailowitsch, was sind wir doch für winzige Wesen in dieser Welt.«

Zu Zeiten, in denen Walja im Hospital beschäftigt war, sprach Jugorow ab und zu über Funk mit Filaret und erfuhr Dinge, die Schemjakin nie erreichten und die nie im Radio besprochen oder in den Zeitungen abgedruckt wurden.

»Es brodelt, Adler«, berichtete Filaret. »Der Sib-Aral-Kanal ist voll im Ziel der Gegner. Früher kamen allein die Befürworter des Kanals in allen Medien zu Wort. Die Gegner wurden niedergeschmettert, bis sie ganz verstummten. 1982, im Mai, sagte Breschnew in seinem Wirtschaftsprogramm, die Umleitung von Ob und Irtysch liege im Interesse des Volkes, und das gesamte Politbüro gab grünes Licht für den Beginn des Baus. Heute ist es umgekehrt: Die Gegner haben das Wort, und die großen Planer verhüllen ihr Haupt. Habt ihr da unten die neuen ›Richtlinien der ökonomischen und sozialen Entwicklung der UdSSR in den Jahren 1986-1990 und in der Periode bis zum Jahre 2000‹ gehört? Vor drei Tagen sind sie verkündet worden – und was denken Sie, Igor Michailowitsch: Das Sib-Aral-Projekt ist gar nicht mehr erwähnt worden! Wissen Sie, wer dahintersteckt? Aganbegjan, der Direktor des Instituts für Wirtschaft und Organisation der Industrieproduktion und Chefredakteur der Zeitschrift ›Eka‹, die schon 1979 freimütig verkündete, daß die Umleitung von Flußwasser aus Nordrußland und Sibirien nach dem Süden überhaupt keine ökonomische Bedeutung hat. Ich kenne Aganbegjan gut, wir spielen oft Schach miteinander. Zum wichtigsten Berater von Gorbatschow ist er berufen worden. Er baut mit am neuen Kurs in Moskau, sehr zum Mißfallen der alten Konservativen. Adler, jetzt müssen wir nachhelfen! Jagen Sie in die Luft, was nur möglich ist.«

»Wenn ich jetzt sprenge, gefährde ich indirekt sechshundert Menschen. Wichtig ist hier nur noch die Elektrozentrale.«

»Dann hinauf in den Schneehimmel mit ihr!«

»Sechshundert Menschen, Filaret! Denen schneide ich damit den Hauptnerv durch.«

»Denken Sie nicht daran, Igor Michailowitsch. Denken Sie an unser gemeinsames großes Ziel.«

»Ich werde daran denken, Vadim Viktorowitsch«, erwiderte Jugorow mit ruhiger Stimme. »Ich denke immer daran.«

Weihnachten wurde es. In der Kirche feierte Schagin mit dem Dorf. Walja und Jugorow fuhren mit einem von den Bauschreinern gebastelten Holzschlitten zum Gottesdienst, ein struppiges, dickfelliges Pferdchen in der Gabel, das klipp-klapp, klipp-klapp über den vereisten Schnee trabte. Auch Trofimow und Soja waren da, jetzt nicht mehr verachtet, nicht mehr von den alten, bösen Weibern befurzt – nein, aufgenommen in die Gemeinschaft des Dorfes, von Dankbarkeit umgeben. Das regte Trofimow am meisten auf. Ihm fehlte der Groll auf alle Menschen, sozusagen arbeitslos war er geworden. Wohin man kam, nur freundliche Gesichter, Händeschütteln, ein Gläschen zum Wohle – ekelhaft war's!

Bei Soja zeigte sich jetzt der gewölbte Leib. Im März, hatte man ausgerechnet, kam Masuks Kind zur Welt. Vielleicht sogar zur Osterzeit. Ihr gönnte man das, dem verschwundenen Masuk nicht. Es sprach auch keiner mehr davon, wie ein Mensch, wie er einfach verschwinden konnte; er war eben weg, hatte ein Kind hinterlassen. Soja und Svetlana, die betrogene Witwe, waren wie Schwestern zueinander; was wollte man mehr? In Lebedewka regelte sich alles zum Besten. Könnte die ganze Welt doch sein wie Lebedewka!

Im Januar feierte die Baubrigade das spezielle sowjetische Weihnachten: Väterchen Frost. Noskow stiefelte, als gütiges Väterchen verkleidet, mit Kapuze und weißem Wattebart, durch das Kasino und verteilte »Butterplätzchen«, die mangels genügender Butter hauptsächlich aus Wasser, Mehl und draufgestrichener Marmelade bestanden. Mit der Post, die von einem Hubschrauber gebracht wurde, kamen auch Pakete ins Lager von den Lieben daheim. Ein riesiges Fressen begann mit nachfolgendem Durchfall und Bauchkrämpfen – aber herrlich war's doch, Genossen. Auch in Sibirien kann man fröhlich sein.

Jugorow gab Krasnikows Brief an dessen`Mutter dem Posthubschrauber mit. Das letzte, was von ihm übriggeblieben war. Ein paar Worte des Abschieds, ohne Angabe des Ortes. Irgendwo in der weiten Welt zerrann der Name Victor Ifanowitsch Krasnikow – das gar nicht außergewöhnliche Schicksal eines geheimen GRU-Agenten.

Die Gegner des Kanalprojektes formierten sich jetzt öffentlich.

Auf dem 6. Schriftstellerkongreß der Russischen Föderation (RSFSR) protestierten die bekanntesten Autoren Rußlands gegen den Bau, darunter so berühmte Schriftsteller wie Sergej Salygin, Walentin Rasputin und Jurij Bondarjew. Starke Worte fanden sie: Rasputin rief alle auf, eine »Patenschaft über die heilige Erde des russischen Nordens« zu übernehmen, Bondarjew klagte das »gefährliche Projekt an, das uns alle ganz außerordentlich beunruhigt«, und Salygin sagte es am deutlichsten: »Das Projekt ist völlig unhaltbar und wissenschaftlich unbegründet!«

Im Januar verbrannte sich ein Mann aus Protest auf der Straße. Mit Benzin übergoß er sich und entzündete dann ein Streichholz. Die Miliz warf Decken über ihn, transportierte den Toten ab und stellte seinen Abschiedsbrief sicher.

Keine Zeitung berichtete über die Verbrennung, keine Radionachricht teilte es mit. Die Welt erfuhr nichts.

Aber im Kreml verhandelte Gorbatschow mit Experten und Wissenschaftlern, mit Befürwortern und Gegnern. Die Parteichefs jener südlichen Regionen, die bewässert werden sollten, reisten aufgeregt nach Moskau: Dinmuchamed A. Kunajew von Kasachstan und Inamschon B. Usmanchodschajew aus Usbekistan. Sie mußten sich sagen lassen, daß man sehr nachdenklich geworden sei bei der Frage, ob das Kanalprojekt nicht doch mehr Schaden anrichten werde als Nutzen.

In der Zeitung »Sowjetskaja Rossija« veröffentlichten die

Schriftsteller des Kongresses einen gemeinsamen flammenden Aufruf, in dem – zum erstenmal von sowjetischer Seite – eine mögliche Umweltkatastrophe durch das Schmelzen des Pols behandelt wurde. »Viele Millionen Hektar Weide und Ackerland sind von Überschwemmung bedroht, Kulturdenkmäler versinken im Wasser ...«, um im trockenen Süden neues Land zu gewinnen. Hebt sich das nicht auf? Ist das nicht blanker Irrsinn? Und wieder erhob der mutige Aganbegjan mit fünf anderen Wissenschaftlern seine Stimme und rechnete in der »Prawda« dem Ministerium für Bodenverbesserung und Wasserwirtschaft vor, daß es dreißigmal mehr Rubel in den sinnlosen Bewässerungsbau stecken wolle als in die vierzig ebenso wichtigen, nutzvollen Maßnahmen zur Bodenverbesserung im ganzen Land. Außerdem seien alle Berechnungen falsch: Der Pegel des Kaspischen Meeres und des Aralsees steige wieder! Man brauche kein Wasser aus den sibirischen Strömen. Laßt Europa leben!

Am 3. März 1986 gebar Soja ihr Kind, einen Jungen. Sie brachte ihn in Masuks Haus zur Welt, Svetlana saß bei ihr, hielt ihr über elf Stunden den Kopf während der Wehen, Walja wartete auf das Heraustreten des kleinen Schädels, und Trofimow rannte im Haus herum, verfluchte Masuk und schrie Korolew, der einmal nachsehen kam, an: »Wenn mein Töchterchen stirbt, wenn sie's nicht überlebt – an Masuks Grab im Moor gehe ich und scheiße darauf!«

»Davon hat er nichts mehr«, antwortete Korolew trocken und zog Trofimow weg. »Und halt's Maul, du Ochse ... Masuk ist verschwunden! Jetzt weiß ich endlich, wo er liegt. Sei bloß still!«

Ein schönes Kind war's mit den schwarzen Haaren von Lew`Andrejewitsch und dem schmalen Kopf von Soja Gamsatowna. Walja hielt es hoch, als es abgenabelt und gewaschen war, zeigte es jedem, der im großen Zimmer wartete, und legte es dann Trofimow in die Arme.

Der Alte glotzte dumm herum, kaute an seiner Unterlippe, räusperte sich, dachte daran, wie er vor 24 Jahren sein Kind, das Töchterchen Soja, im Arm gehalten hatte, drehte sich um, zur Wand hin, wo ihn keiner sah, beugte sich über den Kleinen und küßte ihn mit einer überwältigenden Zärtlichkeit. An diesem Tag feierte man in Lebedewka trotz 39 Grad Frost.

Trofimow richtete die Feier in der Stolowaja aus, holte von seinen Vorräten heran, daß sich die Tische bogen, und tanzte mit allen Weibern des Dorfes bis in den Morgen hinein.

Nur Großväterchen Beljakow konnte nicht teilhaben an dieser Freude – er lag im Sterben. Er verlöschte wie ein Licht ohne Sauerstoff, ganz langsam, ganz still; es war ein Wegschleichen zu Gott.

Am 15. März 1986 gab Leonid Win, der stellvertretende Chef der staatlichen Planungsbehörde Gosplan, in Moskau eine Pressekonferenz. So ganz am Rande des wichtigen 27. Parteitages, auf dem Gorbatschow der staunenden Welt ein anderes Rußland vorstellte.

Zur Verblüffung aller Pressekorrespondenten erklärte Win, daß man »vorerst klarkomme, ohne die Flüsse im Norden anzuzapfen«. Aber der Plan sei nur verschoben; erst im 13. Planjahrfünft, ab 1991, könnte man – vielleicht – die Frage wieder aufnehmen und eine »reale Bedeutung« überdenken.

Das Projekt Sib-Aral-Kanal wurde eingestellt.

Schon sechs Tage nach dieser offiziellen Bekanntgabe erreichte Schemjakin eine Fülle von Anordnungen aus Tobolsk. Jetzt wurde auch der Leiter Tobolsk, der fette Koskajew, munter. Er rief mit fröhlich hüpfender Stimme an und sagte: »Erlöst! Sie sind erlöst, Boris Igorowitsch. Sobald es das Wetter zuläßt, wird das Lager abgebaut. Alle Maschinen kommen nach Tobolsk zurück. Die Brigade wird im Frühjahr eine neue Straße von Tjumen nach Nishnij Tagil bauen; zurückbleiben wird nur Ihre Latrine, haha ... ein neuer Sumpf ... was dreihundert Kerle so alles zusammenscheißen ...«

In bester Laune war der dicke Koskajew, vielleicht schon ein wenig angetrunken, war es doch bereits drei Uhr nachmittags. Er schloß seine Jubelrede mit dem Satz:

»Mein lieber Schemjakin, freuen Sie sich! Die Frühlingsblümchen werden Sie in Tobolsk pflücken. Wann spielt für Walja die Orgel im Heiratspalast ›Treulich geführt‹?«

»Das müssen Sie Walja fragen, Koskajew.«

»Gefällt Ihnen der Schwiegersohn nicht, Schemjakin?«

»Ein guter Mensch ist er. Und fleißig. Das ist aber auch alles, was ich von ihm weiß.«

»Und das genügt nicht?«

»Ein Vater, der seine Tochter weggibt, hätte gern Klarheit. Nie hat er über sich gesprochen.«

»Aber Walja Borisowna liebt ihn?«

»So ist es. Bis zur Selbstaufgabe. Was soll man tun? Alt genug ist sie. Und wenn man sie fragt: ›Wovon wollt ihr leben?‹, dann antwortet sie: ›Wir sind vier Hände, zwei Köpfe und zwei Herzen; was braucht man mehr?‹ – Da ist man einfach entwaffnet, Koskajew.«

In der Nacht, nachdem über das Radio die Pressekonferenz von Leonid Win in Moskau kommentiert worden war, lag Jugorow wach neben Walja und quälte sich durch einen erdrückenden Schmerz. Seine Aufgabe war erfüllt, der »Spezialist« war nicht mehr nötig, wurde nicht mehr gebraucht, trat wieder zurück in das Dunkel, das ihn verschluckte. Nach Hause konnte er gehen, unerkannt, unbekannt, ein einzelner unter Millionen.

Aber was schlimmer war und ihn fast verzweifeln ließ an sich selbst: Ein Held war er gewesen für alle Wissenden um sich herum – aber Tote hatte es gegeben für das große Ziel. Ein gnadenloser Kampf hatte getobt. Eine Blutbahn war ihm gefolgt vom Süden am Aralsee bis hier nach Tobolsk. Nie hatte er das gewollt, dieses heimliche Morden, das man mit dem Wort »Widerstand« verniedlichte. Gehörte er nicht zu denjenigen, die das Feuer entfacht hatten, die so vieles falsch verstanden und schließlich die Toten nicht mehr zählten? Wie fühlt man sich als Held, der nun sicht, daß alles umsonst gewesen war, jede Sprengung, jede schwerwiegende Tat. Man hätte nur zu warten brauchen, bis die Vernunft sich durchsetzte. Eine Vernunft der realen Überlegungen. Die Erkenntnis, daß man nicht allein ist auf der Welt.

Ein Held, der Löcher in den Boden geschlagen hatte ... weiter nichts. Ein erbärmlicher Held, auch wenn Filaret das anders sah.

Der »Spezialist«, der an der falschen Schraube drehte.

Am nächsten Morgen küßte Jugorow zum Abschied Walja noch einmal besonders zärtlich, nahm ihre Wärme, ihren Körper, ihre ganze Liebe in sich auf, und dann stand er draußen vor dem Haus. Sah ihr nach, der Frau, die es nur einmal gab in diesem Leben. Sah sie von sich weggehen zum Hospital. Im flimmernden Schnee schien sie sich aufzulösen wie ein schmelzender Kristall ...

Er ging zurück ins Zimmer, hob die Dielen auf, holte seinen Funkapparat hervor und legte ihn auf den Tisch. Sein »Abschiedsbrief« ... Worte konnten nicht klarer sein! Noch einmal ging er zu seinen Hunden und spielte mit ihnen und streichelte ihre schönen Köpfe. Sie umringten ihn und leckten ihm die Hand, und Laika und Taiga schmiegten sich an ihn, und Ilja, der Leithund, stützte sich auf Jugorows Knien auf.

Später fuhr er mit dem deutschen Kübelwagen nach Lebedewka, über die gefrorenen Schlammrillen hüpfend, sprach mit Korolew und Schagin, besuchte Soja und ihr Kind, gab ihr hundert Rubel – welch ein Vermögen! – und umarmte Trofimow, der jetzt Tag um Tag bei seinem Enkel hockte und ihn im Arm wiegte, leise dazu brummend, was er singen nannte. Und Großväterchen Beljakow besuchte er; der Alte saß unbeweglich in einem Sessel, erkannte Jugorow nicht mehr, hielt ihm eine schlaffe Hand hin und sagte: »Hat Andrej heute schon gefischt? Am Rand muß er das Loch schlagen, am Uferrand ..., da stehen die dicksten Fische ... Sag ihm das; Großvater weiß Bescheid ...«

Am Abend war Jugorow nicht wieder zurück.

Die Schemjakins warteten mit dem Essen auf ihn, aber als er um zehn Uhr noch nicht gekommen war, trug Olga Walerinowna die Schüsseln auf. Walja kam zurück, sie hatte Jugorow zu Hause abholen wollen. Angst und Ratlosigkeit waren in ihrem Blick, als sie sich, mit Reif von ihrem Atem überzogen, auf einen Stuhl fallen ließ.

»Nirgends ist er«, sagte sie. »Auch die Hunde sind nicht los. Nur ein Funkgerät liegt auf seinem Tisch.«

»Was liegt auf seinem Tisch?« fragte Schemjakin. Sein Kopf war hochgezuckt; die Suppe, die er gerade im Mund hatte, spuckte er fast auf den Teller zurück.

»Ein Funkgerät ...«

»O Himmel, das muß ich sehen!«

Schemjakin sprang auf, warf seinen Pelz über und rannte hinaus. Nach wenigen Minuten wußte er, wer an seinem Tisch gesessen hatte, wer seine Tochter liebte, wer Jugorow war. Mit einem tiefen Ächzen setzte er sich auf Jugorows Bett, und der Gedanke, daß darin seine Tochter und Jugorow geschlafen hatten wie Mann und Frau, erzeugte noch mal einen Seufzer.

»Was hast du, Vater?« fragte Walja, die ihm nachgekommen war, ahnungslos und besorgt. »Was ist mit dem Funkgerät? Weißt du, wo Igorenka ist?«

»Setz dich hin, Töchterchen, setz dich neben mich«, sagte Schemjakin. Es fiel ihm schwer, jetzt väterlich zu trösten. Und als sich Walja neben ihn gesetzt hatte, auf das Bett, das ein Stück ihres kleinen Paradieses war, legte er den Arm um sie und hielt sie ganz fest. »Waljaschka, mein Mädchen, mein kleines Mädchen ... Jugorow ist weg – und er kommt nie wieder ...«

Sie starrte ihren Vater an, schüttelte wild den Kopf und sagte mit weiten Augen:

»Väterchen, was sagst du da? Gleich muß er kommen. Irgendwie verspätet hat er sich.«

»Er kommt nicht mehr. Nie mehr, Walja ...«

»Väterchen ... er ...« Sie sah in seine Augen, erkannte in ihnen die Wahrheit und begriff sie doch nicht. Was heißt, er kommt nie wieder? Das kann nicht sein. Wie kann er leben ohne mich, wie kann ich leben ohne ihn? Die Welt besteht doch noch, und solange sie besteht und solange Walja und Igor leben, gibt es kein Weggehen zwischen uns. Väterchen, was sagst du denn da? Wir lieben uns ...

»Bleib sitzen, Waljaschka«, sagte Schemjakin heiser vor

Leid. »Halt dich fest an mir. Und wenn du schreien willst, dann schrei; dein Vater ist bei dir, dein Vater wird dir helfen, Mamuschka wird dir helfen ... vorbei wird es gehen ... alles geht vorbei, das Leben deckt alles einmal zu, Töchterchen ... Igor Michailowitsch war der › Spezialist‹!«

Mit einem wilden Ruck riß sich Walja los. Zur Tür stürzte sie, stürzte vor das Haus, hinaus in die eisige Kälte, lief über den knirschenden Schnee, ohne Mantel, ohne Kopftuch, ohne Handschuhe ... lief und lief die Straße hinunter und schrie, die Hände vor den dampfenden Mund gelegt:

»Igor ... Igor ... Igor ... Igor...!«

Schemjakin fing sie ein wie ein gejagtes Tier, sie biß und kratzte, und hieb mit den Fäusten auf ihn ein, und immer noch schrie sie: »Igor ... Igor ... Igor!« Und dann, verwehend wie ihre letzte Kraft, im Hinsinken, im gnädigen Vergessen: »Nimm mich mit ..., Igor ..., bitte nimm mich mit ...«

Weinend trug Schemjakin sein Töchterchen nach Hause, und als er ins Zimmer kam, waren an seinen Augen die Tränen gefroren. Zwei Tage später fand man den deutschen Kübelwagen an einer Fabrikmauer in Tjumen.

Von Jugorow aber keine Spur ... Unbekannt, wie er gekommen war, verschwand er wieder im Unbekannten.

Wer war er gewesen? Wirklich Jugorow ... oder Jack Burton ... oder Charles Triere...oder Michael Burgner ... oder James McHindley ... oder ... oder ... oder ...

Milliarden Namen gibt es auf der Welt – einer gehört zu dem Spezialisten, und diesen Namen kennt nur er.

Am Tage, an dem das Projekt des Sib-Aral-Kanals ins Jahr 2000 verschoben wurde und wohl nie wieder auftauchen würde, rief General Kulpakow vom KGB seinen Freund Tjunin von der GRU an.

»Ein Windei, mein lieber Anatoli Borisowitsch«, sagte Kulpakow fröhlich. Er trank wieder seinen geliebten russischen Kognak. »Aber damit müssen wir leben. Langweilig wär's doch ohne Eier, haha! Ich danke dir für deine Mühe ... Sind deine kleinen Helden schon zurück?«

»Ja -«, antwortete Tjunin kurz.

»Ein Glück, daß es da keine Metzelei gegeben hat ..., wäre alles sinnlos gewesen.«

»Ja, völlig sinnlos.«

»Was hast du vor mit deinen beiden Musterknaben? Setzt du sie woanders ein?«

»Sie sind schon in einem anderen Land, Valentin Valentinowitsch.«

»Du arbeitest schnell, alter Junge. Darf man wissen, wohin sie gefahren sind?«

»Aber, mein lieber Freund, wie kannst du so fragen!« Tjunin schluckte einmal und nahm seinen Kneifer ab. Er drückte plötzlich so, daß ihm die Luft wegblieb. »Du weißt doch genau: Die GRU gibt keine Auskunft.«

»Dann werde ich also nie wieder etwas von ihnen hören?«

»Nie wieder, mein lieber Kulpakow. Nie wieder ...«

»Ein Scheißberuf, Tjunin.«

»Ja, das ist er.«

Tjunin legte auf, setzte seinen Kneifer wieder auf die Nase und begann, die neuen Meldungen durchzulesen.

Einsatz im Iran ... Einsatz in Nicaragua ... Einsatz in Angola ... Einsatz in Mozambique ... Einsatz in der Bundesrepublik Deutschland ... Einsatz in Washington ...

Die Welt lag auf seinem Tisch.

Und irgendwo, das wußte er so sicher, wie sein Kneifer auf der Nase drückte, würde er wieder auf den »Spezialisten« treffen. Nur hieß er dann nicht mehr Igor Michailowitsch Jugorow.

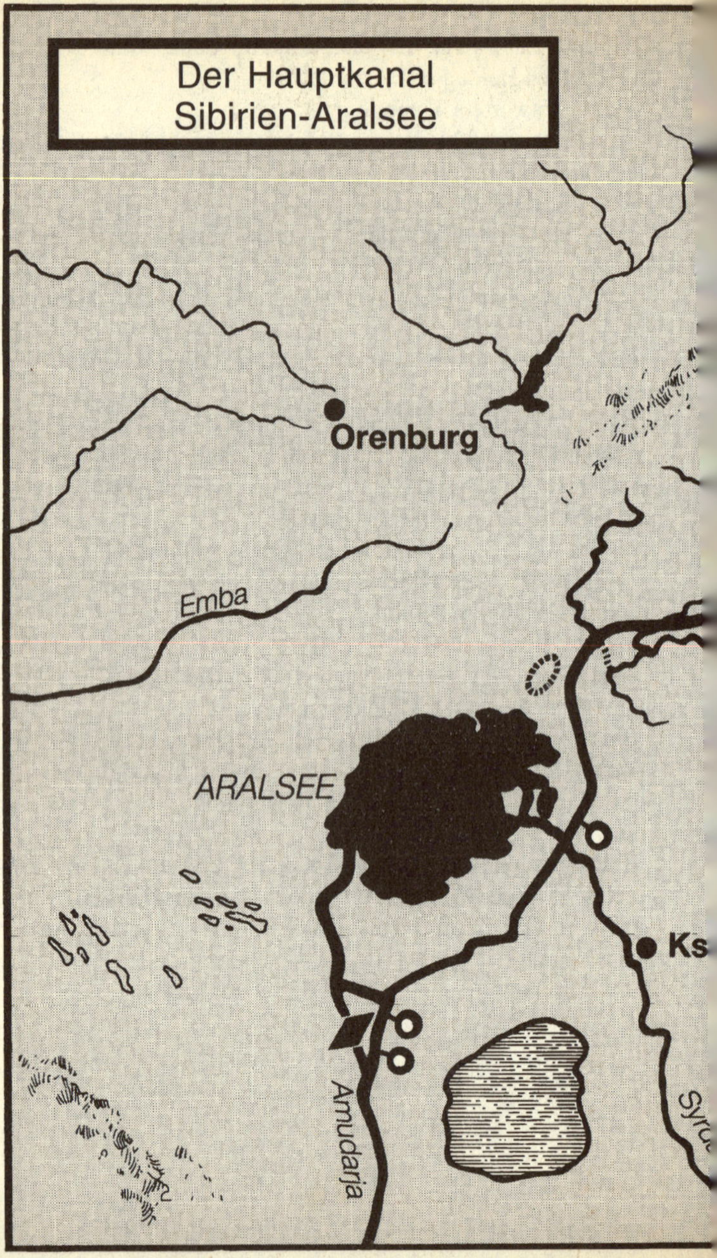

Der Hauptkanal
Sibirien-Aralsee
Orenburg
Emba
ARALSEE
Ks
Amudarja

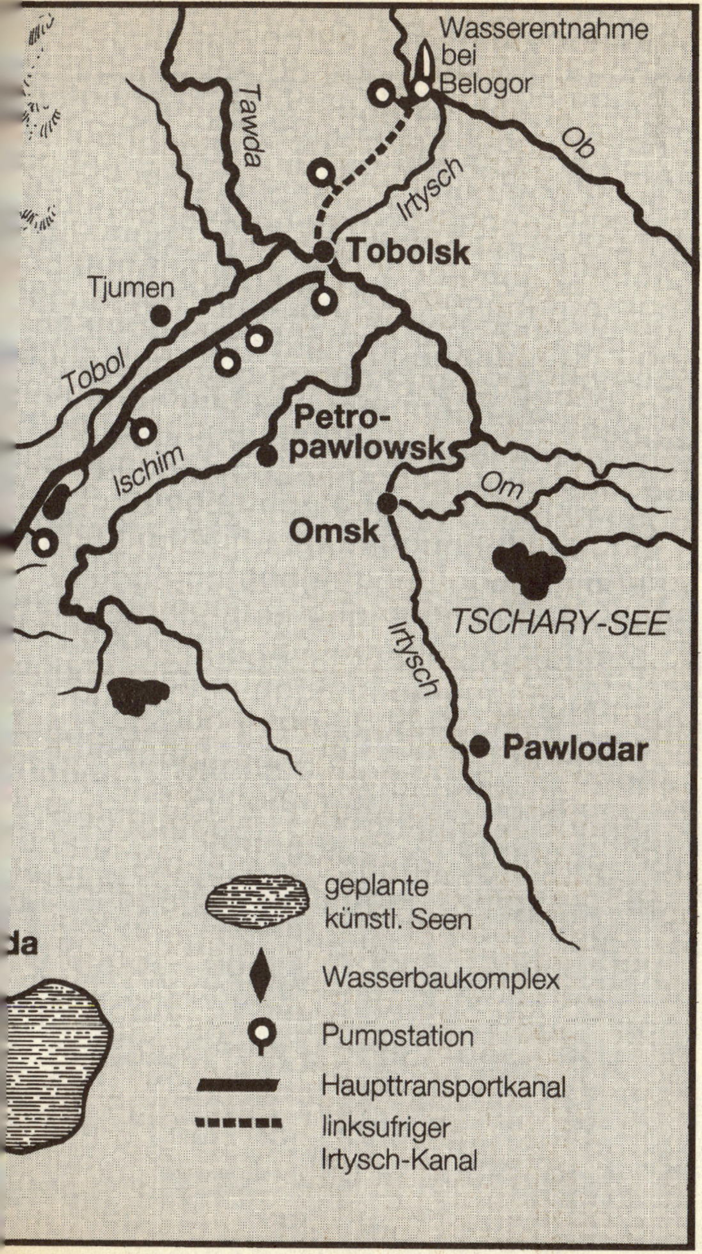
Wasserentnahme
bei
Belogor
Tawda
Ob
Irtysch
Tobolsk
Tjumen
Tobol
Petro-
pawlowsk
Ischim
Om
Omsk
TSCHARY-SEE
Irtysch
Pawlodar
da
geplante
künstl. Seen
Wasserbaukomplex
Pumpstation
Haupttransportkanal
linksufriger
Irtysch-Kanal

Angezapfte Ströme

ungefährer Verlauf geplanter Umleitung von Flüssen
Gebiet der Handlung
Ob
Petschora
Komsomolski
SIBIRIEN
Belogor
Kama
Tobolsk
Tjumen
Irtysch
Kurgan
Tobol
Kurschmurun-
See
KASACHSTAN
TURKMENISTAN
Aralsee
Dschussaly
KASPISCHES MEER
Taschau
USBEKISTAN
Amudarja
Tschardara-
Staubecken

Ein grandioses Südsee-Epos um Liebe, Hass und Leidenschaft

Werner Bäcker, ein nach Auckland ausgewanderter Architekt, startet mit Familie auf seiner neuen Yacht in die Südsee. Doch ein furchtbarer Orkan bereitet der Traumreise ein schreckliches Ende: Werner wird als einziger Überlebender auf eine unbewohnte Insel geschwemmt.
Als bei einem weiteren Sturm ein Flugzeug abstürzt, bekommt der Schiffbrüchige Gesellschaft: Ein Mann und eine Frau, ein Polizist und eine angebliche Mörderin, retten sich auf "seine" Insel. Und schon bald wird das Paradies zur Hölle ...

ISBN 3-404-14914-9

BASTEI LÜBBE